中国古代文学经典书

唐诗醉韵

李白诗集

［唐］李 白 著

金世玉 注

春风文艺出版社

·沈阳·

图书在版编目（CIP）数据

李白诗集/（唐）李白著；金世玉注. —沈阳：
春风文艺出版社，2025.1
（中国古代文学经典书系. 唐诗醉韵）
ISBN 978 - 7 - 5313 - 6649 - 2

Ⅰ. ①李… Ⅱ. ①李… ②金… Ⅲ. ①唐诗—诗集
Ⅳ. ①I222.742

中国国家版本馆CIP数据核字（2024）第038603号

春风文艺出版社出版发行
沈阳市和平区十一纬路25号　邮编：110003
三河市刚利印务有限公司印刷

责任编辑：姚宏越　孟芳芳		责任校对：张华伟	
封面设计：黄　宇		幅面尺寸：145mm × 210mm	
字　　数：1197千字		印　　张：37.75	
版　　次：2025年1月第1版		印　　次：2025年1月第1次	
书　　号：ISBN 978-7-5313-6649-2			
定　　价：328.00元（全4册）			

前　言

李白（701—762），字太白，号青莲居士。李白的家世和出生地一直是有争议的问题，据李白自述"本家陇西人，先为汉边将。"通常的说法是他出生于中亚的碎叶城（遗址在今吉尔吉斯斯坦的托克马克），大约五岁时随家迁居至蜀之绵州昌隆县（今四川江油市）。

青少年时代的李白，生活在蜀地，漫游蜀中。"五岁诵六甲，十岁观百家。""十五观奇书，作赋凌相如。""十五游神仙，仙游未曾歇。""十五好剑术，遍干诸侯。"从上引诗文中的内容，可知青年时的李白性情豪放、喜好任侠，受儒道思想影响颇深，开始通过谒见蜀地官长谋求建立功业之途。当然此时的李白，文章已颇为不俗。

二十五岁左右，李白离开蜀地，"仗剑去国，辞亲远游"，去追求"四方之志"。此生再未曾回到故乡。离蜀后，出游襄汉、洞庭、金陵、扬州、汝海，至于云梦。至此，"许相公家见招，妻以孙女，便憩于此，至移三霜焉。"自安陆入赘后，李白开始了"酒隐安陆，蹉跎十年"的"好闲复爱仙"的生活。其间，李白也曾入长安谋"事君之道"，然未成。

许氏夫人去世后，李白携子女游东鲁，居任城，生活常感"日尽长空闲"。常与韩准、裴政、孔巢父等人交游往还于徂徕山。天宝初年，经故交玉真公主和道士吴筠举荐，李白终得入朝。玄宗"降辇步迎，如见绮、皓。""召见金銮殿，论当世事，奏颂一篇。""以七宝床赐食"，"亲为调羹；有诏供奉翰林"。李白终得实现"四方之志"。"一朝君王垂拂拭""壮心剖出酬知己"。不过李白在长安春风得意的时间并不长，很快便因为得罪朝中张垍等权贵而遭谗毁，李白因此上疏请还。"天子知其不可留，乃赐金归之。"李白"待吾尽节报明主，然后相携卧白云"的愿望终未得实现。从此离开长安，游历赵魏燕晋故地，至洛阳、淮泗、会稽等地，于梁园与宗氏成婚。"一朝去京国，十载客梁园。"但仍存报国之志，"东山高卧时起来，欲济苍生未应晚。"晚年李白曾受永王李璘事件牵连入狱，流放夜郎，幸好途中遇赦。上元二年（761），李白闻李光弼的平叛军队，举兵征东南，遂请缨从军，中途因病未能如愿，投靠族叔当涂令李阳冰，次年宝应元年（762）病逝。

当年贺知章在长安初见李白，便呼他为"谪仙人"，后世也称李白为"诗仙"。一个"仙"字确实堪以形容李白诗歌独特的艺术个性。"仙"意味着拔出尘俗，不同凡响，这在李白的诗歌中往往表现为排空万有、掩盖千古的豪迈气概，发端无迹、匪夷所思的奇思妙想，以及拔地倚天、吞吐江河的壮美意象。这些构成了李白诗歌词气恣肆，意境壮观的审美特质。这种特质在他的乐府诗和歌行中表现得尤为突出。"仙"字有时还意味着洗尽铅华、清丽绝俗的艺术境界，如李白自己所说的那样，"清水出芙蓉，天然去雕饰。"特别是他的绝句，往往写得空灵明净，或者情韵爽朗，给人一种天然清新的感觉。

李白诗现存九百多首，题材广泛，各体兼备。历代辑注本尚存宋杨齐贤集注、元萧士赟补注的《分类补注李太白诗》，明代胡震亨的《李诗通》、朱谏的《李诗选注》、林兆珂的《李诗钞述注》。清代王琦的《李太白全集》是历代整理集注李白诗最为完善之作，民国年间的傅东华、胡云翼等编撰李白诗选本多依此书，当代多家李白诗选注本也受王本影响颇深。本书即依循王本《李太白全集》选诗，分体注释。

目　录

古风·其一

　　大雅❶久不作，吾衰竟谁陈。王风❷委蔓草，战国多荆榛。龙虎❸相啖食❹，兵戈逮狂秦❺。正声何微茫❻，哀怨起骚人❼。扬马激颓波❽，开流荡无垠❾。废兴虽万变，宪章亦已沦❿。自从建安⓫来，绮丽⓬不足珍。圣代复元古⓭，垂衣贵清真⓮。群才属休明⓯，乘运共跃鳞⓰。文质相炳焕⓱，众星罗秋旻⓲。我志在删述⓳，垂辉映千春。希圣⓴如有立，绝笔于获麟㉑。

注释

❶大雅：《诗经》的一部分，包含对周代祖先和周处建国事迹的颂歌，也包括对西周末年统治者的怨刺诗。此代指《诗经》。作：兴起。吾衰：年老。语出《论语·述而》："子曰：甚矣，吾衰也。"陈：呈报，上呈。语出《礼记·王制》："命太史陈诗以观民风。"

❷王风：《诗经·王风》，收有周都洛邑一带诗歌十篇。此代指《诗经》。委蔓草：像蔓草一样枯萎，被遗弃。多荆榛：荆榛，树木丛生，形容战国时代形势混乱。

❸龙虎：指战国时期互相征伐的诸侯。

❹啖食：指吞并。

❺兵戈：指代战争。逮：直到。

❻正声：雅正的诗风。微茫：模糊不清。

❼骚人：指屈原、宋玉等人。

❽扬马：指汉代辞赋家扬雄、司马相如。激：遏止流水，使水流急速。颓波：水势往下，在此比喻诗风衰颓。

❾垠：边际。

⑩宪章：指诗歌创作的法度、规范。沦：湮灭，消亡。

⑪建安：汉献帝刘协的年号，当时文坛作家有三曹、七子等，他们所写出的诗，内容充实，风格刚健质朴，称为"建安体"。

⑫绮丽：文辞华美。

⑬圣代：指唐代。元古：上古，远古。

⑭垂衣：《周易·系辞下》："黄帝、尧、舜垂衣裳而天下治。"意谓顺其自然地治理国家。清真：朴素自然。

⑮群才：当世文人。属：适逢。休明：政治清明。

⑯跃鳞：文人乘势而起，施展才华。

⑰文质：意谓词采与内容相得益彰。炳焕：明亮。

⑱众星：喻同时代的文人。秋旻：秋天明朗的天空。

⑲删述：指整理古代文献。语出《尚书序》："先君孔子……删

《诗》为三百篇，约史记而修《春秋》，赞《易》道以黜《八索》，述职方以除《九丘》。"

⑳希圣：希望达到圣人的境界。

㉑获麟：《春秋·哀公十四年》："西狩获麟，孔子曰'吾道穷矣'。"孔子认为麒麟出非其时而被猎获，不是好兆，遂停止编写《春秋》。

古风·其二

蟾蜍薄太清①，蚀此瑶台②月。圆光亏中天，金魄③遂沦没。螮蝀入紫微④，大明夷朝晖⑤。浮云隔两曜⑥，万象昏阴霏。萧萧长门宫⑦，昔是今已非。桂蠹⑧花不实，天霜下严威。沈叹终永夕⑨，感我涕沾衣。

注释

①蟾蜍：即蛤蟆，古人认为月食是蟾蜍吃掉的月亮造成的。薄：接近。太清：天空。

②瑶台：传说西王母居住在瑶台。此处指月亮所处之地。《穆天子传》载周穆王与西王母会于瑶池。天子宾于西王母，天子觞西王母于瑶池之上。西王母为天子谣曰：白云在天，山陵自出。道里悠远，山川间之。将子无死，尚能复来。天子答之曰：予归东土，和治诸夏。万民平均，吾顾见汝。比及三年，将复而野。

③金魄：月亮。

④螮蝀（dì dōng）：彩虹。紫微：即紫微垣，大帝之座，天子之常居。整句意为阴象侵入帝座，不祥。

⑤大明：太阳。夷：消灭。

⑥两曜：即日和月。

⑦萧萧：草木摇落的声音。长门宫：汉武帝时陈皇后居住的冷宫。

⑧桂蠹（dù）：害虫寄生在桂树上。

⑨永夕：长夜。

古风·其三

　　秦王扫六合①，虎视②何雄哉！挥剑决③浮云，诸侯尽西来④。明断自天启⑤，大略驾⑥群才。收兵⑦铸金人，函谷⑧正东开。铭功会稽岭⑨，骋望琅琊台⑩。刑徒七十万，起土骊山隈⑪。尚采不死药⑫，茫然使心哀⑬。连弩射海鱼，长鲸正崔嵬⑭。额鼻象五岳⑮，扬波喷云雷。鬐鬣⑯蔽青天，何由睹蓬莱⑰？徐市⑱载秦女，楼船几时回。但见三泉⑲下，金棺葬寒灰⑳。

注释

①六合：上下四方为六合，泛指天下。

②虎视：形容秦始皇威武的气势。

③决：斩断。

④尽西来：指秦始皇平定六国，把东方六国的君主都俘虏到秦国来。

⑤明断：英明的决断。天启：来自上天的启示。

⑥驾：驾驭。极言秦始皇的雄才大略能够驾驭有才能的人。

⑦收兵：兵，指兵器。秦统一六国后，收集全国兵器，铸成十二个大铜人。

⑧函谷：函谷关，位于今河南省灵宝市，为秦国东境重要险关，防御东方六国开闭很严，秦始皇统一六国后，可以向东开放了。

⑨铭功：刻碑纪功。会稽：会稽山，位于今浙江绍兴市东南。秦始皇三十七年，登会稽山祭禹，刻石纪功。

⑩骋望：极目远眺。琅玡：琅玡山，位于山东诸城市东南海滨。

秦始皇二十八年，登琅玡山，筑台纪功。

⓫刑徒二句：指秦始皇三十五年，发罪犯七十余万人修建王陵。刑徒：罪犯。骊山：位于今陕西西安市临潼区东南。隈：山弯曲的地方。

⓬不死药：吃了可以长生不死的丹药。

⓭传心哀：心里悲哀的样子。

⓮崔嵬：高大雄伟的样子。

⓯五岳：中华五大名山，分别为东岳泰山、西岳华山、南岳衡山、北岳恒山、中岳嵩山。

⓰鬐鬣（qí liè）：鱼脊和鱼鳍。

⓱蓬莱：与方丈、瀛洲合称为古代传说里的海中三神山。

⓲徐市：即徐福，方士。据史书记载，秦始皇听了徐市的话，派人带了童男女五千人，坐上大船，去海外采不死药，一去不复返。

⓳三泉：据《史记·秦始皇本纪》载，始皇下葬时"穿三泉"，言挖地至水。

⓴寒灰：腐朽的尸首。

古风·其四

凤飞九千仞，五章❶备彩珍。衔书❷且虚归，空入周与秦❸。横绝历四海，所居未得邻。吾营紫河车❹，千载落风尘。药物秘海岳，采铅❺青溪滨。时登大楼山❻，举手望仙真❼。羽驾❽灭去影，飙车❾绝回轮。尚恐丹液❿迟，志愿不及申。徒霜镜中发，羞彼鹤上人⓫。桃李何处开，此花非我春。唯应清都境⓬，长与韩众⓭亲。

注释

❶五章：五色花纹。

❷衔书：凤凰衔书，帝王使者持送诏书的意思。

❸周与秦：周和秦的都城，此指长安。

❹紫河车：道家仙丹。

❺铅：道家炼丹原料。

❻大楼山：在今安徽贵池。

❼仙真：仙人。

❽羽驾：乘鹤飞行。

❾飙车：御风而行。

❿丹液：道教称长生不老之药。

⓫鹤上人：乘鹤仙人。

⓬清都境：神话传说中天帝居住的宫阙。

⓭韩众：传说中的仙人。晋葛洪《神仙传》，齐人韩众为王采药，王不肯服，众人食之，遂得成仙。

古风·其五

太白何苍苍❶，星辰上森列。去❷天三百里，邈尔❸与世绝。中有绿发翁❹，披云卧松雪。不笑亦不语，冥栖❺在岩穴。我来逢真人，长跪问宝诀❻。粲然❼启玉齿，授以炼药说。铭骨传其语，竦身❽已电灭。仰望不可及，苍然五情热❾。吾将营丹砂❿，永与世人别。

注释

❶太白：指秦岭主峰太白山。苍苍：深青色。

❷去：距离。

❸邈尔：高远的样子。

❹绿发翁：头发乌亮的仙人。

⑤冥栖：指隐居。

⑥宝诀：成仙的秘诀。

⑦粲然：露齿而笑的样子。

⑧竦身：纵身向上跳。

⑨苍然：骤然，突然。五情：指人的喜、怒、哀、乐、怨五种情感。

⑩营丹砂：修炼仙术。

❧ 古风·其七 ❧

客有鹤上仙❶，飞飞凌太清❷。扬言碧云里，自道安期❸名。两两白玉童，双吹紫鸾笙。去影忽不见，回风❹送天声。举首远望之，飘然若流星。愿餐金光草❺，寿与天齐倾。

注释

❶鹤上仙：乘鹤飞行的仙人。

❷凌：飞过。太清：天空。

❸安期：秦汉间传说中的仙人，姓郑，名安期，亦称安期生。

❹回风：旋风。

❺金光草：传说中的仙草。

❧ 古风·其十 ❧

齐有倜傥❶生，鲁连特高妙❷。明月❸出海底，一朝开光曜❹。却秦振英声，后世仰末照❺。意轻千金赠，顾向平原笑❻。吾亦澹荡❼人，拂衣可同调❽。

注释

❶倜傥：豪爽而不拘小节，不受拘束的样子。

❷鲁连：战国时期齐人鲁仲连。《史记·鲁仲连邹阳列传》："好奇伟倜傥之画策，而不肯仕宦任职。"游赵时，适逢赵都邯郸被秦所围，赵求援于魏。魏遣使辛垣衍劝赵尊秦为帝。鲁仲连闻之，往见平原君，力驳此言，义不帝秦。秦军为此撤军五十里。后魏国信陵君夺得了晋鄙的军权率军击秦救赵，秦军因而撤回。平原君要封赏鲁仲连，设酒款待鲁仲连，并以千金酬谢。鲁仲连坚辞不受。高妙：杰出，出众。

❸明月：在此指夜明珠。《淮南子·说山训》高诱注："珠有夜光、明月，生于蚌中。"

❹开光曜：放射出光辉。

❺却秦二句：指鲁仲连义不帝秦却秦救赵之事受到后世敬仰。末照：意余光，承上文"明月"。

❻意轻二句：指平原君千金酬谢鲁仲连，笑而不受，辞别不复见。

❼澹荡人：胸怀恬淡，不慕名利之人。

❽拂衣：超然高举的意思，表示与世俗决绝。《后汉书·杨彪传》："孔融鲁国男子，明日便当拂衣而去，不复朝矣！"同调：谓志趣相合。

❧ 古风·其十九 ❧

西岳莲花山❶，迢迢见明星❷。素❸手把芙蓉❹，虚步蹑太清❺。霓裳曳广带❻，飘拂升天行。邀我登云台❼，高揖卫叔卿❽。恍恍❾与之去，驾鸿凌紫冥❿。俯视洛阳川，茫茫走胡兵⓫。流血涂野草，豺狼尽冠缨⓬。

注释

❶莲花山：指华山，在今陕西华阴市南。华山的中峰叫莲花峰。

❷明星：传说中住在华山的仙女。《太平广记》也叫"明星玉女"。

❸素：洁白。

❹芙蓉：莲花的别称，也叫芙蕖。

❺虚步：凌空而行。蹑：踏。太清：指天空。

❻霓裳：云霓般的衣裳。曳：拖着。广带：宽大的衣带。

❼云台：指华山的云台峰。

❽卫叔卿：传说住在华山中的仙人。

❾恍恍：朦朦胧胧的样子。

❿鸿：大雁。凌：高升。紫冥：天空。

⓫胡兵：指安禄山的叛军。

⓬豺狼：仍指安禄山的叛军。冠缨：冠，帽子；缨，帽带。

古风·其二十四

　　大车扬飞尘，亭午暗阡陌❶。中贵❷多黄金，连云开甲宅❸。路逢斗鸡者，冠盖何辉赫❹。鼻息干虹蜺❺，行人皆怵惕❻。世无洗耳翁❼，谁知尧与跖❽。

注释

❶亭午：正午。阡陌：田间的小路，南北为阡，东西为陌。

❷中贵：宦官。

❸连云：上接云霄。甲宅：第一等府第。

❹冠盖：衣着车饰。辉赫：光彩照人的样子。

❺鼻息：气息，指嚣张气焰。干：冲，犯。虹蜺：天上的彩虹与云霞。

❻怵惕：恐惧，害怕。

❼洗耳翁：上古传说时的许由。帝尧将王位禅让给他，他听说后就逃于颍水之阳。之后尧又召他为九州长，他遂以水洗耳。此处用来比喻不贪名利的人。

❽跖：古代传说中的大盗，此处与"尧"对举，代指好人与坏人。

古风·其三十五

丑女来效颦，还家惊四邻❶。寿陵失本步，笑杀邯郸人❷。一曲斐然❸子，雕虫❹丧天真。棘刺造沐猴❺，三年费精神。功成无所用，楚楚❻且华身。大雅思文王❼，颂声❽久崩沦。安得郢中质，一挥成斧斤❾。

注释

❶丑女二句：用东施效颦的典故，出于《庄子·天运》篇。比喻效仿别人，反而适得其反，更加令人生厌。颦：皱眉。

❷寿陵二句：用邯郸学步的典故，出于《庄子·秋水》篇。盲目地模仿别人，不仅没学到本领，反而失去了本真。

❸斐然：文采。

❹雕虫：杨雄《法言》里说作赋是雕虫小技，后指作文。

❺沐猴：猕猴。《韩非子》记载一个卫国人骗燕王说能够在酸枣枝的刺上雕刻母猴，事情败露后逃走。三年：《列子·说符》记载宋人用玉造楮叶，用了三年时间。

❻楚楚：衣着华美。

❼此句用《诗经·大雅·文王》，歌颂周文王的功绩。

❽颂声：《诗经》中的《颂》。与前句指出《诗经》的传统已经丧失了。

❾安得二句：《庄子·徐无鬼》篇记载，郢人刷墙，鼻子上沾了薄薄一层白灰，找到石匠削掉。石匠运斧生风削掉白灰而不伤鼻子。宋元君听说了，请石匠前来表演，石匠说不成了，那人已经死了，没有施展技巧的对象了。质：对象。斤：斧子。

❦ 古风·其四十六 ❦

一百四十年❶，国容何赫然❷。隐隐五凤楼❸，峨峨横三川❹。王侯象星月，宾客如云烟。斗鸡金宫里❺，蹴鞠瑶台边❻。举动摇白日，指挥回青天❼。当途何翕忽❽，失路长弃捐❾。独有扬执戟，闭关草《太玄》❿。

注释

❶唐高祖武德元年至玄宗天宝初年，共一百二十余年。故清人王琦注《李太白全集》疑"四"字误。

❷国荣：指唐都长安繁盛。赫然：繁盛。

❸隐隐：隐约不清。五凤楼：泛指宫殿。

❹三川：泾水、渭水、洛水合称。

❺金宫：皇宫。

6 蹴鞠：踢球。瑶台：此处指华丽楼阁。

7 白日、青天：喻指君王。

8 当途：当涂，当道，喻指掌权之人。翕忽：迅速之意。

9 失路：失势。弃捐：被放弃。

10 扬执戟：汉代扬雄。《太玄》：西汉扬雄著，共十卷。亦称《太玄经》。

远别离❶

远别离，古有皇英❷之二女，乃在洞庭❸之南，潇湘之浦❹。海水❺直下万里深，谁人不言此离苦？日惨惨兮云冥冥❻，猩猩啼烟兮鬼啸雨❼。我纵言之将何补❽？皇穹❾窃恐不照余之忠诚，雷凭凭❿兮欲吼怒。尧舜当之亦禅⓫禹。君失臣兮龙为鱼，权归臣兮鼠变虎。或云：尧幽囚⓬，舜野死⓭。九疑⓮联绵皆相似，重瞳⓯孤坟竟何是？帝子⓰泣兮绿云间，随风波兮去无还。恸哭兮远望，见苍梧之深山。苍梧山崩湘水绝，竹上之泪乃可灭。

注释

1 远别离：乐府旧题，乐府"别离"十九曲之一。宋郭茂倩《乐府诗集》列入《杂曲歌辞》。

2 皇英：指娥皇、女英，相传是尧的女儿，舜的妃子。

3 洞庭：湖南岳阳的洞庭湖。

4 潇湘：湘水与潇水，交汇后流入洞庭湖。浦：水边。

5 海水：指洞庭湖水。

6 惨惨：暗淡无光。冥冥，阴晦不明的样子。

7 猩猩：泛指猿类。啼烟、啸雨：在阴雨中长啸。

⑧纵：即使。补：益处。

⑨皇穹：苍天。此处指唐玄宗。

⑩凭凭：形容接连不断的雷声，大而急。

⑪禅：禅让，以皇位让人。

⑫幽囚：囚禁。传说尧德衰，为舜所囚。

⑬舜野死：传说舜征伐有苗时死在苍梧之野。

⑭九疑：在今湖南宁远九嶷山，即苍梧山，传说舜葬于此。

⑮重瞳：指舜。传说舜的眼睛里有两个瞳孔，古又称重华。

⑯帝子：指娥皇、女英。《述异记》记载，传说舜死后，二妃相
与恸哭，泪下沾竹，竹上呈现出斑纹。

公无渡河①

　　黄河西来决昆仑②，咆哮万里触龙门③。波滔天，尧咨嗟④。大禹
理⑤百川，儿啼不窥家⑥。杀湍湮洪水⑦，九州始蚕麻⑧。其害乃去，茫
然风沙。被发之叟⑨狂而痴，清晨临流欲奚⑩为。旁人不惜妻止之，公
无渡河苦渡之。虎可搏，河难凭⑪，公果溺死流海湄⑫。有长鲸⑬白齿
若雪山，公乎公乎挂胃⑭于其间，箜篌所悲竟⑮不还。

注释

①公无渡河：乐府旧题，宋郭茂倩《乐府诗集》列入《相和歌
辞》，又名《箜篌引》。

②昆仑：昆仑山，古时认为黄河发源于昆仑山。

③龙门：即龙门山，在今陕西韩城东北，黄河流经于此。

④尧咨嗟：尧时发洪水，波浪滔天，水患甚大，尧大为感叹。

⑤理：即治理，唐人避唐高宗讳，改为"理"。

⑥不窥家：指大禹治水，八年间三过家门而不入。

⑦杀：减少，减轻。湍：河水急流。湮：堵塞。

⑧九州：指中国。蚕麻：养蚕种麻。此指恢复农业生产。

⑨被发之叟：披头散发，徒手渡河的狂徒。

⑩奚：什么。

⑪凭：徒步渡过河流。

⑫湄：海边。

⑬长鲸：海中大鲸鱼。

⑭挂罥（juàn）：悬挂。罥，网也。

⑮箜篌：一种西域弦乐器。竟：却。

蜀 道 难①

　　噫吁嚱②！危乎高哉！蜀道之难，难于上青天。蚕丛及鱼凫，开国何茫然③！尔来四万八千岁，不与秦塞通人烟④。西当太白有鸟道，可以横绝峨眉巅⑤。地崩山摧壮士死，然后天梯石栈相钩连⑥。上有六龙回日之高标，下有冲波逆折之回川⑦。黄鹤之飞尚不得过，猿猱欲度愁攀援⑧。青泥何盘盘！百步九折萦岩峦⑨。扪参历井仰胁息，以手抚膺坐长叹⑩。问君西游何时还，畏途巉岩不可攀。但见悲鸟号古木，雄飞雌从绕林间。又闻子规⑫啼夜月，愁空山。蜀道之难，难于上青天，使人听此凋朱颜⑬！连峰去天不盈尺⑭，枯松倒挂倚绝壁。飞湍瀑流争喧豗，砯崖转石万壑雷⑮。其险也如此，嗟尔远道之人胡为乎来哉⑯！剑阁峥嵘而崔嵬⑰，一夫当关，万夫莫开。所守或匪亲⑱，化为狼与豺。朝避猛虎，夕避长蛇⑲，磨牙吮血，杀人如麻。锦城⑳虽云乐，不如早还家。蜀道之难，难于上青天，侧身西望长咨嗟㉑！

注释

❶蜀道难：乐府旧题，宋郭茂倩《乐府诗集》列入《相和歌·瑟调曲》。

❷噫吁嚱：惊叹声，表示惊讶的声音。

❸蚕丛、鱼凫：传说古蜀国两位国王的名字，见《华阳国志·蜀志》。何：多么。茫然：渺茫遥远。

❹尔来：蚕丛、鱼凫开国以来。四万八千岁：极言时间之长远。秦塞：秦的边塞，指秦地。秦地四周有山川险阻，故称"四塞之地"。通人烟：人员交通往来。

❺当：对着，向着。太白：太白山，又名太乙山，秦岭主峰，在今陕西眉县一带。鸟道：山间狭窄的小路。指连绵高山，无路可通，只有鸟能飞过，人迹罕至。横绝：跨越。峨眉巅：峨眉山峰顶。

❻摧：倒塌。天梯：非常陡峭崎岖的山路。石栈：山石上开辟出来的栈道。

❼高标：指蜀山中的最高峰，可作为这一带的标志。冲波：因水流冲击而形成的波涛。逆折：水流回旋。回川：有漩涡的河流。

❽黄鹤：黄鹄鸟，善飞的大鸟。尚：尚且。猿猱：蜀山中最善攀爬的猿猴。

❾青泥：青泥岭，位于今甘肃徽县南，陕西略阳县北。盘盘：山路曲折回旋的样子。萦：盘绕。

❿扪参历井：山势高俊，行人可手触星辰。扪：触摸。历：经过。参、井是星宿名。古人把天上的星宿分别指配于地上的州国，叫作"分野"，以便通过观察天象来占卜地上所配州国的吉凶。参星居西方七宿之末，为蜀之分野。井星居南方七宿之首，为秦之分野。胁息：屏住呼吸。膺：胸口。

⓫君：指入蜀的友人。畏途：令人生畏的山路。巉岩：险峻陡峭的山壁。

⓬子规：即杜鹃鸟，蜀地最多，传说为蜀帝杜宇所化，鸣声凄

015

厉。这句是说，听到杜鹃在月夜里悲啼，使得空旷的山林氛围更加的清冷悲戚。

⑬凋朱颜：红颜带忧色，如花凋谢。凋，使动用法，使……凋谢，这里指面容失色。

⑭去：到，距离。盈：满。

⑮飞湍：飞奔而下的急流。喧豗：喧闹声，流水相互撞击，碰撞岩壁发出的巨大响声。砯，水冲击石壁发出的响声。转：使滚动。壑：山谷，沟壑。

⑯嗟：感叹词。尔：你。胡为乎：做什么。乎：语尾助词。

⑰剑阁：又名剑门关，在四川剑阁县北，是大剑山、小剑山之间的一条栈道。是由秦入蜀的必经之路。峥嵘：形容山势高大雄峻的样子。崔嵬：崎岖。

⑱或：倘若。匪：同"非"，不是。

⑲狼、豺、虎、蛇：喻指反叛者。

⑳锦城：亦称锦官城，古指成都，因以产锦闻名，朝廷曾经设官于此，专收锦织品，故称锦城或锦官城。

㉑长咨嗟：长叹息。

梁甫吟①

长啸梁甫吟，何时见阳春②？君不见，朝歌屠叟辞棘津，八十西来钓渭滨③！宁羞白发照清水，逢时壮气思经纶④。广张三千六百钓，风期暗与文王亲⑤。大贤虎变愚不测，当年颇似寻常人⑥。君不见，高阳酒徒起草中，长揖山东隆准公⑦！入门不拜逞雄辩，两女辍洗来趋风⑧。东下齐城七十二，指挥楚汉如旋蓬⑨。狂客落魄尚如此，何况壮士当群雄⑩！我欲攀龙见明主，雷公砰訇震天鼓⑪。帝旁投壶多玉女，三时大笑开电光，倏烁晦冥起风雨⑫。阊阖九门不可通，以额扣关阍者怒⑬。白日不照吾精诚，杞国无事忧天倾⑭。猰貐磨牙竞人肉，驺虞不折生草茎⑮。手接飞猱搏雕虎，侧足焦原未言苦⑯。智者可卷愚者豪，世人见我轻鸿毛。力排南山三壮士，齐相杀之费二桃⑱。吴楚弄兵无剧孟，亚夫哈尔为徒劳⑲。梁甫吟，声正悲。张公两龙剑，神物合有时⑳。风云感会起屠钓，大人嵘屼当安之㉑。

🔴 注释

❶梁甫吟：乐府旧题，宋郭茂倩《乐府诗集》列入《相和歌辞》。此诗是李白效仿诸葛亮《梁甫吟》而作。

❷长啸：高歌，高唱。阳春：春天阳光明媚。此句暗指自己在政治上不得志。

❸朝歌：商朝都城，在今河南淇县。屠叟：指吕尚。《韩诗外传》卷七："吕望行年五十，卖食棘津，年七十屠于朝歌，九十乃为天子师，则遇文王也。"棘津：古代黄河渡口，在今河南省延津县东北。相传吕尚未遇文王时在此卖食，后身为渔父而钓于渭阳之滨。

❹经纶：喻治理国家的抱负和能力。

❺三千六百钓：指吕尚在渭水河边垂钓十年，计三千六百日。风期：风度和品格。

❻大贤：指吕尚。虎变：虎毛变新，比喻大人物终会得志，非常人所能预料。

❼高阳酒徒：指西汉人郦食其。《史记·郦生陆贾列传》："郦生食其者，陈留高阳人也。好读书，家贫落魄，无以为衣食业，为里监门吏。然县中贤豪不敢役，县中皆谓之狂生。……沛公至高阳传舍，使人召郦生。郦生至，入谒，沛公方倨床使两女子洗足，而见郦生。郦生入，则长揖不拜。"郦生尝自称高阳酒徒，以计助刘邦灭秦抗楚。山东：古时称崤山、函谷关以东的地区。刘邦是沛县人，故称。隆准公：指刘邦。《史记·高祖本纪》："高祖为人，隆准而龙颜。"

❽趋风：小步快走，快步如风前来迎接。

⑨东下二句：郦食其建议刘邦联齐孤立项羽。并出使齐国游说，齐王田广以所辖七十余城归顺刘邦。旋蓬：蓬草打着旋转飘在空中。

⑩狂客：指郦食其。壮士：诗人自比。

⑪攀龙：攀附天子以求建取功名。雷公：指传说中的雷神。砰訇：形容声音宏大。天鼓：指天雷。

⑫投壶：古时的一种娱乐游戏，投箭入壶者胜，不入者受罚。三时：指早、午、晚。倏烁：电光闪耀迅速。晦冥：昏暗不明。

⑬阊阖：上古传说中的天门。阍者：看守天门的人。这两句指唐玄宗昏庸无道，宠信奸佞，使有才能的人报国无门。

⑭杞国句：用典杞人忧天。《列子》："杞国有人忧天地崩坠，身亡所寄，废寝食者。"此句意谓皇帝不理解我，还以为我是杞人忧天，借此自嘲。

⑮猰貐：上古神话中一种吃人的野兽。此处比喻阴险狡诈的小人。竞人肉：争吃人肉。驺虞：上古神话中一种仁兽，白质黑纹，不伤人畜，不践踏生草。诗人自比，意指不与奸人同流合污。

⑯接：迎面击打。飞猱：猿猴。雕虎：身上满布斑纹的猛虎。焦原：传说春秋时莒国有一块约五十步方圆的大石，名叫焦原，下临百丈深渊，只有勇敢无畏的人才敢站上去。此两句李白自喻勇武。

⑰智者可卷：智者可忍一时之屈。愚者豪：愚者只知一味骄横。

⑱二桃：用典二桃杀三士。《晏子春秋》内篇卷二《谏》下载：齐景公手下有公孙接、田开疆、古冶子三勇士，皆力能搏虎，却不知礼义。相国晏婴便向齐景公建议除掉他们。他建议景公用两只桃子赏给有功之人。于是三勇士争功，然后又各自羞愧自杀。此处意在暗讽当时权相李林甫陷害韦坚、李邕、裴敦复等忠义大臣。

⑲吴楚弄兵：指西汉景帝时吴楚七国之乱。景帝派大将周亚夫领兵平叛。周亚夫到河南见到侠士剧孟，高兴地说：吴楚叛汉，却不用剧孟，注定要失败。哈：讥笑，嗤笑。此处暗指失去人才，大事难成。

⑳张公：指西晋张华。据《晋书·张华传》载：西晋时丰城县令雷焕掘地得双剑，即古代名剑干将和镆铘。雷把干将送给张华，自己

留下镆铘。后来张华被杀，干将失落。雷焕死后，他的儿子雷华有一天佩带着莫邪经过延平津，突然，剑从腰间跳进水中，与早已在水中的干将会合，化作两条蛟龙。此处用典暗指总有一天自己会得到明君赏识。

㉑风云感会：即风云际会，形容君臣遇合，成就大业。大人：有才干的人，有志向的人。嵲屼（niè wù）：亦作"臲卼"，心中不安。

乌夜啼❶

黄云城边乌欲栖❷，归飞哑哑❸枝上啼。机中织锦秦川女❹，碧纱如烟❺隔窗语。停梭怅然忆远人❻，独宿孤房泪如雨。

注释

❶乌夜啼：乐府旧题，宋郭茂倩《乐府诗集》列入《清商曲辞·西曲歌》，多写男女离别相思之苦。

❷乌欲栖：梁简文帝《乌栖曲》，敦煌残卷本作"乌夜栖"。

❸哑哑：乌啼声。吴均《行路难五首》："唯闻哑哑城上乌。"

❹秦川女：指晋朝苏蕙。《晋书·列女传》载：窦滔妻苏氏，始平人，名蕙，字若兰，善属文。窦滔原本是秦川刺史，后被苻坚徙流沙。苏蕙把思念织成回文璇玑图，题诗二百余，计八百余言，纵横反复皆成章句。

❺碧纱如烟：指窗上的碧纱像烟一样朦胧。

❻梭：织布用的织梭。其状如船，两头有尖。怅然：恍然若失的样子。远人：指远在外边的丈夫。怅然：惆怅的样子。

乌栖曲❶

姑苏台上乌栖时❷，吴王宫里醉西施❸。吴歌楚舞❹欢未毕，青山欲衔半边日。银箭金壶❺漏水多，起看秋月坠江波❻。东方渐高❼奈乐何！

注释

❶乌栖曲：乐府旧题，宋郭茂倩《乐府诗集》列入《清商曲辞》。

❷姑苏台：在今江苏苏州的姑苏山上，为吴王夫差所筑，上建春宵宫，为长夜之歌。乌栖时：乌鸦停宿的时候，指日暮时分。

❸吴王：即春秋时期的吴王夫差。西施：春秋时的著名美女。夫差打败越国，纳越国美女西施，为筑姑苏台。

❹吴歌楚舞：吴楚两国的歌舞。

❺银箭金壶：指刻漏，为古代计时工具。箭与壶是滴水计时的部件。

❻秋月坠江波：月亮逐渐落下，天色将明。

❼东方渐高：太阳从东方渐渐升起。

将进酒❶

君不见黄河之水天上来❷，奔流到海不复回。君不见高堂❸明镜悲白发，朝如青丝❹暮成雪。人生得意❺须尽欢，莫使金樽❻空对月。天生我材必有用，千金散尽还复来。烹羊宰牛且为乐，会须❼一饮三百杯。岑夫子，丹丘生，将进酒，杯莫停❽。与君❾歌一曲，请君为我倾耳听。钟鼓馔玉不足贵❿，但愿长醉不愿醒。古来圣贤皆寂寞⓫，惟有饮者留其名。陈王昔时宴平乐⓬，斗酒十千恣欢谑⓭。主人何为言少钱？径须沽取对君酌⓮。五花马⓯，千金裘⓰，呼儿将出换美酒，与尔同销万古愁⓱。

注释

❶将进酒：乐府旧题，宋郭茂倩《乐府诗集》列入《鼓吹曲辞》。劝酒歌。将：请。

❷天上来：黄河发源于昆仑，地势极高，仿佛从天而降。

❸高堂：指父母。

④青丝：喻黑发。

⑤得意：心情高兴的时候。

⑥金樽：盛酒器具。

⑦会须：应该，应当。

⑧岑夫子：隐士岑勋。丹丘生：元丹丘。这二人都是李白的好友。

⑨与君：为你们，给你们。

⑩钟鼓：古代贵族富人宴会中奏乐使用的乐器。馔玉：形容食物精致珍贵。

⑪寂寞：不为人知。

⑫陈王：指陈留王曹植。平乐：观名。曹植宴乐的地方。

⑬恣：纵情任意。谑：玩闹、取乐。

⑭径须：尽管，只管。沽取：买。

⑮五花马：马鬃剪成五瓣花纹的骏马，指名贵的马。

⑯千金裘：名贵的皮衣。

⑰尔：你。销：同"消"。

❦ 行行游且猎篇❶ ❧

边城儿，生年❷不读一字书，但知游猎夸轻趫❸。胡马秋肥宜白草❹，骑来蹑影何矜骄❺。金鞭拂雪挥鸣鞘❻，半酣❼呼鹰出远郊。弓弯满月❽不虚发，双鸧迸落连飞髇❾。海边观者皆辟易❿，猛气英风振沙碛⓫。儒生不及游侠人⓬，白首下帷⓭复何益！

注 释

❶行行游且猎篇：乐府旧题，宋郭茂倩《乐府诗集》列入《杂曲

歌辞》。

❷生年：平生。

❸但：只。轻趫：轻捷。

❹胡马秋肥：胡地秋季青草茂盛，马易养肥。白草：一种牧草，晾干后呈白色。

❺蹑影：追赶日影。这里形容骑马奔跑速度快。矜骄：骄傲。

❻金鞭：装饰华贵的金色马鞭。鞘：马鞭的末梢。

❼半酣：半醉的意思。

❽满月：把弓拉满，像圆月的形状。

❾鸧（cāng）：鹤。髇（xiāo）：响箭。

❿海：瀚海沙漠。辟易：惊退。

⓫沙碛：沙漠。

⓬游侠人：此处指边城儿。

⓭下帷：放下帷幕。

天马歌❶

天马来出月支窟❷，背为虎文龙翼骨❸。嘶青云，振绿发❹，兰筋权奇走灭没❺。腾昆仑，历西极，四足无一蹶❻。鸡鸣刷燕晡秣越❼，神行电迈蹑慌惚❽。天马呼，飞龙趋，目明长庚臆双凫❾。尾如流星首渴乌，口喷红光汗沟朱❿。曾陪时龙蹑天衢，羁金络月照皇都⓫。逸气稜稜凌九区，白璧如山谁敢沽⓬。回头笑紫燕，但觉尔辈愚⓭。天马奔，恋君轩，骏跃惊矫浮云翻⓮。万里足踯躅，遥瞻阊阖门⓯。不逢寒风子，谁采逸景孙⓰。白云在青天，丘陵远崔嵬⓱。盐车上峻坂，倒行逆施畏日晚⓲。伯乐剪拂中道遗，少尽其力老弃之⓳。愿逢田子方，恻然为我悲⓴。虽有玉山禾㉑，不能疗苦饥。严霜五月凋桂枝，伏枥㉒衔冤摧两眉。请君赎献穆天子㉔，犹堪弄影舞瑶池。

注释

❶天马歌：乐府旧题，宋郭茂倩《乐府诗集》列入《郊庙歌辞》。

❷天马：指大宛马。月支：也作月氏，西域古国名。窟，指天马出生的湖边。

❸虎文：天马毛色似虎背纹理。

❹绿发：指天马额头上的毛。

❺兰筋：马额上筋名，马筋节坚者，为千里马。权奇：奇异，出众。

❻西极：西方极其遥远的地方。汉《天马歌》载：天马徕，从西极。涉流沙，九夷服。蹶，指马失蹄。

❼鸡鸣：清晨时分。刷：洗刷马匹。燕：北方燕地，位于今河北北部辽宁西部地区。晡，傍晚、黄昏。秣，本意草料，此处作喂马讲。越：指南方越地，泛指今江浙一带。

❽神行：马奔跑速度非常快。电迈，疾速行进像闪电一样。电，喻快速。迈，奔跑前进。恍惚：时间极端，一闪而过。

❾飞龙：亦指骏马，马身长八尺以上可称为龙。《赭白马赋序》："马以龙名。"长庚：启明星、太白星，即金星。臆，胸脯。凫，野鸭，指马胸部肌肉像野鸭状。

❿流星：指彗星。渴乌：古代水车上吸水用的竹筒。汗沟：马前腿和胸腹相连的部位。朱，红色，血色。汗沟朱：即指汗血宝马。

⓫天衢：大街。羁金络月：指用黄金装饰的马络头。月：马额上当颅如月。皇都：国都。

⓬稜稜：威严的样子。九区：指九州，全国。白璧如山：指白璧非常多。沽：买。

⓭紫燕：亦指古代骏马。刘劭《赵都赋》载：良马则赤兔、奚斯、常骊、紫燕。

⓮君轩：天子的车驾。骎跃：驱马疾行。矫，昂首抬头。

⑮蹢躅：徘徊，犹豫不进。阊阖：天门。此喻皇宫之门。汉《天马歌》："天马徕，龙之媒。游阊阖，观玉台。"

⑯寒风子：古代的相马人。逸景：古代良马。

⑰白云二句：意指天高路远。《穆天子传》："西王母为天子谣曰：白云在天，山陵自出。道里悠远，山川间之。"崔嵬：山势高峻。

⑱峻坂：陡坡也。倒行逆施：指天马遭遇之苦。畏日晚：年老力衰。

⑲伯乐：古代善于相马的人。剪拂：修剪毛鬃，刷洗尘垢。

⑳田子方：战国时魏国人。此处用典田子方赎老马。

㉑玉山禾：昆仑山之仙禾。《山海经》曰："昆仑之上有木禾，长五寻，大五围。"

㉒枥：马槽。

㉓穆天子：即周穆王。喻指当今天子。

行路难①·其一

金樽清酒斗十千②，玉盘珍羞直万钱③。停杯投箸④不能食，拔剑四顾心茫然⑤。欲渡黄河冰塞川，将登太行⑥雪满山。闲来垂钓碧溪上，忽复乘舟梦日边⑦。行路难，行路难，多歧路，今安在⑧。长风破浪会有时⑨，直挂云帆济沧海⑩。

注释

①行路难：乐府旧题，宋郭茂倩《乐府诗集》列入《杂曲歌辞》。

②金樽：古代装饰精美的盛酒器具。清酒：指清醇的美酒。斗十千：一斗酒价值十千钱，即万钱，形容美酒珍贵。

③玉盘：精美的盘子。珍羞：羞，同"馐"。珍贵美味的菜肴。

直：通"值"，价值。

④投箸：丢下筷子。

⑤茫然：无所适从。

⑥太行：太行山。

⑦忽复：忽然又。日边：喻指朝廷。

⑧多歧路，今安在：岔道这么多，如今的出路在哪里？歧：岔路。安：哪里。

⑨长风破浪：比喻实现政治理想。会：终将。

⑩云帆：高高的船帆。济：渡。沧海：大海。

长相思①

长相思，在长安②。络纬秋啼金井阑③，微霜凄凄簟④色寒。孤灯不明思欲绝，卷帷⑤望月空长叹。美人如花隔云端。上有青冥⑥之长天，下有渌水⑦之波澜。天长路远魂飞苦，梦魂不到关山难。长相思，摧心肝。

注释

①长相思：乐府旧题，宋郭茂倩《乐府诗集》列入《杂曲歌辞》。

②长安：唐都长安，指今陕西省西安市。

③络纬：昆虫，俗称络丝娘、纺织娘。夏秋夜间振羽作声，声如纺线。金井阑：精美的围栏。

④簟：竹席、凉席。

⑤帷：窗帘。

⑥青冥：青天。

⑦渌水：清澈的水。

上留田行①

行至上留田，孤坟何峥嵘②。积此万古恨，春草不复生。悲风四边来，肠断白杨声。借问谁家地，埋没蒿里③茔。古老向余言④，言是上留田，蓬科马鬣今已平⑤。昔之弟死兄不葬，他人于此举铭旌⑥。一鸟死，百鸟鸣。一兽走，百兽惊。桓山之禽别离苦⑦，欲去回翔不能征。田氏仓卒骨肉分，青天白日摧紫荆⑧。交柯之木本同形，东枝憔悴西枝荣⑨。无心之物尚如此，参商⑩胡乃寻天兵。孤竹延陵⑪，让国扬名。高风缅邈⑫，颓波激清。尺布之谣⑬，塞耳不能听。

注释

❶上留田行：乐府旧题，宋郭茂倩《乐府诗集》列入《相和歌辞》。

❷峥嵘：高峻的样子。

❸蒿里：野蒿中的坟墓。茔，指坟地。

❹古老：指老人。余：代词，我。

❺蓬科：土坟上长满的蓬草。马鬣：本意指坟墓封土的一种形状，此处代指坟墓。

❻铭旌：即名旌，古时灵柩前竖立的旗幡，标有死者的姓名。

❼桓山：在今江苏省徐州市铜山区。

❽紫荆：《续齐谐记》中记载，京兆田真兄弟三人共议分财，生资皆平分，唯堂前一株紫荆树，共议欲破三片，明日就截之，其树即枯死，状如火燃。真往见之大惊，谓诸弟曰："树本同株，闻将分所，所以憔悴，是人不如木也。"因悲不自胜，不复解树，树应声荣茂。兄弟相感，更合财宝，遂为孝门。

⑨交柯：南朝梁任昉《述异记》中记载，黄金山有楠树，一年东边荣，西边枯；后年西边荣，东边枯，年年如此。

⑩参商：参星与商星。参西商东，此出彼没，永不相见。喻指兄弟不和。

⑪孤竹：是指商末的诸侯国，公子伯夷和叔齐互相让国，放弃君位。延陵：吴国公子季札，坚决让国。

⑫缅邈：意为遥远。

⑬尺布之谣：西汉淮南王刘长与汉文帝是兄弟，因谋反被废后，绝食而死。后指兄弟不睦。

春日行①

深宫高楼入紫清②，金作蛟龙盘绣楹。佳人当窗弄白日，弦将手语③弹鸣筝。春风吹落君王耳，此曲乃是升天行④。因出天池泛蓬瀛⑤，楼船蹙沓⑥波浪惊。三千双蛾⑦献歌笑，挝钟考鼓⑧宫殿倾，万姓聚舞歌太平。我无为，人自宁。三十六帝欲相迎，仙人飘翩下云軿⑨。帝不去，留镐京⑩。安能为轩辕⑪，独往入窅冥⑫。小臣拜献南山寿⑬，陛下万古垂鸿名⑭。

注释

❶春日行：乐府旧题，宋郭茂倩《乐府诗集》列入《杂曲歌辞》。

❷紫清：指天宫。紫微清都之所，天帝居住的地方。

❸弦将手语：弹奏时，手触摸琴弦发出的声音。

❹升天行：乐府旧题，宋郭茂倩收入《乐府诗集·杂曲歌辞》。

❺天池：指宫中的池沼。蓬瀛：本是传说中海外仙山蓬莱瀛洲，此指大明宫中的蓬莱山。

⑥蔑沓：形容船多密集。

⑦双蛾：眉毛，指宫女。

⑧挝钟考鼓：敲击钟鼓。

⑨云軿：神仙所乘之车。

⑩镐京：西周国都，在西安市长安区西北十八里。这里代指唐都长安。

⑪轩辕：黄帝。

⑫宵冥：天上。

⑬小臣：李白自称。南山寿：意思是为人祝寿之词。典出《诗·小雅·天保》："如南山之寿，不骞不崩。"

⑭鸿名：盛名。

前有一樽酒行① · 其一

春风东来忽相过，金樽渌酒生微波②。落花纷纷稍觉多，美人欲醉朱颜酡③。青轩桃李能几何，流光欺人忽蹉跎④。君起舞，日西夕。当年意气不肯倾⑤，白发如丝叹何益。

注释

①前有一樽酒行：乐府旧题，宋郭茂倩《乐府诗集》列入《杂曲歌辞》。

②金樽：古代装饰精美的盛酒器具。渌酒：即清酒。渌，水清。

③酡：酒后脸色发红。

④蹉跎：虚度光阴。

⑤意气：气概。倾：超越。

前有一樽酒行·其二

琴奏龙门之绿桐，玉壶美酒清若空。催弦拂柱与君饮❶，看朱成碧❷颜始红。胡姬❸貌如花，当垆❹笑春风。笑春风，舞罗衣，君今不醉将安归？

注释

❶催弦：上紧琴弦。拂柱：调整弦柱，校正弦音。

❷看朱成碧：形容酒醉眼花。

❸胡姬：古代西域少数民族少女，后泛指酒肆中的买酒女子。

❹当垆：卖酒。

夜 坐 吟❶

冬夜夜寒觉夜长，沉吟久坐坐北堂❷。冰合井泉月入闺❸，金釭❹青凝照悲啼。金釭灭，啼转多。掩妾泪，听君歌。歌有声，妾有情。情声合，两无违❺。一语不入意，从君万曲梁尘飞❻。

注释

❶夜坐吟：乐府旧题，宋郭茂倩《乐府诗集》列入《杂曲歌辞》。

❷北堂：指妇人居处。

❸冰合井泉：天气寒冷，井水结成冰。闺：女子住室。

④金钉：铜制之灯盏。

⑤无违：没有违背。

⑥从：任凭。梁尘飞：形容善于唱歌的人。《太平御览》卷五七二引汉刘向《别录》载：汉兴以来，善歌者鲁人虞公，发声清哀，盖动梁尘。

❧ 上 云 乐① ❧

金天之西②，白日所没。康老胡雏，生彼月窟③。巉岩容仪，戌削风骨④。碧玉炅炅双目瞳，黄金拳拳两鬓红⑤。华盖垂下睫，嵩岳临上唇⑥。不睹诡谲貌，岂知造化神。大道是文康之严父，元气乃文康之老亲⑦。抚顶弄盘古，推车转天轮⑧。云见日月初生时，铸冶火精与水银⑨。阳乌未出谷，顾兔半藏身⑩。女娲⑪戏黄土，团作愚下人。散在六合间，濛濛若沙尘⑫。生死了不尽，谁明此胡是仙真⑬。西海栽若木，东溟植扶桑⑭。别来几多时，枝叶万里长。中国有七圣，半路颓洪荒⑮。陛下应运起，龙飞入咸阳⑯。赤眉立盆子，白水兴汉光⑰。叱咤四海动，洪涛为簸扬。举足蹋紫微，天关自开张⑱。老胡感至德，东来进仙倡⑲。五色师子，九苞凤凰⑳。是老胡鸡犬，鸣舞飞帝乡㉑。淋漓飒沓㉒，进退成行。能胡歌，献汉酒。跪双膝，立两肘。散花指天举素手。拜龙颜，献圣寿。北斗戾，南山摧。天子九九八十一万岁，长倾万岁杯。

注释

①上云乐：乐府旧题，宋郭茂倩《乐府诗集》列入《清商曲辞》。

②金天：西方之天，五行中西方属庚辛金，故曰金天。

③康老：传为南朝梁周舍或范云依歌舞名所作《老胡文康辞》，中

有西方老年胡人文康，青眼白发，蛾眉高鼻，实际是天上神仙，常见
玉帝、王母。胡雏：年龄较小的胡人、童仆。月窟：西方遥远的地方。

❹巉岩：原意指陡峭的山峰，此处形容长相奇特。戌削：刻画。

❺碧玉：指眼睛碧绿色。炅炅：眼睛明亮有神。黄金拳拳：金黄
色的头发弯弯曲曲。

❻华盖：佛教用语，亦指帝王车驾的伞形顶盖，此处指眉毛。嵩
岳：嵩山，这里比喻高高的鼻梁。

❼大道：万物本源的道。元气：形成天地万物的原始之气。

❽盘古：我国上古神话中开天辟地创世的神。天轮：天地运转。

❾火精与水银：日为火之精，月为水之精。银：即精，叶韵
改银。

❿阳乌、顾兔：古代神话中在太阳里有三足乌，月中阴精积成兔
形，这里借指太阳和月亮。

⓫女娲：上古神话中的神，有女娲造人说。

⓬六合：天地四方合称，指全国。

⓭仙真：飞升得道之人。

⓮西海：西方遥远的地方。若木：日落之地的大树。东溟：东
海。扶桑：传说中东海中的大树。

⓯七圣：指传说中的黄帝、方明、昌寓、张若、詻朋、昆阍、滑
稽七人。此处喻指唐代高祖、太宗、高宗、中宗、睿宗、玄宗、武
后。洪荒：混沌天地初开之时。

⓰陛下：唐肃宗。龙飞：即皇帝位。

⓱赤眉立盆子：东汉初，赤眉军立刘盆子为黄帝。白水兴汉光：
光武帝刘秀，南阳白水乡人。白水：水名，源出湖北枣阳东大阜山，
相传汉光武帝旧宅在此。

⓲紫薇：星座，紫薇垣，喻指皇帝宝座。天关：天门。

⓳仙倡：头戴动物面具的歌舞伎。

⓴五色师子：即五色狮子，道家传说中元始天尊的坐骑。九苞凤
凰：凤凰有九种特征。老胡把凤凰、狮子当作鸡犬家畜饲养。

㉒淋漓：酣畅、盛大。飒沓：舞姿盘旋。

❧ 日出入行① ❧

　　日出东方隈②，似从地底来。历天又入海，六龙③所舍安在哉？其始与终古不息，人非元气④，安得与之久徘徊？草不谢荣于春风，木不怨落于秋天。谁挥鞭策驱四运⑤？万物兴歇皆自然。羲和⑥！羲和！汝奚汩没于荒淫之波？鲁阳何德，驻景挥戈？逆道违天，矫诬实多。

吾将囊括大块，浩然与溟涬同科❼！

注释

❶日出入行：乐府旧题，宋郭茂倩《乐府诗集》列入《相和歌辞·相和曲》。

❷隈：山水的弯曲处。

❸六龙：传说日御车以六龙。

❹元气：指天地未分前的混沌之气。

❺四运：指春夏秋冬四个季节。

❻羲和：传说中为日神驾车的人。汩没：隐没。荒淫之波：指大海。

❼溟涬：谓元气也。同科：同类。

胡无人❶

严风吹霜海草凋❷，筋干精坚胡马骄❸。汉家战士三十万，将军兼领霍嫖姚❹。流星白羽❺腰间插，剑花秋莲❻光出匣。天兵照雪下玉关❼，虏箭如沙射金甲。云龙风虎尽交回，太白❽入月敌可摧。敌可摧，旄头❾灭，履胡之肠涉胡血。悬胡青天上，埋胡紫塞❿傍。胡无人，汉道昌。陛下之寿三千霜⓫。但歌大风云飞扬，安得猛士兮守四方。

注释

❶胡无人：乐府旧题，宋郭茂倩《乐府诗集》列入《相和歌辞》。

❷严风：冬天的风。

❸筋干：谓精良坚固的弓箭。筋：弓弦也。干：即簳，箭杆也。

骄：指胡人马匹强壮的样子。

④霍嫖姚：即霍去病，此处指猛将。

⑤流星白羽：指箭。流星：喻箭之疾速。白羽：以箭羽代指箭。

⑥秋莲：宝剑上装饰。

⑦天兵：朝廷派出的大军。玉关：即玉门关，汉武帝时始置，为通往西域各地的门户，故址在今甘肃敦煌西北小方盘城。

⑧太白：启明星，主杀戮，入月入昴为消灭胡人的迹象。

⑨髦头：即昴星，为胡星，主战事。这里代指胡兵。

⑩紫塞：北方边塞。

⑪三千霜：三千岁。霜：谓秋也。

～❀ 北风行① ❀～

烛龙②栖寒门，光曜犹旦开③。日月照之何不及此④？惟有北风号怒天上来。燕山⑤雪花大如席，片片吹落轩辕台⑥。幽州⑦思妇十二月，停歌罢笑双蛾摧⑧。倚门望行人，念君长城苦寒良可哀⑨。别时提剑救边去，遗此虎文金鞞靫⑩。中有一双白羽箭，蜘蛛结网生尘埃。箭空在，人今战死不复回。不忍见此物，焚之已成灰。黄河捧土尚可塞，北风雨雪恨难裁⑪。

注释

①北风行：乐府旧题，宋郭茂倩《乐府诗集》列入《杂曲歌辞》。

②烛龙：即指中国古代神话传说中的龙。

③犹旦开：光芒好像白天一样。

④此：指幽州，这里指当时安禄山叛军所在的北方。

⑤燕山：山名，在今海河平原的北侧。

⑥轩辕台：燕山南部，传说黄帝在此大战蚩尤。

⑦幽州：唐北方边镇。

⑧双蛾摧：双眉紧皱，形容悲伤、愁闷的样子。

⑨长城：古诗中常借以泛指北方前线。良：实在。

⑩鞞靫：箭袋。

⑪裁：抑制。

❀ 侠客行❶ ❀

赵客缦胡缨，吴钩霜雪明❷。银鞍照白马，飒沓❸如流星。十步杀
一人，千里不留行。事了拂衣去，深藏身与名。闲过信陵❹饮，脱剑
膝前横。将炙啖朱亥，持觞劝侯嬴❺。三杯吐然诺，五岳倒为轻。眼
花耳热后，意气素霓❻生。救赵挥金槌，邯郸先震惊❼。千秋二壮士，
煊赫❽大梁城。纵死侠骨香，不惭世上英。谁能书阁下，白首太
玄经❾。

注释

❶侠客行：乐府旧题，宋郭茂倩《乐府诗集》列入《杂曲歌辞》。

❷赵：古时燕赵之地，多勇武侠客之士，后来燕赵之士多指侠
客。缦，没有花纹。胡：古时对北方少数民族的通称。缨：系冠帽的
带子。缦胡缨：即指没有纹理装饰的粗糙帽带。吴钩：春秋时期吴国
的宝刀名。霜雪明：指宝刀的锋刃像霜雪一样明亮。

❸飒沓：极速、迅疾的样子。指马奔跑如流星一样快。

❹信陵：魏国信陵君魏无忌，战国四公子之一，为人礼贤下士，
门下食客三千余人。

❺朱亥、侯嬴：二人是战国时魏国的侠士，后为信陵君的门客。

朱亥是一屠夫，侯嬴是魏国都城大梁东门的门官，两人都受到信陵君的礼遇，都为信陵君所用。炙：烤肉。啖：吃。啖朱亥：让朱亥来吃。

❻素霓：白虹。凡要做出不寻常的大事，就会出现天象异常。

❼救赵两句：指信陵君听从侯嬴的计策，窃符救赵的故事。

❽烜赫：形容声名盛大。大梁城：魏国都城，今河南开封。

❾太玄经：西汉扬雄所著。暗指不甘心白首为儒。

❧ 关 山 月❶ ❧

明月出天山❷，苍茫云海间。长风几万里，吹度玉门关❸。汉下白登道❹，胡窥青海湾❺。由来❻征战地，不见有人还。戍客❼望边色，思归多苦颜。高楼❽当此夜，叹息未应闲。

注释

❶关山月：乐府旧题，宋郭茂倩《乐府诗集》列入《横吹曲辞》，多描写离别哀伤之情。

❷天山：即祁连山，在今甘肃、青海之间，连绵数千里。因汉时匈奴称"天"为"祁连"，所以祁连山也叫作天山。

❸玉门关：在今甘肃敦煌西北，古代西出西域的交通要道。

❹下：指出兵。白登：今山西大同东有白登山。汉高祖刘邦领兵征匈奴，曾被匈奴在白登山围困了七天。

❺胡：原指少数民族，此指吐蕃。窥：窥伺，侵扰，意图入侵中原地区。青海湾：即今青海省青海湖，湖因青色而得名。

❻由来：从来，历来。

❼戍客：戍守边关的战士。

⑧高楼：古诗中多以高楼指闺阁，这里指驻守边关将士的妻子。

阳春歌①

长安白日照春空，绿杨结烟垂袅风②。披香殿③前花始红，流芳④发色绣户中。绣户中，相经过。飞燕⑤皇后轻身舞，紫宫夫人绝世歌⑥。圣君三万六千日，岁岁年年奈乐何⑦。

注释

❶阳春歌：乐府旧题，宋郭茂倩《乐府诗集》列入《清商曲辞》。
❷袅风：微风，轻风。
❸披香殿：汉代后宫中的宫殿名。
❹流芳：散发着香气。
❺飞燕：即赵飞燕，汉成帝的皇后。
❻紫宫：紫微宫，即未央宫。夫人：指汉武帝皇后李夫人。绝世歌：指李延年的《北方有佳人》。
❼奈乐何：对其乐无可奈何。

山人劝酒①

苍苍云松，落落绮皓②。春风尔来为阿谁③，胡蝶④忽然满芳草。秀眉霜雪颜桃花，骨青髓绿长美好。称是秦时避世人，劝酒相欢不知老。各守麋鹿志⑤，耻随龙虎争⑥。欻⑦起佐太子，汉王⑧乃复惊。顾谓

038

戚夫人^❾，彼翁羽翼成^❿。归来商山^⓫下，泛若云无情。举觞酹巢由^⓬，洗耳^⓭何独清。浩歌望嵩岳^⓮，意气还相倾^⓯。

注释

❶ 山人劝酒：乐府旧题，宋郭茂倩《乐府诗集》列入《琴曲歌辞》。

❷ 落落：豁达，开朗。绮皓：秦末汉初的隐居在商山的四位隐士，即东园公、角里先生、绮里季、夏黄公，须发皆白，人称商山四皓。

❸ 阿谁：谁人。

❹ 胡蝶：蝴蝶。

❺ 麋鹿志：指隐逸的志向。

❻ 龙虎争：指刘邦和项羽的楚汉之争。

❼ 欻：忽然，突然。

❽ 汉王：指汉高祖刘邦。

❾ 戚夫人：汉高祖宠妃，被吕后制为"人彘"。

❿ 彼翁：指商山四皓，指秦汉时期四位名士。《高士传》：四皓者，皆河内轵人也，或在汲。一曰东园公，二曰角里先生，三曰绮里季，四曰夏黄公，皆修道洁己，非义不动。羽翼：辅佐力量。

⓫ 商山：在今陕西商县。

⓬ 觞：酒杯。酹：以酒洒地以祭拜。巢由：巢父、许由，传说为唐尧时的两位隐士。

⓭ 洗耳：运用许由洗耳的典故。尧召许由，欲将帝位传给他，许由不想听，就洗耳于颍水。

⓮ 嵩岳：即嵩山。山南有许由山，山北有许由洗耳的颍水。

⓯ 相倾：指意气相投。

于阗采花[1]

于阗采花人，自言花相似。明妃[2]一朝西入胡，胡中美女多羞死。乃知汉地多名姝[3]，胡中无花可方比。丹青能令丑者妍[4]，无盐翻在深宫里[5]。自古妒蛾眉[6]，胡沙埋皓齿[7]。

注释

[1] 于阗采花：乐府旧题，宋郭茂倩《乐府诗集》列入《杂曲歌辞》。于阗：西域古国。

[2] 明妃：即汉元帝妃子王嫱，字昭君。

[3] 名姝：即美女。

[4] 丹青：绘画用的矿物颜料，此指图画。妍：美丽。

[5] 无盐：古代著名丑女，即战国时齐宣王后钟离春。翻：反而。

[6] 蛾眉：蚕蛾的触须细而弯，故用以比喻美好。

[7] 皓齿：借代美人。

幽涧泉[1]

拂彼白石，弹吾素琴。幽涧愀[2]兮流泉深，善手明徽高张清[3]。心寂历似千古，松飕飗兮万寻[4]。中见愁猿吊影而危处兮，叫秋木而长吟。客有哀时失职[5]而听者，泪淋浪[6]以沾襟。乃缉商缀羽[7]，潺湲[8]成音。吾但写[9]声发情于妙指，殊不知此曲之古今。幽涧泉，鸣深林。

❶幽涧泉：乐府旧题，宋郭茂倩《乐府诗集》列入《琴曲歌辞》，多写哀时失志的悲伤。

❷愀：悲愁忧伤的样子。

❸善手：高手，这里指弹琴的高手。徽：指琴节，这里代指琴。明徽：古时用金玉、水晶等珠宝装饰古琴，显得明亮晶莹。高张：弹琴的手法高明。

❹寂历：寂寞的意思。飔飗：凛冽的寒风。寻：八尺为一寻。

❺失职：失志，有志难酬。

❻淋浪：泪流不止的样子。

❼缉商缀羽：指奏乐。宫商角徵羽为五声。

❽潺湲：水流之声，此指琴声。

❾写：通"泻"，流出。这里指发出声音。

王昭君❶·其一

汉家秦地❷月，流影照明妃❸。一上玉关❹道，天涯去不归。汉月还从东海出，明妃西嫁无来日。燕支❺长寒雪作花，蛾眉憔悴没胡沙❻。生乏黄金枉图画❼，死留青冢使人嗟❽。

注释

❶王昭君：乐府旧题，宋郭茂倩《乐府诗集》列入《相和歌辞》。

❷秦地：指原秦国所辖的地域。此处指长安。

❸明妃：汉元帝妃王嫱，字昭君。

❹玉关：即玉门关，汉武帝时始置，为通往西域各地的门户，故

址在今甘肃敦煌西北小方盘城。

⑤燕支：即焉支山、胭脂山，因山上盛产燕支草得名，为匈奴聚居区域，在今甘肃永昌以西、山丹县东南地区。

⑥蛾眉：蚕蛾触须细而弯，故用以比喻美好。**胡沙**：北方大漠的风沙。

⑦枉图画：昭君曾作为掖庭待诏，被选入汉元帝的后宫，不愿行贿画师，所以毛延寿便在她的画像上点上丧夫落泪痣。昭君便被贬入冷宫3年，无缘面君。东晋葛洪的《西京杂记》载：元帝后宫既多，不得常见，乃使画工图形，案图召幸之。诸宫人皆赂画工，多者十万，少者亦不减五万。独王嫱不肯，遂不得见。匈奴入朝，求美人为阏氏。于是上案图，以昭君行。及去，召见，貌为后宫第一，善应付，举止优雅。帝悔之，而名籍已定。帝重信于外国，故不复更人。乃穷案其事，画工皆弃市，籍其家，资皆巨万。画工有杜陵毛延寿，为人形，丑好老少，必得其真；安陵陈敞，新丰刘白、龚宽，并工为牛马飞鸟众势，人形好丑，不逮延寿。下杜阳望亦善画，尤善布色，樊育亦善布色：同日弃市。京师画工于是差稀。

⑧青冢：即昭君墓。**嗟**：叹息。

中山孺子妾歌①

中山孺子妾，特以色见珍。虽然不如延年妹②，亦是当时绝世人。桃李出深井③，花艳惊上春④。一贵复一贱，关天岂由身。芙蓉老秋霜，团扇⑤羞网尘。戚姬髡剪入春市⑥，万古共悲辛。

注释

①中山孺子妾：乐府旧题，宋郭茂倩《乐府诗集》列入于乐府

《杂歌谣辞》。

❷延年妹：李延年的妹妹李夫人，是汉武帝最宠爱的妃子。

❸深井：庭院当中天井。

❹上春：指孟春季节。春季第一个月。

❺团扇：汉成帝时，班婕妤失宠，作《团扇歌》。

❻戚姬：汉高祖妃戚夫人。髡箝：剃去头发，并用铁圈束颈。

❦ 荆 州 歌❶ ❦

白帝城❷边足风波，瞿塘❸五月谁敢过。荆州❹麦熟茧成蛾，缲丝❺忆君头绪多。拨谷❻飞鸣奈妾何。

注释

❶荆州歌：乐府旧题，宋郭茂倩《乐府诗集》列入《杂曲歌辞》。

❷白帝城：在今重庆市奉节县。

❸瞿塘：即瞿塘峡，也称"夔峡"，与巫峡和西陵峡并称为长江三峡。

❹荆州：在今湖北江陵。

❺缲丝：即缫丝，煮茧抽丝。

❻拨谷：即布谷鸟。

❦ 相 逢 行❶ ❦

相逢红尘❷内，高揖黄金鞭❸。万户垂杨里，君家阿那边❹。

❶相逢行：乐府旧题，宋郭茂倩《乐府诗集》列入《相和歌辞》。

❷红尘内：指繁华热闹。

❸黄金鞭：装饰华贵的金色马鞭。

❹阿那边：在哪里。

有所思❶

我思仙人乃在碧海之东隅❷。海寒多天风，白波连山倒蓬壶❸。长鲸❹喷涌不可涉，抚心❺茫茫泪如珠。西来青鸟❻东飞去，愿寄一书谢麻姑❼。

注释

❶有所思：乐府旧题，宋郭茂倩《乐府诗集》列入《鼓吹曲辞》。

❷碧海：《海内十洲记》："扶桑在东海之东岸。岸直，陆行登岸一万里，东复有碧海。海广狭浩汗，与东海等。水既不咸苦，正作碧色，甘香味美。"东隅：东方。

❸蓬壶：即蓬莱，与方丈、瀛洲并称为古代传说中的海中三仙山。

❹长鲸：巨大的鲸鱼。晋左思《吴都赋》："长鲸吞航，修鲵吐浪。"此处是比喻用法。

❺抚心：抚摸胸口叹息。

❻青鸟：神话传说为西王母使者。

❼麻姑：传说中的女神仙。

久 别 离[1]

别来几春未还家，玉窗五见[2]樱桃花。况有锦字书[3]，开缄使人嗟[4]。至此肠断彼心绝。云鬟绿鬓[5]罢梳结，愁如回飙[6]乱白雪。去年寄书报阳台，今年寄书重相催。东风兮东风，为我吹行云使西来。待来竟不来，落花寂寂委[7]青苔。

注释

[1] 久别离：乐府旧题，宋郭茂倩《乐府诗集》列入《杂曲歌辞》。
[2] 五见：此处即指五年。
[3] 锦字书：前秦时刺史窦涛被流放，妻子织锦为文，写信给他。
[4] 缄：密封。嗟：叹息。
[5] 云鬟绿鬓：形容女子头发浓密有光泽。
[6] 回飙：旋风。
[7] 委：堆积。

白 头 吟[1]

锦水东北流，波荡双鸳鸯[2]。雄巢汉宫树，雌弄秦草芳[3]。宁同万死碎绮翼[4]，不忍云间两分张[5]。此时阿娇[6]正娇妒，独坐长门愁日暮。但愿君恩顾妾深，岂惜黄金买词赋[7]。相如作赋得黄金，丈夫好新多异心。一朝将聘茂陵女，文君因赠白头吟[8]。东流不作西归水，落花辞条羞故林。兔丝^⑨固无情，随风任倾倒。谁使女萝^⑩枝，而来强萦抱。两草犹一心，人心不如草。莫卷龙须席^⑪，从他^⑫生网丝。且留琥珀枕^⑬，或有梦来时。覆水再收岂满杯，弃妾已去难重回。古来得意不相负，只今惟见青陵台^⑭。

注释

❶白头吟：乐府旧题，宋郭茂倩《乐府诗集》列入《相和歌辞·楚调曲》。

❷锦水：即锦江，在今四川省成都南，可泛水洗锦。鸳鸯：水鸟，雌雄不相离。

❸汉、秦：均长安一带。

❹绮翼：指鸳鸯美丽的翅膀。

❺分张：分离。

❻阿娇：指汉武帝陈皇后，有金屋藏娇的典故。

❼买词赋：陈皇后失宠后，退居长门宫，愁闷悲思，请司马相如作了一首《长门赋》，以表自己的悲伤之情。

❽白头吟：卓文君所作乐府古辞。

❾兔丝：即菟丝，一种寄生植物，茎细如丝，寄生缠绕在其他植物上。

❿女萝：菟丝缠在女萝上，比喻男女的爱情。

⓫龙须席：用龙须草编织的席子。

⓬从他：任它。

⓭琥珀枕：用琥珀装饰精美的枕头。

⓮青陵台：战国时宋康王所筑造。在今河南商丘。春秋时宋康王看到舍人韩凭的妻子何氏长得貌美出众，便夺去韩妻何氏。夫妻二人先后自杀。康王非常愤怒，把他们分开埋葬，后来两人的坟上长出连理枝，根交于下，枝错于上，人称相思树。树上有鸳鸯一对，交颈悲鸣，声音感人。

采莲曲[1]

若耶溪[2]傍采莲女，笑隔荷花共人语。日照新妆水底明，风飘香袂[3]空中举。岸上谁家游冶郎[4]，三三五五映垂杨。紫骝[5]嘶入落花去，见此踟蹰[6]空断肠。

注释

[1]采莲曲：乐府旧题，宋郭茂倩《乐府诗集》列入《清商曲辞》。

[2]若耶溪：在今浙江绍兴市南，传说是西施浣纱于此。

[3]袂：衣袖。

[4]游冶郎：外出游乐的青年男子。

[5]紫骝：毛色枣红的良马。

[6]踟蹰：徘徊不进。

临江王节士歌[1]

洞庭白波木叶稀，燕雁[2]始入吴云飞。吴云寒，燕雁苦。风号沙宿潇湘浦[3]，节士[4]感秋泪如雨。白日当天心，照之可以事明主。壮士愤，雄风[5]生。安得倚天剑[6]，跨海斩长鲸[7]。

❶临江王节士歌：乐府旧题，宋郭茂倩《乐府诗集》列入《杂歌谣辞》。

❷燕雁：北方燕地的大雁。

❸潇湘：潇水与湘水，交汇后流入洞庭湖。浦：水边。

❹节士：有节操之人。

❺雄风：强劲的大风。

❻倚天剑：长剑。

❼长鲸：指巨寇，即叛军。

✧ 司马将军歌❶ ✧

狂风吹古月❷，窃弄章华台❸。北落❹明星动光彩，南征猛将如云雷。手中电曳倚天剑❺，直斩长鲸❻海水开。我见楼船壮心目，颇似龙骧下三蜀❼。扬兵习战张虎旗❽，江中白浪如银屋。身居玉帐临河魁，紫髯若戟冠崔嵬❿，细柳⓫开营揖天子，始知灞上⓬为婴孩。羌笛⓭横吹阿嚲回，向月楼中吹落梅⓮。将军自起舞长剑，壮士呼声动九垓⓯。功成献凯见明主，丹青画像麒麟台⓰。

❶司马将军歌：乐府旧题，宋郭茂倩《乐府诗集》列入《杂曲歌辞》。

❷古月：即指胡人，此处指叛将康楚元、张嘉延。

❸章华台：春秋时期楚灵王所筑造，在今湖北。此处代称荆、襄一带。

④北落：即北落师门星。

⑤电曳：像闪电一样快速地挥动。倚天剑：长剑。

⑥长鲸：指巨寇，即叛军。

⑦龙骧：指西晋时大将军。三蜀：指蜀郡、广汉、犍为，在今四川境内。

⑧虎旗：指古时主将的军旗。

⑨玉帐：指主将所居的中军大帐。

⑩紫髯：指南征将领容貌的威武。崔嵬：高大雄伟的样子。

⑪细柳：地名，在今陕西咸阳。

⑫灞上：地名，在今陕西西安。

⑬羌笛：由西域传入的笛子。

⑭落梅：笛曲，亦称《梅花落》，属乐府之《横吹曲辞》。

⑮九垓：九重天。

⑯麒麟台：即麒麟阁，汉高祖刘邦时期建造，汉宣帝刘询令人将霍光等十一名功臣的画像供于麒麟阁以示纪念和褒奖。

君道曲①

大君若天覆②，广运③无不至。轩后爪牙常先太山稽④，如心之使臂。小白鸿翼于夷吾⑤，刘葛鱼水⑥本无二。土扶可成墙，积德为厚地。

注释

①君道曲：属乐府《相和歌辞》。

②大君：有道天子。天覆：广被天下。

③广运：指天下四方。东西为广，南北为运。

④轩后：即轩辕黄帝。爪牙：得力大臣。常先、太山稽：黄帝的大臣。

⑤小白：齐桓公。夷吾：齐国相管仲。

⑥刘葛鱼水：指亲密无间的君臣关系。刘：指刘备。葛：指诸葛亮。

结客少年场行①

紫燕黄金瞳②，啾啾③摇绿鬃。平明相驰逐，结客洛门东④。少年学剑术，凌轹白猿公❺。珠袍曳锦带，匕首插吴鸿❻。由来万夫勇，挟此生雄风。托交从剧孟❼，买醉入新丰❽。笑尽一杯酒，杀人都市中。羞道易水寒，从令日贯虹❾。燕丹事不立，虚没秦帝宫。舞阳❿死灰人，安可与成功。

注释

❶结客少年场行：乐府旧题，宋郭茂倩《乐府诗集》列入《杂曲歌辞》。

❷紫燕：良马。瞳：眼睛。

❸啾啾：马的嘶鸣声。

❹结客：结交侠客。洛门：汉代长安城门，名洛城门。

❺凌轹：欺凌。白猿公：《吴越春秋》载：与越女比剑的白猿。

❻吴鸿：指吴钩，春秋时期流行的一种以青铜铸成的兵器，形似弯刀。

❼剧孟：汉代著名大侠。

❽新丰：汉代地名，在今陕西临潼。

❾日贯虹：白虹贯日，形容志气威猛。

❿武阳：指秦武阳，燕国武士。是荆轲刺秦王的帮手。但在见到秦王后特别惊恐，面如死灰。

长干行❶·其一

妾发初覆额，折花门前剧❷。郎骑竹马来，绕床❸弄青梅。同居长干里❹，两小无嫌猜。十四为君妇，羞颜未尝开。低头向暗壁，千唤不一回。十五始展眉，愿同尘与灰❺。常存抱柱信❻，岂上望夫台。十六君远行，瞿塘滟滪堆❼。五月不可触，猿声天上哀。门前迟行迹，

——生绿苔。苔深不能扫，落叶秋风早。八月胡蝶来，双飞西园草。感此伤妾心，坐⑧愁红颜老。早晚下三巴⑨，预将书报家。相迎不道远，直至长风沙⑩。

注释

❶长干行：乐府旧题，宋郭茂倩《乐府诗集》列入《杂曲歌辞》。

❷剧：嬉戏。

❸床：水井的围栏。

❹长干里：在今南京，船民集居之地。

❺尘与灰：感情弥笃，不相分离。

❻抱柱信：用尾生抱柱的典故，指信守约定。《庄子·盗跖篇》载：世之所谓贤士，莫若伯夷、叔齐。伯夷、叔齐辞孤竹之君，而饿死于首阳之山，骨肉不葬。鲍焦饰行非世，抱木而死。申徒狄谏而不听，负石自投于河，为鱼鳖所食。介子推至忠也，自割其股以食文公，文公后背之，子推怒而去，抱木而燔死。尾生与女子期于梁下，女子不来，水至不去，抱梁柱而死。此六子者，无异于磔犬流豕操瓢而乞者，皆离名轻死，不念本养寿命者也。

❼滟滪堆：长江三峡之一瞿塘峡峡口的一块大礁石，每年农历五月涨水，礁石淹没在说中，容易引起船只触礁沉没。

❽坐：因。

❾三巴：四川东部巴郡、巴东、巴西的总称。

❿长风沙：地名，位于今安徽省安庆市东。

❀ 古朗月行❶ ❀

小时不识月，呼作白玉盘❷。又疑❸瑶台镜，飞在白云端。仙人垂两足❹，桂树作团团❺。白兔❻捣药成，问言与谁餐。蟾蜍❼蚀圆影，大明❽夜已残。羿昔落九乌❾，天人❿清且安。阴精此沦惑⓫，去去⓬不足观。忧来其如何，凄怆⓭摧心肝。

注释

❶朗月行：乐府旧题，宋郭茂倩《乐府诗集》列入《杂曲歌辞》。《鲍参军集》作《代朗月行》。郭本《李太白诗》作《古朗月行》。

❷呼作：称为。白玉盘：指白皙剔透的盘子。

❸疑：怀疑。

❹仙人句：古时传说月亮里有仙人和桂树。月亮初生的时候，先看见仙人的两只脚，月亮渐渐升起来，就看见仙人的全形，最后看见桂树。仙人：指古代神话传说中的月驾车之神，叫望舒，又名纤阿。

❺团团：一作"团圆"，意指树冠聚拢在一起。

❻白兔：传说月中有白兔捣药。

❼蟾蜍：传说月中有蟾蜍蚀月，后以"蟾蜍"指代月亮。圆影：指月亮。

❽大明：指月亮。

❾羿：我国古代神话中射落九个太阳的英雄。《淮南子·本经训》记载：尧时十日并出，草木皆枯。尧命羿仰射十日，中其九。乌，指太阳。《五经通义》："日中有三足乌。"

❿天人：天上与人间。

⓫阴精：月精，亦指月中嫦娥。《史记·天官书》载：月者，天地之阴，金之精也。沦惑：沉沦迷惑。

⓬去去：远去，越去越远。

⓭凄怆：悲愁，伤心。

独不见①

白马谁家子，黄龙②边塞儿。天山③三丈雪，岂是远行时。春蕙④忽秋草，莎鸡⑤鸣西池。风摧寒棕⑥响，月入霜闺⑦悲。忆与君别年，种桃齐蛾眉。桃今百余尺，花落成枯枝。终然独不见，流泪空自知。

注释

①独不见：乐府旧题，宋郭茂倩《乐府诗集》列入《杂曲歌辞》。

②黄龙：又名龙城，在今辽宁朝阳。

③天山：祁连山。

④蕙：兰花。

⑤莎鸡：昆虫名，前翅部有发声器官，发出像旧式手摇纺车的声音。又名络丝娘、纺织娘。

⑥寒棕：谓织布梭机。

⑦霜闺：即秋闺，此处指秋天深居闺中的女子。

鸣雁行①

胡雁②鸣，辞燕山③，昨发委羽④朝度关。——衔芦枝⑤，南飞散落天地间，连行接翼往复还。客居烟波寄湘吴⑥，凌霜触雪毛体枯。畏逢矰缴⑦惊相呼，闻弦虚坠良可吁⑧。君更弹射何为⑨乎。

注释

❶鸣雁行：乐府旧题，宋郭茂倩《乐府诗集》列入《杂曲歌辞》。

❷胡雁：北方的大雁。胡：古代我国北方和西域的各民族。

❸燕山：山名。

❹委羽：传说中的极北之地，极寒不见阳光。

❺衔芦枝：指大雁衔枝南飞。

❻湘吴：湘指湖南，吴指江苏南部。常用于泛指南方。

❼矰缴：系绳的短箭。矰：箭，缴：绳子。

❽良可吁：实在是可叹。

❾何为：为什么。

幽州胡马客歌❶

　　幽州胡马客，绿眼虎皮冠。笑拂两只箭，万人不可干❷。弯弓❸若转月，白雁落云端。双双掉鞭❹行，游猎向楼兰❺。出门不顾后，报国死何难。天骄五单于❻，狼戾❼好凶残。牛马散北海❽，割鲜❾若虎餐。虽居燕支山❿，不道朔雪寒。妇女马上笑，颜如赪⓫玉盘。翻飞射鸟兽，花月醉雕鞍。旄头⓬四光芒，争战若蜂攒。白刃洒赤血，流沙为之丹。名将古谁是，疲兵良可叹。何时天狼⓭灭，父子得闲安。

注释

　　❶幽州胡马客歌：乐府旧题，宋郭茂倩《乐府诗集》列入《横吹曲辞》，叙边塞逐虏之事。幽州，地名，在唐代幽州辖区相当今之河北北部及辽宁等地。

②干：触犯，冒犯。

③弯弓：指张弓射箭。

④掉鞭：摇动马鞭。

⑤楼兰：汉代西域古国，即鄯善国。此泛指西北边疆地区。

⑥天骄：《汉书·匈奴传》载：南有大汉，北有强胡。胡者，天之骄子也。后泛指北方少数民族。单于：汉朝时，匈奴人称其首领为单于。汉宣帝时，匈奴虚闾权渠单于死后，匈奴分立为五，呼韩邪单于、屠耆单于、呼揭单于、车犁单于、乌藉单于，互相攻伐。

⑦狼戾：像狼一样贪婪凶残。

⑧北海：指匈奴居住地域，即今贝加尔湖。

⑨割鲜：谓割生肉而啖食。

⑩燕支山：即焉支山。

⑪赪：红色。

⑫旄头：星宿名，即昴星，胡星，主战事。在此指胡兵入侵。

⑬天狼：星宿名，主侵掠。

门有车马客行①

门有车马宾，金鞍曜朱轮②。谓从丹霄③落，乃是故乡亲。呼儿扫中堂，坐客论悲辛。对酒两不饮，停觞泪盈巾。叹我万里游，飘飘三十春。空谈帝王略④，紫绶⑤不挂身。雄剑⑥藏玉匣，阴符⑦生素尘。廓落⑧无所合，流离湘水滨。借问宗党⑨间，多为泉下人。生苦百战役，死托万鬼邻。北风扬胡沙，埋翳周与秦⑩。大运且如此，苍穹⑪宁匪仁。恻怆竟何道，存亡任大钧⑫。

注释

❶ 门有车马客行：乐府旧题，宋郭茂倩《乐府诗集》列入《相和歌辞》。

❷ 金鞍：配有金饰品的马鞍，形容马鞍极其贵重。**朱轮**：红漆车轮，官宦人家乘坐之车。

❸ 丹霄：指位于高位的人。

❹ 帝王略：治国安邦之策。

❺ 紫绶：紫色的绶带。

❻ 雄剑：吴王阖闾命人打造的名剑，雄剑名干将，雌剑名镆铘。

❼ 阴符：古兵书《阴符经》，后泛指兵书。

❽ 廓落：孤寂，落寞。

❾ 宗党：宗族乡党。

❿ 埋翳：掩埋，掩盖。**周与秦**：原周地与秦地，即洛阳和长安一带。

⓫ 苍穹：苍天。

⓬ 大钧：指自然。

❧ 君子有所思行❶ ❧

紫阁连终南❷，青冥天倪❸色。凭崖望咸阳，宫阙罗北极❹。万井❺惊画出，九衢❻如弦直。渭水银河清，横天流不息。朝野盛文物❼，衣冠何翕赩❽。厩马散连山，军容威绝域❾。伊皋运元化❿，卫霍⓫输筋力。歌钟乐未休，荣去老还逼。圆光⓬过满缺，太阳移中昃⓭。不散东海金，何争西辉⓮匿。无作牛山悲⓯，恻怆泪沾臆。

注释

❶君子有所思行：乐府旧题，宋郭茂倩《乐府诗集》列入《杂曲歌辞》。

❷紫阁：终南山的山峰。终南：即秦岭主峰终南山，在陕西西安南。

❸青冥：青天。天倪：天边，天际。

❹北极：指国都长安。

❺万井：指长安城中交错的街道。

❻九衢：纵横交错的大道，繁华的街市。

❼文物：文采物色。指礼乐典章制度。

❽翕赩：光彩茂盛。

❾绝域：极远之地。

❿伊皋：商相伊尹和皋陶。皋陶，舜之大臣，掌刑狱之事。二人并称喻指良臣贤相。元化：造化，天地。

⓫卫霍：西汉名将卫青和霍去病。

⓬圆光：即指月亮。

⓭中昃：太阳过午后渐渐西斜。

⓮西辉：夕阳的余晖。

⓯牛山悲：喻因感人生短暂而悲叹。《晏子春秋·谏上》载：景公游于牛山，北临其国城而流涕曰：若何滂滂去此而死乎？

白马篇❶

龙马❷花雪毛，金鞍五陵豪❸。秋霜切玉剑❹，落日明珠袍❺。斗鸡事万乘❻，轩盖❼一何高。弓摧南山虎❽，手接太行猱❾。酒后竞风采，三杯弄宝刀。杀人如剪草，剧孟❿同游遨。发愤去函谷⓫，从军向临洮⓬。叱咤⓭万战场，匈奴尽奔逃。归来使酒气，未肯拜萧曹⓮。羞入原宪⓯室，荒淫隐蓬蒿。

⑭萧曹：即汉初的丞相萧何、曹参。

⑮原宪：字子思，孔子弟子。居处简陋，上漏下湿，不以为意，端坐而弦歌。原宪室即指贫士居所。

怨 歌 行①

十五入汉宫②，花颜笑春红。君王选玉色③，侍寝金屏④中。荐枕⑤娇夕月⑥，卷衣⑦恋春风。宁知赵飞燕⑧，夺宠恨无穷。沉忧能伤人，绿鬓成霜蓬⑨。一朝不得意，世事徒为空。鹔鹴换美酒⑩，舞衣罢雕龙⑪。寒苦不忍言，为君奏丝桐⑫。肠断弦亦绝，悲心夜忡忡⑬。

注释

❶怨歌行：乐府旧题，宋郭茂倩《乐府诗集》列入《相和歌辞》。

❷汉宫：指唐宫。

❸玉色：美女。

❹金屏：宫中锦帐。

❺荐枕：侍寝。

❻夕月：夜晚。

❼卷衣：也是指侍寝。

❽赵飞燕：汉成帝皇后，在此指宫中受宠的人。

❾绿鬓：指黑发。霜蓬：指白发。

❿鹔鹴换美酒：典出司马相如和卓文君用鹔鹴裘衣换酒的故事。喻指生活窘困。

⓫雕龙：指雕花的窗子，代指宫廷。

⓬丝桐：指琴。丝为琴弦，桐为琴身。

⓭忡忡：忧伤的样子。

塞下曲①六首·其一

五月天山②雪，无花只有寒。笛中闻折柳③，春色未曾看。晓战随金鼓④，宵眠抱玉鞍⑤。愿将腰下剑，直为斩楼兰⑥。

注释

❶塞下曲：乐府新题，宋郭茂倩《乐府诗集》列入《新乐府辞·乐府杂题》，内容多为描写边塞沙场征战。

❷天山：即祁连山。

❸折柳：即古曲《折杨柳》，属《横吹曲辞》。

❹金鼓：指锣。古时行军打仗，击鼓进军，鸣金收兵。

❺玉鞍：镶嵌美玉的马鞍。

❻直：只。楼兰：汉代西域古国，即鄯善国，此处泛指西北边疆地区。

塞下曲六首·其二

天兵下北荒①，胡马②欲南饮③。横戈从百战，直为衔恩④甚。握雪海上⑤餐，拂沙陇头⑥寝。何当破月氏⑦，然后方高枕⑧。

注释

❶天兵：指唐朝军队。北荒：指北方遥远的蛮荒地区。意指北方胡人生活地区。

❷胡马：北方胡人军队。

❸南饮：南下入侵大唐。

❹衔恩：朝廷给予的恩惠。

❺海上：北方的瀚海沙漠。

❻陇头：田野，此指边塞地区。

❼月氏：西域古国。

❽高枕：高枕无忧。

塞下曲六首·其三

骏马似风飙❶，鸣鞭出渭桥❷。弯弓辞汉月❸，插羽破天骄❹。阵解星芒尽❺，营空海雾❻消。功成画麟阁❼，独有霍嫖姚❽。

注释

❶风飙：狂风。

❷鸣鞭：马鞭挥动时发出声响。渭桥：唐代在长安西北渭水上的中渭桥。

❸辞汉月：离开京城。

❹天骄：《汉书·匈奴传》载：南有大汉，北有强胡。胡者，天之骄子也。后泛指北方少数民族，此指匈奴。

❺阵解：解散队列。星芒尽：战争结束。

❻海雾：沙漠上的雾气，指战争的气氛。

❼麟阁：即麒麟阁，汉高祖刘邦时期建造，汉宣帝刘询令人将霍光等十一名功臣的画像供于麒麟阁以示纪念和褒奖。

❽霍嫖姚：即霍去病，汉武帝时期名将，曾为嫖姚校尉。

塞下曲六首·其四

白马黄金塞❶，云砂❷绕梦思。那堪愁苦节❸，远忆边城儿。萤飞秋窗满，月度霜闺迟。摧残梧桐叶，萧飒沙棠❹枝。无时独不见❺，流泪空自知。

注释

❶黄金塞：指黄沙满地的边塞。

❷云砂：白云和碎石沙粒，指边塞风光。

❸愁苦节：指秋天。

❹沙棠：植物名，果红色像李子。

❺独不见：乐府旧题，宋郭茂倩《乐府诗集》列入《杂曲歌辞》。表现的是思念而不得见的愁绪。

塞下曲六首·其五

塞虏乘秋下❶，天兵出汉家❷。将军分虎竹❸，战士卧龙沙❹。边月随弓影，胡霜拂剑花❺。玉关殊❻未入，少妇莫长嗟❼。

注释

❶虏：胡兵。乘秋下：趁着秋季兵强马壮时节入侵边境。

❷汉家：指唐朝。

③虎竹：古代兵符，分铜虎符和竹使符。

④龙沙：即白龙堆，指塞外沙漠地带。

⑤剑花：剑刃表面的冰裂纹。

⑥玉关：即玉门关，汉武帝时始置，为通往西域各地的门户，故址在今甘肃敦煌西北小方盘城。殊：还，尚。

⑦长嗟：长叹。

塞下曲六首·其六

烽火动沙漠，连照甘泉❶云。汉皇按剑起❷，还召李将军❸。兵气天上合❹，鼓声陇底❺闻。横行负❻勇气，一战净妖氛❼。

注释

❶甘泉：在进陕西甘泉山上，秦时建造的甘泉宫，汉武帝时期进行了扩建。

❷汉皇：即汉武帝，此指唐玄宗。按剑起：按剑发怒。

❸李将军：西汉飞将军李广，此指唐朝将领。

❹合：满，天上合即指士兵杀气冲天。

❺陇底：陇山谷底。

❻横行：纵横驰骋，所向披靡。负：凭借。

❼妖氛：指敌人，净妖氛：消灭敌人，平定天下。

塞上曲❶

大汉无中策❷，匈奴犯渭桥❸。五原❹秋草绿，胡马一何骄。命将征西极❺，横行阴山❻侧。燕支❼落汉家，妇女无华色。转战渡黄河，休兵乐事多。萧条❽清万里，瀚海寂无波❾。

注释

❶塞上曲：乐府旧题，宋郭茂倩《乐府诗集》列入《乐府杂题》，古代征戍乐曲。

❷大汉：汉朝，此指唐朝。中策：中等之策，意指汉族政权对付匈奴实在没有办法。

❸匈奴：此指唐代北边的突厥。犯渭桥：突厥军进抵长安渭水桥畔。《新唐书·突厥传》载：武德九年（626）七月，突厥颉利可汗率军进抵渭水便桥之北，太宗与颉利隔河而语，责其负约。后众军皆

至，军威大盛，颉利请和，引兵而退。

④五原：唐代郡名，在今陕西定边县。

⑤西极：指唐时之长安以西的广大地域。

⑥阴山：在今内蒙古境内，东西走向。

⑦燕支：即焉支山。

⑧萧条：平静。

⑨瀚海：也作翰海，指西北部大漠。寂无波：指大漠寂静。

玉 阶 怨❶

玉阶生白露，夜久侵罗袜❷。却下水晶帘❸，玲珑❹望秋月。

注释

❶玉阶怨：乐府旧题，宋郭茂倩《乐府诗集》列入《相和歌辞·楚调曲》。

❷罗袜：丝织的袜子。

❸却：还。下：放下。水晶帘：一作"水精帘"，用珠子串成的帘子。

❹玲珑：透明，月光晶莹透明的样子。一作"聆胧"，月光也。

宫中行乐词❶·其一

小小生金屋❷，盈盈在紫微。山花插宝髻，石竹❸绣罗衣。每出深宫里，常随步辇❹归。只愁歌舞散，化作彩云飞。

注释

❶宫中行乐词：乐府新题，宋郭茂倩《乐府诗集》列入《近代曲辞》。

❷小小：年纪尚小的时候。金屋：典出汉武帝金屋藏娇事。

❸石竹：花草名。

❹步辇：古代一种用人抬的类似轿子的代步工具。

宫中行乐词·其二

柳色黄金嫩，梨花白雪香。玉楼巢翡翠❶，金殿锁鸳鸯。选妓随雕辇❷，征歌出洞房。宫中谁第一，飞燕❸在昭阳。

注释

❶玉楼：华美之楼。翡翠：即翠鸟，雄鸟曰翡，雌鸟曰翠。

❷妓：同"伎"。此指歌女、舞女。雕辇：雕饰精美的辇车。

❸飞燕：赵飞燕，西汉成帝皇后。

宫中行乐词·其三

卢橘为秦树，蒲桃❶出汉宫。烟花宜落日，丝管醉春风。笛奏龙吟水，箫鸣凤下空。君王多乐事，还与万方❷同。

❶蒲桃：即葡萄，原产于西域地区，西汉时引入中国。

❷万方：指天下四方。

❧ 宫中行乐词·其四 ❧

玉树春归日，金宫❶乐事多。后庭❷朝未入，轻辇夜相过。笑出花间语，娇来竹下歌。莫教明月去，留着醉嫦娥❸。

注释

❶金宫：指宫中大殿。

❷后庭：指皇宫的后宫，嫔妃的住所。

❸嫦娥：又称姮娥，月亮中的仙女。

❧ 宫中行乐词·其五 ❧

绣户香风暖，纱窗曙色❶新。宫花争笑❷日，池草暗生春。绿树闻歌鸟，青楼❸见舞人。昭阳桃李月，罗绮❹自相亲。

注释

❶曙色：射入窗内的曙光。

❷争笑：花竞相开放的意思。

❸青楼：古时指女子所居之楼。

❹罗绮：即罗衣，此代指身穿罗绮的女子。

宫中行乐词·其六

今日明光❶里，还须结伴游。春风开紫殿❷，天乐❸下朱楼。艳舞全知巧，娇歌半欲羞。更怜花月夜，宫女笑藏钩❹。

注释

❶明光：汉代宫中的宫殿名，此处代指唐代宫殿。

❷紫殿：紫微宫中的宫殿，代指皇宫。

❸天乐：宫中美妙的音乐声。

❹藏钩：中国古代的一种游戏。手握东西让别人猜，猜中者即胜。

宫中行乐词·其七

寒雪梅中尽，春风柳上归。宫莺娇欲醉，檐燕语还飞。迟日❶明歌席，新花艳舞衣。晚来移彩仗❷，行乐泥光辉。

注释

❶迟日：春日白昼渐长，迟：缓慢。

❷彩仗：宫中的彩旗仪仗。

宫中行乐词·其八

水绿南薰殿[1]，花红北阙楼[2]。莺歌闻太液[3]，凤吹绕瀛洲[4]。素女[5]鸣珠佩，天人[6]弄彩球。今朝风日好，宜入未央[7]游。

注释

[1] 南薰殿：唐代兴庆宫之中的宫殿。

[2] 北阙楼：汉代未央宫中的玄武阙。

[3] 莺歌：歌如莺鸣。太液：唐代大明宫内有太液池，池中有蓬莱山。

[4] 凤吹：吹奏笙箫。瀛洲：传说中的海外三座神山之一。

[5] 素女：指宫中的乐妓。

[6] 天人：指宫中美人。

[7] 未央：即汉代未央宫，此处指唐代宫殿。

清平调词[1]·其一

云想衣裳花想容，春风拂槛露华浓[2]。若非群玉山[3]头见，会向瑶台[4]月下逢。

注释

[1] 清平调：乐府新题，宋郭茂倩《乐府诗集》列入《近代曲辞》。

❷槛：栏杆。露华：露珠

❸群玉山：传说中西王母所住之地。

❹瑶台：此处指华丽楼阁。

清平调词·其二

一枝秾艳❶露凝香，云雨巫山❷枉断肠。借问汉宫谁得似？可怜飞燕倚新妆❸。

注释

❶一枝秾艳：指牡丹花。

❷云雨巫山，亦作巫山云雨：传说中三峡巫山神女与楚王欢会，接受楚王宠爱的神话故事。

❸可怜：可爱。飞燕：赵飞燕，西汉成帝皇后。倚新妆：形容女子艳服华妆的姣好姿态。倚：穿着，依凭。

清平调词·其三

名花❶倾国❷两相欢，长得❸君王❹带笑看。解释❺春风无限恨，沉香亭北倚阑干❻。

注释

❶名花：指牡丹花。

②倾国：喻绝世美人，此指杨贵妃。典出汉李延年《佳人歌》："一顾倾人城，再顾倾人国。宁不知倾人与倾国，佳人难再得。"

③得：使得。

④君王：指唐玄宗。

⑤解释：解散，消解。释：即消释、消散。

⑥沉香亭：在唐兴庆宫龙池东，因由沉香木所筑而得名。故址在今西安市兴庆公园内。阑干：即栏杆。

入 朝 曲①

金陵控海浦②，渌水带吴京③。铙歌列骑吹④，飒沓⑤引公卿。槌钟速严妆⑥，伐鼓启重城⑦。天子凭玉几⑧，剑履若云行⑨。日出照万户，簪裾⑩烂明星。朝罢沐浴⑪闲，遨游阆风亭。济济双阙下⑫，欢娱乐恩荣。

注释

❶入朝曲：乐府旧题，宋郭茂倩《乐府诗集》列入《鼓吹曲辞》。

❷金陵：古都南京。海浦：海边入口处。

❸渌水：海水清澈。带：环绕。吴京：即金陵，南京。

❹铙歌：鼓吹。骑吹：骑马奏乐。

❺飒沓：纷繁、众多的样子。

❻槌钟：击鼓。速：催促。严妆：装束严整。

❼伐鼓：敲鼓。启：打开。重城：内城和外城。

❽凭：倚，靠。玉几：美玉装饰的几案。

❾剑履：佩剑上朝的大臣。云行：众人出行，前行。

❿簪裾：朝臣显贵的衣饰。

⑪沐浴：散朝后的休假。

⑫济济：人数众多。双阙：宫前望楼。

秦女休行❶

西门秦氏女，秀色如琼花❷。手挥白杨刀❸，清昼❹杀雠家。罗袖洒赤血，英声凌紫霞❺。直上西山去，关吏相邀遮❻。婿为燕国王，身被诏狱❼加。犯刑若履虎❽，不畏落爪牙。素颈未及断，摧眉❾伏泥沙。金鸡忽放赦⑩，大辟得宽赊⑪。何惭聂政⑫姊，万古共惊嗟⑬。

注释

❶秦女休行：乐府旧题，宋郭茂倩《乐府诗集》列入《杂曲歌辞》。

❷秀色：容貌俊美。琼花：一种名贵的花，花瓣晶白。

❸白杨刀：古代名刀，也称白阳刀、白羊子刀。

❹清昼：白天。

❺英声：好的名声。凌，升腾。紫霞，紫色的云霞。这里借指天空。

❻邀遮：拦挡，阻截的意思。

❼诏狱：奉诏令关押犯人的监狱。

❽履虎：踩到了老虎尾巴，比喻遭遇危险。

❾摧眉：即低眉，低头。

⑩放赦：释放，赦免。

⑪大辟：即死刑。宽赊：大赦。

⑫聂政：战国时期著名的侠士。

⑬惊嗟：惊叹。

东武吟①

　　好古笑流俗②，素闻贤达③风。方希佐明主，长揖辞成功。白日在高天，回光烛微躬④。恭承凤凰诏⑤，欻起云萝中⑥。清切紫霄迥⑦，优游丹禁通⑧。君王赐颜色，声价凌烟虹。乘舆拥翠盖⑨，扈从金城东⑩。宝马丽绝景⑪，锦衣入新丰⑫。依岩望松雪，对酒鸣丝桐⑬。因学扬子云，献赋甘泉宫⑭。天书⑮美片善，清芬⑯播无穷。归来入咸阳，谈笑皆王公。一朝去金马，飘落成飞蓬。宾客日疏散，玉樽亦已空。才力犹可倚，不惭世上雄。闲作东武吟，曲尽情未终。书此谢知己，吾寻黄绮翁⑰。

注释

①东武吟：乐府旧题，宋郭茂倩《乐府诗集》列入《相和歌辞》。东武：汉代县名，在今山东诸城。

②好古：崇尚古代的淳朴风尚。流俗：当下的庸俗习气。

③贤达：品德高尚的人。风：风气。

④烛：照耀。微躬：谦辞，表自己。

⑤恭承：恭敬地应诏。凤凰诏：皇帝使臣下达的诏书。

⑥欻（xū）：忽然。云萝：自身所处的山野乡间。

⑦紫霄：指皇宫。迥：指远。

⑧优游：悠然自得。丹禁：皇宫禁地。

⑨乘舆：天子的车驾。

⑩扈从：随皇帝出行。金城：指国都长安。

⑪绝景：美景。

⑫新丰：汉代县名。在今陕西临潼。

⑬丝桐：指桐木制成的琴。

⑭甘泉宫：汉代宫殿名。

⑮天书：指皇帝诏书。

⑯清芬：好的声名

⑰黄绮翁：代指汉初商山四皓。典故出《史记·留侯世家》。

邯郸才人嫁为厮养卒妇①

妾本丛台②女，扬蛾入丹阙③。自倚颜如花，宁知有凋歇④。一辞玉阶⑤下，去若朝云末。每忆邯郸城⑥，深宫⑦梦秋月。君王不可见，惆怅至明发⑧。

注释

①邯郸才人嫁为厮养卒妇：乐府旧题，宋郭茂倩《乐府诗集》列入《杂曲歌辞》。

②丛台：战国时期赵国的王宫，在今河北邯郸。

③蛾：眉毛。丹阙：指王国王宫。

④凋歇：衰败，凋零。

⑤玉阶：即指台阶。

⑥邯郸城：赵国国都。

⑦深宫：宫禁。

⑧明发：天亮。

出自蓟北门行[1]

房阵横北荒[2]，胡星[3]曜精芒。羽书[4]速惊电，烽火昼连光。虎竹[5]救边急，戎车森已行。明主[6]不安席，按剑心飞扬。推毂[7]出猛将，连旗登战场。兵威冲绝幕[8]，杀气凌穹苍。列卒赤山下[9]，开营紫塞傍[10]。孟冬[11]沙风紧，旌旗飒凋伤[12]。画角悲海月[13]，征衣卷天霜。挥刃斩楼兰[14]，弯弓射贤王[15]。单于[16]一平荡，种落[17]自奔亡。收功报天子，行歌归咸阳。

注释

[1]出自蓟北门行：乐府旧题，宋郭茂倩《乐府诗集》列入《杂曲歌辞》。

[2]北荒：北部边境地区。

[3]胡星：指旄头星，主战事。

[4]羽书：指插有羽毛的加急文书。

[5]虎竹：古代兵符，分铜虎符和竹使符。

[6]明主：指皇帝。

[7]毂：古代车轮的中心部分，中间有圆孔，用以插入车轴并连接辐条。此处用来代指战车，古代帝王推车前进，是任命将帅出征时的隆重礼遇。

[8]幕：通"漠"。绝幕：指北方遥远的沙漠。

[9]列卒：排兵布阵。赤山：山名，一说在辽东，一说在西域。

[10]开营：安营扎营。紫塞：北方的边塞地区。

[11]孟冬：即初冬。

[12]飒：风声。凋伤：凋零。

⓭画角：军中号角。海月：大漠里的月亮，海指瀚海大漠。

⓮楼兰：汉代西域古国名。

⓯贤王：匈奴贵族的封号，在单于下设左右贤王。

⓰单于：汉朝时，匈奴人称其首领为单于。

⓱种落：种族，部落。

北上行①

北上何所苦，北上缘太行②。磴道盘且峻③，巉岩④凌穹苍。马足
蹶⑤侧石，车轮摧⑥高冈。沙尘接幽州⑦，烽火连朔方⑧。杀气毒⑨剑
戟，严风⑩裂衣裳。奔鲸⑪夹黄河，凿齿屯洛阳⑫。前行无归日，返顾
思旧乡。惨戚⑬冰雪里，悲号绝⑭中肠。尺布不掩体，皮肤剧⑮枯桑。
汲水涧谷阻，采薪陇坂⑯长。猛虎又掉尾⑰，磨牙皓秋霜。草木不可
餐，饥饮零露浆⑱。叹此北上苦，停骖为之伤。何日王道平⑲，开颜
睹天光。

注释

①北上行：乐府旧题，宋郭茂倩《乐府诗集》列入《相和歌辞·
清调曲》。

②缘：沿着太行：山名，在今山西与河北之间。

③磴道：登山的石阶或山道。盘：弯曲。

④巉岩：高耸的山石峭壁。

⑤蹶：跌倒。

⑥摧：损毁，毁坏。

⑦幽州：地名，在今北京市一带，为安禄山三镇节度使府所
在地。

⑧朔方：地名，在今山西西北部朔县一带。

⑨毒：凝成。

⑩严风：严冬的寒风。

⑪鲸：喻不义之人，此指安禄山叛军。

⑫凿齿：古代传说中的凶猛的恶兽，此指叛军安禄山。屯：驻扎。

⑬惨戚：悲伤。

⑭绝：中断，断绝。

⑮剧：更，甚。

⑯陇坂：本指陇山，此指山之陇冈坡坂。

⑰掉尾：摇尾。

⑱零露浆：树上滴下的露水。

⑲骖：驾在车前两侧的马，此指车马。

⑳王道平：指平定安禄山叛乱后天下太平。《尚书·洪范》："王道平平。"

陌上桑❶

美女渭桥❷东，春还事蚕作。五马❸如飞龙，青丝结金络。不知谁家子，调笑来相谑。妾本秦罗敷，玉颜艳名都。绿条映素手，采桑向城隅。使君❹且不顾，况复论秋胡❺。寒螀❻爱碧草，鸣凤栖青梧。托心自有处，但怪傍人愚。徒令白日暮，高驾空踟蹰❼。

注释

❶陌上桑：乐府旧题，宋郭茂倩《乐府诗集》列入《相和歌辞》。

❷渭桥：唐代在长安西北渭水上的中渭桥。

❸五马：汉太守所乘车驾为五马拉车。

④使君：对太守的尊称。

⑤秋胡：此处用典秋胡戏妻。

⑥寒螀：即秋蝉。

⑦踟蹰：徘徊犹豫不得进。

丁督护歌❶

云阳上征去❷，两岸饶商贾❸。吴牛喘月时❹，拖船一何苦❺。水浊不可饮，壶浆半成土❻。一唱都护歌，心摧❼泪如雨。万人凿盘石❽，无由达江浒❾。君看石芒砀❿，掩泪悲千古。

注释

❶丁督护歌：乐府旧题，宋郭茂倩《乐府诗集》列入《清商曲辞·吴声歌曲》。原是哀叹徐逵之之死敷衍成歌，声调悲伤。

❷云阳：位于今江苏丹阳。上征：指从南往北行。

❸饶：多。商贾：行商坐贾，指商人。

❹吴牛喘月：吴地的水牛怕热，看见月亮也以为是太阳，喘起气来。语出自刘义庆《世说新语·言语》，晋满奋对晋武帝司马炎说："臣犹吴牛，见月而喘。"

❺一何：多么的意思。

❻水浊二句：水浑浊，舀在壶里，一半都是泥浆。

❼心摧：伤心。

❽盘石：大石。

❾江浒：江边。

❿石芒砀：形容有花纹棱角的大石头。

相逢行①

朝骑五花马②，谒帝出银台③。秀色④谁家子，云车珠箔开⑤。金鞭⑥遥指点，玉勒⑦近迟回。夹毂⑧相借问，疑从天上来。蹙入青绮门⑨，当歌共衔杯。衔杯映歌扇，似月云中见。相见不得亲，不如不相见。相见情已深，未语可知心。胡为守空闺，孤眠愁锦衾。锦衾⑩与罗帏，缠绵会有时。春风正澹荡⑪，暮雨⑫来何迟。愿因三青鸟⑬，更报长相思。光景不待人，须臾发成丝。当年⑭失行乐，老去徒伤悲。持此道密意，毋令旷佳期⑮。

注释

❶相逢行：乐府旧题，宋郭茂倩《乐府诗集》列入《相和歌辞》。

❷五花马：指珍贵的良马。

❸谒帝：谒见皇帝。银台：宫殿门。

❹秀色：容貌俊美。

❺云车：女子所乘坐的车，车身有云纹装饰。珠箔：即珠帘。

❻金鞭：装饰华贵的金色马鞭。

❼玉勒：玉饰的马衔。

❽毂：古代车轮的中心部分，中间有圆孔，用以插入车轴并连接辐条。夹毂：靠近车驾。

❾蹙：踩踏的意思。青绮门：即长安东门。

❿锦衾：指锦被。

⓫澹荡：指春风使人和畅。

⓬暮雨：用巫山神女事，指男女欢爱。

⓭三青鸟：传说中西王母的传信使者。

⑭当年：少壮之时。

⑮旷：荒废。佳期：良辰吉日。

君马黄①

君马黄，我马白。马色虽不同，人心本无隔。共作游冶盘②，双行洛阳陌③。长剑既照曜，高冠何赩赫④。各有千金裘，俱为五侯客⑤。猛虎落陷阱，壮夫时屈厄。相知在急难⑥，独好亦何益。

注释

①君马黄：乐府旧题，宋郭茂倩《乐府诗集》列入《鼓吹铙歌》。

②盘：游乐。

③洛阳陌：洛阳城内的大道。

④赩赫：红色。

⑤五侯客：五侯这样的贵客。

⑥急难：在患难时主动救助他人。

折杨柳①

垂杨拂绿水，摇艳东风年②。花明玉关③雪，叶暖金窗烟。美人结长想，对此心凄然。攀条折春色，远寄龙庭④前。

注释

❶折杨柳：乐府旧题，宋郭茂倩《乐府诗集》列入《横吹曲辞》。

❷东风年：指春季。

❸玉关：即玉门关，汉武帝时始置，为通往西域各地的门户，故址在今甘肃敦煌西北小方盘城。

❹龙庭：又叫龙城。是匈奴祭天、大会诸部之地。

❦ 紫骝马❶ ❦

紫骝行且嘶，双翻碧玉蹄。临流不肯渡，似惜锦障泥❷。白雪关山远，黄云❸海戍迷。挥鞭万里去，安得念春闺❹。

注释

❶紫骝马：乐府旧题，宋郭茂倩《乐府诗集》列入《横吹曲辞》。紫骝：暗红色的马。

❷障泥：披在马鞍旁以挡溅起的尘泥的马具。

❸黄云：大漠里的黄色风沙。

❹春闺：女子住所。

❦ 少年行❶·其二 ❦

五陵年少金市东❷，银鞍白马度春风。落花踏尽游何处，笑入胡姬❸酒肆中。

注释

❶少年行：乐府旧题，宋郭茂倩《乐府诗集》列入《杂曲歌辞》。

❷金市：指长安西市。

❸胡姬：长安酒肆中来自西域各国的歌舞姬。

✿ 豫 章 行 ❶ ✿

胡风吹代马❷，北拥鲁阳关❸。吴兵照海雪❹，西讨何时还。半渡
上辽津❺，黄云惨无颜。老母与子别，呼天❻野草间。白马绕旌旗，悲
鸣相追攀。白杨秋月苦，早落豫章山❼。本为休明人❽，斩虏素不闲❾。
岂惜战斗死，为君扫凶顽❿。精感石没羽⓫，岂云惮⓬险艰。楼船若鲸
飞，波荡落星湾⓭。此曲不可奏，三军⓮鬓成斑。

注释

❶豫章行：乐府旧题，宋郭茂倩《乐府诗集》列入《相和歌辞·
清调曲》。

❷胡风：胡地之风，代指北风。代马：代地所产的良马，此指胡
马。在今山西代县一带。

❸鲁阳关：战国时称鲁关，汉称鲁阳，在今河南鲁山县西南、南
召县东。

❹吴兵：吴越之地的征调来的兵士，此指江南之兵。海：鄱
阳湖。

❺上辽津：在今江西修水县，县中有赣江水经过，流入鄱阳湖。

❻呼天：指向天喊叫以求助。形容极端痛苦。

⑦豫章山：指在豫章郡内之山。

⑧休明人：处在太平盛世时期的人。休明：美好清明的时代。

⑨闲：通"娴"，娴熟，熟练。

⑩凶顽：凶暴愚顽。亦指凶暴愚顽的人。

⑪羽：用羽毛做的弓箭。

⑫惮：害怕，畏惧。

⑬落星湾：即鄱阳湖西北之彭蠡湾，传说有星坠此，故又名落星湾。

⑭三军：古制天子置六军，诸侯置屯军。又称军置上、中、下三军，或步、车、骑三军。后代指军队。

高句丽①

金花折风帽②，白马小迟回③。翩翩舞广袖，似鸟海东④来。

注释

①高句丽：乐府旧题，宋郭茂倩《乐府诗集》列入《杂曲歌辞》。

②折风帽：高丽人戴的一种帽子。

③迟回：缓缓行进。

④海东：渤海东面。

静夜思①

床②前明月光，疑是地上霜。举头望明月，低头思故乡。

注释

①静夜思：乐府新题，宋郭茂倩《乐府诗集》列入《新乐府辞·乐府杂题》。

②床：胡床，古时一种可以折叠的轻便坐具，功能类似小板凳。一说，院中井栏。

从军行❶·其一

从军玉门❷道，逐虏金微山❸。笛奏梅花曲❹，刀开明月环❺。鼓声鸣海上❻，兵气拥云间。愿斩单于❼首，长驱静铁关❽。

注释

❶从军行：乐府旧题，宋郭茂倩《乐府诗集》列入《相和歌辞》，常描述边塞军旅生活。

❷玉门：指玉门关。在今甘肃敦煌西北一带。

❸金微山：即今天的阿尔泰山。东汉窦宪曾在此击破北匈奴。

❹梅花曲：笛曲，亦称《梅花落》，属乐府之《横吹曲辞》。

❺明月环：古代大刀尾部刀柄，环状，似圆月形。

❻海上：指北方的瀚海大漠。

❼单于：汉朝时，匈奴人称其首领为单于。

❽铁关：指西域的铁门关。在今新疆境内。

从军行·其二

百战沙场碎铁衣❶，城南已合数重围。突营射杀呼延将❷，独领残兵千骑归。

❶沙场：即战场。铁衣：指将士身穿的盔甲。

❷突营：突破敌军军营。呼延将：呼延，是匈奴贵族姓氏，此指敌军将领。

❦ 秋　思❶ ❦

燕支❷黄叶落，妾望白登台❸。海上碧云断，单于❹秋色来。胡兵沙塞合，汉使玉关❺回。征客❻无归日，空悲蕙草摧。

注释

❶秋思：乐府旧题，宋郭茂倩《乐府诗集》列入《琴曲歌辞》。

❷燕支：即焉支山。

❸白登台：在今山西大同白登山上。匈奴冒顿单于围困高祖在此。

❹单于：汉朝时，匈奴人称其首领为单于。

❺玉关：即玉门关。

❻征客：指征夫。

❦ 长相思❶ ❦

日色已尽花含烟，月明欲素愁不眠❷。赵瑟初停凤凰柱❸，蜀琴欲奏鸳鸯弦❹。此曲有意无人传，愿随春风寄燕然❺，忆君迢迢隔青天。昔日横波目❻，今成流泪泉。不信妾肠断，归来看取明镜前。

注释

❶长相思：乐府旧题，宋郭茂倩《乐府诗集》列入《杂曲歌辞》，常用来表现男女相思之情。

❷欲：好似。素：白绢。

❸赵瑟：相传战国时期的赵国人善鼓瑟。瑟：古代弦乐器。凤凰柱：指雕刻有凤凰图案的瑟柱。

❹蜀琴：汉蜀地司马相如善琴。鸳鸯弦：司马相如与卓文君因琴而成夫妇，故称鸳鸯弦。

❺燕然：燕然山。东汉大将窦宪出塞大破匈奴，后至燕然山刻石记功。此指边塞地区。

❻横波目：形容眼神明亮活泼。

捣衣篇❶

闺里佳人年十余，颦蛾❷对影恨离居。忽逢江上春归燕，衔得云中尺素书❸。玉手开缄❹长叹息，狂夫犹戍交河北❺。万里交河水北流，愿为双燕泛中洲。君边云拥青丝骑❻，妾处苔生红粉楼❼。楼上春风❽日将歇，谁能揽镜❾看愁发？晓吹员管❿随落花，夜捣戎衣⓫向明月。明月高高刻漏⓬长，真珠帘箔掩兰堂⓭。横垂宝幄⓮同心结，半拂琼筵苏合香⓯。琼筵宝幄连枝锦⓰，灯烛荧荧照孤寝。有便凭将金剪刀，为君留下相思枕。摘尽庭兰不见君，红巾拭泪生氤氲⓲，明年若更征边塞，愿作阳台⓳一段云。

注释

① 捣衣篇：宋郭茂倩《乐府诗集》未收。

② 颦蛾：即蹙眉，皱眉。

③ 尺素书：用绢写的书信。

④ 开缄：拆开信件。

⑤ 狂夫：指丈夫。交河：古城名，故址在今新疆吐鲁番。

⑥ 青丝骑：用青丝为缰绳的马。

⑦ 红粉楼：女子居处。

⑧ 春风：代指春天的时光，实指主人公的青春年华。

⑨ 揽镜：持镜；对镜。

⑩ 管：即篪管，西域的一种管乐器。

⑪ 戎衣：军服，战衣。

⑫ 刻漏：即漏壶，古代的计时器。

⑬ 真珠：即珍珠。帘箔：就是帘子。兰堂：充满香气的居室，用以指女子居室。

⑭ 宝幄：华美的慢帐。

⑮ 苏合香：古时的一种香料。

⑯ 连枝锦：用连理枝所装饰的图案。连枝：本指兄弟关系，此处用以喻指夫妻感情。

⑰ 荧荧：形容烛光微弱闪烁。

⑱ 氤氲：原意为云气弥漫，此指女主人公泪眼婆娑。

⑲ 阳台：台名，在巫山。

襄阳歌

落日欲没岘山西，倒著接䍦❶花下迷。襄阳小儿齐拍手，拦街争唱白铜鞮❷。旁人借问笑何事，笑杀山公❸醉似泥。鸬鹚杓，鹦鹉杯❹。百年三万六千日，一日须倾三百杯。遥看汉水鸭头绿❺，恰似葡萄初酦醅❻。此江若变作春酒，垒曲便筑糟丘台❼。千金骏马换小妾，笑坐雕鞍歌落梅❽。车旁侧挂一壶酒，凤笙龙管行相催❾。咸阳市中叹黄犬，何如月下倾金罍❿。君不见晋朝羊公⓫一片石，龟头剥落生莓苔⓬。泪亦不能为之堕，心亦不能为之哀。清风朗月不用一钱买，玉山自倒⓭非人推。舒州杓⓮，力士铛⓯，李白与尔同死生。襄王云雨今安在？江水东流猿夜声。

注释

❶ 接䍦：古代的一种头巾。倒著接䍦：用山简事形容醉酒的样子。

❷ 白铜鞮：古时童谣，鞮同"蹄"。

❸ 山公：即山简，字季伦，西晋竹林七贤山涛之子。《晋书·山简传》载：永嘉三年，出为征南将军、都督荆湘交广四州诸军事、假节，镇襄阳。于时四方寇乱，天下分崩，王威不振，朝野危惧。简优游卒岁，唯酒是耽。诸习氏，荆土豪族，有佳园池，简每出嬉游，多之池上，置酒辄醉，名之曰高阳池。时有童儿歌曰："山公出何许，往至高阳池。日夕倒载归，酩酊无所知。时时能骑马，倒著白接䍦。举鞭问葛强：何如并州儿？"强家在并州，简爱将也。《世说新语·任诞》载：山季伦为荆州，时出酣畅。人为之歌曰："山公时一醉，径造高阳池。日莫倒载归，茗芋无所知。复能乘骏马，倒著白接䍦。举

手问葛强，何如并州儿?"高阳池在襄阳。强是其爱将，并州人也。

❹鸬鹚杓：形如鸬鹚脖颈的长柄舀酒勺。鹦鹉杯：用鹦鹉螺做的酒杯。

❺鸭头绿：颜色如同鸭头毛色。

❻酘醅：重酿而未经滤过酒。

❼垒：堆积。麹：酒母，酿酒用的发酵剂。糟丘台：用酒糟堆成的高台。

❽落梅：笛曲，亦称《梅花落》，属乐府之《横吹曲辞》。

❾凤笙：形似凤行的笙。龙管：指笛子。

❿金罍：酒器。

⓫羊公：指羊祜，西晋名将。

⓬龟：古时碑石下的赑屃。剥落：腐化脱落。

⓭玉山自倒：酒醉将倒。

⓮舒州杓：一种舀酒勺。

⓯力士铛：温酒器具。

南都行❶

南都信佳丽，武阙横西关❷。白水真人❸居，万商罗鄽闤❹。高楼对紫陌❺，甲第连青山。此地多英豪，邈然不可攀。陶朱与五羖❻，名播天壤间。丽华❼秀玉色，汉女娇朱颜。清歌遏流云，艳舞有余闲。遨游盛宛洛，冠盖随风还。走马红阳城，呼鹰白河湾。谁识卧龙客❽，长吟愁鬓斑。

注释

❶南都：即南阳。光武帝故里，即位后成为别都。

091

②武阙：山名。西关：即武关

③白水真人：指汉光武帝。

④郛閪：指街市。

⑤紫陌：指京都郊野的道路。

⑥陶朱：指陶朱公范蠡。五羖：指秦五羖大夫百里奚。

⑦ 丽华：汉光武帝皇后阴丽华。

⑧卧龙客：即诸葛亮。

西岳云台歌送丹丘子①

　　西岳峥嵘②何壮哉，黄河如丝天际来。黄河万里触山动，盘涡毂转③秦地雷。荣光休气④纷五彩，千年一清圣人在⑤。巨灵⑥咆哮擘两山，洪波喷箭射东海。三峰⑦却立如欲摧，翠崖丹谷高掌⑧开。白帝⑨金精运元气，石作莲花云作台。云台阁道连窈冥⑩，中有不死丹丘生。明星玉女⑪备洒扫，麻姑⑫搔背指爪轻。我皇手把天地户⑬，丹丘谈天与天语⑭。九重⑮出入生光辉，东来蓬莱复西归⑯。玉浆傥惠故人饮⑰，骑二茅龙⑱上天飞。

注释

①西岳：即华山，在今陕西华阴市。丹丘子：即元丹丘，又称丹丘生、元丹，李白于安陆时所结识的一位道友，赠诗多首。

②峥嵘：山势高峻。

③盘涡毂转：毂，车轮的中心。此处形容水流湍急、盘旋，像车轮一样旋转。

④荣光休气：荣光，五色。休，美丽。形容水汽蒸腾在阳光下所呈现的五色光彩，仿佛一片祥瑞的气象。

❺千年一清：黄河多挟泥沙，古代以河清为吉祥之事，"黄河清而圣人出"。此处以黄河水清歌颂清明的治世。圣人：喻指当朝的皇帝唐玄宗。

❻巨灵：河神。

❼三峰：指华山三座高峰，南落雁峰、西莲花峰、东朝阳峰。

❽高掌：即仙人掌，指华山的东北为仙人掌。

❾白帝：神话中的五天帝之一，是西方之神，统治华山。又按道家五行学说，以西方属金，五行配五色，西方属白色，故又称西岳华山为白帝、为金精。

❿阁道：山中栈道。窈冥：光线幽冥，高深不可测之处。

⓫明星玉女：古代传说中的女仙。

⓬麻姑：古代传说中的女仙人，《神仙传》载：东汉桓帝时应王方平之邀，降于蔡经家，年约十八九岁，能掷米成珠。她的手像鸟爪，蔡经曾想象用它来搔背。

⓭我皇：指唐玄宗。把：把持、主宰。天地户：天地之间的门户。

⓮谈天：谈论天地大道。与天语：与皇帝谈话，此处"天"指皇帝。

⓯九重：道家认为天有九重，即指天的极高处，此处喻指天子居所皇宫。

⓰蓬莱：海外三仙山之一。东求蓬莱即指导东海蓬莱求仙。西归：回到长安。

⓱傥：同"倘"。假使。惠：赠。故人：指李白。

⓲茅龙：茅狗所化为龙。《列仙传》载：关中卜师子先，遇仙人带二茅狗前来，子先遂与一酒家老妪骑狗飞天，二狗化为飞龙载二人飞上华山成仙。

元丹丘①歌

　　元丹丘，爱神仙。朝饮颍川②之清流，暮还嵩岑之紫烟③，三十六峰④常周旋。长周旋，蹑星虹⑤，身骑飞龙⑥耳生风，横河跨海与天通⑦，我知尔游心无穷。

注释

①元丹丘：即丹丘子、丹丘生。李白于安陆时所结识的一位道

友，赠诗很多。

❷颍川：即指颍水，今颍河，流经安徽颍上县，终入淮河。

❸嵩岑：指嵩山。岑，小而高的山。此泛指山。紫烟：紫色云气。

❹三十六峰：指嵩山三十六峰。嵩山二峰，东峰太室山，西峰少室山。南跨登封，北跨巩邑，西跨洛阳，东跨密县，绵亘一百五十余里。共有三十六峰。

❺蹑：是跟随，追踪的意思。星虹：指流星和虹霓。蹑星虹：升天飞行，追赶流星。

❻身骑飞龙：指驾龙飞升。

❼与天通：上达天界。

扶风❶豪士歌

洛阳三月飞胡沙❷，洛阳城中人怨嗟。天津流水波赤血❸，白骨相撑如乱麻。我亦东奔向吴国❹，浮云四塞道路赊❺。东方日出啼早鸦，城门人开扫落花。梧桐杨柳拂金井❻，来醉扶风豪士家。扶风豪士天下奇，意气相倾山可移。作人❼不倚将军势，饮酒岂顾尚书期。雕盘绮食会众客，吴歌赵舞香风吹。原尝春陵❽六国时，开心写意君所知。堂中各有三千士，明日报恩知是谁。抚长剑，一扬眉，清水白石何离离❾。脱吾帽，向君笑。饮君酒，为君吟。张良未逐赤松去❿，桥边黄石⓫知我心。

注释

❶扶风：唐代郡名，在今陕西凤翔一带。

❷胡沙：胡尘，指安禄山叛军。此指唐玄宗天宝年间安禄山叛军

攻陷洛阳

❸天津：隋唐年间建造在河南洛水上的天津桥。飞胡沙：指洛阳陷入安禄山叛军之手。波赤血：鲜血染红了河水，指安禄山叛军杀人之多。

❹吴国：三国时期吴国故地。

❺浮云四塞：形势混乱，动荡不安。赊：远，避逃吴地的路途遥远。

❻金井：装饰精美的井口。

❼作人：为人。指扶风豪士为人不依仗权势。

❽原尝春陵：指战国时四公子，即赵国的平原君赵胜、齐国的孟尝君田文、楚国的春申君黄歇、魏国的信陵君魏无忌。

❾离离：清晰明亮。

❿张良：辅佐汉高祖刘邦，天下大定后自请引退，跟着赤松子去学仙。

⓫黄石：即黄石公，授张良兵法。

同族弟金城尉叔卿烛照山水壁画歌❶

高堂粉壁图蓬瀛❷，烛前一见沧洲❸清。洪波汹涌山峥嵘，皎若丹丘隔海望赤城❹。光中乍喜岚❺气灭，谓逢山阴晴后雪。回溪碧流寂无喧，又如秦人月下窥花源❻。了然不觉清心魂，只将❼叠嶂鸣秋猿。与君对此欢未歇，放歌行吟达明发❽。却顾海客❾扬云帆，便欲因之向溟渤❿。

注释

❶金城：唐代地名，在今陕西兴平市。尉：官职。叔卿：李叔

卿，字万，工部侍郎李适之子。

②粉壁：白色墙壁。**蓬瀛**：指蓬莱、瀛洲、方丈等海外仙山。

③沧洲：用以指隐士居所。

④皎：清楚明亮。**丹丘**：神仙居所。**赤城**：山名，在今浙江天台。

⑤岚：山中的烟岚雾气。

⑥花源：即桃花源。

⑦只将：好像。

⑧明发：天亮。

⑨海客：海上的船客。

⑩溟渤：指大海。

梁园①吟

我浮黄云去京阙②，挂席欲进波连山③。天长水阔厌远涉，访古始及平台间。平台为客忧思多，对酒遂作梁园歌。却忆蓬池阮公咏④，因吟渌⑤水扬洪波。洪波浩荡迷旧国⑥，路远西归安可得。人生达命岂暇愁，且饮美酒登高楼。平头奴子⑦摇大扇，五月不热疑清秋。玉盘杨梅为君设，吴盐⑧如花皎白雪。持盐把酒但饮之，莫学夷齐事高洁⑨。昔人豪贵信陵君⑩，今人耕种信陵坟。荒城虚照碧山月，古木尽入苍梧云。梁王宫阙今安在，枚马⑪先归不相待。舞影歌声散绿池，空馀汴水东流海。沉吟此事泪满衣，黄金买醉未能归。连呼五白行六博⑫，分曹⑬赌酒酣驰辉。歌且谣，意方远。东山⑭高卧时起来，欲济苍生未应晚。

注释

①梁园：又作梁苑，汉梁孝王刘武游赏之地。

097

❷京阙：指京都长安。

❸挂席：即扬帆。波连山：波浪如山峰一样连绵不绝。

❹阮公：指阮籍，《咏怀》载：徘徊蓬池上，还顾望大梁。渌水扬洪波，旷野莽茫茫。

❺渌：河水清澈见底。

❻旧国：指西汉梁国，封地在今位于河南省东部、山东省西南部，都城睢阳。

❼平头奴子：戴平头巾的奴仆。

❽吴盐：吴地所产的盐，质地洁白。

❾夷齐：伯夷和叔齐。事高洁：指伯夷叔齐兄弟让国、扣马谏伐、耻食周粟、饿死首阳的故事。

❿信陵君：战国魏公子魏无忌，封为信陵君，礼贤下士，门客众多。

⓫枚马：指汉代辞赋家枚乘和司马相如，二人曾做过梁孝王的门客。

⓬五白、六博：指古代的两种博戏。

⓭分曹：分为两方。

⓮东山：东晋谢安，字安石，曾隐居会稽东山。淝水之战时，东晋武帝起用谢安为大都督，率谢玄等大破前秦苻坚百万大军。

鸣皋歌送岑征君❶

若有人❷兮思鸣皋，阻积雪兮心烦劳。洪河凌竞不可以径度❸，冰龙鳞兮难容舠❹。邈仙山之峻极兮❺，闻天籁之嘈嘈❻。霜崖缟皓以合沓兮❼，若长风扇海，涌沧溟之波涛。玄猿绿罴❽，舔䑛崟岌❾。危柯❿振石，骇胆栗魄⓫，群呼而相号。峰峥嵘⓬以路绝，挂星辰于岩嶅⓭。

送君之归兮，动鸣皋之新作。交鼓吹兮弹丝⑭，觞清泠之池阁⑮。君不行兮何待？若反顾之黄鹤。扫梁园之群英，振大雅⑯于东洛。巾征轩⑰兮历阻折，寻幽居兮越巇嶈⑱。盘白石兮坐素月，琴松风兮寂万壑。望不见兮心氛氲⑲，萝冥冥兮霰纷纷⑳。水横洞以下渌，波小声而上闻。虎啸谷而生风，龙藏溪而吐云。寡鹤清唳㉑，饥鼯颦呻㉒。块独㉓处此幽默兮，愀㉔空山而愁人。鸡聚族以争食，凤孤飞而无邻。蝘蜓㉕嘲龙，鱼目混珍。嫫母㉖衣锦，西施㉗负薪。若使巢由桎梏于轩冕兮㉘，亦奚异乎夔龙蟉蟉于风尘㉙。哭何苦而救楚㉚，笑何夸而却秦㉛。吾诚不能学二子㉜，沽名矫节以耀世兮，固将弃天地而遗身。白鸥兮飞来，长与君兮相亲。

注释

❶鸣皋：山名，在今河南嵩县。岑征君：李白好友岑勋，因被朝廷征聘，故称征君。

❷若有人：指岑征君。

❸洪河：指大河。凌竞：寒冷而打战。

❹冰龙鳞：形容冰凌像龙鳞一样参差不齐。舠：小船。

❺邈：遥远。峻极：山势高大。

❻天籁：自然界的声响。嘈嘈：嘈杂的声音。

❼霜崖：覆盖霜雪的山崖。缟皓：颜色洁白。合沓：重叠。

❽玄猿：黑色的猿猴。绿罴：毛泛绿光的马熊。

❾舔谈：吐舌头。崟岌：山势高峻。

❿危：高。柯：树干。

⓫骇胆栗魄：使人感到胆战心惊的意思。

⓬峥嵘：山高险峻。

⓭岩敊：山上的岩石。

⓮交：混合在一起。鼓吹：打击乐器和吹奏乐器。弹丝：弦乐器。

⓯觞：酒杯，此处指饮酒。清泠之池阁：清泠池上的阁楼。

⑯大雅：原为《诗经·大雅》，此处用以指优秀的诗歌。

⑰巾征轩：用布把车子蒙上。

⑱巆嵼：指山崖。

⑲氛氲：心里烦躁。

⑳萝：女萝，攀附在树上的藤状植物。冥冥：昏暗不清。霰：雪珠。

㉑清唳：鹤的叫声清亮。

㉒鼫：鼫鼠。聱呻：痛苦呻吟。

㉓块独：孤独自处。

㉔愀：悲伤、伤感。

㉕蝘蜓：壁虎。

㉖嫫母：黄帝之妻，貌陋。

㉗西施：春秋时期越国美女。

㉘巢由：尧时的隐士巢父和许由。桎梏：束缚手脚。轩冕：古时的官吏乘的车驾和戴的官帽。

㉙夔龙：舜的二位臣子，夔为乐官，龙为谏官。蹩躠：匍匐而行。

㉚哭何苦而救楚：指申包胥哭秦救楚。

㉛笑何夸而却秦：指鲁仲连却秦救赵。

㉜二子：指申包胥、鲁仲连。

鸣皋歌奉饯从翁清归五崖山居

忆昨鸣皋梦里还，手弄素月清潭间。觉时枕席非碧山❶，侧身西望阻秦关❷。麒麟阁上春还早，著书却忆伊阳好。青松来风吹古道，绿萝飞花覆烟草。我家仙翁爱清真，才雄草圣❸凌古人，欲卧鸣皋绝

100

世尘。鸣皋微茫在何处，五崖峡水横樵路。身披翠云裘，袖拂紫烟去。去时应过嵩少^❹间，相思为折三花树。

注释

❶碧山：即鸣皋山。

❷秦关：指潼关，入秦的必由之路。

❸草圣：唐代书法家张旭，擅长草书。

❹嵩少：指嵩山和少室山。

劳劳亭^❶歌

金陵劳劳送客堂，蔓草离离^❷生道旁。古情不尽东流水，此地悲风愁白杨。我乘素舸同康乐^❸，朗咏^❹清川飞夜霜。昔闻牛渚^❺吟五章，今来何谢袁家郎^❻。苦竹寒声动秋月，独宿空帘归梦长。

注释

❶劳劳亭：在今南京西南。

❷离离：草木茂盛。

❸舸：即大船。康乐：东晋诗人谢灵运，世袭康乐公。

❹朗咏：高声吟咏。

❺牛渚：即今安徽马鞍山采石矶。

❻今来：如今。袁家郎：东晋袁宏。

❧ 横江词·其一 ❧

人道横江❶好，侬❷道横江恶。一风三日吹倒山，白浪高于瓦官阁❸。

注释

❶横江：横江浦，安徽和县东南，与马鞍山采石矶相对，为古长江渡口。

❷侬：吴方言，即我。

❸瓦官阁：南朝梁所建瓦官寺，在今南京。

❧ 横江词·其三 ❧

横江西望阻西秦❶，汉水东连扬子津❷。白浪如山那可渡，狂风愁杀峭帆❸人。

注释

❶西秦：指秦国，因处东方六国西面，故称西秦。此处用以指长安。

❷汉水：长江最长支流，发源于陕西，流经湖北，在武汉汇入长江。扬子津：在今江苏扬州的长江渡口。

❸峭帆：高大的船帆。

金陵①城西楼月下吟

金陵夜寂凉风发，独上高楼望吴越②。白云映水摇空城，白露垂珠滴秋月。月下沉吟久不归，古来相接③眼中稀。解道④澄江净如练，令人长忆谢玄晖⑤。

注释

❶金陵：即今江苏南京。
❷吴越：指今江苏南部和浙江北部。
❸相接：相通、相连。
❹解道：领悟。
❺谢玄晖：即南朝诗人谢朓，字玄晖。

悲 歌 行①

悲来乎，悲来乎。主人有酒且莫斟，听我一曲悲来吟。悲来不吟还不笑，天下无人知我心。君有数斗酒，我有三尺琴②。琴鸣酒乐两相得，一杯不啻千钧③金。悲来乎，悲来乎。天虽长，地虽久，金玉满堂应不守。富贵百年能几何，死生一度人皆有。孤猿坐啼坟上月，且须一尽杯中酒。悲来乎，悲来乎。凤凰不至河无图④，微子⑤去之箕子⑥奴。汉帝不忆李将军⑦，楚王放却屈大夫⑧。悲来乎，悲来乎。秦家李斯⑨早追悔，虚名拨向身之外。范子⑩何曾爱五湖，功成名遂身自退。剑是一夫用，书能知姓名。惠施⓫不肯干万乘，卜式⓬未必穷一经。还须黑头取方伯⓭，莫谩⓮白首为儒生。

注释

❶ 悲歌行：乐府旧题，宋郭茂倩《乐府诗集》列入杂曲歌辞。

❷ 三尺琴：古琴长约三尺。

❸ 钧：古时计量单位，为三十斤。

❹ 凤凰句：出自《论语·子罕》："凤鸟不至，河不出图，吾已矣夫。"

❺ 微子：名启，商纣王庶兄，数次劝谏商纣王。

❻ 箕子：商纣王叔父，数谏纣王，不听，于是披发佯装为奴。

❼ 李将军：指汉飞将军李广，一生抗击匈奴，终不得封爵。

❽屈大夫：指屈原，楚国任左徒、三间大夫。爱国直谏，遭谗被逐，投汨罗江而死。

❾李斯：秦丞相，辅佐秦始皇统一六国，位列三公。后为秦二世胡亥腰斩于市。

❿范子：即范蠡，春秋越国大夫，辅佐越王勾践灭吴。功成乃辞勾践，泛舟五湖，人不知其所踪。

⓫惠施：战国宋人，仕魏。魏惠王愿以为国想让，惠施不肯接受。

⓬卜式：汉时河南人，以牧羊致富，曾为御史大夫，但不习文章。

⓭黑头：满头黑发，指青年时期。方伯：即古时州郡刺史，后泛指地方长官。

⓮谩：徒，空。

秋浦❶歌·其一

秋浦长似秋，萧条使人愁。客愁不可度，行上东大楼❷。正西望长安，下见江水流。寄言向江水，汝意忆侬不❸。遥传一掬❹泪，为我达扬州。

注释

❶秋浦：即唐秋浦县，为银铜产地，在今安徽池州。

❷大楼：大楼山，在今安徽池州。

❸不：同"否"。

❹一掬：一捧。

秋浦歌·其二

秋浦猿夜愁，黄山❶堪白头。清溪非陇水，翻作断肠流。欲去不得去，薄游❷成久游。何年是归日，雨泪下孤舟。

注释

❶黄山：安徽贵池的黄山岭。
❷薄游：短暂的游玩。

秋浦歌·其十一

逻人横鸟道❶，江祖出鱼梁❷。水急客舟疾，山花拂面香。

注释

❶逻人：清溪河边巨石逻人矶。鸟道：山间狭窄的小路。指连绵高山，无路可通，只有鸟能飞过，人迹罕至。
❷江祖：清溪河北岸的江祖石。鱼梁：水中设置的捕鱼小坝。

秋浦歌·其十三

渌水净素月❶，月明白鹭飞。郎听采菱女，一道❷夜歌归。

注释

❶渌水：清澈见底的河水。素月：洁白无瑕的月亮。

❷一道：同路而行。

秋浦歌·其十四

炉火照天地，红星乱紫烟❶。赧郎❷明月夜，歌曲动寒川❸。

注释

❶红星句：冶炼炉中迸射红色火星。

❷赧郎：赧，因羞涩而脸红，在此指冶炼人脸孔映着火红的炉火。

❸寒川：夜晚寒冷的河水。

秋浦歌·其十五

白发三千丈，缘❶愁似个长。不知明镜里，何处得秋霜❷。

注释

❶缘：因。

❷秋霜：白发。

秋浦歌·其十七

桃波❶一步地，了了❷语声闻。黯❸与山僧别，低头礼❹白云。

注释

❶桃波：胡桃陂，在今安徽池州。

❷了了：清晰明了。

❸黯：默默地。

❹礼：行礼拜别。

当涂赵炎少府粉图山水歌❶

峨眉❷高出西极天，罗浮直与南溟连❸。名公绎思挥彩笔❹，驱山走海置眼前。满堂空翠❺如可扫，赤城霞气苍梧烟❻。洞庭潇湘意渺绵❼，三江七泽情洄沿❽。惊涛汹涌向何处，孤舟一去迷归年。征帆不动亦不旋，飘如随风落天边。心摇目断兴难尽，几时可到三山❾巅。西峰峥嵘❿喷流泉，横石蹙水波潺湲⓫。东崖合沓⓬蔽轻雾，深林杂树空芊绵⓭。此中冥昧⓮失昼夜，隐几寂听无鸣蝉。长松之下列羽客⓯，对坐不语南昌仙。南昌仙人赵夫子⓰，妙年历落⓱青云士。讼庭⓲无事罗众宾，杳然如在丹青里⓳。五色粉图安足珍，真仙可以全吾身。若待功成拂衣去，武陵桃花⓴笑杀人。

注释

❶当涂：即今安徽当涂县。赵炎：李白好友，当涂县尉（即少府）。粉图：绘画。

❷峨眉：即今四川峨眉山。

❸罗浮：广东罗浮山。南溟：即南海。

❹名公：指著名的画工。绎思：构思。

❺空翠：山色青绿。

❻赤城：赤城山，在今浙江天台。苍梧：苍梧山，在今湖南宁远。

❼洞庭：即湖南洞庭湖。潇湘：指湖南湘江。渺绵：隐约遥远。

❽三江七泽：形容河水湖泊非常多。洄沿：回旋。

❾三山：传说中的蓬莱、瀛洲、方丈海外三仙山。

❿峥嵘：山势高峻。

109

⑪ 蹙：迫近。

⑫ 合沓：重叠。潺湲：水流动的声音。

⑬ 芊绵：草木繁茂。

⑭ 冥昧：昏暗。

⑮ 羽客：指道士。

⑯ 南昌仙人：汉代南昌县尉梅福，后弃官成仙。此处指当涂县尉赵炎。

⑰ 历落：磊落，洒脱。

⑱ 讼庭：公堂。

⑲ 杳然：幽深邈远。丹青：水墨画。

⑳ 武陵桃花：武陵桃花源，指世外桃源。

永王①东巡歌·其一

永王正月东出师，天子遥分龙虎旗②。楼船③一举风波静，江汉翻为雁鹜池④。

注释

❶ 永王：李璘，唐玄宗第十六子。安史之乱时，玄宗避往四川，下诏以李璘为山南、岭南、黔中、江南四道节度采访使，兼江陵郡大都督。李璘军行至九江时，邀李白入幕府。

❷ 天子：指唐玄宗。龙虎旗：绘有龙虎的旗帜，此处指玄宗诏命李璘为四道节度使，统兵平叛。

❸ 楼船：主帅乘坐的战船。

❹ 江汉：指长江和汉水之间的广大地区。雁鹜池：饲养禽鸟的池塘，此处指平定叛乱后的平静。

永王东巡歌·其二

三川北虏乱如麻❶，四海南奔似永嘉❷。但用东山谢安石❸，为君谈笑静胡沙❹。

注释

❶三川：指洛阳一带。秦时设三川郡，以其有黄河、洛水、伊水。北虏：指安禄山叛军。

❷永嘉：晋怀帝司马炽年号，永嘉五年，前赵攻陷洛阳，中原人避往江南，称为永嘉之乱。此处指安史之乱与之相似。

❸但：只要。东山谢安石：东晋谢安，字安石，曾隐居会稽东山。淝水之战时，东晋武帝起用谢安为大都督，率谢玄等大破前秦苻坚百万大军。这里李白自比谢安。

❹谈笑：谈笑间，自如，从容。胡沙：指安史叛军。

永王东巡歌·其五

二帝巡游俱未回❶，五陵❷松柏使人哀。诸侯❸不救河南地，更喜贤王❹远道来。

注释

❶二帝：指唐玄宗、唐肃宗。巡游：指安史叛军攻陷长安时，玄

111

宗避逃入蜀。肃宗在灵武即位。

❷五陵：指高祖献陵、太宗昭陵、高宗乾陵、中宗定陵和睿宗桥陵。

❸诸侯：指各地军政长官。

❹贤王：指永王李璘。

永王东巡歌·其八

长风挂席势难回❶，海动山倾古月摧❷。君看帝子❸浮江日，何似龙骧出峡❹来。

注释

❶长风：大风。挂席：船上升起的船帆。

❷古月：胡兵，即安史叛军。摧：打败。

❸帝子：指永王李璘。

❹龙骧出峡：晋龙骧将军王濬领兵伐吴。此处用以指李璘率军平叛。

永王东巡歌·其十

帝宠贤王入楚关❶，扫清江汉❷始应还。初从云梦❸开朱邸，更取金陵作小山❹。

注释

❶帝：指唐玄宗。贤王：指永王李璘。入楚关：李璘受命为四道节度使、江陵大都督到江南平叛。

❷江汉：指长江和汉水之间的广大地区。

❸云梦：即湖北云梦泽，是对江汉平原湖泊群的总称。此处指江陵一带。开朱邸：建立府邸。

❹作小山：建造府邸。

上皇西巡南京歌❶·其一

胡尘轻拂建章台❷，圣主❸西巡蜀道来。剑壁❹门高五千尺，石为楼阁九天开。

注释

❶上皇：指唐玄宗李隆基。西巡：指安史叛军攻陷长安时，玄宗避逃入蜀。南京：肃宗至德二年改成都为南京，凤翔为西京，长安为中京。

❷胡尘：胡兵，指安史叛军。建章台：汉代长安宫殿，此处指唐宫苑。

❸圣主：指唐玄宗李隆基。

❹剑壁：剑门关，在今四川剑阁。

113

上皇西巡南京歌·其三

华阳春树号新丰❶，行入新都❷若旧宫。柳色未饶秦地绿，花光不减上阳❸红。

注释

❶华阳：蜀国的国号，此指成都。新丰：汉代县名，治今陕西西安市临潼区西北。

❷新都：今成都市北新都区。

❸上阳：唐代洛阳的上阳宫。

上皇西巡南京歌·其四

谁道君王行路难？六龙西幸万人欢❶。地转锦江成渭水❷，天回玉垒作长安❸。

注释

❶六龙：皇帝的车驾，龙指马。

❷锦江：岷江支流，在成都以南。渭水：陕西渭河。

❸玉垒：成都西北的玉垒山。

上皇西巡南京歌·其六

濯锦清江万里流❶，云帆龙舸下扬州❷。北地虽夸上林苑❸，南京还有散花楼❹。

注释

❶濯锦清江：指锦江。万里流：锦江作为岷江支流，最后流入扬州，流程万里。

❷龙舸：皇帝乘坐的大船。

❸上林苑：汉代皇家园林建筑。

❹散花楼：也叫锦江楼，在成都锦江边。

上皇西巡南京歌·其八

秦开蜀道置金牛❶，汉水元通星汉流❷。天子一行遗圣迹，锦城❸长作帝王州。

注释

❶金牛：即秦惠王时所修的金牛道，是由秦入蜀的要道。

❷汉水：即汉江。星汉：指银河。

❸锦城：又叫锦官城，指成都。

上皇西巡南京歌·其九

水绿天青不起尘，风光和暖胜三秦❶。万国烟花随玉辇❷，西来添作锦江春。

注释

❶三秦：秦灭后，项羽将秦地一分为三分封给雍王章邯、翟王董翳、塞王司马欣，从此称为三秦。

❷烟花：春季的景色。玉辇：皇帝的车驾。

上皇西巡南京歌·其十

剑阁重关蜀北门，上皇归马若云屯❶。少帝长安开紫极❷，双悬日月照乾坤❸。

注释

❶上皇：唐玄宗李隆基。云屯：车马人数众多。
❷少帝：指唐肃宗李亨。紫极：指帝王宫殿。
❸双悬日月：指玄宗和肃宗。

峨眉山❶月歌

峨眉山月半轮秋❷，影❸入平羌江❹水流。夜发清溪❺向三峡❻，思君❼不见下渝州❽。

注释

❶峨眉山：位于今四川峨眉县西南。
❷半轮秋：半圆月，弦月。秋：秋季。
❸影：月光的影子。
❹平羌江：即今四川峨眉东北的青衣江，源出四川芦山，经乐山市汇入岷江。
❺清溪：指清溪驿，位于今四川省犍为县，在峨眉山附近。

⑦君：指峨眉山月。

⑧渝州：指今重庆一带。

峨眉山月歌送蜀僧晏入中京①

我在巴东三峡时，西看明月忆峨眉。月出峨眉照沧海，与人万里长相随。黄鹤楼前月华白②，此中忽见峨眉客③。峨眉山月还送君，风吹西到长安陌。长安大道横九天，峨眉山月照秦川④。黄金狮子⑤乘高座，白玉麈尾谈重玄⑥。我似浮云滞吴越⑦，君逢圣主游丹阙⑧。一振高名满帝都，归时还弄峨眉月。

注释

①中京：指长安。肃宗至德二年改成都为南京，凤翔为西京，长安为中京。

②月华白：洁白的月光。

③峨眉客：指蜀僧晏上人。

④秦川：指长安所处的渭河平原。

⑤黄金狮子：指当时的皇帝与皇家贵胄。

⑥麈尾：即拂尘。麈：驼鹿。重玄：精神奥妙的哲理，此指援引老庄之道释佛。

⑦吴越：长江中下游地区。

⑧丹阙：指皇宫。

江 夏 行[1]

　　忆昔娇小姿，春心亦自持[2]。为言嫁夫婿，得免长相思。谁知嫁商贾，令人却愁苦。自从为夫妻，何曾在乡土。去年下扬州，相送黄鹤楼。眼看帆去远，心逐江水流。只言期一载，谁谓历三秋。使妾肠欲断，恨君情悠悠。东家西舍同时发，北去南来不逾月。未知行李[3]游何方，作个音书能断绝[4]？适来往南浦[5]，欲问西江船。正见当垆女[6]，红妆二八年。一种[7]为人妻，独自多悲凄。对镜便垂泪，逢人只欲啼。不如轻薄儿[8]，旦暮长相随。悔作商人妇，青春长别离。如今正好同欢乐，君去容华[9]谁得知。

注释

❶ 江夏：即今湖北武昌。

❷ 春心：思春之心。持：控制。

❸ 行李：行人随行之衣物，此代指外出的丈夫。

❹ 作个：怎么。音书：即书信。

❺ 适来：刚刚。南浦：在武昌南。古时泛指送别地。

❻ 当垆女：卖酒女子。

❼ 一种：一样，同样。

❽ 轻薄儿：轻薄少年。即游手好闲的浮浪子弟。

❾ 容华：青春美丽的容貌。

怀仙歌

一鹤东飞过沧海❶，放心散漫❷知何在。仙人浩歌❸望我来，应攀玉树❹长相待。尧舜之事不足惊，自余嚣嚣❺直可轻。巨鳌❻莫载三山去，我欲蓬莱顶上行。

注释

❶鹤：古时传说仙人骑鹤飞行。沧海：指海外仙岛。

❷放心散漫：放松心情，无拘自由的生活状态。

❸浩歌：放声高歌。

❹玉树：仙境神树。

❺嚣嚣：喧闹声。

❻巨鳌：传说中的大龟，可驮神山。

玉真仙人❶词

玉真之仙人，时往太华❷峰。清晨鸣天鼓❸，飙欻❹腾双龙。弄电❺不辍手，行云本无踪。几时入少室❻，王母❼应相逢。

注释

❶玉真仙人：唐玄宗之妹玉真公主。

❷太华：即西岳华山。

❸鸣天鼓：雷鸣。

❹飂欻：疾风。

❺弄电：闪电。

❻少室：指嵩山西山少室山。

❼王母：神话中女仙之首西王母。

❦❧ 酬殷明佐见赠五云裘歌❶ ❦❧

　　我吟谢朓诗上语❷，朔风飒飒吹飞雨❸。谢朓已没青山空，后来继之有殷公。粉图❹珍裘五云色，晔❺如晴天散彩虹。文章彪炳光陆离❻，应是素娥玉女之所为❼。轻如松花落金粉，浓似苔锦含碧滋。远山积翠横海岛，残霞飞丹映江草。凝毫采掇花露容，几年功成夺天造。故人赠我我不违❽，著令山水含清晖。顿惊谢康乐❾，诗兴生我衣。襟前林壑敛暝色，袖上云霞收夕霏。群仙长叹惊此物，千崖万岭相萦郁。身骑白鹿行飘飘，手翳紫芝笑披拂❿。相如不足跨鹔鹴⓫，王恭鹤氅⓬安可方。瑶台⓭雪花数千点，片片吹落春风香。为君持此凌苍苍⓮，上朝三十六玉皇⓯。下窥夫子不可及，矫首⓰相思空断肠。

✿注释

❶五云裘：五彩绚烂的裘衣。

❷谢朓：南朝诗人，字玄晖。

❸朔风：寒风。飒飒：形容风吹动的声音。

❹粉图：绘画。

❺晔：光明灿烂的样子。

❻彪炳：形容文采焕发。陆离：形容色彩绚丽繁杂。

❼素娥：即姮娥，嫦娥。玉女：女仙。

⑧不违：不拒绝。

⑨谢康乐：南朝诗人谢灵运，封康乐公。

⑩翳：遮蔽。紫芝：灵芝。

⑪鹳鹤：古代神话中的西方神鸟，羽毛也用来织衣。

⑫鹤氅：鸟羽制成的裘衣。

⑬瑶台：传说西王母居住在瑶台，此处指华丽楼阁。

⑭苍苍：上天。

⑮三十六玉皇：道家所指的三十六天帝。

⑯矫首：抬头。

❧ 临 路 歌 ❧

大鹏飞兮振八裔❶，中天摧兮力不济❷。余风激兮万世，游扶桑兮挂石袂❸。后人得之传此，仲尼❹亡兮谁为出涕。

注释

❶八裔：八方。

❷中天：半空中。摧：摧折。济：充足。

❸扶桑：是古代神话传说中的神树，生长在太阳升起的地方。袂：衣袖。

❹仲尼：孔子。

草书歌行

少年上人号怀素❶，草书天下称独步。墨池❷飞出北溟鱼，笔锋杀尽中山兔❸。八月九月天气凉，酒徒词客满高堂。笺麻素绢排数箱❹，宣州❺石砚墨色光。吾师❻醉后倚绳床❼，须臾扫尽数千张。飘风骤雨惊飒飒，落花飞雪何茫茫！起来向壁不停手，一行数字大如斗。怳怳❽如闻神鬼惊，时时只见龙蛇走。左盘右蹙如惊电，状同楚汉相攻战。湖南七郡❾凡几家，家家屏障书题遍。王逸少❿，张伯英⓫，古来几许浪得名。张颠⓬老死不足数，我师此义不师古。古来万事贵天生，何必要公孙大娘⓭浑脱舞⓮。

注释

❶上人：对和尚的尊称。怀素：唐代僧人、书法家，本名钱藏真，长沙人，擅长草书，与张旭齐名，并称为"张颠素狂"。年纪比李白小，因称之为少年上人。

❷墨池：指书法家洗砚涮笔的池子。

❸中山：在今安徽宣城。中山出兔毫，用于制作精良毛笔。

❹笺麻：唐代的纸，或以五色染成，或用研光，或用金银泥做成笺纸，纸以麻来作为材料，称为麻纸。素绢：白色的绢。排数箱：形容联系书法用纸之多。

❺宣州：指今安徽宣城，盛产安徽歙砚，与广东端砚、甘肃洮砚、山西澄泥砚并称中国四大名砚。

❻吾师：指怀素，师：在此是对和尚的尊称。

❼绳床：原称胡床，东汉时从西域传入中原一带，是一种可以交叉折叠的轻便坐具。

❽怳怳：隐隐约约，看不清楚的样子。

❾湖南七郡：指长沙郡、衡阳郡、桂阳郡、零陵郡、连山郡、江华郡、邵阳郡。因七郡都在洞庭湖南，故称湖南。

❿王逸少：即王羲之，字逸少，山东琅琊人，东晋书法家，擅长隶、草、正、行各体，被奉为"书圣"。

⓫张伯英：即张芝，字伯英，河南弘农人，东汉书法家，善草书。

⓬张颠：即张旭，唐代书法家，善写草书而且喜欢喝酒，时人称为"张颠"。

⓭公孙大娘：盛唐时代著名舞者，善舞西河剑器。

⓮浑脱舞：唐代舞蹈。

❧ 和卢侍御❶通塘曲 ❧

君夸通塘好，通塘胜耶溪❷。通塘在何处，远在寻阳❸西。青萝袅袅挂烟树❹，白鹇❺处处聚沙堤。石门❻中断平湖出，百丈金潭❼照云日。何处沧浪垂钓翁❽，鼓棹❾渔歌趣非一。相逢不相识，出没绕通塘。浦❿边清水明素足，别有浣沙吴女郎⓫。行尽绿潭潭转幽，疑是武陵⓬春碧流。秦人鸡犬桃花里，将比通塘渠⓭见羞。通塘不忍别，十去九迟回⓮。偶逢佳境心已醉，忽有一鸟从天来。月出青山送行子⓯，四边苦竹秋声起。长吟白雪⓰望星河，双垂两足扬素波。梁鸿⓱德耀会稽日，宁知此中乐事多。

注释

❶卢侍御：即卢虚舟，字幼真，官至殿中侍御史。

❷耶溪：即若耶溪，在今浙江绍兴市，相传为西施浣纱之处。

❸寻阳：即唐代浔阳郡，在今江西九江市。

❹青萝：是一种攀附在石壁、树木或墙上的植物。袅袅：细长柔软的东西随风摆动。

❺白鹇：一种鸟，又叫银雉，像山鸡，白色红脸。

❻石门：浔阳附近，形状像门的山。

❼金潭：潭水清澈见底，可见潭底金色的沙石。

❽沧浪垂钓翁：即沧浪老人，指隐者，此处指渔父。

❾鼓棹：划桨行船。

❿浦：水边。

⓫浣沙吴女郎：原指西施，此处指吴地的浣纱女子。

⓬武陵：秦汉时期的武陵郡，在今湖南常德。因桃花源在武陵，故以武陵代指桃花源。

⓭渠：代词，指桃花源。

⓮迟回：徘徊。

⓯行子：即游子，出行的人。

⓰白雪：即《阳春白雪》，古代民歌，此处指卢侍御的《通塘曲》。

⓱梁鸿：东汉人，与妻隐居在霸陵山中，以耕读为业。

❀ 长门怨❶·其二 ❀

桂殿❷长愁不记春❸，黄金四屋❹起秋尘。夜悬明镜❺青天上，独照长门宫里人❻。

注释

❶长门怨：乐府古题，后人指称司马相如为汉武帝陈皇后所谓

《长门赋》。长门：即长门宫。

②桂殿：指长门宫。

③不记春：长久的时间。

④黄金四屋：长门宫四面墙壁。

⑤明镜：月亮。

⑥宫里人：陈皇后。此处李白自比失宠事。

赠从兄襄阳少府皓

结发**❶**未识事，所交尽豪雄。却秦不受赏**❷**，击晋**❸**宁为功。托身白刃里，杀人红尘中。当朝揖高义，举世称英雄。小节岂足言，退耕舂陵东。归来无产业，生事如转蓬**❹**。一朝乌裘敝，百镒黄金空**❺**。弹剑徒激昂，出门悲路穷。吾兄青云士**❻**，然诺**❼**闻诸公。所以陈片言，片言贵情通。棣华**❽**倘不接，甘与秋草同。

注释

❶结发：束发。指初成年时，古时汉族男子二十岁行冠礼。

❷却秦：指指鲁仲连却秦救赵、义不受赏之事。

❸击晋：指战国时，朱亥为信陵君击杀大将晋鄙，信陵君才能窃符救赵。

❹转蓬：空中打转儿的蓬草，以此喻指自己漂泊不定的人生经历。

❺一朝二句：用苏秦裘敝金尽的故事。苏秦到秦国游说秦王，上书十次却没有被秦王采纳。身穿的貂裘破旧，携带的黄金用完，只好离开秦国，狼狈不堪地回家。后用以形容为求功名奔波劳苦，却不得志的窘状。镒：重量单位，为二十四两。

⑥青云士：指志存高远之、品行高尚之人，此指李白从兄李皓。

⑦然诺：信守诺言。

⑧棣华：意为兄弟。

赠徐安宜①

　　白田②见楚老，歌咏徐安宜。制锦不择地，操刀良在兹。清风动百里，惠化③闻京师。浮人④若云归，耕种满郊岐⑤。川光净麦陇，日色明桑枝。讼息⑥但长啸，宾来或解颐⑦。青橙拂户牖⑧，白水流园池。

游子滞安邑，怀恩未忍辞。翳⁹君树桃李，岁晚托深期。

注释

❶安宜：地名，在今江苏宝应。

❷白田：地名，在安宜县内。

❸惠化：惠及百姓。

❹浮人：流亡在外的百姓。

❺郊岐：郊外大路的岔道。

❻讼息：指政治清明。

❼解颐：解颜欢笑。颐：面颊。

❽户牖：门窗，门户，借指家。

❾翳：唯有。

早秋赠裴十七仲堪

远海动风色，吹愁落天涯。南星变大火❶，热气余丹霞。光景不可回，六龙转天车❷。荆人泣美玉❸，鲁叟悲匏瓜❹。功业若梦里，抚琴发长嗟。裴生信英迈，屈起多才华。历抵海岱❺豪，结交鲁朱家❻。复携两少妾，艳色惊荷葩。双歌入青云，但惜白日斜。穷溟❼出宝贝，大泽饶龙蛇。明主傥见收，烟霄路非赊❽。时命若不会，归应炼丹砂。

注释

❶南星变大火：大火：星宿名，即心宿星。大火星在南方，是指天气转入夏季，天气炎热。大火星在西方，那么天气转入秋季。

❷六龙转天车：传说羲和驾六龙而驭日车，巡天而行。

❸荆人泣美玉：是楚国人卞和挖到了一块玉石，向楚厉王和楚武

128

王献宝玉，但他们认为是普通石头，便砍掉了卞和的两条腿，于是卞和只能在荆山脚下大哭。最终在楚文王时期，这块大原石被切开，证明石头确实是一块美玉，楚文王为了表彰卞和的忠诚，就将玉命名为和氏璧。

❹鲁叟：指孔子。此时李白居鲁地，因以自比。匏瓜：一种葫芦。用以比喻未得重用或无所作为的人。

❺海岱：指古代的青州鲁地。

❻朱家：秦末汉初的游侠，曾经藏匿、救活豪杰之士百余人但不求回报。

❼穷溟：指深海。

❽烟霄路：青云直上的道路，指受到重用。赊：远。

❧ 赠范金卿·其二 ❧

范宰不买名❶，弦歌对前楹❷。为邦默自化❸，日觉冰壶清❹。百里鸡犬静，千庐机杼鸣。浮人❺少荡析，爱客多逢迎。游子睹嘉政，因之听颂声。

注释

❶买名：即沽名钓誉。

❷弦歌对前楹：在堂前伴着琴瑟而咏歌。

❸为：治理。自化：潜移默化，无为而治。

❹冰壶：冰清玉洁的玉壶，用以比喻月亮。清：清明。

❺浮人：流亡在外的百姓。荡析：动荡分离。

赠瑕丘王少府[1]

皎皎鸾凤姿[2]，飘飘神仙气。梅生[3]亦何事，来作南昌尉。清风佐鸣琴[4]，寂寞道为贵。一见过所闻，操持[5]难与群。毫挥鲁邑[6]讼，目送瀛洲[7]云。我隐屠钓[8]下，尔当玉石[9]分。无由接高论，空此仰清芬。

注释

[1] 瑕丘：地名，在今山东兖州。少府：官职名，指县尉。

[2] 皎皎：洁白。鸾凤姿：指姿态高雅。

[3] 梅生：即梅福，字子真。西汉时人，曾经任南昌县尉。王莽篡位后，离家而去，后传说成为神仙。

[4] 鸣琴：喻指王少府。用典宓子贱治单父。《史记·仲尼弟子列传》载：宓子贱为单父宰，弹琴，身不下堂，而单父治。

[5] 操持：意为个人的操守。

[6] 鲁邑：鲁地瑕丘，在今山东济宁市兖州区。

[7] 瀛洲：传说中的海外三仙山之一。

[8] 隐屠钓：隐于屠钓之人中。用典姜尚未发迹时，曾屠牛于朝歌，卖饮于孟津，钓于渭滨之磻溪。

[9] 玉石：玉即美玉，李白隐喻自己。石喻平常之普通人。

赠丹阳横山周处士惟长❶

　　周子横山隐，开门临城隅❷。连峰入户牖❸，胜概凌方壶❹。时作白纻词❺，放歌丹阳湖。水色傲溟渤❻，川光秀菰蒲❼。当其得意时，心与天壤俱。闲云随舒卷，安识身有无。抱石耻献玉❽，沉泉笑探珠。羽化❾如可作，相携上清都❿。

注释

❶丹阳：即汉代当涂县。在今安徽马鞍山。横山：即横望山，在当涂东北，山南有丹阳湖。处士：指古时候有德才而隐居未做官的人。

❷城隅：城墙角上修建的墙垛，用作城墙顶部防护和御敌的屏障。

❸户牖：即门户。

❹方壶：方丈，传说中海外三仙山之一。

❺白纻词：江南一带的古曲。

❻溟渤：东海、渤海。

❼菰：即菰菜，俗称茭白。

❽抱石耻献玉：指楚国卞和进献和氏璧的故事。

❾羽化：谓成仙。

❿清都：仙人的居处，泛指仙境。

玉真公主别馆苦雨
赠卫尉张卿❶·其一

　　秋坐金张馆❷，繁阴昼不开。空烟迷雨色，萧飒❸望中来。翳翳昏垫苦❹，沉沉忧恨催。清秋何以慰，白酒盈吾杯。吟咏思管乐❺，此人已成灰。独酌聊自勉，谁贵经纶才❻。弹剑谢公子❼，无鱼良可哀。

注释

❶玉真公主：唐玄宗之妹。张卿：张垍，丞相张说之子，拜驸马都尉。

❷金张馆：玉真公主别馆。金张：指贵族。汉宣帝时金日磾和张安世并为显宦，后世即以金张并称喻贵族。

❸萧飒：秋风冷雨吹打草木发出的凄凉萧索的声音。

❹翳翳：光线昏暗。昏垫：指受困于秋雨之中。

❺管乐：春秋时齐国丞相管仲与战国时燕国名将乐毅。

❻经纶：本意是整理过的蚕丝。喻指治理国家的抱负和才能。

❼弹剑：用孟尝君门客冯谖弹铗事，表示渴望得到任用。冯谖战国时齐国人，为孟尝君门客，起初未被重用。冯谖弹其铗而歌发牢骚。孟尝君听到后满足其要求，使冯食有鱼，出有车，冯母得到供养。于是全心为孟尝君谋划，建立三窟，成为孟尝君手下最得力的谋士。

玉真公主别馆苦雨
赠卫尉张卿·其二

苦雨思白日，浮云何由卷。稷契和天人❶，阴阳乃骄蹇❷。秋霖剧倒井❸，昏雾横绝巘❹。欲往咫尺途，遂成山川限。潈潈❺奔溜闻，浩浩❻惊波转。泥沙塞中途，牛马不可辨。饥从漂母食❼，闲缀羽陵简❽。园家逢秋蔬，藜藿❾不满眼。螟蛉❿结思幽，蟋蟀伤褊浅⓫。厨灶无青烟，刀机生绿藓。投箸解鹔鹴⓬，换酒醉北堂。丹徒布衣者⓭，慷慨未可量。何时黄金盘，一斛荐槟榔。功成拂衣去，摇曳沧洲傍。

注释

❶稷契：稷和契的并称，稷是周人的祖先，教人种百谷。契是商人的祖先，协助禹治水。二人竭力辅佐尧舜。后成为古代贤臣良相的代称。和天人：调和天道与人心。

❷骄蹇：傲慢，不顺从。

❸秋霖：秋雨。剧：加剧。倒井：雨水迅猛，有如井水倒翻。

❹绝巘：山势险峻。

❺潈潈：流水声。

❻浩浩：水势浩荡。

❼漂母：水边漂洗丝絮的妇人，此处用漂母饭信的典故。《史记·淮阴侯列传》载：淮阴侯韩信者，淮阴人也。始为布衣时，贫无行，不得推择为吏，又不能治生商贾。常从人寄食饮，人多厌之者。常数从其下乡南昌亭长寄食，数月，亭长妻患之，乃晨炊蓐食。食时，信往，不为具食。信亦知其意，怒，竟绝去。信钓于城下，诸母漂，有一母见信饥，饭信，竟漂数十日。信喜，谓漂母曰："吾必有以重报

母。"母怒曰："大丈夫不能自食，吾哀王孙而进食，岂望报乎!" 汉五年正月，徙齐王信为楚王，都下邳。信至国，召所从食漂母，赐千金。及下乡南昌亭长，赐百钱，曰："公，小人也，为德不卒。"

❽闲缀：连字成句，连句成篇。羽陵简：指古代的典籍秘本，此处代指所写诗文。

❾藜藿：指野菜。

❿蟏蛸：小蜘蛛。

⓫褊浅：土地、水流等狭窄浅薄。此处用以指所处的窘困境地。

⓬鹔鹴：古代神话传说中的西方神鸟。此处典出司马相如和卓文君用鹔鹴裘衣换酒的故事。喻指生活窘困。

⓭丹徒布衣：用南朝刘穆之的故事。少时家贫，常就岳家乞食。一日食饱求槟榔，其妻兄弟戏之曰："槟榔消食，君乃常饥，何忽须此?"及穆之为丹阳尹，召妻兄弟饮，至醉饱，令厨人以金盘盛槟榔一斛进之。后以指贫困未遇之士。

赠韦秘书子春❶·其一

谷口郑子真❷，躬耕在岩石。高名动京师，天下皆籍籍❸。斯人竟不起，云卧从所适。苟无济代❹心，独善亦何益。惟君家世者，偃息逢休明。谈天信浩荡，说剑纷纵横。谢公❺不徒然，起来为苍生。秘书何寂寂❻，无乃❼羁豪英。且复归碧山，安能恋金阙。旧宅樵渔地，蓬蒿❽已应没。却顾女几峰，胡颜见云月。徒为风尘苦，一官已白须。气同万里合，访我来琼都❾。披云睹青天，扪虱❿话良图。留侯将绮里⓫，出处未云殊。终与安社稷，功成去五湖⓬。

注释

❶ 韦秘书子春：韦子春，永王李璘谋士，官至秘书省著作郎。

❷ 谷口：在今陕西礼泉。郑子真：西汉时隐士。

❸ 籍籍：形容众口喧哗。

❹ 济代：济世。

❺ 谢公：东晋谢安，字安石，曾隐居会稽东山。淝水之战时，东晋武帝起用谢安为大都督，率谢玄等大破前秦苻坚百万大军。

❻ 寂寂：寂静无声。

❼ 无乃：表示委婉反问。意为岂不是。

❽ 蓬蒿：乡野平民。

❾ 琼都：指庐山。

❿ 扪虱：扪，指按。扪虱，指按着虱子。形容贤士举止放达从容，不拘小节。典出王猛扪虱而谈。《晋书·王猛传》载：王猛少年时很穷苦。东晋大将桓温兵进关中时，他去谒见，一面侃侃谈天下事，一面在扪虱，旁若无人。

⓫ 留侯：即张良。辅佐刘邦建汉后封为留侯。绮里：即绮里季，汉初隐士。与东园公、角里先生、夏黄公，并称商山四皓。皆修道洁己，非义不动。

⓬ 功成去五湖：功成身退的意思。典出范蠡泛舟，范蠡辅佐越王灭吴后，辞官乘舟泛海而去。

赠韦侍御黄裳❶ · 其一

太华❷生长松，亭亭❸凌霜雪。天与百尺高，岂为微飙❹折？桃李卖阳艳❺，路人行且迷。春光扫地尽，碧叶成黄泥。愿君学长松，慎

135

勿作桃李。受屈不改心，然后知君子。

注释

❶韦侍御黄裳：韦黄裳，官殿中侍御史。

❷太华：指西岳华山。

❸亭亭：高耸直立的样子。

❹微飙：小风，微风。

❺卖阳艳：卖弄艳丽的美色。

赠韦侍御黄裳·其二

见君乘骢马❶，知上太行道。此地果摧轮❷，全身以为宝。我如丰年玉，弃置秋田草。但勖冰壶心❸，无为叹衰老。

注释

❶骢马：青白两色相杂的马。

❷摧轮：指道路折毁车轮。此指山路艰险，不易通行。

❸勖：勉励。冰壶心：指冰清玉洁。

赠参寥子

白鹤飞天书❶，南荆❷访高士。五云在岘山❸，果得参寥子。肮脏❹辞故园，昂藏❺入君门。天子分玉帛，百官接话言❻。毫墨时洒落，探玄❼有奇作。著论穷天人❽，千春秘麟阁❾。长揖不受官，拂衣归林峦。余亦去金马❿，藤萝同所欢。相思在何处？桂树青云端。

注释

❶天书：天子下诏书。

❷南荆：指荆襄之地。

❸五云：五色祥云，据传五云下常有贤者隐士。岘山：在今湖北襄阳。

❹肮脏：刚直不屈的样子。

❺昂藏：仪表雄伟、气宇不凡的样子。

❻话言：健谈善言。

❼玄：玄理、奥妙。

❽天人：天人相交。此处指通晓天文人事各种道理。

❾麟阁：即汉代的麒麟阁，用于供奉功臣。

❿金马：汉代宫门名，此指唐代宫廷。

赠饶阳张司户燧❶

朝饮苍梧❷泉，夕栖碧海❸烟。宁知鸾凤意，远托椅桐❹前。慕蔺❺岂曩古，攀嵇❻是当年。愧非黄石老，安识子房贤❼。功业嗟落日，容华弃徂川❽。一语已道意，三山期著鞭❾。蹉跎❿人间世，寥落壶中天⓫。独见游物祖⓬，探元穷化先⓭。何当共携手，相与排冥筌⓮。

注释

❶饶阳：在今河北深州市。司户：官职名，司户参军，是州郡一级的属官。

②苍梧：即九嶷山，在今湖南永宁，此处代指南方。

③碧海：即指北海，此处代指北方。

④椅桐：梧桐。

⑤慕蔺：司马相如仰慕蔺相如，于是更名为相如。曩古：意思是古代，往古。

⑥攀：攀附；依附。嵇：即嵇康，三国时期的思想家、文学家，与阮籍等人共倡玄学新风，是竹林七贤的领袖。

⑦愧非二句：张良，字子房。遇黄石公，学成兵法。

⑧徂川：指流水，用以比喻岁月的流逝。

⑨三山：指海外蓬莱、方丈、瀛洲三座仙山。著鞭：鞭打以勉人努力进取。

⑩蹉跎：指虚度光阴，无所作为。

⑪寥落：孤单，寂寞。壶中天：指仙境；胜境。

⑫物祖：万物始祖。

⑬探元：探求万物本原。穷：穷尽。化先：指万物形成之前。

⑭排冥筌：形容人脱离尘俗。

❀ 赠清漳明府侄聿❶ ❀

我李百万叶❷，柯条布中州❸。天开青云器❹，日为苍生忧。小邑且割鸡❺，大刀仵烹牛❻。雷声动四境，惠与清漳流❼。弦歌咏唐尧❽，脱落隐簪组❾。心和得天真，风俗由太古。牛羊散阡陌，夜寝不扃户❿。问此何以然，贤人宰⓫吾土。举邑树桃李，垂阴⓬亦流芬。河堤绕绿水，桑柘⓭连青云。赵女不冶容⓮，提笼昼成群。缫丝鸣机杼，百里声相闻。讼息⓯鸟下阶，高卧披道帙⓰。蒲鞭挂檐枝⓱，示耻无扑抶⓲。琴清月当户，人寂风入室。长啸一无言，陶然上皇逸⓳。白玉壶

138

冰^㉑水，壶中见底清。清光洞毫发，皎洁照群情。赵北美佳政，燕南播高名^㉒。过客览行谣，因之颂德声。

注释

❶清漳：清漳县，在今河北肥乡。明府：唐时县令。聿：李聿，时为清漳令。

❷柯条：枝条。叶：家族的支系。

❸中州：即中国。

❹青云器：能飞黄腾达的人才。

❺割鸡：喻治理县政。

❻烹牛：喻施展更大的才华。

❼清漳：清漳河，源出山西阳泉，流入清漳县。

❽弦歌：用琴瑟等弦乐器伴奏高歌。咏：歌颂。

❾簪组：指官帽。簪：官帽上的簪子。组：系帽子的带子。

❿扃户：闭门。

⓫宰：主管，治理。

⓬垂阴：桃李树下的阴影。

⓭桑柘：桑木与柘木，落叶的乔木和灌木，叶子可以养蚕。喻指农事。

⓮赵女：赵地的女子，即指清漳县的女子。冶容：女子妆容妖媚。

⓯缲丝：煮茧抽丝。机杼：即织布机。

⓰讼息：没有诉讼，指治理清明安定。

⓱道帙：道书的书衣，此处指道书。

⓲蒲鞭：用蒲草做成的鞭子。

⓳扑挟：鞭打。

⓴陶然：安逸、快了的样子。上皇：即羲皇，伏羲。

㉑白玉壶冰：指君子品德冰清玉洁。

㉒赵北、燕南：指燕赵之地。

邺中赠王大①

一身竟无托，远与孤蓬②征。千里失所依，复将落叶并。中途偶良朋，问我将何行。欲献济时策③，此心谁见明。君王制六合④，海塞⑤无交兵。壮士伏草间，沉忧乱纵横。飘飘不得意，昨发南都⑥城。紫燕枥下⑦嘶，青萍⑧匣中鸣。投躯寄天下，长啸寻豪英。耻学琅琊人⑨，龙蟠事躬耕⑩。富贵吾自取，建功及春荣⑪。我愿执尔手，尔方达我情。相知同一己，岂惟弟与兄。抱子弄白云，琴歌发清声。临别意难尽，各希存令名⑫。

注释

①邺中：河北邺郡，在今河南安阳。王大：即王昌龄。

②孤蓬：指蓬草，喻只身漂泊不定。

③济时策：救世安民的策对。

④制：统御。六合：天地四方。

⑤海塞：指边疆。

⑥南都：指南阳。

⑦紫燕：古代骏马，也称紫燕骝。枥下：即马厩。

⑧青萍：古代名剑。

⑨琅琊人：指诸葛亮。

⑩龙蟠：盘伏。躬耕：亲自耕田。

⑪春荣：春季花开，喻青春年华。

⑫令名：美名。

赠卢征君昆弟❶

明主访贤逸，云泉❷今已空。二卢竟不起，万乘高其风。河上❸喜相得，壶中❹趣每同。沧洲❺即此地，观化游无穷。水落海上清，鳌背睹方蓬❻。与君弄倒景❼，携手凌星虹。

注释

❶征君：隐居不应朝廷征聘的人。昆弟：兄和弟，形容亲密友好的关系。

❷云泉：指隐士隐居的地方。

❸河上：即河上公，西汉时期的隐士。

❹壶中：指仙境。

❺沧洲：隐士居住的地方。

❻鳌：传说东海中背驮神山的巨鳌。方蓬：指蓬莱、瀛洲、方丈海外三座仙山。

❼倒景：指飞升。

赠新平少年❶

韩信在淮阴，少年相欺凌❷。屈体❸若无骨，壮心有所凭。一遭龙颜君❹，啸咤❺从此兴。千金答漂母❻，万古共嗟❼称。而我竟何为，寒苦坐相仍❽。长风入短袂❾，内手❿如怀冰。故友不相恤⓫，新交宁见矜[12]。摧残槛中虎，羁绁鞲上鹰[13]。何时腾风云，搏击[14]申所能。

注释

❶新平：即新平郡，在今陕西彬州市。

❷韩信二句：韩信少年时贫困，曾受淮阴市井中少年胯下之辱。

❸屈体：指屈膝、屈服。

❹一遭：遭逢，遇到。龙颜君：指汉高祖刘邦。《史记·高祖本纪》载：高祖为人隆准而龙颜。

❺啸咤：指令人敬畏的声威。

❻千金句：漂母指水边漂洗丝絮的妇人，此处用漂母饭信的典故。

❼嗟：感叹。

⑧相仍：依旧、相续、连续不断。

⑨袂：衣袖。

⑩内手：把手缩回袖中取暖。

⑪相恤：相互体贴怜恤。恤，救助。

⑫新交：新近结交的朋友。宁：岂；难道。见矜：怜悯。

⑬羁绁：辔头和缰绳，用以指用绳子拴住。韝：手臂上架鹰的皮套。

⑭搏击：迎击长空。

赠崔侍御❶

长剑一杯酒，男儿方寸心。洛阳因剧孟❷，托宿话胸襟。但仰山岳秀，不知江海深。长安复携手，再顾重千金。君乃辎轩佐❸，予叨翰墨林❹。高风摧秀木❺，虚弹落惊禽❻。不取回舟兴❼，而来命驾寻。扶摇❽应借力，桃李愿成阴。笑吐张仪舌❾，愁为庄舄吟❿。谁怜明月夜，肠断听秋砧⓫。

注释

❶崔侍御：即崔成甫，长安人，李白好友。开元中进士及第，任秘书省校书郎，转冯翊县尉、陕县尉，后摄监察御史，后遭排挤，贬黜湘阴。

❷剧孟：汉代侠客。吴楚叛乱时，周亚夫率兵平叛，路过河南时得剧孟，认为剧孟的能力可顶一个侯国。

❸辎轩：古代使者所乘坐的轻车，也用于对上级官员的敬称。佐：副职。

❹叨：谦辞，意为承受，表示对受人恩惠的感谢。翰墨林：即翰林。

⑤高风句：即木秀于林风必摧之。

⑥虚弹句：犹言惊弓之鸟。

⑦回舟兴：用王子猷雪夜访戴的典故。王子猷居山阴，夜大雪，眠觉，开室，命酌酒，四望皎然。因起彷徨，咏左思《招隐》诗。忽忆戴安道。时戴在剡，即便夜乘小舟就之。经宿方至，造门不前而返。人问其故，王曰：吾本乘兴而行，兴尽而返，何必见戴？

⑧扶摇：腾空直飞，喻指仕途顺利。

⑨张仪舌：用张仪的典故，喻指安身立命的本事。《史记·张仪列传》载：张仪因被怀疑盗相君之璧，被杖笞释放，后对他妻子说："视吾舌尚在不？"妻笑曰："舌在也。"仪曰："足矣。"

⑩庄舄吟：用庄舄越吟的典故，形容怀念故国。《史记·张仪列传》载：庄舄，战国时越国人，仕于楚，病中思越而吟越声。

⑪秋砧：秋日捣衣的声音，形容寂寞和思念。砧：古时洗衣时所用的垫石。

赠嵩山焦炼师①

二室②凌青天，三花③含紫烟。中有蓬海客④，宛疑麻姑⑤仙。道在喧莫染，迹高想已绵。时餐金鹅蕊⑥，屡读青苔篇⑦。八极恣游憩⑧，九垓⑨长周旋。下瓢酌颍水⑩，舞鹤来伊川。还归空山上，独拂秋霞眠。萝月挂朝镜，松风鸣夜弦。潜光隐嵩岳，炼魄栖云幄⑪。霓裳何飘飖⑫，凤吹转绵邈⑬。愿同西王母⑭，下顾东方朔⑮。紫书⑯倘可传，铭骨誓相学。

注释

❶炼师：懂得炼丹术的道士。

144

❷二室：即太室山、少室山。嵩山二峰，东峰太室山，西峰少室山。

❸三花：指少室山还是那个的奇异树木，一年开三次花。

❹蓬海客：从蓬海来的仙人。蓬海：即海外蓬莱、瀛洲、方丈三座仙山。

❺宛：仿佛。麻姑：我国民间信仰的女仙。

❻金鹅蕊：即桂花。

❼青苔篇：书于苔纸的青词，此处用以指道书。

❽八极：指八方极远之地。恣：放纵。游憩：游玩和休息。

❾九垓：指九天之上。

❿下瓢句：指在颍水隐居的许由。

⓫炼魄：指道家修炼。云幄：轻柔飘洒似云雾的帷帐，借指宫廷。

⓬霓裳：仙人的衣裳。飘飘：飘荡，飞扬。

⓭凤吹：指笙、箫等细乐的美称。绵邈：长久，悠远。

⓮西王母：传说中的女仙之首，居昆仑山。

⓯东方朔：西汉时期文学家。

⓰紫书：指道书。

秋日炼药院镊白发赠元六兄林宗❶

木落识岁秋，瓶冰知天寒❷。桂枝日已绿❸，拂雪凌云端。弱龄❹接光景，矫翼攀鸿鸾。投分❺三十载，荣枯同所欢。长吁望青云，镊白坐相看。秋颜入晓镜，壮发凋危冠❻。穷与鲍生贾❼，饥从漂母❽餐。时来极天人，道在岂吟叹？乐毅❾方适赵，苏秦❿初说韩。卷舒⓫固在我，何事空摧残。

145

①镊：用镊子拔除。元六兄林宗：即元丹丘，李白好友。

②木落二句：感叹时光流逝，人已暮年。《淮南子·说山》载：见一叶落而知岁之将暮，睹瓶中之冰而知天下之寒。

③桂枝：喻优秀的人才，此指元丹丘。

④弱龄：指少年。

⑤投分：指二人志趣相投，成为朋友。

⑥壮发：谓成年人的头发，用以指人壮年时期。危冠：高冠。

⑦鲍生：即鲍叔牙，春秋时期齐国大夫。贾：做买卖。

⑧漂母：水边漂洗丝絮的妇人，此处用漂母饭信的典故。

⑨乐毅：战国时燕国的大将。

⑩苏秦：战国期纵横家，游说六国合纵抗秦。

⑪卷舒：本意是卷起和展开，引申为进退、隐显。

书情题蔡舍人雄①

　　尝高谢太傅②，携妓东山门③。楚舞醉碧云，吴歌断清猿。暂因苍生起，谈笑安黎元④。余亦爱此人，丹霄冀飞翻⑤。遭逢圣明主，敢进兴亡言。白璧竟何辜，青蝇遂成冤⑥。一朝去京国⑦，十载客梁园⑧。猛犬吠九关⑨，杀人愤精魂⑩。皇穹雪冤枉，白日开氛昏⑪。太阶得夔龙⑫，桃李满中原。倒海索明月⑬，凌山采芳荪⑭。愧无横草功⑮，虚负雨露恩⑯。迹谢云台阁⑰，心随天马辕⑱。夫子王佐才⑲，而今复谁论。曾飙振六翮⑳，不日思腾骞。我纵五湖棹㉒，烟涛恣崩奔㉓。梦钓子陵湍㉔，英风缅犹存㉕。彼希客星隐㉖，弱植㉗不足援。千里一回首，万里一长歌。黄鹤㉘不复来，清风愁奈何。舟浮潇湘㉙月，山倒㉚洞庭波。

投汨^㉛笑古人，临^㉜濠得天和。闲时田亩中，搔背牧鸡鹅。别离解^㉝相访，应在武陵^㉞多。

注释

❶舍人：官职名，唐代中书省下置中书舍人、通事舍人、起居舍人等职官。蔡舍人雄，即舍人蔡雄，李白的朋友，生平事迹不详。

❷尝：曾经。**高**：推崇。**谢太傅**：指东晋谢安。他死后被追赠太傅。

❸携妓句：谢安常携歌妓游览会稽郡上虞之东山。

❹谈笑：从容、自若的样子。**黎元**：指黎民百姓。

❺丹霄句：希望能够自由地遨游天际。在此处指希望在仕途上有所作为。**丹霄**：指天空。**冀**：希望。

❻白璧二句：指自己因受奸人谗言诋毁，不受重用。初唐陈子昂《宴胡楚真禁所》诗有"青蝇一相点，白璧遂成冤"句，因得此句。**白璧**：美玉，李白自喻。**何辜**：何罪。**青蝇**：喻进谗言的人。

❼京国：京城，指长安。

❽客：寓居，在外地居住。**梁园**：西汉梁孝王营造的园林，在今河南商丘。

❾猛犬句：意指奸臣当道，贤良遭弃。**猛犬**：指奸臣。**九关**：九重门，意指朝廷。《九辩》载：岂不郁陶而思君兮，君之门以九重。猛犬狺狺而迎吠兮，关梁闭而不通。

❿精魂：贤良之人的精神魂魄。

⓫皇穹二句：皇穹指皇天、苍天、上天的意思。**白日**：指皇帝。**昏氛**：阴暗的氛围，意指朝廷政治不清明。

⓬太阶：古星名，又称三台星，即上台、中台、下台各二星，如阶梯状排列，故称太阶。古时用以比喻朝廷中的三公。**夔、龙**：相传是上古时期舜的两位贤臣。

⓭索：探取。**明月**：指明月珠，最名贵的一种珍珠。

⓮荪：香草。

147

⑮横草功：非常轻微的功劳。

⑯负：辜负。雨露恩：指皇帝的恩惠、恩泽。

⑰迹：行踪。谢：辞别。云台：汉代宫中的高台，汉元帝时期，陈列中兴三十二功臣的画像在云台，此处用以指代朝廷。

⑱天马辕：皇帝乘坐的车驾。辕：车前驾牲口的木杆。

⑲夫子：对蔡雄的尊称。王佐：辅佐帝王。

⑳曾飙：指天空中的大风。翮：指鸟的翅膀。

㉑腾骞：形容飞升高空的样子，喻指仕途飞黄腾达。

㉒纵五湖棹：用春秋时越国范蠡典故。春秋越国大夫，辅佐越王勾践灭吴。功成乃辞勾践，泛舟五湖，人不知其所踪。五湖：即太湖。棹：船桨，划船。

㉓烟：指湖上的烟岚雾气。崩奔：形容波涛汹涌。

㉔子陵：指严光，东汉初年的隐士。湍：指湍急的流水。子陵湍即严陵濑，严光钓鱼的地方，在今浙江桐庐。

㉕英风：英俊的风姿。缅：遥远，久远。

㉖希：仰慕，同"睎"。客星：指严光。《后汉书·严光传》载：汉光武帝刘秀与严光夜间共宿，严光的一只脚放在刘秀的肚子上。第二天太史奏称："客星犯帝座甚急。"刘秀笑道："这是因为我与老朋友同眠的缘故。"

㉗弱植：志向柔弱而无法扶植，这里比喻君王庸弱。

㉘黄鹄：喻贤才，大才。

㉙潇湘：湘江与潇水合流，用以指湖南。

㉚山倒：指山的倒影。

㉛汨：指战国时楚国大夫屈原投汨罗江而死，今湖南东北部。

㉜临：从高处往低处看。濠：濠水，在今安徽凤阳。

㉝解：明白，知道。

㉞武陵：即武陵郡。借指隐居之地。

忆襄阳旧游赠马少府巨[1]

昔为大堤[2]客，曾上山公楼[3]。开窗碧嶂满，拂镜沧江流。高冠佩雄剑，长揖韩荆州[4]。此地别夫子[5]，今来思旧游。朱颜君未老，白发我先秋[6]。壮志恐蹉跎，功名若云浮。归心结远梦，落日悬春愁。空思羊叔子[7]，堕泪岘山头。

注释

[1] 襄阳：襄阳郡，在今湖北襄樊。少府：唐县尉。
[2] 大堤：汉江大堤，在今湖北省襄阳市。
[3] 山公楼：山简遗迹。西晋时山简曾为征南将军，镇守襄阳。
[4] 韩荆州：即韩朝宗，唐开元年间曾为荆州大都督府长史。
[5] 夫子：指马巨。
[6] 秋：指衰老。
[7] 羊叔子：西晋羊祜，字叔子，曾任车骑将军、都督荆州诸军事，镇守襄阳。

访道安陵遇盖寰为余造真箓临别留赠[1]

清水见白石[2]，仙人识青童[3]。安陵盖夫子，十岁与天通。悬河与微言[4]，谈论安可穷。能令二千石[5]，抚背惊神聪。挥毫赠新诗，高价掩山东❻。至今平原客❼，感激慕清风。学道北海仙❽，传书蕊珠宫❾。丹田了玉阙，白日思云空。为我草真箓，天人惭妙工。七元洞豁落，八角❿辉星虹。三灾荡璇玑⓫，蛟龙翼微躬。举手谢天地，虚无齐始终⓬。黄金满高堂，答荷难克充。下笑世上士，沉魂北罗酆⓭。昔日万乘坟，今成一科蓬。赠言若可重，实此轻华嵩。

注释

❶安陵：唐代县，在今河北吴桥。真箓：即道箓，凡入道者必受箓，标志受箓正式成为的道教徒。

❷清水句：语出《乐府诗集·相和歌辞·艳歌行》：语卿且勿眄，水清石自见。

❸青童：仙童，此指盖寰。

❹悬河：形容说话或文笔流畅。微言：精深微妙的道理。

❺二千石：指太守。

❻掩：遮盖。山东：崤山以东的黄河下游地区。

❼平原客：来到平原郡的宾客，平原郡在今河北德州。

❽北海仙：指北海天师高如贵。

❾蕊珠宫：指道观。

❿八角：指道箓的字体。

⓫三灾：火灾、水灾、风灾。璇玑：指北斗第四颗星。

⓬始终：指生死。

⓭罗酆：道教传说中的罗酆山，相传为酆都大帝统领的鬼域。

❧ 赠崔咨议❶ ❧

骙骥❷本天马，素非伏枥驹❸。长嘶向清风，倏忽凌九区❹。何言西北至，却走东南隅。世道有翻覆，前期难豫图。希君一翦拂❺，犹可骋中衢❻。

注释

❶咨议：唐代官职。

❷骎骤：指古代骏马。周穆王车驾八骏马有赤骥、盗骊、白义、逾轮、山子、渠黄、骅骝、绿耳。

❸伏枥：马趴伏在马槽上，喻指在马厩中饲养的马匹，引申为蛰伏待时。枥：马槽。

❹倏忽：迅疾。九区：指九州。

❺翦拂：洗刷修剪，喻为赏识。

❻中衢：中央大道。

赠别从甥高五❶

　　鱼目❷高泰山，不如一玙璠❸。贤甥即明月❹，声价动天门。能成吾宅相，不减魏阳元❺。自顾寡筹略❻，功名安所存。五木❼思一掷，如绳系穷猿。枥中骏马空，堂上醉人喧。黄金久已馨，为报故交恩。闻君陇西❽行，使我惊心魂。与尔共飘飘❾，云天各飞翻。江水流或卷，此心难具论。贫家羞好客，语拙觉辞繁。三朝空错莫❿，对饭却惭冤。自笑我非夫⓫，生事多契阔⓬。蓄积万古愤，向谁得开豁⓭。天地一浮云⓮，此身乃毫末⓯。忽见无端倪⓰，太虚⓱可包括。去去何足道，临歧空复愁。肝胆不楚越，山河亦衾裯⓲。云龙若相从⓳，明主会见收。成功解相访，溪水桃花流⓴。

151

注释

❶高五：即高镇。

❷鱼目：鱼的眼珠子。词句用鱼目混珠典故，《参同契·卷上》载：鱼目岂为珠，蓬蒿不成槚。

❸玙璠：即宝玉。

❹明月：即明月珠，夜光珠，一种名贵珍珠。

❺魏阳元：晋魏舒，字阳元，魏晋时期名臣。《晋书·魏舒传》：少孤，为外家宁氏所养。宁氏起宅，相宅者云：当出贵甥。

❻寡筹略：少谋略。寡：言少。筹略：谋略。

❼五木：古代的一种博具，共五枚，后演变为骰子。

❽陇西：指唐陇右道的陇西郡，即渭州，在今甘肃陇西县东南。

❾飘飖：漂泊，流落。

❿三朝：即指三天时间。错莫：指落寞，冷落之意。

⓫非夫：非大丈夫。

⓬契阔：勤苦，劳苦。《诗经·邶风·击鼓》载：死生契阔，与子成说。

⓭开豁：抒发，倾诉之意。

⓮浮云：用来比喻不关心的事物。

⓯毫末：毫毛的末端，比喻极其细小。

⓰端倪：头绪，边际。指事情的眉目。

⓱太虚：谓气这一宇宙万物最原始的实体。

⓲衾裯：指被子和床帐。

⓳云龙相从：喻君臣遇合。

⓴桃花流：即桃花源，此处用东晋陶渊明《桃花源记》的典故，指归隐之地。

赠裴司马①

翡翠黄金缕，绣成歌舞衣。若无云间月，谁可比光辉。秀色一如此，多为众女讥。君恩移昔爱，失宠秋风归。愁苦不窥邻②，泣上流黄③机。天寒素手冷，夜长烛复微。十日不满匹，鬓蓬乱若丝。犹是可怜④人，容华世中稀。向君发皓齿⑤，顾我莫相违。

注释

❶司马：唐代州郡属官。
❷窥邻：指女子求偶。
❸流黄：褐黄色的巾帕。
❹可怜：可爱。
❺发皓齿：开口微笑。皓：洁白。

叙旧赠江阳宰陆调①

太伯让天下，仲雍扬波涛②。清风③荡万古，迹④与星辰高。开吴食东溟⑤，陆氏世英髦⑥。多君秉古节⑦，岳立冠人曹⑧。风流少年时，京洛事游遨⑨。腰间延陵剑⑩，玉带明珠袍⑪。我昔斗鸡徒⑫，连延五陵豪⑬。邀遮⑭相组织，呵吓来煎熬⑮。君开万丛人，鞍马皆辟易。告急清宪台⑯，脱余北门厄⑰。间宰江阳邑⑳，蓊棘树兰芳㉑。城门何肃穆㉒，五月飞秋霜㉓。好鸟集珍木，高才列华堂。时从府中归，丝管㉔

俨成行。但苦隔远道，无由共衔觞㉕。江北㉖荷花开，江南杨梅熟。正好饮酒时，怀贤㉗在心目。挂席候海色㉘，乘风下长川㉙。多沽新丰酝㉚，满载剡溪船㉛。中途不遇人，直到尔门前。大笑同一醉，取乐平生年。

注释

❶江阳：唐代淮南道江阳县，在今江苏扬州。

❷太伯、仲雍：周文王姬昌的伯父，周太王古公亶父的儿子，他们把王位继承权主动让给弟弟季历，向南到无锡、常熟一带，建立勾吴王国。季历生子姬昌是为周文王。

❸清风：高洁的品格。

❹迹：指太伯、仲雍让国南奔事。

❺开吴：指太伯、仲雍建立的勾吴王国。东溟：指东海。

❻陆氏：江东吴地的大家族。英髦：指杰出的人才。

❼多：赞许，推崇。秉：持。古节：古人高尚的品格。

❽岳立：像山岳一样耸立。冠：超出众人。人曹：人群。

❾京洛：指京都长安和东都洛阳。游遨：嬉游，闲逛。

❿延陵剑：延陵在今江苏常州。延陵剑指春秋时吴国公子季札的宝剑，季札受封于延陵，故称延陵剑。季札出使晋国，途经徐国，徐国国君非常喜欢季札的佩剑，但又不便直言。季札虽已看出徐君之意，但因身负使命，不能立即赠给徐君。从晋国返回特来徐国，可惜徐君已故。于是，季札解下佩剑挂在徐君墓旁的树上怅然而去。后世用季札挂剑的典故指不忘故旧的意思。

⓫明珠袍：侠客服。

⓬斗鸡徒：唐玄宗喜欢斗鸡，在皇宫附近设立了斗鸡坊，长安贵族间斗鸡成风。在禁军中挑了五百人，专门在鸡坊喂养斗鸡，被称为斗鸡徒。

⓭五陵豪：指豪门贵族。

⓮邀遮：阻拦。

⑮呵吓：恐吓、恫吓。煎熬：围攻、折磨。

⑯君：陆调。

⑰辟易：退避。

⑱清宪台：即御史台，掌管监察弹劾的官署。

⑲厄：困厄。

⑳间：近来，最近。宰：为江阳县令。

㉑翦棘：斩除荆棘，喻指除掉奸佞小人。兰芳：兰花的芬芳，用以比喻君子或贤人。《文选》卷四十七载：思树兰芳，剪除荆棘。

㉒肃穆：严肃庄重。

㉓飞秋霜：指陆调治理州县十分威严。

㉔丝管：弦乐器和管乐器。

㉕衔觞：指饮酒。

㉖江北：指江阳，因在长江以北。

㉗怀贤：想念陆调。

㉘挂席：扬起船帆。

㉙长川：指长江。

㉚沽：买。新丰酿：指美酒。

㉛剡溪船：用王子猷雪夜访戴的典故。王子猷居山阴，夜大雪，眠觉，开室，命酌酒，四望皎然。因起彷徨，咏左思《招隐》诗。忽忆戴安道。时戴在剡，即便夜乘小舟就之。经宿方至，造门不前而返。人问其故，王曰：吾本乘兴而行，兴尽而返，何必见戴？

赠从孙义兴宰铭①

天子思茂宰②，天枝③得英才。朗然清秋月，独出映吴台④。落笔生绮绣，操刀⑤振风雷。蠖屈虽百里⑥，鹏骞望三台⑦。退食⑧无外事，琴堂⁹向山开。绿水寂以闲，白云有时来。河阳富奇藻，彭泽⑩纵名杯。所恨不见之，犹如仰昭回⑪。元恶⑫昔滔天，疲人散幽草。惊川无活鳞，举邑罕遗老。誓雪会稽耻⑬，将奔宛陵⑭道。亚相⑮素所重，投刃应桑林⑯。独坐伤激扬，神融一开襟。弦歌⑰欣再理，和乐醉人心。蠹政除害马，倾巢有归禽。壶浆⑱候君来，聚舞共讴吟。农人弃蓑笠，蚕女堕缨簪⑲。欢笑相拜贺，则知惠爱深。历职吾所闻，称贤尔为最。化洽一邦上，名驰三江⑳外。峻节贯云霄，通方㉑堪远大。能文变风俗，好客留轩盖。他日一来游，因之严光濑㉒。

注释

❶义兴： 唐代常州义兴县，在今江苏宜兴。宰：县令。

❷茂宰： 即良宰。

❸天枝： 指皇家宗室。

❹吴台： 即姑苏台，在今江苏苏州的姑苏山上，为春秋时期吴王夫差所筑，上建春宵宫，为长夜之歌。

❺操刀： 指治理义兴。

❻蠖屈： 像尺蠖一样的屈曲，比喻人不遇时屈居下位。百里：一县之地。

❼鹏： 传说中的大鸟。骞：指鸟向上高飞。三台：指三公高位。

❽退食： 退朝并进食，犹言下班。

❾琴堂： 本指琴室，用来歌颂官员善于管理。《吕氏春秋·察贤》载：宓子贱治单父，弹鸣琴，身不下堂而单父治。

❿彭泽： 指晋陶渊明，名潜，字元亮，别号五柳先生，私谥靖节，世称靖节先生，东晋诗人，曾任彭泽县令。

⓫昭回： 指日月星辰。

⓬元恶： 元凶。指高宗上元年间宋州刺史刘展举兵叛乱。

⓭会稽耻： 指春秋时期越王勾践为吴王夫差打败，囚困在会稽。

⓮宛陵： 唐宣州，在今安徽宣城。

⓯亚相： 指御史大夫。

⑯投刃句：意指处理政事游刃有余。典出庖丁解牛。《庄子·养生主》载：庖丁为文惠君解牛，手之所触，肩之所倚，足之所履，膝之所踦，砉然向然，奏刀騞然，莫不中音。合于桑林之舞，乃中经首之会。

⑰弦歌：出任县令。《论语·阳货》载：孔子学生子游任武城宰，以弦歌为教民之具。

⑱壶浆：指美酒。

⑲缨簪：女子头山佩戴的饰品。

⑳三江：指松江、钱塘江、浦阳江。

㉑通方：通晓为政之法。

㉒严光濑：即子陵湍，严光钓鱼的地方，在今浙江桐庐。

赠崔司户文昆季❶

双珠❷出海底，俱是连城珍。明月❸两特达，余辉傍照人。英声振名都，高价动殊邻。岂伊箕山❹故，特以风期❺亲。惟昔不自媒❻，担簦西入秦❼。攀龙九天上，忝列岁星臣❽。布衣侍丹墀❾，密勿草丝纶❿。才微惠渥⓫重，谗巧生缁磷。一去⓬已十载，今来复盈旬。清霜入晓鬓，白露生衣巾。侧见绿水亭，开门列华茵⓭。千金散义士，四坐无凡宾。欲折月中桂，持为寒者薪。路傍已窃笑，天路⓮将何因。垂恩倘丘山，报德有微身。

注释

❶司户：唐官职，司户参军。昆季：兄弟。

❷双珠：指崔文兄弟二人。

❸明月：即明月珠，夜光珠，一种名贵珍珠。

❹箕山：即许由山。尧让天下于许由，许由不受。尧又召为九州长，由不欲闻之，洗耳于颍水滨，死后葬于箕山。今箕山有许由冢、洗耳池。

❺风期：风度。

❻自媒：自荐。

❼簦：古代有柄的笠，形类似现在的雨伞。入秦：到长安去供奉翰林。

❽忝列：有愧于排入其中。岁星臣：天子身边的侍臣。

❾丹墀：指宫殿前的赤红色台阶。

❿密勿：机密。丝纶：皇帝诏书。

⓫惠渥：恩泽。

158

⑫去：离开朝廷。

⑬华茵：华美的坐垫。

⑭天路：指入京之路。

赠溧阳宋少府陟①

李斯②未相秦，且逐东门兔。宋玉③事襄王，能为《高唐赋》④。常闻绿水曲⑤，忽此相逢遇。扫洒青天开，豁然披云雾。葳蕤⑥紫鸳鸟，巢在昆山树。惊风西北吹，飞落南溟⑦去。早怀经济策⑧，特受龙颜顾。白玉栖青蝇⑨，君臣忽行路⑩。人生感分义，贵欲呈丹素⑪。何日清中原，相期廓天步⑫。

注释

❶溧阳：唐江南西道溧阳县，在今江苏溧阳。少府：指县尉。

❷李斯：秦始皇时的丞相。

❸宋玉：战国时期楚国辞赋家，楚襄王时曾任大夫。

❹《高唐赋》：宋玉所作赋。

❺绿水曲：古曲名。

❻葳蕤：形容草木繁盛的样子，此处用以指紫鸳鸟羽毛丰满。

❼南溟：即南海。

❽经济策：指治国安邦的策略。

❾青蝇：进谗言的奸佞小人。

❿行路：指路人。

⓫丹素：赤诚忠心。

⓬天步：国运。

赠僧崖公

昔在朗陵❶东，学禅白眉空❷。大地了镜彻❸，回旋寄轮风❹。揽彼造化力❺，持为我神通❻。晚谒太山君，亲见日没云。中夜卧山月，拂衣逃人群。授余金仙❼道，旷劫❽未始闻。冥机发天光❾，独朗谢垢氛❿。虚舟⓫不系物，观化游江濆⓬。江濆遇同声，道崖乃僧英⓭。说法动海岳，游方⓮化公卿。手秉玉麈尾⓯，如登白楼亭⓰。微言⓱注百川，亹亹⓲信可听。一风鼓群有⓳，万籁⓴各自鸣。启闭八窗牖㉑，托宿掣电霆。自言历天台㉒，搏壁㉓蹑翠屏。凌兢石桥去㉔，恍惚入青冥㉕。昔往今来归，绝景无不经。何日更携手，乘杯向蓬瀛㉖。

注释

❶朗陵：蔡州朗陵山，在今河南确山县。

❷白眉空：疑为当时释子。

❸了：清晰明了。镜彻：如镜般透彻明朗。

❹轮风：即风轮。佛教用语，《法苑珠林》载：依《华严经》云，三千大千世界，以无量因缘乃成。且如大地依水轮，水依风轮，风依空轮。空无所依，然众生业感，世界安住。故《智度轮》云：三千大千世界，皆以风轮为基。

❺造化：指自然界。

❻神通：通过修行得到的法力秘术。

❼金仙：指佛。

❽旷劫：佛教用语，久远之劫。

❾冥机：玄奥的天机。天光：自然之光。

❿垢氛：污浊的氛围。

⑪虚舟：无人之船，喻指没有羁绊的人生状态。

⑫江濆：江边。

⑬僧英：僧人中的精英。

⑭游方：指僧人云游四方。

⑮麈（zhǔ）尾：即拂尘。麈，古代鹿一类的动物，其尾可做拂尘。

⑯白楼亭：在今浙江绍兴。

⑰微言：精妙之言。

⑱亹亹：指谈论动听，使人不知疲倦。

⑲群有：指万物。

⑳万籁：自然界的声音。

㉑窗牖：指门户。

㉒天台：指浙江天台山。

㉓搏壁：攀缘崖壁。

㉔凌兢：指寒冷的地方。后多用作恐惧义，意指石桥奇险。

㉕青冥：指苍天。

㉖蓬瀛：指蓬莱、瀛洲、方丈等海外仙山。

赠王判官时余归隐居庐山屏风叠❶

昔别黄鹤楼❷，蹉跎淮海秋❸。俱飘零落叶，各散洞庭流。中年不相见，蹭蹬❹游吴越。何处我思君，天台绿萝月❺。会稽❻风月好，却绕剡溪❼回。云山海上出，人物镜中❽来。一度浙江北，十年醉楚台❾。荆门倒屈宋❿，梁苑倾邹枚⓫。苦笑我夸诞⓬，知音安在哉。大盗割鸿沟⓭，如风扫秋叶。吾非济代⓮人，且隐屏风叠。中夜⓯天中望，忆君思见君。明朝拂衣去，永与海鸥群⓰。

注释

❶判官：唐代地方采访使及节度使的属官，掌管文书等事。屏风叠：在江西庐山的五老峰下，形状像九叠屏风。

❷黄鹤楼：故址在今湖北武昌黄鹄矶上。

❸蹉跎：指虚度光阴。淮海：指今江苏扬州一带。

❹蹭蹬：路途险阻难行。比喻失意，不得志。

❺天台：即今浙江天台山。绿萝：即女萝、松萝，是一种地衣类植物。

❻会稽：即今浙江绍兴。

❼剡溪：为曹娥江上游水系。

❽镜中：喻水面如镜般澄澈宁静。

❾楚台：指战国时楚国的一些楼台亭榭。

❿荆门：即荆门山，今湖北省宜都市西北长江南岸，与北岸虎牙山相对，地势险要，战国时楚国的西门户，自古即有楚蜀咽喉之称。倒：压倒。屈宋：战国时楚国的诗人屈原与宋玉。

⓫梁苑：西汉梁孝王的兔园。故址在今河南商丘。倾：超越。邹枚：即西汉辞赋家邹阳和枚乘。

⓬夸诞：浮夸放诞。

⓭大盗：指安禄山。鸿沟：古运河，故道在今河南荥阳，曾作为楚汉的界河。

⓮济代：济世。因避唐太宗李世民讳，改"世"为"代"。

⓯中夜：夜半。

⓰永与句：指归隐。

162

在水军宴赠幕府诸侍御[1]

　　月化五白龙，翻飞凌九天[2]。胡沙惊北海[3]，电扫洛阳川。房箭雨宫阙，皇舆成播迁[4]。英王受庙略[5]，秉钺清南边[6]。云旗卷海雪[7]，金戟罗江烟。聚散百万人，弛张在一贤。霜台[8]降群彦，水国奉戎旃[9]。绣服[10]开宴语，天人[11]借楼船。如登黄金台[12]，遥谒紫霞仙。卷身编蓬[13]下，冥机四十年。宁知草间人，腰下有龙泉。浮云在一决，誓欲清幽燕[14]。愿与四座公，静谈金匮篇。齐心戴朝恩，不惜微躯捐。所冀旄头[15]灭，功成追鲁连[16]。

注释

❶水军：指永王李璘的水军。幕府：指将帅的衙署。侍御：御史台属官殿中侍御史、监察御史之简称。

❷月化二句：指安禄山僭越称帝。《十六国春秋·后燕录》载：月，臣也；龙，君也。月化为龙，当有臣为君。

❸胡沙：指安史叛军。北海：北方边塞地区。

❹皇舆：皇帝的车驾。播迁：逃亡。

❺英王：指永王李璘。庙略：指朝廷的方略。

❻秉钺：持斧，喻指指执掌兵权。清：肃清。南边：指南方广大地区。

❼海雪：海面上的波涛。

❽霜台：即御史台。

❾戎旃：军旗。借指战事。

❿绣服：指侍御。

⓫天人：才能出众的人，此处指永王璘。

163

⑫黄金台：又称金台、燕台，故址在今河北易县东南北易水甬。战国时，燕昭王筑此台，置千金于台上，延请天下贤士。

⑬编蓬：编结蓬草以为门户，喻平民居处。

⑭幽燕：今北京市、河北北部以及辽宁西部一带。

⑮旄头：即昴宿，胡星。旄头灭，指平定安史之乱。

⑯鲁连：指鲁仲连，义不帝秦却秦救赵之事受到后世敬仰。

❧ 赠武十七谔并序 ❧

门人武谔，深于义者也。质本沉悍，慕要离❶之风，潜钓川海，不数数❷于世间事，闻中原作难，西来访余。余爱子伯禽在鲁，许将冒胡兵❸以致之，酒酣感激援笔而赠。

马如一匹练，明日过吴门。乃是要离客，西来欲报恩。笑开燕匕首，拂拭竟无言。狄犬吠清洛❹，天津成塞垣❺。爱子隔东鲁，空悲断肠猿❻。林回弃白璧，千里阻同奔。君为我致之，轻赍涉淮源❼。精诚合天道，不愧远游魂。

注释

❶要离：春秋末吴国刺客。《吴越春秋·阖闾内传》载：相传吴王阖闾派专诸刺杀王僚后，又派要离谋刺出奔在卫的王子庆忌。要离请吴王断其右手，杀其妻子，诈称得罪出逃。及至卫国，见庆忌，庆忌喜，与之谋。当同舟渡江时，庆忌被他刺中要害。庆忌释令归吴，他行至江陵，也伏剑自杀。

❷数数：即汲汲，形容心情急切。

❸胡兵：指安史叛军。

❹狄犬：中国古代对北方民族的统称。此指安史叛军。清洛：即

164

洛水。

❺天津：指隋唐年间建造在河南洛水上的天津桥。塞垣：指城墙。

❻断肠猿：《世说新语·黜免》载：桓公入蜀，至三峡中。部伍中有得猿子者，其母缘岸哀号，行百余里不去，遂跳上船，至便即绝。破视其腹中，肠皆寸寸断。

❼轻赍：轻装简行。赍：指抱着东西。淮源：指淮水。

赠闾丘宿松❶

阮籍为太守❷，乘驴上东平。剖竹❸十日间，一朝风化清。偶来拂衣去，谁测主人情。夫子理宿松，浮云知古城。扫地物莽然，秋来百草生。飞鸟还旧巢，迁人❹返躬耕。何惭宓子贱❺，不减陶渊明。吾知千载后，却掩二贤名。

注释

❶闾丘：复姓，名字不详。宿松：唐宿松县，在今安徽宿松。
❷阮籍：三国时期魏国诗人、竹林七贤之一。太守：古时地方郡的长官。
❸剖竹：古时朝廷的授官封爵，以竹符为信。剖分为二，一给本人，一留朝廷。
❹迁人：离家在外的人。
❺宓子贱：春秋末年鲁国人，孔子的门人，七十二贤之一。曾任单父宰。

狱中上崔相涣

胡马渡洛水❶，血流征战场。千门闭秋景，万姓危朝霜。贤相燮元气❷，再欣海县❸康。台庭有夔龙❹，列宿粲成行❺。羽翼三元圣❻，发辉两太阳❼。应念覆盆❽下，雪泣拜天光❾。

注释

❶胡马：指安史叛军。

❷贤相：指崔涣。曾任黄门侍郎、同中书门下平章事。燮：调和。

❸海县：指天下、神州。李白《代寿山答孟少府移文书》："申管晏之谈，谋帝王之术，奋其智能，愿为辅弼，使寰区大定，海县清一。"

❹夔龙：舜的二位臣子，夔为乐官，龙为谏官。

❺列宿：星宿排列，此指朝廷百官。粲：鲜明；明亮。

❻三元圣：指玄宗、肃宗、广平王。

❼两太阳：指玄宗、肃宗。

❽覆盆：盆倒扣，指身陷狱中。

❾雪：擦拭。天光：指朝廷的恩典。

赠刘都使

东平刘公干❶，南国秀余芳。一鸣即朱绂❷，五十佩银章❸。饮冰事戎幕^❹，衣锦^❺华水乡。铜官^❻几万人，诤讼清玉堂^❼。吐言贵珠玉，落笔回风霜。而我谢^❽明主，衔哀投夜郎。归家酒债多，门客粲成行。高谈满四座，一日倾千觞。所求竟无绪^❾，裘马欲摧藏。主人^❿若不顾，明发^⓫钓沧浪。

注释

❶ 东平：在今山东泰安。刘公干：三国时期魏国文学家刘桢，子公干，建安七子之一。

❷ 朱绂：朱红色的官服。

❸ 银章：银印青绶，指官吏的俸禄二千石以上。

❹ 戎幕：指军事幕府。

❺ 衣锦：穿锦绣衣裳，指为官得到的荣华。

⑥铜官：铜官山，在今安徽铜陵市。唐时在此设置"铜官冶""铜官场"，铜官山由此而得名。

⑦诤讼：诉讼，争论。玉堂：指县衙。

⑧谢：辞别。

⑨无绪：没有头绪。

⑩主人：指刘都使。

⑪明发：天亮，清晨。

赠常侍御

安石在东山①，无心济②天下。一起振横流③，功成复潇洒。大贤有卷舒④，季叶轻风雅⑤。匡复属何人，君为知音者。传闻武安将⑥，气振长平瓦。燕赵⑦期洗清，周秦保宗社⑧。登朝若有言，为访南迁贾⑨。

注释

❶安石：东晋谢安，字安石，曾隐居在会稽东山。

❷济：济世安民。

❸横流：指乱世。

❹卷舒：屈伸，指出仕与隐居。

❺季叶：季世，乱世。

❻武安将：指战国时期秦国名将白起，被封为武安君。

❼燕赵：指河北一带被安史叛军占据的区域。

❽周秦：指洛阳和长安。宗社：宗庙社稷。

❾南迁贾：汉代贾谊遭谤谪居长沙。

博平郑太守自庐山千里相寻入江夏
北市门见访却之武陵立马赠别❶

　　大梁贵公子❷，气盖苍梧云。若无三千客，谁道信陵君。救赵复存魏❸，英威天下闻。邯郸能屈节❹，访博从毛薛❺。夷门得隐沦，而与侯生❻亲。仍要鼓刀者❼，乃是袖椎人。好士不尽心，何能保其身。多君重然诺，意气遥相托。五马❽入市门，金鞍照城郭。都忘虎竹❾贵，且与荷衣❿乐。去去桃花源，何时见归轩⓫。相思无终极，肠断⓬朗江猿。

注释

❶博平：即博州郡，在今山东聊城。江夏：即今湖北武汉。武陵：武陵郡，在今湖南常德。

❷大梁：战国时期魏国都城。贵公子：指魏国信陵君魏无忌。

❸救赵：指信陵君窃符救赵事。存魏：指魏安釐王三十年，秦伐魏，信陵君大败秦军，乘胜追至函谷关事。

❹屈节：降低身份，对人谦卑。

❺从毛薛：屈尊访贤尊贤。魏公子无忌在留赵期间，结识了隐者毛公和薛公。在秦军威胁魏国时，他听从毛、薛二公的建议，回兵救魏。

❻侯生：指侯嬴，战国时期魏国人，门吏，后为信陵君门客，献计窃符救赵。

❼鼓刀者：指朱亥，战国时魏国人，屠户，侯嬴推荐为信陵君门客，椎杀魏将晋鄙，使信陵君夺兵权，击退秦军，解了赵国之围。

❽五马：指太守。汉制太守驾五马出行。

❾虎竹：指兵符，分虎符和竹符。

⑩荷衣：指隐士。

⑪轩：指车。

⑫肠断：指极度哀伤。

赠别舍人弟台卿之江南❶

去国❷客行远，还山秋梦长。梧桐落金井，一叶飞银床❸。觉罢揽明镜，鬓毛飒已霜。良图委蔓草，古貌成枯桑。欲道心下事，时人疑夜光。因为洞庭叶，飘落之潇湘。令弟经济士❹，谪居我何伤。潜虬隐尺水❺，著论谈兴亡。客遇王子乔❻，口传不死方。入洞❼过天地，登真朝玉皇❽。吾将抚尔背，挥手遂翱翔。

注释

❶台卿：李台卿，曾为永王李璘属下。

❷去国：指离开国都长安。

❸银床：院中水井围栏。

❹令弟：贤弟，指李台卿。经济士：治国安邦的人才。

❺潜虬：即潜龙，喻有才德而未被重用之人。尺水：指水浅。

❻客遇：待以客礼。王子乔：周灵王之子，姬姓，名晋，字子乔，温良博学，后成仙。

❼洞：洞天，道教福地。

❽登真：修真成仙。玉皇：道教称为天帝。

赠宣城宇文太守兼呈崔侍御❶

　　白若白鹭鲜❷，清如清唳蝉❸。受气有本性，不为外物迁。饮水箕山❹上，食雪首阳巅。回车避朝歌❺，掩口去盗泉。岩峦广成子❻，倜傥鲁仲连❼。卓绝二公外，丹心无间然❽。昔攀六龙飞❾，今作百炼铅❿。怀恩欲报主，投佩⓫向北燕。弯弓绿弦开，满月⓬不惮坚。闲骑骏马猎，一射两虎穿。回旋若流光，转背落双鸢。胡房三叹息，兼知五兵权⓭。鎗鎗⓮突云将，却掩我之妍。多逢剿绝儿⓯，先著祖生鞭。据鞍空矍铄⓰，壮志竟谁宣。蹉跎⓱复来归，忧恨坐⓲相煎。无风难破浪，失计长江边。危苦惜颓光，金波❶忽三圆。时游敬亭❷上，闲听松风眠。或弄宛溪月，虚舟信洄沿。颜公二十万，尽付酒家钱。兴发每取之，聊向醉中仙。过此无一事，静谈秋水篇❷。君从九卿来，水国有丰年。鱼盐满市井，布帛如云烟。下马❷不作威，冰壶❷照清川。霜眉邑中叟，皆美太守贤。时时慰风俗，往往出东田❷。竹马数小儿，拜迎白鹿前。含笑问使君，日晚可回旋。遂归池上酌，掩抑清风弦。曾标❷横浮云，下抚谢朓❷肩。楼高碧海出，树古青萝悬。光禄紫霞杯，伊昔忝相传。良图扫沙漠，别梦绕旌旃。富贵日成疏，愿言杳无缘。登龙有直道，倚玉阻芳筵。敢献绕朝策，思同郭泰船。何言一水浅，似隔九重天。崔生何傲岸，纵酒复谈玄。身为名公子❷，英才苦迍邅❷。鸣凤托高梧，凌风何翩翩。安知慕群客，弹剑拂秋莲。

注释

　　❶宣城：唐宣州，在今安徽宣城。崔侍御：即崔成甫，长安人，李白好友。开元中进士及第，任秘书省校书郎，转冯翊县尉、陕县

尉，后摄监察御史，后遭排挤，贬黜湘阴。

❷白鹭鲜：白鹭的羽毛。

❸清唳蝉：指蝉饮露而不食。

❹箕山：相传尧时巢父、许由隐居在箕山。尧访贤禅让天下于许由，许由以为是一种羞辱而洗耳。

❺朝歌：殷商纣王国都，在今河南淇县。

❻岧峣（tiáo yáo）：亦作"岹峣"。山势高峻。广成子：上古黄帝时候的仙人，在崆峒山修道，相传黄帝曾问道于广成子。

❼倜傥：洒脱不受约束。鲁仲连：战国齐人。好奇伟倜傥之划策，而不肯仕宦任职，持高尚气节。游于赵国，恰遇秦军已经击败赵军四十万，又围赵都邯郸，魏国大将新垣衍欲令赵尊秦为帝。鲁仲连以利害说服新垣衍合力抗秦，终于击退秦军。平原君欲封官，不受；赐千金，亦不受，飘然离去。

❽间然：身处其中。

❾六龙：古时传说太阳驾驭六龙腾飞。喻指帝王。

❿百炼铅：性格柔弱。

⓫佩：指官吏衣带上的饰物。投佩：弃文从武。

⓬满月：指拉满弓。

⓭知：执掌。五兵：五种兵器，泛指军队。

⓮鎗鎗：锵锵，象声词，指金属物碰击声。

⓯剿绝儿：即健儿。

⓰矍铄：年老但很有精神的样子。

⓱蹉跎：虚度光阴。

⓲坐：深。

⓳金波：指月光。

⓴敬亭：即敬亭山，在今安徽宣城市北，因山上有"敬亭"而得名。

㉑秋水篇：指《庄子·秋水》。

㉒下马：指初到任上。

㉓冰壶：冰清玉洁的玉壶，指为政清明。

㉔东田：谢朓为宣城太守，有《游东田》诗。

㉕曾标：高标。

㉖谢朓：南朝齐诗人，曾任宣城太守。

㉗名公子：指诗题中之崔侍御，即崔成甫，长安人，李白好友。开元中进士及第，任秘书省校书郎，转冯翊县尉、陕县尉，后摄监察御史，后遭排挤，贬黜湘阴。

㉘迍邅：处境不利，困顿。

赠宣城赵太守悦①

赵得宝符盛，山河功业存。三千堂上客，出入拥平原②。六国扬清风，英声何喧喧③。大贤茂远业④，虎竹光南藩⑤。错落千丈松⑥，虬龙盘古根。枝下无俗草，所植唯兰荪⑦。忆在南阳时，始承国士⑧恩。公为柱下史⑨，脱绣⑩归田园。伊昔簪白笔⑪，幽都逐游魂⑫。持斧⑬冠三军，霜清天北门。差池宰两邑⑭，鹗立重飞翻。焚香入兰台⑮，起草多芳言。夔龙⑯一顾重，矫翼凌翔鹓⑰。赤县⑱扬雷声，强项闻至尊。惊飙⑲颓秀木，迹屈道弥敦⑳。出牧历三郡，所居猛兽奔。迁人同卫鹤，谬上懿公轩。自笑东郭履㉑，侧惭狐白㉒温。闲吟步竹石，精义忘朝昏。憔悴成丑士，风云何足论。猕猴骑土牛㉓，羸马夹双辕㉔。愿借羲皇景，为人照覆盆。溟海不振荡，何由纵鹏鲲。所期要津㉕日，倜傥假腾骞㉖。

注释

❶赵悦：唐玄宗天宝年间曾任宣城太守。

❷三千二句：指战国时期赵国公子平原君赵胜，有门客三千人。

173

❸六国二句：指平原君在战国六国中声誉非常高。

❹茂远业：后裔繁盛。

❺南藩：在此指宣城。

❻千丈松：指赵悦是栋梁之材。

❼兰荪：本为香草，此指有才能的人。

❽国士：国中杰出的人才。

❾柱下史：即御史。

❿绣：指御史的官服。

⓫簪白笔：御史奏事写在竹简上，写完将笔杆插入耳边发际，以后形成一种制度，凡文官上朝，皆得插笔，笔尖不蘸墨汁。

⓬幽都：即幽州。游魂：指敌寇。

⓭持斧：指由皇帝派出执法的御史。

⓮差池：意外。宰：治理，管理政务。

⓯兰台：即御史台。

⓰夔龙：舜的二位臣子，夔为乐官，龙为谏官。

⓱矫翼：展翅腾飞，喻指施展才华。鹓：古书上指凤凰一类的鸟。

⓲赤县：指华夏大地。

⓳惊飙：突起的狂风。

⓴弥：更。敦：敦厚，淳厚。

㉑东郭履：意指穷困潦倒。《滑稽列传·东郭先生传》载：东郭先生鞋子有上无下，行走雪中，脚板踏地。

㉒狐白：狐裘。

㉓猕猴句：指晋升缓慢。

㉔羸马句：指劳累困顿犹如驾双辕的瘦马。

㉕要津：官居要职。

㉖骞：鸟高飞。

赠从弟宣州长史昭❶

淮南望江南❷，千里碧山对。我行倦过之，半落青天外。宗英❸佐雄郡，水陆相控带。长川豁中流，千里泻吴会❹。君心亦如此，包纳无小大。摇笔起风霜，推诚结仁爱。讼庭垂桃李❺，宾馆罗轩盖。何意苍梧云，飘然忽相会。才将圣不偶❻，命与时俱背。独立山海间，空老圣明代。知音不易得，抚剑增感慨。当结九万❼期，中途莫先退。

注释

❶长史：唐官职，为州刺史别驾幕僚。
❷淮南：即淮南道。江南：即江南道。
❸宗英：宗族里杰出的人物，指李昭。
❹吴会：吴郡和会稽郡，此处指长江中下游地区。
❺桃李：门生故吏。
❻不偶：不遇。
❼九万：指鹏程万里。

自梁园至敬亭山见会公谈陵阳山水兼期同游因有此赠❶

我随秋风来，瑶草❷恐衰歇。中途寡名山，安得弄云月。渡江如昨日，黄叶向人飞。敬亭慊素尚，弭棹❸流清辉。冰谷明且秀，陵峦抱江城。粲粲吴与史❹，衣冠耀天京。水国饶英奇，潜光❺卧幽草。会公真名僧，所在即为宝。开堂振白拂❻，高论横青云。雪山扫粉壁，墨客❼多新文。为余话幽栖，且述陵阳美。天开白龙潭❽，月映清秋水。黄山望石柱，突兀谁开张。黄鹤久不来，子安❾在苍茫。东南焉可穷，山鸟飞绝处。稠叠千万峰，相连入云去。闻此期振策❿，归来空闭关。相思如明月，可望不可攀。何当移白足⓫，早晚凌苍山。且寄一书札，令予解愁颜。

注释

❶梁园：汉梁孝王刘武营造的规模宏大的皇家园林，故址在今河南商丘。敬亭山：在今安徽宣城。陵阳：陵阳山，在今安徽宣城，传说是陵阳令窦子明得道升仙的地方。

❷瑶草：即仙草。

❸弭棹：指停船。

❹粲粲：鲜明，此处用以指杰出。吴与史：疑为宣城名士。

❺潜光：隐居。

❻白拂：白色拂尘。

❼墨客：舞文弄墨的文人。

❽白龙潭：相传西汉窦子明弃官学道，钓白龙放此潭。后来白龙迎窦子明陵阳山成道。

❾子安：传说中的仙人。

❿振策：举杖出行。

⓫白足：白足和尚昙始，即后秦鸠摩罗什弟子。

陈情赠友人

延陵有宝剑❶，价重千黄金。观风历上国，暗许故人深。归来挂坟松，万古知其心。懦夫感达节❷，壮士激青衿❸。鲍生荐夷吾❹，一举置齐相。斯人无良朋，岂有青云望。临财不苟取，推分固辞让。后世称其贤，英风邈难尚❺。论交但若此，友道孰云丧。多君骋逸藻❻，掩映❼当时人。舒文振颓波，秉德冠彝伦❽。卜居乃此地，共井❾为比邻。清琴弄云月，美酒娱冬春。薄德中见捐，忽之如遗尘。英豪未豹变❿，自古多艰辛。他人纵以疏，君意宜独亲。奈何成离居⓫，相去复几许。飘风吹云霓，蔽目不得语。投珠冀相报，按剑恐相距。所思采芳兰，欲赠隔荆渚⓬。沉忧心若醉，积恨泪如雨。愿假东壁辉，余光照贫女。

注释

❶延陵：在今江苏常州。季札挂剑指不忘故旧的意思。

❷懦夫：谓软弱无能之人。达节：谓不拘常规而合于节义，明达世情且识时务。

❸青衿：指青色交领的深衣。常以代指学子、未仕之文士或读书人。

❹鲍生：即鲍叔牙。夷吾：即管仲。

❺尚：超过。

❻逸藻：文辞飘逸。

❼掩映：即掩盖，指文采光耀，超过当时之人。

❽彝伦：即人伦之常。指成为表率、成为典范。

❾共井：九家共用一井，喻指邻里。比邻：即近邻。

❿豹变：此喻人之地位突然转变，由贫贱而显贵。

⓫离居：离家出行。

⓬荆渚：指湖北江陵，江陵旧为荆州治所，春秋时有渚宫，故称荆渚。

赠从弟冽❶

楚人不识凤，重价求山鸡❷。献主昔云是，今来方觉迷❸。自居漆园❹北，久别咸阳❺西。风飘落日去，节变❻流莺啼。桃李寒未开，幽关岂来蹊。逢君发花萼❼，若与青云齐。及此桑叶绿，春蚕起中闺❽。日出布谷鸣，田家拥锄犁。顾余乏尺土，东作谁相携。傅说降霖雨❾，公输❿造云梯。羌戎事未息，君子悲涂泥⓫。报国有长策，成功羞执珪⓬。无由谒明主，杖策还蓬藜⓭。他年尔相访，知我在磻溪⓮。

注释

❶李冽：李白的堂弟。

❷楚人两句：传说楚人不识凤凰，花高价买了一只山鸡，准备当凤凰献给楚王。

❸迷：醉心于某事物，失去了辨别、判断的能力。

❹漆园：在今山东菏泽，庄子当年做过漆园吏。

❺咸阳：本为秦朝的首都，此处用以指唐都长安。

❻节变：季节变化。

❼花萼：古人用花萼比喻兄弟，这里是说李白与堂弟李冽。

❽中闺：即闺房，女子住的房间。

❾傅说：殷商王武丁的大宰相，为治世良臣。

❿公输：即鲁班。

⓫涂泥：指地位低下。

⓬执珪：指立功受封。

⓭蓬藜：杂草。

⓮磻溪：在今陕西宝鸡市东南，相传是姜太公钓鱼的地方。

赠闾丘处士❶

　　贤人有素业❷，乃在沙塘陂❸。竹影扫秋月，荷衣落古池。闲读山海经❹，散帙❺卧遥帷。且耽❻田家乐，遂旷林中期。野酌劝芳酒，园蔬烹露葵❼。如能树桃李，为我结茅茨❽。

注释

❶闾丘处士：李白友人，复姓闾丘，名不详。处士：隐居不仕之人。
❷素业：清素之业，有别于仕宦生活。
❸陂：水边。
❹山海经：约成书于战国，书中记载了诸多神话故事。
❺散帙：打开书卷。
❻耽：沉溺，入迷。
❼露葵：野菜。
❽茅茨：茅草盖的屋顶。此指茅屋。

赠黄山胡公求白鹇并序❶

　　闻黄山胡公有双白鹇。盖是家鸡所伏。自小驯狎。了无惊猜。以其名呼之。皆就掌取食。然此鸟耿介。尤难畜之。余平生酷好。竟莫能致。而胡公辍赠❷于我。唯求一诗。闻之欣然。适会宿意。因援笔三叫。文不加点以赠之。

请以双白璧，买君双白鹇。白鹇白如锦，白雪耻容颜。照影玉潭里，刷毛琪树[3]间。夜栖寒月静，朝步落花闲。我愿得此鸟，玩之坐碧山。胡公能辍赠，笼寄野人[4]还。

注释

❶白鹇：珍贵的禽鸟，形若山鸡，羽毛洁白。

❷辍赠：转赠。

❸琪树：对树的美称。

❹寄：托付。野人：山野村夫。

安陆白兆山桃花岩寄刘侍御绾[1]

云卧三十年，好闲复爱仙。蓬壶虽冥绝[2]，鸾凤[3]心悠然。归来桃花岩，得憩云窗眠。对岭人共语，饮潭猿相连。时升翠微[4]上，邈若罗浮[5]巅。两岑[6]抱东壑，一嶂横西天。树杂日易隐，崖倾月难圆。芳草换野色，飞萝摇春烟。入远构石室，选幽开上田。独此林下意[7]，杳无区中缘[8]。永辞霜台客，千载方来旋。

注释

❶安陆：唐安陆县，在今湖北安陆。

❷蓬壶：古代传说中的蓬莱、方丈、瀛洲海外三仙山。冥绝：杳远、隔绝。

❸鸾凤：鸾鸟和凤凰。古代传说中的神鸟。

❹翠微：青翠的山峰。

❺罗浮：广东罗浮山。

❻岑：小而高的山。

⑦林下意：指隐居。

⑧区中缘：尘世俗缘。

淮阴书怀寄王宋城①

沙墩至梁苑，二十五长亭②。大舶③夹双橹，中流鹅鹳鸣④。云天扫空碧，川岳涵余清。飞凫从西来，适与佳兴并。眷言王乔凫⑤，婉娈故人情。复此亲懿会，而增交道荣。沿洄⑥且不定，飘忽怅徂征⑦。暝投淮阴宿，欣得漂母⑧迎。斗酒烹黄鸡，一餐感素诚。予为楚壮士⑨，不是鲁诸生。有德必报之，千金耻为轻。缄书羁孤意⑩，远寄棹歌声。

注释

①淮阴：唐淮阴县，在今江苏淮安。宋城：唐宋城县，在今河南商丘市睢阳区。

②长亭：古时十里为一长亭。

③大舶：大船。

④鹅鹳鸣：划船摇橹声。

⑤王乔凫：用王乔兔凫典故。《后汉书·方术列传·王乔传》载：王乔者，河东人也。显宗世，为叶令。乔有神术，每月朔望，常自县诣台朝。帝怪其来数，而不见车骑，密令太史伺望之。言其临至，辄有双凫从东南飞来。于是候凫至，举罗张之，但得一只舄焉。乃诏尚方诊视，则四年中所赐尚书官属履也。以此典形容有关地方官吏的事，多指县令；也用来借指鞋、履、野鸭。

⑥沿洄：逆流而上。

⑦徂征：远行。

⑧漂母：水边漂洗丝絮的妇人，此处用漂母饭信的典故。

⑨楚壮士：韩信。此为李白自比。

⑩缅：遥远。羁孤：行旅孤独。

月夜江行寄崔员外宗之①

　　飘飘江风起，萧飒②海树秋。登舻③美清夜，挂席④移轻舟。月随碧山转，水合青天流。杳如星河⑤上，但觉云林幽。归路方浩浩⑥，徂川去悠悠⑦。徒悲蕙草⑧歇，复听菱歌⑨愁。岸曲迷后浦，沙明瞰⑩前洲。怀君不可见，望远增离忧⑪。

❶崔宗之：杜甫诗中"饮中八仙"之一，是李白好友，开元年间任礼部员外郎。

❷萧飒：形容风雨吹打草木发出的声音。

❸舻：船头。

❹挂席：扬帆起航。

❺星河：天上银河。

❻浩浩：水势很大。

❼徂川：流水，比喻流逝的岁月。悠悠：遥远。

❽蕙草：香草。

❾菱歌：采菱之歌。

❿瞰：俯视。

⓫离忧：离别的忧思。

宿白鹭洲寄杨江宁❶

朝别朱雀门❷，暮栖白鹭洲。波光摇海月，星影入城楼。望美金陵宰❸，如思琼树❹忧。徒令魂入梦，翻觉夜成秋。绿水解人意，为余西北流。因声玉琴里，荡漾寄君愁。

注释

❶白鹭洲：在南京城西的长江中。江宁：在今江苏南京。

❷朱雀门：指金陵城南门。

❸金陵宰：指杨江宁。

❹琼树：指人的美好品质。

北山独酌寄韦六

巢父将许由❶，未闻买山隐。道存迹自高，何惮去人近。纷吾下兹岭，地闲喧亦泯。门横群岫❷开，水凿众泉引。屏高而在云，窦❸深莫能准。川光昼昏凝，林气夕凄紧。于焉摘朱果，兼得养玄牝❹。坐月观宝书❺，拂霜弄瑶轸❻。倾壶事幽酌，顾影还独尽。念君风尘游，傲尔令自哂❼。

注释

❶巢父、许由：上古尧时期的隐居在箕山的两位高士。尧让天下于许由，许由不受。尧又召为九州长，由不欲闻之，洗耳于颍水滨。

❷岫：峰峦。

❸窦：山洞。

❹玄牝：天地元气。

❺宝书：道书。

❻瑶轸：即瑶琴。

❼哂：讥笑。

下寻阳城泛彭蠡寄黄判官❶

浪动灌婴井❷，寻阳江上风。开帆入天镜❸，直向彭湖东。落景转疏雨❹，晴云散远空。名山❺发佳兴，清赏❻亦何穷。石镜❼挂遥月，香炉灭彩虹^⑧。相思俱对此，举目与君^⑨同。

注释

❶寻阳城：即浔阳城，在今江西省九江。彭蠡：彭蠡湖，这里指鄱阳湖。判官：唐官职，为观察使、节度使的僚属。

❷灌婴井：故址在今江西九江。《元和郡县志》载：汉初灌婴主持筑建溢口城，因地处溢水入长江口得名。

❸天镜：指鄱阳湖的湖水澄净通透。

❹落景：即将坠落的夕阳。疏雨，稀疏的小雨。

❺名山：指庐山。

❻清赏：赏心悦目。

❼石镜：据《水经注》载，庐山东面悬崖上有一块大圆石，光滑如镜，镜可见人。

❽香炉：即庐山香炉峰，在庐山西北部。灭：消失。

❾君：指黄判官。

书情寄从弟邠州长史昭^❶

自笑客行久，我行定几时。绿杨已可折，攀取最长枝。翩翩弄春色，延伫^❷寄相思。谁言贵此物，意愿重琼蕤^❸。昨梦见惠连^❹，朝吟谢公^❺诗。东风引碧草，不觉生华池。临玩忽云夕，杜鹃夜鸣悲。怀君芳岁歇，庭树落红滋^❻。

注释

❶邠州：在今陕西彬县。

❷延伫：指长时间地站立，没做其他动作。

❸琼蕤：指玉花。

❹惠连：南朝宋诗人谢惠连。

❺谢公：南朝宋诗人谢灵运，封康乐公，与谢惠连是从兄弟。

❻滋：脏污，污浊。

流夜郎永华寺寄寻阳群官❶

朝别凌烟楼❷，贤豪满行舟。暝❸投永华寺，宾散予独醉。愿结九江流，添成万行泪。写意寄庐岳❹，何当来此地。天命有所悬，安得苦愁思。

注释

❶流：流放，放逐。夜郎：汉代西南地区少数民族曾在今贵州西部、北部和云南东北部及四川南部部分地区建立过政权，称为夜郎，在今贵州桐梓。永华寺：在浔阳，即今江西九江。

❷凌烟楼：南朝宋刘义庆在浔阳所造。

❸暝：黄昏时分。

❹庐岳：即庐山，此处代指在浔阳的群官。

流夜郎至西塞驿寄裴隐❶

扬帆借天风，水驿苦不缓。平明及西塞，已先投沙伴❷。回峦引群峰，横蹙楚山断。砯❸冲万壑会，震沓百川满。龙怪潜溟波❹，俟时救炎旱。我行望雷雨，安得沾枯散。鸟去天路长，人愁春光短。空将泽畔吟❺，寄尔江南管。

注释

❶西塞驿：西塞山，在湖北鄂州。

❷投沙伴：指一同被放逐的人。西汉贾谊曾因权贵排挤被贬到长沙，为长沙王太傅。

❸砯（pīng）：水击岩石的声音。

❹溟波：海涛。

❺泽畔吟：指谪官失意时所写的作品。《楚辞·渔父》载：屈原既放游于江潭，行吟泽畔，颜色憔悴，形容枯槁。

江夏寄汉阳辅录事❶

谁道此水广，狭如一匹练❷。江夏黄鹤楼，青山汉阳县。大语犹可闻，故人难可见。君草陈琳檄❸，我书鲁连箭❹。报国有壮心，龙颜不回眷❺。西飞精卫鸟，东海何由填❻。鼓角❼徒悲鸣，楼船❽习征战。抽剑步霜月，夜行空庭遍。长呼结浮云❾，埋没顾荣扇❿。他日观军容，投壶⓫接高宴。

注释

❶江夏：唐江夏郡，在今湖北武汉。汉阳：沔州汉阳县，在今湖北武汉市汉阳区。辅录事：指辅翼。录事：唐地方刺史佐官司马下设有录事参军事，州县也有录事。

❷匹练：白绢。

❸陈琳檄：陈琳，字孔璋，东汉末年文学家，"建安七子"之一。

避难冀州，袁绍使典文章，作为袁绍檄豫州文，痛斥曹操。归附曹操后任司空军谋祭酒，管记室，多作军国书檄。

❹鲁连箭：战国时，齐人鲁仲连助齐从燕人占领下夺回聊城，曾以箭射书信劝谕守聊城的燕将弃城。后世用作建功报国的典故，也用以指书信。

❺回眷：眷顾。

❻西飞二句：用精卫填海的典故，表明意志坚决，不畏艰难的意思。

❼鼓角：战鼓和号角。

❽楼船：带阁楼的大船，指战船。

❾结：装束。浮云：古时骏马。

❿顾荣扇：晋怀帝时陈敏叛乱，顾荣在河边挥动羽扇指挥平叛，使叛兵溃散。后用此典形容指挥若定。

⓫投壶：古时的一种娱乐游戏，投箭入壶者胜，不入者受罚。

❧ 江上寄元六林宗❶ ❧

霜落江始寒，枫叶绿未脱。客行悲清秋，永路❷苦不达。沧波眇川汜❸，白日隐天末。停棹依林峦，惊猿相叫聒。夜分河汉转❹，起视溟涨❺阔。凉风何萧萧❻，流水鸣活活❼。浦沙净如洗，海月明可掇❽。兰交空怀思，琼树讵解渴❾。勖❿哉沧洲心，岁晚庶不夺。幽赏颇自得，兴远与谁豁⓫。

注释

❶元六林宗：即元丹丘，李白好友。

❷永路：长路。

❸沧波：水面起伏的江河。眇：细小，微小。川：水流。汜：大

188

河，水流大。

④夜分：夜半。河汉：即天上银河。

⑤溟涨：指大海。

⑥萧萧：风吹草木声。

⑦活活：指水流声。

⑧掇：拾起。

⑨琼树：喻指友人。《赠别苏武》载：思得琼树枝，以解长渴饥。
讵：怎能。

⑩勖：鼓舞、勉励。

⑪豁：排遣，消散。

泾溪南蓝山下有落星潭可以卜筑余泊舟石上寄何判官昌浩❶

蓝岑竦天壁❷，突兀❸如鲸额。奔蹙❹横澄潭，势吞落星石。沙带秋月明，水摇寒山碧。佳境宜缓棹，清辉能留客。恨❺君阻欢游，使我自惊惕。所期俱卜筑，结茅炼金液❻。

注释

❶泾溪：在安徽宣城泾县。蓝山：在泾县西，山下有落星潭。卜筑：觅地而居。判官：唐代地方采访使及节度使的属官，掌管文书等事。何昌浩，泾县人，李白好友。

❷蓝岑：即蓝山。竦：立。

❸突兀：高耸，高低起伏的样子。

❹奔蹙：山势奔腾。蹙：聚拢，皱缩。

❺恨：惋惜，遗憾。

189

⑥结茅：结庐，筑屋。金液：指长生不老药。

早过漆林渡寄万巨❶

西经大蓝山，南来漆林渡。水色倒空青，林烟横积素。漏流昔吞翕❷，沓浪竞奔注。潭落天上星，龙开水中雾。峣❸岩注公栅❹，突兀陈焦墓❺。岭峭纷上干❻，川明屡回顾。因思万夫子❼，解渴同琼树❽。何日睹清光，相欢咏佳句。

注释

❶漆林渡：泾溪渡口。

❷漏流：滴水如漏，指极细的水流。吞翕：吞吸，吞并。

❸峣：山高。

❹注公栅：或为大蓝山左近的左公栅。

❺陈焦墓：《搜神记》载吴孙休永安四年，安吴民陈焦死，七日，复生，穿冢出。

❻上干：上冲，直蠹。

❼万夫子：指万巨。

❽琼树：喻品格高洁的人，此指万巨。

游敬亭寄崔侍御❶

我家敬亭下，辄继谢公❷作。相去数百年，风期❸宛如昨。登高素

190

秋月，下望青山郭。俯视鸳鹭群，饮啄自鸣跃。夫子虽蹭蹬[4]，瑶台[5]雪中鹤。独立窥浮云，其心在寥廓。时来顾我笑，一饭葵与藿[6]。世路如秋风，相逢尽萧索。腰间玉具剑，意许无遗诺[7]。壮士不可轻，相期在云阁[8]。

注释

1 敬亭：即敬亭山，在今安徽宣城市北，因山上有"敬亭"而得名。崔侍御：即崔成甫，长安人，李白好友。开元中进士及第，任秘书省校书郎，转冯翊县尉、陕县尉，后摄监察御史，后遭排挤，贬黜湘阴。

2 谢公：南朝齐谢朓，曾任宣城太守。

3 风期：风格气度。

④蹭蹬：路途险阻难行。比喻失意，不得志。

⑤瑶台：传说西王母居住在瑶台。

⑥葵与藿：野菜。

⑦腰间二句：春秋时吴国公子季札佩延陵剑出使晋国，途经徐国，徐国国君非常喜欢季札的佩剑，但又不便直言。季札虽已看出徐君之意，但因身负使命，不能立即赠给徐君。从晋国返回特来徐国，可惜徐君已故。于是，季札解下佩剑挂在徐君墓旁的树上怅然而去。后世用季札挂剑的典故指不忘故旧的意思。

⑧云阁：即云台，汉元帝时期，陈列中兴三十二功臣的画像在云台，此处用以指代朝廷。

秋日鲁郡尧祠亭上宴
别杜补阙范侍御①

我觉秋兴逸②，谁云秋兴悲？山将落日去，水与晴空宜。鲁酒白玉壶，送行驻金羁③。歇鞍憩④古木，解带挂横枝。歌鼓川上亭⑤，曲度神飙吹⑥。云归碧海夕，雁没青天时。相失各万里，茫然空尔思。

注释

①鲁郡：在今山东兖州。补阙：是门下省属官。侍御：指御史台属官殿中侍御史、监察御史。

②逸：安逸恬乐。

③金羁：金饰的马辔头，这里指马。

④憩：休息。

⑤川上亭：水上的亭子，指尧祠亭。

⑥曲度：曲调。曹丕《典论·论文》："譬诸音乐，曲度虽均，节

奏同检。"这里指音乐。飙：疾风。

别 鲁 颂

　　谁道太山❶高，下却鲁连节❷。谁云秦军众，摧却鲁连舌。独立天地间，清风洒兰雪。夫子❸还倜傥，攻文继前烈❹。错落石上松，无为秋霜折。赠言镂宝刀，千岁庶不灭。

注释

❶太山：即泰山。

❷下却：不如。

❸夫子：指鲁颂。

❹前烈：前代的文人。

留别曹南群官之江南

　　我昔钓白龙，放龙溪水傍❶。道成本欲去，挥手凌苍苍。时来不关人，谈笑游轩皇❷。献纳❸少成事，归休辞建章❹。十年罢西笑，揽镜如秋霜。闭剑琉璃匣，炼丹紫翠房❺。身佩豁落图❻，腰垂虎盘囊❼。仙人驾彩凤，志在穷遐荒❽。恋子四五人，徘徊未翱翔。东流送白日，骤歌兰蕙芳。仙宫❾两无从，人间久摧藏❿。范蠡脱句践，屈平去怀王。飘摇紫霞心⓫，流浪忆江乡。愁为万里别，复此一衔觞⓬。淮水⓭帝王州，金陵绕丹阳。楼台照海色，衣马摇川光。及此北望君，相思泪成行。朝云落梦渚⑭，瑶草空高唐。帝子⑮隔洞庭，青枫满潇湘。怀君路绵邈，览古情凄凉。登岳眺百川，杳然万恨长。却恋峨眉去，弄景偶骑羊⑯。

注释

❶我昔二句：窦子明弃官学道，钓白龙放白龙潭。后来白龙迎窦子明陵阳山成道。

❷轩皇：指黄帝。

❸献纳：向朝廷上书进言。

❹建章：汉武帝时修建的建章宫，此处代指朝廷。

❺紫翠房：道士炼丹房。

❻韬落图：道教符箓。

❼虎盘囊：道教徒的装束。

❽穷遐荒：边远穷荒之地，指游历天下。

❾仙：指求仙。宫：指入朝为官。无从：没有着落。

❿摧藏：受挫败。

⓫紫霞心：指修仙。

⓬衔觞：指饮酒。

⓭淮水：指秦淮河。

⓮渚：水中的小洲。

⓯帝子：指尧的两个女儿娥皇、女英。

⓰骑羊：用典葛由乘羊。《搜神记》载：前周葛由，蜀羌人也。周成王时，好刻木作羊卖之。一旦，乘木羊入蜀中，蜀中王侯贵人追之，上绥山。绥山多桃，在峨眉山西南，高无极也。随之者不复还，皆得仙道。

留别王司马嵩[1]

鲁连卖谈笑，岂是顾千金[2]。陶朱虽相越，本有五湖心[3]。余亦南阳子，时为梁甫吟[4]。苍山容偃蹇[5]，白日惜颓侵[6]。愿一佐明主，功成还旧林。西来何所为，孤剑[7]托知音。鸟爱碧山远，鱼游沧海深。呼鹰过上蔡[8]，卖畚向嵩岑[9]。他日闲相访，丘中有素琴。

注释

[1] 王司马嵩：坊州司马王嵩。

[2] 鲁连二句：鲁仲连，战国齐人。游于赵国，恰遇秦军已经击败赵军四十万，又围赵都邯郸，魏国大将新垣衍欲令赵尊秦为帝。鲁仲连以利害说服新垣衍合力抗秦，终于击退秦军。平原君欲封官，不受；赐千金，亦不受，飘然离去。

[3] 陶朱二句：春秋越国大夫范蠡，辅佐越王勾践灭吴。功成乃辞勾践，泛舟五湖，人不知其所终。

[4] 南阳二句：诸葛亮，躬耕南阳时，常吟诵梁父吟。

[5] 偃蹇：形容偃息而卧，不问世事的样子。

[6] 颓侵：指太阳落山。

[7] 孤剑：李白自比。

[8] 呼鹰句：指秦始皇丞相上李斯，年少时曾牵黄犬，臂架苍鹰，出上蔡东门打猎。

[9] 卖畚句：指前秦时王猛，少时以卖畚箕为业，曾远赴洛阳取畚资。嵩岑：即嵩山。

颍阳别元丹丘之淮阳❶

吾将元夫子❷，异姓为天伦❸。本无轩裳❹契，素以烟霞❺亲。尝恨迫世网❻，铭意俱未伸。松柏虽寒苦，羞逐桃李春。悠悠市朝间，玉颜日缁磷。所失重山岳，所得轻埃尘。精魄渐芜秽❼，衰老相凭因。我有锦囊诀，可以持君身。当餐黄金药❽，去为紫阳❾宾。万事难并立，百年犹崇晨。别尔东南去，悠悠多悲辛。前志庶不易，远途期所遵❿。已矣归去来，白云飞天津⓫。

注释

❶颍阳：唐颍阳县，在今河南登封。元丹丘：道士，李白好友。淮阳：唐陈州，在今河南淮阳。

❷元夫子即元丹丘。

❸天伦：指结为兄弟。

❹轩裳：指代官位爵禄。轩：官员的车驾。裳：官服。

❺烟霞：指游仙生活。

❻世网：世俗的牵绊。

❼芜秽：污浊，污秽。

❽黄金药：道教谓仙丹。

❾紫阳：道士胡紫阳。

❿所遵：指元丹丘。

⓫天津：指天上银河。

留别广陵诸公❶

忆昔作少年，结交赵与燕。金羁❷络骏马，锦带横龙泉❸。寸心无疑事，所向非徒然。晚节觉此疏，猎精草太玄❹。空名束壮士，薄俗弃高贤。中回圣明顾，挥翰凌云烟。骑虎❺不敢下，攀龙忽堕天❻。还家守清真，孤洁励秋蝉❼。炼丹费火石，采药❽穷山川。卧海不关人，租税辽东田❾。乘兴忽复起，棹歌❿溪中船。临醉谢葛强，山公欲倒鞭⓫。狂歌自此别，垂钓沧浪前。

注释

❶广陵：今江苏扬州。

❷金羁：金饰的马辔头。

❸龙泉：指宝剑。

❹太玄：此句用扬雄事，指杨雄所著的《太玄经》。

❺骑虎：郭宪《汉武洞冥记》卷一记东方朔仙游紫泥海："乃饮玄天黄露半，合，即醒。既而还，路遇苍虎息于路旁，儿女骑虎还。"骑虎：意为骑虎仙游。这里是指居身朝廷。

❻堕天：此指被谗后去朝。

❼秋蝉：用以比喻品格高洁。

❽采药：指隐居求仙修道。

❾卧海二句：用管宁事。《文选·谢朓·郡内登望》："方弃汝南诺，言税江东田。"李善注："《魏志》曰：管宁闻公孙度令行海外，遂至于辽东，皇甫谧《高士传》曰：'人或牛暴宁田者，宁为牵牛著凉处，自饮食也'。"

❿棹歌：船歌。

⑪临醉二句：用山简事。山公：即山简，字季伦，西晋竹林七贤山涛之子。《晋书·山简传》载：永嘉三年，出为征南将军、都督荆湘交广四州诸军事、假节，镇襄阳。于时四方寇乱，天下分崩，王威不振，朝野危惧。简优游卒岁，唯酒是耽。诸习氏，荆土豪族，有佳园池，简每出嬉游，多之池上，置酒辄醉，名之曰高阳池。时有童儿歌曰："山公出何许，往至高阳池。日夕倒载归，酩酊无所知。时时能骑马，倒著白接䍦。举鞭问葛强：何如并州儿？" 强家在并州，简爱将也。《世说新语·任诞》载：山季伦为荆州，时出酣畅。人为之歌曰："山公时一醉，径造高阳池。日莫倒载归，茗芋无所知。复能乘骏马，倒著白接䍦。举手问葛强，何如并州儿？"高阳池在襄阳。强是其爱将，并州人也。

窜夜郎于乌江留别宗十六璟①

君家全盛日，台鼎何陆离②！斩鳌翼娲皇③，炼石补天维。一回日月④顾，三入凤凰池⑤。失势青门傍，种瓜复几时？犹会众宾客，三千光路岐⑥。皇恩雪愤懑，松柏含荣滋。我非东床人⑦，令姊忝齐眉⑧。浪迹未出世，空名动京师。适遭云罗⑨解，翻谪夜郎悲。拙妻莫邪剑⑩，及此二龙⑪随。惭君濡波苦⑫，千里远从之。白帝⑬晓猿断，黄牛⑭过客迟。遥瞻明月峡⑮，西去益相思。

注释

①窜：流放。夜郎：汉代西南地区少数民族曾在今贵州西部、北部和云南东北部及四川南部部分地区建立过政权，称为夜郎，在今贵州桐梓。乌江：此指浔阳江，在今江西九江。宗十六璟：李白妻弟，排行十六。

❷鼎：身居高位的意思。旧称三公为台鼎。陆离：美好的意思。宗璟祖宗楚客在武则天和中宗时曾三次拜相。

❸娲皇：指武则天。

❹日月：指武则天和中宗。

❺三入：指三次拜相。凤凰池：也称"凤池"，为禁苑中的池沼。魏晋南北朝时设中书省于禁苑，掌管政府机要，故称中书省为凤凰池。

❻路歧：歧路，岔道。

❼东床人：《世说新语·雅量》："郗太傅在京口，遣门生与王丞相书，求女婿。丞相语郗信：'君往东厢，任意选之。'门生归，白郗曰：'王家诸郎，亦皆可嘉，闻来觅婿，咸自矜持，惟有一郎在东床上坦腹卧，如不闻。'郗公曰：'此正好，访之，乃是逸少，因嫁女与焉。'"

❽令姊：指李白妻宗氏。忝：惭愧。齐眉：此处指结为夫妻。

❾云罗：指罗网严密。解：指已始脱狱又遭流放。

❿莫邪剑：宝剑，干将莫邪打造的雌剑。

⓫二龙：指干将、镆铘二剑。

⓬湍波苦：风浪颠沛之苦。

⓭白帝：即白帝山，在四川奉节县城东瞿塘峡口。

⓮黄牛：黄牛山，在今湖北宜宾市。

⓯明月峡：在今重庆市巴南区西北。

别韦少府

西出苍龙门❶，南登白鹿原❷。欲寻商山皓❸，犹恋汉皇恩。水国远行迈，仙经❹深讨论。洗心句溪月❺，清耳敬亭猿❻。筑室在人境，闭门无世喧。多君枉高驾❼，赠我以微言❽。交乃意气合，道因风雅存。别离有相思，瑶瑟与金樽。

注释

❶苍龙门：汉长安未央宫东有苍龙阙，此处代指长门东门。

❷白鹿原：在长安东南，也称灞上。

❸商山皓：即商山四皓。

❹仙经：指道书。

❺洗心：涤除杂念。句溪：在安徽宣城东五里，溪流回曲，形如句字，流入长江。

❻清耳：静心倾听。

❼枉高驾：屈尊降贵。

❽微言：精微深奥的言论。

❧ 送当涂赵少府赴长芦❶ ❧

我来扬都市❷，送客回轻舠❸。因夸楚太子，便观广陵❹涛。仙尉赵家玉❺，英风凌四豪❻。维舟至长芦，目送烟云高。摇扇对酒楼，持袂把蟹螯❼。前途倘相思，登岳一长谣。

注释

❶当涂：唐当涂县，在今安徽马鞍山。赵少府：即赵炎，天宝中任当涂县尉。长芦：唐时属淮南道扬州，在今江苏南京。

❷扬都市：即扬州。

❸轻舠：指小船，形状如刀。

❹广陵：在今江苏扬州。

⑤仙尉：典出《汉书·梅福传》。梅福，字子真，九江寿春人，为郡文学，补南昌尉。后归里，一旦弃妻子去，传以为仙，故称"仙尉"。后以仙尉为县尉的誉称。赵家玉：即指赵少府。

⑥四豪：指战国时期的四公子，即魏国的信陵君魏无忌、赵国的平原君赵胜、齐国的孟尝君田文、楚国的春申君黄歇。

⑦持袂：握住或卷起衣袖。把蟹螯：《晋书·毕卓传》载：得酒满数百斛船，四时甘味置两头，右手持酒杯，左手持蟹螯，拍浮酒船中，便足了一生矣。形容心满意足的样子。

送温处士归黄山白鹅峰旧居①

黄山四千仞，三十二莲峰。丹崖夹石柱，菡萏金芙蓉②。伊昔升绝顶，下窥天目③松。仙人炼玉④处，羽化⑤留余踪。亦闻温伯雪⑥，独往⑦今相逢。采秀⑧辞五岳，攀岩历万重。归休白鹅岭⑨，渴饮丹砂井⑩。风吹⑪我时来，云车⑫尔当整。去去陵阳⑬东，行行芳桂丛。回溪十六度，碧嶂尽晴空。他日还相访，乘桥蹑彩虹⑭。

注释

❶处士：古称有德才而隐居不愿做官的人，后泛指未做过官的士人。黄山：在安徽。白鹅峰：黄山群峰之一，位于黄山东南部。

❷菡萏、芙蓉：莲花的别称，也叫芙蕖。

❸天目：浙江天目山。

❹炼玉：指炼丹。

❺羽化：指飞升成仙。

❻温伯雪：名伯，字雪子，春秋时楚人。《庄子·田子方》载：温伯雪子适齐，舍于鲁。鲁人有请见之者，温伯雪子曰：不可。吾

闻中国之君子，明乎礼义而陋于知人心。吾不欲见也。……仲尼见之而不言。子路曰：吾子欲见温伯雪子久矣。见之而不言，何邪？仲尼曰：若夫人者，目击道存，亦不可以容声矣！此处借以喻温处士。

⑦独往：谓离群而隐居。

⑧采秀：指摘采芝草。古时以芝草为神草，服之长生，故用以指求仙或隐居。

⑨白鹅岭：位于黄山白鹅峰与贡阳山之间。

⑩丹砂井：黄山东峰下的朱砂泉，水温而含朱砂。

⑪凤吹：对笙箫等细乐的美称。《列仙传》载：王子乔，周宣王太子晋也。好吹笙，作凤鸣，游伊雒之间。

⑫云车：仙人所乘车驾。

⑬陵阳：即安徽陵阳山，相传为陵阳子明成仙处。

⑭桥：指仙人桥、仙石桥，为黄山最险之处。

鲁郡尧祠送张十四游河北❶

猛虎伏尺草，虽藏难蔽身。有如张公子，肮脏❷在风尘。岂无横腰剑，屈彼淮阴人❸。击筑向北燕，燕歌易水滨❹。归来泰山上，当与尔为邻。

注释

❶鲁郡：山东兖州。尧祠：祭祀尧帝的祠堂，在兖州东北方。河北：唐河北道。

❷肮脏：亦作抗脏，即高亢正直。

❸淮阴人：汉淮阴侯韩信失意落泊时，曾忍受淮阴恶少的胯下之

辱，而终于功成名就。

❹击筑二句：战国末刺客荆轲游于燕市，曾与高渐离结伴，渐离
击筑，荆轲和歌，自抒哀乐，旁若无人。

送裴十八图南归嵩山·其一

何处可为别，长安青绮门❶。胡姬❷招素手，延客醉金樽❸。临当
上马时，我独与君言。风吹芳兰折，日没鸟雀喧。举手指飞鸿❹，此
情难具论❺。同归无早晚，颍水❻有清源。

203

❶青绮门：长安东城门。

❷胡姬：唐代酒肆中侍酒的胡女。

❸延：招呼，邀请。金樽：酒杯。

❹飞鸿：喻超脱世外的隐士。《晋书·郭瑀传》载：晋人郭瑀隐居山谷中，前凉王张天锡派人去召他，瑀指着飞鸿对使者说：这只鸟怎么可以装在笼子里呢？

❺具论：详细叙说。

❻颍水：即颍河，发源于河南嵩山，流入淮河。

送裴十八图南归嵩山·其二

君思颍水绿，忽复归嵩岑❶。归时莫洗耳❷，为我洗其心。洗心得真情，洗耳徒买名。谢公❸终一起，相与济苍生。

❶嵩岑：即嵩山。

❷洗耳：上古传说时许由的故事，帝尧将王位禅让给他，他听说后就逃于颍水之阳。之后尧又召他为九州长，他遂以水洗耳。此处用来比喻不贪名利的人。

❸谢公：指晋太傅太保谢安。少有重名，累辟皆不起，居会稽东山，每游赏，必携妓以从。符坚攻晋，加安征讨大都督，以总统淝水之战功，拜太保，卒赠太傅。

送于十八应四子举落第还嵩山❶

吾祖吹橐籥❷，天人信森罗。归根复太素❸，群动熙元和。炎炎四真人❹，摛辩❺若涛波。交流无时寂，杨墨❻日成科。夫子闻洛诵❼，夸才才固多。为金好踊跃❽，久客方蹉跎。道可束卖之，五宝溢山河。劝君还嵩丘，开酌盼庭柯。三花如未落，乘兴一来过。

注释

❶四子举：开元二十九年（741），唐玄宗颁布"亲试四子举人敕"。是年正月，玄宗诏令诸州将当地习《老子》《庄子》《文子》《列子》之举人贡于朝廷。落第：指科举时代应试不中。

❷吾祖：指老子李耳。橐籥：古代冶炼时用的鼓风装置。《老子》载：天地之间，其犹橐籥乎？虚而不屈，动而愈出。

❸归根：返璞归真。太素：指最原始的物质，引申为天地。

❹炎炎：形容威势。四真人：玄宗年间，尊庄子为南华真人、文子为通玄真人、列子为冲虚真人、庚桑子为洞虚真人。

❺摛辩：铺陈辞采进行辩论。

❻杨墨：前人疑为副墨，文学翰墨的意思，代指四子之书。

❼洛诵：反复诵读。

❽为金句：《庄子·大宗师篇》载：大冶铸金。金踊跃曰：我必为镆铘。用以指于十八诵跃应举。

鲁中送二从弟赴举之西京

鲁客向西笑❶，君门若梦中。霜凋逐臣❷发，日忆明光宫❸。复羡二龙❹去，才华冠世雄。平衢骋高足❺，逸翰❻凌长风。舞袖拂秋月，歌筵闻早鸿。送君日千里，良会何由同。

注释

❶鲁客：客于鲁者，李白自指。向西笑：即西向笑，对京都长安的向往之意。

❷逐臣：遭贬失意的臣子，这里李白自指。

❸忆：怀念。明光宫：汉宫名，在长安，汉武帝所建，一在北宫，与长乐宫相连；一在甘泉宫。借指朝廷。

❹二龙：比喻赴举之二从弟。

❺平衢：平坦的大路。高足：指快马、好马。

❻逸翰：展翅。

送蔡山人

我本不弃世，世人自弃我。一乘无倪❶舟，八极❷纵远舵。燕客期跃马，唐生安敢讥❸。采珠勿惊龙，大道可暗归。故山有松月，迟❹尔玩清晖。

注释

❶倪：边际。无倪：即无边无际。

❷八极：最边远的地方。《淮南子·地形》载：八绘之外，乃有八极。

❸燕客二句：以战国时燕国蔡泽喻指蔡山人，日后能够富贵。《史记·范雎蔡泽列传》载：蔡泽燕国人，游学干诸侯小大甚众，不遇。唐举曰：先生之寿。从今以往者四十三岁。蔡泽笑谢而去，谓其御者曰：悟持梁刺齿肥，跃马疾驱。怀黄金之印，结紫绶于要，揖让人主之前，食肉富贵，四十三年足矣。后被范雎推荐任秦昭襄王相。

❹迟：等待。

送岑征君归鸣皋山❶

岑公相门子❷，雅望归安石❸。奕世❹皆夔龙，中台❺竟三拆。至人达机兆❻，高揖九州伯❼。奈何天地间，而作隐沦客。贵道能全真❽，潜辉卧幽邻。探元入窅默❾，观化游无垠。光武有天下，严陵为故人。虽登洛阳殿，不屈巢由身❿。余亦谢明主，今称偃蹇⓫臣。登高览万古，思与广成⓬邻。蹈海⓭宁受赏，还山非问津。西来一摇扇，共拂元规⓮尘。

注释

❶征君：隐居不应朝廷征聘的人。鸣皋山：又名九皋山，在今河南洛阳。

❷相门子：指岑征君，应与岑参同族，贞观中书令岑文本后人。岑参《感旧赋序》："国家六叶，吾门三相矣。"

③安石：东晋谢安，字安石。

④奕世：累世。

⑤中台：三台星之一，古时用以指三公。

⑥机兆：事机的征兆。

⑦捴：推辞。九州伯：九州之长官。尧时封许由为九州长，许由坚辞不就。

⑧全真：保持真性。

⑨探元：探玄，探索玄妙之道。宦默：深远玄奥的真义。

⑩光武四句：东汉严光，字子陵，少曾与刘秀同游学。刘秀即帝位后，严子陵变更姓名隐遁。刘秀遣人觅访，征授谏议大夫，不受，退隐于富春山。后请入宫中，与刘秀共卧。

⑪偃蹇：形容偃息而卧，不问世事的样子。

⑫广成：即仙人广成子。

⑬蹈海：用鲁仲连事。《战国策》载：战国时齐国人鲁仲连不满秦王称帝的计划，曾说，秦如称帝，则蹈东海而死。

⑭元规尘：晋庾亮字元规。《晋书·王导传》载：庾亮虽在外镇，但仍掌握朝廷大权，朝内大臣多数趋附于他，唯有王导不服，常在西风起时摇扇拂尘，说："庾元规的尘土污人。"

钱校书叔云①

少年费白日，歌笑矜朱颜。不知忽已老，喜见春风还。惜别且为欢，裴回②桃李间。看花饮美酒，听鸟临晴山。向晚竹林寂③，无人空闭关④。

❶校书：指唐代官职，校书郎，掌管皇家藏书。

❷裴回：即徘徊，表示在一个地方来回走动。

❸向晚句：用阮咸与阮籍游竹林自比。《晋书》载：阮咸任达不拘，与叔父籍为竹林之游。

❹闭关：指关门，关闭。

送赵判官赴黔府中丞叔幕❶

廓落❷青云心，结交黄金尽。富贵翻❸相忘，令人忽自哂❹。蹭蹬❺鬓毛斑，盛时难再还。巨源咄石生❻，何事马蹄间？绿萝❼长不厌，却欲还东山❽。君为鲁曾子❾，拜揖高堂里。叔继赵平原❿，偏承明主恩。风霜推独坐，旌节⓫镇雄藩。虎士秉金钺⓬，蛾眉⓭开玉樽。才高幕下去，义重林中言。水宿五溪月⓮，霜啼三峡猿。东风春草绿，江上候归轩。

注释

❶判官：唐代地方采访使及节度使的属官，掌管文书等事。黔府：黔州都督府，治所在四川彭水。

❷廓落：形容孤寂。

❸翻：反而。

❹哂：讥笑。

❺蹭蹬：路途险阻难行。比喻失意，不得志。

❻巨源：曹魏末西晋初山涛，字巨源。《晋书·山涛传》载：曹魏末，太傅司马懿与大将军曹爽争权，山涛与石鉴共宿，涛夜起蹴鉴

曰："今为何等时而眠耶？知太傅卧何意？"鉴曰："宰相三不朝，与尺一令归第，卿何虑也？"涛曰："咄！石生无事马蹄间耶？"投传而去。未二年，果然曹爽被诛。借此表达忧虑世事的意思。

❼绿萝：即女萝、松萝，是一种地衣类植物。

❽东山：东晋谢安，字安石，曾隐居会稽东山。

❾曾子：孔子的弟子曾参，南武城人，孔子以为能通孝道，故授之业，作《孝经》。

❿赵平原：平原君赵胜者，战国四公子之一，喜宾客，宾客至者数千人。

⓫旌节：指古代使者所持的节，以为凭信，后借以泛指信符。唐代，节度使赐双旌双节，旌以专赏，节以专杀。旌节包括门旗二面、龙虎旌一面、节一支、麾枪二支、豹尾二支，共八件。

⓬虎士：指力士。

⓭蛾眉：比喻女子美丽的眉毛，代指美人。玉樽：指精美贵重的酒杯。

⓮水宿：睡于船中。五溪：即武陵五溪，沅水支流的巫水（雄溪）、渠水（满溪）、酉水（酉溪）、潕水（沅溪）、辰水（辰溪）。

五松山送殷淑❶

秀色发江左❷，风流奈若何？仲文❸了不还，独立扬清波。载酒五松山，颓然白云歌❹。中天❺度落月，万里遥相过。抚酒惜此月，流光❻畏蹉跎。明日别离去，连峰郁嵯峨❼。

注释

❶五松山：在今安徽铜陵。殷淑：道士李含光门人，道号中

林子。

五月东鲁行答汶上君❶

五月梅始黄，蚕凋桑柘空❷。鲁人重织作，机杼鸣帘栊❸。顾余不及仕，学剑来山东❹。举鞭访前途❺，获笑汶上翁。下愚忽壮士❻，未足论穷通❼。我以一箭书，能取聊城功❽。终然不受赏，羞与时人同。西归去直道，落日昏阴虹。此去尔勿言，甘心为转蓬❾。

注释

❶东鲁：鲁郡之别称，唐属河南道。汶上：在汶水之上。

❷蚕凋：蚕已成茧。桑柘：意思是桑木与柘木，落叶的乔木和灌木，叶子可以喂蚕。

❸机杼：织布机。帘栊：挂帘的窗户。

❹山东：唐代指华山以东地区。

❺访前途：问路。

❻下愚：天生愚蠢而不可改变的人，此指汶上翁。忽：轻视。壮

士：李白自指。

⑦穷通：指仕途是否通达。

⑧我以二句：战国时，齐人鲁仲连助齐从燕人占领下夺回聊城，曾以箭射书信劝谕守聊城的燕将弃城。后世用作建功报国的典故，也用以指书信。

⑨转蓬：随风旋转的蓬草。

金门答苏秀才①

君还石门日，朱火始改木②。春草如有情，山中尚含绿。折芳③愧遥忆，永路当日勖。远见故人心，平生以此足。巨海纳百川，麟阁④多才贤。献书入金阙⑤，酌醴奉琼筵⑥。屡忝白云唱⑦，恭闻黄竹篇⑧。恩光照拙薄⑨，云汉⑩希腾迁。铭鼎倘云遂，扁舟方渺然。我留在金门，君去卧丹壑⑪。未果三山⑫期，遥欣一丘乐。玄珠寄象罔，赤水非寥廓⑬。愿狎东海鸥⑭，共营西山药⑮。栖岩君寂灭，处世余龙蠖。良辰不同赏，永日应闲居。鸟吟檐间树，花落窗下书。缘溪见绿筱，隔岫窥红蕖⑯。采薇行笑歌，眷我情何已。月出石镜间，松鸣风琴里。得心自虚妙，外物空颓靡。身世如两忘，从君老烟水。

注释

①金门：即金马门，汉宫门名。汉代东方朔曾待诏金马门，此指代唐翰林院。

②朱火：指夏天，暑气。改木：更换钻木取火的木头。

③折芳：折花相赠。《楚辞·山鬼》载：折芳馨兮遗所思。

④麟阁：即麒麟阁。

⑤金阙：指天子所居的宫阙。

212

⑥醴：酒。琼筵：天子宴群臣之宴席。

⑦忝：谦辞，表示辱没他人而有愧。白云唱：相传穆天子与西王母宴饮于瑶池之上，西王母为天子谣，因首句为白云在天，山陵自出。道里悠远，山川间之。将子无死，尚复能来。故名《白云谣》。

⑧黄竹篇：指诗篇。《穆天子传》载：日中大寒，北风雨雪，有冻人，天子作诗三章以哀民。每章举手均为我徂黄竹。

⑨拙薄：谦辞，表示笨拙无才。

⑩云汉：天河。

⑪丹壑：指村野乡村。

⑫三山：海中有三神山，名曰蓬莱、方丈、瀛洲，神仙居之。

⑬寥廓：高远的天空。

⑭狎：亲近。鸥：水鸟。

⑮西山药：仙丹。

⑯红蕖：指荷花。

酬裴侍御对雨感时见赠

雨色秋来寒，风严清江爽。孤高绣衣人❶，潇洒青霞❷赏。平生多感激，忠义非外奖❸。祸连积怨生，事及徂川往。楚邦有壮士❹，鄢郢❺翻扫荡。申包哭秦庭，泣血将安仰。鞭尸辱已及，堂上罗宿莽❻。颇似今之人，蟊贼❼陷忠谠。渺然一水隔，何由税归鞅。日夕听猿怨，怀贤盈梦想。

注释

❶绣衣：御史之服。绣衣人：代指裴侍御。
❷青霞：指志意高远。

213

❸外奖：出自本心，而不是外界的刺激。

❹壮士：谓伍子胥。《史记》载：伍子胥者，楚人也。父曰伍奢，为太子太傅。楚平王信费无极之谗，杀伍奢及其子尚。伍子胥奔吴，阖闾以为行人，与谋国事。九年悉兴师伐楚，乘胜而前，五战遂至郢。时平王已卒，子昭王出奔，伍子胥求昭王不得，乃掘楚平王墓，出其尸，鞭之三百然后已。于是申包胥走秦告急，求救于秦，秦不许。申包胥立于秦廷，昼夜哭，七日七夜不绝其声。秦哀公怜之曰："楚虽无道，有臣若是，可无存乎？"乃遣车五百乘救楚击吴。

❺鄢郢：指楚国都。鄢，故城在襄州率道县南九里，今宜城市。郢城，在荆州江陵县。

❻宿莽：指经冬不死的草。

❼蟊贼：害苗之虫，喻谗恶之人。

游泰山·其一

四月上泰山❶，石平御道开。六龙❷过万壑，涧谷随萦回。马迹绕碧峰，于今满青苔。飞流洒绝巘❸，水急松声哀。北眺崿嶂❹奇，倾崖向东摧。洞门闭石扇，地底兴云雷。登高望蓬瀛❺，想象金银台❻。天门一长啸，万里清风来。玉女四五人，飘飘下九垓❼。含笑引素手，遗我流霞杯。稽首❽再拜之，自愧非仙才。旷然小宇宙，弃世何悠哉。

注释

❶泰山：五岳之首，在今山东省泰安。

❷六龙：天子所御车驾。

❸绝巘：高峰也。

④嶀嶂：指重峦叠嶂。

⑤蓬瀛：传说中古时海外仙山蓬莱和瀛洲。

⑥金银台：神仙居处。

⑦九垓：九重天。

⑧稽首：古时跪拜礼。

～ 游泰山·其六 ～

朝饮王母池①，暝投天门关②。独抱绿绮琴③，夜行青山间。山明月露白，夜静松风歇。仙人游碧峰，处处笙歌发。寂静娱清辉，玉真连翠微④。想象鸾凤舞，飘飘龙虎衣。扪天摘匏瓜⑤，恍惚不忆归。举手弄清浅⑥，误攀织女机。明晨坐相失⑦，但见五云⑧飞。

注释

❶王母池：又名瑶池，在泰山。

❷暝：傍晚。天门关：在泰山上。

❸绿绮琴：古代名琴，相传为司马相如所有，这里泛指名贵的琴。

❹玉真：道观名。这里泛指泰山上的道观。翠微：指山色青翠缥缈。

❺扪：摸。匏瓜：星名。

❻清浅：指天上银河。

❼坐相失：顿时都消失。

❽五云：五色彩云。

215

与从侄杭州刺史良游天竺寺❶

挂席凌蓬丘❷，观涛憩樟楼❸。三山❹动逸兴，五马❺同遨游。天竺森在眼，松风飒惊秋。览云测变化，弄水穷清幽。叠嶂隔遥海，当轩写归流。诗成傲云月，佳趣满吴洲❻。

注释

❶ 天竺寺：晋时僧人慧理始建，在杭州府。
❷ 挂席：扬起船帆。蓬丘：指海外仙山蓬莱。
❸ 樟楼：即樟亭，在今杭州。
❹ 三山：指蓬莱、方丈、瀛洲三座海外神山。
❺ 五马：古指太守，因太守乘五马车驾出巡。
❻ 吴洲：吴越之地。

同友人舟行游台越作❶

楚臣伤江枫❷，谢客拾海月❸。怀沙去潇湘，挂席泛溟渤❹。蹇❺予访前迹，独往造穷发❻。古人不可攀，去若浮云没。愿言弄倒景❼，从此炼真骨。华顶窥绝溟❽，蓬壶❾望超忽。不知青春度，但怪绿芳歇。空持钓鳌心❿，从此谢魏阙⓫。

❶台越：台指台州，在今浙江临海；越指越州，在今浙江绍兴。

❷楚臣：指屈原。《楚辞》："湛湛江水兮上有枫，目极千里兮伤春心。"

❸谢客：即谢灵运，小字客儿，故诗人多称为谢客。其《游赤石进帆海》诗有云："扬帆采石华，挂席拾海月。"海月：蛤类。

❹挂席：扬起船帆。溟渤：指大海。

❺寋：发语词，无义。

❻穷发：荒凉极远的地方。

❼弄倒景：指水上行舟。

❽华顶：即华顶峰。绝溟：指大海。

❾蓬壶：即海外蓬莱仙山。

❿钓鳌心：指心怀报国之志。

⓫魏阙：指朝廷。

春日陪杨江宁及诸官宴北湖感古作❶

昔闻颜光禄❷，攀龙宴京湖❸。楼船入天镜，帐殿开云衢❹。君王歌大风❺，如乐丰沛都❻。延年献佳作，邈与诗人俱。我来不及此，独立钟山❼孤。杨宰穆清风，芳声❽腾海隅。英僚满四座，粲若琼林敷。鹢首❾弄倒景，蛾眉❿缀明珠。新弦采梨园，古舞娇吴歈⓫。曲度⓬绕云汉，听者皆欢娱。鸡栖何嘈嘈，沿月沸笙竽。古之帝宫苑，今乃人樵苏⓭。感此劝一觞，愿君覆瓢壶⓮。荣盛当作乐，无令后贤吁。

注释

❶ 杨江宁，名利物，为润州江宁令，李白好友。北湖：玄武湖，在今江苏南京。

❷ 颜光禄：颜延之，字延年，南朝宋诗人，官至金紫光禄大夫。

❸ 京湖：即玄武湖。

❹ 帐殿：天子行车野次，连帐为殿。

❺ 大风：汉高祖刘邦作《大风歌》。

❻ 丰沛：刘邦故里。

❼ 钟山：紫金山，在今江苏南京。

❽ 芳声：美好的名声。

❾ 鹢首：船头。

❿ 蛾眉：指美女。

⑪吴歈：春秋时吴歌。

⑫曲度：指曲调。

⑬樵苏：砍柴。

⑭覆瓢壶：倾尊倒瓮之意，开怀畅饮。

泛沔州城南郎官湖①

张公②多逸兴，共泛沔城隅。当时秋月好，不减武昌都③。四座醉清光，为欢古来无。郎官爱此水，因号郎官湖。风流若未减，名与此山④俱。

注释

①沔州：在今湖北武汉市汉阳。郎官湖：原名南湖，在今汉阳城内东南。

②张公：即张谓，李白好友。

③武昌都：三国吴帝孙权改鄂县（即今湖北省鄂州市）置武昌，迁都于此。故言武昌都。

④此山：即大别山，在今湖北武汉市汉阳东北汉江西岸。诗人泛舟南湖可望见大别山。

九　日①

今日云景好，水绿秋山明。携壶酌流霞，搴菊泛寒荣②。地远松

219

石古，风扬弦管清。窥觞❸照欢颜，独笑还自倾。落帽❹醉山月，空歌怀友生。

注释

❶九日：农历九月九日，俗称重九，重阳节。

❷搴：采撷。寒荣：寒冷时节开放的菊花，指菊花。

❸觞：古时的酒杯。

❹落帽：喻文人不拘小节，风度潇洒之态。《晋书》载：大司马桓温曾和他的参军孟嘉登高于龙山，孟嘉醉后，风吹落帽，自己却没有发觉，此举在讲究风度的魏晋时期，有伤大雅，孙盛作文嘲笑，孟嘉即兴作答："醉看风落帽，舞爱月留人。"文辞优美，语惊四座。

❧ 登锦城散花楼❶ ❧

日照锦城头，朝光散花楼。金窗夹绣户❷，珠箔悬琼钩❸。飞梯❹绿云中，极目散我忧。暮雨向三峡❺，春江绕双流❻。今来一登望，如上九天游。

注释

❶锦城：成都别称，又名锦官城。散花楼：隋末蜀王杨秀所建，在今成都市区东北，又称锦亭、锦楼。

❷金窗：华丽的窗户。绣户：装饰华美的门户。

❸珠箔：珠帘，用珍珠缀饰的帘子。琼钩：玉制的钩子。

❹飞梯：即高悬的楼梯，此处指通往高处的台阶。

❺三峡：指长江三峡，包括瞿塘峡、巫峡、西陵峡。

❻双流：成都双流区，因区在郫江、流江之间得名。

登峨眉山[1]

　　蜀国多仙山，峨眉邈难匹[2]。周流[3]试登览，绝怪安可悉？青冥[4]倚天开，彩错疑画出。泠然[5]紫霞赏，果得锦囊术[6]。云间吟琼箫[7]，石上弄宝瑟。平生有微尚[8]，欢笑自此毕。烟容[9]如在颜，尘累[10]忽相失。倘逢骑羊子[11]，携手凌白日。

注释

❶峨眉山：在今四川峨眉县西南。因两山相对，望之如峨眉而得名。

❷邈：渺茫绵远。匹：比得上；相当。

❸周流：周游。

❹青冥：青苍幽远、昏暗幽昧的样子。

❺泠然：冷清；清澈。

❻锦囊术：成仙之术。《汉武内传》载：汉武帝曾把西王母和上元夫人所传授的仙经放在紫锦囊中。

❼琼箫：即玉箫。

❽微尚：微小的志趣、意愿。

❾烟容：古时以仙人托身云烟，因而称仙人为烟容。此处指脸上的云雾之气。

❿尘累：尘世之烦扰。

⓫骑羊子：即葛由。

登单父陶少府半月台❶

陶公有逸兴❷，不与常人俱。筑台像半月，迥向高城隅❸。置酒望白云，商飙❹起寒梧❺。秋山入远海，桑柘罗平芜❺。水色渌❻且明，令人思镜湖❼。终当过江去，爱此暂踟蹰❽。

注释

❶ 单父：单父县，在今山东省单县。陶少府：指陶沔。唐时称县尉为少府。

❷ 陶公：指陶少府。逸兴：清新脱俗的意兴。

❸ 迥：远。向：朝向，面对。城隅：城角。

❹ 商飙：秋风。

❺ 罗：分散。平芜：草木丛生的原野。

❻ 渌：清澈见底。

❼ 镜湖：即鉴湖，在今浙江省绍兴市。

❽ 踟蹰：徘徊不进的样子。

登金陵冶城西北谢安墩❶

晋室昔横溃❷，永嘉遂南奔❸。沙尘何茫茫，龙虎斗朝昏❹。胡马风❺汉草，天骄蹙中原❻。哲匠❼感颓运，云鹏❽忽飞翻。组练照楚国❾，旌旗连海门❿。西秦⓫百万众，戈甲如云屯。投鞭可填江⓬，一扫不足论。皇运❶有返正，丑虏❶无遗魂。谈笑遏横流❶，苍生望斯存。冶城访古迹，犹有谢安墩。凭览❶周地险，高标❶绝人喧。想像东山❶姿，缅怀右军❶言。梧桐识嘉树，蕙草留芳根。白鹭❷映春洲，青龙见朝暾❷。地古云物在，台倾禾黍繁。我来酌清波❷，于此树名园。功成拂衣去，归入武陵源❷。

注释

❶金陵：即南京。冶城：相传是三国时吴国的铸冶之地。谢安墩：在金陵报宁寺的后面，谢安曾和王羲之同登此墩，因称谢安墩。

❷晋室：指西晋王朝。横溃：突然崩溃瓦解，此处指西晋皇族争权互相残杀的八王之乱。

❸永嘉：晋怀帝年号。南奔：向南逃避。永嘉五年匈奴人攻陷洛阳，晋室南逃。

❹龙虎：指当时乘机崛起的割据势力。朝昏：昼夜。

❺风：放逸，引申为追逐、奔驰。

❻天骄：指匈奴。蹙：逼迫，侵扰。

❼哲匠：指贤明有才之士，此指谢安。

❽云鹏：大鹏，亦指谢安。

❾组练：古时士兵穿的战服。楚国：指江淮一带。此句形容晋军衣甲鲜明、军容雄壮。

❿海门：指海口。

⓫西秦：指十六国时苻坚的前秦。

⓬投鞭：《晋书·苻坚载记》载：苻坚进攻东晋时，曾吹嘘其兵力强大，说："以吾之众旅，投鞭于江！足断其流。"一扫不足论，一举荡平晋军不在话下，此句形容苻坚的极其狂妄。

⓭皇运：指东晋王朝的命运。

⓮丑虏：指苻坚的军队。

⓯谈笑句：据《晋书·谢安传》记载：苻坚攻晋时，谢安镇静如常，与其侄谢玄对局下棋，谈笑自若。遏：阻挡。

⑯凭览：倚栏远眺。周：周围。

⑰高标：指谢安墩高高耸立。绝人喧：隔绝人声喧闹。

⑱东山：指谢安，曾隐居会稽东山。

⑲右军：即王羲之，曾任右将军。

⑳白鹭：即白鹭洲，在今南京。

㉑青龙：山名，在今南京东南。朝瞰：初升的太阳。

㉒清波：指酒。

㉓武陵：武陵郡，在今湖南常德一带。武陵源：即桃花源，晋陶潜有《桃花源记》，这里指隐居的地方。

秋登巴陵望洞庭❶

清晨登巴陵，周览❷无不极。明湖映天光，彻底见秋色。秋色何苍然，际海❸俱澄鲜。山青灭远树，水绿无寒烟。来帆出江中，去鸟向日边。风清长沙浦❹，山空云梦❺田。瞻光❻惜颓发，阅水悲徂年❼。北渚❽既荡漾，东流自潺湲❾。郢人唱白雪❿，越女歌采莲⓫。听此更肠断，凭崖泪如泉。

注释

❶巴陵：指巴陵郡的巴丘山，在今湖南岳阳。

❷周览：四面眺望。

❸际海：岸边与水中。

❹长沙浦：指由长沙而入洞庭之湘水。

❺云梦：即云梦泽，在今湖北潜江市。

❻瞻光：瞻日月之光。

❼阅水：阅逝去之水。徂年：流年、年华。

⑧渚：小洲，水中小块陆地。

⑨潺湲：水流动的样子。

⑩郢人：春秋时楚国人。郢：春秋时楚国国都。

⑪采莲：梁武帝所制乐府《江南弄》，七曲中有《采莲曲》。此指江南女子采莲时所唱之歌。

❧ 上 三 峡① ❧

巫山②夹青天，巴水③流若兹。巴水忽可尽，青天无到时。三朝上黄牛④，三暮行太迟。三朝又三暮，不觉鬓成丝。

注释

❶三峡：指长江之瞿塘峡、巫峡和西陵峡。

❷巫山：在今重庆巫山县南。山势高峻，景色秀美，有著名的巫山十二峰。

❸巴水：指长江三峡的流水。

❹黄牛：指黄牛山，又称黄牛峡，在今湖北宜昌西北。

❧ 自巴东舟行经瞿塘峡登巫山最高峰晚还题壁① ❧

江行几千里，海月②十五圆。始经瞿塘峡，遂步巫山巅。巫山高不穷，巴国③尽所历。日边攀垂萝，霞外倚穹石④。飞步⑤凌绝顶，极目无纤烟。却顾❻失丹壑，仰观临青天。青天若可扪，银汉去安在。望云知苍梧，记水辨瀛海❼。周游孤光❽晚，历览幽意多。积雪照空谷，悲风❾鸣森柯。归途行欲曛，佳趣尚未歇。江寒早啼猿，松暝已吐月。月色何悠悠，清猿响啾啾❿。辞山不忍听，挥策还孤舟⓫。

注释

❶巴东：在今川东、鄂西一带。

❷海月：海上的月亮。

❸巴国：《山海经》：西南有巴国。

❹穹石：大岩石。

❺飞步：快步，疾步。

❻却顾：回头看。

❼瀛海：大海。

❽孤光：指月光。

❾悲风：凄厉的寒风。

❿啾啾：凄切尖细的声音。

⓫孤舟：一叶扁舟。

江行寄远

刳木❶出吴楚，危槎❷百余尺。疾风吹片帆，日暮千里隔。别时酒犹在，已为异乡客。思君不可得，愁见江水碧。

注释

❶刳木：本意为将木头剖开凿空，此处意为乘船。

❷危槎：危，高。槎，木筏。此处意为船上高高的桅杆。

下泾县陵阳溪至涩滩❶

涩滩鸣嘈嘈❷，两山足猿猱❸。白波若卷雪，侧足不容舠❹。渔子与舟人，撑折万张篙。

注释

❶泾县：在今安徽泾县。陵阳溪：即今安徽省泾县西舒溪。涩滩：在今泾县西九十五里。

❷嘈嘈：形容众声嘈杂。

❸足：多。猿猱：即猿猴。猱，猿类，善攀折。

❹舠：小船。

下陵阳沿高溪三门六刺滩❶

三门横峻滩，六刺走波澜。石惊虎伏起，水状龙萦盘❷。何惭七里濑❸，使我欲垂竿。

注释

❶六刺滩：在安徽省泾县陵阳溪。

❷萦盘：萦回。

❸七里濑：七里滩，在浙江桐庐。

西　施[1]

西施越溪女，出自苎萝山[2]。秀色掩今古，荷花羞玉颜。浣纱弄碧水，自与清波闲。皓齿信难开，沉吟碧云间[3]。勾践征绝艳，扬蛾[4]入吴关。提携馆娃宫[5]，杳渺讵可攀。一破夫差国，千秋竟不还。

注释

[1]西施：春秋末越国苎萝人，即今浙江诸暨。

[2]苎萝山：位于浙江诸暨。相传西施妆毕将烟脂水泼于石上，天长日久，石头变成红色。

[3]沉吟：沉思。碧云间：指在苎萝山间。

[4]扬蛾：扬眉。

[5]馆娃宫：相传为西施所建，遗址在今江苏苏州灵岩寺。

过四皓墓[1]

我行至商洛[2]，幽独访神仙。园绮复安在[3]？云萝尚宛然。荒凉千古迹，芜[4]没四坟连。伊昔炼金鼎[5]，何年闭玉泉？陇[6]寒惟有月，松古渐无烟。木魅风号去，山精雨啸旋。紫芝[8]高咏罢，青史旧名传。今日并如此，哀哉信可怜。

注释

❶ 四皓：指秦汉时期四位名士，又称商山四皓。四皓墓：在商州上洛县，即今山西商县。

❷ 商洛：谓商山、洛水之间。

❸ 园绮：指东园公和绮里季，实代指商山四皓。

❹ 芜：杂草丛生。

❺ 伊昔：从前。炼金鼎：指炼丹。

❻ 闭玉泉：死后葬于地下。

❼ 陇：指坟墓。

❽ 紫芝：四皓所作之歌。

❄ 秋夕旅怀 ❄

凉风度秋海，吹我乡思飞。连山去无际❶，流水何时归。目极浮云色，心断明月晖❷。芳草歇柔艳❸，白露催寒衣。梦长银汉❹落，觉罢天星稀。含悲想旧国❺，泣下谁能挥。

注释

❶ 无际：没有边际。

❷ 心断：指心碎。明月：指夜空明亮的月亮。

❸ 柔艳：指芳草柔美。

❹ 银汉：即天上银河。

❺ 旧国：指代故乡。

翰林读书言怀呈集贤诸学士[1]

晨趋紫禁中[2]，夕待金门[3]诏。观书散遗帙[4]，探古穷至妙。片言苟会心，掩卷忽而笑。青蝇[5]易相点，白雪[6]难同调。本是疏散[7]人，屡贻褊促诮[8]。云天属清朗，林壑忆游眺。或时清风来，闲倚栏下啸。严光桐庐溪[9]，谢客临海峤[10]。功成谢人间[11]，从此一投钓。

注释

[1] 翰林：指翰林院，主要负责为朝廷撰写文件之事。集贤：指集贤殿，集贤殿学士主要负责搜集、修订书籍之事。

[2] 紫禁：指皇宫，古时以紫薇比喻皇帝所居之处。

[3] 金门：即金马门，汉宫门名，这里是指翰林院。

[4] 帙：指书套。散帙，即打开书套读书。

[5] 青蝇：指苍蝇，因其色黑，故称青蝇，在此用以比喻小人的谗言。

[6] 白雪：曲名。因曲调高雅，能跟着唱的人很少。

[7] 疏散：意谓不受拘束。

[8] 贻：招致。褊促：心胸狭隘。诮：责骂。

[9] 严光：字子陵，东汉初隐士。桐庐溪：即今浙江省桐庐县南富春江，江边有严陵濑和严子陵钓台，传说是严光当年游钓之处。

[10] 谢客：即谢灵运，小字客儿，故诗人多称为谢客，南朝刘宋时的山水诗人。临海：郡名，在今浙江临海县。峤：尖而高的山。

[11] 谢人间：意谓辞别世俗，遁隐山林。

江上秋怀

餐霞卧旧壑❶，散发❷谢远游。山蝉号枯桑，始复知天秋。朔雁别海裔❸，越燕辞江楼。飒飒❹风卷沙，茫茫雾紫洲。黄云结暮色，白水扬寒流。恻怆❺心自悲，潺湲❻泪难收。蕙兰❼方萧瑟，长叹令人愁。

注释

❶餐霞：吞食霞气，道家修炼之法。也指不入仕且与世俗不合之人。

❷散发：意为解冠隐居。

❸海裔：即海边。

❹飒飒：指风声。

❺恻怆：形容哀伤。

❻潺湲：水缓慢流动的样子，此处形容流泪的样子。

❼蕙兰：指香草。

秋夕书怀

北风吹海雁，南渡落寒声。感此潇湘客，凄其流浪情。海怀结沧洲❶，霞想游赤城❷。始探蓬壶❸事，旋觉天地轻。澹然❹吟高秋，闲卧瞻太清❺。萝月❻掩空幕，松霜结前楹❼。灭见息群动，猎微穷至精。桃花有源水，可以保吾生。

注 释

❶沧洲：水边，也指归隐处。

❷赤城：赤城山。

❸蓬壶：即海外蓬莱仙山。

❹澹然：恬静的样子。

❺太清：道家指天空。

❻萝月：藤萝间的明月。

❼前楹：殿堂前部的柱子。

❧ 月下独酌·其一 ❧

花间一壶酒，独酌❶无相亲❷。举杯邀明月，对影成三人。月既不解❸饮，影徒❹随我身。暂伴月将❺影，行乐须及春❻。我歌月裴回❼，我舞影零乱。醒时同交欢，醉后各分散。永结无情❽游，相期邈云汉❾。

注 释

❶独酌：自己一个人饮酒。

❷无相亲：周围没有亲近的人。

❸不解：不懂，不理解。

❹徒：徒然，白白的

❺将：共。

❻及春：趁着春光好的时候。

❼裴回：徘徊，明月跟随着我来回移动。

❽无情：忘情。游：交游。

荆州贼平临洞庭言怀作❶

修蛇❷横洞庭，吞象临江岛。积骨成巴陵❸，遗言闻楚老。水穷三苗❹国，地窄三湘❺道。岁晏天峥嵘，时危人枯槁。思归阴丧乱，去国伤怀抱。郢路❻方丘墟，章华❼亦倾倒。风悲猿啸苦，木落鸿飞早。日隐西赤沙❽，月明东城草。关河❾望已绝，氛雾❿行当扫。长叫天可闻，吾将问苍昊⓫。

233

❶贼平：《通鉴》载：乾元二年（759）八月，襄州将康楚元、张嘉延据州作乱。楚元自称南楚霸王。九月，张嘉延袭破荆州，贼众至万余人。荆南节度使杜鸿渐弃城走，澧、朗、鄂、峡、归等州，官吏闻之，争潜窜山谷。十一月，商州刺史充荆、襄等道租庸使韦伦发兵讨之，驻于邓之境，招谕降者，厚抚之，伺其稍怠，进军击之，生擒楚元，其众遂溃，得其所掠租庸二百万缗，荆、襄皆平。

❷修蛇：长蛇、大蛇。

❸巴陵：山名。《元和郡县图志》卷二十七载：昔羿屠巴蛇于洞庭，其骨若陵，故曰巴陵。

❹三苗：我国古代部族名，今长沙、衡阳诸郡，皆古三苗之地。

❺三湘：指今湖南湘江流域。

❻郢路：指今湖北江陵一带。

❼章华：即章华台，春秋时楚国离宫名，故址在今湖北监利县西北。

❽赤沙：即赤沙湖，在今湖南华容县南。

❾关河：关山河川。

❿氛雾：雾气，诗中用以比喻乱贼叛军。

⓫苍昊：苍天。春为苍天，夏为昊天。

南轩松

南轩❶有孤松，柯叶自绵幂❷。清风无闲时，潇洒终日夕❸。阴生❹古苔绿，色染秋烟碧。何当凌云霄❺，直上数千尺。

注释

❶南轩：轩原本指有窗的长廊或小屋，这里泛指南向的窗外。

❷绵幂：密密层层的样子，枝叶茂密。

❸潇洒：洒脱，无拘束的样子。日夕：早晚。

❹阴生句：阴凉处生发出来。

❺凌云霄：直上云霄。

题元丹丘颍阳山居并序❶

丹丘家于颍阳，新卜别业。其地北倚马岭❷，连峰嵩丘，南瞻鹿台❸，极目汝海❹，云岩映郁，有佳致焉。白从之游，故有此作。

仙游渡颍水，访隐同元君❺。忽遗苍生望❻，独与洪崖❼群。卜地初晦迹❽，兴言且成文。却顾北山断，前瞻南岭分。遥通汝海月，不隔嵩丘❾云。之子❿合逸趣，而我钦清芬⓫。举迹倚松石，谈笑迷朝曛⓬。益愿狎青鸟⓭，拂衣栖江濆⓮。

注释

❶元丹丘：李白好友。颍阳：唐县名，在今河南登封。颍阳山居：元丹丘在颍阳新筑的别业。

❷马岭：即马岭山，在今河南密县。

❸鹿台：即鹿台山，在今河南临汝。

❹汝海：汝水的别称。

❺元君：指元丹丘。

❻苍生望：百姓的期望。

❼洪崖：传说中的仙人，帝尧时已三千岁，仙号洪崖。此处用以

喻指元丹丘。

⑧晦迹：远离人间，隐匿踪迹。

⑨嵩丘：指嵩山，在今河南登封。

⑩之子：指元丹丘。

⑪清芬：喻品格高洁。

⑫曛：落日的余光。

⑬青鸟：传说中的神鸟，西王母的使者。

⑭江濆：江边，指颍阳山居。

秋浦寄内①

我今寻阳②去，辞家千里余。结荷倦水宿，却寄大雷书③。虽不同辛苦，怆④离各自居。我自入秋浦，三年北信疏⑤。红颜愁落尽，白发不能除。有客自梁苑⑥，手携五色鱼⑦。开鱼得锦字，归问我何如。江山虽道阻，意合不为殊⑧。

注释

①秋浦：即唐秋浦县，为银铜产地，在今安徽池州。内：内人，即妻子。

②寻阳：即浔阳郡，在今江西九江。

③结荷二句：指住在水边，寄出家书，诉说离别愁绪。南朝宋诗人鲍照作《登大雷岸与妹书》载：吾自发寒雨，全行日少。加秋潦浩汗，山溪猥至，渡溯无边，险境游历，栈石星饭，结荷水宿，旅客辛贫，波路壮阔。

④怆：悲伤，凄怆。

⑤疏：稀疏。

⑥梁苑：又叫梁园，兔园，汉代梁孝王刘武所造，故址在今河南商丘。

⑦鱼：指书信。古人尺素结为鲤鱼形，即信封。

⑧殊：不同。

自代内赠

宝刀截流水，无有断绝时。妾意逐①君行，缠绵亦如之。别来门前草，秋巷春转碧。扫尽更还生，萋萋②满行迹。鸣凤始相得，雄惊雌各飞。游云落何山？一往不见归。估客发大楼③，知君在秋浦。梁苑空锦衾④，阳台梦行雨⑤。妾家三作相⑥，失势去西秦⑦。犹有旧歌管，凄清闻四邻。曲度⑧入紫云，啼无眼中人。妾似井⑨底桃，开花向谁笑？君如天上月，不肯一回照。窥镜不自识，别多憔悴深。安得秦吉了⑩，为人道寸心。

注释

❶逐：追随。

❷萋萋：形容草木繁茂。

❸估客：即商人。大楼：即大楼山，在今安徽贵池。

❹锦衾：用锦缎做的被子。

❺阳台句：指梦中与丈夫相见。宋玉《高唐赋》载：昔者楚襄王与宋玉游于云梦之台，望唐之观……昔者先王尝游高唐，怠而昼寝，梦见一妇人曰：妾巫山之女也，为高唐之客。闻君游高唐，愿荐枕席。

❻妾：李白妻子宗氏。三作相：指宗氏先辈宗楚客在武后朝三次为相。

⑦去：离开。西秦：指唐代都城长安。

⑧曲度：曲调。

⑨井：天井。

⑩秦吉了：一种近似鹦鹉的鸟，能模仿人说话。

酬裴侍御留岫师弹琴见寄

君同鲍明远①，邀彼休上人②。鼓琴乱白雪③，秋变江上春。瑶草绿未衰，攀翻④寄情亲。相思两不见，流泪空盈巾。

注释

①鲍明远：南朝宋文学家、诗人鲍照，字明远，世称鲍参军。

②休上人：南朝宋僧人惠休。《文选·江淹》李善注："沈约《宋书》曰：'沙门惠休，善属文，徐湛之与之甚厚，世祖命使还俗，本姓汤，位至扬州从事也。'"

③白雪：古琴曲。《乐府诗集·琴曲歌辞》载：谢希逸《琴论》曰："刘涓子善鼓琴，制《阳春》《白雪》曲。《琴集》曰：《白雪》，师旷所作商调曲也。"《唐书·乐志》曰："《白雪》，周曲也。"张华《博物志》曰："《白雪》者，太帝使素女鼓五十弦瑟曲名也。"高宗显庆二年，太常言《白雪》琴曲本宜合歌，今依琴中旧曲，以御制《雪诗》为《白雪》歌辞。又古今乐府奏正曲之后，皆别有送声，乃取侍臣许敬宗等和诗以为送声，各十六节。六年二月，吕才造琴歌《白雪》等曲，帝亦制歌辞十六章，皆著于乐府。

④攀翻：攀援、攀折。

梦游天姥吟留别❶

　　海客谈瀛洲❷，烟涛微茫信难求❸。越人语天姥，云霞明灭或可睹。天姥连天向天横，势拔五岳掩赤城❹。天台❺四万八千丈，对此欲倒东南倾。我欲因❻之梦吴越，一夜飞度镜湖❼月。湖月照我影，送我至剡溪❽。谢公❾宿处今尚在，渌❿水荡漾清猿啼。脚著谢公屐⓫，身登青云梯⓬。半壁⓭见海日，空中闻天鸡⓮。千岩万转路不定，迷花倚石忽已暝⓯。熊咆龙吟殷⓰岩泉，栗深林兮惊层巅⓱。云青青兮欲雨，水澹澹⓲兮生烟。列缺⓳霹雳，丘峦崩摧。洞天⓴石扉，訇然㉑中开。青冥㉒浩荡不见底，日月照耀金银台㉓。霓为衣兮风为马，云之君㉔兮纷纷而来下。虎鼓瑟兮鸾㉕回车，仙之人兮列如麻㉖。忽魂悸以魄动，恍惊起而长嗟㉗。惟觉时之枕席，失向来之烟霞。世间行乐亦如此，古来万事东流水。别君去兮何时还？且放白鹿㉘青崖间，须行即骑访名山。安能摧眉折腰㉙事权贵，使我不得开心颜！

注释

❶天姥山：道教第十六福地，在今浙江绍兴新昌县东。

❷瀛洲：古代传说中的海外三座仙山之一。

❸烟涛：指烟雾迷茫。微茫：景象模糊，看不清。信难求：实在难以寻到。

❹五岳：我国五大名山总称，包括东岳泰山、南岳衡山、西岳华山，北岳恒山、中岳嵩山。掩：遮盖。赤城：即赤城山，在今浙江天台。

❺天台：即天台山，在今浙江台州。

❻因：依据。

⑦镜湖：又作鉴湖，在浙江绍兴。

⑧剡溪：在今浙江嵊州市，为曹娥江上游水系。

⑨谢公：指南朝诗人谢灵运，曾为会稽太守。

⑩渌：河水清澈见底。

⑪谢公屐：指谢灵运游山所穿的特制木屐。《宋书·谢灵运传》载：寻山陟岭，必造幽峻，岩嶂千重，莫不备尽。登蹑常着木履，上山则去前齿，下山去其后齿。

⑫青云梯：指山路高峻陡峭，直上云天。

⑬半壁：半山腰。

⑭天鸡：传说中天上的鸡。南朝梁任昉《述异记》载：东南有桃都山，上有大树，名曰桃都，枝相去三千里。上有天鸡，日初出，照此木，天鸡则鸣，天下鸡皆随之鸣。

⑮暝：日落，天黑。

⑯殷：这里用作动词，震动。

⑰层巅：层峦叠嶂。

⑱澹澹：水波荡漾的样子。

⑲列缺：指闪电。

⑳洞天：指仙人居住的洞府。

㉑訇然：形容声音很大。

㉒青冥：指天空。

㉓金银台：指神仙居处。

㉔云之君：指仙人。

㉕鸾：传说中的如凤凰一类的神鸟，此处指仙人乘坐的仙鸟。

㉖列如麻：人数众多。

㉗恍：恍然，猛然。嗟：叹息。

㉘白鹿：仙人坐骑。

㉙摧眉折腰：低头弯腰。摧眉：即低眉。

南陵①别儿童入京

白酒新熟山中归②，黄鸡啄黍秋正肥。呼童烹鸡酌白酒，儿女嬉笑③牵人衣。高歌取醉欲自慰，起舞落日争光辉。游说万乘苦不早④，著鞭跨马涉远道。会稽愚妇轻买臣⑤，余亦辞家西入秦⑥。仰天大笑出门去，我辈岂是蓬蒿人⑦。

注释

①南陵：东鲁，在今山东曲阜。

②白酒：古代酒分为清酒和白酒。山中：泰山。

③嬉笑：欢笑，戏乐。

④游说：古时策士以口辩舌战向诸侯陈说政治主张以获取官位。万乘：天子车驾为万乘，此指皇帝。

⑤买臣：即朱买臣。西汉会稽郡人朱买臣不得志时，妻子嫌弃并离开了，后来朱买臣受到重用做了会稽太守。

⑥西入秦：南陵动身西行到长安。秦：指唐时首都长安。

⑦蓬蒿人：山野之人，此指没有当官的人。

金陵酒肆留别①

风吹柳花满店香，吴姬压酒唤客尝②。金陵子弟③来相送，欲行不行各尽觞④。请君试问东流水，别意与之⑤谁短长？

❶ 金陵：指今江苏省南京市。酒肆：酒店。留别：临行前留诗赠人。

❷ 吴姬：指酒店中的女主人。金陵一带属于古代吴国，因此称这一带的女子为吴姬。压酒：新酒酿熟，压糟取酒饮用。唤：劝。

❸ 子弟：指李白在金陵的朋友。

❹ 欲行不行：要走而又不舍走，留恋不舍的意思。尽觞：干杯。觞，酒杯。

❺ 之：指前句流水。

宣州谢朓楼饯别校书叔云❶

弃我去者❷，昨日之日不可留；乱我心者❸，今日之日多烦忧。长风万里送秋雁，对此可以酣高楼❹。蓬莱文章建安骨❺，中间小谢又清发❻。俱怀逸兴壮思飞❼，欲上青天览❽明月。抽刀断水水更流，举杯消愁愁更愁。人生在世不称意❾，明朝散发弄扁舟❿。

注释

❶ 宣州：今安徽宣城市，谢朓楼在县城北，为南齐诗人谢朓任宣城太守时所建。饯别：置酒送别。校书：唐秘书省校书郎，专门负责校对图书。云：李白族叔李云。

❷ 弃我去者：指逝去的时光。

❸ 乱我心者：指今日饯别族叔李云之事。

❹ 对此：指在此秋风吹起秋雁归去的季节。酣：畅饮。

❺ 蓬莱：原为传说中的海外三仙山之一，此处指东汉时藏书的东

观。《后汉书·窦章传》，东汉时的学者称藏书众多的东观为老氏藏室，道家蓬莱山。蓬莱文章：借指李云的文章。建安：汉献帝年号，当时有曹氏父子和建安七子，他们的诗文风格遒劲刚健，后人称之为"建安风骨"。

⑥中间：指建安后到唐之间的时期。小谢：指谢朓，南朝齐诗人，相对于谢灵运而言，此处用以诗人自喻。清发：指诗文清新秀发的诗风。

⑦俱怀逸兴：指族叔李云和李白对此景物都有所感发。

⑧览：揽。

⑨不称意：不如意。

⑩散发：披着头发，意谓不做官，形容狂放不羁。古人束发戴冠，散发表示闲适自在。弄扁舟：乘小舟归隐江湖。扁舟：小舟，小船。春秋末年，范蠡助越王勾践灭吴雪耻后，知越王难以共安乐，遂辞官泛舟五湖。

赠裴十四❶

朝见裴叔则❷，朗如行玉山。黄河落天走东海，万里写入胸怀间。身骑白鼋❸不敢度，金高南山❹买君顾。徘徊六合❺无相知，飘若浮云且西去！

注释

❶裴十四：当是裴政，李白的好友，"竹溪六逸"之一。

❷裴叔则：晋名士，曾任中书令，仪容俊美。《世说新语·容止》载："裴叔则如玉山上行，光映照人"。此处以裴叔则喻裴十四。

❸鼋：大鳖。屈原《九歌·河伯》："乘白鼋兮逐文鱼，与女游兮

河之渚。"

④南山：指终南山。

⑤六合：上下四方合称六合，此指天地之间。

酬中都小吏携斗酒双鱼于逆旅见赠❶

　　鲁酒❷若琥珀，汶鱼❸紫锦鳞。山东豪吏❹有俊气，手携此物赠远人❺。意气相倾❻两相顾，斗酒双鱼表情素。双鳃呀呷鳍鬣张❼，拨剌❽银盘欲飞去。呼儿拂几霜刃❾挥，红肌花落白雪霏。为君下箸一餐罢，

244

醉著金鞍上马归。

注释

❶中都：唐代县名，治所在今山东汶上。逆旅：指客舍、旅店。

❷鲁酒：鲁地的酒。

❸汶鱼：一种产于汶水的河鱼，肉白，味美。汶：汶水。

❹豪吏：形容中都小吏有豪气。

❺远人：远道而来的客人，指李白自己。

❻倾：向往，钦佩。

❼呀呷：吞吐开合的样子，指鱼的两腮翕动。鳍鬣：鱼的背鳍为鳍，胸鳍为鬣。

❽拨剌：鱼尾摆动的声响。

❾霜刃：明亮锋利的刀。

答杜秀才五松见赠❶

昔献《长杨赋》❷，天开云雨欢。当时待诏承明❸里，皆道扬雄才可观。敕赐飞龙❹二天马，黄金络头❺白玉鞍。浮云蔽日去不返，总为秋风摧紫兰。角巾❻东出商山道，采秀行歌咏芝草❼。路逢园绮❽笑向人，两君解来一何好。闻道金陵龙虎盘❾，还同谢朓❿望长安。千峰夹水向秋浦⓫，五松名山当夏寒。铜井⓬炎炉歊⓭九天，赫如铸鼎荆山前⓮。陶公矍铄呵赤电⓯，回禄睢盱扬紫烟⓰。此中岂是久留处，便欲烧丹从列仙。爱听松风且高卧，飕飕⓱吹尽炎氛过。登崖独立望九州，阳春⓲欲奏谁相和？闻君往年游锦城⓳，章仇尚书倒屣迎⓴。飞笺络绎奏明主，天书降问回恩荣。肮脏不能就珪组㉑，至今空扬高蹈名。夫子工文绝世奇，五松新作天下推。吾非谢尚邀彦伯㉒，异代风流各一时。一时相逢乐在今，袖拂白云开素琴，弹为三峡流泉®音。从兹一别武陵去，去后桃花春水深。

注释

❶五松：即王松山，在今安徽铜陵。

❷《长杨赋》：汉辞赋家扬雄作。《汉书·扬雄传》载：汉成帝时建长杨宫射猎，扬雄随成帝至射熊馆，上《长杨赋》。

❸承明：汉未央宫中的承明殿。

❹飞龙：唐皇家六大官马坊，一曰飞龙，二曰祥麟，三曰凤苑，四曰鹍鸾，五曰吉良，六曰六群，亦号六厩。

❺黄金络头：用金饰的马辔头。

❻角巾：有棱角的头巾，为古代隐士冠饰。此指商山四皓。

❼秀：即芝草。

❽园绮：指商山四皓中的东园公、绮里季。

❾龙虎盘：形容金陵地势雄壮险要。

❿谢朓：南朝齐诗人谢朓，有诗《晚登三山还望京邑》：灞涘望长安，河阳视京县。

⓫秋浦：即唐秋浦县，为银铜产地，在今安徽池州。

⓬铜井：即铜井山，在今安徽铜陵狮子山矿区。《元和志》载：铜井山在县西南八十五里，出铜。

⓭歊：形容热气蒸腾。

⓮铸鼎荆山：荆山位于今河南省灵宝市阌乡南。相传黄帝采首山铜铸鼎于此。

⓯陶公句：铸冶师陶安公乘赤龙飞升，成仙而去的故事。用以代指冶炼师和炼丹术士。《列仙传·陶安公》载：陶安公者，六安铸冶师也。数行火。火一旦散，上行紫色冲天，公伏冶下求哀。须臾，赤雀止冶上，曰：安公！安公！冶与天通。七月七日，迎汝以赤龙。至期赤龙到，大雨，而安公骑之东南上。

⓰回禄：指火神。《左传·昭公十八年》载：郊人助祝史除于国

北，禳火于玄冥，回禄。杜预注：玄冥，水神；回禄，火神。睢盱：睁眼仰视。

⑰飕飕：风声。

⑱阳春：指战国时期楚国的一种较高级的歌曲。宋玉《对楚王问》：其为《阳阿》《薤露》，国中属而和者数百人，其为《阳春》《白雪》，国中属而和者不过数十人而已。

⑲锦城：即锦官城，指成都。

⑳章仇尚书：即章仇兼琼，《通鉴》载：玄宗天宝年间以剑南节度使章仇兼琼为户部尚书。倒屣迎：即倒屣相迎，意思是因急于迎客而把鞋都穿倒了。形容非常热情地迎接客人。《三国志》载：蔡邕才学显著，贵重朝廷，常车骑填巷，宾客盈坐。闻王粲在门，倒屣迎之。粲至，年既幼弱，容状短小，一坐尽惊。邕曰：此王公孙也，有异才，吾不如也。

㉑肮脏：形容高亢刚直。珪组：古时官员所佩绶带。

㉒谢尚邀彦伯：谢尚，晋阳夏人。彦伯，袁宏的字。《世说新语·文学》："袁虎少贫，尝为人佣载运租。谢镇西经船行，其夜清风朗月，闻江渚间估客船上有咏诗声，甚有情致。所诵五言，又其所未尝闻，叹美不能已。即遣委曲讯问，乃是袁自咏其所作《咏史诗》。因此相要，大相赏得。"

㉓三峡流泉：阮咸，阮籍的侄子。深熟音律，尤善弹琵琶，作《三峡流泉》曲。

思　边

去年①何时君别妾，南园②绿草飞蝴蝶。今岁③何时妾忆君，西山④白雪暗秦⑤云。玉关⑥去⑦此三千里，欲寄音书⑧那可闻。

❶去年：刚过去的一年。

❷南园：泛指花圃。

❸今岁：今年。

❹西山：在成都以西，主峰雪岭终年积雪。

❺秦：秦地，泛指陕西，特指长安。

❻玉关：即玉门关，汉武帝时始置，为通往西域各地的门户，故址在今甘肃敦煌西北小方盘城。

❼去：距离。

❽音书：音讯，书信。

示金陵子❶

金陵城东谁家子，窃听琴声碧窗里。落花一片天上来，随人直度西江❷水。楚歌吴语娇不成，似能未能最有情。谢公正要东山妓❸，携手林泉处处行。

注释

❶金陵子：即是金陵歌妓。

❷西江：西来的江水。

❸谢公：东晋名士谢安。要：同"邀"。东山妓：谢安常携歌妓游览会稽郡上虞之东山。

东鲁见狄博通①

去年别我向何处，有人传道游江东②。谓言挂席度沧海③，却来④应是无长风。

注释

①东鲁：鲁郡之别称，唐属河南道，在今山东济宁市兖州区。狄博通：唐宰相狄仁杰曾孙。

②江东：指长江中下游地区，就是江西九江以下，江南地区的东部，包括安徽省和江苏省的部分江北地区。

③挂席：起帆行船。沧海：此指东海。

④却来：返回之意。

赠郭将军

将军少年出武威①，入掌银台护紫微②。平明拂剑朝天去③，薄暮垂鞭醉酒归④。爱子临风吹玉笛，美人向月舞罗衣⑤。畴昔雄豪如梦里⑥，相逢且欲醉春晖⑦。

注释

①武威：即唐时的凉州，天宝年间改武威郡，在今甘肃武威县。

②银台：唐大明宫中有左银台门，右银台门。天子在大明宫，翰

林院在右银台门。此处用以指皇宫。紫微：紫微星又叫北极星，古人认为北极星是帝星，此处用以代指帝王所居。

❸平明：天亮时。朝天去：去朝见天子。

❹薄暮：太阳将落山时分。垂鞭：垂吊着马鞭。

❺罗衣：轻软丝织品制成的衣服。

❻畴昔：往昔，过去。雄豪：英雄豪俊之士，喻指郭将军。

❼春晖：春日的阳光。

驾去温泉后赠杨山人❶

少年落魄楚汉间❷，风尘萧瑟多苦颜❸。自言管葛❹竟谁许，长吁莫错还闭关❺。一朝君王垂拂拭❻，剖心输丹雪胸臆。忽蒙白日❼回景光，直上青云生羽翼。幸陪鸾辇出鸿都❽，身骑飞龙天马驹❾。王公大人借颜色，金璋紫绶来相趋❿。当时结交何纷纷⓫，片言道合惟有君。待吾尽节报明主，然后相携卧白云⓬。

注释

❶驾：皇帝的车子，这里代指皇帝。温泉：即温泉宫，天宝六载改名华清宫，在今陕西西安市临潼区南骊山上。山人：指隐士。

❷落魄：不得意。楚汉间：指湖北汉水流域，在今安陆一带。

❸萧瑟：风吹树叶的声音。

❹管：即管仲，春秋时辅佐齐桓公成就霸业。葛：即诸葛亮，三国时辅佐刘备成就蜀汉事业。

❺吁：叹息。莫错：落寞失意的样子。闭关：关门。

❻垂：垂青，拂拭：擦拭，显出光彩，指重用人才。

❼白日：指皇帝。

⑧鸾辇：指皇帝的车驾。鸿都：东汉时宫廷有鸿都门，学士集中于此，这里指翰林院。

⑨天马驹：指宫中御马。唐制翰林学士初入院，赐中厩马一匹。

⑩金章：铜印。紫绶：紫色系印的带子。此以金章紫绶指朝廷达官显贵。

⑪纷纷：形容人数众多。

⑫卧白云：指隐居山林。

上李邕①

大鹏一日同风起，扶摇②直上九万里。假令③风歇时下来，犹能簸却沧溟水④。世人见我恒殊调⑤，闻余大言皆冷笑。宣父⑥犹能畏后生，丈夫⑦未可轻年少。

注释

①上：呈上。李邕：字泰和，盛唐时期书法家、文学家。开元年间任渝州刺史。

②扶摇：盘旋而上、腾飞，比喻仕途得意。

③假令：假使，即使。

④簸却：激荡而起。沧溟：大海。

⑤恒：常常。殊调：不同常人的处世格调。

⑥宣父：即孔子，唐太宗贞观十一年，诏尊孔子为宣父。

⑦丈夫：古代男子的通称，此指李邕。

流夜郎赠辛判官❶

昔在长安醉花柳，五侯七贵❷同杯酒。气岸❸遥凌豪士前，风流肯落他人后？夫子红颜我少年❹，章台走马❺著金鞭。文章献纳麒麟殿❻，歌舞淹留玳瑁筵❼。与君自谓长如此，宁知草动风尘起❽。函谷忽惊胡马来❾，秦宫桃李向明开❿。我愁远谪夜郎去，何日金鸡放赦⓫回？

注释

❶夜郎：汉代西南地区少数民族曾在今贵州西部、北部和云南东北部及四川南部部分地区建立过政权，称为夜郎，在今贵州桐梓。判官：唐代地方采访使及节度使的属官，掌管文书等事。

❷五侯七贵：指当时唐都长安的达官显贵。五侯：《汉书·元后传》载：河平二年，上悉封舅谭为平阿侯，商成都侯，立红阳侯，根曲阳侯，逢时高平侯，五人同日封，故世谓之五侯。七贵：潘岳《西征赋》载：窥七贵于汉庭。李善注七姓谓吕、霍、上官、赵、丁、傅、王也。

❸气岸：气概，意气。

❹夫子：指辛判官。红颜：指年少时。

❺章台走马：汉长安章台下街名，旧为妓院的代称。原指骑马经过章台。后指冶游之事。

❻麒麟殿：汉代殿名，在未央宫中，为皇帝藏书处。

❼淹留：停留。玳瑁筵：亦称玳筵，指精美的筵席。

❽风尘起：指安史之乱爆发。

❾函谷：即函谷关，在今河南灵宝。胡马：胡兵，指安史叛军。

❿秦宫句：意思是安史之乱爆发时，宫廷中仍然是歌舞升平。

⓫金鸡放赦：古代颁布赦诏时用金鸡为仪仗，设金鸡于竿，以示

吉辰。后用来指大赦。

江夏赠韦南陵冰[1]

胡骄[2]马惊沙尘起，胡雏饮马天津水[3]。君为张掖近酒泉[4]，我窜三巴九千里[5]。天地再新[6]法令宽，夜郎迁客带霜寒。西忆故人[7]不可见，东风吹梦到长安。宁期此地忽相遇，惊喜茫如堕烟雾。玉箫金管喧四筵，苦心不得申长句。昨日绣衣[8]倾绿尊，病如桃李竟何言。昔骑天子大宛马[9]，今乘款段诸侯门。赖遇南平豁方寸[10]，复兼夫子持清论。有似山开万里云，四望青天解人闷。人闷还心闷，苦辛长苦辛。愁来饮酒二千石，寒灰重暖生阳春。山公醉后能骑马[11]，别是风流贤主人[12]。头陀云月多僧气，山水何曾称人意。不然鸣笳按鼓戏沧流，呼取江南女儿歌棹讴。我且为君槌碎黄鹤楼，君亦为吾倒却鹦鹉洲。赤壁争雄如梦里，且须歌舞宽离忧。

注释

❶江夏：即今武汉市武昌。南陵：在今安徽省南陵县。韦南陵冰：即南陵县令韦冰

❷胡骄：《汉书·匈奴传》匈奴单于自称"南有大汉，北有强胡。胡者，天之骄子也"。此指安史叛军。

❸胡雏：年幼的胡人。天津：河南洛阳西南洛水上有天津桥。

❹张掖、酒泉：唐郡，在今甘肃张掖市、酒泉市一带。

❺三巴：东汉末益州牧刘璋分巴郡为永宁、固陵、巴三郡，后改为巴、巴东、巴西三郡，合称三巴。

❻天地再新：指两京收复后形势重新好转。

❼故人：指韦冰。

253

⑧绣衣：本是御史所服，此指御史台的官员。

⑨大宛马：古代西域大宛国所产的名马。

⑩方寸：指心。

⑪山公：即山简，字季伦，西晋竹林七贤山涛之子。《晋书·山简传》载：永嘉三年，出为征南将军、都督荆湘交广四州诸军事、假节，镇襄阳。于时四方寇乱，天下分崩，王威不振，朝野危惧。简优游卒岁，唯酒是耽。诸习氏，荆土豪族，有佳园池，简每出嬉游，多之池上，置酒辄醉，名之曰高阳池。时有童儿歌曰："山公出何许，往至高阳池。日夕倒载归，酩酊无所知。时时能骑马，倒著白接䍦。举鞭问葛强：何如并州儿？"强家在并州，简爱将也。《世说新语·任诞》载：山季伦为荆州，时出酣畅。人为之歌曰："山公时一醉，径造高阳池。日莫倒载归，茗芋无所知。复能乘骏马，倒著白接䍦。举手问葛强，何如并州儿？"高阳池在襄阳。强是其爱将，并州人也。

⑫贤主人：指韦冰。

赠从弟南平太守之遥①·其一

少年不得意，落魄无安居。愿随任公子，欲钓吞舟鱼②。常时饮酒逐风景，壮心遂与功名疏。兰生谷底人不锄，云在高山空卷舒。汉家天子驰驷马③，赤车蜀道迎相如④。天门九重谒圣人，龙颜⑤一解四海春。彤庭⑥左右呼万岁，拜贺明主收沉沦⑦。翰林秉笔回英盼⑧，麟阁⑨峥嵘谁可见？承恩初入银台门⑩，著书独在金銮殿⑪。龙驹⑫雕镫白玉鞍，象床绮食⑬黄金盘。当时笑我微贱者，却来请谒⑭为交欢。一朝谢病⑮游江海，畴昔⑯相知几人在？前门长揖后门关，今日结交明日改。爱君山岳心不移，随君⑰云雾迷所为。梦得池塘生春草，使我长价登楼诗⑱。别后遥传临海作，可见羊何共和之⑲。

254

❶南平：唐南平郡，即渝州，在今重庆。之遥：即李之遥，李白的堂弟。

❷愿随二句：任公子：指古代传说中善于捕鱼的人，亦称任公、任父。吞舟鱼：形容鱼大。此指心有大志。任公子为大钩巨缁，五十犗以为饵，蹲乎会稽，投竿东海，旦旦而钓，期年不得鱼。已而大鱼食之，牵巨钩錎没而下，骛扬而奋鬐，白波若山，海水震荡，声侔鬼神，惮赫千里。任公子得若鱼，离而腊之，自制河以东，苍梧以北，莫不厌若鱼者。

❸汉家天子：指汉武帝。驷马：四匹马拉一辆车。《华阳国志·蜀志》载：城北十里有升仙桥，司马相如初入长安，题市门曰：不乘赤车驷马，不过汝下也。

④相如：西汉辞赋家司马相如。

⑤龙颜：借指皇帝。

⑥彤庭：汉代皇宫以朱红色漆中庭。

⑦收：录用。沉沦：沦落之人。

⑧翰林：指李白为翰林供奉。英盼：皇帝的顾望。

⑨麟阁：即麒麟阁。

⑩银台门：唐大明宫中有左银台门，右银台门。天子在大明宫，翰林院在右银台门。此处指翰林院。

⑪金銮殿：在大明宫中翰林院东北。

⑫龙驹：指良马。

⑬绮食：精美的筵席。

⑭谒：进见，拜见。

⑮谢病：托病辞官。

⑯畴昔：往昔，从前。

⑰君：指李之遥。

⑱梦得二句：此以谢灵运与族弟谢惠连，喻指李白与李之遥。

⑲别后二句：谢灵运有《登临海峤初发疆中作与从弟惠连可见羊何共和之》诗，此用其意。临海，即今台州。羊、何：即泰山羊璿之、东海何长瑜，与谢灵运、谢惠连文章赏会，共为山泽之游。

自汉阳病酒归寄王明府①

去岁左迁夜郎道②，琉璃砚水长枯槁③。今年敕放巫山④阳，蛟龙笔翰生辉光。圣主还听子虚赋，相如却与论文章⑤。愿扫鹦鹉洲⑥，与君醉百场。啸起白云飞七泽⑦，歌吟渌⑧水动三湘。莫惜连船沽美酒，千金一掷买春芳⑨。

❶汉阳：沔州汉阳县，在今湖北武汉市汉阳区。明府：指唐县令。

❷左迁：贬谪、降职。夜郎道：汉代西南地区少数民族曾在今贵州西部、北部和云南东北部及四川南部部分地区建立过政权，称为夜郎，在今贵州桐梓。

❸琉璃句：指遭到放逐时，无心再作诗文。

❹巫山：在今重庆巫山县东。李白流放夜郎途经巫山时遇朝廷发布的赦免令而得释。

❺圣主二句：据《史记·司马相如列传》载，上读《子虚赋》而善之，曰："朕独不得与此人同时哉！"得意曰："臣邑人司马相如自言为此赋。"上惊，乃召问相如。相如曰："有是。然此乃诸侯之为，未足观也。请为天子游猎赋，赋成奏之。"上许，令尚书给笔札。

❻鹦鹉洲：在今湖北武汉市汉阳区。相传由东汉末年祢衡写就"锵锵戛金玉，句句欲飞鸣"的《鹦鹉赋》而得名。

❼七泽：指湖北境内的云梦泽。司马相如《子虚赋》载：臣闻楚有七泽，尝见其一，未睹其余也。臣之所见，盖特其小小耳者，名曰云梦。云梦者，方九百里，其中有山焉。

❽渌：清澈见底。三湘：指洞庭湖南北、湘江流域一带。

❾春芳：指美酒。

早春寄王汉阳

闻道春还未相识，走傍❶寒梅访消息。昨夜东风入武昌，陌❷头杨柳黄金色。碧水浩浩云茫茫，美人❸不来空断肠。预拂青山一片石，与君连日醉壶觞❹。

❶走傍：走近。

❷陌：指田间小路。

❸美人：此指王汉阳。

❹壶觞：酒器。

送程刘二侍御兼独孤判官
赴安西幕府❶

安西幕府多材雄，喧喧❷惟道三数公。绣衣❸貂裘明积雪，飞书走檄❹如飘风。朝辞明主出紫宫❺，银鞍送别金城❻空。天外飞霜下葱海❼，火旗云马生光彩。胡塞清尘❽几日归，汉家草绿遥相待。

注释

❶侍御：指御史台属官殿中侍御史、监察御史。判官：唐代地方采访使及节度使的属官，掌管文书等事。安西幕府：唐代在西域设置的安西都护府，治所在龟兹城，在今新疆库车。

❷喧喧：赫赫，声名显赫。

❸绣衣：本是御史所服，此指御史台的官员。

❹飞书走檄：指在军中草拟文书迅疾。檄：军用文书，多用于声讨和征伐。

❺紫宫：即皇宫。

❻金城：指长安。

❼葱海：指葱岭一带，即帕米尔高原。

❽胡塞清尘：此指边境安定。

寓言三首·其一

　　周公负斧扆❶，成王何蘷蘷❷？武王昔不豫❸，剪爪投河湄❹。贤圣遇谗慝❺，不免人君疑。天风拔大木，禾黍咸伤萎。管蔡扇苍蝇，公赋鸱鸮诗❻。金縢若不启，忠信谁明之❼。

注释

❶周公：名姬旦，周武王弟。周成王年幼时，周公摄政。平定管叔、蔡叔、霍叔等贵族叛乱。营建成周洛邑，制定西周典章制度。斧扆：指古代天子朝堂设在东西户牖之间状如屏风上绣斧图的器具。

❷蘷蘷：形容敬谨恐惧的样子。

❸不豫：指身体有疾。《史记·鲁周公世家》载：武王有疾，不豫，群臣惧，太公、召公乃缪卜。周公曰："未可以戚我先王。"周公于是乃自以为质，设三坛，周公北面立，戴璧秉圭，告于太王、王季、文王。史策祝曰："惟尔元孙王发，勤劳阻疾。若尔三王是有负子之责于天，以旦代王发之身。旦巧能，多材多艺，能事鬼神。乃王发不如旦多材多艺，不能事鬼神。乃命于帝庭，敷佑四方，用能定汝子孙于下地，四方之民罔不敬畏。无坠天之降葆命，我先王亦永有所依归。今我其即命于元龟，尔之许我，我以其璧与圭归，以俟尔命。尔不许我，我乃屏璧与圭。"周公已令史策告太王、王季、文王，欲代武王发，于是乃即三王而卜。卜人皆曰吉，发书视之，信吉。周公喜，开篇，乃见书遇吉。周公入贺武王曰："王其无害。旦新受命三王，维长终是图，兹道能念予一人。"周公藏其策金縢匮中，诫守者勿敢言。明日，武王有瘳。

❹湄：岸边，水与草交接的地方。《史记·鲁周公世家》载：初，

成王少时，病，周公乃自揃其蚤。沉之河，以祝于神曰："王少未有识，奸神命者乃旦也。"亦藏其策于府。成王病有瘳。

❺谗愿：进谗陷害。

❻管蔡二句：指成王即位初，周公摄政，管叔、蔡叔、霍叔等贵族叛乱，周公平叛事。《史记·鲁周公世家》载：管、蔡、武庚等果率淮夷而反。周公乃奉成王命，兴师东伐，作《大诰》。遂诛管叔，杀武庚，放蔡叔。收殷余民，以封康叔于卫。封微子于宋，以奉殷祀。宁淮夷东土，二年而毕定。诸侯咸服宗周。天降祉福，唐叔得禾，异母同颖，献之成王，成王命唐叔以馈周公于东土，作《馈禾》。周公既受命禾，嘉天子命，作《嘉禾》。东土以集，周公归报成王，乃为诗贻王，命之曰《鸱鸮》。王亦未敢训周公。

❼金滕句：记载的是周武王死后成王消除对周公误解的事件。《史记·鲁周公世家》载：周公卒后，秋未获，暴风雷，禾尽偃，大木尽拔。周国大恐。成王与大夫朝服以开金滕书，王乃得周公所自以为功代武王之说。二公及王乃问史百执事，史百执事曰："信有，昔周公命我勿敢言。"成王执书以泣，曰："自今后其无缪卜乎！昔周公勤劳王家，惟予幼人弗及知。今天动威以彰周公之德，惟朕小子其迎，我国家礼亦宜之。"王出郊，天乃雨，反风，禾尽起。二公命国人，凡大木所偃，尽起而筑之。岁则大孰。于是成王乃命鲁得郊祭文王。鲁有天子礼乐者，以褒周公之德也。

❀ 怨 情 ❀

　　新人如花虽可宠，故人似玉由来❶重。花性飘扬不自持，玉心皎洁终不移❷。故人昔新今尚故，还见新人有故时。请看陈后❸黄金屋，寂寂❹珠帘生网丝。

戏赠❶杜甫

饭颗山❷头逢杜甫，顶戴笠子❸日卓午❹。借问❺别来太瘦生，总为❻从前作诗苦。

题东溪公幽居

杜陵❶贤人清且廉，东溪卜筑岁将淹❷。宅近青山❸同谢朓，门垂碧柳似陶潜。好鸟迎春歌后院，飞花送酒舞前檐。客到但知留一醉，盘中只有水精盐❹。

注释

❶杜陵：西汉宣帝刘询的陵墓，在今陕西西安市东南，渭水南岸。

❷卜筑：择地建筑。淹：滞，久留。

❸青山：南齐诗人谢朓任宣城太守时，曾筑室于青林山南麓。唐天宝十二年，敕改青山为谢公山，后人又称谢家山、谢家青山。而筑于山南的宅室就是谢公宅，至今遗址犹存。

❹水精：即水晶。

寄崔侍御❶

宛溪❷霜夜听猿愁，去国长如不系舟❸。独怜❹一雁飞南海，却羡双溪❺解北流。高人屡解陈蕃榻❻，过客难登谢朓楼❼。此处别离同落叶，朝朝分散敬亭❽秋。

注释

❶崔侍御：即崔成甫，长安人，李白好友。开元中进士及第，任秘书省校书郎，转冯翊县尉、陕县尉，后摄监察御史，后遭排挤，贬黜湘阴。宛溪：在安徽宣城。

❷宛溪：在今安徽宣城市宣州区东门外。

❸去国：指离开国都长安。不系舟：比喻漂泊不定。

❹怜：爱。

❺双溪：在宣城东土山下，自句溪分流向北。

⑥高人：指崔成甫。陈蕃榻：用陈蕃下榻的典故，表示礼贤下士。《后汉书·徐稚传》载：徐稚，字孺子，豫章南昌人也。家贫，常自耕稼，非其力不食。恭俭义让，所居服其德。屡辟公府，不起。时陈蕃为太守，以礼请署功曹，稚不免之，既谒而退。蕃在那不接宾客，惟稚来特设一榻，去则县之。

⑦过客：指李白。谢朓楼：在宣城市陵阳山上，为南齐诗人谢朓任宣城太守时所建。

⑧敬亭：指敬亭山，在今安徽宣城市北，因山上有"敬亭"而得名。

别中都明府兄①

吾兄诗酒继陶君②，试宰③中都天下闻。东楼喜奉连枝④会，南陌⑤还为落叶分。城隅渌水明秋日⑥，海上青山隔暮云。取醉不辞留夜月，雁行中断惜离群。

注释

①中都：中都县，属兖州，在今山东汶上县。明府：唐时县令。

②陶君：指陶渊明，名潜，字元亮，别号五柳先生，私谥靖节，世称靖节先生，东晋诗人，曾任彭泽县令。

③宰：治理，管理政务。

④连枝：指兄弟。

⑤南陌：南路，向南游历。

⑥城隅：城墙角上修建的墙垛，用作城墙顶部防护和御敌的屏障。渌：清澈见底。

别 山 僧

何处名僧到水西❶，乘舟弄月宿泾溪❷。平明❸别我上山去，手携金策❹踏云梯。腾身转觉三天❺近，举足回看万岭低。谴浪肯居支遁❻下，风流还与远公❼齐。此度别离何日见，相思一夜暝猿啼。

注释

❶水西：即水西山，在安徽泾县西。

❷泾溪：又称泾川、泾水，在今安徽泾县西南，发源于黄山北麓，东北流至泾县城关镇与徽水汇合后，青弋江。

❸平明：天明、天亮。

❹金策：即禅杖。

❺三天：佛教称色界、欲界、无色界为三天。这里是指高空。

❻支遁：晋代名僧。《世说新语·言语》载：支遁，字道林，河内林虑人，或曰陈留人。本姓关氏，少而任心独往，风期高亮。家世奉法。尝于余杭山沉思道行，泠然独畅。年二十五始释形入道。年五十三终于洛阳。

❼远公：晋高僧慧远，居庐山东林寺，世人称为远公。他是继著名高僧道安之后的佛教首领，因其大力弘扬净土法门，被后人尊为净土宗初祖。

264

送族弟绾从军安西❶

汉家兵马❷乘北风，鼓行而西破犬戎❸。尔随汉将出门去，剪虏若草收奇功。君王❹按剑望边色，旄头❺已落胡天空。匈奴系颈❻数应尽，明年应入蒲桃宫❼。

注 释

❶族弟绾：李绾，又李琯，任吏部郎中。安西：指唐代在西域地区所设立安西都护府，下辖龟兹、疏勒、于阗、焉耆四镇。

❷汉家兵马：此指大唐军队。

❸犬戎：周朝时居住在西北地区的民族。此指唐代西域诸国。

❹君王：皇帝。

❺旄头：星宿名。

❻系颈：擒获，制服。

❼蒲桃宫：汉代宫名，此指唐代宫苑。

登金陵凤凰台❶

凤凰台上凤凰游，凤去台空江❷自流。吴宫❸花草埋幽径，晋代衣冠成古丘❹。三山❺半落青天外，一水中分白鹭洲❻。总为浮云能蔽日❼，长安❽不见使人愁。

注释

❶ 金陵：即今江苏南京。**凤凰台：**在江苏南京凤凰山上。《江南通志》载：凤凰台在江宁府城内之西南隅，犹有陂陀，尚可登览。宋元嘉十六年，有三鸟翔集山间，文彩五色，状如孔雀，音声谐和，众鸟群附，时人谓之凤凰。起台于山，谓之凤凰山，里曰凤凰里。

❷ 江：长江。

❸ 吴宫：三国时孙吴建都建业（即金陵）时修建的宫殿。

❹ 晋代：指东晋，永嘉南渡后，司马睿在南北世家大族支持下建立政权。也建都于建康（即金陵）。**衣冠：**士大夫的衣服和冠帽，代指贵族士绅、名门望族。

❺ 三山：山名，在今南京西南长江边上，因三峰并列相连，故称三山。

❻ 一水：指秦淮河。**白鹭洲：**秦淮河西入长江，被白鹭洲横截其间分为二支。洲上多集白鹭，故称白鹭洲。

❼ 浮云：比喻奸邪小人。**蔽：**遮盖，指蒙蔽皇帝。**日：**指皇帝。

❽ 长安：指朝廷。

鹦 鹉 洲 ❶

鹦鹉来过吴江❷水，江上洲传鹦鹉名。鹦鹉西飞陇山❸去，芳洲❹之树何青青。烟开兰叶香风暖，岸夹桃花锦浪❺生。迁客❻此时徒极目，长洲❼孤月向谁明。

注释

❶鹦鹉洲：在今湖北武汉市汉阳区。相传由东汉末年祢衡在此作《鹦鹉赋》而得名。

❷吴江：指流经武昌一带的长江。因三国时在吴国境内，故称吴江。

❸陇山：又名陇坻，在今陕西和甘肃交界，相传鹦鹉出产在陇山。

❹芳洲：芳草丛生的水洲，此指鹦鹉洲。

❺锦浪：形容桃花浮在江面，随波逐流。

❻迁客：指被贬谪的人，这里是李白自称。

❼长洲：指鹦鹉洲。

题雍丘崔明府丹灶❶

美人❷为政本忘机，服药求仙事不违。叶县❸已泥丹灶毕，瀛洲当伴赤松归❹。先师有诀神将助，大圣无心火自飞。九转❺但能生羽翼，双凫❻忽去定何依。

注释

❶雍丘：唐雍丘县，在今河南杞县。明府：唐时县令。丹灶：炼丹用的炉灶。

❷美人：指品德美好的人，此指崔明府。

❸叶县：今河南叶县。

❹瀛洲：传说中的海外三仙山之一。赤松：赤松子，传说中的仙人。

❺九转：九转丹。道教谓经九次提炼，服之能成仙的丹药。

❻双凫：此诗中指崔明府。用王乔凫舄典故。《后汉书·方术列传·王乔传》载：王乔者，河东人也。显宗世，为叶令。乔有神术，每月朔望，常自县诣台朝。帝怪其来数，而不见车骑，密令太史伺望之。言其临至，辄有双凫从东南飞来。于是候凫至，举罗张之，但得一只舄焉。乃诏尚方诊视，则四年中所赐尚书官属履也。以此典形容有关地方官吏的事，多指县令。

闻王昌龄左迁龙标遥有此寄❶

杨花落尽子规啼❷，闻道龙标❸过五溪。我寄愁心与❹明月，随君直到夜郎西❺。

注释

❶左迁：贬谪，降职。龙标：指唐龙标县，在今湖南黔阳。
❷杨花：柳絮。子规：即杜鹃鸟，啼声哀婉凄切。
❸龙标：此处龙标指王昌龄，此时贬为龙标尉。
❹与：给。
❺夜郎：汉代西南地区少数民族曾在今贵州西部、北部和云南东北部及四川南部部分地区建立过政权，称为夜郎，在今贵州桐梓。

黄鹤楼送孟浩然之广陵❶

故人西辞黄鹤楼❷，烟花三月下扬州❸。孤帆远影碧山尽❹，唯见长江天际流❺。

注释

❶黄鹤楼：中国著名的名胜古迹，故址在今湖北武昌蛇山的黄鹤矶上，属于长江下游地带，传说三国时期的费文祎在此乘黄鹤登仙而去，故称黄鹤楼。之：去、往、到达。广陵：即扬州。

❷故人：老朋友，这里指孟浩然。辞：告别、辞别。黄鹤楼在广陵西面，故称"西辞"。

❸烟花：形容繁花盛开的景色。下：顺流而下。

❹孤帆：一只帆船。碧空尽：消失在碧蓝的天际。尽：尽头，消失了。

❺唯见：只见。天际流：流向天边。

望庐山瀑布

日照香炉生紫烟❶，遥看瀑布挂前川❷。飞流直下三千尺❸，疑是银河落九天❹。

注释

❶香炉：在江西省内庐山的香炉峰，那里瀑布很多。紫烟：指透过云雾的日光，远远望去，如同紫色的烟云。

❷遥看：远远地看。挂：悬挂。前川：前面的瀑布。

❸三千尺：形容山高。

❹银河：天河。九天：九重天。

早发白帝城❶

朝辞白帝彩云间❷，千里江陵❸一日还。两岸猿声啼不住❹，轻舟已过万重山❺。

注释

❶白帝城：在今重庆市奉节县东白帝山上。朝：早晨。发：启程。

❷辞：告别，离开。彩云间：在白帝山上，俯视长江，仿佛耸入云间。

❸江陵：今湖北荆州市。还：归，返回。

❹住：停止。

❺万重山：形容层层叠叠的山峦。

春夜洛城闻笛❶

谁家玉笛暗飞声❷，散入春风满洛城。此夜曲中闻折柳❸，何人不起故园❹情。

注释

❶洛城：指南洛阳。

❷玉笛：美玉制成的笛子，后作为笛子的美称。暗飞声：不知从何处传来的笛声。

❸闻：听见。折柳：即横吹笛曲《折杨柳》，内容多写离情别绪，同时表达古人送别时的折柳相赠。

❹故园：故乡，家乡。

流夜郎闻酺不预❶

北阙圣人歌太康❷，南冠君子窜遐荒❸。汉酺闻奏钧天乐❹，愿得风吹到夜郎。

注释

❶夜郎：汉代西南地区少数民族曾在今贵州西部、北部和云南东北部及四川南部部分地区建立过政权，称为夜郎，在今贵州桐梓。酺：古指国有喜庆，帝赐大酺特赐臣民聚会饮酒为酺。这里指肃宗至德二年十二月下制大赦，赐酺五日。预：参与。不预：未参与，此指李白不在被赦之列。

❷北阙：古代皇宫北面的门楼，为大臣等候朝见的地方，此处代指朝廷。圣人：指皇帝。太康：太平安康。

❸南冠君子：指囚犯，这里是指李白。《左传·成公九年》载：晋侯观于军府，见钟仪，问之曰：南冠而絷者谁也？有司对曰：郑人所献楚囚也。窜：流放。遐荒：偏远荒凉之地，此指夜郎。

❹汉酺：汉时之酺，此指肃宗至德二年十二月大赦，酺五日。钧天乐：天庭仙乐，用以指朝廷赐酺时所奏的乐曲。

巴陵赠贾舍人❶

贾生西望忆京华❷，湘浦南迁莫怨嗟❸。圣主恩深汉文帝，怜君不遣到长沙❹。

注释

❶巴陵：即巴陵郡，在今湖南岳阳。贾舍人：诗人贾至，天宝末为中书舍人，撰拟诰敕的官员，后被贬为岳州司马。

❷贾生：即西汉初年政论家、文学家贾谊，此处喻指贾舍人。京华：京城之美称。

❸湘浦：湘江边。南迁：被贬谪、流放到南方。嗟：叹息。

❹圣主二句：这两句用贾谊被贬事喻指贾舍人遭贬。汉文帝召贾谊为博士，迁至太中大夫。后受排挤，被谪为长沙王太傅。圣主英明的天子。长沙：在巴陵南，离京师更远。

赠 汪 伦❶

李白乘舟将欲行，忽闻岸上踏歌❷声。桃花潭❸水深千尺，不及❹汪伦送我情。

注释

❶汪伦：李白的友人。

❷踏歌：一种以手拉手、足踏地为节奏的边走边唱的歌舞形式。

❸桃花潭：在今安徽泾县西南。

❹不及：不如，比不上。

送贺宾客归越❶

镜湖❷流水漾清波，狂客❸归舟逸兴多。山阴道士如相见，应写黄庭换白鹅❹。

注 释

❶贺宾客：即贺知章，曾任职太子宾客。

❷镜湖：即鉴湖，在今浙江绍兴。

❸狂客：指贺知章，其号为"四明狂客"。

❹山阴二句：用王羲之换鹅的故事赞美贺知章的书法。《晋书·王羲之传》载：王羲之性爱鹅。会稽有孤姥，养一鹅善鸣，求市未得，遂携亲友命驾就观。姥闻羲之将至，烹以待之，羲之叹惜弥日。又山阴有一道士好养鹅。羲之往观焉，意甚悦，固求市之。道士云："为写《道德经》当举群相赠耳。"羲之欣然写毕，笼鹅而归，甚以为乐，其任率如此。

送外甥郑灌从军❶·其一

六博争雄好彩来，金盘一掷万人开❷。丈夫❸赌命报天子，当斩胡头衣锦回❹。

❶从军：参军入伍。

❷六博二句：以博彩得胜比喻郑灌从军疆场立功。古代的一种赌博游戏。共十二棋子，六黑六白，两人相博，每人六个棋子，所以名为六博，以掷采出棋。彩：彩头，赌博中赢得的钱物或赌注。掷：撒下。这里指掷骰子以分胜负。

❸丈夫：指有大志、有作为，有气节的人。

❹胡头：即敌人的头颅。胡，古代对北方和西北方各民族的通称，此处指侵犯唐朝者。衣锦回：即衣锦还乡。

❧ 送外甥郑灌从军·其二 ❧

丈八蛇矛出陇西❶，弯弧拂箭白猿啼❷。破胡必用龙韬策❸，积甲应将熊耳齐❹。

注释

❶丈八蛇矛：古代的一种兵器，矛头长二尺余，扁平，弯曲如蛇形，两面有刃。陇西：唐陇西郡，在今甘肃陇西东南。

❷弯：开弓射箭。弧：木弓。白猿啼：用弯弧猿啼的典故表示刚要拉弓射箭时，敌人就害怕了。《淮南子·说山训》载：楚王有白猿，王自射之，则搏矢而熙，使养由基射之，始调弓矫矢，未发而猿拥柱号矣。

❸胡：指敌人。龙韬：指古代兵书《六韬》，相传是周代姜太公所著，分文韬、武韬、龙韬、虎韬、豹韬、犬韬六个部分，记载周文王、武王问太公兵战之事，对后世影响较大。

④甲：指代铠甲和兵器。熊耳：即熊耳山，为秦岭东段支脉，在今在河南省西部。《资治通鉴·汉纪》载：赤眉忽遇大军，惊震不知所谓，乃遣刘恭乞降曰："盆子将百万众降陛下，何以待之？"帝曰："待汝以不死耳！"丙午，盆子及丞相徐宣以下三十余人肉袒降，上所得传国玺绶。积兵甲宜阳城西，与熊耳山齐。赤眉众尚十余万人，帝令县厨皆赐食。

送外甥郑灌从军·其三

月蚀西方破敌时，及瓜❶归日未应迟。斩胡血变黄河水，枭首当悬白鹊旗❷。

注释

❶及瓜：到瓜熟时节，指任职期满。《左传》载：齐侯使连称管至父戍葵丘，瓜时而往，曰：及瓜而代。

❷枭首：斩首高悬于竿以示众。《史记·秦始皇本纪》：卫尉竭、内史肆、佐弋竭、中大夫令齐等二十人皆枭首。裴骃《集解》：悬首于木上曰枭。

山中问答

问余何意栖碧山❶，笑而不答心自闲❷。桃花流水窅然❸去，别有天地非人间。

❶栖：居住。碧山：在今湖北省安陆市内。

❷自闲：悠闲自得。

❸桃花句：指陶渊明笔下的桃花源，喻指安逸的隐居生活。窅然：形容幽深遥远。

～❦～ 酬崔侍御❶ ～❦～

严陵不从万乘游❷，归卧空山钓碧流。自是客星❸辞帝座，元非太

白醉扬州❹。

陪族叔刑部侍郎晔及中书贾舍人至游洞庭❶·其一

洞庭西望楚江分❷，水尽南天不见云。日落长沙秋色远，不知何处吊湘君❸。

陪族叔刑部侍郎晔及
中书贾舍人至游洞庭·其二

南湖秋水夜无烟❶，耐可❷乘流直上天。且就洞庭赊月色，将船买
酒白云边。

注释

❶南湖：指洞庭湖。
❷耐可：怎能。

陪族叔刑部侍郎晔及
中书贾舍人至游洞庭·其三

洛阳才子谪湘川❶，元礼同舟月下仙❷。记得长安还欲笑，不知何
处是西天❸。

注释

❶洛阳才子：指西汉文学家贾谊，汉文帝召贾谊为博士，迁至太
中大夫。后受排挤，被谪为长沙王太傅。湘川：指湘江一带。
❷元礼：即东汉李膺。这里喻指李晔。《后汉书·郭泰传》载：
李膺任河南尹时，在士大夫中有很高的声望。他的朋友郭泰离京还乡
时，送行的人很多，但郭泰却只与李膺同船渡河，送行的人望见都很

美慕，把他们比作神仙。

❸西天：指长安。这里用以表示对长安的怀念。桓谭《新论》：人闻长安乐，则出门西向而笑。

陪族叔刑部侍郎晔及
中书贾舍人至游洞庭·其四

洞庭湖西秋月辉，潇湘江北早鸿飞❶。醉客满船歌白苎❷，不知霜露入秋衣。

注释

❶鸿：大雁。

❷白苎：江南吴地的舞曲。

陪族叔刑部侍郎晔及
中书贾舍人至游洞庭·其五

帝子潇湘去不还❶，空余秋草洞庭间。淡扫明湖开玉镜，丹青❷画出是君山。

注释

❶帝子：指尧的两个女儿娥皇、女英。《烈女传·母仪传·有虞二妃》载：有虞二妃者，帝尧之二女也。长娥皇，次女英。……舜既

嗣位，升为天子，娥皇为后，女英为妃。封象于有庳，事瞽叟犹若初焉。天下称二妃聪明贞仁。舜陟方，死于苍梧，号曰重华。二妃死于江湘之间，俗谓之湘君。

❷丹青：古代绘画常用的朱红色和青色，丹指丹砂，青指青臒。借指绘画。君山：又名洞庭山，位于洞庭湖中。

与谢良辅游泾川陵岩寺❶

乘君素舸❷泛泾西，宛似云门对若溪❸。且从康乐❹寻山水，何必东游入会稽❺。

注释

❶谢良辅：唐朝诗人，唐玄宗天宝年间进士，曾任中书省掌制诰的中书舍人。泾川：即泾溪，在今安徽泾县。陵岩寺：在泾县水西山上。

❷素舸：不加装饰的船。

❸云门：即云门寺，位于浙江省绍兴市。若溪：即若耶溪，出浙江省绍兴市若耶山，北流入运河，相传为西施浣纱之所。

❹康乐：东晋诗人谢灵运，世袭康乐公。

❺会稽：为今浙江绍兴，谢灵运曾任会稽太守。

登庐山五老峰❶

庐山东南五老峰，青天削出金芙蓉❷。九江秀色可揽结❸，吾将此地巢云松❹。

注释

❶五老峰：江西庐山东南部相连的五座山峰，因山的绝顶被垭口所断，五峰如五位老人并肩而立，山势险峻，峰下九叠屏为李白读书处。东南有白鹿洞书院遗址，为朱熹讲学处。

❷芙蓉：莲花的别称，也叫芙蕖。《李太白诗醇》云："芙蓉，莲花也。山峰秀丽可以比之。其色黄，故曰金芙蓉也。"

❸九江：长江自江西九江而分九派，九江在庐山北面。揽结：采集、拾取。

❹巢云松：隐居。《方舆胜览·图经》载：李白性喜名山，飘然有物外志。以庐阜水石佳处，遂往游焉。卜筑五老峰下。

望天门山❶

天门中断楚江开❷，碧水东流至此回❸。两岸青山相对出❹，孤帆一片日边来❺。

注释

❶天门山：位于安徽省和县与芜湖市长江两岸，由江北的梁山和江南的博望山组成。两山隔江对峙，形同天门，由此得名天门山。

❷中断：江水从中间隔断两山。楚江：即流经安徽的长江，因所处地带古时属楚国，故称楚江。开：劈开，断开。

❸至此：指江水东流至此转而向北流去。回：回旋，回转。

❹两岸青山：分别指梁山和博望山。出：突出，出现。

❺日边来：指孤身从天水相接的远方驶来，远远望去，仿佛来

自日边。

客中作[1]

兰陵美酒郁金香[2]，玉碗盛来琥珀光[3]。但使主人能醉客[4]，不知何处是他乡。

注释

[1] 客中：谓旅居他地。

[2] 兰陵：唐兰陵县，在今山东省临沂市。《元和郡县志》载：兰陵县城，在沂州承县东六十里。郁金香：百合类的花，香味浓烈。

[3] 玉碗：指精美的碗。琥珀光：琥珀呈黄色或赤褐色，色泽晶莹。此处用以形容美酒颜色有如琥珀。

[4] 但使：只要。

秋下荆门[1]

霜落荆门江树空[2]，布帆无恙[3]挂秋风。此行不为鲈鱼鲙[4]，自爱名山入剡中[5]。

注释

[1] 荆门：即荆门山，今湖北省宜都市西北长江南岸，与北岸虎牙山相对，地势险要，战国时楚国的西门户，自古即有楚蜀咽喉之称。

②霜落：即霜降，深秋季节。空：指树叶落尽。

③布帆无恙：用顾恺之事表示旅途平安。《世说新语笺疏》载：顾长康作殷荆州佐，请假还东。尔时例不给布帆，顾苦求之，乃得发。至破冢，遭风大败。作笺与殷云：地名破冢，真破冢而出。行人安稳，布帆无恙。

④鲈鱼脍：用西晋张翰事。《世说新语·识鉴》：张季鹰辟齐王东曹掾，在洛见秋风起，因思吴中菰菜羹、鲈鱼脍，曰："人生贵得适意尔，何能羁宦数千里以要名爵！"遂命驾便归。俄而齐王败，时人皆谓为见机。

⑤剡中：即剡县，在今浙江省嵊州市一带。

苏台览古①

旧苑荒台杨柳新②，菱歌清唱不胜春③。只今惟有西江④月，曾照吴王宫里人⑤。

注释

①苏台：即姑苏台，故址在今江苏省苏州市姑苏山上。览：观览。

②旧苑：指姑苏台。苑：园林。

③菱歌：江南水乡人采菱时所唱民歌。清唱：形容歌声婉转清亮。

④西江：只长江。

⑤宫里人：指吴王夫差宫廷里的嫔妃。

越中览古[1]

越王勾践破吴归[2]，义士还乡尽锦衣[3]。宫女如花满春殿[4]，只今惟有鹧鸪[5]飞。

注释

[1] 越中：指会稽，在今浙江省绍兴市。春秋时代越国曾建都于此。

[2] 勾践破吴：春秋时期吴、越两国争霸。越王勾践为吴王夫差所败后，卧薪尝胆20年，最终灭吴。

[3] 锦衣：华丽的衣服。《史记·项羽本纪》：富贵不归故乡，如衣绣夜行，谁知之者？

[4] 春殿：指宫殿。

[5] 鹧鸪：即鹧鸪鸟，形似母鸡，头如鹑，胸有白圆点如珍珠，背毛有紫赤浪纹。叫声凄厉。

山中与幽人对酌[1]

两人对酌山花开，一杯一杯复一杯。我醉欲眠卿且去[2]，明朝有意抱琴来。

注释

[1] 幽人：幽隐之人，此指隐逸的高人。对酌：相对饮酒。

285

❷我醉二句：用陶渊明事。《宋书·陶渊明传》载：潜不解音律，而畜素琴一张，无弦，每酒适，辄抚弄以寄其意。贵贱造之者，有酒辄设。潜若先醉，便语客："我醉欲眠，卿可去。"

与史郎中钦听黄鹤楼上吹笛❶

一为迁客去长沙❷，西望长安不见家。黄鹤楼中吹玉笛，江城五月落梅花❸。

注释

❶郎中：为朝廷各部的高级属员，分掌各司事务，在为尚书、侍郎之下。黄鹤楼：古迹在今湖北武汉，今为原址重建。

❷迁客：遭到贬谪之人。去长沙：用汉代贾谊事。贾谊因遭权贵排挤，被贬为长沙王太傅。

❸江城：即江夏，在今湖北武昌。落梅花：笛曲，亦称《梅花落》，属乐府之《横吹曲辞》。

白 胡 桃❶

红罗袖❷里分明见，白玉盘❸中看却无。疑❹是老僧休念诵❺，腕前推下水晶珠。

❶胡桃：形状像核桃，但小而坚硬。

❷红罗袖：红色绣花的衣袖。

❸白玉盘：白色的瓷盘。

❹疑：好似，像。

❺念诵：诵经。

❀ 春 怨 ❀

白马金羁辽海❶东，罗帷绣被卧春风。落月低轩❷窥烛尽，飞花入户❸笑床空。

❶辽海：指古代辽东地区，秦汉时期曾设辽东郡。因向南面临渤海，故又称辽海。

❷轩：有窗的长廊或小屋，此指窗户。

❸户：家门。

❀ 口号吴王美人半醉❶

风动荷花水殿❷香，姑苏台❸上宴吴王。西施❹醉舞娇无力，笑倚东窗白玉床。

❶口号：又作口占，指作诗不起草稿，随口成诗。吴王：时任庐江太守的吴王李巘。

❷水殿：水边宫殿。

❸姑苏台：吴王夫差筑姑苏台，此处指李巘以所宴之地比作姑苏。

❹西施：李巘以其美人比作西施，意为西施般的美人。

出妓金陵子呈卢六·其一

安石东山三十春❶，傲然携妓出风尘。楼中见我金陵子❷，何似阳台云雨人❸。

注释

❶安石：东晋谢安，字安石。东山：会稽郡上虞东山。谢安曾隐居会稽东山。淝水之战时，东晋武帝起用谢安为大都督，率谢玄等大破前秦苻坚百万大军。

❷金陵子：金陵歌妓。

❸阳台云雨人：巫山神女。

赠段七娘

罗袜凌波生网尘❶，那能得计访情亲。千杯绿酒何辞醉，一面红妆恼^❷杀人。

注释

❶罗袜句：形容女子步履轻盈飘逸。曹植《洛神赋》载：体迅飞
凫，飘忽若神。凌波微步，罗袜生尘。
❷恼：撩拨，引逗。

❧ 南流夜郎^❶寄内 ❧

夜郎天外^❷怨离居，明月楼^❸中音信疏。北雁春归看欲尽，南来不
得豫章^❹书。

注释

❶夜郎：汉代西南地区少数民族曾在今贵州西部、北部和云南东
北部及四川南部部分地区建立过政权，称为夜郎，在今贵州桐梓。李
白因永王李璘谋反被流夜郎，后中途被赦。
❷天外：喻路途遥远。
❸明月楼：李白妻宗氏居处。
❹豫章：即豫章郡，在今江西南昌。李白妻子此时在豫章。

❧ 访戴天山道士不遇^❶ ❧

犬吠^❷水声中，桃花带雨浓。树深^❸时见鹿，溪午不闻钟^❹。野竹

分青霭❺，飞泉挂碧峰。无人知所去，愁倚❻两三松。

注释

❶戴天山：又叫大康山、大匡山，在四川彰明县北，开元中李白曾经在此山中的大明寺读书。不遇：没有遇到。

❷吠：狗叫。

❸树深：树林深处。

❹钟：午间寺里的钟声。

❺霭：野外的云气。

❻倚：斜靠。

渡荆门送别

渡远❶荆门外，来从楚国❷游。山随平野❸尽，江入大荒流❹。月下飞天镜，云生结海楼❺。仍怜❻故乡水，万里送行舟。

注释

❶远：指江水从远方流过来。

❷楚国：指现今湖北一带，秦以前属楚国。

❸平野：平坦开阔的平原。

❹大荒：辽阔无际的田野。

❺天镜：明月映入江水，如同从天而降的明镜一般。海楼：海市蜃楼，这里形容江上美景。

❻怜：爱。

赠孟浩然

吾爱孟夫子❶，风流❷天下闻。红颜弃轩冕❸，白首❹卧松云。醉月❺频中圣❻，迷花❼不事君❽。高山❾安可仰，徒此揖清芬❿。

注释

❶孟夫子：指孟浩然。夫子：指对年长而学问好的人的尊称。

❷风流：指有文采，善辞章，风度潇洒。王士源《孟浩然集序》说孟"骨貌淑清，风神散朗，救患释纷，以立义表。灌蔬艺竹，全高尚"。

❸红颜句：意谓从青年时代起就对轩冕荣华不感兴趣。

❹白首：白头，指老年。

❺醉月：月下醉饮。

❻中圣：曹魏时徐邈喜欢喝酒，称酒清者为圣人，酒浊者为贤人。此为饮清酒而醉，故曰中圣。

❼迷花：迷恋花草，此指陶醉于自然美景。

❽事君：侍奉皇帝。

❾高山：言孟品格高尚，令人敬仰。

❿揖：拱手行礼，致敬。清芬：情节高贵的品格。

江上答崔宣城❶

太华三芙蓉❷，明星玉女峰。寻仙下西岳，陶令❸忽相逢。问我将何事，湍波❹历几重。貂裘非季子❺，鹤氅似王恭❻。谬忝燕台召，而陪郭隗踪❼。水流知入海，云去或从龙。树绕芦洲❽月，山鸣鹊镇❾钟。还期如可访，台岭荫长松❿。

注释

❶ 崔宣城：崔钦，唐玄宗天宝年间任宣城县令。

❷ 太华：即西岳华山。三芙蓉：指芙蓉、明星、玉女三座山峰。

❸ 陶令：晋陶渊明，曾任彭泽县令。此处用以指崔宣城。

❹ 湍波：水流很急。

❺ 貂裘句：用季子貂裘的典故，季子：苏秦的字。指战国时苏秦入秦求仕，资用耗尽而归之事。比喻旅中困境。《战国策·赵策》载：李兑送苏秦明月之珠、和氏之璧、黑貂之裘、黄金百镒。苏秦得以为用，西入于秦。《战国策·秦策》载：（苏秦）说秦王书十上而说不行。黑貂之裘弊，黄金百斤尽，资用乏绝，去秦而归。嬴縢履蹻，负书担橐，形容枯槁，面目犁黑，状有归色。

❻ 鹤氅句：用王恭鹤氅的典故，指服饰高雅。《世说新语·企羡》载：孟昶未达时，家在京口。尝见王恭乘高舆，披鹤氅裘。于时微雪，昶于篱间窥之，叹曰：此真神仙中人！

❼ 谬忝二句：忝：谦辞，表示辱没他人而有愧。郭隗：燕昭王谋臣。燕台：指战国时燕昭王所筑的黄金台，故址在今河北易县东南。《战国策·燕策》载：王诚博选国中之贤者而朝其门下，天下闻王朝其贤臣，天下之士，必趋于燕矣。昭王曰：寡人将谁朝而可？郭隗先生曰：臣闻古之君人有以千金求千里马者，三年不能得。涓人言于君曰：请求之。君遣之，三月，得千里马，马已死，买其首五百金，反以报君。君大怒曰：所求者生马，安事死马而捐五百金？涓人对曰：死马且买之五百金，况生马乎？天下必以王为能市马，马今至矣！于是不能期年，千里之马至者三。今王诚欲致士，先从隗始。隗且见事，况贤于隗者乎？岂远千里哉！于是昭王为隗筑宫，而师之。乐毅自魏往，邹衍自齐往，剧辛自赵往，士争凑燕。燕王吊死问生，与百

姓同其甘若。

❽芦洲：古地名，旧注指樊口之芦洲。

❾鹊镇：古地名。《元和郡县志》：鹊头镇，在宣州南陵县西一百一十里，即春秋时，楚伐吴，败于鹊岸是也。沿流八十里有鹊尾洲，吴时屯兵处。

❿台岭：指浙江天台山。《游天台山赋》载：藉萋萋之纤草，荫落落之长松。窥翔鸾之裔裔，听鸣凤之邑邑。

❧ 楚江黄龙矶南宴杨执戟治楼❶ ❧

五月入五洲❷，碧山对青楼。故人杨执戟，春赏楚江流。一见醉

漂月，三杯歌棹讴❸。桂枝攀不尽，他日更相求。

注释

❶楚江：指长江，因流经地域在古时属楚国，故称楚江。黄龙矶：在今湖北鄂州。执戟：侍卫。

❷五洲：在今鄂州市燕矶镇、杨叶镇与浠水县巴河镇、兰溪镇之间的长江之中的几个沙洲。《水经注》载：江中有五洲相接，故以五洲为名。宋孝武帝举兵江中，建牙洲上，有紫云荫之，即是洲也。胡三省《通鉴注》载：五洲，当在今黄州、江州之间。

❸棹讴：划桨而歌。

登新平楼❶

去国登兹楼❷，怀归伤暮秋。天长落日远，水净寒波流。秦❸云起岭树，胡雁飞沙洲❹。苍苍❺几万里，目极❻令人愁。

注释

❶新平：唐新平郡，在今陕西彬县。
❷去国：离开国都。兹楼：指新平楼。
❸秦：新平先秦时属秦国。
❹胡雁：北方的大雁。洲：水中小块陆地。
❺苍苍：形容旷远迷茫。
❻目极：指远望。

与夏十二登岳阳楼❶

楼观岳阳❷尽，川迥❸洞庭开。雁引愁心去，山衔好月来。云间连下榻❹，天上接行杯❺。醉后凉风起，吹人舞袖回❻。

注释

❶岳阳楼：在今湖南岳阳，紧靠洞庭，前望君山。自古有"洞庭天下水，岳阳天下楼"之美誉，与武汉黄鹤楼、南昌滕王阁并称为江南三大名楼。

❷岳阳：古称"巴陵"，又名"岳州"，在今湖南岳阳市。

❸迥：遥远。

❹下榻：用陈蕃下榻的典故，表示礼贤下士。《后汉书·徐稚传》载：徐稚，字孺子，豫章南昌人也。家贫，常自耕稼，非其力不食。恭俭义让，所居服其德。屡辟公府，不起。时陈蕃为太守，以礼请署功曹，稚不免之，既谒而退。蕃在那不接宾客，惟稚来特设一榻，去则县之。

❺行杯：指传杯饮酒。

❻回：来回摆动。

与贾至舍人于龙兴寺
剪落梧桐枝望灄湖❶

剪落青梧枝，灄湖坐可窥。雨洗秋山净，林光澹碧滋。水闲明镜转❷，云绕画屏❸移。千古风流事，名贤共此时。

注释

❶贾至：天宝末为中书舍人，撰拟诰敕的官员，后被贬为岳州司马。龙兴寺：在今湖南岳阳。灄湖：河水泛滥形成的湖泊，在巴陵南，即今湖南岳阳。

❷闲：静，指水面平静。明镜：指灄湖湖面如镜。

❸画屏：原指屏风，此指秋山。

挂席❶江上待月有怀

待月月未出，望江江自流。倏忽城西郭❷，青天悬玉钩❸。素华❹虽可揽，清景不可游。耿耿金波里❺，空瞻鸦鹊楼❻。

注释

❶挂席：即挂帆。

❷城西郭：城指内城的墙，郭指外城的墙。城郭泛指城邑或城市。

③玉钩：指弯月。

④素华：指月光明亮。

⑤耿耿：形容明亮，显著。金波：月光如波。

⑥鸤鹊楼：汉代宫观，借指金陵的宫观。《三辅黄图》载：甘泉苑，武帝置。苑中起宫殿台阁百余所，有仙人观、石阙观、鸤鹊观。谢朓《暂使下都夜发新林至京邑赠西府同僚》诗：金波丽鸤鹊，玉绳低建章。

秋登宣城谢朓北楼①

江城②如画里，山晓望晴空。两水夹明镜③，双桥④落彩虹。人烟寒橘柚，秋色老梧桐。谁念北楼上，临风怀谢公⑤。

注释

①宣城：唐宣州，在今安徽宣城。谢朓北楼：即谢朓楼，在安徽宣城县城北，为南朝齐诗人谢朓任宣城太守时所建，故址在陵阳山顶，是宣城的登览胜地。

②江城：指宣城。

③两水：指环绕宣城的宛溪和句溪。明镜：指水面如镜。

④双桥：指宛溪上的凤凰桥和句溪上的济川桥。

⑤谢公：即谢朓。

过崔八丈水亭❶

高阁横秀气❷，清幽并在君❸。檐飞宛溪❹水，窗落敬亭❺云。猿啸风中断，渔歌月里闻。闲随白鸥去，沙上自为群。

注释

❶八：是弟兄排行。丈：对长辈或同辈的尊称。崔八丈：应是当地排行第八的崔姓老者。水亭：临水的亭子。

❷横：充满，洋溢。

❸君：指崔八丈。

❹宛溪：在今安徽宣城。

❺敬亭：指敬亭山，在今安徽宣城市北，因山上有敬亭而得名。

太原早秋❶

岁落众芳歇❷，时当大火❸流。霜威出塞早，云色渡河❹秋。梦绕边城月，心飞故国❺楼。思归若汾水❻，无日不悠悠❼。

注释

❶太原：唐时为并州，即今山西太原。

❷歇：凋谢，零落。

❸大火：即心宿。十二星宿之一，与十二辰相配为卯，与二十八

298

星宿相配为氐、房、心三宿。《尔雅·释天》："大火谓之大辰。"郭璞注："大火，心也，在中最明，故时候主焉。"《诗经·豳风·七月》中"七月流火"即指此星，指夏历七月，大火西偏，兆示着秋季来临，天气将转凉。

❹河：指黄河。

❺故国：指家乡。

❻汾水：即汾河。《唐六典注》：汾水出忻州，历太原、汾、晋、绛、蒲五州，入河。《太平寰宇记》：汾水，出静乐县北管涔山，东流入太原郡界。

❼悠悠：忧愁思虑的样子。

奔亡道中❶·其四

函谷如玉关❷，几时可生还❸？洛川为易水❹，嵩岳是燕山❺。俗变羌胡语，人多沙塞颜。申包惟恸哭❻，七日鬓毛斑。

注释

❶奔亡：逃亡。安禄山在洛阳称帝后，李白携妻子宗氏南逃。

❷函谷：战国时秦所置函谷关，故址在今河南灵宝市。玉关：即玉门关，汉武帝时始置，为通往西域各地的门户，故址在今甘肃敦煌西北小方盘城。

❸生还：用汉班超事，意指何时收复中原故土。其时，安史叛军已占领中原地区。《后汉书·班超传》载：超自以久在绝域，年老思土。十二年，上疏曰："臣闻太公封齐，五世葬周。狐死首丘，代马依风。夫周齐同在中土千里之间，况于远处绝域，小臣能无依风首丘之思哉？蛮夷之俗，畏壮侮老。臣超犬马齿歼，常恐年衰，奄忽

僵仆，孤魂弃捐。昔苏武留匈奴中尚十九年，今臣幸得奉节带金银护西域，如自以寿终屯部，诚无所恨；然恐后世或名臣为没西域。臣不敢望到酒泉郡，但愿生入玉门关！臣老病衰困，冒死瞽言，谨遣子勇随献物入塞，及臣生在，令勇目见中土。"书奏，帝感其言，乃征超还。

❹洛川：即洛水，即今河南省洛河，黄河重要支流。易水：在今河北省北部，发源于易县，南入拒马河。

❺嵩岳：即中岳嵩山，在今河南省郑州登封。燕山：指燕山山脉，在河北平原北侧，由潮白河谷到山海关，呈东西走向，是中原王朝与北方游牧民族的天然屏障，拥有重要的军事地位

❻申包：指申包胥。恸哭：放声痛哭，号哭。此句用申包胥哭秦庭的典故。《春秋左传》载：及昭王在随，申包胥如秦乞师，曰："吴为封豕长蛇，以荐食上国，虐始于边楚。寡君失守社稷，越在草莽，使下臣告急曰：夷德无厌，若邻于君，疆场之患也。逮吴之未定，君其取分焉。若楚之遂亡，君之士也。若以君灵抚之，世以事君。"秦伯使辞焉，曰："寡人闻命矣。子姑就馆，将图而告。"对曰："寡君越在草莽，未获所伏，下臣何敢即安？"立，依于庭墙而哭，日夜不绝声，勺饮不入口七日。秦哀公为之赋《无衣》。九顿首而坐。秦师乃出。

奔亡道中 · 其五

森森望湖水❶，青青芦叶齐。归心落何处，日没大江西。歇马傍春草，欲行远道迷。谁忍子规鸟❷，连声向我啼。

注释

①淼淼：形容水势浩大。

②子规鸟：即杜鹃鸟，又叫杜宇、催归。总是朝着北方鸣叫，六、七月鸣叫声更甚，昼夜不止，鸣声哀苦，犹如盼子回归，使客居他乡之人心生凄恻，所以叫杜鹃啼归、子规。

宿五松山下荀媪家①

我宿五松下，寂寥②无所欢。田家③秋作苦，邻女夜舂④寒。跪进雕胡饭⑤，月光明素盘⑥。令人惭漂母⑦，三谢⑧不能餐。

注释

①五松山：在今安徽省铜陵市。媪：指年老妇人。

②寂寥：内心孤寂。

③田家：指农人家。

④舂：将谷物或药倒进放在石臼或槽钵里捣掉皮壳或捣碎。

⑤跪进：古人席地而坐，上半身挺直，坐在足跟上。雕胡：即菰，一种多年生草本植物，生在浅水里，嫩茎称茭白、蒋，可做蔬菜。果实称菰米，雕胡米，可煮食。

⑥素盘：白色的盘子。

⑦惭：惭愧。

⑧三谢：多次推托。

王右军^❶

右军本清真^❷，潇洒出风尘^❸。山阴过羽客^❹，爱此好鹅宾^❺。扫素写道经^❻，笔精^❼妙入神。书罢笼鹅去，何曾别主人^❽。

注释

❶右军：即东晋王羲之，字逸少，书法家、文学家。因曾任右军将军，世称王右军。

❷清真：形容人纯真质朴。

❸风尘：尘世之间。

❹山阴：古会稽郡下辖的县，在今浙江绍兴。羽客：代指道士，也称羽士，以鸟羽比喻人可飞升成仙。

❺鹅宾：指王羲之。此处用王羲之换鹅的典故。《晋书·王羲之传》载：王羲之性爱鹅。会稽有孤姥，养一鹅善鸣，求市未得，遂携亲友命驾就观。姥闻羲之将至，烹以待之，羲之叹惜弥日 。又山阴有一道士好养鹅。羲之往观焉，意甚悦，固求市之。道士云："为写《道德经》当举群相赠耳。"羲之欣然写毕，笼鹅而归，甚以为乐，其任率如此。

❻素：指白绢。道经：即《道德经》。

❼笔精：笔的精魂，喻精通笔法。

❽主人：指山阴羽客。

302

岘山怀古①

访古登岘首②，凭高眺襄中③。天清远峰出，水落寒沙空。弄珠见游女④，醉酒怀山公。感叹发秋兴，长松鸣夜风。

注释

①岘山：在今湖北襄阳。

②岘首：即指岘山。南朝宋鲍照诗《从拜陵登京岘》载：晨登岘

山首，霜雪凝未通。后遂称岘山为岘首。

❸凭高：登高。眺：举目远望。襄中：指襄阳城。

❹弄珠句：用汉皋解佩、神女弄珠的典故。刘向《列仙传》载：江妃二女者，不知何所人也，出游于江汉之湄。逢郑交甫，见而悦之，不知其神人也。谓其仆曰：我欲下请其佩。仆曰：此间之人皆习于辞，不得，恐罹悔焉。交甫不听，遂下与之言曰：二女劳矣。二女曰：客子有劳，妾何劳之有？交甫曰：橘是柚也，我盛之以笥，令附汉水，将流而下，我遵其旁，采其芝而茹之，以知吾为不逊也。愿请子之佩。二女曰：橘是柚也，我盛之以莒，令附汉水，将流而下，我遵其旁，采其芝而茹之。遂手解佩与交甫。交甫悦，受而怀之，中当心，趋去数十步，视佩，空怀无佩，顾二女，忽然不见。诗曰：汉有游女，不可求思。此之谓也。

金陵三首·其一

晋家南渡日❶，此地旧长安❷。地即帝王宅，山为龙虎盘❸。金陵❹空壮观，天堑❺净波澜。醉客回桡❻去，吴歌❼且自欢。

注释

❶晋家南渡：永嘉之乱后，中原地区陷入战乱。建兴四年，刘曜攻入长安，俘晋愍帝，西晋灭亡。晋室由洛阳南渡至建邺。司马睿即晋王位，改年号为建武。建兴五年晋愍帝死，司马睿于建康即位称帝，是为晋元帝，大赦天下，改年号为太兴，史称东晋。

❷长安：指代都城，此处指金陵在晋朝南渡后曾作为都城。

❸地即二句：张勃《吴录》载，诸葛亮使至建业，叹曰：钟山龙盘，石头虎踞，此帝王之宅也。（《太平御览》卷一五六引）

④金陵：即金陵山，在今江苏南京中山门外的钟山。《元和郡县图志·润州》载：钟山，在县东北十八里。按《舆地志》，古金陵山也。邑县之名，皆由此而立。

⑤天堑：天然的壕沟，此指长江。

⑥桡：船桨。回桡：摇桨改变行船方向。

⑦吴歌：金陵古属吴地，吴歌指江南民歌。《晋书·乐志下》载：吴歌杂曲。并出江南。东晋以来，稍有增广。

金陵三首·其二

地拥金陵❶势，城回江水流。当时❷百万户，夹道❸起朱楼。亡国❹生春草，离宫❺没古丘。空余后湖❻月，波上对瀛洲❼。

注释

❶金陵：此处亦指金陵山。

❷当时：指六朝时期。

❸夹道：分列在道路两旁。

❹亡国：指已亡的定都金陵的六朝。

❺离宫：帝王出巡时居住的宫殿。

❻后湖：即金陵城北的玄武湖，在今南京市东北。《景定建康志》：玄武湖亦名蒋陵湖，亦名秣陵湖，亦名后湖，在城北二里，周回四十里，东西有沟流入秦淮，深六尺，灌田一百顷。

❼瀛洲：传说中的海外三仙山之一。

金陵三首·其三

六代❶兴亡国，三杯为尔歌。苑方秦地❷少，山似洛阳多❸。古殿吴花草，深宫晋绮罗❹。并随人事灭，东逝与沧波❺。

注释

❶六代：即六朝，指在金陵建都的吴、东晋、宋、齐、梁、陈。

❷秦地：原指指秦国所辖的地域，此指唐都长安。

❸山似句：《景定建康志》载：洛阳四山围，伊、洛、瀍、涧在中。建康亦四山围，秦淮直渎在中。故云：风景不殊，举目有山河之异。

❹深宫：帝王宫禁。绮罗：指精美高贵的丝绸衣物。

❺沧波：碧波。

夜泊牛渚怀古

牛渚西江夜❶，青天无片云。登舟望秋月，空忆谢将军❷。余亦能高咏，斯人❸不可闻。明朝挂帆席❹，枫叶落纷纷。

注释

❶牛渚：即今安徽马鞍山采石矶。西江：指从江西九江到江苏南京这一段的长江。

❷谢将军：指东晋谢尚，为镇西将军，都督豫、冀、幽、并四州军事。《晋书·袁宏传》载：袁宏字彦伯，父，临汝令。宏有逸才，文章绝美，曾为咏史诗，是其风情所寄。谢尚时镇牛渚，秋夜乘月，率尔与左右微服泛舟。会宏在舫中讽咏，声既清会，辞又藻拔，遂驻听久之遣问焉。答云：是责临汝郎通诗。即其咏史之作也。尚即迎升舟，与之谭论，由日不寐，自此名誉日茂。

❸斯人：指谢尚。

❹挂帆席：扬帆起航。

月夜听卢子顺弹琴

闲夜坐明月，幽人弹素琴。忽闻悲风调，宛若寒松吟。白雪乱纤手，绿水清虚心❶。钟期❷久已没，世上无知音。

注释

❶忽闻四句：悲风、寒松、白雪、绿水为古琴曲名。

❷钟期：指钟子期。《风俗通》：俞伯牙方鼓琴，钟子期听之，而意在高山，子期曰："善哉乎！巍巍若泰山。"顷之间，而意在流水，子期曰："善哉乎！汤汤若江河。"子期死，伯牙破琴绝弦，终身不复鼓，以世无足为知音者也。

寻雍尊师隐居[1]

群峭碧摩天[2]，逍遥不记年。拨云寻古道，倚石听流泉。花暖青牛[3]卧，松高白鹤眠。语来江色暮，独自下寒烟。

注释

[1] 尊师：对道士的尊称。

[2] 群峭：连绵陡峭的群山。摩：接触。

[3] 青牛：花叶上的一种青虫。

寓言三首·其二

遥裔[1]双彩凤，婉娈三青禽[2]。往还瑶台[3]里，鸣舞玉山岑[4]。以欢秦娥[5]意，复得王母心。区区精卫鸟[6]，衔木空哀吟。

注释

[1] 遥裔：摇曳，摆动。

[2] 婉娈：形容娇美。三青禽：即三青鸟。传说中是西王母的使者。

[3] 瑶台：传说西王母居住在瑶台。

[4] 玉山：神话中西王母的居处。岑：山小而高。

[5] 秦娥：相传为春秋秦穆公女，又称弄玉。《列仙传》载：嫁善

吹箫之萧史，日就萧史学箫作凤鸣，穆公为作凤台以居之。后夫妻乘凤飞天仙去。

❻区区：形容辛苦。精卫鸟：《山海经·北山经》记载：炎帝之少女名曰女娃。女娃游于东海，溺而不返，故为精卫，常衔西山之木石，以堙于东海。

听蜀僧濬弹琴

蜀僧抱绿绮❶，西下峨眉峰❷。为我一挥手，如听万壑松。客心洗流水❸，余响入霜钟。不觉碧山暮，秋云暗几重。

注释

❶绿绮：古琴名。晋傅玄《琴赋序》载：齐桓公有鸣琴曰号钟，楚庄有鸣琴曰绕梁，中世司马相如有绿绮，蔡邕有焦尾，皆名琴也。

❷峨眉峰：指四川峨眉山。

❸客：李白自称。流水：用了伯牙善鼓琴的典故。《列子》载：伯牙鼓琴，其友钟子期听之。方鼓琴而志在太山，钟子期曰："善哉乎鼓琴，巍巍乎若太山。"少选之间而志在流水，钟子期又曰："善哉乎鼓琴，汤汤乎若流水。"钟子期死，伯牙破琴绝弦，终身不复鼓琴，以为世无足复为鼓琴者。

观胡人吹笛

　　胡人吹玉笛，一半是秦声❶。十月吴山晓，梅花落敬亭❷。愁闻出塞❸曲，泪满逐臣❹缨。却望❺长安道，空怀恋主情。

注释

❶秦声：秦地之乐曲。

❷梅花：笛曲，亦称《梅花落》，属乐府之《横吹曲辞》。敬亭：指敬亭山，在今安徽宣城市北，因山上有敬亭而得名。

❸出塞：乐府旧题，亦属《横吹曲辞》。

❹逐臣：被贬斥、被驱逐的臣子，此处为李白自称。

❺却望：回望。

代美人愁镜·其一

　　明明金鹊镜❶，了了玉台前❷。拂拭皎❸冰月，光辉何清圆。红颜老昨日，白发多去年。铅粉坐相误❹，照来空凄然。

注释

❶明明：明亮。金鹊镜：指背面雕刻鹊形的铜镜。

❷了了：清清楚楚。玉台：玉镜台，妆镜台。

❸皎：洁白。

④铅粉：化妆涂面的扑粉。坐：空，徒然。

对 雨

　　卷帘聊举目，露湿草绵芊①。古岫②藏云毳③，空庭④织碎烟。水纹愁不起，风线重难牵。尽日扶犁叟⑤，往来江树前。

注释

❶绵芊：指青草纤弱连绵的样子。

❷古岫：岫，岩穴。古岫表示古老的山洞。

❸云毳：像兽毛一样细软的云朵。毳：细兽毛。

❹空庭：空静的庭院。

❺叟：指老年的男人。

晓 晴

　　野凉疏雨①歇，春色遍萋萋②。鱼跃青池满，莺吟绿树低。野花妆面湿，山草纽斜③齐。零落残云片，风吹挂竹溪④。

注释

❶疏雨：小雨。

❷萋萋：草木茂盛的样子。

❸纽斜：草木倒伏的样子。

311

❹竹溪：泰安府徂徕山下的竹溪。李白与孔巢父、韩准、裴政、张叔明、陶沔居居于此处，时称竹溪六逸。

雨后望月

四郊阴霭散，开户半蟾❶生。万里舒霜合❷，一条江练❸横。出时山眼白，高后海心明❹。为惜如团扇❺，长吟到五更。

注释

❶半蟾：指从山后升起的一半月亮，没有全部露出来。

❷合：满。

❸江练：像匹练一样的江水，练：白绢。

❹山眼、海心：皆指明亮的月亮。

❺团扇：古人以月比喻团扇，此处指月亮。

见京兆韦参军量移东阳❶·其一

潮水还归海，流人❷却到吴。相逢问愁苦，泪尽日南珠❸。

注释

❶京兆：玄宗开元间将长安所在的雍州改为京兆府，主要管辖唐都长安地区。参军：唐代府州参军事的省称。官品从八品下至从九品下，不等。无专责职事，听随事调遣，如出使、直侍、检校、导引

等。初仕人，不论进士、明经或门荫出身，多授此官。《全唐文·河中府参军厅记》载：国朝设官，无高卑皆以职授任。不职而居任，独参军焉。观其意，盖欲以清人贤胄子弟将命试任，使以雅地出之耳。量移：唐朝时贬逐远方的臣子，遇赦改近地安置。《旧唐书·卷八·玄宗本纪上》载：大赦天下，左降官量移近处。东阳：指唐江南道婺州，在今浙江东阳市。

❷流人：被朝廷流放的罪人。

❸日南珠：古代神话传说中的宝珠。用鲛人泣珠的典故，《博物志》载：南海水中有鲛人，在水中生活像鱼一样，从来不放弃纺织的工作，它哭的时候能哭出珍珠来。后以此指代眼泪。日南：汉代日南郡，在今越南南部。

见京兆韦参军量移东阳·其二

闻说金华❶渡，东连五百滩❷。全胜若耶❸好，莫道此行难。猿啸千溪合，松风五月寒。他年一携手，摇艇入新安❹。

注释

❶金华：唐代县名，在今浙江金华。

❷五百滩：金华渡口，滩涂非常之大，周行需五百人挽牵才可同行。

❸若耶：若耶溪，在今浙江绍兴。

❹新安：即新安江，发源于黄山，东入浙江。

独坐敬亭山❶

众鸟高飞尽❷，孤云独去闲❸。相看两不厌❹，只有敬亭山。

注释

❶敬亭山：在今安徽宣城市北，因山上有"敬亭"而得名。

❷尽：没有了。

❸孤云：陶渊明《咏贫士诗》中有"孤云独无依"的句子。独去：独自离去。闲：形容云彩悠闲自在地飘来飘去。

❹两不厌：指诗人和敬亭山相看不相厌。

送陆判官❶往琵琶峡❷

水国❸秋风夜，殊非❹远别时。长安如梦里，何日是归期。

注释

❶判官：唐代节度使的下属官吏，掌管文书等事。

❷琵琶峡：在今四川巫山县西，形如琵琶。

❸水国：南方多河流，故称水乡、水国。

❹殊非：绝非。

杜陵绝句

南登杜陵❶上，北望五陵❷间。秋水❸明落日，流光❹灭远山。

注释

❶杜陵：西汉宣帝刘询的陵墓，在今陕西西安市东南，渭水南岸。

❷五陵：指长安一带五座汉代帝王陵墓，包括汉高祖的长陵、汉惠帝的安陵、汉景帝的阳陵、汉武帝的茂陵、汉昭帝的平陵。汉代帝王陵墓建成后，迁入四方豪族以置县邑，后世称五陵为豪族聚居地，用以指豪门贵族。

❸秋水：这里指位于今陕西境内的渭河水

❹流光：流动的光线。

铜官山醉后绝句❶

我爱铜官乐，千年未拟❷还。要须❸回舞袖，拂尽五松山❹。

注释

❶铜官：铜官山，在今安徽铜陵市。唐时在此设置"铜官冶""铜官场"，铜官山由此而得名。

❷不拟：不想。

❸要须：必定，必当。
❹五松山：在今安徽铜陵市。

九日龙山饮

九日龙山❶饮，黄花笑逐臣❷。醉看风落帽❸，舞爱月留人。

注释

❶龙山：在今安徽当涂县。
❷黄花：谓菊花。逐臣：被贬斥、被驱逐的臣子，此处为李白自称。
❸风落帽：用晋孟嘉九日登高落帽事，指宾客散尽。《晋书·桓温传》载：孟嘉……为征西桓温参军，温甚重之。九月九日，温燕龙山，僚佐毕集。时佐吏并著戎服，有风至，吹嘉帽堕落，嘉不之觉，温使左右勿言，欲观其举止，嘉良久如厕，温令取还之，命孙盛作文嘲嘉，著嘉坐处。嘉还见，即答之。其文甚美，四座嗟叹。

九月十日即事

昨日登高❶罢，今朝更举觞❷。菊花何太苦，遭此两重阳❸。

注释

❶登高：古时重阳节古人有登高采菊宴赏的习俗。

316

②觞：古代饮酒用的器具。

③两重阳：重阳后一日宴赏为小重阳。《岁时广记·岁时杂记》载：都城士庶，多于重九后一日再集宴赏，号小重阳。

❧ 夜下征虏亭① ❧

船下广陵②去，月明征虏亭。山花如绣颊③，江火似流萤。

注释

①征虏亭：在今江苏省南京，为东晋时征虏将军谢石所建。

②广陵：即今江苏省扬州市。

③绣颊：形容岸上山花的美艳。原指涂过胭脂的女子面颊，色如锦绣，因称绣颊

❧ 奔亡①道中·其一 ❧

苏武天山上②，田横海岛边③。万重关塞断，何日是归年？

注释

①奔亡：逃亡。安禄山在洛阳称帝后，李白携妻子宗氏南逃。

②苏武：西汉武帝时人，字子卿，是杜陵人。奉命出使匈奴，遭受到扣留，拒绝匈奴的威胁利诱，前往北海边上牧羊，历尽艰辛，先后十九年，始终不屈。汉昭帝汉匈和亲后，回国。天山：指匈奴

居地。

❸田横：战国田齐之后。秦末年与田儋起兵复国。刘邦称帝以后，田横率部下五百人逃往海岛，后自杀身死。

❧ 奔亡道中·其二 ❧

亭伯❶去安在？李陵❷降未归。愁容变海色，短服❸改胡衣。

注释

❶亭伯：即东汉崔骃，字亭伯。曾任车骑将窦宪主簿，后让他出任长岑县令，弃官不任而归故里。

❷李陵：汉名将李广之孙，字少卿。汉武帝时为骑都尉，率兵出击匈奴，终因粮尽矢绝，被困投降。

❸短服：此指胡服。《梦溪笔谈》载：窄袖短衣，长靿靴，皆胡服也。窄袖利于驰射，短衣、长靴，便于涉草。

❧ 奔亡道中·其三 ❧

谈笑三军却❶，交游七贵❷疏。仍留一只箭，未射鲁连书❸。

注释

❶谈笑句：战国时期齐人鲁仲连却秦军事。魏晋左思《咏史》载：吾慕鲁仲连，谈笑却秦军。《史记·鲁仲连邹阳列传》："好奇伟

318

倜傥之画策，而不肯仕宦任职。"游赵时，适逢赵都邯郸被秦所围，赵求援于魏。魏遣使辛垣衍劝赵尊秦为帝。鲁仲连闻之，往见平原君，力驳此言，义不帝秦。秦军为此撤军五十里。后魏国信陵君夺得了晋鄙的军权率军击秦救赵，秦军因而撤回。

❷七贵：指把持朝政的权贵。潘岳《西征赋》："窥七贵于汉廷。"李善注："七姓谓吕、霍、上官、赵、丁、傅、王也。"

❸鲁连书：《史记·鲁仲连邹阳列传》载：燕将攻下聊城，聊城人或谗之燕，燕将惧诛，因保守聊城，不敢归。齐田单攻聊城岁余，士卒多死而聊城不下。鲁连乃为书，约之矢以射城中，遗燕将……燕将见鲁连书，泣三日，犹豫不能自决。欲归燕，已有隙，恐诛；欲降齐，所杀虏于齐甚众，恐已降而后见辱。喟然叹曰：与人刃我，宁自刃。乃自杀。聊城乱，田单遂屠聊城。

青溪半夜闻笛❶

羌笛梅花引❷，吴溪陇水情❸。寒山秋浦❹月，肠断玉关❺声。

注释

❶青溪：即安徽贵池的清溪。

❷羌笛：古代流行于西北地区古羌族的一种竹笛。梅花引：笛曲，亦称《梅花落》，属乐府之《横吹曲辞》。

❸吴溪：即指清溪，古时属吴地。陇水：即古乐府横吹曲《陇头水》。《乐府诗集·陇头歌辞》：陇头流水，鸣声呜咽。遥望秦川，心肝断绝。

❹秋浦：即唐秋浦县，为银铜产地，在今安徽池州。

❺玉关：即玉门关，汉武帝时始置，为通往西域各地的门户，故

址在今甘肃敦煌西北小方盘城。

❧ 夏日山中❶ ❧

懒摇白羽扇，裸袒青林中❷。脱❸巾挂石壁，露顶洒松风❹。

注释

❶山：应为庐山。

❷裸，赤身。袒：露臂。青林：指山中青翠郁郁葱葱的树林。

❸脱：摘下。巾：束发头巾。

❹松风：松林间吹过的清风。

❧ 紫藤树 ❧

紫藤挂云木❶，花蔓宜阳春❷。密叶隐歌鸟❸，香风留美人。

注释

❶紫藤：一种落叶藤本植物，攀茎盘旋生长，花冠紫色，可供观赏。云木：高耸入云的大树。

❷蔓：指攀藤类植物细长能缠绕的茎。宜：适合。阳春：温暖的春天。《管子·地数》载：桓公曰："何谓籍于时？"管子曰："阳春农事方作，令民毋得筑垣墙，毋得缮冢墓；丈夫毋得治宫室，毋得立台榭；北海之众毋得聚庸而煮盐。然盐之贾必四什倍。君以四什之贾，

修河、济之流，南输梁、赵、宋、卫、濮阳。恶食无盐则肿，守围之本，其用盐独重。君伐菹薪煮沸水以籍于天下，然则天下不减矣。"

❸歌鸟：鸟的鸣叫。

✤ 劳劳亭❶ ✤

天下伤心处，劳劳送客亭。春风知❷别苦，不遣柳条❸青。

注释

❶劳劳亭：即送客亭，古代送别的亭子，在今江苏南京市。

❷知：知道，理解。

❸遣：让。柳条：古诗折柳送别。北朝乐府《折杨柳枝》载：上马不捉鞭，反拗杨柳枝。下马吹横笛，愁杀行客人。

中国古代文学经典书系

唐诗醉韵

杜甫诗集

［唐］杜　甫　著

金世玉　注

春风文艺出版社
·沈阳·

图书在版编目（CIP）数据

杜甫诗集/（唐）杜甫著；金世玉注. —沈阳：
春风文艺出版社，2025.1
（中国古代文学经典书系. 唐诗醉韵）
ISBN 978 - 7 - 5313 - 6649 - 2

Ⅰ. ①杜… Ⅱ. ①杜… ②金… Ⅲ. ①杜诗—诗集
Ⅳ. ①I222.742

中国国家版本馆CIP数据核字（2024）第038611号

前 言

　　杜甫（712—770），字子美，祖籍襄阳（今属湖北），生于巩县（今属河南）。据杜甫自称，他是个早慧的孩子，"七岁思即壮，开口咏凤凰。九岁书大字，又作成一囊"。但成年之后的杜甫却经历坎坷。先是应举不第，又在长安寓居十年，生计困顿，历尽辛酸。安史之乱起，长安被攻破，杜甫落入叛军手中，后冒死逃至凤翔谒见肃宗，"草鞋见天子，衣襟露两肘"，被授予左拾遗的官职。不过杜甫显然不是官运亨通的人，很快他就因为房琯案触怒肃宗，被贬为华州司功参军。乱世之中，这并不是一个吸引人的官位，不久杜甫弃官携家入蜀。在四川他曾入严武幕中，被荐任检校工部员外郎，后人因此也称他为"杜工部"。杜甫在四川成都的生活曾经一度较为安定，后来又因为兵乱等缘故不断迁移。晚年的杜甫穷困潦倒，漂泊不定，大历五年，他死在自潭中赴岳州的船上。

　　杜甫被后人称为"诗圣"，"圣者，通也"（《白虎通义》）。而那些知通大道、应变无穷的人则可以被称为"圣人"。唐元稹曾说杜甫的诗歌"尽得古今之体势，而兼人人之所独专"。也就是说，无论哪种诗歌体制、风格，杜甫都能擅长，从这个角度看，称他为"诗圣"是非常恰当的。关于杜诗，还有一个词经常被提到，即"诗史"，这是说杜甫的诗具有史的认识价值。杜甫亲身经历了唐代由盛转衰的历史时期，腐朽的政治和残酷的兵祸给唐代社会造成了严重的破坏，杜甫不仅如史家一般记录了当日的种种事变，更以诗人之笔描述了一幅广阔、生动的画面。涉及唐代社会的各个阶层，描绘了人们的生活细节和他们蒙受的苦难，抒发了作者本人的强烈情感。杜甫的诗歌风格，一般被称为"沉郁顿挫"，这是说他的诗往往蕴涵了厚重浓郁的情感，但作者并没有让它直接宣泄出来，而是在情感喷薄欲出之际将其抑制，使它变得缓慢深沉，低回起伏。杜甫服膺儒学，"沉郁顿挫"的诗风无疑受到了儒家中和敦厚的文学观念的影响，他遭逢乱世的经历也为这一诗风奠定了生活基础。同样不应忽视的是，这种诗歌风格也是由杜甫高超的诗歌技艺锤炼得来的。

自宋代以来，对杜甫诗的整理和注释渐次增多，成为后世杜诗注本的源头。至清代，对杜诗的注释日臻完备，出现了《杜诗镜铨》《杜诗详注》《钱注杜诗》《杜臆》等经典注本。今人注本当属萧涤非先生的《杜甫全集校注》最为完备。本书参校诸本，选诗按诗体略作分类，注释力求准确通达，希望能对读者阅读和理解杜诗有所帮助。

目 录

望 岳❶

　　岱宗夫如何❷？齐鲁青未了❸。造化钟神秀❹，阴阳割昏晓❺。荡胸生曾云❻，决眦入归鸟❼。会当凌绝顶❽，一览众山小❾。

注释

❶岳：指东岳泰山，在今山东省泰安市。

❷岱宗：泰山亦称岱山或岱岳，古时以泰山为五岳之首，因又称"岱宗"。历代帝王凡举行封禅大典，皆在此山，这里指对泰山的尊称。《尚书·虞书·尧典》载：岁二月，东巡守。至于岱宗，柴，望秩于山川。肆觐东后。协时月正日，同律度量衡。修五礼，五玉、三帛、二生、一死赘，如五器，卒乃复。夫：指代词，意同它，实指岱宗。如何：怎么样。

❸齐：周代诸侯国，始封君为太公望吕尚，封地在今山东省淄博市临淄区。《史记·齐太公世家》载：于是武王已平商而王天下，封师尚父于齐营丘。东就国，道宿行迟。鲁：周代诸侯国，始封君为周公旦，封地在今山东省曲阜市。《史记·鲁周公世家》载：遍封功臣同姓戚者。封周公旦于少昊之虚曲阜，是为鲁公。周公不就封，留佐武王。古代齐鲁两国以泰山为界，齐国在泰山北，鲁国在泰山南。《史记·货殖列传》载：泰山之阳则鲁，其阴则齐。因两诸侯国都在今山东境内，后用齐鲁代指山东地区。青：指山色苍翠、翠绿的样子。未了：不尽，不断。

❹造化：指创造一切的天地自然。钟：汇聚，聚集。神秀：天地之灵气，神奇秀美。

❺阴阳：阴指山的北面，阳指山的南面。这里指泰山的南北。

割：分隔，划分。是指泰山很高，在同一时间，山南山北犹如白天和夜晚。昏晓：黄昏和早晨。

⑥荡胸：心胸摇荡。曾：通"层"，重叠。

⑦决眦：指睁大眼睛仔细看，极度夸张的写法，极目远眺，眼角几乎要裂开。眦：眼角。决：裂开。入：收入眼底，即看到。

⑧会当：终当，定要。凌：登上。凌绝顶：登上泰山的最高峰。

⑨小：形容词的意动用法，站在泰山最高峰上，俯瞰群山，感到周围群山的低矮。

❧ 陪李北海宴历下亭❶ ❧

东藩驻皂盖❷，北渚凌清河❸。海右❹此亭古，济南名士多❺。云山已发兴❻，玉佩仍当歌❼。修竹❽不受暑，交流❾空涌波。蕴真惬所欲❿，落日将如何？贵贱俱物役⓫，从公难重过⓬！

注释

❶李北海：指李邕，唐代文学家、书法家，能诗善文，工书法，尤擅长行楷书。曾任北海郡太守，在今山东潍坊，史称"李北海"。历下亭：在齐州历山下，在今山东济南。

❷东藩：亦指李北海。北海郡在京师之东，故称东藩。皂盖：青黑色车盖。汉时太守用皂盖。

❸渚：指水中的小块陆地。清河：大清河，又名济水，原在山东省济南市之北，后被黄河夺其河路。

❹海右：古时方位正向为南，右为西，左为东。因山东地形，大海在东，齐州在海西，故称陆地为"海右"。

❺济南名士多：原诗此句下作者自注："时邑人蹇处士等在座。"

自汉以来的经师如伏生等，皆济南人，故日名士多。

⑥云山：指远处的云影山色。发兴：催发作诗的兴致。兴：兴致。

⑦玉佩：原义指衣服上佩戴的玉饰品。此处指唐时宴会时唱歌侑酒的歌妓。当：是当对的当。

⑧修竹：修长的竹子。

⑨交流：指历水与泺水，两河交汇同入鹊山湖。《三齐记》：历水出历祠下，众源竟发，与泺水同入鹊山湖。所谓交流也。

⑩蕴真：蕴含着真正的乐趣。惬：称心，满意。

⑪贵：尊贵，指李邕。贱：低贱，杜甫自谦之称。俱：都。物役：为外物所役使。

⑫公：对李邕的尊称。难重过：难以再有同您一起重游的机会。

奉赠韦左丞丈二十二韵①

纨绔②不饿死，儒冠多误身③。丈人④试静听，贱子请具陈⑤。甫昔少年日，早充观国宾⑥。读书破万卷⑦，下笔如有神⑧。赋料扬雄敌⑨，诗看子建亲⑩。李邕⑪求识面，王翰愿卜邻⑫。自谓颇挺出⑬，立登要路津⑭。致君尧舜⑮上，再使风俗淳⑯。此意竟萧条，行歌非隐沦⑰。骑驴⑱十三载，旅食京华春⑲。朝扣富儿㉑门，暮随肥马㉒尘。残杯与冷炙，到处潜悲辛。主上顷见征㉓，欻然欲求伸㉔。青冥却垂翅㉕，蹭蹬无纵鳞㉖。甚愧丈人厚㉗，甚知丈人真。每于百僚㉘上，猥诵佳句新。窃效贡公㉙喜，难甘原宪贫㉚。焉能心怏怏㉛，只是走踆踆㉜。今欲东入海㉝，即将西去秦㉞。尚怜㉟终南山，回首清渭滨㊱。常拟报一饭㊲，况怀辞大臣㊳。白鸥没浩荡㊴，万里谁能驯㊵？

003

注释

❶ 韦左丞丈：即韦济，唐代诗人，天宝年间迁河南尹，转尚书左丞，官终冯翊太守。

❷ 纨绔：用细绢做的裤子，泛指富家子弟穿的华美衣着。后用以指代富家子弟。

❸ 儒冠：古时文人戴的帽子，常用作借指读书人。

❹ 丈人：对长辈的尊称，此处指韦济。

❺ 贱子：谦称，年少位卑者自谓。此处是杜甫自称。请：意谓请允许我。具陈：详细说明。

❻ 充：充当，充任。观国宾：观察国事的宾客，此处是说杜甫在开元十三年应考进士落第之事。

❼ 破万卷：形容书读得多。

❽ 如有神：形容写诗作文才思敏捷，如有神助。

❾ 扬雄：字子云，西汉著名辞赋家、文学家。早年好诗赋，作《甘泉赋》《河东赋》《校猎赋》《长杨赋》等。中年以后，以辞赋为雕虫小技，无益于讽谏，转而研究儒学，作《太玄》《法言》。对后世产生重大影响。料：估计，料想。敌：匹敌。

❿ 看：比拟。子建：曹植的字，曹操之三子，建安时期著名诗人、文学家，对五言诗的发展做出了重要贡献。亲：接近。

⓫ 李邕：唐代文学家、书法家，能诗善文，工书法，尤擅长行楷书。曾任北海郡太守，史称"李北海"。李邕曾主动去结识杜甫，《新唐书·杜甫传》载：甫，字子美，少贫不自振，客吴越、齐赵间。李邕奇其材，先往见之。举进士不中第，困长安。

⓬ 王翰：唐代著名诗人，工诗善文，其诗词情壮丽，名重当时。所作《凉州词》二首慷慨悲壮，广为传诵。卜邻：卜地而居，作邻居。

⓭ 自谓：自认为。挺出：突出，杰出。

⓮ 要路津：指重要的职位。《古诗十九首·其四》载：何不策高

足，先据要路。

⑮致：促使。君：指唐玄宗。尧舜：传说中上古的贤君。

⑯淳：淳厚，朴实。

⑰萧条：寂寞，冷落。

⑱隐沦：指隐者。

⑲骑驴：与乘马的达官贵人对比。十三载：从开元二十三年杜甫参加进士考试，到天宝六年共计十三年。

⑳旅食：寄食。京华：指国都长安。

㉑富儿：指当朝权贵。

㉒肥马：富人所乘之马，此处代指富人。

㉓主上：指唐玄宗。顷：不久前。见征：被征召。

㉔欻然：忽然。欲求伸：希望能够展示自己的才华和抱负。

㉕青冥：青天，高空。垂翅：飞鸟折翅从天空坠落，比喻遭遇挫折。

㉖蹭蹬：形容行进困难。无纵鳞：本指鱼不能纵身远游，比喻理想和抱负得不到施展。

㉗愧：愧对。厚：厚意。

㉘百僚：指韦济的同僚。

㉙窃：私底下。效：效法。贡公：指西汉贡禹。此处用贡禹与王吉弹冠相庆的典故，期待韦济能荐拔自己。《汉书·王吉传》载：吉与贡禹为友，世称“王阳在位，贡公弹冠”，言其取舍同也。

㉚难甘：难以甘心忍受。原宪；孔子的学生，以贫穷出名。《庄子·让王》载：原宪居鲁，环堵之室，茨以生草；蓬户不完，桑以为枢；而瓮牖二室，褐以为塞；上漏下湿，匡坐而弦。子贡乘大马，中绀而表素，轩车不容巷，往见原宪。原宪华冠縰履，杖藜而应门。子贡曰：“嘻！先生何病？”原宪应之曰：“宪闻之，无财谓之贫，学而不能行谓之病。今宪贫也，非病也。”

㉛焉能：怎么能够。怏怏：内心气愤不平的样子。

㉜逡逡：且进且退的样子。

㉝东入海：指避世隐居。《论语·公冶长》载：子曰："道不行，乘桴浮于海。"

㉞去秦：离开长安。秦：指长安。

㉟怜：留恋。

㊱清渭：长安以北的渭水。滨：水边。

㊲拟：准备，打算。报一饭：报答一饭之恩。

㊳辞大臣：指辞别韦济。

㊴白鸥：水鸟，此处诗人自比。没浩荡：投身于浩荡的烟波之间。

㊵谁能驯：谁还能拘束我呢？驯：驯服，引申为拘束。

前出塞九首❶·其一

戚戚❷去故里，悠悠赴交河❸。公家有程期❹，亡命婴祸罗。君已富土境，开边一何多。弃绝❺父母恩，吞声行负戈❻。

注释

❶ 前出塞：乐府旧题，宋郭茂倩《乐府诗集》列入《横吹曲辞》。

❷ 戚戚：忧惧；忧伤的样子。

❸ 悠悠：形容从容不迫。交河：在新疆维吾尔自治区吐鲁番市。

❹ 公家：指官家。有程期：是说赴交河有一定期限。

❺ 弃绝：抛弃；不要。

❻ 吞声：指哭泣不敢出声。行负戈：服兵役。

前出塞九首·其二

出门日已远，不受徒旅❶欺。骨肉恩岂断，男儿死无时❷。走马脱辔头❸，手中挑青丝❹。捷下❺万仞冈，俯身试搴❻旗。

注释

❶ 徒旅：指同行的伙伴。

❷ 死无时：是说时时都有死的可能，不一定在战场。

❸ 走马：即跑马。辔头：驾驭牲口的嚼子的缰绳。脱：去掉

不用。

④青丝：即马缰绳。挑：用手的挑着。

⑤捷下：飞驰而下。

⑥搴：拔取。是说从马上俯下身去练习拔旗。《通典》载：搴旗斩将，陷阵摧锋，上赏。

前出塞九首·其三

磨刀鸣咽水①，水赤刃伤手。欲轻肠断声②，心绪乱已久。丈夫誓许国③，愤惋复何有！功名图麒麟④，战骨当速朽。

注释

①鸣咽水，指陇头水。《三秦记》载：陇山顶有泉，清水四注，俗歌：陇头流水，鸣声鸣咽。遥望秦川，肝肠断绝。

②肠断声：指鸣咽的水声。

③丈夫：是男子征夫的意思。誓许国：是说决心把生命献给国家。

④麒麟：在未央宫中。汉宣帝时曾图霍光等十一功臣像于阁上，以表扬其功绩。

前出塞九首·其四

送徒既有长①，远戍亦有身②。生死向前去，不劳吏怒嗔。路逢相识人，附书与六亲❸。哀哉两决绝❹，不复同苦辛。

注释

❶送徒有长：指率领征夫的官长。

❷远戍：谓戍守边疆。

❸附书：即捎书信。六亲：是父母兄弟妻子。

❹决绝：是永别。

前出塞九首·其五

迢迢❶万里余，领我赴三军。军中异苦乐❷，主将宁尽闻。隔河见胡骑❸，倏忽❹数百群。我始为奴仆，几时树❺功勋。

注释

❶迢迢：形容遥远。

❷异苦乐：在行伍中苦乐对立不均。

❸河：即交河。骑：指骑兵。

❹倏忽：一会儿的工夫。

❺树：建功立业。

前出塞九首·其六

挽弓当挽强❶，用箭当用长。射人先射马，擒❷贼先擒王。杀人亦有限，列国❸自有疆。苟能制侵陵❹，岂在多杀伤。

注释

❶ 挽：拉。强：指硬弓。

❷ 擒：捉拿。

❸ 列国：各国。

❹ 侵陵：侵犯欺凌。

前出塞九首·其七

驱马天雨雪❶，军行入高山。径危抱寒石❷，指落❸层冰间。已去汉月❹远，何时筑城还。浮云暮南征，可望不可攀。

注释

❶ 雨雪：即下雪。

❷ 危：高。

❸ 指落：是手指被冻落。

❹ 汉月：汉家或汉时的明月，借指祖国或故乡。

前出塞九首·其八

单于❶寇我垒，百里风尘昏。雄剑❷四五动，彼军为我奔❸。掳其名王❹归，系颈授辕门❺。潜身备行列，一胜何足论。

❶单于：汉时匈奴人对其君主的称呼。泛指外族首领。

❷雄剑：古宝剑有雌雄，雌剑为空心，雄剑为实心。

❸奔：指打了败仗，奔逃。

❹掳：俘虏。名王：如匈奴的左贤王、右贤王。这里泛指贵人。

❺辕门：古时军营的门或官署的外门，即军门。

前出塞九首·其九

从军十年余，能无❶分寸功。众人贵苟得❷，欲语羞雷同。中原有斗争❸，况在狄与戎❹。丈夫四方志，安可辞固穷。

注释

❶能无：岂无。

❷众人，指一般将士。苟得：指争功贪赏。

❸斗争：指战乱。

❹狄与戎：戎狄是先秦时代华夏对西方和北方的非华夏部落的统称，即北狄和西戎的合称。

同诸公登慈恩寺塔❶

高标跨苍穹❷，烈风无时休❸。自非旷士❹怀，登兹翻百忧❺。方知象教❻力，足可追冥搜❼。仰穿龙蛇窟❽，始出枝撑幽❾。七星❿在北户，河汉⓫声西流。羲和鞭白日⓬，少昊⓭行清秋。秦山忽破碎⓮，泾渭不可求⓯。俯视但一气⓰，焉能辨皇州⓱。回首叫虞舜⓲，苍梧⓳云正愁。惜哉瑶池饮，日晏⓴昆仑丘。黄鹄去不息㉑，哀鸣何所投。君看随阳雁㉒，各有稻粱谋㉓。

注 释

❶原注："时高适、薛据先有此作。"同：即和。诸公：指高适、薛据、岑参、储光羲。慈恩寺：唐贞观年间，太子李治为母亲文德皇后营建，在长安晋昌坊。塔：即大雁塔。唐高宗永徽三年玄奘法师在慈恩寺中所建。用为新进士题名之处。在今陕西西安市和平门外八里处，高七层，六十四米。

❷标：顶端，高处。高标：即慈恩寺大雁塔。苍穹：青天。

❸烈风：刚猛的大风。休：停息。

❹旷士：旷达出世的人。

❺兹：此。翻：反而。

❻象教：佛祖释迦牟尼讲经说法时，借助形象以教人，因此佛教又称为象教。

❼冥搜：即探幽。

❽龙蛇窟：指大雁塔内部狭窄弯曲的磴道。

❾枝撑：指塔中交错的支柱。幽：昏暗。

❿七星：指北斗七星，包括天枢、天璇、天玑、天权、天衡、开阳、摇光七星，属大熊星座。

⓫河汉：指银河。

⓬羲和：古代神话传说中的人物，驾驭日车的神。鞭：用鞭子抽打，形容日行之快。

⓭少昊：三皇五帝之一，黄帝的长子，母为嫘祖，汉族神话中的五方上帝之一，又称白帝，又作少皞、少皓、少颢，史称金天氏、穷桑、云阳氏或朱宣。传说时代华夏部落联盟首领，同时和太昊伏羲一

样同为上古时期东夷族的祖先和首领，定都穷桑，因修太昊之法，故称之为少昊。

⑭秦山：指秦岭主峰终南山，在长安以南。

⑮泾渭：泾水和渭水。《诗·邶风·谷风》载：泾以渭浊，湜湜其沚。毛传：泾渭相入而清浊异。不可求：难辨清浊。

⑯但：只是。

⑰焉能：怎么能。皇州：指国都长安。

⑱虞舜：上古帝王舜的称号。姓姚，名重华。因建国于虞，故称为虞舜、有虞氏。《史记·五帝本纪》载：虞舜者，名曰重华。尧立七十年得舜，二十年而老，令舜摄行天子之政，荐之于天。尧辟位凡二十八年而崩。百姓悲哀，如丧父母。三年，四方莫举乐，以思尧。尧知子丹朱之不肖，不足授天下，于是乃权授舜。授舜，则天下得其利而丹朱病；授丹朱，则天下病而丹朱得其利。尧曰终不以天下之病而利一人，而卒授舜以天下。尧崩，三年之丧毕，舜让辟丹朱于南河之南。诸侯朝觐者不之丹朱而之舜，狱讼者不之丹朱而之舜，讴歌者不讴歌丹朱而讴歌舜。舜曰天也，夫而后之中国践天子位焉，是为帝舜。

⑲苍梧：相传舜征有苗，崩于苍梧之野，葬于九嶷山。此处用以代指唐太宗的昭陵。《史记·五帝本纪》载：舜年二十以孝闻，年三十尧举之，年五十摄行天子事，年五十八尧崩，年六十一代尧践帝位。践帝位三十九年，南巡狩，崩于苍梧之野。葬于江南九嶷，是为零陵。

⑳晏：晚，迟。

㉑黄鹄：神话传说中的大鸟，能一举千里。《商君书·画策》载：黄鹄之飞，一举千里。去不息：远走高飞，不停止。

㉒随阳雁：大雁为候鸟，随季节变化而迁徙，秋季由北而南，春季由南而北。此喻左右摇摆的趋炎附势者。

㉓稻粱谋：本指禽鸟觅取食物的方法，此喻小人谋求利禄。

送高三十五书记十五韵①

崆峒②小麦熟，且愿休王师！请公问主将③：焉用穷荒④为？饥鹰⑤未饱肉，侧翅随人飞。高生跨鞍马，有似幽并⑥儿。脱身簿尉⑦中，始与捶楚⑧辞。借问何今官？触热向武威⑨？答云一书记，所愧国士知⑩。人实不易知，更须慎其仪！十年出幕府，自可持军麾⑪。此行既特达⑫，足以慰所思。男儿功名遂，亦在老大时。常恨结欢浅⑬，各在天一涯；又如参与商⑭，惨惨⑮中肠悲。惊风吹鸿鹄⑯，不得相追随，黄尘翳⑰沙漠，念子何当⑱归。边城有余力，早寄从军诗！

注释

①高三十五：即唐代诗人高适，曾为河西节度使哥舒翰掌书记。

②崆峒：山名，在今甘肃平凉市西，属六盘山，唐时属河西节度使管辖。

③公：指高适。主将：指哥舒翰。

④穷荒：贫瘠边远之地。

⑤饥鹰：比喻高适。《旧唐书·高适传》载：高适者，渤海蓚人也。少家贫，客于梁、宋，以求丐自给。其性傲于权贵，窥察洞明。及冠始留意诗什，以气质自高。每吟一篇，喜为好诗者称诵。宋州刺史张九皋深奇之，荐举有道科。时右相李林甫擅权，薄于文雅，唯以举子待之，适拂袖而去，客游河右。

⑥幽：幽州，河北之地。并：并州，山西之地。两地民风彪悍，多出健儿。

⑦脱身簿尉：高适辞去封丘县尉之事。《新唐书·高适传》载：高适，字达夫，沧州渤海人。少落魄，不治生事。客梁、宋间，宋州

刺史张九皋奇之，举有道科中第，调封丘尉，不得志，去。

⑧捶楚：杖击，鞭打。高适《封丘作》载：我本渔樵孟诸野，一生自是悠悠者。乍可狂歌草泽中，宁堪作吏风尘下？只言小邑无所为，公门百事皆有期。拜迎长官心欲碎，鞭挞黎庶令人悲。归来向家问妻子，举家尽笑今如此。生事应须南亩田，世情尽付东流水。梦想旧山安在哉，为衔君命且迟回。乃知梅福徒为尔，转忆陶潜归去来。

⑨触热：冒着炙热。**武威：**郡名，即今甘肃武威，唐时为河西节度使治所。

⑩国士：指河西节度使哥舒翰以国士之礼相待。《旧唐书·高适传》载：河西节度哥舒翰见而异之，表为左骁卫兵曹，充翰府掌书记，从翰入朝，盛称之于上前，已而又去。

⑪军麾：用作指挥的军旗。

⑫特达：特出，这里有前途远大意。

⑬浅：短浅。

⑭参与商：参星与商星。参西商东，此出彼没，永不相见，用以比喻亲友分隔两地不得相见。

⑮惨惨：犹言悲伤状。

⑯鸿鹄：鸟名，用以比喻胸有大志。

⑰翳：遮蔽。

⑱何当：何时。

∽ 九日寄岑参① ∽

出门复②入门，雨脚但如旧③。所向泥活活④，思君⑤令人瘦。沉吟⑥坐西轩，饮食错昏昼⑦。寸步⑧曲江头，难为一相就。吁嗟呼苍生⑨，稼穑不可救。安得诛云师⑩，畴⑪能补天漏。大明韬日月⑫，旷野号⑬禽兽。君子强逶迤⑭，小人困驰骤⑮。维南有崇山⑯，恐与川浸溜⑰。是节⑱东篱菊，纷披⑲为谁秀。岑生多新诗，性亦嗜醇酎⑳。采采黄金花㉑，何由满衣袖。

注 释

❶岑参：盛唐著名诗人，边塞诗派代表，为杜甫诗友。天宝年间进士。曾两次出塞，往来于安西、北庭。后入朝任右补阙。官至嘉州刺史。

❷复：再，多次。

❸雨脚：犹细雨成丝。但：只。

❹所向：到处。活活：道路泥泞不堪，走在泥路中所发出的声音。

❺君：指岑参。

❻沉吟：迟疑犹豫。

❼错昏昼：饭食颠倒，晨昏颠倒。

❽寸步：咫尺，形容离得很近。曲江：在长安东南。头：指曲江边。

❾吁嗟：哀叹；叹息。苍生：天下百姓。

❿云师：黄帝时的官名，云神，名丰隆。

⓫畴：谁。天漏：指天下雨。

⓬大明：即指日月。韬：韬晦，隐藏不露。

⓭号：野兽的嚎叫声。

⓮君子：指朝廷官员。强：勉强。逶迤：犹委蛇，缓慢行走。

⓯小人：指平民百姓和仆役。困驰骤：百姓徒步，难以奔走。

⓰崇山：高山，此处指终南山。

⓱川浸：水流大。溜：水流漂急。

⓲节：指重阳节。用陶渊明诗典故。《饮酒》载：采菊东篱下，悠然见南山。

⓳纷披：是盛开。为谁秀：无人欣赏。

❧ 后出塞五首❶·其一 ❧

男儿生世间，及壮当封侯。战伐❷有功业，焉能守旧丘❸？召募赴蓟门❹，军动不可留。千金买马鞍，百金装刀头。闾里❺送我行，亲戚拥道周❻。斑白居上列❼，酒酣进庶羞❽。少年别有赠，含笑看吴钩❾。

❶后出塞：乐府旧题，宋郭茂倩《乐府诗集》列入《横吹曲辞》。

❷战伐：征战；战争。

❸旧丘：即老家。

❹召募：这时实行募兵制。蓟门：点在今北京一带，当时属渔阳节度使安禄山管辖。

❺闾里：乡里。

❻道周：即道边。

❼斑白：是发半白，泛指老人。居上列：即坐在上头。

❽酒酣：谓酒喝得尽兴，畅快。庶羞：即菜肴。

❾吴钩：春秋时吴王阖闾所作之刀，后通用为宝刀名。

后出塞五首·其二

朝进东门营❶，暮上河阳桥❷。落日照大旗❸，马鸣风萧萧。平沙列万幕❹，部伍各见招❺。中天悬明月，令严夜寂寥❻。悲笳❼数声动，壮士惨不骄。借问大将谁？恐是霍嫖姚❽。

注释

❶东门营：洛阳东面门有"上东门"，由洛阳往蓟门，须出东门。

❷河阳桥：在河南孟津县，是黄河上的浮桥，为通往河北的要道。

❸大旗：大将所用的红旗。《通典》载：陈将门旗，各任所色，不得以红，恐乱大将。

❹幕：帐幕。列：是整齐地排列着。

⑤部伍句：因为要宿营，所以各自集合各自的部队。

⑥令严：军令森严

⑦悲笳：静营之号，军令既严，笳声复悲。

⑧霍嫖姚：指西汉大将霍去病，曾为嫖姚校尉。

后出塞五首·其三

　　古人重守边，今人重高勋①。岂知英雄主，出师亘②长云。六合已一家，四夷且孤军③。遂使貔虎士④，奋身勇所闻⑤。拔剑击大荒⑥，日收胡马群⑦；誓开玄冥北⑧，持以奉吾君！

注释

①重高勋：即贪图功名。

②亘：是绵亘不断。

③六合：天地四方为"六合"，这里指全国范围以内。且：尚。

④遂使：于是使得。貔：即貔貅，猛兽，这里比喻战士。

⑤勇：是勇往。所闻：是指地方说的。《汉书·张骞传》载：天子既闻大宛之属多奇物，乃发间使，数道并出。汉使言大宛有善马，天子既好宛马，闻之甘心，使壮上车令等持千金以请宛王善马。

⑥大荒：犹穷荒，不毛之地。

⑦胡：指安史叛军。《安禄山事迹》载：禄山包藏涡心，畜单于护真大马习战斗者数万匹。

⑧玄冥：传说是北方水神，这里代表极北的地方。

后出塞五首·其四

献凯日继踵①，两蕃静无虞②。渔阳豪侠地③，击鼓吹笙竽。云帆转辽海④，粳稻来东吴⑤。越罗与楚练，照耀舆台躯。主将⑥位益崇，气骄凌上都⑦。边人不敢议，议者死路衢⑧。

注释

①献凯：奏捷。继踵：接踵，前后相接。《通鉴》载：天宝十三载四月禄山奏击奚破之，虏其王。十四载四月奏破奚、契丹。

②两蕃：是奚与契丹。静无虞：本无寇警。

③渔阳：郡名，今河北蓟县一带。其地尚武，多豪士侠客。

④辽海：即渤海。

⑤粳：晚熟而不黏的稻。来东吴：自东吴而来。

⑥主将：即安禄山。天宝七载禄山赐铁券，封柳城郡公；九载，晋爵东平郡王，节度使封王，自安禄山始。

⑦上都：指京师，即朝廷。凌：凌犯，目无朝廷。

⑧路衢：四通八达的道路。

后出塞五首·其五

我本良家子①，出师亦多门②。将骄益愁思③，身贵不足论。跃马④二十年，恐辜明主恩。坐见⑤幽州骑，长驱河洛昏⑥。中夜间道归⑦，故里但空村❽。恶名❾幸脱免，穷老无儿孙。

注释

❶良家子：穷苦人家的子弟。

❷多门：有多次之意。

❸益：是增益。愁思：即忧虑。

❹跃马：指身贵，从军意。

❺坐见：指时间短促，犹行见、立见。

❻河洛昏：指洛阳行将沦陷。当时安禄山所部皆天下精兵。

❼间道归：抄小路逃回家。

❽故里：家乡。

❾恶名：是叛逆之名，禄山之乱，带有民族矛盾性质，这个士兵不肯背叛，是完全值得肯定的。是完全值得肯定的。

自京赴奉先县咏怀五百字

　　杜陵有布衣❶，老大意转拙❷。许身一何愚❸，窃比稷与契❹。居然成濩落❺，白首甘契阔❻。盖棺❼事则已，此志常觊豁❽。穷年忧黎元❾，叹息肠内热❿。取笑同学翁，浩歌弥激烈。非无江海志⓫，潇洒送日月⓬。生逢尧舜君⓭，不忍便永诀。当今廊庙具⓮，构厦岂云缺。葵藿⓯倾太阳，物性固难夺。顾惟蝼蚁辈⓰，但求其穴。胡为慕大鲸⓱，辄拟偃溟渤⓲。以兹误生理⓳，独耻事干谒。兀兀⓴遂至今，忍为尘埃没。终愧巢与由㉑，未能易其节㉒。沉饮聊自遣㉓，放歌破愁绝。岁暮百草零，疾风高冈裂。天衢阴峥嵘，客子中夜发。霜严衣带断，指直不得结。凌晨过骊山㉔，御榻在嵽嵲㉕。蚩尤㉖塞寒空，蹴蹋崖谷滑。瑶池气郁律㉗，羽林相摩戛㉘。君臣留欢娱，乐动殷樛嶱㉙。

赐浴皆长缨㉟，与宴非短褐㊱。彤庭㊲所分帛，本自寒女出。鞭挞其夫家，聚敛贡城阙㊳。圣人筐篚恩㊴，实欲邦国㊵活。臣如忽至理，君岂弃此物。多士盈朝廷㊶，仁者宜战栗㊷。况闻内金盘㊸，尽在卫霍室㊹。中堂舞神仙㊺，烟雾散玉质㊻。暖客貂鼠裘，悲管逐清瑟。劝客驼蹄羹，霜橙压香橘。朱门酒肉臭，路有冻死骨。荣枯咫尺异㊼，惆怅㊽难再述。北辕就泾渭㊾，官渡㊿又改辙。群冰从西下，极目高崒兀(51)。疑是崆峒(52)来，恐触天柱(53)折。河梁幸未坼(54)，枝撑声窸窣(55)。行旅相攀援(56)，川广不可越。老妻寄异县(57)，十口隔风雪。谁能久不顾，庶(58)往共饥渴。入门闻号啕(59)，幼子饥已卒。吾宁舍一哀，里巷亦呜咽。所愧为人父，无食致夭折。岂知秋禾登(60)，贫窭有仓卒(61)。生常免租税，名不隶征伐(62)。抚迹(63)犹酸辛，平人固骚屑(64)。默思失业徒(65)，因念远戍卒。忧端齐终南(66)，澒洞不可掇(67)。

注释

❶杜陵：地名，在长安城东南。杜甫祖籍杜陵，他也曾在杜陵附近居住，故常自称杜陵野老、杜陵野客、杜陵布衣。布衣：平民。

❷老大：指杜甫此时已四十四岁。拙：笨拙，不合时宜。

❸许身：自期、自许。一何：多么。

❹窃：自己的谦称。稷与契：传说中舜帝的两个贤臣，稷是周代祖先，教百姓种植五谷；契是殷代祖先，掌管文化教育。

❺濩落：即廓落，大而无用的意思。引申为沦落失意的意思。

❻契阔：辛勤劳苦。

❼盖棺：指死亡。

❽觊豁：希望达到目的，希望实现理想。

❾穷年：终年。黎元：老百姓。

❿肠内热：内心焦急，忧心如焚。

⓫同学：指同辈人。翁：对老者的尊称，此处实为贬义。

⓬浩歌：放声高歌，大声歌唱。弥：更加，越发。

⓭江海志：避世隐居的想法。

⑭潇洒：无拘无束的状态。送日月：打发时间。

⑮尧舜君：此以尧舜借指唐玄宗。

⑯廊庙具：治国安邦的人才。廊庙：指朝廷。

⑰葵藿：指葵与藿，为野菜。多用以比喻下对上赤心趋向。语出《三国志·魏志·陈思王植传》载：若葵藿之倾叶，太阳虽不为之回光，然向之者诚也。窃自比于葵藿，若降天地之施，垂三光之明者，实在陛下。

⑱蝼蚁辈：比喻那些自私自利钻营利禄的人。

⑲胡为：为何。大鲸：比喻胸有大志的人。

⑳辄：就，常常。拟：想要，打算。溟渤：指大海。

㉑生理：处世生存之道。

㉒干谒：求见权贵，以谋求仕途。

㉓兀兀：穷困劳碌的样子。

㉔巢与由：指，巢父、许由都是尧时的隐士。《高士传·巢父》载：巢父者，尧时隐人也，山居不营世利，年老以树为巢而寝其上，故时人号曰巢父。《庄子·逍遥游》载：隐士许由，相传尧让以天下，不受，隐居在颍水之阳的箕山之下。尧又召为九州长，由不愿闻，洗耳于颍水之滨。又，许由与巢父为友，后因称隐士为"巢许"、"巢由"。

㉕节：操守。

㉖沉饮：沉湎于中。自遣：自我排遣。

㉗天衢：天空广阔，任意通行，如世之广衢。此处指指京都长安的大路。峥嵘：原是形容山的高峻突兀或建筑物的高大耸立，此处用来形容阴云密布。

㉘客子：此为杜甫自称。中夜：半夜。发：出发。

㉙骊山：在今陕西临潼南。因古骊戎族居此得名。又名郦山。

㉚嶙峋：形容山势高峻，此指骊山。

㉛蚩尤：传说中黄帝时的诸侯。相传蚩尤与黄帝决战时雾塞天地。后用以借指雾气或兵气。

㉜瑶池：神话中昆仑山上的池名，西王母所住的地方。传说中西王母与周穆王宴会的地方。此指骊山温泉。气郁律：温泉热气蒸腾。《穆天子传》载：吉日甲子，天子宾于西王母。乃执白圭玄璧以见西王母。好献锦组百纯，白组三百纯。西王母再拜受之。乙丑，天子觞西王母于瑶池之上。西王母为天子谣，曰："白云在天，山陵自出。道里悠远，山川间之。将子无死，尚能复来？"天子答之，曰："予归东土，和治诸夏。万民平均，吾顾见汝。比及三年，将复而野。"

㉝羽林：皇帝的禁卫军。摩戛：武器相撞击的声音。

㉞殷：形容雷声。樛嶱：即胶葛，山石高峻貌。这句指乐声震动山冈。

㉟长缨：指权贵。缨：帽带。

㊱短褐：粗布短袄，借指平民。

㊲彤庭：指朝廷。

㊳城阙：京城，亦指朝廷。

㊴圣人：指皇帝。筐篚：两种盛物的竹器。古代皇帝以筐篚盛布帛赏赐群臣。

㊵邦国：指国家。

㊶多士：指文武百官。盈：充满。

㊷战栗：颤抖，警惕。

㊸内金盘：宫中皇帝御用的金盘。

㊹卫、霍：指汉代大将卫青、霍去病，都是汉武帝的外戚。这里喻指杨贵妃的兄弟姐妹们。

㊺中堂：指杨氏家族的庭堂。神仙：比喻像神仙一样的美女在翩翩起舞。

㊻烟雾：形容美女所穿的如烟如雾的薄薄的纱衣。玉质：指美人的肌肤。

㊼荣、枯：指富人与穷人。此喻朱门的豪华生活和路边冻死的尸骨。

㊽惆怅：此言感慨、难过。

㊾北辕：驾车北行。杜甫自长安至蒲城，沿渭水东走，再折向北行。泾渭：泾水和渭水。《诗·邶风·谷风》载：泾以渭浊，湜湜其沚。《毛传》载：泾渭相入而清浊异。

㊿官渡：官府设立的渡口。

(51)崒兀：高高突兀的样子。

(52)崆峒：山名，在今甘肃凉平市。

(53)天柱：古代神话说，天的四角都有柱子支撑，叫天柱。恐触天柱折：形容冰水汹涌，仿佛共工头触不周山，使人有天崩地塌之感。表示诗人对国家命运的担心。《淮南子·天文训》载：共工与灏争为帝，怒而触不周之山，天柱折，地维绝。

(54)河梁：桥。坼：开裂。

(55)枝撑：桥的支柱。窸窣：象声词，木桥振动的声音。

(56)行旅：行路人。相：相互。攀援：攀扶。

(57)异县：指奉先县。

(58)庶：希望。

(59)号啕：放声大哭。

(60)登：指庄稼成熟。

(61)贫窭：贫穷。仓卒：此指意外的不幸。

(62)征伐：按国家规定的赋税和兵役、劳役。杜甫时任右卫卒府兵曹参军，享有豁免租税和兵役之权。

(63)抚迹：遥想往事。

(64)平人：平民百姓，唐人避唐太宗李世民讳，改“民”为“人”。骚屑：指风声，此处指躁动不安。

(65)失业徒：失去土地的人们。

(66)忧端：忧虑的情怀。

(67)澒洞：广大，无边际。掇：收拾。

述 怀

去年①潼关破，妻子隔绝久②。今夏草木长，脱身得西走③。麻鞋见天子，衣袖露两肘。朝廷愍④生还，亲故伤老丑⑤。涕泪受拾遗⑥，流离主恩厚；柴门⑦虽得去，未忍即开口。寄书问三川⑧，不知家在否。比闻同罹祸⑨，杀戮到鸡狗。山中漏茅屋，谁复依户牖⑩？摧颓⑪苍松根，地冷骨未朽。几人全性命？尽室岂相偶⑫？嶔岑猛虎场⑬，郁结回我首⑭。自寄一封书，今已十月后。反畏消息来，寸心亦何有？汉运初中兴，生平老耽酒⑮。沉思欢会处，恐作穷独叟⑯。

注释

❶去年：指天宝十五年。这年六月安史叛军攻破潼关，七月肃宗在灵武即位，年号至德。

❷隔绝久：至德元年八月杜甫在只身赶往灵武行在途中被俘，与妻小相隔，至写这首诗时将近一年。

❸脱身：逃走。得西走：凤翔在长安西面，因此得向西逃走。

❹愍：怜悯，哀怜。

❺亲故：即亲朋故交。伤：可怜，痛惜。老丑：杜甫自称。

❻涕泪句：至德二年五月杜甫逃到凤翔，唐肃宗任命其为左拾遗。拾遗：唐职官名。唐代谏官，武则天时始置左右拾遗，掌供奉讽谏，以救补人主言行的缺失。

❼柴门：指杜甫在鄜洲羌村居住的家。

❽三川：县名，属鄜州管辖。杜甫安家在此。

❾比闻：即近闻。比：近来。罹祸：即遭难。

❿户牖：门窗，借指家。

⓫摧颓：是形容摧折，衰败，毁废。

⓬尽室：指全家。偶：聚合。

⓭嵚岑：山势高峻的样子。猛虎：喻残暴的安史叛军。

⓮郁结：心情郁结烦闷。回我首：摇头叹气。

⓯耽酒：即嗜酒。

⓰穷独：孤独无依。叟：是对年老的称呼，杜甫此时四十六岁。

北 征❶

皇帝二载秋❷，闰八月初吉❸。杜子❹将北征，苍茫问家室❺。维时遭艰虞❻，朝野无暇日。顾惭恩私被❼，诏许归蓬荜❽。拜辞诣阙下❾，怵惕❿久未出。虽乏谏诤⓫姿，恐君有遗失。君诚中兴⓬主，经纬固密勿⓭。东胡⓮反未已，臣甫愤所切⓯。挥涕恋行在⓰，道途犹恍惚⓱。乾坤含疮痍⓲，忧虞何时毕？靡靡逾阡陌⓳，人烟眇萧瑟⓴。所遇多被伤，呻吟更流血。回首凤翔县，旌旗晚明灭㉒。前登寒山重，屡得饮马窟㉓。邠郊㉔入地底，泾水中荡潏㉕。猛虎立我前，苍崖吼时裂。菊垂今秋花，石戴古车辙。青云动高兴，幽事亦可悦。山果多琐细，罗生㉙杂橡栗。或红如丹砂，或黑如点漆。雨露之所濡㉛，甘苦齐结实。缅思桃源㉜内，益叹身世拙㉝。坡陀望鄜畤㉞，岩谷互出没。我行已水滨，我仆犹木末㉟。鸱鸟鸣黄桑㊱，野鼠拱乱穴。夜深经战场，寒月照白骨。潼关百万师，往者散何卒㊲？遂令半秦民㊳，残害为异物㊴。况我堕胡尘㊵，及归尽华发。经年㊶至茅屋，妻子衣百结㊷。恸哭㊸松声回，悲泉共幽咽。平生所娇儿，颜色㊹白胜雪。见耶㊺背面啼，垢腻脚不袜㊻。床前两小女，补绽才过膝㊼。海图坼㊽波涛，旧绣移曲折。天吴及紫凤㊾，颠倒在裋褐㊿。老夫情怀恶㊺，呕泄卧数日。那无囊中帛，救汝寒凛栗㊼。粉黛亦解包，衾裯稍罗列㊽。瘦妻面复光，痴女头自栿㉟。学母无不为，晓妆随手抹。移时施朱铅㉟，狼藉画眉阔㉟。生还对童稚，似欲忘饥渴。问事竞挽须，谁能即嗔喝㉟？翻思㉟在贼愁，甘受杂乱聒㉟。新归且慰意，生理㉟焉得说？至尊尚蒙尘㉟，几日休练卒？仰观天色改，坐觉妖氛豁。阴风西北来，惨淡随回纥㉟。其王愿助顺㉟，其俗善驰突㉟。送兵五千人，驱马一万匹。此辈少为贵㉟，四方服勇决。所用皆鹰腾㉟，破敌过箭疾。圣心颇虚仁㉟，时议气欲夺㉟。伊洛指掌收㉟，西京不足拔㉟。官军请深入，蓄锐可俱发㉟。此举开青徐㉟，旋瞻略恒碣㉟。昊天㉟积霜露，正气有肃杀。祸转亡胡岁，势成擒胡月。胡命其能久？皇纲㉟未宜绝。忆昨狼狈初㉟，事与古先别：奸臣竟菹醢㉟，同恶随荡析㉟。不闻夏殷㉟衰，中自诛褒妲㉟。周汉获再兴，宣光果明哲㉟。桓桓陈将军，仗钺奋忠烈。微尔人尽非㉟，于今国犹活。凄凉大同殿㉟，寂寞白兽闼㉟。都人望翠华㉟，佳气向金阙㉟。园陵固有神㉟，洒扫数不缺。煌煌太宗业，树立甚宏达㉟！

注释

❶ 原注：北归至凤翔，墨制放往鄜州作。按鄜在凤翔东北，故曰北征。

❷ 皇帝二载：指唐肃宗至德二年。

❸ 初吉：朔日，即每月初一。

❹ 杜子：杜甫自称。

❺ 苍茫：迷茫悠远，指战乱纷扰，家中情况不明。问：探望。

❻ 维：发语词。艰虞：艰难和忧患。

❼ 恩私被：指杜甫受皇恩允许自己探家。

❽ 蓬荜：指贫穷人住的草房，此处指鄜州的家。

❾ 诣：赴、到。阙下：朝廷。

❿ 怵惕：惶恐不安。

⓫ 谏诤：臣下对君上直言规劝。杜甫时任左拾遗，职属谏官，讽喻规劝是他的职责。

⓬ 中兴：国家衰败后重新复兴。

⑬经纬：织布时的纵线叫经，横线叫纬。这里用作比喻有条不紊地处理国家大事。固：本来。密勿：谨慎周到。

⑭东胡：指安史叛军，其部有大量奚族和契丹族人，故称东胡。

⑮愤所切：深切的愤怒。

⑯行在：天子出行时的驻地。

⑰恍惚：精神不振，心神不安。

⑱疮痍：创伤，实指战乱。

⑲忧虞：忧虑。

⑳靡靡：行步迟缓。阡陌：田间小路。

㉑眇：稀少，少见。萧瑟：萧条冷落。

㉒明灭：时隐时现。

㉓屡得：多次碰到。饮马窟：用作比喻边境地区或北方寒冷荒凉及战火频仍之地。古乐府有《饮马长城窟行》，诗中大都描述边境寒冷荒凉、征戍之苦。

㉔邠郊：邠州，即今陕西省彬县。郊：即平原。

㉕荡潏：河水流动的样子。

㉖猛虎：比喻山上怪石状如猛虎。

㉗石戴古车辙：石上印着古代的车辙。

㉘青云：晴空。高兴：很高的兴致。

㉙幽事：幽静的景物。

㉚罗生：罗列丛生。

㉛濡：滋润，润泽。

㉜缅思：遥想。桃源：即东晋陶渊明笔下的桃花源。

㉝拙：笨拙，指不擅长处世。

㉞坡陀：山岗起伏不平。鄜畤：即指鄜州。畤：即祭坛。

㉟木末：树梢。

㊱鸱鸮：猫头鹰。黄桑：秋天的桑树。

㊲卒：仓促。这里指的是年（至德元年）安禄山攻陷洛阳，哥舒翰率三十万（诗中说"百万"是夸张的写法）大军据守潼关，杨国忠

029

迫其匆促迎战，结果全军覆没。

㊳秦民：关中百姓。

㊴为异物：指死亡。

㊵堕胡尘：指年至德元年八月，杜甫被叛军所俘。

㊶经年：经过一整年。

㊷百结：打满了补丁。

㊸恸哭：放声大哭。

㊹颜色：脸色，面容。

㊺耶：爷，指父亲。

㊻垢腻：满身污垢。不袜：未穿袜子。

㊼补绽：衣服补了又补。

㊽坼：裂开。

㊾天吴：神话传说中虎身人面的水神。紫凤：指五彩凤凰。

㊿褐：粗布短衣。

51老夫：杜甫自称。情怀恶：心情不好。

52凛栗：冻得发抖。

53粉：以粉搽脸。黛：以黛画眉。

54衾裯：床上被子。衾：被。裯：床上围帐。

55痴女：不懂事的女孩子，这是爱怜的口气。栉：梳头。

56移时：费了很长的时间。施：涂抹。朱铅：红粉。

57狼藉：杂乱，不整洁。画眉阔：唐代女子画眉，以阔为美。

58嗔喝：生气地喝止。

59翻思：回想起。

60聒：吵闹。

61生理：生计，生活。

62至尊：对皇帝的尊称。蒙尘：指皇帝出逃在外，蒙受风尘之苦。

63休练卒：停止练兵。意思是结束战争。

64妖氛：指叛乱的时局。豁：澄清，开朗。

㉕回纥：唐代西北部族名。当时唐肃宗向回纥借兵平息安史叛乱，杜甫暗指其好战嗜杀，须多加提防。

㉖其王：指回纥王怀仁可汗。助顺：指帮助唐王朝。当时怀仁可汗派遣其太子叶护率骑兵四千助讨叛乱。

㉗善驰突：长于骑射突击。

㉘此辈：指回纥兵。少为贵：这种兵还是少借为好。

㉙鹰腾：形容军士如鹰之飞腾，勇猛迅捷，奔跑起来比飞箭还快。

㉚圣：指唐肃宗。虚伫：一心期待。

㉛时议：当时朝臣对借兵之事的议论。感到担心，但又不敢反对。

㉜伊洛：伊水、洛水两条河流的名称，都流经洛阳。指掌收：轻而易举地收复。

㉝西京：长安。不足拔：不费力就能攻克。

㉞俱发：和回纥兵一起出击。

㉟青徐：青州在今山东。徐州：在今江苏徐州一带。

㊱旋瞻：不久即可看到。略：攻取。桓碣：即恒山、碣石山，在今山西、河北一带，这里指安禄山、史思明的老巢。

㊲昊天：古时称秋天为昊天。

㊳肃杀：严正之气。这里指唐朝的兵威。

㊴皇纲：指唐王朝的帝业。

㊵狼狈：意思是至德元年六月唐玄宗仓皇逃亡奔蜀，跑得很慌张。又发生马嵬兵谏之事。

㊶奸臣：指杨国忠等人。菹醢：剁成肉酱。

㊷同恶：指杨氏家族及其同党。荡析：清除干净。

㊸不闻：没听说过。夏殷：夏、商、周三朝的末代君主。

㊹褒妲：史载夏桀宠妹喜，殷纣王宠爱妲己，周幽王宠爱褒姒，皆导致亡国。这里的意思是，唐玄宗虽也为杨贵妃兄妹所导致的安史之乱。

(85)宣：周宣王。光：汉光武帝。明哲：英明圣哲。

(86)桓桓：威严勇武。陈将军：陈玄礼，时任左龙武大将军，率禁卫军护卫玄宗逃离长安，走至马嵬驿，发动兵谏，杀杨国忠，并迫使玄宗赐死杨贵妃。

(87)钺：大斧，古代天子或大臣所用的一种象征性的武器。

(88)微：若不是，若没有。尔：你，指陈玄礼。人尽非：人民都会被胡人统治，化为夷狄。

(89)大同殿：玄宗经常朝会群臣的地方，在长安兴庆宫。

(90)白兽闼：汉代未央宫白虎殿的殿门，唐代因避太祖李虎的讳，改虎为兽。

(91)翠华：皇帝仪仗中饰有翠羽的旌旗。这里代指皇帝。

(92)金阙：金饰的宫门，指长安的宫殿。

(93)园陵：指唐朝先皇帝的陵墓。固有神：本来就有神灵护卫。

(94)煌煌：明亮耀眼。太宗：指李世民。

(95)宏达：宏伟昌盛，这是杜甫对唐初开国之君的赞美和对唐肃宗的期望。

羌村三首[1]·其一

峥嵘赤云西[2]，日脚下平地[3]。柴门鸟雀噪，归客千里至[4]。妻孥怪我在[5]，惊定还拭[6]泪。世乱遭飘荡，生还偶然遂[7]！邻人满墙头，感叹亦歔欷[8]。夜阑更秉烛[9]，相对如梦寐。

注释

①羌村：在陕西鄜州山川县，杜甫当时安家在羌村。

②峥嵘：指高峻的山峰。这里形容云峰。赤云西：即赤云之西，

因为太阳在云的西边。

❸日脚：由云层缝隙里射下来的光线。

❹柴门：指羌村家门口。归客：杜甫自指。千里至：指杜甫陷叛军数月，从长安出逃，经过艰难跋涉，终于回到羌村。

❺妻孥：妻子和儿女。怪：惊疑，不敢相信。

❻拭：揩，擦。

❼遂：是如愿以偿。

❽歔欷：指悲泣，抽噎，叹息。

❾夜阑：深夜。秉：持。

❦ 羌村三首·其二 ❧

晚岁迫偷生❶，还家少欢趣。娇儿不离膝：畏我复却去❷。忆昔好追凉❸，故绕池边树。萧萧❹北风劲，抚事煎百虑❺。赖❻知禾黍收，已觉糟床注❼。如今足斟酌❽，且用慰迟暮❾。

注释

❶晚岁：即老年。迫：近。偷生：指这次奉诏回家，但心系国事，自觉偷生苟活。至德二年，杜甫为左拾遗时，上疏营救房琯，触怒唐肃宗，被放还鄜州羌村探望家小。

❷畏：担心，害怕。却：还，仍。去：离家。

❸忆昔：指上一年六七月间。追凉：追逐凉爽的地方。

❹萧萧：风声，草木摇落声。

❺抚：是抚念。事：兼有家事和国事之意。煎百虑：内心忧虑，备受煎熬。

❻赖：幸亏。

⑦糟床：即酒醡，一种酿酒用的器具。注：流也，指酒。

⑧足：足够多。斟酌：饮酒。

⑨慰：使人心里安适。迟暮：晚年。

🌸 羌村三首·其三 🌸

群鸡正乱叫，客至鸡斗争。驱鸡上树木❶，始闻叩柴荆❷。父老四五人，问❸我久远行。手中各有携，倾榼浊复清❹。莫辞酒味薄❺，黍地无人耕。兵戈既未息❻，儿童尽东征。请为父老歌，艰难愧❼深情。

歌罢仰天叹，四座泪纵横。

注释

❶驱鸡句：古时养鸡法。《诗经·君子于役》载：鸡栖于埘。晋陆机《赴洛道中作诗》载：虎啸深谷底，鸡鸣高树巅。

❷柴荆：指用柴荆做的简陋门户。也称荆柴、荆扉。

❸问：为表关切而询问慰劳馈赠，即带着礼物去慰问杜甫。

❹榼：古代盛酒的器具。浊、清：指酒的颜色。

❺莫辞：感到自己的语言无法表达自己的感激之情。酒味薄：酒味淡薄。

❻兵戈：指战争。息：停止。

❼愧：羞惭。

彭衙行❶

忆昔避贼❷初，北走经险艰。夜深彭衙道，月照白水山❸。尽室❹久徒步，逢人多厚颜❺。参差❻谷鸟吟，不见游子❼还。痴女饥咬我，啼畏虎狼闻。怀中掩其口，反侧声愈嗔❽。小儿强解事❾，故索苦李餐❿。一旬半雷雨，泥泞相牵攀⓫。既无御雨备，径滑衣又寒⓬。有时经契阔⓭，竟日⓮数里间。野果充糇粮⓯，卑枝成屋椽⓰。早行石上水，暮宿天边烟。少留同家洼⓱，欲出芦子关。故人有孙宰⓲，高义薄曾云。延客已曛黑，张灯启重门。暖汤濯我足，翦⓳纸招我魂。从此出妻孥⓴，相视涕阑干。众雏烂熳睡㉑，唤起沾盘飧㉒。誓将与夫子㉓，永结为弟昆㉔。遂空所坐堂，安居奉我欢。谁肯艰难际，豁达露心肝。别来岁月周㉕，胡羯仍构患㉖。何当㉗有翅翎，飞去堕尔㉘前。

注释

❶ 彭衙： 陕西白水县彭衙堡，在今澄县。潼关失守后，杜甫携家从白水县逃难北走廊州，路经彭衙同家注。《白水县志》载：彭衙，白水古堡，原址在今白水史官彭衙村一带，今北彭衙村南约500米处仍有堡址遗存。

❷ 避贼： 躲避安史之乱。

❸ 白水山： 白水县的山。

❹ 尽室： 犹全家。

❺ 厚颜： 羞愧，觉得不好意思。

❻ 参差： 错落不整齐，此指鸟声嘈杂。

❼ 游子： 在外逃难的人。

❽ 反侧： 挣扎。声愈嗔：哭声愈大。

❾ 强： 勉强。解事：即孩童懂事。

❿ 故： 故意。索：索取。

⓫ 牵攀： 搀扶。

⓬ 备： 工具。

⓭ 衣又寒： 因衣被雨打湿。

⓮ 经契阔： 是说碰到特别难走处。

⓯ 竟日： 整天。

⓰ 餱粮： 即干粮。

⓱ 椽： 屋顶上的圆木条，这里屋椽就是屋宇的意思。

⓲ 同家注： 即孙宰的家。少留：短期的逗留。

⓳ 宰： 指唐人对县令的一种尊称。

⓴ 翦： 即剪。剪纸作旐，以招人魂，是古时风俗习惯。

㉑ 妻挐： 妻子和儿女。

㉒ 阑干： 纵横交织，此处是形容涕泪之多。

㉓ 众雏： 即小孩子们。烂熳睡：小儿睡得十分香甜的样子。

㉔ 沾： 含感激意。飧：晚餐。

㉕夫子：是孙宰称呼杜甫。

㉖弟昆：兄弟。

㉗岁月周：满一年。

㉘胡羯：指安史叛军。构患：指作乱的意思。

㉙何当：哪得。

㉚尔：指孙宰。

❀ 义 鹘 行❶ ❀

阴崖❷有苍鹰，养子黑柏颠。白蛇登其巢，吞噬恣朝餐❸。雄飞远求食，雌者鸣辛酸。力强不可制，黄口❹无半存。其父从西归，翻身入长烟。斯须❺领健鹘，痛愤寄所宣。斗上捩孤影❻，嗷哮来九天❼。修鳞❽脱远枝，巨颡坼老拳❾。高空得蹭蹬❿，短草辞蜿蜒⓫。折尾能一掉，饱肠皆已穿。生虽灭众雏，死亦垂千年。物情有报复，快意贵目前。兹实鸷鸟⓬最，急难心炯然⓭。功成失所往，用舍何其贤。近经潏水湄⓭，此事樵夫传。飘萧⓯觉素发，凛欲冲儒冠。人生许与分，只在顾盼间⓰。聊为义鹘行，用激壮士肝。

注释

❶鹘：鹰类猛禽，又名隼。

❷阴崖：背阳的山崖。

❸噬：咬。

❹黄口：指雏鸟。

❺斯须：片刻。

❻斗上：突然腾上高空。斗，通"陡"，突然。捩：回旋。孤影：指义鹘。

⑦嗷哮：厉声长鸣。九天：即九重天。

⑧修鳞：指白蛇。

⑨巨颡：蛇头。坼：裂开。老拳：鹘击物时，以翼下劲骨。

⑩蹭蹬：困顿的样子。

⑪蜿蜒：弯曲爬行。

⑫鸷鸟：指猛禽。

⑬炯然：光明，指心胸坦荡。

⑭潏水：潏河，在长安杜陵附近，即今西安市长安区东南，入渭水。湄：水边。

⑮飘萧：稀疏。

⑯顾盼间：一瞬间。

🌊 留花门① 🌊

北门天骄子②，饱肉③气勇决。高秋马肥健，挟矢射汉月④。自古以为患，诗人厌薄伐⑤。修德使其来，羁縻⑥固不绝。胡为倾国至，出入暗金阙⑦。中原有驱除⑧，隐忍用此物。公主歌黄鹄⑨，君王指白日⑩。连云屯左辅⑪，百里见积雪。长戟鸟休飞，哀笳曙幽咽。田家最恐惧，麦倒桑枝折。沙苑临清渭，泉香草丰洁。渡河不用船，千骑常撇烈⑫。胡尘⑬逾太行，杂种⑭抵京室。花门既须留，原野转萧瑟⑯。

注释

①花门：指甘肃居延海北三百里的花门山。唐初在该处设立堡垒，称花门山堡，以抵御北方外族。天宝时为回纥占领。后因以"花门"代称为回纥。

②骄子：指匈奴人。《汉书·匈奴传》载：南有大汉，北有强胡。

胡者，天之骄子也。

❸饱肉：以牛羊肉为主食。

❹射汉月：是入侵汉地的形象说法。

❺薄伐：征讨。《诗经·小雅·六月》载：薄伐猃狁，至于太原。

❻羁縻：笼络，怀柔。

❼金阙：皇宫。

❽驱除：清剿叛军。

❾公主：唐肃宗女儿宁国公主。《旧唐书》载：乾元元年五月壬申朔，回纥使多亥阿波八十人，黑衣大食酋长阁之等六人并朝见，至阁门争长，通事舍人乃分为左右，从东西门并入。六月戊戌，宴回纥使于紫宸殿前。斋蓿日秋七月丁亥，诏以幼女封为宁国公主出降。其降蕃日，仍以堂弟汉中郡王李瑀为特进、试太常卿、摄御史大夫，充册命英武威远毗伽可汗使；以堂侄左司郎中李巽为兵部郎中、摄御史中丞、鸿胪卿，副之，兼充宁国公主礼会使。歌黄鹄：借用汉代江都王刘建的女儿刘细君的故事。《汉书·西域传》载：汉元封中，遣江都王建女细君为公主，以妻焉。赐乘舆服御物，为备官属宦官侍御数百人，赠送甚盛。乌孙昆莫以为右夫人。匈奴亦遣女妻昆莫，昆莫以为左夫人。公主至其国，自治宫室居，岁时一再与昆莫会，置酒饮食，以币、帛赐王左右贵人。昆莫年老，言语不通，公主悲愁，自为作歌曰"吾家嫁我兮天一方，远托异国兮乌孙王。穹庐为室兮旃为墙，以肉为食兮酪为浆。居常土思兮心内伤，愿为黄鹄兮归故乡"。天子闻而怜之，间岁遣使者持帷帐锦绣给遗焉。

❿指白日：发誓结盟之状。唐肃宗为了求得回纥的援兵，与回纥结盟。

⓫左辅：指沙苑。在冯翊县南十二里，东西八十里，南北三十里。地多沙草，宜放牧，为国家牧马场所。积雪：回纥将士皆白衣白冠，旗亦白色，故以积雪喻之。

⓬撽烈：迅疾的样子。

⓭胡尘：安史叛军。

⑭杂种：指史思明。

⑮萧瑟：荒凉落寞。

赠卫八处士①

人生不相见，动如参与商②。今夕复何夕，共此灯烛光。少壮能几时，鬓发各已苍③。访旧半为鬼④，惊呼热中肠⑤。焉知二十载，重上君子⑥堂。昔别君未婚，儿女忽成行⑦。怡然敬父执⑧，问我来何方。问答乃未已⑨，驱儿罗⑩酒浆。夜雨剪春韭⑪，新炊间黄粱⑫。主⑬称会面难，一举累⑭十觞。十觞亦不醉，感子⑮故意长⑯。明日隔山岳，世事两茫茫⑰。

注释

❶卫八：姓卫，名字和生平事迹不详。八：指排行。处士：指隐居不仕的读书人。根据杜甫和高适的诗作推断，卫八处士是杜甫和高适的朋友。

❷动如：是说动不动就像。参商：参星与商星。参西商东，此出彼没，永不相见，用以比喻亲友分隔两地不得相见。《左传·昭公元年》载：昔高辛氏有二子，伯曰阏伯，季曰实沈。居於旷林，不相能也。日寻干戈，以相征讨。后帝不臧，迁阏伯於商丘，主辰，商人是因，故辰为商星。迁实沈於大夏，主参。唐人是因，以服事夏商。

❸苍：灰白色。

❹访旧：打听故旧亲友。半为鬼：老朋友已死去一半。

❺惊呼句：得知老友的死亡，以致使人惊呼大叫起来，导致心中感到火热难受。

❻君子：敬称，此指卫八。

⑦成行：儿女众多。

⑧父执：即父亲的好朋友。《礼记·曲礼》载：见父之执，不谓之进，不敢进；不谓之退，不敢退；不问，不敢对。

⑨乃未已：还未等说完。

⑩罗：罗列酒菜。

⑪夜雨句：用冒雨剪韭的典故，用以表明朋友之间的美好情谊。《格致镜原》引《郭林宗别传》载：林宗有友人夜冒雨至，剪韭作炊饼食之。

⑫新炊：刚煮熟的米饭。间：掺杂的意思。黄粱：即黄米。

⑬主：主人，指卫八。称：说。

⑭累：接连。觞：古代酒器。

⑮子：古代对男子的尊称，此处指卫八。

⑯故意长：老朋友之间长久的友谊。

⑰世事：世上的人和事。茫茫：指未来的事无法预料。

新 安 吏①

客②行新安道，喧呼闻点兵③。借问新安吏："县小更无丁④?""府帖⑤昨夜下，次选中男行⑥。""中男绝短小，何以守王城⑦?"肥男有母送，瘦男独伶俜⑧。白水暮东流，青山犹哭声。"莫自使眼枯⑨，收汝泪纵横。眼枯即见骨，天地终无情！我军取相州⑩，日夕望其平⑪。岂意贼⑫难料，归军星散营。就粮近故垒，练卒依旧京⑬。掘壕不到水⑭，牧马役亦轻。况乃王师顺，抚养甚分明。送行勿泣血，仆射如父兄⑮。"

注释

❶新安：地名，在今河南省新安县。

❷客：杜甫自指。

❸喧呼：呼喊吵闹。点兵：征兵。

❹更：岂。丁：成年壮丁。

❺府帖：唐代实行府兵制，府帖又称军帖，即是官府下发的征丁命令。乐府《木兰诗》载：昨夜见军帖，可汗大点兵。

❻次：依次。中男：尚未成丁的男子。《旧唐书·食货志》载：天宝三年，又降优制：以十八为中男，二十二为丁。

❼王城：唐之东都洛阳。

❽伶俜：形容孤单，孤独。

❾莫自：不要。眼枯：泪竭哭干。

❿相州：即邺城，在今河南安阳。

⓫平：平定叛乱。

⓬贼：此指史思明。

⓭练卒：整训士兵。旧京：指东都洛阳。

⓮不到水：指掘壕很浅。

⓯仆射：官职名。《汉书·百官公卿表》：仆射，秦官，自侍中、尚书、博士、郎皆有。古者重武官，有主射以督课之。玄宗开元时期，仆射虽名为丞相，实际虚名无实，职位相当于宰相的武将，此指郭子仪。如父兄：指极爱士卒。

潼关吏❶

士卒何草草❷，筑城潼关道。大城铁不如❸，小城万丈余❹。借问潼关吏：修关还备胡❺？要❻我下马行，为我指山隅❼：连云列战格❽，飞鸟不能逾。胡来但自守，岂复忧西都❾。丈人视要处❿，窄狭容单车。艰难奋长戟⓫，万古用一夫。哀哉桃林⓬战，百万化为鱼。请嘱防关将，慎勿学哥舒❸！

注释

❶潼关：在今山西潼关县。是从河南去长安的重要关隘。

❷何：多么。草草：紧张忙乱劳动的样子。

❸铁不如：比喻城池坚固。

❹万丈余：指筑城极高。

❺备胡：指防备安史叛军。

❻要：同"邀"，邀请。

❼隅：靠边的地方。

❽连云：指筑城在山上极高处。战格：即战栅，阻挡敌人的防御工事。

❾西都：与东都对称，指长安。

❿丈人：关吏对杜甫的尊称。要处：险要之处。

⓫艰难：战事紧急之时。奋：抢起，挥动。

⓬桃林：即桃林塞，指东起河南灵宝市，西至潼关一带的要塞。

⓭哥舒：即哥舒翰，突厥人，累功封西平郡王，为左仆射平章事。安史之乱时起为兵马副元帅，统军二十万，守潼关。后因杨国忠猜忌，被逼出战，大败被囚。

石 壕 吏❶

暮投石壕村❷，有吏夜捉人❸。老翁逾墙走❹，老妇出门看。吏呼一何怒❺！妇啼一何苦❻！听妇前致词❼：三男邺城戍❽。一男附书至❾，二男新❿战死。存者且偷生⓫，死者长已矣⓬！室中更无人⓭，惟有乳下孙⓮。有孙母未去⓯，出入无完裙⓰。老妪力虽衰⓱，请从吏夜

043

归⑱。急应河阳役⑲，犹得备晨炊⑳。夜久语声绝㉑，如闻泣幽咽㉒。天明登前途㉓，独㉔与老翁别。

注释

❶石壕：在今河南陕县东南。

❷暮：傍晚。投：投宿。

❸吏：指抓壮丁的差役。

❹逾：越过，翻过。走：逃跑。

❺呼：大声叫喊。一何：何其、多么。怒：恼怒，凶狠。

❻啼：哭啼。苦：凄苦。

❼前：上前，向前。

❽邺城：即相州，在今河南安阳。戍：防守，这里指服役。

❾附书至：捎信回来。书：书信。至：到来。

❿新：新近，最近。

⓫存：活着，生存着。且：姑且，暂且。偷生：苟且活着。

⓬长已矣：永远完了。已：停止，完结。

⓭室中：家中。更：再。

⓮惟：只，仅。乳下孙：正在吃奶的孙子。

⓯去：离开，这里指改嫁。

⓰出入：出去。完裙：完整的衣服。

⓱老妪：老妇人。衰：弱。

⓲请：请求。从：跟从，跟随。

⓳应：响应。河阳：在今河南省洛阳市吉利区。役：指到河阳去服役。

⓴犹：还，仍。得：能够。备：准备。晨炊：早饭。

㉑夜久：夜深了。绝：断绝，停止。

㉒如：好像，仿佛。闻：听。幽咽：痛苦得哽咽喘不过气来。

㉓明：天亮之后。登：踏上。前途：前行的路。

㉔独：唯独，只有。

新婚别

兔丝❶附蓬麻，引蔓故不长。嫁女与征夫，不如弃路旁。结发❷为君妻，席不暖君床❸。暮婚晨告别，无乃❹太匆忙。君行虽不远，守边赴河阳❺。妾身❻未分明，何以拜姑嫜❼？父母养我时，日夜令我藏❽。生女有所归❾，鸡狗亦得将❿。君今往死地⓫，沉痛迫中肠⓬。誓欲随君去，形势反苍黄⓭。勿为新婚念，努力事戎行⓮。妇人在军中，兵气恐不扬⓯。自嗟⓰贫家女，久致罗襦裳⓱。罗襦不复施⓲，对君洗红妆⓳。仰视百鸟飞，大小必双翔⓴。人事多错迕㉑，与君永相望㉒。

注释

❶兔丝：即菟丝子，一种蔓生的草，攀附在其他植物枝干上生长。比喻女子嫁给征夫，相处不会长久，就会失去依靠。

❷结发：古时女子十五岁束发，此处指结婚。

❸席不句：指夫妻共处时间太短。

❹无乃：未免，岂不是。

❺河阳：在今河南孟州市，其时为官军与安史叛军相持之地。

❻身：身份，名分。指在夫妻婚后的新家中的名分地位。唐代习俗，嫁后三日，拜祖庙，祭祖坟，才算完成婚礼。现如今"暮婚晨告别"，婚礼尚未完成，故身份未明。

❼姑嫜：指婆婆、公公。

❽藏：躲藏，指未婚女子不随便见外人。

❾归：古代女子出嫁。

❿将：带领，跟随。

⓫往死地：指赶赴疆场。死地：极其危险的地方，此指战场。

⑫迫：煎熬、压抑。中肠：内心。

⑬苍黄：本指青色和黄色，后由颜色的变化引申为事物的紧迫多变。《墨子·所染》载：见染丝者而叹曰：染于苍则苍，染于黄则黄。

⑭事戎行：从军打仗。事：做，从事。戎行：军队、行伍。

⑮扬：振作，高昂。

⑯嗟：叹息。

⑰致：制成，置办。罗襦：丝质的短上衣。裳：下衣。

⑱不复：不再。施：穿，用。

⑲洗红妆：不再脂粉打扮。

⑳双翔：成双成对地一起飞翔。

㉑错迕：违逆，不如意。

㉒永相望：永远盼望重聚。表示对丈夫的爱情始终不渝。

垂老别①

四郊②未宁静，垂老不得安。子孙阵亡尽，焉用身独完③。投杖④出门去，同行为辛酸。幸有牙齿存，所悲骨髓干⑤。男儿既介胄⑥，长揖别上官⑦。老妻卧路啼，岁暮⑧衣裳单。孰知⑨是死别，且复伤其寒。此去必不归，还闻劝加餐⑩。土门壁甚坚⑪，杏园⑫度亦难。势异⑬邺城下，纵死时犹宽。人生有离合，岂择衰老端⑭。忆昔少壮日，迟回竟长叹⑮。万国尽征戍，烽火被冈峦⑯。积尸草木腥，流血川原丹⑰。何乡为乐土，安敢尚盘桓⑱。弃绝蓬室⑲居，塌然摧肺肝⑳。

注释

①垂老：将老。垂：接近，快要。

②四郊：指京城四周之地。

❸焉用：即哪用。身独完：独自活下去。完：全，活。

❹投杖：扔掉拐杖。

❺骨髓干：形容年老体衰。

❻介胄：铠甲和头盔，指代甲胄之士。

❼长揖：揖而不拜，拱手高举自上而下行礼。拜：指跪拜。上官：指地方官吏。

❽岁暮：年底。

❾孰知：即熟知，深知。

❿加餐：多进饮食。汉《古诗十九首·行行重行行》载：弃捐勿复道，努力加餐饭。

⓫土门：即土门口，在今河北井陉县东北的井陉关，是山西、陕西通向河北的要道。当时为唐军驻守的要塞。《唐书·地理志上》载：镇

州获鹿，有井陉口，亦名土门口，即太行八陉之第五陉也。壁：壁垒。

⑫杏园：在今河南汲县东南的杏园渡，是黄河重要渡口之一。当时为唐军防守的要塞。

⑬势异：形势不同。

⑭岂择：岂能选择。端：端绪、思绪。

⑮迟回：徘徊。竟：终。

⑯被冈峦：布满山冈。

⑰丹：红。流血多，故川原染红。

⑱盘桓：形容留恋不忍离去的样子。

⑲蓬室：茅屋。

⑳塌然：形容颓丧愁苦的样子。摧肺肝：形容肝肠寸断，极度悲伤。

无 家 别

寂寞天宝❶后，园庐但蒿藜❷。我里百余家，世乱各东西。存者无消息，死者为尘泥。贱子因阵败❸，归来寻旧蹊❹。久行见空巷，日瘦❺气惨凄。但对狐与狸，竖毛怒我啼❻。四邻何所有，一二老寡妻。宿鸟❼恋本枝，安辞且穷栖❽。方春独荷锄，日暮还灌畦。县吏知我至，召令习鼓鞞❾。虽从本州役，内顾无所携❿。近行止一身，远去终转迷⓫。家乡既荡尽，远近理亦齐⓬。永痛长病母，五年委沟溪⓭。生我不得力，终身两酸嘶⓮。人生无家别，何以为蒸黎⓯。

注释

❶天宝：唐玄宗年号。天宝十四年十一月安禄山起兵造反，接连攻陷中原腹地，造成天下萧条，民不聊生。

048

❷庐：即居住的房子。但：只有。蒿藜：泛指杂草，野草。

❸贱子：本诗无家者的自称。阵败：指唐军邺城战事大败。

❹蹊：小路。

❺日瘦：指日光惨淡无光。

❻怒我啼：对我发怒且啼叫。描写出乡村的长期荒芜，野兽猖獗出没的衰败景象。

❼宿鸟：归巢栖息的鸟，以此表达依恋故土的心情。

❽穷栖：贫苦地活着。

❾鼓鞞：亦鼓鼙，指大鼓和小鼓。古代军中用来发号进攻，用以借指军事。习鼓鞞：即征去服役。

❿携：即离，离散。无所携：是说家里没有可以告别的人。

⓫终转迷：终究是前途迷茫，生死凶吉难料。

⓬齐：齐同。这两句更进一层，是自伤语。是说家乡已经一无所有，在本州当兵和在外县当兵都是一样。

⓭委：弃置。沟溪：指母亲葬在山谷里。五年：从天宝十四年安禄山作乱到这一年正是五年。

⓮两酸嘶：是说母子两个人都饮恨。酸嘶：失声痛哭。

⓯蒸黎：指劳苦人民。蒸：众。黎：黎民百姓。

佳　人

　　绝代有佳人❶，幽居❷在空谷。自云良家子，零落❸依草木。关中昔丧乱❹，兄弟遭杀戮。官高何足论，不得收骨肉❺。世情恶衰歇，万事随转烛❻。夫婿❼轻薄儿，新人❽美如玉。合昏❾尚知时，鸳鸯❿不独宿。但见新人笑，那闻旧人⓫哭。在山泉水清，出山泉水浊。侍婢卖珠⓬回，牵萝⓭补茅屋。摘花不插发，采柏动盈掬⓮。天寒翠袖薄，日暮倚修竹[15]。

注释

1 绝代：冠绝当代，举世无双。佳人：美女。
2 关中：指陕西渭河流域一带。幽居：独处，静居。
3 零落：飘零沦落。
4 丧乱：指遭逢安史之乱。
5 骨肉：指遭难的兄弟。
6 转烛：烛火随风转动，比喻世事变化无常。
7 夫婿：丈夫。
8 新人：指新娶的妻子。
9 合昏：夜合花，叶子朝开夜合。
10 鸳鸯：水鸟，雌雄成对，日夜形影不离。
11 旧人：佳人自称。
12 卖珠：因生活穷困而卖珠宝。
13 牵萝：牵拉萝藤来补屋子的漏洞。形容生活困难或勉强应付。
14 采柏：采摘柏树叶。动：往往。
15 修竹：高高的竹子。比喻佳人高尚的节操。

梦李白二首·其一

　　死别已吞声[1]，生别常恻恻[2]。江南瘴疠[3]地，逐客[4]无消息。故人[5]入我梦，明我长相忆。君今在罗网[6]，何以有羽翼[7]？恐非平生魂，路远不可测。魂来枫林[8]青，魂返关塞[9]黑。落月满屋梁，犹疑照颜色[10]。水深波浪阔，无使蛟龙得。

注释

❶吞声：极端悲恸，不敢哭出声来。

❷恻恻：意思是悲痛；凄凉。

❸瘴疠：瘴气所致的疾病。

❹逐客：被放逐的人，此指李白。

❺故人：老朋友，此指李白。

❻罗网：捕鸟的工具，这里指法网。

❼羽翼：翅膀。

❽枫林：李白放逐的西南之地多枫林。

❾关塞：杜甫流寓的秦州之地多关塞。

❿颜色：指容貌。

✎ 梦李白二首·其二 ✎

浮云❶终日行，游子❷久不至。三夜频梦君，情亲见君意。告归常
局促❸，苦道来不易。江湖多风波，舟楫恐失坠。出门搔白首，若负
平生志。冠盖满京华❹，斯人❺独憔悴。孰云网恢恢❻，将老身反累。
千秋万岁名，寂寞身后事。

注释

❶浮云：喻游子飘游不定。

❷游子：此指李白。

❸告归：辞别。局促：不安、不舍的样子。

❹冠：官帽。盖：车上的篷盖。冠盖：指代达官。

❺斯人：此人，指李白。

⑥孰云：谁说。

发秦州

　　我衰更懒拙，生事①不自谋。无食问②乐土，无衣思南州。汉源十月交，天气凉如秋。草木未黄落③，况闻山水幽④。栗亭名更佳，下有良田畴。充肠多薯蓣⑤，崖蜜亦易求。密竹复冬笋，清池可方舟。虽伤旅寓⑥远，庶遂平生游。此邦俯要冲，实恐人事稠。应接非本性，登临未销忧。谿谷无异石，塞田⑦始微收。岂复慰老夫⑧，惘然⑨难久留。日色隐孤戍⑩，乌啼满城头。中宵⑪驱车去，饮马寒塘流。磊落星月高，苍茫⑫云雾浮。大哉乾坤内，吾道长悠悠⑬。

注释

❶生事：生计之事。

❷问：寻求。

❸黄落：草木枯黄凋落。

❹幽：幽静。

❺薯蓣：即山药。

❻旅寓：旅居在外。

❼塞田：指山田。

❽岂复：那能，怎能。慰：安慰，安抚。老夫：杜甫自称。

❾惘然：失意的样子。

❿孤戍：孤独的边关。

⓫中宵：指半夜。

⓬苍茫：广阔无际。

⓭悠悠：遥远。

病 橘

　　群橘少生意^❶，虽多亦奚^❷为。惜哉结实小，酸涩如棠梨。剖之尽蠹虫，采掇^❸爽其宜。纷然不适口，岂只存其皮。萧萧^❹半死叶，未忍别故枝。玄冬霜雪积，况乃回风^❺吹。尝闻蓬莱殿^❻，罗列潇湘姿。此物岁不稔^❼，玉食^❽失光辉。寇盗^❾尚凭陵，当君^❿减膳时。汝^⓫病是天意，吾愁罪有司。忆昔南海^⓬使，奔腾献荔支^⓭。百马死山谷，到今耆旧^⓮悲。

注释

❶ 生意：即生机。

❷ 奚：什么，何。

❸ 采掇：采摘。

❹ 萧萧：稀疏的样子。

❺ 回风：旋风。

❻ 蓬莱殿：此指唐长安大明宫内，位于紫宸殿北，在太液池南岸。

❼ 稔：成熟。

❽ 玉食：皇帝御用精美食物。

❾ 寇盗：指安史叛军。

❿ 君：指唐肃宗。

⓫ 汝：指橘。

⓬ 南海：唐属岭南道南海郡，治所在今广州。

⓭ 荔支：即荔枝。

⓮ 耆旧：年长有声望的人。

枯 棕

蜀门多棕榈❶，高者十八九❷。其皮割剥❸甚，虽众亦易朽。徒布如云叶，青青岁寒后。交横集斧斤❹，凋丧先蒲柳❺。伤时苦军乏❻，一物❼官尽取。嗟尔江汉人❽，生成复何有❾？有同枯棕木，使我沉叹久。死者即已休，生者何自守？啾啾黄雀啅❿，侧见寒蓬⓫走。念尔形影干⓬，摧残没藜莠⓭。

注释

❶蜀门：即蜀中，成都。棕榈：常绿乔木，棕榈皮上有毛，称棕毛，可制绳帚刷等。

❷十八九：十有八九。

❸割剥：割开剥下。

❹斧斤：伐木工具。

❺蒲柳：生在水边的水杨，又称蒲杨。

❻军乏：军资缺乏。

❼一物：指棕榈。

❽江汉人：四川人。汉：即嘉陵江，此处用江汉代指蜀中、蜀门、巴蜀。

❾复何有：还有什么。

❿啾啾：虫鸟细碎的叫声。啅：鸟叫声。

⓫蓬：草名，又叫飞蓬。

⓬形影干：形容棕榈枯干。

⓭没：埋没。藜莠：恶草，杂草。

遭田父泥饮美严中丞❶

步屧❷随春风，村村自花柳❸。田翁逼社日❹，邀我尝春酒❺。酒酣夸新尹❻，畜眼❼未见有。回头指大男❽，渠是弓弩手❾。名在飞骑❿籍，长番⓫岁时久。前日放营农⓬，辛苦救衰朽⓭。差科⓮死则已，誓不举家⓯走。今年大作社⓰，拾遗⓱能住否。叫妇开大瓶，盆中为吾取⓲。感此气扬扬，须知风化首⓳。语多虽杂乱⓴，说尹终在口。朝来㉑偶然出，自卯将及酉㉒。久客惜人情㉓，如何拒邻叟㉔。高声索果栗，欲起时被肘㉕。指挥㉖过无礼，未觉村野㉗丑。月出遮㉘我留，仍嗔问升斗㉙。

注释

❶ 遭：指遭遇。泥：缠着不放的意思。泥饮：缠着对方喝酒。严中丞：严武，时为成都尹兼御史中丞。美中丞：赞美御史中丞严武。《旧唐书·严武传》载：上皇造以剑两川合为一道，拜武成都尹、兼御史大夫，充剑南节度使；入为太子宾客，迁京兆尹、兼御史大夫。二圣山陵，以武为桥道使。无何，罢兼御史大夫，改吏部侍郎，寻迁黄门侍郎。与宰臣元载深相结托，冀其引在同列。事未行，求为方面，复拜成都尹，充剑南节度等使。广德二年，破吐蕃七万余众，拔当狗城。十月，取盐川城，加检校吏部尚书，封郑国公。

❷ 步屧：行走；漫步。屧：即草鞋。《南史·袁粲传》载：（袁粲）又尝步屧白杨郊野间，道遇一士大夫，便呼与酺饮。

❸ 花柳：花和柳。宋许月卿《多谢》诗："园林富贵何千万，花柳功勋已十成。"

❹ 逼：逼近。社日：社日有春社和秋社之分。

❺ 春酒：冬酿春熟的美酒。

❻酒酣：有几分酒意。新尹：新上任的成都尹，指严武。《旧唐书·严武传》载：上皇造以剑两川合为一道，拜武成都尹、兼御史大夫，充剑南节度使；入为太子宾客，迁京兆尹、兼御史大夫。二圣山陵，以武为桥道使。无何，罢兼御史大夫，改吏部侍郎，寻迁黄门侍郎。与宰臣元载深相结托，冀其引在同列。事未行，求为方面，复拜成都尹，充剑南节度等使。广德二年，破吐蕃七万余众，拔当狗城。十月，取盐川城，加检校吏部尚书，封郑国公。

❼畜眼：是对自己眼睛的谦称。

❽大男：指大儿子。

❾渠：他。弓弩手：弓箭手，此指被征去当兵。

❿飞骑：军名。

⓫长番：唐代府兵制中，无更代的长期兵役。

⓬放营农：放归使从事农耕生产。

⓭衰朽：即衰老，田父自谓。

⓮差科：指一切徭役赋税。

⓯举家：全家。

⓰大作社：社日（中国传统节日，又称土地诞，分为春社和秋社）要大大地热闹一番。

⓱拾遗：指杜甫，曾任左拾遗。

⓲取：取酒的意思。

⓳风化首：意思是说为政的首要任务在于爱民。

⓴杂乱：多而乱；无秩序。

㉑朝来：早晨。

㉒卯：地支的第四位，上午五点到七点为卯时。酉：地支的第十位，下午五点到七点为酉时。

㉓久客：久居于外。惜：珍重。

㉔邻叟：邻家老人。此指田父。

㉕时被肘：屡次要起身告辞，屡次被他以手掣肘拖住。

㉖指挥：此指田父指手画脚。

㉗村野：粗鄙之人。

㉘遮：遮拦，就是拦住不让走。

㉙嗔：嗔怪，就是生气。升斗：借指酒。

❧ 喜 雨 ❧

春旱天地昏，日色赤如血。农事都已休，兵戈况骚屑❶。巴人❷困军须，恸哭❸厚土热。沧江❹夜来雨，真宰罪一雪。谷根小苏息，沴气❺终不灭。何由见宁岁，解我忧思结。峥嵘❻群山云，交会未断绝。安得鞭雷公，滂沱❼洗吴越！

注释

❶骚屑：指焦躁不安。

❷巴人：谓巴蜀地区的人。

❸恸哭：大声痛哭。

❹沧江：梓州的涪江。

❺沴气：不祥之气。

❻峥嵘：山势高峻的样子。

❼滂沱：形容雨下得很大。

❧ 草 堂 ❧

昔我去❶草堂，蛮夷塞成都❷。今我归❸草堂，成都适无虞❹。请陈初乱时❺，反复❻乃须臾。大将❼赴朝廷，群小起异图。中宵❽斩白马，盟歃气已粗❾。西取邛南❿兵，北断剑阁隅。布衣⓫数十人，亦拥专城⓬居。其势不两大，始闻蕃汉殊⓭。西卒却倒戈，贼臣互相诛。焉知⓮肘腋祸，自及枭獍⓰徒。义士⓱皆痛愤，纪纲乱相逾⓲。一国实三公，万人欲为鱼。唱和作威福⓳，孰肯辨无辜⓴。眼前列杻械㉑，背后吹笙竽。谈笑行杀戮，溅血满长衢。到今用钺㉒地，风雨闻号呼。鬼妾与鬼马，色悲充尔娱㉓。国家法令在，此又足惊吁。贼子㉔且奔走，三年㉕望东吴。弧矢㉖暗江海，难为游五湖㉗。不忍竟舍㉘此，复来剃榛芜㉙。入门四松在，步屧万竹疏㉚。旧犬喜我归，低徊入衣裾㉛。邻舍喜我归，酤酒㉜携胡芦。大官㉝喜我来，遣骑㉞问所须。城郭㉟喜我来，宾客隘㊱村墟。天下尚未宁，健儿胜腐儒㊲。飘摇㊳风尘际，何地置老夫。于时见疣赘，骨髓幸未枯。饮啄愧残生，食薇㊴不敢馀。

注释

❶去：指离开。

❷蛮夷：指川西羌兵。塞：犹言充斥。

❸归：返回。

❹虞：忧患。

❺陈：陈述。初乱时：宝应元年七月徐知道叛乱。

❻反复：指叛乱。

❼大将：指郑国公严武。《旧唐书·严武传》载：上皇造以剑两川合为一道，拜武成都尹、兼御史大夫，充剑南节度使；入为太子宾客，迁京兆尹、兼御史大夫。二圣山陵，以武为桥道使。无何，罢兼御史大夫，改吏部侍郎，寻迁黄门侍郎。与宰臣元载深相结托，冀其引在同列。事未行，求为方面，复拜成都尹，充剑南节度等使。广德二年，破吐蕃七万余众，拔当狗城。十月，取盐川城，加检校吏部尚书，封郑国公。

❽中宵：半夜。

❾气已粗：气势凌人。

❿邛南：邛州以南一带，在今四川邛崃市。

058

⑪布衣：指平民。

⑫专城：指州牧、太守等地方长官。

⑬蕃汉殊：蕃，汉不和而内讧。

⑭西卒：指李忠厚统帅的邛南羌兵。

⑮焉知：哪知。

⑯枭獍：比喻狠恶忘恩的人。

⑰义士：指当时倡议讨乱者。

⑱纪纲：指封建王朝的法纪，政纲。逾：越轨，引申为破坏。

⑲唱和：此唱彼和。作威：恣意杀戮。福：穷奢极欲。

⑳辜：罪也。

㉑杻械：刑具。

㉒用钺：指杀人。

㉓色悲：言面带悲色。尔：你，你们。娱：谓含悲供人取乐。

㉔贱子：杜甫自称。

㉕三年：指宝应元年至广德二年，杜甫逃离成都，往来梓、阆间，凡三年。

㉖弧矢：犹弓箭，喻战乱。

㉗五湖：指江苏太湖一带。

㉘舍：放弃。

㉙榛芜：丛生的荆棘野草。

㉚步屧：著屐散步。疏：疏朗。

㉛低徊：徘徊留恋貌。衣裾：衣腋下摆。

㉜酤酒：买酒。

㉝大官：指郑国公严武。《旧唐书·严武传》载：上皇造以剑两川合为一道，拜武成都尹、兼御史大夫，充剑南节度使；入为太子宾客，迁京兆尹、兼御史大夫。二圣山陵，以武为桥道使。无何，罢兼御史大夫，改吏部侍郎，寻迁黄门侍郎。与宰臣元载深相结托，冀其引在同列。事未行，求为方面，复拜成都尹，充剑南节度等使。广德二年，破吐蕃七万余众，拔当狗城。十月，取盐川城，加检校吏部尚

书，封郑国公。

㉞骑：指跨马使者。

㉟城郭：指城郭间邻人。

㊱隘：阻塞。

㊲腐儒：迂腐的书生，实指杜甫。

㊳飘摇：形容时局的动荡不安。

㊴食薇：吃野菜。

杜 鹃

西川❶有杜鹃，东川❷无杜鹃。涪万❸无杜鹃，云安❹有杜鹃。我昔游锦城❺，结庐锦水❻边。有竹一顷馀，乔木上参天。杜鹃暮春至，哀哀叫其间。我见常再拜，重是古帝❼魂。生子百鸟巢，百鸟不敢嗔。仍为喂其子，礼若奉至尊。鸿雁及羔羊，有礼太古前。行飞与跪乳，识序如知恩。圣贤古法则，付与后世传。君看禽鸟情，犹解事杜鹃。今忽暮春间，值❽我病经年。身病不能拜，泪下如迸泉。

注释

❶西川：指四川西部。

❷东川：指四川东部。

❸涪万：涪州和万州，在今四川涪陵和万县。

❹云安：唐夔州云安县，在今四川云阳县。

❺锦城：又称锦官城，指四川成都。

❻锦水：即锦江。

❼古帝：指古蜀国主杜宇，死后化为杜鹃。

❽值：遇到，逢着。经年：一整年。

客 居

客居所居堂，前江后山根。下塹万寻❶岸，苍涛郁飞翻。葱青❷众木梢，邪竖❸杂石痕。子规❹昼夜啼，壮士敛精魂。峡开四千里，水合数百源。人虎相半居，相伤终两存。蜀麻❺久不来，吴盐❻拥荆门。西南失大将❼，商旅自星奔。今又降元戎❽，已闻动行轩。舟子❾候利涉，亦凭节制❿尊。我在路中央，生理不得论。卧愁病脚废⓫，徐步视小园。短畦带碧草，怅望思王孙。凤随其皇去，篱雀暮喧繁。览物想故国，十年别荒村。日暮归几翼，北林空自昏。安得覆八溟⓬，为君洗乾坤。稷契易为力，犬戎何足吞。儒生老无成，臣子忧四番。篋中有旧笔，情至时复援⓭。

注释

❶寻：古代的长度单位，一寻为八尺。

❷葱青：颜色翠绿。

❸邪竖：杂乱倒伏。

❹子规：即杜鹃。

❺麻：蜀地产的麻。

❻吴盐：吴地产的盐。

❼大将：指郭英乂。《旧唐·书郭英乂传》载：（郭英乂）未尝问百姓间事，人颇怨之。又以西山兵马使崔旰得众心，屡抑之。旰因蜀人之怨，自西山率麾下五千余众袭成都，英乂出军拒之，其众皆叛，反攻英乂。英乂奔于简州，普州刺史韩澄斩英乂首以送旰，并屠其妻子焉。

❽元戎：指杜鸿渐。《旧唐书·杜鸿渐传》载：永泰元年十月，剑南西川兵马使崔旰杀节度使郭英乂，据成都，自称留后。邛州衙将

柏贞节等兴兵讨盱，西蜀大乱。明年二月，命鸿渐以宰相兼剑南西川节度使，以平蜀乱。

❾舟子：船夫。

❿节制：即节度使。

⓫脚废：不能行走。

⓬覆：倾倒。八溟：八海，指天下。

⓭援：执，持。

客　堂❶

忆昔离少城❷，而今异楚蜀❸。舍舟复深山，窅窕一林麓❹。栖泊❺云安县，消中❻内相毒❼。旧疾廿载来，衰年得无足。死为殊方鬼，头白免短促。老马终望云，南雁意在北。别家长儿女，欲起惭筋力。客堂序节❽改，具物对羁束❾。石暄蕨芽紫，渚秀芦笋绿。巴莺纷未稀，徼❿麦早向熟。悠悠日动江，漠漠春辞木。台郎⓫选才俊，自顾亦已极。前辈声名人，埋没何所得。居然绾章绂，受性本幽独。平生憩息地，必种数竿竹。事业只浊醪⓬，营葺但草屋⓭。上公⓮有记者，累奏资薄禄。主忧岂济时，身远弥旷职。循文庙算⓯正，献可天衢⓰直。尚想趋朝廷，毫发裨⓱社稷。形骸今若是，进退委行色。

注释

❶客堂：接待客人的房间。

❷少城：成都老城区西部。

❸楚蜀：指夔州和成都。

❹窅窕：深远，幽深。林麓：山林。

❺栖泊：居留，停留，寄居。

⑥消中：即消渴病。

⑦殊方：异域他乡。

⑧序节：节令的顺序。

⑨羁束：羁旅困顿。

⑩徼：边界。

⑪台郎：即尚书郎

⑫浊醪：浊酒。

⑬营葺：营造，修建。草屋：指杜甫在成都浣花的草堂。

⑭上公：指剑南节度使严武，封郑国公。《旧唐书·严武传》载：上皇造以剑两川合为一道，拜武成都尹、兼御史大夫，充剑南节度使；入为太子宾客，迁京兆尹、兼御史大夫。二圣山陵，以武为桥道使。无何，罢兼御史大夫，改吏部侍郎，寻迁黄门侍郎。与宰臣元载深相结托，冀其引在同列。事未行，求为方面，复拜成都尹，充剑南节度等使。广德二年，破吐蕃七万余众，拔当狗城。十月，取盐川城，加检校吏部尚书，封郑国公。

⑮庙算：亦作庙筭，指朝廷或皇帝对战事进行的谋划。

⑯献可：即献可替否。进献可行者，废去不可行者，谓对君主进谏，劝善规过。《左传·昭公二十年》载：君所谓可而有否焉，臣献其否以成其可。君所谓否而有可焉，臣献其可以去其否。天衢：指京都的大路。

⑰裨：增添，补助。

❧ 驱竖子摘苍耳❶ ❧

江上秋已分，林中瘴❷犹剧。畦丁❸告劳苦，无以供日夕。蓬莠独不焦，野蔬暗泉石。卷耳况疗风，童儿且时摘。侵星驱之去，烂熳❹

任远适。放筐亭午❺际，洗剥相蒙幂。登床半生熟，下箸❻还小益。加点瓜蘁间，依稀橘奴迹。乱世诛求❼急，黎民糠籺窄。饱食复何心，荒哉膏粱客。富家厨肉臭，战地骸骨白。寄语恶少年，黄金且休掷❽。

注释

❶竖子：指童仆。苍耳：即卷耳菜。

❷瘴：瘴热。剧：厉害。

❸畦丁：园丁。

❹烂熳：是无所拘束。

❺亭午：正午。

❻箸：即筷子。

❼诛求：是残酷的剥削。

❽掷：抛掷，赌钱。

故司徒李公光弼❶

司徒天宝末，北收晋阳甲。胡骑❷攻吾城，愁寂意不惬。人安若泰山，蓟北❸断右胁。朔方❹气乃苏，黎首❺见帝业。二宫❻泣西郊，九庙❼起颓压。未散河阳卒，思明伪臣妾❽。复自碣石来，火焚乾坤猎。高视⑨笑禄山，公又大献捷。异王册崇勋，小敌信所怯。拥兵镇河汴，千里初妥帖。青蝇⑩纷营营，风雨秋一叶。内省未入朝，死泪终映睫。大屋去高栋，长城扫遗堞⑫。平生白羽扇⑬，零落蛟龙匣⑭。雅望与英姿，恻怆⑮槐里接。三军晦光彩，烈士痛稠叠。直笔⑯在史臣，将来洗箱箧。吾思哭孤冢，南纪阻归楫。扶颠⑰永萧条，未济失利涉。疲苶竟何人，洒涕巴东峡⑱。

注释

❶李光弼：《旧唐书·李光弼传》载：李光弼幼持节行，善骑射，能读班氏《汉书》。少从戎，严毅有大略，起家左卫郎。累加检校左仆射、同中书门下平章事。

❷胡骑：指安史叛军。

❸蓟北：指河北一带安史叛军老巢。

❹朔方：唐方镇，在今宁夏灵武县。

❺黎首：平民百姓。

❻二宫：指玄宗、肃宗。

❼九庙：古时帝王立庙祭祀祖先，有太祖庙及三昭庙、三穆庙，共七庙。王莽增为祖庙五、亲庙四，共九庙。后历朝皆沿此制。

⑧伪臣妾：假投降。

⑨碣石：河北昌黎县碣石山。

⑩高视：高傲。

⑪青蝇：苍蝇，比喻进谗言的小人。

⑫遗堞：残破的城墙。

⑬白羽扇：如诸葛亮一样手持羽扇指挥三军。

⑭蛟龙匣：指棺椁。

⑮恻怆：悲伤。

⑯直笔：秉笔直书，指史官如实记载史实。

⑰扶颠：扶持颠危。

⑱巴东峡：指长江三峡。

赠左仆射郑国严公武①

　　郑公瑚琏②器，华岳③金天晶。昔在童子日，已闻老成名。巍然④大贤后，复见秀骨清。开口取将相，小心事友生。阅书百纸尽，落笔四座惊。历职匪父任，嫉邪常力争。汉仪⑤尚整肃，胡骑忽纵横。飞传⑥自河陇，逢人问公卿。不知万乘⑦出，雪涕风悲鸣。受词剑阁道，谒帝萧关城。寂寞云台⑧仗，飘飘沙塞旌。江山少使者，箫鼓凝皇情。壮士血相视，忠臣气不平。密论贞观体，挥发岐阳征⑨。感激动四极，联翩收二京。西郊牛酒⑩再，原庙丹青明。匡汲⑪俄宠辱，卫霍⑫竟哀荣。四登会府⑬地，三掌华阳⑭兵。京兆空柳色，尚书无履声。群乌自朝夕，白马休横行。诸葛蜀人爱，文翁⑮儒化成。公来雪山重，公去雪山轻。记室得何逊，韬钤⑯延子荆。四郊⑰失壁垒，虚馆开逢迎。堂上指图画，军中吹玉笙。岂无成都酒，忧国只细倾。时观锦水钓，问俗终相并。意待犬戎灭，人藏红粟⑱盈。以兹报主愿，庶或裨世程。

炯炯一心在，沉沉二竖婴。颜回❶竟短折，贾谊❷徒忠贞。飞旐出江汉，孤舟轻荆衡。虚无马融笛，怅望龙骧茔。空余老宾客❷，身上愧簪缨。

注释

❶ 郑国严公武：指郑国公严武。《旧唐书·严武传》载：上皇迄以剑两川合为一道，拜武成都尹、兼御史大夫，充剑南节度使；入为太子宾客，迁京兆尹、兼御史大夫。二圣山陵，以武为桥道使。无何，罢兼御史大夫，改吏部侍郎，寻迁黄门侍郎。与宰臣元载深相结托，冀其引在同列。事未行，求为方面，复拜成都尹，充剑南节度等使。广德二年，破吐蕃七万余众，拔当狗城。十月，取盐川城，加检校吏部尚书，封郑国公。

❷ 瑚琏：宗庙里盛黍稷的祭器，比喻治国的才能。

❸ 华岳：西岳华山。

❹ 嶷然：形容年幼聪慧。

❺ 汉仪：泛指朝廷礼制。

❻ 飞传：指传驿的车马。

❼ 万乘：指玄宗。

❽ 云台：汉宫中高台名。汉光武帝时，用作召集群臣议事之所，后用以借指朝廷。

❾ 挥发：充分说明道理。岐阳：岐山之南，此处指凤翔。

❿ 牛酒：古代用作馈赠、犒劳、祭祀的物品。

⓫ 匡汲：匡衡和汲黯。《汉书·匡衡传》载：衡数上疏陈便宜，建昭三年，代韦玄成为丞相。后有司奏衡专地盗土，竟坐免。汉书·汲黯传》载：召为中大夫，以数切谏，不得久留内，出为东海太守。

⓬ 卫霍：指汉名将卫青、霍去病。

⓭ 会府：唐于京师及各陪都置府。

⓮ 华阳：巴蜀之地的代称。

⓯ 文翁：《汉书·循吏·文翁传》载：文翁，庐江舒人也。少好

学，通《春秋》，以郡县吏察举。景帝末，为蜀郡守，仁爱好教化。见蜀地僻陋有蛮夷风，文翁欲诱进之，乃选郡县小吏开敏有材者张叔等十余人亲自饬厉，遣诣京师，受业博士，或学律令。……由是大化，蜀地学于京师者比齐鲁焉。至武帝时，乃令天下郡国皆立学校官，自文翁为之始云。

⑯韬钤：指兵书《六韬》与《玉钤篇》。

⑰四郊：四方边境。

⑱红粟：储藏过久而变为红色的陈米。指丰足的粮食。

⑲颜回：即孔子弟子颜渊，卒年三十二岁。

⑳贾谊：汉文帝时名臣，卒年三十三岁。严武卒年四十，用颜回贾谊比严武。

㉑老宾客：杜甫自称。

❧ 壮 游 ❧

往昔十四五，出游翰墨场❶。斯文崔魏徒❷，以我似班扬❸。七龄思即壮❹，开口咏凤凰。九龄书大字，有作成一囊。性豪业嗜酒，嫉恶怀刚肠。脱略❺小时辈，结交皆老苍❻。饮酣视八极，俗物❼都茫茫。东下姑苏台❽，已具浮海航。到今有遗恨，不得穷扶桑。王谢❾风流远，阖庐丘墓荒❿。剑池石壁仄，长洲荷芰⓫香。嵯峨阊门北⓬，清庙映回塘。每趋吴太伯⓭，抚事泪浪浪。枕戈忆勾践⓮，渡浙想秦皇。蒸鱼闻匕首⓯，除道哂要章。越女天下白，鉴湖⓰五月凉。剡溪⓱蕴秀异，欲罢不能忘。归帆拂天姥⓲，中岁贡旧乡。气劘⓳屈贾垒，目短曹刘墙。忤下考功第，独辞京尹堂。放荡齐赵间，裘马颇清狂。春歌丛台㉑上，冬猎青丘㉒旁。呼鹰皂枥林，逐兽云雪冈。射飞曾纵鞚㉓，引臂落鹙鸧，苏侯据鞍喜，忽如携葛强㉔。快意八九年，西归到咸阳。

许与必词伯，赏游实贤王❷⑤。曳裾置醴地❷⑥，奏赋入明光。天子废食召，群公会轩裳。脱身无所爱，痛饮信行藏。黑貂不免敝，斑鬓兀称觞❷⑦。杜曲晚耆旧❷⑧，四郊多白杨。坐深乡党敬，日觉死生忙。朱门任倾夺，赤族迭罹殃❷⑨。国马❸⓿竭粟豆，官鸡❸❶输稻粱。举隅见烦费，引古惜兴亡。河朔风尘起❸❷，岷山行幸长。两宫各警跸❸❸，万里遥相望。崆峒杀气黑，少海旌旗黄。禹功亦命子，涿鹿亲戎行。翠华拥英岳，螭虎啖豺狼❸❹。爪牙一不中，胡兵更陆梁。大军载草草，凋瘵❸❺满膏肓。备员窃补衮，忧愤心飞扬。上感九庙焚，下悯万民疮。斯时伏青蒲，廷争守御床。君辱敢爱死，赫怒❸❻幸无伤。圣哲体仁恕，宇县复小康。哭庙灰烬中，鼻酸朝未央❸❼。小臣❸❽议论绝，老病客殊方❸❾。郁郁苦不展，羽翮❹⓿困低昂。秋风动哀壑，碧蕙捐微芳。之推避赏从，渔父濯沧浪。荣华敌勋业，岁暮有严霜。吾观鸱夷子，才格❹❶出寻常。群凶逆未定，侧伫❹❷英俊翔。

注释

❶出游：出入，进出。翰墨场：笔墨场，文坛。

❷斯文：文人。崔魏：崔尚、魏启心，与杜甫同时的文人。

❸班扬：即汉代文学家班固、扬雄。

❹壮：指才思敏捷。

❺脱略：超脱的意思。小：轻视。时辈：同辈人。

❻老苍：指年长有声望的人。

❼俗物：庸俗的人。

❽姑苏台：春秋时吴王阖闾所建，遗址在今江苏苏州。

❾王谢：东晋时的两大士族。

❿阖庐：即阖闾。丘墓：指阖闾墓，又称虎丘。

⓫荷芰：荷花和菱角。

⓬嵯峨：形容山势高峻。

⓭趋：拜谒。吴太伯：周文王的伯父。周古公亶父长子，仲雍、季历之兄。太王欲传位季历及其子昌，即周文王，太伯乃与仲雍出逃

069

至荆蛮，号勾吴。后因以称出亡而让君位与弟者。

⑭勾践：春秋时越王。越被吴所灭，勾践卧薪尝胆，终于灭吴。

⑮蒸鱼句，用鱼肠剑典故。《史记·刺客列传》载：王僚使兵陈白宫至光之家，门户阶陛左右，皆王僚之亲戚也。夹立侍，皆持长铍。酒既酣，公子光详为足疾，入窟室中，使专诸置匕首鱼炙之腹中而进之。既至王前，专诸擘鱼，因以匕首刺王僚，王僚立死。左右亦杀专诸，王人扰乱。公子光出其伏甲以攻王僚之徒。尽灭之，遂自立为王，是为阖闾。

⑯鉴湖：即镜湖，在今浙江绍兴。

⑰剡溪：曹娥江的上游，在今浙江嵊州市。

⑱天姥：在今浙江新昌县的天姥山。

⑲蹧：迫近。

⑳裘马：轻裘肥马。

㉑丛台：战国赵国建筑的，在河北邯郸城内。

㉒青丘：传说中神仙居住的十岛之一，借指山东一带。

㉓纵鞚：纵马疾驰。

㉔葛强：东晋时山简的爱将。《晋书 山简传》载：简优游卒岁，唯酒是耽。诸习氏，荆土豪族，有佳园池。简每出嬉游，多之池上，置酒辄醉，名之曰高阳池。时有童儿歌曰：山公出何许，往至高阳池。日夕倒载归，酩酊无所知。时时能骑马，倒著白接篱。举鞭向葛强：何如并州儿？'强家在并州，简爱将也。

㉕贤王：指汝阳王李琎。

㉖曳裾：拖着长衣襟走路。置醴：崇道尊贤的典故。《汉书·楚元王传》载：楚元王交，字游，高祖同父少弟也。好书，多材艺。少时尝与鲁穆生，白生、申公俱受诗于浮丘伯。汉六年，立交为楚王。既至楚，以穆、白、申为中大夫。初，元王敬礼申公等，穆生不耆酒，常为设醴。及戊即位，常设，后忘设焉。

㉗称觞：举杯饮酒。

㉘耆旧：老人。

㉙赤族：灭族。迭：连续。罹殃：遭受灾难。

㉚国马：指玄宗所养的马，能够应节而舞。

㉛官鸡：指宫中所养斗鸡，饲以稻粱。

㉜河朔：河北地区。风尘起：指安史叛乱。

㉝两宫：指玄宗、肃宗。警跸：帝王出行，禁止行人来往，实行戒严。

㉞螭虎：喻唐王朝军队。啖：吃。材狼：指安史叛军。

㉟凋瘵：指困穷之民或衰败之象。

㊱赫怒：天子震怒。

㊲未央：汉宫殿，借指唐宫。

㊳小臣：杜甫自称。

㊴客：客居。殊方：异乡。

㊵羽翮：鸟羽。翮，羽轴下段不生羽瓣而中空的部分。用以指翅膀。

㊶才格：才能品格。

㊷侧伫：停下，侧身看。

❧ 昔　游 ❧

昔者与高李，晚登单父台❶。寒芜际碣石❷，万里风云来。桑柘❸叶如雨，飞藿❹去裴回。清霜大泽❺冻，禽兽有余哀。是时仓廪实，洞达寰区开❻。猛士思灭胡，将帅望三台。君王无所惜，驾驭英雄材。幽燕盛用武，供给亦劳哉。吴门❼转粟帛，泛海陵蓬莱❽。肉食三十万，猎射起黄埃。隔河忆长眺，青岁❾已摧颓。不及少年日，无复故人❿杯。赋诗独流涕，乱世想贤才。有能市骏骨，莫恨少龙媒。商山⓫议得失，蜀主⓬脱嫌猜。吕尚⓭封国邑，傅说已盐梅。景晏楚山⓮深，水鹤去低回。庞公⓯任本性，携子卧苍苔⓰。

❶晚：指年末。单父台：在今山东单县南。《吕氏春秋·察贤》载：宓子贱治单父，弹鸣琴，身不下堂而单父治。

❷寒芜：塞草荒芜。碣石：在今河北昌黎县的碣石山。

❸拓：灌木丛。

❹藿：豆叶。

❺大泽：即孟诸泽，在今河南商丘市。

❻洞达：畅通。寰区：全国，天下。

❼吴门：此泛指江南地区。

❽蓬莱：今山东蓬莱。

❾青岁：青春岁月。摧颓：摧折，衰败。

❿故人：指高适、李白，此时都已去世。

⓫商山：指商山四皓。秦末东园公、绮里季、夏黄公、甪里先生，避秦乱，隐商山，年皆八十有余，须眉皓齿，时称商山四皓。

⓬蜀主：刘备。

⓭吕尚：即姜尚，辅佐周武王灭商，被封于齐。

⓮景晏：岁暮。楚山：夔州。

⓯庞公：庞德公，荆州襄阳人，东汉末年隐士。与当时徐庶、司马徽、诸葛亮、庞统等人交往密切。庞德公曾称诸葛亮为"卧龙"，庞统为"凤雏"，司马徽为"水镜"，被誉为知人。

⓰苍苔：指青色苔藓。

遣 怀

昔我游宋中❶，惟梁孝王都❷。名今陈留亚❸，剧则贝魏俱❹。邑中九万家，高栋照通衢❺。舟车半天下，主客多欢娱。白刃雠不义❻，黄金倾有无❼。杀人红尘❽里，报答在斯须❾。忆与高李❿辈，论交入酒垆⓫。两公壮藻思⓬，得我色敷腴⓭。气酣登吹台⓮，怀古视平芜⓯。芒砀⓰云一去，雁鹜⓱空相呼。先帝⓲正好武，寰海⓳未凋枯。猛将收西域，长戟破林胡⓴。百万攻一城，献捷㉑不云输。组练㉒弃如泥，尺土负百夫。拓境㉓功未已，元和辞大炉㉔。乱离朋友㉕尽，合沓岁月徂㉖。吾衰将焉托，存殁再鸣呼㉗。萧条益堪愧，独在天一隅。乘黄㉘已去矣，凡马徒区区㉙。不复见颜鲍㉚，系舟卧荆巫㉛。临餐吐更食，常恐违抚孤㉜。

注释

❶ 宋中：今河南商丘市南。

❷ 梁孝王都：汉梁孝王刘武自梁徙都睢阳，修园林、扩建城池。

❸ 陈留：是汉唐以来商业都会。亚：仅次于。

❹ 贝：贝州，故地在今河北清河。魏：魏州，故地在今河北大名。

❺ 通衢：大道、交通要道。

❻ 雠不义：杀死不义的坏人。雠：仇杀。

❼ 倾有无：倾其所有。

❽ 红尘：指人世间。

❾ 斯须：片刻。

❿ 高李：指高适、李白。

⓫ 论交：结交。酒垆：卖酒处安置酒瓮的砌台。亦借指酒肆、酒店。

⓬ 藻思：写作的才能。

⓭ 色敷腴：颜色和悦的样子。

⓮ 气酣：情绪高昂。吹台：即繁台，在今河南开封东南禹王台公园内。

⓯ 怀古：即下面所提汉高祖之事。平芜：长满青草的平原。

⓰ 芒砀：唐时砀山县属宋州。

⓱ 雁鹜：鹅和鸭。

⑱先帝：即唐玄宗。

⑲寰海：海内、天下。

⑳长戟：比喻军队将领，这里指安禄山、张守珪等。

㉑献捷：报喜不报忧。

㉒组练：组甲练兵。

㉓拓境：即开拓边境。

㉔元和：太平和乐的气象。辞：离开。大炉：天地、人间。

㉕朋友：指除高、李外，如郑虔、严武、苏源明等人。

㉖合沓：相继重叠的样子。徂：逝。

㉗存殁：指活着的自己和死去的友人。呜呼：恸哭。

㉘乘黄：传说中的神马，喻指高李。

㉙凡马：杜甫自谓。徒区区：空怀有诚恳的心，却徒劳无用。

㉚颜鲍：指颜延之和鲍照。

㉛荆巫：荆州巫峡，指漂泊夔州。

㉜违抚孤：无力照顾朋友的遗孤。

❧ 往 在 ❧

往在西京❶日，胡来满彤宫❷。中宵焚九庙，云汉❸为之红。解瓦飞十里，緦帷纷曾空。疾心❹惜木主，一一灰悲风。合昏排铁骑❺，清旭❻散锦髅。贼臣表逆节，相贺以成功。是时妃嫔戮，连为粪土丛。当宁陷玉座❼，白间剥画虫。不知二圣❽处，私泣百岁翁。车驾既云还，楄柟欻穿崇。故老复涕泗❿，祠官树椅桐。宏壮不如初，已见帝力雄。前春礼郊庙，祀事亲圣躬。微躯忝近臣，景从陪群公。登阶捧玉册，峨冕⓫耿金钟。侍祠恧⓬先露，披垣迓濯龙⓭。天子惟孝孙⓮，五云起九重⓯。镜奁换粉黛，翠羽犹葱胧。前者厌羯胡⓰，后来遭犬戎⓱。

俎豆⑱腐膻肉，罘罳⑲行角弓。安得自西极，申命空山东⑳。尽驱诣阙下，士庶塞关中。主将晓逆顺，元元归始终。一朝自罪己，万里车书通。锋镝㉑供锄犁，征戍听所从。冗官各复业，土著还力农。君臣节俭足，朝野欢呼同。中兴似国初，继体如太宗。端拱㉒纳谏净，和风日冲融。赤墀㉓樱桃枝，隐映银丝笼。千春荐陵寝，永永垂无穷。京都不再火，泾渭开愁容。归号㉔故松柏，老去苦飘蓬。

注释

❶西京：长安。

❷胡：安史叛军。彤宫：指皇宫。

❸云汉：天河。

❹疚心：伤心，内心不安。

❺合昏：黄昏。铁骑：指叛军。

❻清旭：早晨。

❼玉座：即皇帝座位。

❽二圣：指玄宗、肃宗。

❾楹桷：指庙宇。欻：忽然。

❿涕泗：眼泪和鼻涕，指哭泣。

⓫峨冕：高冠。

⓬怸：惭愧。

⓭垣：唐代指门下省为左掖、中书省为右掖。迩：近。灌龙：汉宫中园池，此处指宫禁。

⓮孝孙：指肃宗。

⓯九重：指皇宫。

⓰揭胡：指安史叛军。

⓱犬戎：此处指吐蕃。

⓲俎豆：祭器。

⓳罘罳：设在屋檐下防鸟雀来筑巢的金属网。

⓴山东：统指河北诸镇。

075

㉑锋镝：刀剑箭矢。

㉒端拱：指皇帝无为而治。

㉓赤墀：皇宫中的台阶，因以赤色丹漆涂饰。借指朝廷。

㉔号：哭号。

❧ 夏夜叹 ❧

永日不可暮❶，炎蒸毒我肠❷。安得万里风，飘飘吹我裳。昊天出华月❸，茂林延❹疏光。仲夏❺苦夜短，开轩❻纳微凉。虚明❼见纤毫，羽虫❽亦飞扬。物情无巨细❾，自适固其常。念彼荷戈士❿，穷年⓫守边疆。何由一洗濯⓬，执热⓭互相望。竟夕击刁斗⓮，喧声连万方。青紫⓯虽被体，不如早还乡。北城⓰悲笳发，鹳鹤⓱号且翔。况复烦促倦，激烈思时康⓲。

注释

❶永日：夏日昼长。不可暮：似乎看不到日落。

❷毒我肠：热得心中焦躁不安。

❸昊天：夏天。华月：指明月。

❹延：招来。

❺仲夏：夏季的第二个月，即阴历五月。

❻轩：窗。

❼虚明：月光。

❽羽虫：即萤火虫。

❾巨细：大小。

❿荷戈士：指戍卒。

⓫穷年：一整年。

⑫洗濯：洗涤，沐浴。

⑬执热：苦热。

⑭竟夕：整夜。刁斗：古代军中用具，铜制，三足有柄。用于做饭、敲击示警。

⑮青紫：贵官之服。

⑯北城：指华州。

⑰鹲鹤：即鹲，能捕鱼的水鸟。

⑱康：天下安康太平。

❧ 有怀台州郑十八司户❶ ❧

天台隔三江❷，风浪无晨暮❸。郑公纵得归，老病不识路。昔如水上鸥，今如置中兔。性命由他人，悲辛但狂顾❹。山鬼独一脚，蝮蛇❺长如树。呼号傍孤城，岁月谁与度。从来御魑魅❻，多为才名误。夫子嵇阮流❼，更被时俗恶。海隅❽微小吏，眼暗发垂素❾。黄帽映青袍❿，非供折腰⓫具。平生一杯酒，见我故人遇。相望无所成，乾坤莽回互⓬。

注释

❶台州：治所在今浙江临海县。郑十八司户：指郑虔，盛唐著名文学家、诗人、书画家。《新唐书·郑虔传》载：郑虔，郑州荥阳人。天宝初，为协律郎，集缀当世事，著书八十余篇。有窥其稿者，上书告虔私撰国史，虔苍黄焚之，坐谪十年。还京师，玄宗爱其才，欲置左右，以不事事，更为置广文馆，以虔为博士。虔闻命，不知广文曹司何在。诉宰相，宰相曰："上增国学，置广文馆，以居贤者，令后世言广文博士自君始，不亦美乎？"虔乃就职。初，虔追缉故书

可志者得四十余篇，国子司业苏源明名其书为《荟萃》。虔善图山水，好书，常苦无纸。于是慈恩寺贮柿叶数屋，遂往日取叶肆书，岁久殆遍。尝自写其诗并画以献，帝大署其尾日："郑虔三绝"。迁著作郎。

❷天台：山名，在今浙江天台县北。三江：长江、浙江、曹娥江。

❸无晨暮：从早到晚。晨暮：早晨和傍晚。

❹狂顾：惊慌失措的样子。

❺蝮蛇：一种毒蛇。

❻御魑魅：指贬谪。《左传·文公十八年》载：舜臣尧，宾于四门，流四凶族浑敦、穷奇、梼杌、饕餮，投诸四裔，以御魑魅。

❼夫子：对郑虔的尊称。嵇阮：指魏晋时期"竹林七贤"中的嵇康和阮籍。

❽海隅：海角，用以指僻远的地方。此处指台州。

❾垂素：散乱的白发。

❿黄帽：指老者的帽子。青袍：青色官服。

⓫折腰：陶渊明为彭泽县令，弃官归隐。《陶潜传》载：郡遣督邮至县，吏白应束带见之，潜叹日："吾不能为五斗米折腰，拳拳事乡里小人邪！"义熙二年，解印去县，乃赋《归去来兮辞》。

⓬回互：回环交错。

遣兴三首❶·其一

下马古战场，四顾但茫然。风悲浮云去，黄叶坠我前。朽骨穴蝼蚁，又为蔓草缠。故老行叹息，今人尚开边❷。汉虏❸互胜负，封疆不常全。安得廉颇❹将，三军同晏眠❺。

注释

❶遣兴：遣怀，排遣抒发。

❷开边：用武力开拓疆土。此指唐玄宗在天宝年间发兵攻打吐蕃。

❸汉虏：指激战敌我双方。汉为唐，虏为吐蕃。

❹廉颇：战国时赵国名将。《史记·廉颇蔺相如列传》载：廉颇者，赵之良将也。赵惠文王十六年，廉颇为赵将伐齐，大破之，取阳晋，拜为上卿，以勇气闻于诸侯。

❺晏眠：高枕无忧。

遣兴三首 · 其二

高秋登塞山，南望马邑州❶。降虏东击胡❷，壮健尽不留。穹庐莽牢落❸，上有行云愁。老弱哭道路，愿闻甲兵休。邺中❹事反覆，死人积如丘。诸将已茅土，载驱谁与谋。

注释

❶马邑州：在今甘肃天水市与成县之间。《新唐书·地理志》载：羁縻州内有马邑州，隶秦州，开元十七年置。

❷降虏：指居于秦州一带的少数民族。胡：指安史叛军。

❸穹庐：游牧民族的帐篷。牢落：稀疏的样子。

❹邺中：指唐军在邺城溃败之事。

遣兴三首 · 其三

丰年孰云迟，甘泽❶不在早。耕田秋雨足，禾黍已映道。春苗九月交，颜色同日老❷。劝汝衡门❸士，忽悲尚枯槁❹。时来展材力，先后无丑好。但讶鹿皮翁❺，忘机对芳草。

注释

❶甘泽：即好雨。

❷同日老：指应节令而全部成熟。

③衡门：横木为门，指贫苦百姓的居处。

④枯槁：困苦，贫穷。

⑤鹿皮翁：即鹿皮公。《列仙传》载：鹿皮公者，淄川人也。少为府小吏木工，举手能成器械。岑山上有神泉，人不能至也。小吏白府君，请木工斤斧三十人，作转轮悬阁，意思横生。数十日，梯道四间成。上其巅，作祠舍，留止其旁，绝其二间以自固。食芝草，饮神泉，且七十年。淄水来，三下呼宗族家室，得六十余人，令上山半。水尽漂，一郡没者万计。小吏乃辞遣宗家，令下山。着鹿皮衣，遂去，复上阁。后百余年，下卖药于市。皮公兴思，妙巧缠绵。飞阁悬趣，上揖神泉。肃肃清庙，二间。可以闲处，可以永年。

石龛①

熊罴②哮我东，虎豹号我西。我后鬼③长啸，我前狖④又啼。天寒昏无日，山远道路迷。驱车石龛下，仲冬见虹霓。伐竹者谁子，悲歌上云梯。为官采美箭，五岁供梁齐⑤。苦云直筍⑥尽，无以充提携。奈何渔阳骑，飒飒惊烝黎⑦。

注释

①石龛：山崖峭壁上凿出的石洞。

②罴：大熊。

③鬼：山中精怪。

④狖：猿猴。

⑤五岁：五年。梁齐：今河南、山东一带。

⑥筍：小竹子。

⑦飒飒：风声。烝黎：百姓。

剑 门

唯天有设险[1]，剑门[2]天下壮。连山抱西南，石角[3]皆北向。两崖崇墉[4]倚，刻画城郭状[5]。一夫怒临关[6]，百万未可傍[7]。珠玉走中原[8]，岷峨气凄怆[9]。三皇五帝[10]前，鸡犬各相放。后王尚柔远[11]，职贡道已丧[12]。至今英雄人，高视见霸王[13]。并吞与割据[14]，极力不相让。吾将罪真宰[15]，意欲铲叠嶂[16]！恐此复偶然，临风默惆怅。

注释

[1]设险：天造地设的险要。

[2]剑门：指剑门关，即大小剑山间的七十里栈道，是从长安入蜀必经之路。在今四川剑阁县。

[3]石角：山峰的巨石。

[4]崇墉：高峻的城墙。

[5]城：指都色四周用作防御的墙垣。郭：指外城。

[6]关：指剑门山，山壁中断如关口。

[7]傍：靠近。

[8]珠玉：指征效的财物。中原：黄河中游地带，这里指代京都朝廷所在地。

[9]岷峨：岷山和峨眉山，岷山在四川北部，峨眉山在四川中南部。凄怆：悲伤。

[10]三皇五帝：传说中最古的一些帝王。三皇：一般指燧人、伏羲、神农。五帝：指黄帝、颛顼、帝喾、帝尧、帝舜。

[11]后王：致夏商周三朝的君主。柔远：指对边远地区实行安抚怀柔政策。

⑫职贡：意思按时劳役和赋税。

⑬霸王：称主称霸。

⑭并吞：指王者，如秦始皇等。割据：指霸者，如公孙述、刘备等。

⑮宰：主宰。

⑯铲：削平。叠嶂：重叠的山峦。

今 夕 行

今夕何夕岁云徂❶，更长烛明不可孤❷。咸阳❸客舍一事无，相与博塞❹为欢娱。冯陵大叫呼五白❺，袒跣不肯成枭卢❻。英雄有时亦如此，邂逅岂即非良图❼。君莫笑，刘毅❽从来布衣愿，家无儋石输百万❾。

注释

❶岁云徂：一年即将过去。云，语助词。徂：逝去，过去。

❷更长烛明：指守岁。孤：负，辜负，徒然错过。

❸咸阳：唐代县名。《唐书》载：武德元年，析泾阳始平置咸阳县，属京兆府。

❹博塞：古时赌输赢的游戏。

❺冯陵：形容意气昂扬的样子。五白：古时博戏的采名。五木之制，上黑下白。掷得五子皆黑，叫卢，最贵；其次五子皆白，叫白。

❻袒跣：袒胸赤足。枭卢：古代博戏樗蒲的两种胜彩名。么为枭，最胜；六为卢，次之。

❼邂逅：此为偶然相遇。良图：远大的谋略；抱负、理想。

❽刘毅：东晋人，少有大志，不治产业。后从平桓玄之乱，拜豫

州刺史，封南平郡公。《南史·宋武帝纪》载：刘毅家无儋石储，樗补一掷百万。

❾儋石：两石，十斗为一石。

兵车行❶

车辚辚，马萧萧，行人弓箭各在腰❷。耶娘妻子走相送❸，尘埃不见咸阳桥❹。牵衣顿足拦道哭❺，哭声直上干❻云霄。道旁过者❼问行人，行人但云点行频❽。或从十五北防河❾，便至四十西营田❿。去时里正与裹头⓫，归来头白还戍边。边庭⓬流血成海水，武皇开边意未已⓭。君不闻汉家山东二百州⓮，千村万落生荆杞⓯。纵有健妇把锄犁，禾生陇亩无东西⓰。况复秦兵耐苦战⓱，被驱不异犬与鸡。长者⓲虽有问，役夫敢申恨⓳？且如⓴今年冬，未休关西㉑卒。县官㉒急索租，租税从何出？信知生男恶，反是生女好。生女犹得嫁比邻㉓，生男埋没随百草。君不见，青海头㉔，古来白骨无人收。新鬼烦冤㉕旧鬼哭，天阴雨湿声啾啾㉖！

注释

❶兵车行：乐府新题，宋郭茂倩《乐府诗集》列入《新乐府辞》。

❷辚辚：车轮滚动发出的声响。《诗经·秦风·车邻》载：有车邻邻，有马白颠。邻邻：同"辚辚"。萧萧：马嘶鸣声。《诗经·小雅·车攻》载：萧萧马鸣，悠悠旆旌。行人：指被征出发的士兵。

❸耶：通假字，同"爷"，指父亲。走：奔跑。

❹咸阳桥：又称西渭桥。汉武帝建元三年始建，因与长安城便门相对，也称便桥或便门桥。故址在今陕西省咸阳市南。唐代称咸阳桥，是汉唐时期由长安通往西域、巴蜀的交通要道。

⑤顿足：跺脚。

⑥干：直冲。云霄：高空。

⑦过者：本义是过路的行人，此处是杜甫自称。

⑧但云：只说。点行：也叫更行，指按户籍名册出差役。频：多。

⑨或：有的人。防河：当时常与吐蕃发生战争，曾征召陇右、关中、朔方诸军防御河西地区。

⑩营田：军队屯垦。古时实行屯田制，军队无战事即种田，有战事即作战。

⑪里正：唐制，每百户为一里，设一里长，即里正。负责管理户口，检查民事，催促赋役等。裹头：男子成丁，用布包头。新征士兵因为年纪小，所以需要里正给他裹头披甲。

⑫边庭：指边塞，边疆。

⑬武皇：汉武帝刘彻。此处借武皇代指唐玄宗。开边：用武力开拓国土疆域。

⑭汉家：汉朝，此处意指唐朝。山东：古时将崤山以东地区统称山东。二百州：唐时二百十七州。

⑮荆杞：指带钩刺的野生灌木荆棘、枸杞，常用以形容蓁莽荒秽、残破萧条的景象。

⑯陇亩：田亩。陇，通"垄"，土埂，田埂。无东西：不分行列的意思。

⑰况复：更何况。秦兵：指关中一带的士兵。关中古为秦地，因称秦兵。此处指作者所见的正被征调的士兵。

⑱长者：原指有名望的年长的人，此处指杜甫。

⑲役夫：行役的人。敢：岂敢，怎么敢。申：诉说。恨：心中的冤屈和怨恨。

⑳且如：就如。

㉑关西：指函谷关以西的地方。关：古时常指函谷关。

㉒县官：当地官府。

㉓比邻：近邻。

㉔青海头：即青海边，唐初常在这一带与突厥、吐蕃发生大规模的战争。

㉕烦冤：愁烦冤屈。

㉖啾啾：象声词，原指鸟兽虫的鸣叫声，此处用以形容鬼魂凄厉的哭叫声。

高都护骢马行①

安西都护胡青骢②，声价欻然来向东③。此马临阵④久无敌，与人一心成大功⑤。功成惠养随所致⑥，飘飘远自流沙⑦至。雄姿未受伏枥⑧恩，猛气⑨犹思战场利。腕促蹄高如踏铁⑩，交河几蹴曾冰裂⑪。五花散作云满身⑫，万里方看汗流血⑬。长安壮儿⑭不敢骑，走过掣电倾城知⑮。青丝络头为君老⑯，何由却出横门⑰道？

注 释

❶高都护：即高仙芝，唐玄宗时期著名军事将领，开元末年任安西副都护。都护：官职名。唐朝为统御边疆地区，设置了安西、安北、安东、安南、单于、北庭六大都护府府，都护府的长官称"都护"。骢马：青白色相杂的骏马。

❷胡青骢：西域的骏马。来向东：从西向东来。

❸声价：非常高的声誉。欻：忽然。

❹临阵：谓身临战阵。

❺大功：获得大功业。

❻惠养：抚养，豢养。随所致：跟随主人。

❼流沙：泛指西北地区广袤的沙漠。一说甘肃居延泽，《水经注》称其为弱水流沙。

086

❽伏枥：是马伏在槽上，指受人驯养。枥：马槽。

❾猛气：勇猛的气概。

❿腕促：马下小腿短。蹄高：指马蹄厚。踣铁：踏地如铁，重而有力。踣：踏地。

⓫交河：西域河名，源出交河县，流经高昌县，在今新疆吐鲁番西。几蹴：几次踩踏。

⓬五花：骏马鬃毛修剪成如梅花瓣式样的花纹。云满身：指骏马身上好似云团一样的花纹。

⓭万里句：经过万里奔驰，骏马汗出如血。《史记·大宛列传》载：大宛在匈奴西南，在汉正西，去汉可万里，其俗土著，耕田，田稻麦；有葡萄酒；多善马，马汗血，其先天马子也。

⓮壮儿：犹健儿。

⓯掣电：闪电。用以形容骏马奔驰速度极快。倾城：全城。

⓰青丝：指马缰绳。络头：马辔头。

⓱横门：代长安城北西起第一门，出横门，过渭水，便是通向西域的大道。

饮中八仙歌

知章❶骑马似乘船，眼花落井水底眠。汝阳三斗始朝天❷，道逢麹车❸口流涎，恨不移封向酒泉❹。左相❺日兴费万钱，饮如长鲸❻吸百川，衔杯乐圣称避贤❼。宗之❽潇洒美少年，举觞白眼望青天❾，皎如玉树临风前。苏晋长斋绣佛前❿，醉中往往爱逃禅⓫。李白斗酒诗百篇，长安市上酒家眠，天子呼来不上船，自称臣是酒中仙。张旭⓬三杯草圣传，脱帽露顶⓭王公前，挥毫落纸如云烟。焦遂五斗方卓然⓮，高谈雄辩惊四筵。

注释

❶知章：即贺知章，唐代著名诗人。《旧唐书》载：贺知章为礼部侍郎，取舍非允，门荫子弟，喧诉盈庭。于是以梯登墙，首出决事，时人咸嗤之。晚年尤加纵诞，自号四明狂客，又称秘书外监。天宝三载，因病恍榴，乃上疏请度为道士，求还乡里，仍舍本乡宅为观。上许之。

❷汝阳：汝阳王李琎，唐玄宗的侄子。朝天：朝见天子。此谓李痛饮后才入朝。

❸麹车：酒车。

❹移封：改换封地。酒泉：郡名，在今甘肃酒泉市。

❺左相：指左丞相李适之，天宝元年（742年）八月为左丞相，天宝五年（746年）四月，为李林甫排挤罢相。

❻长鲸：鲸鱼。古人以为鲸鱼能吸百川之水，故用来形容李适之的酒量之大。

❼衔杯：贪酒。圣：酒的代称。

❽宗之：崔宗之，吏部尚书崔日用之子，袭父封为齐国公，官至侍御史，也是李白的朋友。

❾觞：大酒杯。白眼：晋阮籍能作青白眼，青眼看朋友，白眼视俗人。

❿苏晋：开元进士，曾为户部和吏部侍郎。绣佛：画的佛像。

⓫逃禅：这里指不守佛门戒律。佛。

⓬张旭：吴人，唐代著名书法家，善草书，时人称为"草圣"。

⓭脱帽露顶：写张旭狂放不羁的醉态。

⓮焦遂：布衣之士，平民，以嗜酒闻名。卓然：神采焕发的样子。

丽人行❶

　　三月三日❷天气新，长安水边多丽人❸。态浓意远淑且真❹，肌理细腻骨肉匀❺。绣罗衣裳照暮春，蹙金孔雀银麒麟❻。头上何所有？翠微匐叶垂鬓唇❼。背后何所见？珠压腰衱稳称身❽。就中云幕椒房亲❾，赐名大国虢与秦❿。紫驼之峰出翠釜⓫，水精之盘行素鳞⓬。犀箸厌饫久未下⓭，鸾刀缕切空纷纶⓮。黄门飞鞚不动尘⓯，御厨络绎送八珍⓰。箫鼓哀吟感鬼神，宾从杂遝实要津⓱。后来鞍马何逡巡⓲，当轩下马入锦茵⓳。杨花雪落覆白苹⓴，青鸟飞去衔红巾㉑。炙手可热势绝伦，慎莫近前丞相嗔㉒！

注释

❶丽人行：乐府旧题，宋郭茂倩《乐府诗集》列入《杂曲歌辞》。

❷三月三日：为上巳节，古时人们去水边沐浴，洗除不详。后增加了祭祀宴饮、曲水流觞、郊外游春等活动。新：清新。

❸长安水边：指长安城南的曲江一带。丽人：一般指贵妇人。

❹态浓：姿态稳重。意远：态度安详高远。淑且真：淑美而且自然。

❺肌理细腻：皮肤光滑柔嫩。骨肉匀：体态匀称适中。

❻绣罗两句：用金银线镶绣着孔雀和麒麟图案的秀美衣裳，映衬着暮春的美丽景色。蹙金：古时刺绣的一种针法，用拈紧的金线刺绣，使刺绣的纹路皱缩起来。

❼翠微：薄薄的翡翠片。匐叶：发髻上插着的一种首饰。鬓唇：鬓边。

❽珠压：指腰衱上缀这珠子。衱：衣服的后襟，长及后腰，故谓

089

腰极。称：合适。

❾就中：其中。云幕：指宫殿中的云状帷幕。椒房：即椒房殿，在汉代未央宫中，为皇后居室。后世泛指后妃居住的宫室。亲：即指杨贵妃姐妹。

❿赐名：赐予封号。指天宝七载唐玄宗赐封杨贵妃的大姐为韩国夫人，三姐为虢国夫人，八姐为秦国夫人。《新唐书·后妃传》载：三姊皆美劭，帝呼为姨，封韩、虢、秦三国，为夫人，出入宫掖，恩宠声焰震天下。

⓫紫驼之峰：即驼峰，一种食用珍品。釜：古代的一种锅。翠釜：形容锅的色泽。

⓬水精：即水晶。行：传送。素鳞：指白色的鱼，亦用作鱼的泛称。

⓭犀箸：犀牛角作的筷子。厌饫：吃得腻了。厌：通"餍"。

⓮鸾刀：带小铃铛的厨刀。缕切：细细地切。空：白白地。纷纶：忙乱。

⓯黄门：即宦官。飞鞚：指马奔驰速度极快。鞚：拴在马脖子上，用以控制马的皮带或绳索。

⓰络绎：连续不断，往来不绝。八珍：八种珍贵的食品，用以形容珍馐美味之多。

⓱宾从：指宾客和随从。杂遝：众多纷乱的样子。要津：重要渡口，泛指水陆交通要道。用来比喻显要的地位。此处是指杨国忠兄妹。

⓲后来鞍马：最后骑马到来的人，指宰相杨国忠。何：怎么。逡巡：原意为所顾虑而徘徊不前，这里是迟迟不前的意思。

⓳轩：门、窗或栏杆。锦茵：锦制的垫褥。

⓴雪落：指杨花纷落如雪。白萍：指杨花入水为浮萍。杨花与白萍本为一体同源，并为一体是以曲江暮春的自然景色来影射杨国忠与其从妹虢国夫人兄妹苟且乱伦。《新唐书·后妃传》载：而虢国素与国忠乱，颇为人知，不耻也。每入谒，并驱道中，从监、侍姆百余骑，炬蜜如尽，靓妆盈里，不施帏障，时人谓为"雄狐"。

㉑青鸟：神话中的神鸟，为西王母的使者，后常被用作男女之间的信使。《汉武故事》载：七月七日，上于承华殿斋。日正中，忽见有青鸟从西方来集殿前。上问东方朔，朔对曰："西王母暮必降尊像，上宜洒扫以待之。"上乃施帷帐，烧兜末香。衔红巾：喻传递信息。

㉒炙手可热：手一接触就感觉到热得烫人。指杨家权势很大，气焰很盛，使人不敢接近。丞相：指杨国忠，天宝十一年为右丞相。嗔：发怒。

投简成华两县诸子①

赤县官曹拥才杰②，软裘快马当冰雪③。长安苦寒谁独悲？杜陵野老④骨欲折。南山豆苗早荒秽⑤，青门瓜⑥地新冻裂。乡里儿童项领成，朝廷故旧礼数⑦绝。自然弃掷⑧与时异，况乃疏顽临事拙⑨。饥卧动即向一旬，敝裘何啻联百结⑩。君不见空墙日色晚，此老无声⑪泪垂血！

注释

❶投简：即投赠。成华：为成都、华原两县。

❷赤县：指长安。官曹：官吏办事处所。

❸软裘：即轻裘，轻暖的毛皮衣服。快马：善跑的快马。

❹杜陵野老：杜甫的自称。杜甫祖籍杜陵，他也曾在杜陵附近居住，故常自称杜陵野老、杜陵野客、杜陵布衣。

❺荒秽：犹荒芜。

❻青门瓜：汉初，故秦东陵侯召平种瓜于长安城东青门。

❼礼数：犹礼节。杜甫《哭韦大夫之晋》诗："丈人叼礼数，文律早周旋。"仇兆鳌注："礼数、周旋，相契之情。"

❽弃掷：抛弃。

⑨况乃：何况；况且。疏顽：懒散顽钝。

⑩敝裘：破旧的皮衣。何啻：犹何止，岂止。百结：用碎布缀成的衣服。

⑪无声：即吞声，不说话。

贫交行①

翻手作云覆手雨②，纷纷轻薄何须数③。君不见管鲍④贫时交，此道今人弃如土⑤！

注释

❶贫交行：描写贫贱之交的诗歌。《古诗源》载：采葵莫伤根，伤根葵不生。结交莫羞贫，羞贫友不成。后因以采葵喻不耻与贫贱者为友。

❷翻手句：喻人反复无常，人情交往不可靠。覆：颠倒。

❸轻薄：轻佻浮薄，不敦厚。何须数：意谓数不胜数。数，计数。

❹管鲍：指管仲和鲍叔牙，二人为贫贱之交。管仲早年与鲍叔牙相处很好，管仲贫困，也欺骗过鲍叔牙，但鲍叔牙始终善待管仲。《史记·管晏列传》载：管仲夷吾者，颍上人也。少时常与鲍叔牙游，鲍叔知其贤。管仲贫困，常欺鲍叔，鲍叔终善遇之，不以为言。已而鲍叔事齐公子小白，管仲事公子纠。及小白立为桓公，公子纠死，管仲囚焉。鲍叔遂进管仲。管仲既用，任政于齐，齐桓公以霸，九合诸侯，一匡天下，管仲之谋也。

❺今人：指当时的轻薄之士。弃：抛弃。

白 丝 行

缫丝❶须长不须白，越罗蜀锦金粟尺❷。象床玉手乱殷红❸，万草千花动凝碧。已悲素质随时染，裂下鸣机色相射❹。美人细意❺熨帖平，裁缝灭尽针线迹。春天衣著为君舞，蛱蝶❻飞来黄鹂语。落絮❼游丝亦有情，随风照日宜轻举。香汗轻尘污颜色，开新合故置何许。君不见才士汲引❽难，恐惧弃捐忍羁旅❾。

注释

❶缫丝：把蚕茧浸在热水里抽丝。

❷越：古代越国，载今浙江一带。蜀：指今四川一带。罗、锦：

都是精美的丝织品。金粟尺：钿尺，即指尺上用来标识长度的星点，用金粟镶嵌而成。

❸象床：象牙装饰的床，此处指织机。乱殷红：指织锦时的纵横交错的纹理。

❹色相射：颜色互相映衬。

❺细意：即细心。

❻蛱蝶：一种蝴蝶。

❼落絮：飘落的柳絮。

❽汲引：比喻提拔或荐推人才。

❾弃捐：抛弃，废置。用以喻指士人不遇于时。羁旅：寄居异乡。

醉 时 歌

诸公衮衮登台省❶，广文先生官独冷❷。甲第纷纷厌粱肉❸，广文先生饭不足。先生有道出羲皇❹，先生有才过屈宋❺。德尊一代常坎坷，名垂万古知何用！杜陵野客人更嗤❻，被褐❼短窄鬓如丝。日籴太仓五升米❽，时赴郑老同襟期❾。得钱即相觅❿，沽酒不复疑⓫。忘形到尔汝⓬，痛饮真吾师。清夜沉沉动春酌，灯前细雨檐花⓭落。但觉高歌有鬼神⓮，焉知饿死填沟壑⓯？相如逸才亲涤器⓰，子云识字终投阁⓱。先生早赋归去来⓲，石田茅屋荒苍苔。儒术于我何有哉，孔丘盗跖俱尘埃⓳。不须闻此意惨怆⓴，生前相遇且衔杯㉑！

注释

❶衮衮：众多貌。台省：台是御史台，省是中书省、尚书省和门下省。台省合指朝廷中央的枢要机构。

❷广文先生：指郑虔，是广文馆博士，因称郑广文。冷：清冷，

冷落。指官职低微。

③ 甲第：汉代达官贵人住宅有甲乙次第的分别，后以"甲第"指称权贵富人之家。梁肉：精致的食物。

④ 出：超出。羲皇：指伏羲氏，是传说中我国古代的圣君。

⑤ 屈宋：屈原和宋玉，战国时楚国的诗人。

⑥ 杜陵野客：杜甫自称。杜甫祖籍长安杜陵，他在长安时又曾在杜陵东南的少陵附近住过，所以自称"杜陵野客"，又称"少陵野老"。嗤：讥笑。

⑦ 褐：粗布短衣，指古时穷人穿的衣服。

⑧ 籴：买粮。太仓：京师所设皇家粮仓。当时因长期下雨，米价很贵，于是发放太仓米十万石减价济贫，杜甫也以此为生。《旧唐书·玄宗本纪》载：八月，京城霖雨，米贵，令出太仓米十万石，减价粜与贫人。

⑨ 郑老：指郑虔，因比杜甫年长许多，所以称他"郑老"。同襟期：意思是彼此的襟怀和性情相同。襟期：襟怀、志趣。

⑩ 相觅：互相寻找。

⑪ 不复疑：不考虑其他。

⑫ 忘形：忘掉言行的分寸。到尔汝：彼此间称名道姓，毫无客套。

⑬ 檐花：指屋檐前落下的雨水，被灯光映射，闪烁如花。

⑭ 高歌：吟诗。有鬼神：似有鬼神相助。

⑮ 焉知：怎么知道。填沟壑：指死于贫困，弃尸沟渠。

⑯ 相如：即西汉著名辞赋家司马相如。逸才：指才华横溢。亲涤器：司马相如和妻子卓文君贫困时，在临邛开了一间小酒店，卓文君当垆沽酒，司马相如亲自洗涤食器。《史记·司马相如列传》载：相如与俱之临邛，尽卖其车骑，买一酒舍酤酒，而令文君当垆。相如身自着犊鼻裈，与保庸杂作，涤器于市中。

⑰ 子云：西汉著名辞赋家、文学家扬雄，字子云。早年好诗赋，作《甘泉赋》《河东赋》《校猎赋》《长杨赋》等。中年以后，以辞赋为雕虫小技，无益于讽谏，转而研究儒学，作《太玄》《法言》，对后

世产生重大影响。投阁：王莽时，扬雄校书天禄阁，因别人牵连得罪，使者来收捕时，扬雄仓皇跳楼自杀，几乎摔死。《汉书·扬雄传》载：王莽时，刘歆、甄丰皆为上公，莽既以符命自立，即位之后，欲绝其原以神前事，而丰子寻、歆子棻复献之。莽诛丰父子，投四裔，辞所连及，便收不请。时，雄校书天禄阁上，治狱使者来，欲收雄，雄恐不能自免，乃从阁上自投下，几死。莽闻之曰："雄素不与事，何故在此？"间请问其故，乃刘棻从雄学作奇字，雄不知情。有诏勿问。然京师为之语曰："惟寂寞，自投阁；清静，作符命。"

⑱归去来：东晋陶渊明辞彭泽令归家时，曾赋《归去来辞》。

⑲孔丘：孔子。盗跖：春秋时人，姓柳下，名跖，以盗为生，因而被称为"盗跖"。

⑳惨怆：凄惨，沮丧。

㉑衔杯：饮酒。

醉歌行

陆机二十作文赋①，汝更小年能缀文②。总角③草书又神速，世上儿子徒纷纷。骐骥④作驹已汗血，鸷鸟举翮连青云⑤。词源倒流三峡水，笔阵⑥独扫千人军。只今年才十六七，射策君门期第一⑦。旧穿杨叶真自知，暂蹶⑧霜蹄未为失。偶然擢秀⑨非难取，会是排风有毛质。汝身已见唾成珠⑩，汝伯⑪何由发如漆。春光潋滟秦东亭⑫，渚蒲牙白水荇青⑬。风吹客衣日杲杲⑭，树搅离思花冥冥⑮。酒尽沙头双玉瓶，众宾皆醉我独醒。乃知贫贱别更苦，吞声踯躅涕泪零⑯。

注释

①陆机：字士衡，西晋文学家、书法家。《旧晋书·陆机传》载：

陆机字士衡，吴郡人也。祖逊，吴丞相。父抗，吴大司马。机少袭领父兵，为牙门将军。年二十而吴灭，退临旧里。与弟云闭门勤学，积十一年。机誉流京华，声溢四表，被征为太子洗马，与弟云俱入洛。司徒张华素重其名，如旧相识，以文录呈。天才绮练，当时独绝，新声妙句，系踪张蔡。机妙解情理，心识文体，作文赋曰："今每观才士之所作，窃有以得其用心。夫放言遣辞，良多变矣。妍蚩好恶，可得而言，每自属文，尤见其情。恒患意不称物，文不逮意，盖非知之难，能之难也。故作《文赋》以述先士之盛藻。"

❷汝：杜甫侄子杜勤。原注：别从侄勤落第归。缀文：指写文章。

❸总角：古代未成年的人把头发扎成髻。

❹骅骝：周穆王八骏之一，后泛指骏马。《穆天子传》载：天子之骏：赤骥、盗骊、白义、逾轮、山子、渠黄、华骝、绿耳。

❺鸷鸟：凶猛的鸟。翮：鸟的翅膀。

❻笔阵：写字运笔的气势。

❼射策：汉代考试取士方法之一，泛指参加科举考试。《汉书·萧望之传》载：望之以射策甲科为郎。颜师古注：射策者，谓为难问疑义书之于策，量其大小署为甲乙之科，列而置之，不使彰显。有欲射者，随其所取得而释之，以知优劣。射之言投射也。君门：指朝廷。

❽暂蹶：偶然失误。蹶：跌倒。

❾擢秀：擢，抽，拔。秀，生长茂盛的植物。比喻人才秀出。

❿唾成珠：开口成章。

⓫汝伯：指杜甫。

⓬澹沱：荡漾，飘荡，起伏不定。秦：指国都长安。东亭：长安东门外送别地点。

⓭渚：水中小块陆地。蒲：蒲草。荇：荇菜。

⓮杲杲：明亮的样子。

⓯冥冥：昏暗不明。

⑯吞声：指哭泣不出声。踯躅：徘徊不前。

秋雨叹三首·其一

雨中百草秋烂死，阶下决明①颜色鲜。著叶满枝翠羽盖②，开花无数黄金钱③。凉风萧萧吹汝急，恐汝后时难独立④。堂上书生⑤空白头，临风三嗅馨香⑥泣。

注释

①决明：一年生草本豆科植物，夏初生苗，七月开黄花。荚呈长角状，略有四棱。种子称决明子，代茶或供药用，有清肝明目之功效。

②盖：车盖。

③黄金钱：决明所开黄花。

④汝：指决明。后时：日后，指晚秋时节，天气霜寒。

⑤堂上书生：杜甫自指。

⑥馨香：指决明的花香。

秋雨叹三首·其二

阑①风长雨秋纷纷，四海八荒同一云②。去马来牛不复辨，浊泾清渭③何当分？禾头生耳黍穗黑④，农夫田妇无消息。城中斗米换衾裯⑤，相许宁论两相值？

❶阑：阑珊，将尽。阑风长雨，即风雨连绵不断。

❷四海：指全国各地，指天下、全国。八荒：也叫八方，指东、西、南、北、东南、东北、西南、西北等八面方向。后泛指普天之下。同一云：指周围各地都在下雨。

❸浊泾清渭：指泾水、渭水，至陕西高陵县境汇合，自古就有泾水清而渭水浊，合流后仍然清浊分明之说。何当：安得，怎能。

❹禾头生耳：因连续阴雨，禾头长出新芽，缲曲如耳朵的样子。《朝野金载》载：俚谚曰：秋雨甲子，禾头生耳。黍穗黑：指黍穗遇雨发霉。

❺衾裯：指被褥床帐等卧具。《诗·召南·小星》载：肃肃宵征，抱衾与裯，实命不犹。

秋雨叹三首·其三

　　长安布衣谁比数❶？反锁衡门守环堵❷。老夫不出长蓬蒿❸，稚子❹无忧走风雨。雨声飕飕催早寒，胡雁❺翅湿高飞难。秋来未曾见白日，泥污后土❻何时干？

注释

❶长安布衣：杜甫自称。布衣：指没有官职的平民百姓。谁比数：是说人们瞧不起，不肯关心我的死活。司马迁《报任安书》："刑余之人，无所比数。"

❷衡门：以横木作门，言居处简陋。环堵：指家中只有四堵墙。

❸老夫：指杜甫。蓬蒿：蓬草和蒿草，后亦泛指杂草。

④稚子：幼儿；小孩子。

⑤胡雁：塞外飞来的大雁。

⑥后土：大地。

哀王孙①

长安城头头白乌②，夜飞延秋门③上呼。又向人家啄大屋，屋底达官④走避胡。金鞭断折九马死⑤，骨肉不得同驰驱⑥。腰下宝玦⑦青珊瑚，可怜王孙泣路隅⑧。问之不肯道姓名，但道困苦乞为奴。已经百日窜荆棘，身上无有完肌肤。高帝子孙尽隆准⑨，龙种自与常人殊。豺狼在邑龙在野⑩，王孙善保千金躯。不敢长语临交衢⑪，且为王孙立斯须⑫。昨夜东风吹血腥⑬，东来橐驼满旧都。朔方健儿好身手⑭，昔何勇锐今何愚。窃闻天子已传位⑯，圣德北服南单于。花门剺面请雪耻⑰，慎勿出口他人狙⑱。哀哉王孙慎勿疏，五陵佳气无时无⑲。

注释

❶哀王孙：乐府新题，宋郭茂倩《乐府诗集》列入《新乐府辞》。王孙：指皇室子孙。

❷白头乌：白头乌鸦，不祥之物，乌鸣则大凶。

❸延秋门：唐长安禁苑西门，玄宗由此出逃，赴蜀避难。

❹达官：朝廷高官。

❺金鞭断折：指唐玄宗以金鞭鞭马快跑而金鞭断折。九马：此指皇帝御马。《西京杂记》载：文帝自代还。有良马九匹。皆天下之骏马也。一名浮云。一名赤电。一名绝群。一名逸骠。一名紫燕骝。一名绿螭骢。一名龙子。一名麟驹。一名绝尘。号为九逸。

❻同驰驱：一路同行。

⑦宝玦：半环形玉佩。

⑧隅：角落。

⑨高帝子孙：汉高祖刘邦的子孙。这里是以汉代唐。隆准：高鼻。《史记·高祖本纪》载：高祖为人，隆准而龙颜，美须髯，左股有七十二黑子。仁而爱人，喜施，意豁如也。

⑩豺狼：指安禄山叛军。邑：京城。龙在野：指长安被攻占，唐玄宗奔逃至蜀地。

⑪长语：长时间说话。临：靠近。衢：大路，交通要道。

⑫斯须：一会儿，片刻。

⑬血腥：指安史叛军到处屠杀，满城血雨腥风。

⑭橐驼：即骆驼。旧都：指长安。

⑮朔方：指朔方节度使哥舒翰。健儿：指哥舒翰统领的河陇、朔方的二十万士卒，守潼关大败，致使长安陷落。

⑯窃：私下里。天子：指唐玄宗。传位：指天宝十五载八月，肃宗于灵武即位。

⑰花门：指甘肃居延海北三百里的花门山。唐初在该处设立堡垒，称花门山堡，以抵御北方外族。天宝时为回纥占领。后因以"花门"代称为回纥。劙面：匈奴风俗在宣誓仪式上割面流血，以表诚意。这里指回纥坚决表示出兵助唐王朝平定安史之乱。

⑱狙：狙击。

⑲五陵：五帝陵，指唐高祖献陵太宗昭陵、高宗乾陵、中宗定陵、睿宗桥陵。佳气：中兴之气。无时无：时时存在。

～☙ 悲陈陶① ☙～

孟冬十郡良家子②，血作陈陶泽中水。野旷天清无战声③，四万义军❹同日死。群胡❺归来血洗箭，仍唱胡歌饮都市。都人回面向北啼❻，日夜更望官军至。

注释

❶悲陈陶：乐府新题，宋郭茂倩《乐府诗集》列入《新乐府辞》。陈陶：地名，即陈陶斜，又名陈陶泽，在长安西北。《旧唐书·房琯传》载：琯自将中军，为前锋。十月庚子，师次便桥。辛丑，二军先遇贼于咸阳县之陈涛斜，接战，官军败绩。时琯用春秋车战之法，以车二千乘，马步夹之。既战，贼顺风扬尘鼓噪，牛皆震骇，因缚刍纵火焚之，人畜挠败，为所伤杀者四万余人，存者数千而已。

❷孟冬：农历冬季的第一个月，即农历十月。十郡：指西北十郡。良家子：从百姓中征召的士兵。

❸无战声：战事结束后，旷野一片悲凉的气氛。

❹义军：唐官军，为国牺牲，故称义军。

❺群胡：指安史叛军。

❻都人：长安城内的百姓。向北啼：此时唐肃宗驻守长安北面的灵武，故百姓向北而啼。

悲青坂❶

我军青坂在东门❷，天寒饮马太白窟❸。黄头奚儿日向西❹，数骑弯弓敢驰突❺。山雪河冰野萧瑟❻，青是烽烟❼白人骨。焉得附书❽与我军，忍待明年莫仓卒❾。

注释

❶悲青坂：乐府新题，宋郭茂倩《乐府诗集》列入《新乐府辞》。

青坂：在陕西咸阳东门外。《旧唐书·房琯传》载：癸卯，琯又率南军即战，复败，希文、刘悊并降于贼。琯等奔赴行在，肉袒请罪，上并宥之。

❷东门：指青坂所属的县城东门。

❸太白：太白山（峰），是秦岭山脉最高峰，位于今天的陕西武功、太白诸县。

❹黄头奚儿：指安史叛军，叛军里有很多是奚、契丹的部族。日向西：一天天向西推进。青坂在陈陶以西。

❺驰突：骑兵横冲直撞，形容勇于战斗。

❻山雪河冰：指山上积雪，河水结冰。萧瑟：指寒风凄厉，萧条冷落。

❼烽烟：烽火，军事告急的信号。

❽焉得：怎能。附书：托书信。

❾仓卒：仓促。

❀ 哀 江 头 ❶ ❀

少陵野老吞声哭❷，春日潜行曲江曲❸。江头宫殿锁千门❹，细柳新蒲为谁绿？忆昔霓旌下南苑❺，苑中万物生颜色❻。昭阳殿里第一人❼，同辇❽随君侍君侧。辇前才人❾带弓箭，白马嚼啮黄金勒❿。翻身向天仰射云⓫，一笑正坠双飞翼。明眸皓齿⓬今何在？血污游魂归不得⓭。清渭东流剑阁深⓮，去住彼此无消息⓯。人生有情泪沾臆⓰，江水江花岂终极⓱！黄昏胡骑⓲尘满城，欲往城南望城北。

注释

❶哀江头：乐府新题，宋郭茂倩《乐府诗集》列入《新乐府辞》。

103

江：指长安城西南的曲江。

❷少陵野老：是杜甫的自称。杜甫祖籍京兆杜陵。杜甫曾在杜陵附近的少陵附近居住过，故自称"少陵野老"。少陵是汉宣帝许皇后的陵墓，在杜陵附近。吞声哭：哭时不敢出声。

❸潜行：偷偷地行走。因作此诗时长安城陷落于安史叛军之手。曲江曲：曲江的曲折弯转之处。

❹江头宫殿：《杜臆》卷二载：曲江，帝与妃游幸之所，故有宫殿。锁千门：写曲江边宫殿的门都紧闭着。

❺霓旌：缀有五色羽毛的旗帜，为古代帝王仪仗之一，用以借指帝王。南苑：指在曲江之南的芙蓉苑。

❻生颜色：指万物生辉，生机盎然。

❼昭阳殿：汉武帝时建造的后宫中的宫殿之一。汉成帝时，皇后赵飞燕之妹赵合德曾居昭阳殿。第一人：指汉成帝宠妃赵飞燕，此处用以暗指杨贵妃。

❽辇：皇帝出行乘坐的车子。

❾才人：宫中的女官，皇帝出行时，在辇旁陪侍。

❿嚼啮：咬。黄金勒：用黄金做的马嚼环。

⓫仰射云：仰射云间飞鸟。

⓬明眸皓齿：原意是指明亮的眼睛，洁白的牙齿。形容女子容貌美丽。此处指杨贵妃。

⓭游魂：指杨贵妃在马嵬坡被禁军逼迫缢死。《旧唐书·杨贵妃传》载：及潼关失守，从幸至马嵬，禁军大将陈玄礼密启太子，诛国忠父子。既而四军不散，玄宗遣力士宣问，对曰：贼本尚在。盖指贵妃也。力士复奏，帝不获已，与妃诀，遂缢死于佛室。时年三十八，瘗于驿西道侧。

⓮清渭：泾水和渭水，泾水浑浊，渭水清澈，因称清渭。剑阁：指剑门关，即大小剑山间的七十里栈道，是从长安入蜀必经之路。在今四川剑阁县。

⓯去住彼此：指杨贵妃缢死留于此地，玄宗离去继续入蜀。无消

息：从此音信皆无。

⑯臆：胸前。

⑰岂终极：怎能终止。

⑱胡骑：指安史叛军的骑兵。

🌊 洗 兵 马 🌊

中兴诸将收山东❶，捷书夜报清昼同❷。河广传闻一苇过❸，胡危命在破竹中❹。祇残邺城不日得❺，独任朔方无限功❻。京师皆骑汗血马❼，回纥喂肉蒲萄宫❽。已喜皇威清海岱❾，常思仙仗过崆峒❿。三年笛里关山月⓫，万国兵前草木风⓬。成王功大心转小⓭，郭相⓮谋深古来少。司徒清鉴悬明镜⓯，尚书气与秋天杳⓰。二三豪俊为时出⓱，整顿乾坤济时了⓲。东走无复忆鲈鱼⓳，南飞觉有安巢鸟。青春复随冠冕入⓴，紫禁正耐烟花绕㉒。鹤禁通宵凤辇备㉓，鸡鸣问寝龙楼晓㉔。攀龙附凤势莫当㉕，天下尽化为侯王㉖。汝等岂知蒙帝力㉗，时来不得夸身强㉘。关中既留萧丞相㉙，幕下复用张子房。张公一生江海客，身长九尺须眉苍。征起适遇风云会㉚，扶颠始知筹策良㉛。青袍白马更何有㉜，后汉今周喜再昌㉝。寸地尺天㉞皆入贡，奇祥异瑞争来送。不知何国致白环㉟，复道诸山得银瓮㊱。隐士休歌紫芝曲，词人解撰河清颂㊵。田家望望㊶惜雨干，布谷处处催春种。淇上健儿归莫懒㊷，城南思妇㊸愁多梦。安得壮士挽天河㊹，净洗甲兵㊺长不用。

注释

❶诸将：指李俶、郭子仪等将士。山东：此指河北一带，华山以东地区。

❷捷书：捷报。清昼同：昼夜频传，见得捷报完全可信。

❸河：指黄河。一苇过：一芦苇可航，形容官军渡河极易。《诗·卫风·河广》载：谁谓河广，一苇杭之。

❹胡：指安史叛军。破竹：势如破竹。

❺祗残：只剩。邺城：相州，今河南安阳。

❻独任：只任用。朔方：指节度使郭子仪的朔方军士。

❼汗血马：一种产于西域的宝马。

❽蒲萄宫：即汉代上林苑的宫殿，代指唐宣政殿。蒲萄：即葡萄。

❾清海岱：就是清除了山东一带的叛军。海岱：指东海、泰山。

❿仙仗：皇帝的仪仗。崆峒：山名，在今甘肃平凉西。

⓫关山月：为汉乐府横吹曲名，为军乐、战歌。

⓬万国：即万方。草木风：这里有草木皆兵之意。

⓭成王：指唐肃宗的太子李俶，收复两京的兵马主帅。转小：转而变得小心谨慎。

⓮郭相：郭子仪，任中书令。

⓯司徒：指检校司徒李光弼。清鉴：识见明察。

⓰尚书：指兵部尚书王思礼。气：气度。杳：形容天空明朗高远。

⓱二三豪俊：指李俶、郭子仪、李光弼等。为时出：应运而生。

⓲济时：救济时危。了：完毕。

⓳忆鲈鱼：西晋吴郡张翰的典故。《世说新语》载：张翰见秋风起，因思吴中菰菜羹、鲈鱼脍，曰人生贵得适意尔，何能羁宦数千里，以要名爵，遂命驾便归。

⓴南飞句：用曹操《短歌行》：月明星稀，乌鹊南飞；绕树三匝，何枝可依？是说一般人民也有家可归。

㉑冠冕：指上朝的群臣。入：指进入皇宫。

㉒正耐：正合适，正相称。烟花：指朝贺时点燃的香烟。

㉓鹤禁：太子李俶的车。凤辇：天子之车。

㉔问寝：问候起居。龙楼：皇帝住处，此处指唐玄宗的住地。

106

㉕攀龙附凤：这里指攀附唐肃宗和张淑妃的李辅国等人。靠其有拥戴唐肃宗之功，回京后气焰极高。

㉖化为侯王：形容唐肃宗封官之滥。当时肃宗大肆加封跟从唐玄宗入蜀和跟唐肃宗在灵武的扈从之臣。

㉗汝等：斥骂的称呼，指李辅国辈。蒙帝力：受到皇帝的提拔。

㉘时：时运。夸身强：夸耀自己有什么大本事。

㉙关中：陕西关中地区。萧丞相：汉代萧何，此指房琯。

㉚张子房：汉代张良，此指张镐。

㉛张公：指张镐。江海客：指张镐"居身清廉""不事中要"。

㉜征起：被征召而起来做官。风云会：风云际会。动乱时明君与贤臣的遇合。

㉝扶颠：扶持国家于颠危之中。张镐曾预料史思明的诈降。两京收复，张镐出力颇多。筹策：谋略，计策。

㉞青袍白马：把安史之乱喻梁武帝时的侯景之乱。《梁书·侯景传》：童谣曰：青丝白马寿阳来。后景果然乘白马，兵皆青衣。更何有：是说不难平定。

㉟后汉今周：用周、汉中兴之主汉光武帝和周宣王比拟唐肃宗。再昌：中兴。

㊱寸地尺天：指全国各地。

㊲白环：传说中西王母朝虞舜时献的宝物。

㊳银瓮：银质盛酒器。《孝经援神契》载：神灵滋液有银瓮，不汲自满，传说王者刑罚得当，则银瓮出。

㊴紫芝曲：秦末号称"四皓"的四隐士所作。

㊵解：懂得。河清颂：即南朝宋文帝元嘉年间鲍照所作《河清颂》。

㊶望望：望了又望。

㊷淇：淇水，在邺城附近。健儿：指围攻邺城的士卒。

㊸思妇：泛指出征将士的妻子。

㊹天河：即银河。

㊺甲兵：铠甲和兵器，指战争。

107

乾元中寓居同谷县作歌七首·其一

有客有客字子美❶，白头乱发垂过耳。岁拾橡栗随狙公❷，天寒日暮山谷里。中原无书归不得，手脚冻皴皮肉死❸。鸣呼一歌兮歌已哀，悲风为我从天来。

注释

❶有客：杜甫是寓居，故自称有客。子美，杜甫的字。《诗经·周颂》载：有客有客，亦白其马。

❷橡：是一种落叶乔木。橡栗：即橡子。狙：猕猴。狙公：养狙之人。

❸皴：皮肤因受冻而坼裂。皮肉死：失了感觉。

乾元中寓居同谷县作歌七首·其二

长镵❶长镵白木柄，我生托子以为命❷。黄独无苗山雪盛❸，短衣数挽不掩胫❹。此时与子空归来，男呻女吟四壁静❺。鸣呼二歌兮歌始放，邻里为我色惆怅。

注释

❶镵：锄头。

❷子：是称呼长镵。

108

❸黄独：是一种野生的土芋，可以充饥。

❹胫：小腿。

❺四壁静：指家中一无所有。

乾元中寓居同谷县作歌七首·其三

有弟❶有弟在远方，三人各瘦何人强❷。生别展转❸不相见，胡尘❹暗天道路长。东飞鴐鹅后鹙鸧❺，安得送我置汝旁。呜呼三歌兮歌三发，汝归何处收兄骨。

注释

❶弟：杜甫的兄弟：颖、观、丰、占。

❷强：强健。

❸展转：在外流离各地。

❹胡尘：指安史叛军。

❺鴐鹅：似雁而大。鹙鸧：即秃鹙。

乾元中寓居同谷县作歌七首·其四

有妹有妹在钟离❶，良人早殁诸孤痴❷。长淮浪高蛟龙怒，十年不见来何时。扁舟❸欲往箭满眼，杳杳南国多旌旗❹。呜呼四歌兮歌四奏，林猿为我啼清昼。

注释

❶钟离：今安徽凤阳县。

❷良人：丈夫。痴：幼稚。

❸扁舟：小船。

❹杳杳：遥远。南国：犹南方，指江汉一带。多旌旗：指各地都有战乱。

乾元中寓居同谷县作歌七首·其五

四山多风溪水急，寒雨飒飒枯树湿。黄蒿❶古城云不开❷，白狐跳梁❸黄狐立。我生何为在穷谷，中夜❹起坐万感集。呜呼五歌兮歌正长，魂招不来归故乡。

注释

❶黄蒿：枯黄的野草。

❷云不开：指阴天，云雾昏暗。

❸跳梁：指跳跃。

❹中夜：半夜。

乾元中寓居同谷县作歌七首·其六

南有龙兮在山湫❶，古木巃嵸枝相樛❷。木叶黄落龙正蛰❸，蝮蛇❹

东来水上游。我行怪此安敢出，拔剑欲斩且复休。呜呼六歌兮歌思迟，溪壑为我回春姿。

注释

❶湫：龙潭。

❷巃嵸：峻拔高耸。樛：枝曲下垂。

❸蛰：伏藏。

❹蝮蛇：一种毒蛇。

乾元中寓居同谷县作歌七首·其七

男儿生不成名身已老❶，三年❷饥走荒山道。长安卿相多少年，富贵应须致身早。山中儒生旧相识，但话宿昔❸伤怀抱。呜呼七歌兮悄终曲，仰视皇天白日速。

注释

❶身已老：杜甫这年才四十八岁，过多的苦难，已使他变得衰老了。
❷三年：从至德二载至乾元二年为三年。
❸宿昔：曩昔，即昔日。

茅屋为秋风所破歌❶

八月秋高风怒号❷，卷我屋上三重茅❸。茅飞渡江洒江郊，高者挂罥长林梢❹，下者飘转沉塘坳❺。南村群童欺我老无力，忍能对面为盗贼❻。公然抱茅入竹去，唇焦口燥呼不得❼，归来倚杖自叹息。俄顷❽风定云墨色，秋天漠漠向昏黑❾。布衾❿多年冷似铁，娇儿恶卧踏里裂⓫。床头屋漏⓬无干处，雨脚如麻未断绝⓭。自经丧乱⓮少睡眠，长夜沾湿何由彻⓯！安得广厦千万间⓰，大庇天下寒士俱欢颜⓱！风雨不动安如山。呜呼！何时眼前突兀见此屋⓲，吾庐独破受冻死亦足⓳！

注释

❶茅屋：杜甫在成都浣花溪边的草堂。

❷秋高：秋深。**怒号**：大声吼叫，风声很大。

❸重茅：多层茅草。**三**：泛指多。

❹挂罥：挂着，挂住。**罥**：挂，结，缠绕。**长**：高。

❺塘坳：低洼积水的池塘。**坳**：水边低洼之地。

❻忍能：忍心，狠心。**对面**：当面。

❼呼不得：喝止不住。

❽俄顷：一会儿的工夫，顷刻之间。

❾漠漠：指天色阴暗迷蒙，渐渐黑了下来。

❿布衾：布质的被子。**衾**：被子。

⓫恶卧：睡相不好。**裂**：破裂。

⓬屋漏：古代房子西北角施设小帐，安藏神主，为人所不见的地方，后即用以泛指屋内的深暗处。

⓭雨脚：雨点。**如麻**：形容雨点不间断，像下垂的麻线一样密集。

⓮丧乱：战乱，指安史之乱。

⓯沾湿：潮湿不干。**何由彻**：如何才能挨到天亮。**彻**：彻晓。

⓰安得：如何能得到。**广厦**：宽敞的房屋。

⓱庇：遮盖，掩护。**寒士**：泛指贫寒的士人们。**俱**：都。**欢颜**：喜笑颜开。

⓲突兀：忽然，一说高耸的样子。**见**：通"现"，出现。

⓳庐：茅屋。**足**：值得。

石笋行

君不见益州[1]城西门，陌上石笋双高蹲[2]。古来相传是海眼[3]，苔藓蚀尽波涛痕。雨多往往得瑟瑟，此事恍惚难明论。恐是昔时卿相墓，立石为表[4]今仍存。惜哉俗态好蒙蔽[5]，亦如小臣媚至尊。政化错迕失大体[6]，坐看倾危[7]受厚恩。嗟尔石笋擅虚名，后来未识犹骏奔[8]。安得壮士掷天外，使人不疑见本根。

注释

[1] 益州：即成都。

[2] 陌：街道。石笋：笋状巨石。

[3] 海眼：指泉眼。

[4] 表：标志。

[5] 蒙蔽：愚顽不明。

[6] 政化：政治教化。错迕：错乱。

[7] 倾危：指国家倾颓。

[8] 骏奔：急速奔走。

石犀行

君不见秦时蜀太守[1]，刻石立作三犀牛。自古虽有厌胜[2]法，天生江水向东流。蜀人矜夸[3]一千载，泛溢不近张仪楼。今年灌口[4]损户口，此事或恐为神羞。终藉⑤堤防出众力，高拥木石当清秋。先王作法⑥皆正道，鬼怪何得参人谋。嗟尔三犀不经济，缺讹只与长川逝。但见元气常调和，自免洪涛恣凋瘵⑦。安得壮士提天纲，再平水土犀奔茫。

注释

❶蜀太守：李冰。

❷厌胜：古代一种巫术，谓能以诅咒制胜，压服人或物。

❸矜夸：夸耀。

❹灌口：地名，在今四川灌县。

❺终藉：最终依靠。

❻作法：指修筑堤防。

❼恣：任意。凋瘵：伤病。

❧ 百忧集行 ❧

忆年十五心尚孩❶，健如黄犊❷走复来。庭前八月梨枣熟，一日上树能千回。即今倏忽已五十，坐卧只多少行立❸。强将笑语供主人❹，悲见生涯百忧集。入门依旧四壁空，老妻睹我颜色同。痴儿不知父子礼，叫怒索饭啼门东❺。

注释

❶心尚孩：心智还未成熟，还像一个小孩子。

❷犊：小牛。

❸少行立：走和站的时候少，指身体衰弱。

❹强：勉强。强将笑语。主人：泛指所有曾向之求援的人。

大麦行

大麦干枯小麦黄，妇女行泣夫走藏。东至集壁西梁洋❶，问谁腰镰❷胡与羌。岂无蜀兵三千人，部领辛苦江山长。安得如鸟有羽翅，托身❸白云还故乡。

注释

❶集、壁、梁、洋：四个州名，唐属山南西道。
❷腰镰：腰间插着镰刀，指收割。
❸托身：寄身；安身。

又观打鱼

苍江❶鱼子清晨集，设网提纲万鱼急。能者操舟疾若风，撑突波涛挺叉人。小鱼脱漏不可记，半死半生犹戢戢❷。大鱼伤损皆垂头，屈强❸泥沙有时立。东津观鱼已再来，主人罢鲙还倾杯。日暮蛟龙改窟穴，山根鳣鲔❹随云雷。干戈兵革❺斗未止，凤凰麒麟安在哉。吾徒胡为纵此乐，暴殄天物圣所哀。

注释

❶苍江：指涪江。

②戢戢：密集，聚集。

③屈强：即倔强，不顺从。

④鳣鲔：指大鱼。

⑤干戈兵革：指安史叛乱。

冬狩行①

　　君不见东川节度②兵马雄，校猎亦似观成功。夜发猛士三千人，清晨合围步骤同。禽兽已毙十七八，杀声落日回苍穹。幕前生致九青兕③，骆驼䫲崣垂玄熊④。东西南北百里间，仿佛蹴踏寒山空。有鸟名鸲鹆，力不能高飞逐走蓬。肉味不足登鼎俎⑤，何为见羁⑥虞罗中。春蒐冬狩侯得同，使君五马一马骢⑦。况今摄行⑧大将权，号令颇有前贤风。飘然时危一老翁⑨，十年厌见旌旗红。喜君士卒甚整肃，为我回辔擒西戎⑩。草中狐兔尽何益，天子不在咸阳宫⑪。朝廷虽无幽王祸，得不哀痛尘再蒙。呜呼，得不哀痛尘再蒙。

注释

❶狩：打猎。

❷东川节度：指章彝，为东川节度留后。

❸幕：军帐。青兕：即犀牛。

❹䫲崣：高大。玄熊：黑熊。

❺鼎：烹煮器物。俎：盛祭品的器物。

❻见羁：被捕获。

❼使君：章彝。五马：汉太守用五马驾车。

❽摄行：兼摄。

❾老翁：杜甫自称。

117

⑩西戎：吐蕃。

⑪咸阳宫：秦代皇宫，借指唐长安宫。

忆昔二首·其一

忆昔先皇巡朔方①，千乘万骑入咸阳②。阴山骄子汗血马③，长驱东胡胡走藏④。邺城反复不足怪⑤，关中小儿坏纪纲⑥。张后不乐上为忙⑦，至令今上犹拨乱⑧，劳心焦思补四方。我昔近侍叨奉引⑨，出兵整肃不可当⑩。为留猛士守未央⑪，致使岐雍防西羌⑫。犬戎直来坐御床⑬，百官跣足随天王⑭。愿见北地傅介子⑮，老儒不用尚书郎⑯。

注释

①先皇：指唐肃宗在灵武、凤翔时期。

②入咸阳：指至德二年九月收复关中，十月肃宗还京。

③阴山骄子：指回纥。《史记·秦本纪》载：西北斥逐匈奴，自渝中并河以东属之阴山。《通典》载：阴山，唐安北都护府也。汗血马：大宛国有汗血马。

④东胡：指安庆绪。肃宗借兵回纥，收复两京，安庆绪奔河北，保邺郡，所以说胡走藏。

⑤邺城句：邺城反复，指史思明既降又叛，救安庆绪于邺城，复陷东京洛阳一事。思明被迫投降，反复无常。

⑥关中小儿：指李辅国。《旧唐书·宦官传》载：李辅国，闲厩马家小儿，少为阉，貌陋，粗知书计，为仆事高力士。

⑦张后：《旧唐书·后妃传》载：张后宠遇专房，与辅国持权禁中，干预政事。帝颇不悦，无如之何。上：指肃宗。

⑧今上：当今皇上，此指代宗。

118

❾我昔句：指诗人杜甫自己为拾遗时。在皇帝左右，故曰近侍。又拾遗职掌供奉扈从，故曰叨奉引。叨：忝也，自谦之词。

❿出兵句：指代宗当时以广平王拜天下兵马元帅，先后收复两京。《新唐书》载：代宗为太子，时从狩灵武，拜天下兵马元帅。山涛启事：可以整肃朝廷，裁制时政。陈琳檄文：天下不可当。

⓫猛士：指郭子仪。宝应元年代宗听信宦官程元振谗害，夺郭子仪兵柄，使居留长安。未央：汉宫名，在长安。

⓬岐雍：唐凤翔关内地。《旧唐书·吐蕃传》载：乾元后数年，凤翔之西，邠州之北，尽为蕃戎境。

⓭犬戎：古代族名，又叫猃狁，古代活跃于今陕、甘一带，猃、岐之间。此处指吐蕃。

⓮跣足：赤足。写逃跑时的狼狈，鞋子都来不及穿。天王：指唐代宗。

⓯愿见句：傅介子，西汉时北地人，曾斩楼兰王头，悬之北阙。杜甫意在湔雪国耻，故愿见能有这种人物。

⓰尚书郎：作者自谓。

忆昔二首·其二

忆昔开元❶全盛日，小邑犹藏万家室❷。稻米流脂粟米白，公私仓廪俱丰实❸。九州道路无豺虎，远行不劳吉日出❹。齐纨鲁缟车班班❺，男耕女桑不相失❻。宫中圣人奏云门❼，天下朋友皆胶漆❽。百余年间未灾变❾，叔孙礼乐萧何律。岂闻一绢直万钱，有田种谷今流血。洛阳宫殿烧焚尽，宗庙新除狐兔穴❿。伤心不忍问耆旧⓫，复恐初从乱离⓬说。小臣鲁钝无所能⓭，朝廷记识蒙禄秩⓮。周宣中兴望我皇⓯，洒泪江汉身衰疾⓰。

注释

❶ 开元： 唐玄宗年号（718—741年）。

❷ 小邑： 小城。**藏：** 居住。**万家室：** 言户口繁多。《资治通鉴》载：是岁，天下县千五百七十三，户八百四十一万二千八百七十一，口四千八百一十四万三千六百九。

❸ 流脂： 形容稻米颗粒饱满滑润。**仓廪：** 储藏米谷的仓库。

❹ 豺虎： 比喻寇盗。《资治通鉴》载：海内富安，行者虽万里不持寸兵。

❺ 齐纨鲁缟： 山东一带生产的精美丝织品。**车班班：** 商贾的车辆络绎不绝。**班班：** 形容繁密众多，言商贾不绝于道。

❻ 桑： 指养蚕织布。**不相失：** 各安其业，各得其所。《通典·食货七》载：米斗至十三文，青、齐谷斗至五文。自后天下无贵物。两京米斗不至二十文，面三十二文，绢一匹二百一十文。东至宋汴，西至岐州，夹路列店肆待客，酒馔丰溢。每店皆有驴赁客乘，倏忽数十里，谓之驿驴。南诣荆、襄，北至太原、范阳，西至蜀川、凉府，皆有店肆以供商旅。远适数千里，不恃寸刃。

❼ 圣人： 指天子。**奏：** 演奏。**云门：** 指古曲《云门》，用于祭祀天地的乐曲。

❽ 天下句： 是说社会风气良好，人们互相友善，关系融洽。胶漆，比喻友情极深，亲密无间。

❾ 百余年间： 指从唐王朝开国到开元末年，有一百多年。**未灾变：** 没有发生过大的灾祸。

❿ 宗庙： 指皇家祖庙。**狐兔：** 指吐蕃。颜之推《古意二首》："狐兔穴宗庙。"

⓫ 伤不忍问： 是因为怕他们又从安禄山陷京说起，惹得彼此伤起心来。**耆旧：** 年高望重的人。

⓬ 乱离： 指天宝末年安史之乱。

⓭ 小臣： 杜甫自谓。**鲁钝：** 粗率，迟钝。

⓮记识：记得，记住。禄秩：俸禄。蒙禄秩：指召补京兆功曹，不赴。

⓯周宣：周宣王，厉王之子，即位后，整理乱政，励精图治，恢复周代初期的政治，使周朝中兴。我皇：指代宗。

⓰洒血：极言自己盼望中兴之迫切。江汉：指长江和嘉陵江。也指长江、嘉陵江流经的巴蜀地区。因为嘉陵江上源为西汉水，故亦称汉水。

丹青引赠曹将军霸❶

将军魏武❷之子孙，于今为庶为清门❸。英雄割据虽已矣，文采风流今尚存。学书初学卫夫人❹，但恨无过王右军❺。丹青不知老将至，富贵于我如浮云。开元之中常引见❻，承恩数上南薰殿❼。凌烟功臣少颜色❽，将军下笔开生面。良相头上进贤冠❾，猛将腰间大羽箭❿。褒公鄂公毛发动⓫，英姿飒爽来酣战。先帝天马玉花骢⓬，画工如山貌不同⓭。是日牵来赤墀⓮下，迥立阊阖⓯生长风。诏⓰谓将军拂绢素，意匠惨澹经营中⓱。斯须九重⓲真龙出，一洗万古凡马空。玉花却在御榻上，榻上庭前屹相向。至尊含笑催赐金，圉人太仆皆惆怅⓳。弟子韩干❿早入室，亦能画马穷殊相㉑。干惟画肉不画骨，忍使骅骝气凋丧。将军画善盖有神㉒，必逢佳士亦写真㉓。即今漂泊干戈㉔际，屡貌㉕寻常行路人。途穷反遭俗眼白，世上未有如公贫。但看古来盛名下，终日坎壈㉖缠其身。

注释

❶丹青：指绘画。引：古时诗歌的一种体裁。曹霸：唐代名画家，以画人物及马著称，颇得唐高宗的宠幸，官至左武卫将军，故称

121

他曹将军。

②魏武：指魏武帝曹操。

③庶：即庶人、平民。清门：即寒门，清贫之家。玄宗末年，霸得罪，削籍为庶人。

④卫夫人：名铄，字茂猗。晋代有名的女书法家，擅长隶书及正书。

⑤王右军：即晋代书法家王羲之。官至右军将军。

⑥开元：唐玄宗的年号。引见：皇帝召见臣属。

⑦承恩：获得皇帝的恩宠。南薰殿：唐宫殿名。

⑧凌烟：即凌烟阁，唐太宗为了褒奖文武开国功臣，于贞观十七年命阎立本等在凌烟阁画二十四功臣图。少颜色：指功臣图像因年久而褪色。

⑨进贤冠：古代成名，文儒者之服。

⑩大羽箭：大杆长箭。

⑪褒公：即段志玄、封褒国公。鄂公：即尉迟敬德，封鄂国公。

⑫先帝：指唐玄宗，死于公元762年。五花骢：玄宗所骑的骏马名，骢是青白色的马。

⑬山：众多的意思。貌不同：画得不一样，即画得不像。

⑭赤墀：也叫丹墀，宫殿前的台阶。

⑮阊阖：宫门。

⑯诏：皇帝的命令。

⑰意匠：指画家的立意和构思。惨澹：费心良苦。经营：即绘画的结构安排。

⑱九重：代指皇宫，因天子有九重门。真龙：古人称马高八尺为龙，这里喻所画的玉花骢。

⑲圉人：管理御马的官吏。太仆：管理皇帝车马的官吏。

⑳韩干：唐代名画家。善画人物，更擅长鞍马。

㉑穷殊相：极尽各种不同的形姿变化。

㉒盖有神：大概有神明之助，极言曹霸画艺高超。

㉓写真：指画肖像。

㉔干戈：战争，当指安史之乱。

㉕貌：即写真。

㉖坎壈：贫困潦倒。

负 薪 行

夔州处女发半华[1]，四十五十无夫家[2]。更遭丧乱嫁不售[3]，一生抱恨长咨嗟[4]。土风[5]坐男使女立，应当门户女出入。十犹八九[6]负薪归，卖薪得钱应供给[7]。至老双鬟只垂颈[8]，野花山叶银钗并。筋力登危集市门[9]，死生射利兼盐井[10]。面妆首饰杂啼痕，地褊衣寒困石根[11]。若道巫山[12]女粗丑，何得此有昭君村[13]？

注释

[1]夔州：唐武德二年改信州置州，治奉节，辖境相当今重庆奉节、巫溪、巫山、云阳等县地。半华：头发斑白。

[2]四十五十：是说有的四十岁，有的五十岁。

[3]丧乱：时局动乱。嫁不售：即嫁不出去。

[4]咨嗟：叹息，叹气。

[5]土风：当地风俗习惯。男子看家，女子外出谋生计。

[6]十犹八九：即十有八九，见得极普遍。犹：有。

[7]应：应当。供给：供养全家生活及缴纳苛捐杂税等所有开销。

[8]双鬟垂颈：指女子未嫁人的装束。

[9]登危：登高山去打柴。集市门：入市卖柴。

[10]死生：不顾生死。射利：取利，挣钱。兼盐井：负薪之外又负盐。

⑪褊：狭窄，荒僻。石根：山脚下。

⑫巫山：在长江边巫山县，属夔州，在今重庆巫山。

⑬昭君村：在今湖北秭归县东北，临近夔州。昭君：王嫱，字昭君，西汉元帝时宫女，后嫁匈奴。

最 能 行①

峡中丈夫绝轻死②，少在公门多在水。富豪有钱驾大舸③，贫穷取给行艓子。小儿学问止论语，大儿结束④随商旅。欹帆侧柁入波涛，撇漩⑤捎濆无险阻。朝发白帝暮江陵，顷来⑥目击信有征。瞿塘漫天虎须怒，归州⑦长年行最能。此乡之人气量窄，误竞南风疏北客。若道士无英俊才，何得山有屈原宅⑧。

注释

❶最能：指驾船能手。

❷轻死：不畏死。

❸舸：大船。

❹结束：结扎行李，收拾衣装。

❺撇漩：躲过漩涡。

❻顷来：近来。

❼归州：今湖北梯归县

❽屈原宅：相传在今湖北秭归县东北。

124

古柏行

孔明庙前有老柏，柯❶如青铜根如石。霜皮溜雨四十围❷，黛色参天二千尺。君臣已与时际会，树木犹为人爱惜。云来气接巫峡长，月出寒通雪山白。忆昨路绕锦亭东，先主武侯同閟宫❸。崔嵬❹枝干郊原古，窈窕丹青户牖空。落落❺盘踞虽得地，冥冥❻孤高多烈风。扶持自是神明力，正直原因造化工。大厦如倾要梁栋，万牛回首丘山重。不露文章世已惊，未辞翦伐谁能送？苦心岂免容蝼蚁，香叶终经宿鸾

凤。志士幽人莫怨嗟[7]：古来材大难为用。

注释

❶柯：枝柯。

❷霜皮：形容皮色的苍白。溜雨：形容皮的光滑。四十围：古柏直径四十人合抱。

❸先主：指刘备。閟宫：即祠庙。窈窕：深邃貌。

❹崔嵬：高大，高耸。

❺落落：独立不苟合。

❻冥冥：形容高远，深远。

❼怨嗟：感叹，叹息。

缚 鸡 行

小奴缚鸡向市卖，鸡被缚急相喧争[1]。家中厌鸡食虫蚁[2]，不知鸡卖还遭烹。虫鸡于人何厚薄，我斥[3]奴人解其缚。鸡虫得失无了时[4]，注目寒江倚山阁[5]。

注释

❶喧争：吵闹争夺。

❷食虫蚁：指鸡飞走树间啄食虫蚁。

❸斥：斥责。

❹得失：指用心于物。无了时：没有结束的时候。

❺山阁：建在山中的亭阁。

观公孙大娘弟子舞剑器行（并序）❶

　　大历❷二年十月十九日，夔府别驾元持宅❸，见临颍❹李十二娘舞剑器，壮其蔚跂❺，问其所师❻，曰："余公孙大娘弟子也。"开元五载，余尚童稚❼，记于郾城观公孙氏❽，舞剑器浑脱❾，浏漓顿挫❿，独出冠时⓫，自高头宜春梨园二伎坊内人泊外供奉舞女⓬，晓⓭是舞者，圣文神武皇帝初⓮，公孙一人而已。玉貌锦衣⓯，况余白首⓰，今兹⓱弟子，亦匪盛颜。既辨其由来⓳，知波澜莫二⓴，抚事慷慨㉑，聊为《剑器行》。昔者吴人张旭㉒，善草书帖，数常于邺县见公孙大娘舞西河剑器㉓，自此草书长进，豪荡感激㉔，即公孙可知矣。

　　昔有佳人㉕公孙氏，一舞剑器动四方㉖。观者如山色沮丧㉗，天地为之久低昂㉘。㸌如羿射九日落㉙，矫如群帝骖龙翔㉚。来如雷霆收震怒㉛，罢如江海凝清光㉜。绛唇珠袖两寂寞㉝，晚有弟子传芬芳㉞。临颍美人在白帝㉟，妙舞此曲神扬扬㊱。与余问答既有以㊲，感时抚事增惋伤㊳。先帝侍女八千人㊴，公孙剑器初㊵第一。五十年间㊶似反掌，风尘澒洞昏王室㊷。梨园弟子散如烟，女乐余姿映寒日。金粟堆前木已拱，瞿唐石城草萧瑟。玳筵急管曲复终，乐极哀来月东出。老夫㊸不知其所往，足茧荒山转愁疾㊹。

注释

❶公孙大娘：唐玄宗开元年间著名的教坊舞伎。弟子：徒弟，学生；即序中所说的李十二娘。剑器：古舞曲名，舞者为女子，作男子戎装，空手而舞。表现出一种力与美相结合的武健精神。

❷大历：唐代宗李豫年号。

❸别驾：官名，州刺史的佐吏。

❹临颍：县名，治所在今河南省临颍县西北。

❺壮：赞赏、钦佩之意。蔚跂：光彩焕发、姿态矫健的样子。

❻师：学习。

❼童稚：年幼。

❽郾城：县名，即今河南省郾城县。公孙氏：即公孙大娘。

❾浑脱：也是唐代流行的一种健舞。剑器浑脱，把剑器舞和浑脱舞结合起来的一种新型舞蹈。

❿浏漓：流利飘逸的样子。顿挫：形容舞蹈跌宕起伏，回旋曲折。

⓫独出：特出，超群出众。冠时：在当时数第一。

⓬高头：指在皇帝跟前。宜春：即宜春院。宜春院与梨园是唐玄宗时宫内教授歌舞的处所。伎坊：也称教坊，是教练歌舞的机构。内人：宫中的女伎，也称"前头人"。洎：及。外供奉舞女：指不居宫中，随时应诏入宫表演的歌舞艺伎。

⓭晓：通晓。

⓮圣文神武皇帝：唐玄宗的尊号。

⓯玉貌：美自如玉的容貌。锦衣：华美彩色的服饰。

⓰况：何况。余：我。白首：白头，指年老。

⓱兹：这个。

⓲匪：同"非"，不是。盛颜：指年轻时的容貌。

⓳辨：明白，弄清楚。由来：指李十二娘舞艺的师承渊源。

⓴波澜：泛指舞蹈的意态节奏等艺术风格。莫二：没有两样。

㉑慷慨：情绪激昂，心情激动。

㉒昔者：从前。张旭：唐代书法家，善草书。

㉓数：屡次，多次。尝：曾经。西河剑器：剑器舞的一种。

㉔感激：激动。

㉕佳人：美人。

㉖动四方：轰动四方。

㉗观者如山：形容观看的人多。色沮丧，指因震惊而失色。

㉘之：指公孙大娘的舞蹈。低昂：一起一伏，表示震动。

㉙燿：闪烁的样子。

㉚矫：矫捷，形容动作有力而敏捷。帝：天神。骖：驾在车两旁的马，这里用作动词。骖龙：犹言驾着龙。

㉛来：指开场。剑器舞主要以鼓伴奏，舞前鼓乐喧阗，形成一种紧张的战斗气氛。鼓声一落，舞者登场。震怒：盛怒，大怒。

㉜罢：结束，指收场。凝：凝聚，舞蹈结束时静止不动。

㉝绛唇：大红的嘴唇。珠袖：饰有珍珠的衣袖，借指公孙大娘的舞姿。

㉞传：继承。芬芳：香气，这里比喻舞艺美妙，不同凡俗。

㉟临颍美人：指李十二娘。白帝：即白帝城，故址在夔州，今重庆奉节城东白帝山上。

㊱神扬扬：神采飞扬的样子。

㊲以：因由，原委。

㊳时：时局。惋伤：怅恨悲伤。

㊴先帝：指已故的唐玄宗。

㊵初：当初。

㊶五十年间：自杜甫于唐玄宗开元五年（717年）在郾城观看公孙大娘舞剑器浑脱，到代宗大历二年（公元767年）在夔州见李十二娘舞剑器而写此诗，其间正好是年。

㊷风尘：比喻战乱。澒洞：弥漫无际。昏：昏暗，比喻国运衰退。王室：指朝廷。

㊸老夫：杜甫自指。

㊹茧：通"研"，指脚掌因摩擦而生的厚皮。转：倒，反。疾：快。

岁晏行

岁云暮矣多北风❶，潇湘洞庭白雪中。渔父天寒网罟冻，莫徭射雁鸣桑弓❷。去年米贵阙军食❸，今年米贱大伤农。高马达官厌酒肉❹，此辈杼轴茅茨空。楚人重鱼❺不重鸟，汝休枉杀南飞鸿❻。况闻处处鬻男女❼，割慈忍爱还租庸❽。往日用钱捉私铸❾，今许铅锡和青铜。刻泥❿为之最易得，好恶不合长相蒙⓫。万国城头吹画角⓬，此曲哀怨何时终？

注释

❶岁暮：年末，指诗题所言的岁晏。

❷莫徭：湖南的一个少数民族。《隋书·地理志下》载：莫徭善于射猎，因其先祖有功，常免征役。鸣：弓开有声。桑弓：桑木作的弓。

❸阙军食：据《唐书·代宗纪》记载，大历二年（767）十月，朝廷令百官、京城士庶出钱助军，减京官职田三分之一，以补给军粮。

❹高马：指高头大马。达官：指显达之官。厌：同"餍"，饱食。此辈：即上渔民、莫徭的猎人们。杼柚：织布机。茅茨：草房。

❺楚人重鱼：《风俗通》载：吴楚之人嗜鱼盐，不重禽兽之肉。

❻汝：指莫徭。鸿：大雁，这里代指飞禽。

❼鬻：出卖。男女：即儿女。

❽割慈忍爱：指出卖儿女。还：交纳。租庸：唐时赋税制度有租、庸、调三种，租是交纳粮食，调是交纳绢绫麻，庸是服役。

❾私铸：即私家铸钱。

❿刻泥：用胶泥刻制铁模。

⓫好恶：好钱和恶钱，即官钱和私钱。不合：不应当。

⓬万国：普天之下。此曲：指画角之声，也指他自己所作的这首《岁晏行》。

❧ 蚕谷行 ❧

　　天下郡国向万城**❶**，无有一城无甲兵**❷**！焉得铸甲作农器**❸**，一寸荒田牛得耕？牛尽耕，蚕亦成。不劳烈士泪滂沱**❹**，男谷女丝行复歌**❺**。

注释

　　❶郡国：郡和国的并称。汉初，兼采封建及郡县之制，分天下为郡与国。郡直属中央，国分封诸王、侯，封王之国称王国，封侯之国称侯国。南北朝仍沿郡、国并置之制，至隋始废国存郡。后以泛指地方行政区划。向：差不多的意思。

　　❷甲兵：铠甲和兵械，泛指兵器。

　　❸农器：农用器具。《韩诗外传》载：铸库兵以为农器。

　　❹烈士：指战士。滂沱：雨大貌，此处形容落泪。

　　❺男谷女丝：即男耕女织，以名词作动词，是杜甫用字变化处。行复歌：一边走，一边唱。行复：且又。

❧ 登兖州城楼**❶** ❧

　　东郡趋庭日**❷**，南楼纵目初**❸**。浮云连海岱**❹**，平野入青徐**❺**。孤嶂秦碑**❻**在，荒城鲁殿余**❼**。从来多古意**❽**，临眺独踟蹰**❾**。

注释

❶兖州：唐代州名，在今山东省。杜甫父亲杜闲任兖州司马。

❷东郡趋庭：到兖州看望父亲。

❸初：初次。

❹海岱：东海、泰山。

❺入：是一直伸展到的意思。青徐：青州、徐州。

❻秦碑：秦始皇命人所记得的歌颂他功德的石碑。

❼鲁殿：汉时鲁恭王在曲阜城修的灵光殿。余：残余。

❽古意：伤古的意绪。

❾踌躇：犹豫。

❀ 房兵曹胡马诗❶ ❀

胡马大宛名❷，锋棱❸瘦骨成。竹批双耳峻❹，风入四蹄轻。所向无空阔，真堪托死生❺。骁腾❻有如此，万里可横行❼。

注释

❶兵曹：兵曹参军的省称，是唐代州府中掌管军防、驿传等事的小官。胡：此指西域。胡马：泛指西域出产的良马。

❷大宛：汉代西域国名，其地在今乌兹别克斯坦境内，盛产良马。名：声明。

❸锋棱：锋利的棱角，形容马的神骏健悍之态。

❹竹批：形容马耳尖如竹尖。峻：尖锐。

❺堪：可以，能够。

❻骁腾：健步奔驰。

❼横行：纵横驰骋。

～ 画 鹰 ～

素练风霜起❶，苍鹰画作殊❷。㧐身思狡兔❸，侧目似愁胡❹。绦镟光堪摘❺，轩楹势可呼❻。何当击凡鸟❼，毛血洒平芜❽。

注释

❶素练：指画鹰用的白绢。风霜：原指秋冬季节的肃杀之气，这里用以形容画中之雄鹰凶猛异常，自带一股杀气。《西京杂记·卷三》载：淮南王安著《鸿烈》二十一篇。鸿，大也；烈，明也；言大明礼教。号为《淮南子》，一曰《刘安子》。自云"字中皆挟风霜"，扬子云以为一出一入。

❷画作：作画，写生。殊：特异，不同凡俗。

❸㧐身：即竦身，挺起身躯的样子。

❹侧目：斜着眼睛，歪着头看。《史记·酷吏列传》载：丞相条侯至贵倨也，而都揖丞相。是时民朴，畏罪自重，而都独先严酷，致行法不避贵戚，列侯宗室见都侧目而视，号曰"苍鹰"。似愁胡：形容鹰的眼睛色碧而锐利，像胡人的眼睛。晋孙楚《鹰赋》载：且其为相也，疏尾阔臆，高馨秀颅，深目蛾眉，状似愁胡，曲脊短颈，足若双枯，麾则应机，招则易呼，背碣石以西游，经马岭而南徂。隋魏彦深《鹰赋》载：指重十字，尾贵合卢。立如植木，望似悉胡。嘴同剑利脚等荆枯。亦有白如散花，赤如点血。大文若锦，细斑似缀。眼类明珠，毛犹霜雪。

❺绦：本义是指用丝编织的绳子，此处指系鹰腿部的丝绳。镟：金属转轴，指鹰站立的鹰架横梁，似轴状。摘：同"摘"，解除。

133

⑥轩楹：堂前的廊柱，借指廊间。此处指悬挂画鹰的地方。势：画中的鹰的姿态。呼：呼之欲飞。

⑦何当：何时。击凡鸟：捕捉普通的鸟。

⑧平芜：草木丛生的平旷原野。

❧ 夜宴左氏庄❶ ❧

林风纤月落❷，衣露净琴张❸。暗水❹流花径，春星带草堂❺。检书❻烧烛短，看剑引杯❼长。诗罢闻吴咏❽，扁舟意不忘。

注释

❶夜宴：夜间饮宴。

❷纤月：月牙。

❸张：打开。

❹暗水：伏流。潜藏不显露的水流。

❺带：拖带也。

❻检书：翻阅书籍。

❼引杯：举杯，指喝酒。

❽吴咏：犹吴歌。

❧ 冬日有怀李白 ❧

寂寞书斋里，终朝独尔思❶。更寻嘉树传，不忘角弓诗❷。短褐❸

风霜入，还丹❹日月迟。未因❺乘兴去，空有鹿门期❻。

注释

❶尔思：思念你。

❷嘉树：佳树，美树。嘉树传"与"《角弓》诗"，均借指李白赠给杜甫的诗文。《左传·昭公二年》载载晋大夫韩宣子聘问鲁国，宴席间赋《角弓》诗，表达晋鲁兄弟之国宜相亲之意。又宴于鲁大夫季武子家，其家有嘉树，韩宣子加以赞美，季武子表示要培植好这棵树，以纪念《角弓》之咏。

❸褐：贫苦人所服的粗麻制成的短衣。

❹还丹：道家合九转丹与朱砂再次提炼而成的仙丹，据称服后可以即刻成仙。

❺未因：无由，无从。

❻鹿门期：鹿门山在今湖北襄阳市东南。《后汉书》载，庞德公携妻子登鹿门山，采药不还。后遂以鹿门泛指隐居之所。

春日忆李白

白也诗无敌，飘然思不群❶。清新庾开府❷，俊逸鲍参军❸。渭北❹春天树，江东❺日暮云。何时一樽酒，重与细论文❻。

注释

❶不群：不平凡，高出于同辈。

❷庾开府：指庾信。南北朝时期的著名诗人奉使西魏，被扣留，梁亡后入北周，官至骠骑大将军。《周书·庾信传》载：庾信，字子山，南阳新野人也。梁元帝承制，除御史中丞。及即位，转右卫将

军，封武康县侯，加散骑常侍郎，聘于西魏。属大军南讨，遂留长安。江陵平，拜使持节、抚军将军、右金紫光禄大夫、大都督，寻进车骑大将军、仪同三司。周孝闵帝践阼，封临清县子，邑五百户，除司水下大夫。出为弘农郡守，迁骠骑大将军、开府仪同三司、司宪中大夫，进爵义城县侯。俄拜洛州刺史。信多识旧章，为政简静，吏民安之。

❸鲍参军：指鲍照。南朝宋时任荆州前军参军，世称鲍参军。

❹渭北：渭水北岸，借指长安一带，当时杜甫在此地。

❺江东：指今江苏省南部和浙江省北部一带。

❻论文：即论诗。六朝以来，通称诗为文。

陪郑广文游何将军山林十首❶·其一

不识南塘路，今知第五桥❷。名园依绿水，野竹上青霄。谷口旧相得，濠梁同见招。平生为幽兴，未惜马蹄遥。

注释

❶郑广文：即郑虔。

❷第五桥：在韦曲雁鹜坡附近。

陪郑广文游何将军山林十首·其二

百顷风潭上，千章夏木清。卑枝低结子，接叶❶暗巢莺。鲜鲫银丝脍，香芹碧涧羹。翻疑舵楼❷底，晚饭越中行。

注释

❶接叶：树叶紧靠。
❷舵楼：泛指船。

陪郑广文游何将军山林十首·其三

万里戎王子，何年别月支❶？异花开绝域❷，滋蔓匝清池。汉使徒空到，神农竟不知。露翻兼雨打，开坼❸渐离披。

注释

❶月支：即月氏，西域古国。
❷绝域：极远的地方。
❸坼：开裂。

陪郑广文游何将军山林十首·其四

旁舍连高竹，疏篱带晚花。碾涡❶深没马，藤蔓曲藏蛇。词赋工无益，山林迹未赊。尽捻书籍卖，来问尔东家❷。

注释

❶辗涡：水碾之下的波涡。

❧ 陪郑广文游何将军山林十首·其五 ❧

剩水沧江破，残山碣石❶开。绿垂风折笋，红绽雨肥梅。银甲弹筝用，金鱼❷换酒来。兴移无洒扫，随意坐莓苔。

注释

❶碣石：山名，在今河北省昌黎县。
❷金鱼：唐朝官员以金鱼为佩饰。

❧ 陪郑广文游何将军山林十首·其六 ❧

风磴❶吹阴雪，云门❷吼瀑泉。酒醒思卧簟，衣冷欲装绵。野老❸来看客，河鱼不取钱。只疑淳朴处，自有一山川。

注释

❶磴：石阶。
❷云门：被云雾笼罩的门。
❸野老：指杜甫。

陪郑广文游何将军山林十首·其七

棘树❶寒云色，茵蔯春藕香。脆添生菜美，阴益食单凉。野鹤清晨出，山精❷白日藏。石林蟠水府，百里独苍苍。

注释

❶棘树：丛生的小酸枣树。

❷山精：山林间的精怪。

陪郑广文游何将军山林十首·其八

忆过杨柳渚，走马定昆池❶。醉把青荷叶，狂遗白接䍦❷。刺船思郢客❸，解水乞吴儿。坐对秦山晚❹，江湖兴颇随。

注释

❶定昆池：安乐公主欲占昆明池而不得，乃自凿定昆池，以与昆明池相抗衡。

❷遗：掉落。白接䍦：白色头巾。《晋书·山简传》载，山简镇守襄阳时，优游卒岁，唯酒是耽。诸习氏，荆土豪族，有佳园池，简每出嬉游，多之池上，置酒辄醉，名之曰高阳池。时有童儿歌曰：山公出何许？往至高阳池。日夕倒载归，茗于无所知。时时能骑马，倒著白接䍦。举鞭问葛强，何如并州儿？强家在并州，简爱将也。

139

❸郢客：楚人，郢为楚国都城。

❹坐：因。秦山：即终南山。

陪郑广文游何将军山林十首·其九

床上书连屋，阶前树拂云。将军❶不好武，稚子❷总能文。醒酒微风入，听诗静夜分。絺衣❸挂萝薜，凉月白纷纷。

注释

❶将军：指何将军。

❷稚子：指小孩子。

❸絺衣：葛布衣服。

陪郑广文游何将军山林十首❶·其十

幽意忽不惬❷，归期无奈何。出门流水住，回首白云多。自笑灯前舞，谁怜醉后歌。只应与朋好❸，风雨亦来过。

注释

❶郑广文：即郑虔。杜甫倾倒其三绝才华，又哀其不遇，二人交情极笃。

❷惬：舒服，满足。

❸朋好：朋友。

重过何氏五首·其一

问讯东桥竹，将军有报书❶。倒衣还命驾❷，高枕乃吾庐。花妥❸莺捎蝶，溪喧獭趁鱼。重来休沐地，真作野人居。

注释

❶报书：回信。

❷命驾：驾车出发。

❸妥：掉落。

重过何氏五首·其二

山雨樽❶仍在，沙沉榻❷未移。犬迎曾宿客，鸦护落巢儿❸。云薄翠微寺，天清皇子陂❹。向来幽兴极，步屧❺过东篱。

注释

❶樽：酒杯。

❷榻：狭长而较矮的床，亦泛指床。

❸落巢儿：指雏鸟。

❹黄子陂：又名皇子陂，在长安少陵原韦曲西。

❺步屧：穿着木屐行走。

重过何氏五首·其三

落日平台上，春风啜茗[1]时。石栏斜点笔，桐叶坐题诗。翡翠鸣衣桁[2]，蜻蜓立钓丝。自今幽兴熟，来往亦无期。

注释

[1] 啜茗：喝茶。
[2] 衣桁：晾衣竿。

重过何氏五首·其四

颇怪朝参❶懒，应耽❷野趣长。雨抛金锁甲❸，苔卧绿沉枪。手自移蒲柳❹，家才足稻粱。看君用幽意，白日到羲皇。

注释

❶朝参：朝臣上朝觐见皇帝。

❷耽：沉溺。

❸金锁甲：用金属线串成的铠甲。

❹蒲柳：落叶灌木，也叫水杨。

重过何氏五首·其五

到此应常宿，相留可判年。蹉跎暮容色❶，怅望好林泉。何日沾微禄，归山买薄田？斯游恐不遂❷，把酒意茫然。

注释

❶蹉跎：时间白白地去，虚度光阴。暮：暮年。

❷遂：达到，实现。

陪诸贵公子丈八沟携妓纳凉
晚际遇雨二首❶·其一

    落日放船❷好，轻风生浪迟。竹深留客处，荷净纳凉时。公子调冰水❸，佳人雪藕丝❹。片云❺头上黑，应是雨催诗。

注释

❶此诗题注：下杜城西有第五桥、丈八沟。丈八沟：唐长安城中地名。原为一条人工渠，建于唐代天宝年间，老百姓沿渠而居。纳凉：乘凉。南朝陈徐陵《内园逐凉》诗："纳凉高树下，直坐落花中。"

❷放船：开船，行船。

❸公子：称富贵人家的子弟。调冰水：用冰调制冷饮之水。

❹佳人：美女。雪藕丝：把藕的白丝除掉。

❺片云：极少的云。

陪诸贵公子丈八沟携妓纳凉
晚际遇雨二首·其二

    雨来沾❶席上，风急打船头。越女❷红裙湿，燕姬翠黛愁❸。缆❹侵堤柳系，幔宛浪花浮。归路翻萧飒❺，陂塘❻五月秋。

❶沾：打湿。

❷越女：越地的美女，代指歌妓。

❸燕姬：燕地的美女，代指歌妓。翠黛：眉的别称。古代女子用螺黛画眉。

❹缆：系船的绳子。

❺翻：却。萧飒：秋风萧瑟。

❻陂塘：池塘。此指丈八沟。

故武卫将军挽歌三首❶·其一

严警❷当寒夜，前军落大星。壮夫思感决，哀诏❸惜精灵。王者今无战，书生已勒铭。封侯意疏阔，编简为谁青。

注释

❶武卫将军：唐因隋制，置左右武卫，统率禁军。

❷严警：警戒。

❸哀诏：哀悼武卫将军的诏书。

故武卫将军挽歌三首·其二

舞剑过人绝，鸣弓射兽能。铦锋❶行慄顺，猛噬❷失蹄腾。赤羽千夫膳，黄河十月冰。横行沙漠外，神速至今称。

注释

❶铦锋：指剑锋利锐利。

❷猛噬：吃人的猛兽。

故武卫将军挽歌三首·其三

哀挽青门❶去，新阡❷绛水遥。路人纷雨泣，天意飒风飘。部曲❸精仍锐，匈奴气不骄。无由睹雄略，大树日萧萧。

注释

❶青门：即长安城东霸城门。

❷新阡：新立的坟。阡：墓道。

❸部曲：部下。

官定后戏赠❶

不作河西尉，凄凉为折腰。老夫怕趋走❷，率府❸且逍遥。耽酒须微禄，狂歌托圣朝。故山归兴尽，回首向风飙。

注释

❶戏赠：指自赠。原注：免河西尉，为右卫率府兵曹。

❷趋走：奔走。

❸率府：古官署名。秦设，汉因之。晋有五率府，即左卫率、右卫率、前卫率、后卫率和中卫率。南北朝及隋迭有因革，至唐乃有十率府。皆太子属官，掌东宫兵仗、仪卫及门禁、徼巡、斥候等事。

☙ 对 雪 ☙

战哭多新鬼❶，愁吟独老翁❷。乱云低薄暮，急雪舞回风❸。瓢弃尊无绿❹，炉存火似红。数州消息断，愁坐正书空❺。

❶战哭：指在战场上哭泣的士兵。新鬼：陈陶斜之战新死去士兵的鬼魂。

❷愁吟：哀吟。老翁：杜甫自比。

❸回风：旋风。

❹瓢：葫芦，古人诗文中习称为瓢，通常拿来盛茶酒的。樽：又作"尊"，似壶而口大，盛酒器。绿：新酿的酒还未滤清时，酒面浮起酒渣，色微绿，细如蚁，称为"绿蚁"。后世用以代指新出的酒。

❺愁坐：含忧默坐。书空：是晋人殷浩的典故，意思是忧愁无聊，用手在空中画着字。

春 望

国破山河在❶，城春草木深❷。感时花溅泪❸，恨别❹鸟惊心。烽火连三月❺，家书抵❻万金。白头搔更短❼，浑欲不胜簪❽。

注释

❶国：国都，指唐都长安，即今陕西西安。破：陷落。山河：山岭和河流，指国家的疆土。

❷城：即长安城。草木深：荒草树木长的搞大，指长人烟稀少。

❸感时：为国都陷落而感到悲伤。溅泪：流泪。

❹恨别：怅恨离别。

❺烽火：古时边防报警的烟火，用以比喻战火或战争，此处指安史之乱的战火。三月：即正月、二月、三月。

⑥抵：值，相当于。

⑦白头：指白发。搔：用手指轻轻地抓挠。

⑧浑：简直，几乎。欲：想，要，就要。胜：经受，承受。簪：一种用来绾住头发的一种首饰。

✿ ✿ 喜达行在所三首❶·其一 ✿ ✿

西忆岐阳信❷，无人遂却回。眼穿当落日，心死著❸寒灰。雾树行相引，莲山❹望忽开。所亲惊老瘦，辛苦贼中来。

注释

❶行在所：天子出行时的驻地。至德二载二月，唐肃宗由彭原迁凤翔，为临时政府所在地。

❷岐阳：即肃宗行在所在地凤翔。凤翔在岐山之南，山南为阳，故称岐阳。凤翔在长安西，故曰西忆。信：是信使或信息。

❸著：置也。

❹莲山：即太白山和武功山，是将到凤翔时的标志。"忽"字传神，真是喜出望外。

✿ 喜达行在所三首·其二 ✿

愁思胡笳夕，凄凉汉苑❶春。生还今日事，间道❷暂时人。司隶❸章初睹，南阳气已新。喜心翻倒极，呜咽泪沾巾。

149

注释

❶汉苑：是以汉比唐，如曲江、南苑等地。

❷间道：小道，指由僻路逃窜。

❸司隶：是汉代的司隶校尉，代指朝廷官员。

喜达行在所三首·其三

死去凭谁报，归来始自怜。犹瞻太白雪❶，喜遇武功天。影静千官里，心苏七校前❷。今朝汉社稷，新数中兴年。

注释

❶太白雪：指行在所在地凤翔的太白山，最高峰海拔四千一百一十三米，山顶终年积雪。武功天，指陕西的武功县。

❷苏：是苏醒、苏活。七校：指武卫，汉武帝曾置七校尉。

独酌成诗

灯花❶何太喜，酒绿正相亲。醉里从为客，诗成觉有神。兵戈❷犹在眼，儒术岂谋身。共被微官缚，低头愧❸野人。

注释

❶灯花：灯芯燃尽后形成的小球状物，为喜兆。

150

②兵戈：战乱。

③愧：愧对。

春宿左省❶

花隐掖垣❷暮，啾啾栖鸟过。星临万户动，月傍九霄多。不寝听金钥❸，因风想玉珂❹。明朝有封事❺，数问夜如何。

注释

❶宿：指值夜。左省：即左拾遗所属的门下省，和中书省同为掌机要的中央政府机构，因在殿庑之东，故称"左省"。

❷掖垣：门下省和中书省位于宫墙的两边，像人的两腋。

❸金钥：即金锁。指开宫门的锁钥声。

❹珂：马铃。

❺封事：臣下上书奏事，为防泄漏，用黑色袋子密封。

晚出左掖❶

昼刻传呼浅❷，春旗簇仗❸齐。退朝花底散，归院❹柳边迷。楼雪融城湿，宫云去殿低。避人焚谏草❺，骑马欲鸡栖❻。

注释

❶左掖：指门下省。

②昼刻：白天的漏刻声。浅：声音小，传不远。

③簇仗：朝廷的仪仗。

④归院：指回到门下省。

⑤谏草：谏书草稿。

⑥鸡栖：黄昏日落时分。

❧ 酬孟云卿① ❧

乐极伤头白，更长②爱烛红。相逢难衮衮③，告别莫匆匆。但恐天河落，宁辞酒盏空。明朝牵世务④，挥泪各西东。

注释

①孟云卿：字升之，平昌人。天宝年间赴长安应试未第，30岁后始举进士。肃宗时为校书郎。

②更长：漫长的黑夜。

③衮衮：大水奔流不绝、旋转翻滚的样子。连续不断。

④牵：羁绊。世务：世间俗事。

❧ 秦州杂诗二十首①·其一 ❧

满目悲生事，因人作远游。迟回度陇②怯，浩荡及关③愁。水落鱼龙④夜，山空鸟鼠⑤秋。西征问烽火，心折此淹留。

152

❶秦州：今甘肃省天水市。

❷陇：陇山，又名陇坂九回，"不知者七日乃得越。"

❸关：陇关，又名大震关，形势险峻。

❹鱼龙：川名，在秦州附近。

❺鸟鼠：山名，在秦州附近。

❧ 秦州杂诗二十首·其二 ❧

秦州城北寺，胜迹隗嚣宫❶。苔藓山门古，丹青野殿空。月明垂叶露，云逐渡溪风。清渭❷无情极，愁时独向东。

注释

❶隗嚣宫：在秦州东北山上。隗嚣：东汉初天水成纪人。新莽末，当地豪强据有天水、武都、金城等郡，自称西州上将军。后与汉军交战屡败，忧愤而死。

❷清渭：指渭水，因水清而称。渭水发源于甘肃渭源县鸟鼠山，东流横贯渭河平原，经长安城北。

❧ 秦州杂诗二十首·其三 ❧

州图领同谷❶，驿道出流沙❷。降虏❸兼千帐，居人有万家。马骄珠汗落，胡舞白蹄斜^④。年少临洮^⑤子，西来亦自夸。

注释

❶州图：《唐书》载：秦州都督府，督领天水、陇西、同谷三郡。同谷：在秦州南，今甘肃成县。

❷流沙：沙漠。《唐六典》载：陇右道，东接秦州，西逾流沙。

❸降虏：指归附的少数民族。

❹白蹄斜：以白垩其首，舞则头偏，故云。白蹄，即白题，古代匈奴部族所戴的毡笠。

❺临洮：地名，在秦州西。

秦州杂诗二十首·其四

鼓角缘边郡[1]，川原欲夜时。秋听殷[2]地发，风散入云悲。抱叶寒蝉静，归来独鸟迟。万方声一概[3]，吾道竟何之。

注释

[1]缘：此句谓四面都是鼓角声，故曰缘，有回环的意思。边郡：指秦州。

[2]殷：震动。

[3]一概：齐同。

秦州杂诗二十首·其五

南使[1]宜天马，由来万匹强。浮云连阵没，秋草遍山长。闻说真龙种[2]，仍残老骕骦[3]。哀鸣思战斗，迥立向苍苍。

注释

[1]南使：唐代掌管陇右养牧马匹工作的官职名。南使的辖区在秦州北部。

[2]龙种：指骏马。古传骏马为龙所生。《开山图》云：陇西神马山有渊池，龙马所生。

[3]骕骦：骏马名。

秦州杂诗二十首·其六

　　城上胡笳奏，山边汉节归❶。防河赴沧海，奉诏发金微❷。士苦形骸黑，旌疏鸟兽稀。那闻往来戍，恨解邺城❸围。

注释

❶汉节归：当时战乱未平，需调集西域兵马东征，故常有使节从秦州经过。

❷金微：古山名，即今阿尔泰山。

❸邺城：在今河北省邯郸市临漳，曾为三国时魏的都城。

秦州杂诗二十首·其七

　　莽莽万重山，孤城山谷间。无风云出塞，不夜月临关。属国❶归何晚，楼兰❷斩未还。烟尘独怅望，衰飒正摧颜。

注释

❶属国：即典属国，秦汉时官名，掌少数民族事务。此处指赴吐蕃之使臣。

❷楼兰：汉时西域国名。汉昭帝时，楼兰与匈奴和好，不亲汉朝。

秦州杂诗二十首·其八

闻道寻源使❶，从天此路回。牵牛去几许❷，宛马至今来。一望幽燕隔，何时郡国开。东征健儿尽，羌笛暮吹哀。

注释

❶寻源使：指张骞。汉武帝令张骞寻黄河之源，张骞乘槎而去，找到源头。

❷牵牛句：《荆楚岁时记》载，张骞乘槎西行经月，至一处，见一女在织布，夫牵牛在河边饮水。

秦州杂诗二十首·其九

今日明人眼，临池好驿亭❶。丛篁❷低地碧，高柳半天青。稠叠多幽事，喧呼阅使星。老夫如有此，不异在郊坰❸。

注释

❶驿亭：驿站所设的供行旅休息的处所。

❷丛篁：是丛生的竹子。

❸坰：遥远的郊野。

秦州杂诗二十首·其十

云气接昆仑，浟浟①塞雨繁。羌童看渭水，使客向河源。烟火军中幕，牛羊岭上村。所居秋草净，正闭小蓬门②。

注释

❶浟浟：雨一直下个不停的样子。

❷蓬门：用蓬草编成的门。

秦州杂诗二十首·其十一

萧萧①古塞冷，漠漠②秋云低。黄鹄翅垂雨，苍鹰饥啄泥。蓟门谁自北，汉将独征西。不意书生耳，临衰厌鼓鼙③。

注释

❶萧萧：形容马叫声或风声等。

❷漠漠：广漠而沉寂。

❸厌：足，饱。鼓鼙：战鼓。鼓：指大鼓。鼙：指小鼓。

秦州杂诗二十首·其十二

山头南郭寺[1]，水号北流泉[2]。老树[3]空庭得，清渠一邑传。秋花危石底，晚景卧钟边。俯仰[4]悲身世，溪风为飒然[5]。

注释

[1] 南郭寺：位于秦州城东南约三华里的慧音山北坡。

[2] 北流泉：在南郭寺内，因泉水北流而得名。

[3] 老树：南郭寺庭院有古柏两株，今尚存活。

[4] 俯仰：指低头与抬头之间，用以比喻时间短暂。

[5] 飒然：指风吹时沙沙作响。

秦州杂诗二十首·其十三

传道东柯谷[1]，深藏数十家。对门藤盖瓦，映竹水穿沙。瘦地翻宜粟，阳坡可种瓜。船人近相报，但恐失桃花[2]。

注释

[1] 传道：传说，听说。东柯谷：《通志》载，东柯谷在秦州东南五十里。

[2] 船人二句：可知杜甫曾乘船前往东柯谷，途中，将东柯谷视为陶潜所记之桃花源。

秦州杂诗二十首·其十四

万古仇池❶穴，潜通小有天❷。神鱼❸人不见，福地❹语真传。近接西南境，长怀十九泉。何时一茅屋，送老白云边。

注释

❶仇池：山名，在唐成州同谷县西，因山上有仇池而得名。

❷小有天：道家所传洞府之名。在河南省济源市西王府山。

❸神鱼：世传仇池穴出神鱼。

❹福地：洞天福地，指神仙居处。

秦州杂诗二十首·其十五

未暇泛沧海❶，悠悠❷兵马间。塞门风落木，客舍雨连山。阮籍行多兴，庞公隐不还。东柯❸遂疏懒，休镊鬓毛斑。

注释

❶泛沧海：泛舟海上。指归隐。

❷悠悠：长久，遥远。

❸东柯：东柯谷。

秦州杂诗二十首·其十六

东柯好崖谷，不与众峰群①。落日邀双鸟，晴天养白云。野人矜②险绝，水竹会平分。采药吾将老，儿童未遣③闻。

注释

①群：相同。
②野人：指秦州本地人。矜：自夸，自恃。
③遣：教，让。

秦州杂诗二十首·其十七

边秋阴易久，不复辨晨光。檐雨乱淋幔①，山云低度墙。鸬鹚②窥浅井，蚯蚓上深堂。车马何萧索③，门前百草长。

注释

①幔：挂在屋内的帐幕。
②鸬鹚：又名鱼鹰，被人驯化用以捕鱼的一种水鸟。
③萧索：萧条冷落。

秦州杂诗二十首·其十八

地僻秋将尽，山高客❶未归。塞云多断续，边日少光辉。警急烽常报，传闻檄❷屡飞。西戎外甥国❸，何得连天威。

注释

❶客：指杜甫。

❷檄：即檄文，古代官府用以征召或声讨的文书，多用于声讨和征伐。

❸外甥国：吐蕃。

秦州杂诗二十首·其十九

凤林戈未息❶，鱼海❷路常难。候火云峰峻❸，悬军幕井干❹。风连西极动，月过北庭❺寒。故老思飞将❻，何时议筑坛❼。

注释

❶凤林：在今甘肃临夏县。戈未息：战乱未停息。

❷鱼海：地名。在今内蒙古阿拉善右旗境内。

❸火：指烽火。峻：高。

❹悬军：孤军。幕井：水井。

❺北庭：唐庭在西域设置的北庭都护府。

⑥飞将：指汉飞将军李广。《史记·李将军列传》载：匈奴闻之，号曰"汉之飞将军"，避之数岁，不敢入右北平。

⑦筑坛：用韩信拜将的典故。《史记·淮阴侯列传》载：于是王欲召信拜之。何曰："王素慢无礼，今拜大将如呼小儿耳，此乃信所以去也。王必欲拜之，择良日，斋戒，设坛场，具礼，乃可耳。"王许之。诸将皆喜，人人各自以为得大将。至拜大将，乃韩信也，一军皆惊。

秦州杂诗二十首·其二十

唐尧真自圣①，野老②复何知。晒药能无妇，应门③幸有儿。藏书闻禹穴④，读记忆仇池。为报鸳行⑤旧，鹡鸰⑥在一枝。

注释

①唐尧：传说中上古的帝王，帝喾次子，其号曰尧，史称唐尧，又称放勋，继其兄挚为天子，有德政，后即传位于舜，在位九十八年卒。此处指唐肃宗。自圣：天生的圣人。

②野老：杜甫自称。

③应门：应声开门。

④禹穴：传说中大禹藏书的浙江会稽山。

⑤鸳行：朝廷官员上朝行列。

⑥鹡鸰：有黑色斑点斑纹的画眉型的小鸟，尾短立，善鸣唱。

❧ 遣 怀 ❧

　　愁眼看霜露，寒城菊自花。天风随断柳，客泪堕清笳❶。水净楼阴❷直，山昏塞日斜。夜来归鸟尽，啼杀后栖鸦。

注释

❶笳：即羌笛，胡笛。中国古代北方民族的一种乐器，类似笛子。也用于军中号角。

❷楼阴：指楼的水中倒影。

❧ 野 望 ❧

　　清秋望不极，迢遰起曾阴❶。远水兼天净❷，孤城❸隐雾深。叶稀风更落，山迥❹日初沉。独鹤归何晚，昏鸦❺已满林。

注释

❶迢遰：即迢递，遥远。曾阴：层层的阴云。曾：层。

❷兼：连着。天净：天空明净。

❸孤城：指秦州城。

❹迥：高，远。

❺昏鸦：黄昏时的乌鸦。

雨 晴

雨时山不改，晴罢峡如新。天路[1]看殊俗，秋江思杀人。有猿挥泪尽，无犬附书[2]频。故国愁眉外，长歌欲损神。

注释

[1] 天路：远处天边。

[2] 犬附书：用陆机的典故。《晋书·陆机传》载：陆机有犬，名曰黄耳。机在洛，久无家问，乃为书，盛以竹筒，系犬颈，即驰还家。既得答，仍驰还洛。

捣 衣

亦知戍[1]不返，秋至拭清砧[2]。已近苦寒[3]月，况经长别心。宁辞捣熨倦，一寄塞垣[4]深。用尽闺中力，君听空外音。

注释

[1] 戍：防守边疆。

[2] 砧：捶、砸或切东西的时候，垫在底下的器具，此处指捣衣石。

[3] 苦寒：指极端寒冷，严寒。

[4] 塞垣：本指汉代为抵御鲜卑所设的边塞。后亦指长城，边关城

墙。这里指边塞、北方边境地带。

促 织

促织①甚微细，哀音②何动人。草根吟不稳③，床下夜相亲④。久客得⑤无泪，放妻⑥难及晨。悲丝与急管⑦，感激异天真⑧。

注释

❶促织：蟋蟀的别名。又称蛐蛐、莎鸡。其鸣声有似织布时织机的响声。

❷哀音：哀婉的叫声。

❸不稳：不在一处固定的地方。

❹亲：近。

❺久客：寓居在外的人。得：能够。

❻放妻：被遗弃的弃妇，寡妇。

❼丝：弦乐器。管：管乐器。

❽感激：感动，激发。天真：这里指自然真切的叫声。

夕 烽

夕烽来不近①，每日报平安。塞上传光小，云边落点残②。照秦③通警急，过陇自艰难。闻道蓬莱殿④，千门立马看。

166

❶不近：远处。

❷落点残：落下残余的火星。

❸秦：长安。

❹蓬莱殿：指唐大明宫。

❧ 空 囊 ❧

翠柏❶苦犹食，晨霞高可餐。世人共卤莽❷，吾道属艰难❸。不爨❹
井晨冻，无衣床夜寒。囊空❺恐羞涩，留得一钱❻看。

注释

❶翠柏：原产中国的一种松科乔木。

❷卤莽：通"鲁莽"，粗率冒失，不郑重。

❸道：忠君报国之志。属：连接不断。

❹爨：烧火做饭。

❺囊空：指囊中无钱。

❻一钱：指极少的钱。

❧ 病 马 ❧

乘尔亦已久❶，天寒关塞深❷。尘中老尽力❸，岁晚病伤心。毛骨岂殊众④? 驯良⑤犹至今。物⑥微意不浅，感动一沉吟⑦。

注释

❶尔：代指马。

❷关塞：边关，边塞。深：远、险。

❸老尽力：谓一生尽力，年老而力衰。

❹毛骨：毛发与骨骼。岂：难道。殊：不一样。

❺驯良：和顺善良；驯服和善。

❻物：指马。

❼沉吟：深思，忧思。

月夜忆舍弟①

戍鼓断人行②，边秋③一雁声。露从今夜白④，月是故乡明。有弟皆分散，无家问死生。寄书长不达⑤，况乃未休兵⑥。

注释

❶舍弟：谦称自己的弟弟。

❷戍鼓：戍楼上的更鼓。戍：驻防。断人行：指鼓声响起后，就开始宵禁。

❸边秋：秋天的边塞。

❹露从今夜白：意谓今夜适逢白露节气。白露，二十四节气之一，阳历每年九月八日前后开始。

❺长：一直，老是。达：到。

❻况乃：何况是。未休兵：战争还没有结束。

天末怀李白

凉风起天末[1]，君子[2]意如何。鸿雁[3]几时到，江湖[4]秋水多。文章憎命达[5]，魑魅喜人过[6]。应共冤魂[7]语，投诗赠汨罗[8]。

注释

[1] 天末：天的尽头。当时李白因永王李璘案被流放夜郎，途中遇赦还至湖南。

[2] 君子：指李白。

[3] 鸿雁：指书信。

[4] 江湖：喻指充满风波的路途。

[5] 文章：这里泛指文学。命：命运，时运。

[6] 魑魅：古谓能害人的山泽之神怪，亦泛指鬼怪。常用来比喻坏人或邪恶势力。过：过错，过失。

[7] 冤魂：指屈原。屈原被放逐，投汨罗江而死。

[8] 汨罗：汨罗江，在湖南湘阴县东北。

即 事[1]

闻道花门[2]破，和亲事却非。人怜汉公主[3]，生得渡河归。秋思抛云髻[4]，腰支胜宝衣。群凶犹索战[5]，回首意多违。

注释

❶原注：乾元二年，回纥从郭子仪战相州，不利，奔还西京。四月，回纥死，欲以宁国公主殉葬，因无子得归。

❷花门：指甘肃居延海北三百里的花门山。唐初在该处设立堡垒，称花门山堡，以抵御北方外族。天宝时为回纥占领。后因以"花门"代称为回纥。

❸汉公主：指宁国公主，肃宗第二女。唐肃宗女儿宁国公主。《旧唐书》载：乾元元年五月壬申朔，回纥使多亥阿波八十人，黑衣大食首长阁之等六人并朝见，至阁门争长，通事舍人乃分为左右，从东西门并入。六月戊戌，宴回纥使于紫宸殿前。斋蕃日秋七月丁亥，诏以幼女封为宁国公主出降。其降蕃日，仍以堂弟汉中郡王李瑀为特

170

进、试太常卿、摄御史大夫，充册命英武威远毗伽可汗使；以堂侄左司郎中李巽为兵部郎中、摄御史中丞、鸿胪卿，副之，兼充宁国公主礼会使。歌黄鹄：借用汉代江都王刘建的女儿刘细君的故事。《汉书·西域传》载：汉元封中，遣江都王建女细君为公主，以妻焉。赐乘舆服御物，为备官属宦官侍御数百人，赠送甚盛。乌孙昆莫以为右夫人。匈奴亦遣女妻昆莫，昆莫以为左夫人。公主至其国，自治宫室居，岁时一再与昆莫会，置酒饮食，以币、帛赐王左右贵人。昆莫年老，言语不通，公主悲愁，自为作歌曰"吾家嫁我兮天一方，远托异国兮乌孙王。穹庐为室兮旃为墙，以肉为食兮酪为浆。居常土思兮心内伤，愿为黄鹄兮归故乡"。天子闻而怜之，间岁遣使者持帷帐锦绣给遗焉。

❹抛云髻：头发散乱。

❺索战：挑战。

送 远

带甲❶满天地，胡为❷君远行。亲朋❸尽一哭，鞍马去孤城❹。草木岁月晚，关河❺霜雪清。别离已昨日，因见古人情。

注释

❶带甲：全副武装的士兵。

❷胡为：何为，为什么。

❸亲朋：亲戚朋友。

❹孤城：边远的孤立城寨或城镇。此指秦州，在今属甘肃天水。

❺关河：关塞，关防。泛指山河。

为农①

锦里②烟尘外，江村八九家。圆荷浮小叶，细麦落轻花。卜宅从兹③老，为农去国赊④。远惭勾漏令⑤，不得问丹砂。

注释

❶为农：从事农事。

❷锦里：又称锦官城，即成都。

❸从兹：指从此，从现在。

❹国：指长安。赊：遥远。

❺勾漏令：指晋道士葛洪字稚川，自号抱朴子。《晋书·葛洪传》载：以年老，欲练丹以祈遐寿，闻交趾出丹，求为勾漏令。帝以洪资高，不许。洪曰："非欲为荣，以有丹耳。"帝从之。

田 舍

田舍清江曲，柴门古道旁。草深迷市井❶，地僻懒衣裳。榉柳❷枝枝弱，枇杷树树香。鸬鹚❸西日照，晒翅满鱼梁❹。

注释

❶市井：街市。

❷榉柳：一种落叶乔木。树皮可制绳索。种子可榨油。

❸鸬鹚：又名鱼鹰，被人驯化用以捕鱼的一种水鸟。

❹鱼梁：捕鱼工具。

遣　兴

干戈犹未定❶，弟妹各何之。拭泪沾襟血，梳头满面丝。地卑荒野大，天远暮江迟❷。衰疾那能久，应无见汝❸时。

注释

❶干戈：指战乱。定：平定。

❷迟：江水缓慢流淌。

❸汝：指弟妹。

后　游❶

寺忆曾游处，桥怜❷再渡时。江山如有待❸，花柳自无私。野润烟光❹薄，沙暄❺日色迟。客愁全为减，舍此复何之❻？

注释

❶后游：即重游修觉寺。

❷怜：爱。

❸有待：等待。

❹烟光：云霭雾气。

⑤暄：暖。

⑥此：指修觉寺。

遣意二首·其一

啭①枝黄鸟近，泛渚②白鸥轻。一径野花落，孤村春水生。衰年催酿黍③，细雨更移橙。渐喜交游绝，幽居不用名。

注释

❶啭：鸟婉转地鸣叫。

❷渚：水中小块陆地。

❸酿黍：用糯米酿酒。

遣意二首·其二

檐影微微①落，津②流脉脉斜。野船明细火③，宿雁聚圆沙。云掩初弦月，香传小树花。邻人有美酒，稚子夜能赊④。

注释

❶微微：缓慢。

❷津：渡口。

❸细火：火光细微。

❹赊：长，远。

春夜喜雨

　　好雨知时节[1]，当春乃发生[2]。随风潜[3]入夜，润物[4]细无声。野径[5]云俱黑，江船火独明。晓看红湿处[6]，花重锦官城[7]。

注释

[1]知：明白，知道。

[2]乃：就。发生：萌发生长。

[3]潜：暗暗地，悄悄地。

[4]润物：使万物得到春雨的浸润。

[5]野径：田野间的小路。

[6]晓：天刚亮的时候。红湿处：雨水湿润的花丛。

[7]花重：花经过雨水浸润而颜色变得浓艳。重：色泽浓艳。锦官城：亦称锦城，即指成都。

江　亭

　　坦腹[1]江亭暖，长吟野望[2]时。水流心不竞[3]，云在意俱迟。寂寂[4]春将晚，欣欣[5]物自私。江东犹苦战，回首一颦眉。

注释

[1]坦腹：坦露胸腹的仰卧。

175

❷野望：指作者写的一首七言律诗《野望》。西山白雪三城戍，南浦清江万里桥。海内风尘诸弟隔，天涯涕泪一身遥。惟将迟暮供多病，未有涓埃答圣朝。跨马出郊时极目，不堪人事日萧条。

❸竞：竞逐。

❹寂寂：悄悄，悄然。

❺欣欣：花草繁盛。

独　酌

步履❶深林晚，开樽❷独酌迟。仰蜂粘落絮，行❸蚁上枯梨。薄劣❹惭真隐，幽偏得自怡。本无轩冕❺意，不是傲当时。

注释

❶步履：散步。

❷樽：酒杯。

❸行：行列。

❹薄劣：低劣；拙劣。谦辞。

❺轩冕：原指古时大夫以上官员的车乘和冕服，后引申为官位爵禄，泛指出仕做官。

徐　步

整履步青芜❶，荒庭日欲晡❷。芹泥随燕觜，花蕊上蜂须。把酒从衣湿，吟诗信^❸杖扶。敢论才见忌，实有醉如愚。

注释

❶青芜：指院中的杂草。

❷晡：泛指下午或黄昏。

❸信：任凭。

❧ 水槛遣心二首^❶·其一 ❧

去郭轩楹敞^❷，无村眺望赊^❸。澄江平少岸，幽树晚多花。细雨鱼儿出，微风燕子斜。城^❹中十万户，此地两三家。

注释

❶水槛：指杜甫浣花草堂水亭的栏杆，可以凭栏眺望，舒畅身心。

❷去郭：远离城郭。轩楹：指草堂的门窗间走廊。轩：长廊。楹：柱子。敞：宽敞，开朗。

❸赊：长，远。

❹城：指成都。

❧ 水槛遣心二首·其二 ❧

蜀天^❶常夜雨，江槛^❷已朝晴。叶润林塘密，衣干枕席清。不堪

177

祗^❸老病，何得尚浮名^❹。浅把涓涓^❺酒，深凭送此生。

注释

❶蜀天：蜀中雅州，在今四川成都邛崃。常多阴雨，号曰漏天。

❷槛：栏杆。

❸祗：只，但。

❹尚：崇尚，看重。浮名：虚名。

❺涓涓：细小的水流。

不见①

　　不见李生②久，佯狂③真可哀。世人皆欲杀，吾意独怜才④。敏捷诗千首，飘零酒一杯。匡山⑤读书处，头白好归来。

注释

❶原注：近无李白消息。

❷李生：指李白。杜甫与李白天宝四载在山东兖州分开后，一直未能再见。

❸佯狂：故作癫狂。

❹怜才：爱才。

❺匡山：指四川彰明县境内的大匡山，在今四川江油市。

草堂即事

　　荒村建子月，独树老夫家。雾里江船渡，风前径竹斜。寒鱼依密藻，宿鹭起圆沙。蜀酒禁愁得①，无钱何处赊②。

注释

❶禁愁得：可以消愁。

❷赊：赊账。

畏 人

早花随处发，春鸟异方啼。万里清江上，三年落日低。畏人成小筑，褊性❶合幽栖。门径从榛草❷，无心走马蹄。

注释

❶褊性：指生性狭隘。幽栖：幽僻的栖止之处，此处指隐居。
❷榛草：丛生的杂草。

屏迹❶三首·其一

用拙存吾道，幽居近物情。桑麻深雨露，燕雀半生成。村鼓时时急，渔舟个个轻。杖藜❷从白首，心迹喜双清。

注释

❶屏迹：避世隐居。
❷杖藜：拄着手杖行走。白首：表示年老。

屏迹三首·其二

晚起家何事，无营地转幽。竹光团野色，舍影漾江流。失学从❶儿懒，长贫任妇愁。百年浑❷得醉，一月不梳头。

注释

❶从：听任，任凭。
❷浑：全，满。

屏迹三首·其三

衰颜甘屏迹，幽事供高卧。鸟下竹根行，龟开萍叶过。年荒酒价乏❶，日并园蔬课❷。犹酌甘泉歌，歌长击樽破。

注释

❶乏：此指缺少酒钱。
❷课：核验，计算。

寄高适

楚❶隔乾坤远，难招病客❷魂。诗名惟我共，世事与谁论。北阙❸
更新主，南星落故园❹。定知相见日，烂漫❺倒芳尊。

注释

❶楚：指蜀地。

❷病客：杜甫自指。

❸北阙：宫禁或朝廷的别称。此处指唐代宗即位。

❹故园：即指杜甫在成都浣花溪的草堂。

❺烂漫：此指酒醉的样子。

客 夜

客睡何曾著❶，秋天不肯明❷。卷帘残月影，高枕远江❸声。计拙
无衣食❹，途穷仗友生❺。老妻书数纸，应悉未归情❻。

注释

❶著：入睡。

❷明：天亮。

❸江：指涪江。

❹计：谋生之计。拙：拙劣。

⑤途穷：走投无路或处境困窘。仗：依靠。友生：朋友。

⑥悉：知道。

❧ 客　亭 ❧

秋窗犹曙色❶，落木更天风。日出寒山外，江流宿雾❷中。圣朝❸无弃物，老病已成翁。多少残生❹事，飘零任转蓬❺。

注释

❶曙色：破晓时的天色。

❷江：指涪江。宿雾：晨雾。

❸圣朝：朝廷。

❹残生：指余生。

❺飘零：指四处漂泊。转蓬：任凭风吹的蓬草。

❧ 百　舌 ❧

百舌❶来何处，重重只报春。知音兼众语，整翮❷岂多身。花密藏难见，枝高听转新。过时如发口，君侧有谗人。

注释

❶百舌：鸟名，又叫反舌，声音多变。指诗中所指的谗人。

❷翮：翅膀。

登牛头山亭子

路出双林❶外，亭窥万井❷中。江城❸孤照日，山谷远含风。兵革身将老，关河信不通。犹残数行泪，忍对百花丛。

注释

❶双林：指释迦牟尼涅槃处。后用以指称寺院。

❷万井：众多人家。古代以地方一里为一井，万井即一万平方里。

❸江城：指梓州。

舟前小鹅儿❶

鹅儿黄似酒，对酒爱新鹅。引颈嗔船逼❷，无行乱眼多。翅开遭宿雨，力小困沧波。客散层城暮，狐狸奈若何。

注释

❶原注：城西北角官池作。

❷嗔：怒，生气。逼：逼近，靠近。

有感五首·其一

　　将帅蒙恩泽，兵戈有岁年。至今劳圣主，可以报皇天。白骨新交战，云台❶旧拓边。乘槎❷断消息，无处觅张骞。

注释

❶云台：汉宫中高台名。汉光武帝时，用作召集群臣议事之所，后用以借指朝廷。

❷乘槎：乘坐竹、木筏，后来特指出使。此处用张骞泛槎的典故感叹李之芳出使吐蕃被扣留。《荆楚岁时记》载：汉武帝令张骞使大夏，寻河源，乘槎经月，而至一处，见城郭如州府，室内有一女织，又见一丈夫牵牛饮河。

有感五首·其二

　　幽蓟馀蛇豕❶，乾坤尚虎狼❷。诸侯❸春不贡，使者日相望。慎勿吞青海❹，无劳问越裳❺。大君❻先息战，归马华山阳。

注释

❶幽蓟：幽州和蓟州。包括今京津、河北北部及辽宁南部一带，当时为安史叛军老巢。馀蛇豕：指安史叛军余孽。

❷虎狼：指吐蕃和藩镇。

185

❸诸侯：指田承嗣、李怀仙等藩镇归附朝廷，但仍不朝贡。《新唐书·藩镇魏博》载：承嗣沈猜阴贼，不习礼义。既得志，即计户口，重赋敛，历兵缮甲，使老弱耕，壮者在军，不数年，有众十万。又择趫秀强力者万人，号牙兵，自署置官吏，图版税入，皆私有之。又求兼宰相，代宗以寇乱甫平，多所含宥，因就加同中书门下平章事，封雁门郡王，宠其军曰天雄，以魏州为大都督府，即授长史，诏子华尚永乐公主，冀结其心。而性著凶诡，愈不逊。《新唐书·藩镇卢龙》载：中人骆奉先间遣镪说，怀仙遂降，使其将李抱忠以兵三千戍范阳。朝义至，抱忠闭关不内，乃缢死，斩其首，因奉先以献。仆固怀恩即表怀仙为幽州卢龙节度使，迁检校兵部尚书，王武威郡。属怀恩反，边羌翼战不解，朝廷方勤西师，故怀仙与田承嗣、薛嵩、张忠志等得招还散亡，治城邑甲兵，自署文武将吏，私贡赋，天子不能制。

❹青海：指吐蕃。

❺越裳：指南诏。

❻大君：天子。

有感五首·其三

洛下❶舟车入，天中❷贡赋均。日闻红粟腐❸，寒待翠华春❹。莫取金汤❺固，长令宇宙新。不过行俭德，盗贼本王臣。

注释

❶洛下：即洛阳。

❷天中：亦指洛阳。

❸红粟腐：储藏过久而变为红色的陈米。《汉书·贾捐之传》载：至孝武皇帝，太仓之粟，红腐而不可食；都内之钱，贯朽而不可校。

④寒：指平民百姓。翠华：天子之旗，代指天子。
⑤金汤：固若金汤的城池，指洛阳。

有感五首·其四

丹桂①风霜急，青梧日夜凋。由来强干地，未有不臣朝。受钺②亲
贤往，卑宫制诏遥。终依古封建，岂独听箫韶③。

注释

❶丹桂、青梧：均指朝廷。
❷受钺：古代大将出征，接受天子所授的符节与斧钺。
❸箫韶：舜所制的乐曲，泛指美妙的仙乐。

有感五首·其五

盗灭①人还乱，兵残将自疑②。登坛名绝假，报主尔何迟。领郡辄
无色，之官皆有词。愿闻哀痛诏③，端拱问疮痍④。

注释

❶盗灭：指平定安史之乱。
❷兵残：兵卒减少。将自疑：指安史之乱后各地藩镇拥兵自重，
割据一方，不受朝廷节制。
❸哀痛诏：皇帝的罪己诏书。《汉书·西域传》载：是以末年遂

弃轮台之地，而下哀痛之诏，岂非仁圣之所悔哉！且通西域，近有龙堆，远则葱岭，身热、头痛、县度之厄。淮南、杜钦、扬雄之论，皆以为此天地所以界别区域，绝外内也。

❹疮痏：指百姓生活疾苦。

薄 暮❶

江水长流地，山云薄暮时。寒花隐乱草，宿鸟择深枝。旧国❷见何日，高秋心苦悲。人生不再好，鬓发白成丝。

注释

❶薄春：傍晚。
❷旧国：指故乡。

征 夫❶

十室几人在？千山空❷自多！路衢惟见哭❸，城市不闻歌。漂梗❹无安地，衔枚有荷戈❺。官军未通蜀❻，吾道竟如何？

注释

❶征夫：指出征的将士，也指离家远行的人。
❷空：徒然。
❸路衢：四通八达的道路。惟：只有，只是。

④漂梗：随水漂流的桃梗。此处用以喻指征夫。

⑤衔枚：横衔枚于口中，以防喧哗或叫喊。古代军队行进时，为保证军事行动的隐秘，便枚横衔在嘴里。荷：扛着兵器。戈：指兵器。

⑥未通蜀：未能打通蜀道前来增援。

西山①三首·其一

彝界②荒山顶，蕃州③积雪边。筑城依白帝④，转粟⑤上青天。蜀将分旗鼓，羌兵⑥助井泉。西戎⑦背和好，杀气日相缠。

注释

❶西山：指岷山，为吐蕃与大唐的边界。

❷彝界：唐时西南少数民族地区。

❸蕃州：唐代在周边归附诸族地区设置的州。《旧唐书·地理志》载：据天宝十二载簿，松州都督府，一百四州。

❹筑城：设置军镇。白帝：神话中五天帝之一，主西方之神少昊。

❺转粟：运粮。

❻羌兵：归附诸族的士兵。

❼西戎：指吐蕃。

西山三首·其二

辛苦三城①戍，长防万里秋②。烟尘侵火井③，雨雪闭松州。风动将军幕，天寒使者❹裘。漫山贼营垒，回首得无忧。

注释

❶三城：当指松州、维州、保州三个军镇。

❷防秋：游牧民族常在秋季马壮时期劫掠边境，边塞军镇秋季加强防御。

❸烟尘：战事。火井：四川邛州。

❹使者：朝廷派往吐蕃被扣留的使者李之芳、崔伦。

西山三首·其三

子弟❶犹深入，关城未解围。蚕崖铁马瘦，灌口❷米船稀。辩士❸安边策，元戎❹决胜威。今朝乌鹊喜，欲报凯歌归。

注释

❶子弟：指戍守西山的士兵。

❷灌口：导江县的灌口山。

❸辩士：有口才、善辩论的人。

❹元戎：军中主帅。

对 雨

莽莽天涯雨，江边独立时。不愁巴道路，恐湿汉旌旗❶。雪岭防秋^❷急，绳桥战胜迟。西戎甥舅^❸礼，未敢背恩私。

注释

❶汉旌旗：指唐军旗。

❷防秋：游牧民族常在秋季马壮时期劫掠边境，边塞军镇秋季加强防御。

❸西戎甥舅：唐太宗以文成公主嫁吐蕃松赞干布，之后吐蕃尊唐帝为舅，自称为甥。

岁 暮

岁暮远为客^❶，边隅^❷还用兵。烟尘^❸犯雪岭，鼓角动江城^❹。天地日流血，朝廷谁请缨^❺？济时敢爱死^❻？寂寞壮心惊！

注释

❶岁暮：指唐代宗广德元年年底。远为客：指杜甫。

❷边隅：边疆地区，指吐蕃入寇松州、维州、保州。

❸烟尘：战争。

❹江城：梓州。

❺请缨：用西汉终军请缨的典故，指将士主动请兵出战。《汉书·终军传》载：南越与汉和亲，乃遣军使南越，说其王，欲令入朝，比内诸侯。军自请：愿受长缨，必羁南越王而致之阙下。

❻敢：岂敢，何敢。

城　上

　　草满巴西绿，空城白日长。风吹花片片，春动水茫茫。八骏❶随天子，群臣从武皇❷。遥闻出巡守❸，早晚遍遐荒。

注释

❶八骏：指皇帝车驾。《穆天子传》载：天子之骏：赤骥、盗骊、白义、逾轮、山子、渠黄、华骝、绿耳。

❷武皇：本为汉武帝，此处指唐代宗。

❸巡守：天子外出巡视。

滕王亭子二首·其一

　　君王台榭枕巴山，万丈丹梯❶尚可攀。春日莺啼修竹里，仙家犬吠白云间。清江锦石伤心丽，嫩蕊浓花满目班。人到于今歌出牧❷，来游此地不知还。

注释

❶丹梯：指高入云霄的山峰。亦指指寻仙访道之路。

❷出牧：出任州郡长官。

滕王亭子二首❶·其二

寂寞春山路，君王❷不复行。古墙犹竹色，虚阁自松声。鸟雀荒村暮，云霞过客情。尚思歌吹入，千骑把霓旌❸。

注释

❶滕王：指唐高祖子李元婴。

❷君王：指滕王。

❸霓旌：缀有五色羽毛的旗帜，为古代帝王仪仗之一。亦借指帝王。

归　来

客里有所过，归来知路难。开门野鼠走，散帙壁鱼干❶。洗杓❷开新酝，低头拭小盘。凭谁给麹蘗❸，细酌老江干❹。

注释

❶散帙：打开书套。壁鱼：书籍中的蠹虫。

❷杓：同"勺"。

❸麹蘗：酒母。

❹江干：江边。

倦 夜[1]

竹凉侵卧内[2]，野月满庭隅[3]。重露成涓滴[4]，稀星乍有无[5]。暗飞萤自照[6]，水宿鸟相呼[7]。万事干戈[8]里，空悲清夜徂[9]。

注释

[1] 倦：疲倦。

[2] 凉：凉气。侵：侵袭。

[3] 野：野外。庭隅：庭院的角落。

[4] 重露：浓重的露水。涓滴：水点，极少的水。

[5] 稀星：稀疏的星。乍有无：忽而有忽而无。乍：忽然。

[6] 暗飞：黑暗中飞行。

[7] 水宿：谓栖息于水。

[8] 干戈：指战争。

[9] 空：白白地。徂：消逝，流逝。

长 吟

江渚翻鸥戏，官桥带[1]柳阴。江飞竞渡[2]日，草见蹋春[3]心。已拨形骸[4]累，真为烂漫深。赋诗歌句稳，不免自长吟。

春日江村五首·其一

农务村村急，春流岸岸深。乾坤万里眼，时序百年心。茅屋还堪赋❶，桃源❷自可寻。艰难贱生理，飘泊到如今。

注释

❶赋：作诗。

❷桃源：陶渊明笔下的桃花源，借指浣花溪。

春日江村五首·其二

迢递来三蜀❶，蹉跎❷有六年。客身逢故旧，发兴自林泉。过懒从衣结，频游任履穿。藩篱无限景，恣意❸买江天。

注释

❶迢递：遥远。三蜀：汉初分蜀郡置广汉郡，武帝又分置犍为

郡，合称三蜀。

❷蹉跎：时间白白逝去，虚度光阴。

❸恣意：放纵，任意。

春日江村五首·其三

种竹交加翠，栽桃烂熳红。经心石镜月，到面雪山风。赤管❶随王命，银章❷付老翁。岂知牙齿落，名玷❸荐贤中。

❶赤管：指尚书省官员。《汉官仪》载：尚书令、仆、丞、郎，月给赤管大笔一双。此时杜甫为检校工部员外郎。

❷银章：官员印绶。汉制，凡吏秩比二千石以上皆银印。隋唐以后官不佩印，只有随身鱼袋。金银鱼袋等谓之章服，三品以上紫袍，佩金鱼袋；五品以上绯（大红）袍，佩银鱼袋；六品以下绿袍，无鱼袋。《唐会要·鱼袋》载：神龙元年九月十七日敕嗣王、郡王有阶卑者，许佩金鱼袋。……开元八年九月十四日中书令张嘉贞奏曰：致仕官及内外官以上检校、试、判及内供奉官见占阙者听准正员例，许终身佩鱼。

❸玷：忝、辱。杜甫自谦。

春日江村五首·其四

扶病垂朱绂❶，归休❷步紫苔。郊扉❸存晚计，幕府愧群材。燕外晴丝卷，鸥边水叶开。邻家送鱼鳖，问我数❹能来。

注释

❶朱绂：古代系佩玉或印章的红色丝带。后多用以指官服。

❷归休：辞官退休，归隐。

❸郊扉：指郊外住宅。

❹数：多次。屡次。

春日江村五首·其五

群盗哀王粲❶，中年召贾生❷。登楼初有作，前席竟为荣。宅入先贤传，才高处士❸名。异时怀二子，春日复含情。

注释

❶王粲：东汉末年文学家，建安七子之一。

❷贾生：指汉贾谊。西汉初年著名政论家、文学家。

❸处士：本指有才德而隐居不仕的人，后亦泛指未做过官的士人。

去　蜀❶

五载客蜀郡❷，一年居梓州❸。如何关塞阻❹，转作潇湘❺游。世事已黄发❻，残生❼随白鸥。安危大臣❽在，不必泪长流。

注释

❶去蜀：离开成都。

❷蜀郡：此指成都。

❸梓州：即四川三台，唐肃宗乾元元年（758年）改梓潼郡为梓州。

❹如何：犹岂料。关塞：边关；边塞。

⑤潇湘：湘江与潇水的并称，泛指湖南地区。

⑥黄发：年老。

⑦残生：残余的岁月、生命。

⑧大臣：泛指朝廷掌权者。

承闻故房相公灵榇自阆州启殡归葬东都有作·其一

远闻房太守①，归葬陆浑山②。一德兴王后，孤魂久客间。孔明多故事，安石③竟崇班。他日嘉陵涕，仍沾楚水还。

注释

①房太守：即房琯。安史之乱爆发后，房琯随唐玄宗入蜀，拜吏部尚书、同平章事。唐肃宗即位于灵武后，房琯前去投奔，深受肃宗器重，委以平叛重任。病逝后追赠太尉。

②陆浑山：在河南洛阳。

③安石：晋谢安，字安石。初辟司徒府，除佐著作郎，以疾辞。寓居会稽，与王羲之及高阳许询、桑门支遁游处，出则渔弋山水，入则言咏属文，无处世意。吏部尚书范汪举安为吏部郎，安以书距绝之。既累辟不就，简文帝时为相，曰：安石既与人同乐必不得不与人同忧，召之必至。……雅志未就，遂遇疾笃。寻薨，时年六十六。帝赠太傅，谥曰文靖。及葬，加殊礼，依大司马桓温故事。又以平符坚勋，更封庐陵郡公。

承闻故房相公灵榇自阆州
启殡归葬东都有作·其二

丹旐❶飞飞日，初传发阆州。风尘❷终不解，江汉忽同流。剑动新身匣，书归故国楼。尽哀知有处，为客恐长休。

注释

❶丹旐：出丧所用的红色铭旌。
❷风尘：指战乱。

禹　庙

禹庙❶空山里，秋风落日斜。荒庭垂橘柚❷，古屋画龙蛇❸。云气嘘青壁❹，江声走白沙。早知乘四载❺，疏凿控三巴❻。

注释

❶禹庙：指四川忠州临江县临江山崖上的大禹庙。
❷橘柚：典出《尚书·禹贡》，禹治洪水后，人民安居乐业，东南岛夷之民也将丰收的橘柚包好进贡。
❸龙蛇：指壁上所画大禹驱赶龙蛇治水的故事。
❹青壁：空旷的墙壁。嘘青壁一作生虚壁。
❺四载：传说中大禹治水时用的四种交通工具：水行乘舟，陆行

乘车，山行乘桴，泥行乘橇。

❻三巴：蜀地的巴东郡、巴郡、巴西郡。传说原为大泽，禹治水疏凿三峡排水，后成陆地。

旅夜书怀

细草微风岸，危樯❶独夜舟。星垂平野阔，月涌大江流❷。名❸岂文章著，官应老病休。飘飘❹何所似，天地一沙鸥。

注释

❶危：高。樯：船上挂风帆的桅杆。

❷月涌：月亮载江水中的倒映，随水流涌。江：指长江。

❸名：名声。

❹飘飘：飘零、漂泊。

长江二首·其一

众水会涪万❶，瞿塘❷争一门。朝宗人共挹❸，盗贼尔谁尊。孤石❹隐如马，高萝垂饮猿。归心异波浪，何事即飞翻。

注释

❶涪万：涪州和万州，在今四川涪陵和万县。

❷瞿塘：即瞿塘峡。为长江三峡之首。也称夔峡。西起重庆省奉

节县白帝城，东至巫山大溪。峡口有夔门和滟滪堆。

③朝宗：古代诸侯春、夏朝见天子。挹：同"揖"，作揖，朝拜。

④孤石：指瞿塘峡口的滟滪堆。

长江二首·其二

浩浩终不息，乃知东极❶临。众流归海意，万国奉君心。色借潇湘❷阔，声驱滟滪深。未辞添雾雨，接上遇衣襟。

注释

❶东极：东海，比喻朝廷。

❷潇湘：湘江与潇水的并称，借指今湖南地区。

遣 愤

闻道花门❶将，论功未尽归。自从收帝里❷，谁复总戎机。蜂虿❸终怀毒，雷霆❹可震威。莫令鞭血地，再湿汉臣衣。

注释

❶花门：指甘肃居延海北三百里的花门山。唐初在该处设立堡垒，称花门山堡，以抵御北方外族。天宝时为回纥占领。后因以"花门"代称为回纥。

❷收帝里：指肃宗、代宗两朝收复京师。

③蜂虿：喻回纥。
④雷霆：喻天子的威严。

上白帝城❶

城峻随天壁❷，楼高更女墙❸。江流思夏后❹，风至忆襄王❺。老去闻悲角，人扶报夕阳。公孙❻初恃险，跃马意何长。

注释

❶白帝城：重庆奉节县瞿塘峡口的长江北岸，东望夔门，南与白盐山隔江相望，西临奉节县城，北倚鸡公山，地处长江三峡西端入口。

❷天壁：石壁高入云天。

❸女墙：城墙上面呈凹凸形的小墙。

❹夏后：夏禹。指禹建立的夏王朝。后：早期指君主。

❺襄王：即楚襄王。

❻公孙：西汉末年公孙述据蜀，在山上筑城，因城中一井常冒白气，宛如白龙，便借此自号白帝，并名此城为白帝城。

中　宵❶

西阁百寻❷馀，中宵步绮疏❸。飞星过水白，落月动沙虚。择木知幽鸟，潜波想巨鱼。亲朋满天地，兵甲少来书。

203

❶中宵：中夜，半夜。

❷寻：古代的长度单位，一寻为八尺。

❸绮疏：指雕刻成空心花纹的窗户。

中 夜❶

中夜江山静，危楼❷望北辰。长为万里客，有愧百年身。故国风云气，高堂战伐尘。胡雏❸负恩泽，嗟❹尔太平人。

注释

❶中夜：半夜。

❷危楼：高楼。

❸胡雏：指安禄山。

❹嗟：叹。

垂 白❶

垂白冯唐老❷，清秋宋玉悲。江喧长少睡，楼迥❸独移时。多难身何补，无家病不辞。甘从千日醉❹，未许七哀诗❺。

❶垂白：垂下的白发，指年老。

❷冯唐：以冯唐易老慨叹自己年迈。《史记·张释之冯唐列传》载：武帝立，求贤良，举冯唐。唐时年九十余，不能复为官，乃以唐子冯遂为郎。遂字王孙，亦奇士，与余善。

❸迥：高，远。

❹千日醉：《搜神记》载：狄希，中山人也，能造千日酒，饮之千日醉。

❺七哀诗：汉末王粲所作乐府新题诗。

草 阁

草阁临无地❶，柴扉❷永不关。鱼龙回夜水，星月动秋山。久露清初湿，高云薄未还。泛舟惭小妇，飘泊损红颜。

注释

❶临无地：下临江水。

❷柴扉：柴门。亦指贫寒的家园。

宿江边阁

暝色❶延山径，高斋次水门❷。薄云岩际宿❸，孤月浪中翻。鹳鹤

205

追飞静，豺狼得食喧❹。不眠忧战伐❺，无力正乾坤。

注释

❶暝色：即暮色，夜色。
❷高斋：即江边阁。次：临近。
❸宿：栖宿。
❹豺狼：喻当时各地军阀。得食喧：喧闹地争抢食物。
❺战伐：指战乱。

雨四首·其一

微雨不滑道，断云疏复行。紫崖奔处黑，白鸟去边明。秋日新沾影，寒江旧落声。柴扉临野碓❶，半得捣香粳❷。

注释

❶柴扉：柴门。亦指贫寒的家园。碓：舂米的工具。
❷粳：不黏的稻米。

雨四首·其二

江雨旧无时，天晴忽散丝。暮秋沾物冷，今日过云迟。上马迥❶休出，看鸥坐不辞。高轩当滟滪❷，润色静书帷。

❶迥：远。

❷高轩：堂左右有窗的高敞的长廊。当：正对着。滟滪：即滟滪堆，指水中的大石块、大石堆。

雨四首·其三

物色岁将晏，天隅人未归❶。朔风鸣淅淅，寒雨下霏霏。多病久加饭，衰容新授衣❷。时危觉凋丧，故旧❸短书稀。

注释

❶天隅：指夔州。人：杜甫自指。

❷授衣：古代九月制备冬衣。《诗经·豳风·七月》载：七月流火，九月授衣。

❸故旧：亲朋老友。

雨四首·其四

楚雨石苔滋，京华消息迟。山寒青兕❶叫，江晚白鸥饥。神女花钿❷落，鲛人❸织杼悲。繁忧不自整，终日洒如丝。

207

❶兕：指古代犀牛一类的神兽。《山海经》载：兕在舜葬东，湘水南。其状如牛，苍黑，一角。

❷花钿：女子首饰。

❸鲛人：中国古代神话传说中鱼尾人身的神秘生物。《搜神记》载：南海之外有鲛人，水居如鱼，不废织绩。其眼泣则能出珠。

～ 月 ～

四更山吐月，残夜❶水明楼。尘匣元开镜，风帘自上钩。兔应疑鹤发，蟾亦恋貂裘。斟酌姮娥❷寡，天寒耐九秋。

注释

❶残夜：天将破晓。

❷姮娥：即嫦娥。

～ 瞿唐怀古❶ ～

西南万壑注，勍敌❷两崖开。地与山根裂，江从月窟来。削成当白帝，空曲隐阳台。疏凿❸功虽美，陶钧力大哉。

注释

❶瞿唐：瞿塘峡，在重庆奉节县东，为长江三峡之首。
❷劲敌：指强敌。
❸疏凿：大禹治水疏凿三峡排水，后成陆地。

寄杜位❶

寒日经檐短，穷猿失木悲。峡中为客❷恨，江上忆君时。天地身何在，风尘❸病敢辞。封书两行泪，沾洒裛❹新诗。

注释

❶杜位：杜甫侄子。与杜甫同为成都府尹严武幕府参谋。
❷客：杜甫自指。
❸风尘：比喻战乱。
❹裛：沾湿。

孤 雁

孤雁不饮啄❶，飞鸣声念群。谁怜一片影，相失万重云❷？望尽似犹见，哀多如更闻。野鸦无意绪❸，鸣噪自纷纷❹。

209

❶饮啄：饮水啄食。

❷万重云：指天高路远。

❸意绪：心绪，念头。

❹鸣噪：野鸦啼叫。自：自己。

❀ 喜观即到复题短篇二首·其一 ❀

巫峡❶千山暗，终南❷万里春。病中吾见弟，书到汝为人。意答儿童❸问，来经战伐新❹。泊船悲喜后，款款话归秦❺。

注释

❶巫峡：夔州一带峡谷。长江三峡之一，两岸绝壁，船行极险。

❷终南：终南山，秦岭主峰之一。

❸儿童：指诗人的儿子宗文、宗武。

❹战伐新：指大历二年正月密诏郭子仪讨周智光一事。

❺款款：徐徐，缓慢。秦：指长安。

❀ 喜观即到复题短篇二首·其二 ❀

待尔噴❶乌鹊，抛书示鹡鸰❷。枝间喜不去，原上急曾经。江阁嫌津柳，风帆数驿亭。应论十年事，愁绝始星星❸。

❶嗔：责怪。

❷鹡鸰：鸟名。即脊令，比喻兄弟。《诗经·小雅·常棣》载：脊令在原，兄弟急难。

❸愁绝：愁极。星星：指头发稀疏花白。

❧ 秋野五首·其一 ❧

秋野日疏芜❶，寒江动碧虚。系舟蛮井络❷，卜宅楚村墟❸。枣熟从人打，葵荒欲自锄。盘餐老夫食，分减❹及溪鱼。

注释

❶疏芜：稀疏荒芜。

❷蛮：南蛮。井络：指岷山。

❸卜宅：用占卜决定住所。村墟：乡村集市。

❹分减：分给。

❧ 秋野五首·其二 ❧

易识浮生❶理，难教一物违。水深鱼极乐，林茂鸟知归。吾老甘贫病，荣华有是非。秋风吹几杖❷，不厌此山薇❸。

注释

❶浮生：人生。

❷几杖：小桌和手杖。

❸薇：野菜。

❧ 秋野五首·其三 ❧

礼乐攻吾短，山林引兴长。掉头纱帽❶仄，曝背竹书光。风落收松子，天寒割蜜房。稀疏小红翠，驻屐❷近微香。

注释

❶掉头：即摇头。纱帽：隐士之服。

❷驻屐：停下脚步休息。

❧ 秋野五首·其四 ❧

远岸秋沙白，连山晚照红。潜鳞❶输骇浪，归翼会高风。砧响家家发，樵声个个同。飞霜任青女❷，赐被隔南宫❸。

注释

❶潜鳞：即鱼。

❷青女：指白发。

212

秋野五首·其五

身许麒麟画❶，年衰鸳鹭群。大江秋易盛，空峡夜多闻。径隐千重石，帆留一片云。儿童解蛮语，不必作参军。

注释

❶麒麟画：在未央宫中的麒麟阁，汉宣帝时曾图霍光等十一功臣

像于阁上，以表扬其功绩。

☙ 日　暮 ❧

牛羊下来久，各已闭柴门。风月自清夜，江山非故园❶。石泉流暗壁，草露滴秋根。头白灯明里，何须花烬❷繁。

注释

❶故园：故乡。
❷花烬：灯芯燃烬结花，喜兆。

☙ 闷 ❧

瘴疠浮三蜀❶，风云暗百蛮❷。卷帘唯白水，隐几❸亦青山。猿捷长难见，鸥轻故不还。无钱从滞客❹，有镜巧催颜。

注释

❶瘴疠：指瘴气。三蜀：汉初分蜀郡置广汉郡，武帝又分置犍为郡，合称三蜀。
❷百蛮：古时对南方少数族群的总称。
❸隐几：靠着几案。
❹滞客：滞留在外的游子。

向 夕

畎亩[1]孤城外，江村乱水中。深山催短景，乔木易高风。鹤下云汀近，鸡栖草屋同。琴书散明烛，长夜始堪终。

注释

[1]畎亩：田间地头。

夜

绝岸风威动，寒房烛影微。岭猿霜外宿，江鸟夜深飞。独坐亲雄剑，哀歌叹短衣。烟尘绕阊阖[1]，白首壮心违。

注释

[1]阊阖：指宫门或京都城门，借指京城、宫殿、朝廷等。

夜二首·其一

白夜月休弦[1]，灯花半委眠。号山无定鹿，落树有惊蝉。暂忆江东鲙❷，兼怀雪下船❸。蛮歌犯星起，空觉在天边。

注释

❶白夜：月光明亮，照如白昼。弦：半月。

❷江东鲙：用莼羹鲈脍的典故，表示思乡之情。《晋书·张翰传》载：齐王囧辟为大司马东曹掾。囧时执权，翰谓同郡顾荣曰："天下纷纷，祸难未已。夫有四海之名者，求退良难。吾本山林间人，无望于时。子善以明防前，以智虑后。"荣执其手，怆然曰：吾亦与子采南山蕨，饮三江水耳。翰因见秋风起，乃思吴中菰菜、莼羹、鲈鱼脍，曰：人生贵得适志，何能羁宦数千里以要名爵乎！遂命驾而归。

❸雪下船：用子猷访戴的故事，希冀不被外物束缚。《世说新语·任诞》载：王子猷居山阴，夜大雪，眠觉，开室，命酌酒。四望皎然，因起仿偟，咏左思招隐诗。忽忆戴安道，时戴在剡，即便夜乘小船就之。经宿方至，造门不前而返。人问其故，王曰：吾本乘兴而行，兴尽而返，何必见戴？

～ 夜二首·其二 ～

城郭悲笳暮，村墟过翼❶稀。甲兵❷年数久，赋敛夜深归。暗树依岩落，明河❸绕塞微。斗斜人更望，月细❹鹊休飞。

注释

❶过翼：飞鸟。

❷甲兵：指兵械，喻指战乱。

❸河：指天河。

❹月细：月光很淡。

216

～ 归 雁 ～

　　闻道今春雁，南归自广州。见花辞涨海❶，避雪到罗浮❷。是物关兵气，何时免客愁。年年霜露隔，不过五湖❸秋。

注释

❶涨海：即南海。
❷罗浮：岭南中南部的罗浮山。
❸五湖：泛指洞庭湖等江南湖泊。

～ 江 汉 ～

　　江汉❶思归客，乾坤一腐儒❷。片云天共远，永夜❸月同孤。落日❹心犹壮，秋风病欲苏❺。古来存老马❻，不必取长途。

注释

❶江汉：指诗人所处的湖北江陵公安一带。
❷腐儒：本指迂腐而不知变通的读书人，这里是诗人的自称，含有自嘲之意。
❸夜：长夜。
❹落日：比喻自己已年老。
❺病欲苏：病都要好了。苏：康复。

⑥存：留养。老马：诗人自比。

❧ 公安县①怀古 ❧

野旷吕蒙营②，江深刘备城③。寒天催日短，风浪与云平④。洒落⑤君臣契，飞腾战伐名。维舟⑥倚前浦，长啸一含情。

注释

❶公安县：在今湖北省。
❷吕蒙营：东吴大将军吕蒙曾驻军公安一带，与蜀军对峙。
❸刘备城：三国蜀先主刘备曾为汉左将军荆州牧，镇油江口，即居此城，时人号为"左公"，故名其城为公安。
❹与云平：风浪高与云齐。
❺洒落：不受拘束。
❻维舟：系舟。

❧ 登岳阳楼 ❧

昔闻洞庭水①，今上岳阳楼②。吴楚东南坼③，乾坤日夜浮④。亲朋无一字⑤，老病有孤舟⑥。戎马关山北⑦，凭轩涕泗流⑧。

注释

❶洞庭水：即洞庭湖，在今湖南北部，长江南岸，是中国第二淡

218

水湖。

❷岳阳楼：在今湖南省岳阳市，下临洞庭湖，前望君山。始建于东汉建安二十年，历代多次重建，唐贞观年间，重修岳阳古城楼，开元和天宝年间亦多次扩建重筑，使楼阁初具规模。

❸吴楚：古吴楚两地，在我国东南。坼：分裂。

❹乾坤：天地。浮：天地景象飘浮在洞庭湖上。

❺无一字：音讯全无。字：这里指书信。

❻老病：杜甫时年五十七岁，身体患病。有孤舟：全家在孤舟中，飘零水上。

❼戎马：指战乱。关山北：北方边境。

❽凭轩：靠着窗户。涕泗流：眼泪鼻涕禁不住地流淌。

🌥 归 梦 🌥

道路时通塞❶，江山日寂寥❷。偷生唯一老❸，伐叛已三朝❹。雨急青枫暮❺，云深黑水遥❻。梦魂归未得❼，不用楚辞招。

注释

❶时：有时。通塞：通畅与阻塞。

❷江山：本指江河山岳，借指国家疆土、政权。日：每天，一天天地。寂寥：冷落萧条。

❸偷生：苟且求活。唯：独，仅，只有。一老：一位老人，是作者自称。

❹伐叛：指讨伐乱臣贼子，指安禄山、史思明、仆固怀恩和吐蕃等。三朝：指玄宗、肃宗、代宗三朝。

❺青枫：苍翠的枫树。暮：入夜昏暗不清。

⑥云深：指积云浓厚。黑水：水名，在秦地。遥：飘荡。

⑦归：指回归朝廷。未：不。

入乔口①

漠漠旧京远，迟迟②归路赊。残年傍水国，落日对春华。树蜜早蜂乱，江泥轻燕斜。贾生③骨已朽，凄恻近长沙。

注释

❶乔口：乔口镇，在今湖南省长沙市望城区。

❷迟迟：久久不能完成。赊：远。

❸贾生：汉代贾谊，曾被贬为长沙王太傅。

城西陂泛舟①

青蛾皓齿在楼船②，横笛短箫悲远天③。春风自信牙樯动④，迟日徐看锦缆牵⑤。鱼吹细浪摇歌扇⑥，燕蹴飞花落舞筵⑦。不有⑧小舟能荡桨，百壶那送酒如泉？

注释

❶西陂：即渼陂，在今陕西户县西，汇聚终南山各处的谷水，向西北流入涝水。泛舟：本义指船漂浮在水上，后多指划船。

❷青蛾：青黛画的眉毛。皓齿：洁白的牙齿。泛指美人。楼船：

高大有楼的船只

❸远天：高远的天空。这里指音乐声传得又高又远。

❹自信：自任，指任由吹动。牙樯：用象牙装饰的帆樯。

❺迟日：指春天，语出《诗经·豳风·七月》："春日迟迟"。徐看：慢慢地看。锦缆：用锦做的船缆。牵：缆绳牵动船只。

❻鱼吹细浪：细浪好像由鱼儿吹出。歌扇：歌者以扇遮面。歌扇是唐朝舞乐中的常用之物。

❼蹴：踩，踏。舞筵：跳舞时铺在地上的席子或地毯。

❽不有：没有。

送郑十八❶虔贬台州司户伤其临老陷贼之故阙为面别情见于诗

郑公樗散鬓成丝❷，酒后常称老画师。万里❸伤心严谴日，百年垂死中兴时❹。苍惶已就长途往，邂逅无端出饯❺迟。便与先生应永诀❻，九重泉路尽交期❼。

注释

❶郑十八虔：即郑广文，十八是郑的排行。盛唐著名文学家、诗人、书画家。《新唐书·郑虔传》载：郑虔，郑州荥阳人。天宝初，为协律郎，集缀当世事，著书八十余篇。有窥其稿者，上书告虔私撰国史，虔苍黄焚之，坐谪十年。还京师，玄宗爱其才，欲置左右，以不事事，更为置广文馆，以虔为博士。虔闻命，不知广文曹司何在。诉宰相，宰相曰："上增国学，置广文馆，以居贤者，令后世言广文博士自君始，不亦美乎？"虔乃就职。初，虔追缃故书可志者得四十余篇，国子司业苏源明名其书为《荟萃》。虔善图山水，好书，常苦

无纸。于是慈恩寺贮柿叶数屋，遂往日取叶肄书，岁久殆遍。尝自写其诗并画以献，帝大署其尾日："郑虔三绝"。迁著作郎。

❷郑公：即郑广文。樗：落叶乔木，质松而白，有臭气。此指无用之才。《庄子·逍遥游》："吾有大树，人谓之樗，其大本拥肿而不中绳墨，其小枝卷曲而不中规矩。立之涂，匠者不顾。"散：指无用之才。《庄子·人间世》载：有一木匠往齐国去，路见一高大栎树，人甚奇之，木匠却说："'散木'也，以为舟则沉，以为棺椁则速腐，以为器则速毁，以为门户则液樠，以为柱则蠹，是不材之木也。"

❸万里：指台州。

❹百年：指人的一生。垂死：年老将死。中兴时：指当时两京克复。

❺饯：送行。

❻永诀：死别。

❼九重泉：黄泉，是说死后葬于地下。交期：交谊，交情。

奉和贾至舍人早朝大明宫❶

五夜漏声催晓箭❷，九重❸春色醉仙桃。旌旗日暖龙蛇动❹，宫殿风微❺燕雀高。朝罢香烟❻携满袖，诗成珠玉❼在挥毫。欲知世掌丝纶❽美，池上于今有凤毛❾。

注释

❶和：即和诗，是用来和答他人诗作的诗。舍人：即中书舍人，时贾至任此职。大明宫：宫殿名，在长安禁苑南。

❷五夜：指夜晚的五更天。漏声：漏壶滴水的声音。箭：漏箭。

❸九重：帝王住的宫禁之地。

④旌旗：旗帜的总称。龙蛇：指旗帜上绣有龙蛇图案。动：舞动。

⑤风微：微风轻拂。

⑥香烟：焚香所生的烟雾。

⑦珠玉：珠和玉，常比喻优美珍贵之物。

⑧世掌丝纶：指贾至和父亲都曾在中书省任职。

⑨池：指凤凰池，即中书省。有凤毛：比喻人子孙有才似其父辈者。

❧ 紫宸殿退朝口号 ❧

户外昭容❶紫袖垂，双瞻御座引朝仪❷。香飘合❸殿春风转，花覆千官淑景❹移。昼漏希闻高阁报，天颜❺有喜近臣知。宫中每出归东省❻，会送夔龙集凤池❼。

注释

❶昭容：唐代后宫九嫔之一，正二品。

❷双瞻御座：指朝臣分列两行，面朝皇帝。朝仪：指朝廷礼仪。

❸合：全。

❹淑景：日影。

❺天颜：皇帝的脸色。

❻东省：即门下省。当时杜甫为左拾遗，属门下省。

❼夔龙：相传为舜帝的二位贤臣名，夔为乐官，龙为谏官。池：指凤凰池，即中书省。

曲江二首❶·其一

一片花飞减却春，风飘万点❷正愁人。且看欲尽花经眼❸，莫厌伤❹多酒入唇。江上小堂巢翡翠❺，花边高冢❻卧麒麟。细推物理须行乐❼，何用浮名❽绊此身。

注释

❶曲江：即曲江池，故址在今陕西西安市东南，在陕西西安市东南郊，是唐代游玩观景的好地方。

❷万点：落花之多。

❸且：暂且。经眼：从眼前经过。

❹伤：伤感，忧伤。

❺巢翡翠：翡翠鸟筑巢。

❻冢：坟墓。

❼推：仔细推究。物理：事物变化的道理。

❽浮名：虚名。

曲江二首·其二

朝回日日典春衣❶，每日江头❷尽醉归。酒债寻常行处有❸，人生七十古来稀。穿花蛱蝶深深见❹，点水蜻蜓款款❺飞。传语风光共流转❻，暂时相赏莫相违❼。

224

❶朝回：上朝回来。典：典当、质押。

❷江头：曲江边。

❸寻常：平常。行处：到处。

❹深深：在花丛深处。见：现。

❺款款：形容徐缓的样子。

❻传语：传话给。风光：春光。共流转：逗留，盘桓。

❼违：违背，错过。

曲江对酒❶

苑❷外江头坐不归，水精宫殿转霏微❸。桃花细逐杨花落，黄鸟时兼白鸟飞。纵饮久判❹人共弃，懒朝真与世相违❺。吏情更觉沧洲❻远，老大徒伤未拂衣❼。

注释

❶曲江：即曲江池，故址在今陕西西安市东南，在陕西西安市东南郊，是唐代游玩观景的好地方。

❷苑：指芙蓉苑，在曲江西南，是帝妃游幸之所。

❸水精宫殿：即水晶宫殿，指芙蓉苑中宫殿。霏微：迷蒙的样子。

❹判：甘愿的意思。

❺懒朝：懒得上朝。违：乖违。

❻沧洲：水边绿洲，古时常用来指隐士的居处。

❼拂衣：振衣而去。指辞官归隐。《新五代史·郑遨传》载：见天下已乱，有拂衣远去之意。

九日蓝田崔氏庄①

　　老去悲秋强②自宽，兴来今日尽君欢。羞将短发还吹帽③，笑倩④旁人为正冠。蓝水⑤远从千涧落，玉山⑥高并两峰寒。明年此会知谁健？醉把茱萸仔细看。

注释

❶蓝田：即今陕西省蓝田县。

❷强：勉强。

❸吹帽：此处用孟嘉落帽的典故，形容才思敏捷，洒脱有风度。《晋书·孟嘉传》载：九月九日，温燕龙山，僚佐毕集。时佐吏并著戎服，有风至，吹嘉帽堕落，嘉不之觉。温使左右勿言，欲观其举止。嘉良久如厕，温令取还之，命孙盛作文嘲嘉，著嘉坐处。嘉还见，即答之，其文甚美，四坐嗟叹。《世说新语笺疏·识鉴》载：九月九日温游龙山，参察毕集，时佐史并著戎服，风吹嘉帽堕落，温戒左右勿言，以观其举止。嘉初不觉，良久如厕，命取还之。令孙盛作文嘲之，成，箸嘉坐。嘉还即答，四坐嗟叹。

❹倩：请。

❺蓝水：即蓝溪，在蓝田山下。

❻玉山：即蓝田山。

蜀　相❶

丞相祠堂❷何处寻？锦官城外柏森森❸。映阶碧草自春色，隔叶黄鹂空❹好音。三顾频烦❺天下计，两朝开济❻老臣心。出师❼未捷身先死，长使英雄泪满襟。

注释

❶蜀相：三国蜀汉丞相，指诸葛亮，字孔明。刘备称帝后，封诸葛亮为丞相。此诗题下有注：诸葛亮祠在昭烈庙西。

❷丞相祠堂：即诸葛武侯祠，在今成都。

❸锦官城：成都的别名。柏森森：柏树茂盛繁密的样子。

❹空：白白的。

❺频烦：多次烦劳。

❻两朝：刘备、刘禅父子两朝。开：开创。济：扶助。

227

⑦出师：出兵。

宾 至

幽栖地僻经过少①，老病人扶再拜②难。岂有文章惊海内③？漫劳车马驻江干④。竟日淹留佳客坐⑤，百年粗粝腐儒餐⑥。不嫌野外无供给⑦，乘兴还来看药栏⑧。

注释

❶幽栖：独居。经过：指来访的客人。

❷再拜：古时一种礼节，拜了又拜，表示对宾客的尊重。

❸文章：这里指诗歌。海内：指国境之内。古代传说大地的四周是四海：东西南北海，故称国境为海内。

❹漫劳：空自劳累。江干：江边，江岸，指杜甫住处。

❺竟日：全天。淹留：停留。佳客：尊贵的客人。

❻百年：犹言终身，一生。粗粝：即糙米，这里是形容茶饭的粗劣。腐儒：迂腐寒酸的儒生，作者自指。

❼野外：郊外，指自己住处。供给：茶点酒菜。

❽乘兴：有兴致。药栏：药圃栏杆。

狂 夫①

万里桥②西一草堂，百花潭水即沧浪③。风含翠篠娟娟净④，雨裛红蕖冉冉香❺。厚禄故人书断绝❻，恒饥稚子色凄凉❼。欲填沟壑唯疏放❽，自笑狂夫老更狂。

注释

❶狂夫：作者自称。

❷万里桥：在成都南门外，杜甫的草堂就在万里桥的西面。

❸百花潭：即浣花溪，杜甫草堂在其北。沧浪：指汉水支流沧浪江，古代以水清澈闻名。《孟子·离娄上》载：沧浪之水清兮，可以濯我缨。这里有随遇而安之意。

❹筱：细小的竹子。娟娟净：美好光洁的样子。

❺裛：滋润。红蕖：粉红色的荷花。冉冉香：阵阵清香。

❻厚禄故人：指做大官的朋友。书断绝：断了书信来往。

❼恒饥：长时间挨饿。稚子：小孩，指杜甫的儿子宗文、宗武。

❽填沟壑：把尸体扔到山沟里去。这里指穷困潦倒而死。疏放：疏远仕途，狂放不羁。

江 村❶

清江一曲抱村流❷，长夏江村事事幽❸。自去自来梁上燕，相亲相近❹水中鸥。老妻画纸为棋局❺，稚子❻敲针作钓钩。但有故人供禄米❼，微躯❽此外更何求？

注释

❶江村：江畔村庄。

❷清江：指浣花溪。江：指岷江的支流锦江，在成都西郊的一段称浣花溪。曲：曲折。抱：怀拥，环绕。

❸幽：宁静，安闲。

❹相亲相近：相互亲近。

❺画纸为棋局：在纸上画棋盘。

❻稚子：年幼的儿子，指杜甫的儿子宗文和宗武。

❼禄米：古代官吏的俸给，这里指钱米。

❽微躯：微贱的身躯，是作者自谦。

恨　别

　　洛城❶一别四千里，胡骑❷长驱五六年。草木变衰行剑外❸，兵戈阻绝老江边。思家步月清宵立，忆弟看云白日眠。闻道河阳❹近乘胜，司徒❺急为破幽燕❻。

注释

❶洛城：洛阳。

❷胡骑：指安史之乱的叛军。

❸剑外：剑阁以南，这里指蜀地。

❹河阳：县名，在今河南省孟州市。

❺司徒：指李光弼，他当时任检校司徒。上元元年三月，检校司徒李光弼破安太清于怀州城下。四月，又破史思明于河阳西渚。

❻幽燕：幽燕之兵，即安史叛军。

野 老

　　野老篱前江岸回❶，柴门不正逐江开❷。渔人网集澄潭❸下，贾客船随返照来❹。长路关心悲剑阁❺，片云何意傍琴台❻。王师未报收东郡，城阙秋生画角哀。

注释

❶野老：杜甫自称。篱前：竹篱前边。回：曲折。

❷逐江开：浣花溪自西而东流。

❸澄潭：深潭，指百花潭。

❹贾客：商人。返照：指落日。

❺剑阁：指剑门关，即大小剑山间的七十里栈道，是从长安入蜀必经之路。在今四川剑阁县。

❻琴台：汉司马相如弹琴的地方，在成都浣花溪北。

南 邻❶

　　锦里先生乌角巾❷，园收芋栗❸未全贫。惯看宾客儿童喜，得食阶除❹鸟雀驯。秋水才深四五尺，野航❺恰受两三人。白沙翠竹江村暮，相对柴门月色新。

❶南邻：指杜甫草堂南面邻居锦里先生朱山人。

❷锦里：又称锦官城，即成都。角巾：四方有角的头巾，为隐士所戴。

❸芋栗：橡栗。

❹阶除：指台阶和门前庭院。

❺航：小船。

至 后

冬至至后日初长❶，远在剑南❷思洛阳。青袍白马有何意❸，金谷铜驼非故乡❹。梅花欲开不自觉，棣萼❺一别永相望。愁极❻本凭诗遣兴，诗成吟咏转凄凉。

注释

❶日初长：指冬至之后，白天逐渐由短变长。

❷剑南：在剑门关以南地区，这里指蜀地。

❸青袍白马：这里指的是在严武幕中任职的生活。有何意：谓不得意。

❹金谷、铜驼：金谷园、铜驼陌，皆洛阳胜地。非故乡：金谷铜驼，洛阳皆遭乱矣，物是人非。

❺棣萼：比喻兄弟友爱。《诗经》载：棠棣之华，萼不韡韡。

❻愁极：意为愁苦极时本欲借诗遣怀，但诗成而吟咏反觉更添凄凉。

客　至❶

舍❷南舍北皆春水，但见❸群鸥日日来。花径❹不曾缘客扫，蓬门❺今始为君开。盘飧市远无兼味❻，樽酒家贫只旧醅❼。肯❽与邻翁相对饮，隔篱呼取尽余杯❾。

注释

❶客至：客指崔明府，杜甫的舅舅。题后自注：喜崔明府相过。明府，唐人对县令的称呼。相过，即探望、相访。

❷舍：指家。

❸但见：只见。

❹花径：长满花草的小路。

❺蓬门：用蓬草编成的门户，指房子的简陋。

❻市远：离市集远。兼味：多种美味佳肴。无兼味：谦言菜少。

❼樽：酒器。旧醅：隔年陈酒。醅：没有过滤的酒，也泛指酒。

❽肯：能否允许，这是向客人征询。

❾呼取：唤来，叫来。余杯：余下来的酒。

江上值水如海势聊短述❶

为人性僻耽佳句❷，语不惊人死不休❸。老去诗篇浑漫与❹，春来花鸟莫深愁❺。新添水槛供垂钓❻，故着浮槎替入舟❼。焉得思如陶谢手®，令渠述作与同游®。

注释

❶值： 正逢。水如海势，江水如同海水的气势。**聊：** 姑且之意。
聊短述：聊作短诗。

❷性僻： 性情有所偏，古怪，这是自谦的话。**耽：** 爱好，嗜好。

❸惊人： 打动读者。**死不休：** 死也不罢手。指杜甫作诗求工整。

❹浑： 完全，简直。**漫与：** 谓率意为诗，并不刻意求工。

❺莫： 没有。**愁：** 属花鸟说。

❻新添： 初做成的。**水槛：** 水边木栏。

❼槎： 木筏。

❽焉得： 怎么找到。**陶谢：** 陶渊明、谢灵运，皆工于描写景物。

❾令渠：让他们。述作：作诗述怀。

✦ 野 望 ✦

西山白雪三城戍❶，南浦清江万里桥❷。海内风尘诸弟隔❸，天涯
涕泪一身遥。惟将迟暮供多病❹，未有涓埃❺答圣朝。跨马出郊时极
目，不堪人事日萧条。

注释

❶西山：在成都西，主峰雪岭终年积雪。三城：当指松州、维
州、保州三个军镇。戍：防守。三城为蜀边要镇，吐蕃时相侵犯，故
驻军守之。

❷南浦：南郊外水边地。清江：指锦江。万里桥：在成都城南。
蜀汉费祎访问吴国，临行时曾对诸葛亮说："万里之行，始于此桥。"
这两句写望。

❸风尘：指安史之乱。诸弟：杜甫四弟：颖、观、丰、占。只杜
占随他入蜀，其他三弟都散居各地。

❹迟暮：这时杜甫年五十。供多病：交给多病之身了。

❺涓埃：滴水、微尘，指毫末之微。

✦ 闻官军收河南河北❶ ✦

剑外忽传收蓟北❷，初闻涕❸泪满衣裳。却看妻子愁何在❹，漫卷

诗书喜欲狂❺。白日放歌须纵酒❻，青春作伴好还乡❼。即从巴峡穿巫峡❽，便下襄阳向洛阳❾。

注释

❶闻：听说。官军：指唐朝军队。

❷剑外：剑门关以南，这里指梓州，在今四川三台县。蓟北：泛指唐代幽州、蓟州一带，今河北北部地区，是安史叛军的根据地。

❸涕：眼泪。

❹却看：回头看。妻子：妻子和孩子。愁何在：哪还有一点的忧伤？愁已无影无踪。

❺漫卷：随便地胡乱收拾。喜欲狂：高兴得简直要发狂。

❻放歌：放声高歌。须：应当。纵酒：开怀痛饮。

❼青春：指明丽的春天的景色。作伴：与妻儿一同。

❽巴峡：在湖北巴县以东。巫峡：长江三峡之一，在四川巫山县以东，因穿过巫山得名。

❾便：就的意思。襄阳：在今湖北襄樊市。洛阳：即东都洛阳，在今河南。杜甫祖籍河南巩县，幼时移居洛阳，因此称"向洛阳"为"还乡"。

将赴成都草堂途中有作
先寄严郑公五首❶·其一

得归茅屋赴成都，直为文翁❷再剖符。但使闾阎还揖让❸，敢论松竹久荒芜。鱼知丙穴由来美，酒忆郫筒不用酤❹。五马❺旧曾谙小径，几回书札待潜夫。

❶严郑公，指郑国公严武。《旧唐书·严武传》载：上皇造以剑两川合为一道，拜武成都尹、兼御史大夫，充剑南节度使；入为太子宾客，迁京兆尹、兼御史大夫。二圣山陵，以武为桥道使。无何，罢兼御史大夫，改吏部侍郎，寻迁黄门侍郎。与宰臣元载深相结托，冀其引在同列。事未行，求为方面，复拜成都尹，充剑南节度等使。广德二年，破吐蕃七万余众，拔当狗城。十月，取盐川城，加检校吏部尚书，封郑国公。

❷文翁：《汉书·循吏·文翁传》载：文翁，庐江舒人也。少好学，通《春秋》，以郡县吏察举。景帝末，为蜀郡守，仁爱好教化。见蜀地辟陋有蛮夷风，文翁欲诱进之，乃选郡县小吏开敏有材者张叔等十余人亲自饬厉，遣诣京师，受业博士，或学律令。……由是大化，蜀地学于京师者比齐鲁焉。至武帝时，乃令天下郡国皆立学校官，自文翁为之始云。

❸间阎：泛指民间。揖让：指礼仪教化。

❹郫筒：酒名。相传晋山涛为郫令，用竹筒酿酒，兼旬方开，香闻百步，俗称郫筒酒。酤：买酒。

❺五马：汉太守用五马驾车，因代指太守。

将赴成都草堂途中有作
先寄严郑公五首·其二

处处青江带白蘋❶，故园犹得见残春。雪山斥候❷无兵马，锦里❸逢迎有主人。休怪儿童延❹俗客，不教鹅鸭恼比邻❺。习池未觉风流尽，况复荆州❻赏更新。

注释

❶白蘋：水中浮草。

❷斥候：用以瞭望敌情的土堡。

❸雪山：即西山，在松州嘉诚县东。锦里：又称锦官城，指成都。

❹延：请。

❺比邻：近邻。

❻荆州：指山简。山简都督荆湘等四州诸军事，镇襄阳。此以喻指严武。

将赴成都草堂途中有作
先寄严郑公五首·其三

竹寒沙碧浣花溪❶，菱刺藤梢刬尺迷。过客径须愁出入，居人不自解东西。书签药裹封蛛网，野店山桥送马蹄。岂藉荒庭春草色，先判❷一饮醉如泥。

注释

❶浣花溪：岷江的支流锦江，流经成都西郊的一段称浣花溪。

❷判：拼，豁出去。

将赴成都草堂途中有作
先寄严郑公五首·其四

常苦沙崩损药栏，也从江槛落风湍。新松恨不高千尺，恶竹应须斩万竿。生理只凭黄阁老❶，衰颜欲付紫金丹❷。三年奔走空皮骨❸，信有人间行路难❹。

注释

❶黄阁老：指严武。唐时中书省和门下省官员相呼为"阁老"。严武此时以黄门侍郎为成都尹，故称"黄阁老"。《旧唐书·严武传》载：上皇造以剑两川合为一道，拜武成都尹、兼御史大夫，充剑南节度使；入为太子宾客，迁京兆尹、兼御史大夫。二圣山陵，以武为桥道使。无何，罢兼御史大夫，改吏部侍郎，寻迁黄门侍郎。与宰臣元载深相结托，冀其引在同列。事未行，求为方面，复拜成都尹，充剑南节度等使。广德二年，破吐蕃七万余众，拔当狗城。十月，取盐川城，加检校吏部尚书，封郑国公。

❷紫金丹：烧炼的丹药，五色飞华，紫云乱映，名曰紫金。

❸空皮骨：只剩下皮包骨头。

❹行路难：乐府旧题有《行路难》。

将赴成都草堂途中有作
先寄严郑公五首·其五

锦官城❶西生事微，乌皮几❷在还思归。昔去为忧乱兵❸入，今来已恐邻人非。侧身天地更怀古，回首风尘甘息机。共说总戎云鸟阵❹，不妨游子菱荷❺衣。

注释

❶锦官城：成都的别称。

❷乌皮几：蒙以黑色皮革的小桌子。

❸乱兵：指徐知道叛乱。安史之乱后徐知道官至剑南兵马使。宝应元年六月十四日，以兵部侍郎严武为西川节度使。七月十六日，徐知道叛乱，以兵守要害，抗拒严武，诗人杜甫避乱梓州（今四川三台）、阆州（今四川阆中）一带。八月（己未），徐知道为其将李忠厚所杀。

❹总戎：军事统帅。此指严武。云鸟阵：泛指兵阵。古代兵法有八阵，天、地、风、云为四正，飞龙、翼虎、鸟翔、蛇蟠为四奇。

❺菱荷：指菱叶与荷叶。

登　楼

花近高楼伤客心❶，万方多难此登临。锦江❷春色来天地，玉垒浮云变古今❸。北极朝廷终不改❹，西山寇盗莫相侵❺。可怜后主还祠庙❻，日暮聊为梁甫吟❼。

注释

❶客心：客居者之心，客指杜甫。

❷锦江：即濯锦江，流经成都的岷江支流。成都出锦，锦在江中漂洗，色泽更加鲜明，因此命名濯锦江。

❸玉垒：山名，在成都西北。变古今：与古今俱变。

❹北极：北极星，古人常用以指代朝廷。终不改：终究不能改，终于没有改。

❺西山：指唐代四川省西部与吐蕃交界地区的雪山。寇盗：指入侵的吐蕃。

❻后主：刘备的儿子刘禅。还：仍然。

❼聊为：不甘心这样做而姑且这样做。梁父吟：古乐府中一首葬歌，传说诸葛亮曾经写过一首《梁父吟》的歌词。

宿 府

清秋幕府井梧寒❶，独宿江城蜡炬残。永夜角声悲自语❷，中天❸月色好谁看。风尘荏苒音书绝❹，关塞萧条行路难❺。已忍伶俜十年事❻，强移栖息一枝安❼。

注释

❶幕府：本指将帅在外的营帐。后亦泛指军政大吏的府署。杜甫当时在严武幕府中。井梧：井旁挺拔的梧桐。叶有黄纹如井，又称金井梧桐。

❷永夜：整夜。自语：自言自语。

❸中天：半空之中。

❹风尘：指战乱已久。荏苒：迁延辗转已久，指时间推移。

❺关塞：边关，边塞。萧条：寂寞冷落，凋零萧瑟。

❻伶俜：流离失所。十年事：杜甫饱经丧乱，从天宝十四年（755年）安史之乱爆发至作者写诗之时，正是十年。

❼强移：勉强移就。一枝安：指他在幕府中任参军一事，用来喻自己之入严幕，原是出于为一家生活而勉强以求暂时的安居。

⁓ 白帝城最高楼 ⁓

城尖径仄旌旆愁❶，独立缥缈❷之飞楼。峡坼云霾龙虎卧❸，江清日抱鼋鼍游❹。扶桑西枝对断石❺，弱水东影随长流。杖藜叹世者谁子❻，泣血迸空回白头❼。

注释

❶城尖：指城角。仄：弯转狭窄。白帝城依山建筑，沿坡向上筑到山顶，过了山顶又沿坡向下，所以"城尖"就是山尖。城尖两边的城头有弯曲狭窄的过道。）的。旌旆：旌旗，借指军旅。

❷缥缈：高远不明之貌。

❸坼：开裂。霾：指云色昏暗。

❹日抱：指日照。鼋：大鳖。鼍：鳄鱼。

❺扶桑：神话中的一种神树。《说文》载：扶桑，神木，日所出也。断石：指峡坼。

❻杖：拄手杖。藜：用藜茎制成的手杖。

❼泣血：形容极度哀痛。回白头：鬓发已白，回头不再眺望。

242

诸将五首·其一

汉朝陵墓对南山❶，胡虏千秋尚入关❷。昨日玉鱼蒙葬地，早时❸金碗出人间。见❹愁汗马西戎逼，曾闪朱旗北斗殷❺。多少材官守泾渭❻，将军且莫破愁颜。

注释

❶南山：即终南山。陵墓：皇帝和诸王的陵墓。

❷胡虏：指吐蕃。关：指萧关，在今宁夏固原。

❸早时：今天早上。

❹见：同"现"。

❺殷：红。

❻材官：秦汉始置的一种地方预备兵。泾渭：二水名，即泾河、渭河。

诸将五首·其二

韩公❶本意筑三城，拟绝天骄拔汉旌❷。岂谓尽烦❸回纥马，翻然远救朔方兵。胡来❹不觉潼关隘，龙起犹闻❺晋水清。独使至尊❻忧社稷，诸君何以答升平。

注释

❶韩公：指张仁愿，封韩国公。

❷天骄：指突厥。汉旌：指汉家军旗。

❸尽烦：犹多劳。

❹胡来：指安史叛军攻破潼关。

❺犹闻：过去听说，现在还听说。

❻至尊：指唐代宗。

诸将五首·其三

洛阳宫殿化为烽，休道秦关百二❶重。沧海未全归禹贡，蓟门❷何处尽尧封。朝廷衮职❸虽多预，天下军储不自供。稍喜临边王相国❹，肯销金甲事春农。

注释

❶秦关：指潼关。百二：二万人足抵百万人。

❷蓟门：指河北卢龙等处。

❸衮职：指三公。

❹王相国：王缙，以同平章事都统河南、淮西等节度行营。

诸将五首·其四

回首扶桑❶铜柱标，冥冥氛祲❷未全销。越裳❸翡翠无消息，南海明珠久寂寥。殊锡曾为大司马❹，总戎皆插侍中貂❺。炎风朔雪天王地，只在忠臣翊❻圣朝。

❶扶桑：泛指南海一带。

❷氛祲：即妖氛，指南诏与吐蕃勾结背背大唐。

❸越裳：周代南方国名，唐时安南都护府有越裳县。

❹殊锡：犹异宠。大司马：即太尉。唐时为三公之一。

❺总戎：军中统帅。侍中貂：唐时门下省设有侍中二人，正二品，其冠饰以貂尾。

❻翊：辅佐。

诸将五首·其五

锦江❶春色逐人来，巫峡❷清秋万壑哀。正忆往时严仆射❸，共迎中使望乡台❹。主恩前后三持节❺，军令分明❻数举杯。西蜀地形天下险，安危须仗出群材。

注释

❶锦江：指成都。

❷巫峡：借指夔州。在今重庆巫山与湖北巴东两县境内。

❸严仆射：指严武。《旧唐书·严武传》载：上皇造以剑两川合为一道，拜武成都尹、兼御史大夫，充剑南节度使；入为太子宾客，迁京兆尹、兼御史大夫。二圣山陵，以武为桥道使。无何，罢兼御史大夫，改吏部侍郎，寻迁黄门侍郎。与宰臣元载深相结托，冀其引在同列。事未行，求为方面，复拜成都尹，充剑南节度等使。广德二年，破吐蕃七万余众，拔当狗城。十月，取盐川城，加检校吏部尚书，封郑国公。

④中使：皇帝内廷派出的使者。望乡台：在成都之北。

⑤持节：出任节度使。

⑥军令分明：是说信赏必罚，令出如山。

夜

露下①天高秋水清，空山独夜旅魂惊②。疏灯③自照孤帆宿，新月犹悬双杵④鸣。南菊再逢⑤人卧病，北书不至雁无情⑥。步檐倚仗看牛斗⑦，银汉遥应接凤城⑧。

注释

①露下：夜晚下露。

②空山：寂静的山中。旅魂：客居他乡的心情。

③疏灯：指稀疏的渔火。

④双杵：古时女子捣衣，二人对坐，各执一忤以捣之。

⑤南菊再逢：杜甫离成都后，第一个秋天在云安，第二个秋天在夔州。

⑥书：书信。雁无情：用鸿雁传书的典故，未过衡州而无书信，故言雁无情。《汉书·苏武传》载：数年，匈奴与汉和亲。汉求武等，匈奴诡言武死。后汉使复至匈奴，常惠请其守者与俱，得夜见汉使，具自陈道。教使者谓单于，言天子射上林中，得雁，足有系帛书，言武等在某泽中。

⑦步檐：檐下的走廊。牛斗：二十八宿中的牛宿和斗宿，二星都在银河的旁边。

⑧银汉：银河。凤城：此指长安。秦穆公之女吹箫，凤降其城，因号丹凤城。其后，即称京城为凤城。

秋兴八首·其一

玉露凋伤枫树林❶，巫山巫峡气萧森❷。江间波浪兼天涌❸，塞上风云接地阴❹。丛菊两开他日泪❺，孤舟一系故园❻心。寒衣处处催刀尺❼，白帝城高急暮砧❽。

注释

❶玉露：秋天的霜露。凋伤：草木凋落衰败。

❷巫山巫峡：即指夔州一带的长江和峡谷，在今重庆奉节。萧森：萧瑟阴森。

❸江间：指巫峡。兼天涌：滔天大浪。

❹塞上：指巫山。接地阴：风云盖地。

❺丛菊两开：即两年时间。杜甫此前一年秋天在长安，此年秋天在夔州，从离开成都算起，已历两年。他日：往日，指多年来的艰难岁月。

❻故园：此处当指长安。

❼催刀尺：指赶裁冬衣。

❽白帝城：在瞿塘峡上口北岸的山上，与夔门隔岸相对。此借指夔州。急暮砧：黄昏时急促的捣衣声。砧：捣衣石。

秋兴八首·其二

夔府❶孤城落日斜，每依北斗望京华❷。听猿实下三声泪，奉使虚随八月槎❸。画省❹香炉违伏枕，山楼粉堞隐悲笳❺。请看石上藤萝月，已映洲前芦荻花。

注释

❶夔府：唐贞观十四年置夔州，治所在今重庆奉节。

❷京华：指长安。

❸槎：木筏。

❹画省：指尚书省。杜甫时任检校工部员外郎，属尚书省。

❺山楼：白帝城楼。粉堞：城上涂白色的女墙。

秋兴八首·其三

千家山郭静朝晖，日日江楼坐翠微❶。信宿❷渔人还泛泛，清秋燕子故飞飞。匡衡抗疏功名薄❸，刘向❹传经心事违。同学少年多不贱，五陵衣马自轻肥❺。

注释

❶翠微：青山。

❷信宿：再宿，连续两夜。

❸匡衡：字雅圭，汉朝人。抗疏：指臣子对于君命或廷议上疏劝谏。《汉书·匡衡传》载：辟衡为议曹史，荐衡于上，上以为郎中，迁博士、给事中。是时，有日蚀、地震之变，上向以政治得失，衡上疏，上说其言，迁衡为光禄大夫、太子少傅。为少傅数年，数上疏陈便宜。建昭三年，代韦玄成为承相，封乐安侯，食邑六百户。

❹刘向：字子政，汉朝经学家。成帝时向领校中五经秘书。《汉书·刘向传》载：向以为王教由内及外，自近者始。故序次为《列女

传》，凡八篇，以戒天子。采传记行事，著《新序》《说苑》凡五十篇奏之。数上疏言得失，陈法戒。书数十上，以助观览，补遗阙。上虽不能尽用，然内嘉其言，常嗟叹之。

❺轻肥：即轻裘肥马。《论语·雍也》载：赤之适齐也，乘肥马，衣轻裘。

秋兴八首·其四

闻道长安似弈棋❶，百年世事不胜悲。王侯第宅❷皆新主，文武衣

冠异昔时[3]。直北关山金鼓振[4]，征西车马羽书驰[5]。鱼龙寂寞秋江冷[6]，故国平居有所思[7]。

注释

❶闻道：听说。似弈棋：是说长安局势像下棋一样反复变化。

❷第宅：府第、住宅。

❸衣冠：指官员。异昔时：指与旧日不同。

❹北：正北，指与北边回纥之间的战事。金鼓振：指抗击回纥，金鼓为军中号令。

❺征西：指与西边吐蕃之间的战事。羽书：即羽檄，插着羽毛的军用紧急公文。驰：形容紧急。

❻鱼龙：泛指水族。寂寞：是指入秋之后，水族潜伏，不在波面活动。

❼故国：指长安。平居：指平日所居。

秋兴八首·其五

蓬莱宫阙对南山[1]，承露金茎霄汉间[2]。西望瑶池降王母[3]，东来紫气满函关[4]。云移雉尾开宫扇[5]，日绕龙鳞识圣颜[6]。一卧沧江惊岁晚[7]，几回青琐点朝班[8]。

注释

❶蓬莱宫阙：指大明宫。《唐会要》载：唐高宗龙朔二年，重修大明宫，改名蓬莱宫。南山：即终南山。

❷承露金茎：指仙人承露盘下的铜柱。《汉书·郊祀志上》载：其后又作柏梁、铜柱、承露仙人掌之属矣。三国魏苏林注：仙人以手

掌擎盘承甘露。唐颜师古注：《三辅故事》云：建章宫承露盘高二十丈，大七围，以铜为之，上有仙人掌承露，和玉屑饮之。盖张衡西京赋所云立修茎之仙掌，承云表之清露，屑琼蕊以朝餐，必性命之可度也。霄汉间：高入云霄。

❸瑶池：神话传说中女神西王母的住地，在昆仑山。降王母：周穆王登昆仑山会西王母。《穆天子传》载：吉日甲子，天子宾于西王母。乃执白圭玄璧以见西王母。好献锦组百纯，□组三百纯。西王母再拜受之。□乙丑，天子觞西王母于瑶池之上。西王母为天子谣，曰："白云在天，山？自出。道里悠远，山川间之。将子无死，尚能复来？"天子答之，曰："予归东土，和治诸夏。万民平均，吾顾见汝。比及三年，将复而野。"

❹东来紫气：用老子自洛阳入函谷关事。函关：即函谷关。

❺雉尾：用雉羽而制成的雉尾扇，是帝王仪仗的一种。

❻日绕龙鳞：形容皇帝衮袍上所绣的龙纹。圣颜：天子的容貌。

❼卧沧江：指卧病夔州。岁晚：岁末。

❽青琐：汉未央宫门名，门饰以青色。后亦借指宫门。点朝班：指上朝时，殿上依班次点名传呼百官朝见天子。

秋兴八首·其六

瞿塘峡口曲江头❶，万里风烟接素秋❷。花萼夹城通御气❸，芙蓉小苑入边愁❹。珠帘绣柱围黄鹄❺，锦缆牙樯起白鸥❻。回首可怜歌舞地❼，秦中自古帝王州❽。

注释

❶瞿塘峡：长江三峡之一，在夔州东。曲江：即曲江池，在陕西

251

西安市东南郊，是唐代游玩观景之处。

❷万里风烟：指夔州与长安相隔万里之遥。素秋：秋尚白，故称素秋。

❸花萼：即花萼楼，在长安兴庆宫西南。夹城：《长安志》载：唐玄宗开元二十年，从大明宫依城修筑复道。夹城即为兴庆宫至曲江芙蓉园依城修筑的复道。

❹芙蓉小苑：即芙蓉园，在曲江西南。边愁：指安史之乱。

❺珠帘绣柱：形容曲江行宫别院的楼亭建筑极其富丽华美。黄鹄：传说中仙人所乘大鸟。

❻锦缆牙樯：指曲江中装饰华美的游船。牙樯：用象牙装饰的桅杆。

❼歌舞地：指曲江池苑。

❽秦中：即关中，此处借指长安。帝王州：帝王建都之地。

秋兴八首 · 其七

昆明池❶水汉时功，武帝旌旗在眼中❷。织女机丝虚夜月❸，石鲸❹鳞甲动秋风。波漂菰❺米沉云黑，露冷莲房坠粉红❻。关塞极天惟鸟道❼，江湖满地一渔翁❽。

注 释

❶昆明池：汉武帝所建。池中泛楼船，船上立旌旗，以习水战，伐昆明。

❷武帝：汉武帝，亦代指唐玄宗。唐玄宗为攻打南诏，曾在昆明池演习水兵。旌旗：指楼船上的军旗。

❸织女：指汉代昆明池西岸的织女石像。

④石鲸：指昆明池中的石刻鲸鱼。《西京杂记》载：昆明池刻玉石为鲸鱼，每至雷雨。鱼常鸣吼，鳍尾皆动。

⑤菰：即茭白，秋天结实，状如米，故称菰米，又名雕胡米。

⑥莲房：即莲蓬。坠粉红：指秋季莲蓬成熟。

⑦关塞：此指夔州山川。极天：指极高。唯鸟道：形容道路高峻险要，只有飞鸟可通。

⑧江湖满地：指四处漂泊，尚无归宿。渔翁：杜甫自称。

秋兴八首·其八

昆吾御宿自逶迤①，紫阁峰阴入渼陂②。香稻啄馀鹦鹉粒，碧梧③栖老凤凰枝。佳人拾翠春相问④，仙侣同舟晚更移⑤。彩笔昔曾干气象⑥，白头吟望苦低垂⑦。

注释

①昆吾：在长安南，靠终南山，汉代属上林苑的范围。御宿：即御宿川，又称樊川，在今陕西西安杜曲至韦曲一带。逶迤：道路曲折的样子。

②紫阁峰：终南山峰名，在今陕西户县东南。渼陂：湖水名，在紫阁峰下。

③碧梧：凤凰栖老枝。

④拾翠：拾取翠鸟的羽毛。相问：赠送礼物，以示情意。

⑤仙侣：指春游之伴侣，"仙"字形容其美好。晚更移：指天色已晚，尚要移船他处，以尽游赏之兴。

⑥彩笔：五彩之笔，喻指华美艳丽的文笔。

⑦白头：指年老。望：望京华。

咏怀古迹五首·其一

支离东北风尘际❶，漂泊西南天地间。三峡楼台淹日月❷，五溪衣服共云山❸。羯胡❹事主终无赖，词客哀时且未还❺。庾信❻平生最萧瑟，暮年诗赋动江关❼。

注释

❶支离：流离。风尘：指安史之乱以来的战乱。

❷三峡：指夔州。楼台：指杜甫寓居的西阁，夔州地区的房屋依山而建，层叠而上，状如楼台。淹：滞留。日月：岁月，时光。

❸五溪：指在湖南贵州交界处的雄溪、樠溪、酉溪、潕溪、辰溪。共云山：共居处。

❹羯胡：古代北方少数民族，此处指安禄山。

❺词客：杜甫自谓。未还：未能还朝回乡。

❻庾信：南北朝时期的著名诗人奉使西魏，被扣留，梁亡后入北周，官至骠骑大将军。《周书·庾信传》载：庾信，字子山，南阳新野人也。梁元帝承制，除御史中丞。及即位，转右卫将军，封武康县侯，加散骑常侍郎，聘于西魏。属大军南讨，遂留长安。江陵平，拜使持节、抚军将军、右金紫光禄大夫、大都督，寻进车骑大将军、仪同三司。周孝闵帝践阼，封临清县子，邑五百户，除司水下大夫。出为弘农郡守，迁骠骑大将军、开府仪同三司、司宪中大夫，进爵义城县侯。俄拜洛州刺史。信多识旧章，为政简静，吏民安之。

❼动江关：指庾信晚年诗作影响大。

咏怀古迹五首·其二

摇落深知宋玉悲❶，风流儒雅❷亦吾师。怅望千秋一洒泪，萧条异代不同时。江山故宅空文藻❸，云雨荒台❹岂梦思。最是楚宫❺俱泯灭，舟人指点到今疑。

注释

❶摇落：凋残，零落。宋玉：战国时楚国辞赋家。

❷风流儒雅：指宋玉文采华丽潇洒，学养深厚渊博。

❸故宅：江陵和归州（秭归）均有宋玉宅，此指秭归故宅。空文藻：斯人已去，只有诗赋留传下来。

❹荒台：在今重庆市巫山县。云雨荒台：宋玉在《高唐赋》中述楚怀王游高唐观，梦一妇人，自称巫山之女，临别时说："妾在巫山之阳，高丘之姐，旦为行云，暮为行雨，朝朝暮暮，阳台之下。"

❺楚宫：楚王宫。

咏怀古迹五首·其三

群山万壑赴荆门❶，生长明妃❷尚有村。一去紫台连朔漠❸，独留青冢❹向黄昏。画图省识春风面❺，环珮空归夜月魂。千载琵琶作胡语，分明怨恨曲中论。

❶荆门：山名，在今湖北宜都西北。

❷明妃：指王昭君。湖北秭归人，汉元帝时宫女。

❸去：离开。紫台：汉宫，紫宫，宫廷。连：通、到。朔漠：北方的沙漠。《汉书·匈奴传》载：竟宁元年，呼韩邪单于来朝，自言愿婿汉。元帝以后宫良家子王嫱，字昭君，赐单于。

❹青冢：指王昭君的坟墓。在今内蒙古呼和浩特市南。

❺省识：认识。春风面：形容王昭君的美貌。《西京杂记》载：元帝后宫既多，不得常见，乃使画工图形，按图召幸。宫人皆赂画工，昭君自恃容貌，独不肯与，画工乃丑图之，遂不得见。后匈奴入朝，求美人，上案图以昭君行。及去，召见，貌为后宫第一。帝悔之，而重信于外国，故不复更人。乃穷案其事，画工毛延寿等弃市。

咏怀古迹五首·其四

蜀主窥吴幸三峡❶，崩年亦在永安宫❷。翠华❸想像空山里，玉殿虚无野寺❹中。古庙杉松巢水鹤，岁时伏腊❺走村翁。武侯祠屋常邻近，一体君臣祭祀同。

注释

❶蜀主：指刘备。幸：皇帝临驾。

❷永安宫：在今重庆奉节，是刘备在白帝城的行宫。

❸翠华：饰有翠鸟羽毛的旌旗，为帝王仪仗。

❹下殿：指刘备在永安建造的宫殿。野寺：指卧龙寺。原注：殿

今为卧龙寺，庙在宫东。

⑤伏腊：夏天的伏日，冬天的腊日，村民皆前往祭祀。

❧ 咏怀古迹五首·其五 ❧

诸葛大名垂宇宙❶，宗臣遗像肃清高❷。三分割据纡筹策❸，万古云霄一羽毛❹。伯仲之间见伊吕❺，指挥若定失萧曹❻。运移汉祚终难复❼，志决身歼军务劳❽。

注释

❶垂：流传。**宇宙**：指天下古今。

❷宗臣：为后世所敬仰的大臣，此指诸葛亮。**肃清高**：为诸葛亮的清风亮节而肃然起敬。

❸三分割据：指魏、蜀、吴三国鼎足而立。**纡筹策**：曲尽心思筹划谋略。

❹伯仲：不相上下。**云霄一羽毛**：凌霄的飞鸟，比喻诸葛亮绝世独立的智慧和品德。

❺伊吕：指伊尹、吕尚。伊尹辅佐商汤，吕尚辅佐周文王和周武王，成就大业。

❻萧曹：指汉开国谋臣萧何、曹参。

❼运：运数。**祚**：帝位。**复**：恢复，挽回。

❽志决：志向坚定，指诸葛亮《出师表》所云"鞠躬尽瘁，死而后已"。**身歼**：身死。

暮 春

卧病拥塞❶在峡中，潇湘洞庭虚映空。楚天❷不断四时雨，巫峡常吹千里风。沙上草阁❸柳新暗，城边野池莲欲红。暮春鸳鹭立洲渚，挟子翻飞还一丛。

注释

❶拥塞：阻塞，滞留。

❷楚天：即蜀天，指夔州的天气。

❸草阁：杜甫所居之西阁。

又呈吴郎❶

堂前扑枣任西邻❷，无食无儿一妇人❸。不为困穷宁有此❹？只缘恐惧转须亲❺。即防远客虽多事❻，便插疏篱却甚真❼。已诉征求贫到骨❽，正思戎马❾泪盈巾。

注释

❶呈：呈送，奉上，尊敬的说法。又：再次。杜甫以前已写过一首《简吴郎司法》，这是又一首。吴郎：杜甫吴姓亲戚，杜甫将草堂让给他住。

❷扑枣：击落枣子。汉王吉妇以扑东家枣实被遣。扑：用竹竿击

258

打。任：放任，听任。

❸妇人：古时称成年已婚女子。

❹不为：要不是因为。困穷：艰难窘迫。宁有此：怎么会这样？
宁：岂，怎么，难道。

❺只缘：正因为。恐惧：害怕。转须亲：反而更应该对她表示亲
善。亲：亲善。

❻即：就。防：提防，心存戒备。远客：指吴郎。多事：多心，
不必要的担心。

❼插疏篱：吴郎修了一些稀疏的篱笆。甚：太。

❽征求：指官府征敛的赋税。贫到骨：贫穷到骨，一贫如洗。

❾戎马：兵马，指战乱。盈：满。

登　高❶

风急天高猿啸哀❷，渚清沙白鸟飞回❸。无边落木萧萧下❹，不尽
长江滚滚来。万里悲秋常作客❺，百年❻多病独登台。艰难苦恨繁霜
鬓❼，潦倒新停浊酒杯❽。

注释

❶登高：古代农历九月九日重阳节有登高习俗。

❷猿啸哀：猿凄厉的叫声。《水经注·江水》引民谣云："巴东三
峡巫峡长，猿鸣三声泪沾裳。"

❸渚：水中的小洲，小块陆地。回：盘旋，回旋。

❹落木：指秋天飘落的树叶。萧萧：风吹草木飘落的声音。

❺万里：指远离故乡。常作客：长期漂泊他乡。

❻百年：犹言一生，这里借指晚年。

⑦艰难：指国运和自身命运俱都艰苦困难。苦恨：极恨，极其遗憾。繁霜鬓：像浓霜一样白了的鬓发。

⑧潦倒：颓丧，失意。此处指年老多病，且不得志。新停：刚刚停止，指杜甫晚年因肺病戒酒。浊酒：色浓味醇的酒。

～ 暮 归 ～

霜黄碧梧白鹤栖①，城上击柝复乌啼②。客子入③门月皎皎，谁家捣练④风凄凄。南渡桂水阙舟楫⑤，北归秦川多鼓鼙⑥。年过半百不称意⑦，明日看云还杖藜⑧。

注释

❶黄：碧梧变黄。梧：梧桐。

❷击柝：敲梆子巡夜。乌：乌鸦。

❸客子：杜甫自谓。

❹捣练：捣洗熟绢，准备缝制寒衣。

❺桂水：似指湘水。阙：缺。

❻秦川：指今陕西、甘肃的秦岭以北平原地一带。此处用以指长安。鼙：一种军用小鼓。《新唐书·代宗纪》载：大历三年八月己酉，吐蕃寇灵州，丁卯，寇邠州，京师戒严。

❼不称意：不如意。

❽杖：拄手杖。藜：用藜茎制成的手杖。

小寒食舟中作❶

佳辰强饮食犹寒❷，隐几萧条戴鹖冠❸。春水船如天上坐，老年花似雾中看。娟娟❹戏蝶过闲幔，片片轻鸥下急湍。云白山青万余里，愁看直北❺是长安。

注释

❶小寒食：寒食节的次日，清明节的前一天。因禁火，所以冷食。

❷佳辰：指小寒食节。强饭：勉强吃一点饭。

❸隐几：即席地而坐，靠着小桌几。见《庄子·齐物论》：南郭子綦隐几而坐。鹖冠：用鹖鸟羽毛作装饰的帽子，传说是隐士冠帽。此指自己落泊江湖，与隐士无异。

❹娟娟：飘动。

❺直北：正北。

与李十二白同寻范十隐居

李侯有佳句❶，往往似阴铿❷。余亦东蒙客❸，怜❹君如弟兄。醉眠秋共被❺，携手日同行。更想幽期❻处，还寻北郭生❼。入门高兴❽发，侍立小童❾清。落景闻寒杵❿，屯云⓫对古城。向来吟橘颂⓬，谁与讨莼羹⓭？不愿论簪笏⓮，悠悠沧海情⓯。

261

注释

❶李侯：指李白，侯为士大夫之间的尊称。佳句：指诗文中精彩的语句，借指美妙的诗文。

❷阴铿：南朝文学家，字子坚，官至陈晋陵太守、员外散骑常侍，善五言诗，诗风清新流丽。

❸东蒙客：泛指处士、隐士。东蒙：此指蒙山，在山东省中部。

❹怜：喜爱。

❺共被：同被而寝，谓亲如兄弟。

❻幽期：隐逸之期约。

❼北郭生：以北郭先生借指范居士。《后汉书·方术传》载：廖扶字文起，汝南平舆人也。习《韩诗》、《欧阳尚书》，教授常数百人。父为北地太守，永初中，坐羌没郡下狱死。扶感父以法丧身，惮为吏。及服终而叹曰："老子有言：'名与身孰亲？'吾岂为名乎！"遂绝志世外。专精经典，尤明天文、谶纬、风角、推步之术。州郡公府辟召，皆不应。就问灾异，亦无所对。扶逆知岁荒，乃聚谷数千斛，悉用给宗族姻亲，又敛葬遭疫死亡不能自收者。常居先人冢侧，未曾入城市。太守谒焕，先为诸生，从扶学。后临郡，未到，先遣吏修门人之礼，又欲擢扶子弟，固不肯，当时人因号为北郭先生。

❽高兴：高雅的兴致。

❾小童：年幼的男仆。

❿落景：夕阳。景，同"影"，指日光。杵：捣衣棒。

⓫屯云：积聚的云气。

⓬橘颂：《楚辞·九章》篇名，战国楚人屈原作。

⓭莼羹：用莼菜烹制的羹。

⓮簪笏：古代笏以书事，簪笔以备书。古代官员执笏簪笔以奏事。此处喻指做官。

⓯悠悠：安闲貌。沧海情：谓无复簪笏之愿，而欲寄情江海。

送蔡希曾都尉还陇右
因寄高三十五书记❶

　　蔡子❷勇成癖，弯弓西射胡。健儿宁斗死，壮士耻为儒。官是先锋得，材缘❸挑战须。身轻一鸟过，枪急万人呼。云幕随开府❹，春城赴上都❺。马头金狎帢❻，驼背锦模糊。咫尺云山路，归飞青海❼隅。上公犹宠锡❽，突将❾且前驱。汉使黄河远，凉州❿白麦枯。因君问消息，好在阮元瑜⓫。

注　释

❶都尉：折冲都尉的简称，属节度使幕府，职掌军事教导。陇右：唐设陇右节度使，治所在今青海乐都。高三十五书记：即高适。

❷蔡子：指蔡希曾。子是对男子的敬称。

❸缘：因为。

❹开府：指哥舒翰，天宝十一年加开府仪同三司。

❺上都：指长安。

❻狎帢：重叠，密接。

❼青海：即青海湖，在今青海省北部。代指陇右。

❽上公：指哥舒翰。时封西平郡王。宠锡：恩赐。

❾突将：冲锋陷阵的勇将，指蔡希曾。

❿凉州：治所在今甘肃武威。

⓫阮元瑜：三国的阮瑀，字元瑜，陈留人，曹操辟为司空军谋祭酒，管记室，草拟军国书檄。此处以阮瑀喻指高适。此时高适在陇右节度幕府掌书记。

遣 兴①

骥子②好男儿，前年学语时。问知人客姓，诵得老夫诗。世乱怜渠③小，家贫仰④母慈。鹿门携不遂⑤，雁足⑥系难期。天地军麾⑦满，山河战角⑧悲。傥归免相失⑨，见日敢辞迟⑩。

注释

❶遣兴：写诗以消遣。

❷骥子：杜甫儿子宗武，小名骥子。

❸渠：他，指骥子。

❹仰：仰仗，依靠。

❺鹿门：山名，在湖北襄阳境内。东汉末，天下大乱，庞德公携全家隐居于此。不遂：不成。

❻雁足：事见《汉书·苏武传》载：数年，匈奴与汉和亲。汉求武等，匈奴诡言武死。后汉使复至匈奴，常惠请其守者与俱，得夜见汉使，具自陈道。教使者谓单于，言天子射上林中，得雁，足有系帛书，言武等在某泽中。此处指难以料定何时才能互通音信。

❼军麾：军旗。

❽战角：军中号角。

❾傥：通"倘"，倘若，假如。免相失：免于相互离散。

❿迟：延迟。

郑驸马池台喜遇郑广文同饮❶

不谓生戎马，何知共酒杯。然脐❷郿坞败，握节汉臣回。白发千茎雪，丹心一寸灰。别离经死地❸，披写❹忽登台。重对秦箫❺发，俱过阮宅❻来。留连春夜舞，泪落强裴回❼。

注释

❶郑驸马：即郑潜曜。郑广文：即广文博士郑虔。因郑驸马为郑虔之侄。

❷然脐：《后汉书·董卓传》载：董卓筑坞于郿，高广各七丈，号万岁城。后吕布杀死董卓，弃尸于市，其时天热，尸体肥胖而脂油流地，守尸军士在其肚脐上点上火，火光通宵达旦。然，同"燃"。此以借喻安禄山之死。

❸死地：指时已沦陷的长安。

❹披写：倾吐，抒发。

❺秦箫：用萧史弄玉的典故，指郑驸马池台。《列仙传·萧史》载：萧史善吹箫，作凤鸣。秦穆公以女弄玉妻之，作凤楼，教弄玉吹箫，感凤来集，弄玉乘凤、萧史乘龙，夫妇同仙去。

❻阮宅：《晋书·阮籍传》载，阮籍与侄子阮咸居道南，诸阮居道北，北阮富而南阮贫。因郑驸马为郑虔之侄，故以阮宅指郑驸马池台。

❼强：勉强。裴回：同"徘徊"，在一个地方来回走动。

得家书

去凭①游客寄，来为附家书。今日知消息，他乡且旧居。熊儿幸无恙②，骥子最怜渠③。临老羁孤④极，伤时会合疏。二毛趋帐殿⑤，一命⑥侍鸾舆。北阙妖氛⑦满，西郊白露初。凉风新过雁，秋雨欲生鱼。农事空山里，眷言终荷锄。

注释

❶凭：托付。

❷熊儿：杜甫长子宗文的乳名。

❸骥子：杜甫幼子宗武的乳名。渠：他。

❹羁孤：滞留异乡，感到孤独。

❺二毛：指老年人斑白的头发。此指杜甫。帐殿：皇帝出行时以帐幕为行宫。《唐六典》载：凡大驾行幸，预设三部帐幕，皆以乌毡为表，朱绫为覆，下有紫帷方座，金铜行床，覆以帘，其外置排城以为蔽捍。

❻一命：指低微的官职。

❼北阙：指长安。妖氛：指安史叛军。

行次昭陵①

旧俗疲庸主②，群雄问独夫③。谶归龙凤质④，威定虎狼都⑤。天属

266

尊尧典❻，神功协禹谟❼。风云随绝足❽，日月继高衢❾。文物❿多师古，朝廷半老儒⓫。直词宁戮辱，贤路不崎岖。往者灾犹降，苍生喘未苏。指麾安率土⓬，荡涤抚洪炉。壮士悲陵邑⓭，幽人拜鼎湖⓮。玉衣⓯晨自举，铁马汗⓰常趋。松柏瞻虚殿，尘沙立暝途。寂寥开国日，流恨满山隅。

注释

❶**行次**：旅途中途停留的地方。**昭陵**：唐太宗陵寝。

❷**庸主**：指六朝昏庸无能的君主。

❸**群雄**：指隋末的李密、窦建德、王世充等义军领袖。**问**：问罪。**独夫**：指隋炀帝。

❹**谶**：预兆，预言。**龙凤质**：喻帝王之相，指唐太宗李世民。

❺**虎狼都**：秦都旧地。指长安。

❻**天属**：指太宗与高祖的血缘关系。**尧**：指高祖李渊。高祖谥"神尧皇帝"。**尊**：遵，遵照。**尧典**：《尚书》中的篇章。

❼**禹谟**：即《尚书》中的篇章《大禹谟》。

❽**绝足**：千里马。

❾**日月**：喻指唐太宗。**高衢**：大道，王道。

❿**文物**：指典章制度。

⓫**老儒**：孔颖达、虞世南等。

⓬**指麾**：指挥。**率土**：指全国。

⓭**壮士**：指守陵的军士。**陵邑**：陵墓周围的村镇。

⓮**幽人**：杜甫自指。**鼎湖**：指皇帝陵墓。此代指昭陵。

⓯**玉衣**：即金缕玉衣，汉代皇帝的殓服。《汉武故事》载：高皇庙中，御衣自箧中出，舞于殿上。

⓰**铁马**：昭陵前立有唐太宗生前所乘六匹骏马的雕塑。

重经昭陵

草昧[1]英雄起，讴歌历数[2]归。风尘三尺剑，社稷一戎衣。翼亮贞文德[3]，丕承戢[4]武威。圣图[5]天广大，宗祀日光辉。陵寝盘空曲，熊罴守翠微[6]。再窥松柏路，还见五云飞。

注释

❶草昧：指隋末乱世。

❷历数：指朝代的更替。

❸翼亮：辅佐。文德：谓文治。

❹戢：收敛。

❺圣图：皇帝的筹划。

❻熊罴：喻指守陵的军士。翠微：翠绿的山色。此指太宗陵墓。

喜闻官军已临贼境二十韵

胡虏潜京县[1]，官军拥贼壕[2]。鼎鱼犹假息[3]，穴蚁[4]欲何逃。帐殿[5]罗玄冕，辕门照白袍[6]。秦山当警跸[7]，汉苑入旌旄。路失羊肠[8]险，云横雉尾[9]高。五原空壁垒，八水[10]散风涛。今日看天意，游魂贷尔曹[11]。乞降那更得，尚诈莫徒劳。元帅归龙种[12]，司空握豹韬[13]。前军[14]苏武节，左将[15]吕虔刀。兵气回飞鸟，威声没巨鳌。戈鋋开雪色，弓矢尚秋毫。天步[16]艰方尽，时和运更遭。谁云遗毒螫[17]，已是沃腥臊。睿想丹墀®近，神行羽卫®牢。花门®腾绝漠，拓羯®渡临洮。此辈感恩至，羸®俘何足操。锋先衣染血，骑突剑吹毛。喜觉都城动，悲怜子女号。家家卖钗钏，只待献春醪。

注释

❶胡虏：指安史叛军。潜：侵入。京县：京都长安。

❷拥：占领。贼壕：叛军的战壕。

❸鼎鱼：鼎中之鱼，指被围困的叛军。假息：苟延残喘。

❹穴蚁：巢穴中的蚂蚁，指陷入困境的叛军。

❺帐殿：皇帝出行时以帐幕为行宫。《唐六典》载：凡大驾行幸，预设三部帐幕，皆以乌毡为表，朱绫为覆，下有紫帷方座，金铜行床，覆以帘，其外置排城以为蔽捍。

❻辕门：军营营门。白袍：指回纥军。

❼秦山：即终南山。警跸：古代帝王出入时，于所经路途侍卫警戒，清道止行。

❽羊肠：指弯曲狭窄的山路。

❾雉尾：用雉羽而制成的雉尾扇，是帝王仪仗的一种。

❿八水：《关中记》：泾、渭、浐、灞、涝、潏、滈、沣、潘为关内八水。

⓫尔曹：指叛军。

⓬元帅：肃宗的长子广平王李俶。龙种：喻帝王子孙。

⓭司空：指郭子仪。豹韬：兵书《六韬》之一。

⓮前军：指李嗣业统御的前军，列阵于香积寺北。

⓯左将：指朔方左厢兵马使仆固怀恩。

⓰天步：国运。

⓱毒螫：指叛军。

⓲丹墀：宫殿前漆成红色的石阶，借指朝廷。

⓳羽卫：皇帝的护卫羽林军。

⓴花门：指甘肃居延海北三百里的花门山。唐初在该处设立堡

垒，称花门山堡，以抵御北方外族。天宝时为回纥占领。后因以"花门"代称为回纥。

㉑拓揭：唐代西北地区对战士的称呼。

㉒羸：弱。

寄李十二白二十韵

昔年有狂客❶，号尔谪仙人❷。笔落惊风雨，诗成泣鬼神。声名从此大，汩没❸一朝伸。文采承殊渥❹，流传必绝伦。龙舟移棹晚❺，兽锦夺袍新❻。白日来深殿，青云满后尘。乞归优诏许❼，遇我宿心亲。未负幽栖志，兼全宠辱身。剧谈怜野逸❽，嗜酒见天真。醉舞梁园❾夜，行歌泗水春。才高心不展，道屈善无邻。处士祢衡❿俊，诸生原宪⓫贫。稻粱求未足，薏苡谤何频⓬。五岭⓭炎蒸地，三危⓮放逐臣。几年遭鵩鸟⓯，独泣向麒麟。苏武先还汉，黄公岂事秦。楚筵辞醴⓰日，梁狱上书辰。已用当时法，谁将此义陈。老吟秋月下，病起暮江滨。莫怪恩波隔，乘槎⓱与问津。

注释

❶狂客：指贺知章。贺知章是唐越州永兴人，晚年自号四明狂客。

❷谪仙人：被贬谪的神仙。《本事诗》载：李太白初自蜀至京师，舍于逆旅。贺监知章闻其名，首访之。既奇其姿，复请所为文。出《蜀道难》以示之。读未竟，称叹者数四，号为谪仙，解金龟换酒，与倾尽醉，期不间日，由是称誉光赫。贺又见其《乌栖曲》，叹赏苦吟曰：此诗可以泣鬼神矣。

❸汩没：埋没。

④承殊渥：受到皇帝特别的恩泽。这里指唐玄宗召李白为翰林供奉。

⑤龙舟句：指唐玄宗泛白莲池，在饮宴高兴的时候召李白作序。时李白在翰林院酣醉未醒，玄宗帝命高力士扶以登舟。

⑥兽锦句：《唐诗纪事》载：武后游龙门，命群官赋诗，先成者赐以锦袍。左史东方虬诗成，拜赐。坐未安，之问诗后成，文理兼美，左右莫不称善，乃就夺锦袍衣之。这里指李白在皇家赛诗会上夺魁。

⑦乞归句：天宝三载，李白因被高力士所谗，自请离去，玄宗赐金放还。

⑧剧谈：健谈，侃侃而谈。怜：爱。野逸：在野不仕之人。

⑨梁园：汉梁孝王刘武所建，在今河南商丘市南。

⑩祢衡：字正平，少有才辩，汉末文学家。

⑪原宪：春秋时人，字子思，孔子弟子，家里贫穷。

⑫薏苡句：《后汉书·马援传》：初，援在交趾，常饵薏苡实，用能轻身省欲，以胜瘴气。南方薏苡实大，援欲以为种。军还，载之一车。……及卒后，有上书谮之者，以为前所载还，皆明珠文犀。这里指有人诬陷李白参与永王李璘谋反。

⑬五岭：指大庾岭、骑田岭、都庞岭、萌渚岭和越城岭。

⑭三危：在今甘肃敦煌的三危山。

⑮鹏鸟：不祥之鸟。

⑯楚筵辞醴：，楚元王招待宾客时，穆生不喜欢饮酒，元王置酒，常为穆生设醴。元王死，子戊嗣位，初常设醴以待。后忘设醴。穆生说："醴酒不设，王之意怠。"遂称病谢去。这里是指李白在永王璘邀请他参加幕府时辞官不受。

⑰槎：木筏。

秦州见敕目薛三据授司议郎
毕四曜除监察与二子有故远
喜迁官兼述索居凡三十韵①

　　大雅②何寥阔，斯人尚典刑。交期余潦倒，材力尔精灵。二子声同日，诸生困一经。文章开突奥③，迁擢润朝廷。旧好何由展，新诗更忆听。别来头并白，相见眼终青④。伊昔贫皆甚，同忧心不宁。栖遑分半菽，浩荡逐流萍⑤。俗态犹猜忌，妖氛⑥忽杳冥。独惭投汉阁，俱议哭秦庭。还蜀只无补，囚梁亦固扃。华夷⑦相混合，宇宙一膻腥。帝力收三统⑧，天威总四溟。旧都⑨俄望幸，清庙肃惟馨。杂种⑩虽高垒，长驱⑪甚建瓴。焚香淑景殿，涨水望云亭。法驾⑫初还日，群公若会星。宫臣仍点染⑬，柱史正零丁⑭。官舍趋栖凤，朝回叹聚萤。唤人看娃裹⑮，不嫁惜娉婷。掘剑知埋狱，提刀见发硎。侏儒应共饱，渔父忌偏醒。旅泊穷清渭⑯，长吟望浊泾⑰。羽书还似急，烽火未全停。师老⑱资残寇，戎生及近坰⑲。忠臣辞愤激，烈士涕飘零。上将盈边鄙，元勋溢鼎铭。仰思调玉烛，谁定握青萍⑳。陇俗轻鹦鹉，原情类鹡鸰㉑。秋风动关塞，高卧想仪形。

注释

❶敕目：古代任命官员的名单。薛三据：即薛据。盛唐诗人，乾元二授太子司议郎，安史之乱后，薛据曾陷入叛军之手，被困洛阳，战后蒙冤，未被任用。毕四曜：即毕曜，任官监察御史，杜甫好友，后遭流放。

❷大雅：《诗经》的一部分。

❸突奥：室中东南和西南角落。后指深邃、高深的境界。

❹眼终青：用阮籍青眼典故表示对人喜爱和赏识。《世说新语·简傲》注引《晋百官名》曰："阮籍遭丧，(嵇喜)往吊之。籍能为青白眼，见凡俗之士，以白眼对之。及喜往，籍不哭，见其白眼，喜不怿而退。康闻之，乃赍酒挟琴造之，遂相与善。"

❺逐流萍：指漂泊不定的生活。

❻妖氛：指安史叛军。

❼华夷：指汉人与胡人相杂处，即叛军已占据长安。

❽三统：指夏、商、周三代帝王颁布的历法，夏为人统，商为地统，周为天统。《汉书·历律志上》载：三统者，天施、地化、人事之纪也。

❾旧都：指长安。

❿杂种：指安史叛军。

⓫长驱：指官军收复长安，长驱直入，不可抵挡。

⓬法驾：指皇帝的车驾。

⓭宫臣：太子东宫的属官。薛据官司议郎，属东宫官职。点染：

诬陷。

⑭柱史：指御史。毕曜官监察御史。零丁：孤单的样子。

⑮骥衮：骏马，指人才。

⑯清渭：渭水。

⑰浊泾：泾水。

⑱师老：士兵疲惫不堪。

⑲戎生：爆发战争。近坰：近郊。

⑳青萍：古代名剑。用以喻指军权。

㉑鹡鸰：一种水鸟。《诗经·常棣》载：脊令在原，兄弟急难。喻指兄弟共患难。

寄彭州高三十五使君适虢州岑二十七长史参三十韵①

故人何寂寞，今我独凄凉。老去才难尽，秋来兴甚长。物情尤可见，辞客未能忘。海内知名士，云端各异方。高岑殊缓步，沈鲍②得同行。意惬关飞动，篇终接混茫。举天悲富骆③，近代惜卢王④。似尔官仍贵，前贤命可伤。诸侯⑤非弃掷，半刺⑥已翱翔。诗好几时见，书成无信将。男儿行处是，客子斗身强。羁旅推贤圣，沈绵抵咎殃。三年犹疟疾，一鬼不销亡。隔日搜脂髓，增寒抱雪霜。徒然潜隙地，有靦⑦屡鲜妆。何太龙钟⑧极，于今出处妨。无钱居帝里，尽室在边疆⑨。刘表虽遗恨，庞公至死藏。心微傍鱼鸟，肉瘦怯豺狼。陇草萧萧白，洮云片片黄。彭门剑阁⑩外，虢略鼎湖⑪旁。荆玉簪头冷，巴笺染翰光⑫。乌麻蒸续晒，丹橘露应尝。岂异神仙宅，俱兼山水乡。竹斋烧药⑬灶，花屿读书床。更得清新否，遥知对属⑭忙。旧官宁改汉，淳俗本归唐。济世宜公等，安贫亦士常。蚩尤⑮终戮辱，胡羯⑯漫猖狂。会待袄氛¹⁷静，论文暂裹粮。

注释

❶彭州：即今四川彭州市。高三十五使君适：高适，出任彭州刺史。虢州，即今河南灵宝。岑二十七长史参：岑参，出任虢州长史。二人均为杜甫好友。

❷沈鲍：指南朝梁文学家沈约和南朝宋文学家鲍照。二人从声律的角度，推动了诗歌由古时向律诗的转变。

❸富骆：指唐代文学家富嘉谟和骆宾王。二人均具文才，然官阶较低。

❹卢王：指卢照邻、王勃。二人皆初唐杰出诗人，然早逝。

❺诸侯：此指高适。

❻半刺：指岑参。

❼觍：惭愧。

❽龙钟：指苍老。

❾尽室：全家。边疆：指秦州。

❿剑阁：指剑门关，即大小剑山间的七十里栈道，是从长安入蜀必经之路。在今四川剑阁县。

⓫鼎湖：指皇帝陵墓。据传黄帝于鼎湖铸鼎升天。

⓬巴笺：蜀地产的上等纸。染翰：写诗作文。

⓭烧药：炼丹。

⓮对属：即指诗文对仗。

⓯蚩尤：神话中古东方九黎族首领，能呼风唤雨，在与黄帝大战中，被杀于涿鹿。

⓰胡羯：指叛军史思明。

⓱妖氛：指安史叛军。

伤春五首·其一

天下兵虽满，春光日自浓。西京①疲百战，北阙任群凶②。关塞三千里，烟花一万重。蒙尘③清路急，御宿且谁供。殷复前王道，周迁旧国容。蓬莱④足云气，应合总从龙。

注释

① 西京：指国都长安。

② 北阙：朝廷。群凶：吐蕃军与各叛将。

③ 蒙尘：皇帝出逃在外。

④ 蓬莱：指长安大明宫。

伤春五首·其二

莺入新年语，花开满故枝。天青风卷幔，草碧水通池。牢落①官军速，萧条万事危。鬓毛元自白，泪点向来垂。不是无兄弟，其如②有别离。巴山春色静，北望转逶迤③。

注释

① 牢落：寥落，稀疏零落的样子。

② 其如：怎奈何。

③ 逶迤：曲折婉转。

伤春五首·其三

日月还相斗❶，星辰屡合围❷。不成诛执法，焉得变危机。大角❸缠兵气，钩陈❹出帝畿。烟尘昏御道，耆旧❺把天衣。行在诸军阙❻，来朝大将稀。贤多隐屠钓，王肯载同归。

注释

❶日月相斗：指战乱将起。《晋书·天文志中》载：数日俱出，若斗，天下兵起，大战。日斗，下有拔城。

❷星辰合围：亦指战乱。《晋书·天文志中》载：凡木、火、土、金与水斗，皆为战。兵不在外，皆为内乱。凡同舍为合，相陵为斗。二星相近，其殃大；相远，毋伤，七寸以内必之。

❸大角：星宿名，指天子。

❹钩陈：星宿名，指皇帝护卫军士。

❺耆旧：德高望重之人。

❻行在：天子出行时的驻地。阙：缺少。

伤春五首·其四

再有朝廷乱，难知消息真。近传王在洛，复道使归秦。夺马悲公主，登车泣贵嫔。萧关❶迷北上，沧海欲东巡❷。敢料安危体，犹多老大臣。岂无嵇绍血❸，沾洒属车尘。

注释

❶萧关：指汉武帝北巡萧关。

❷东巡：指秦始皇东巡沧海。

❸嵇绍血：西晋嵇绍掩护惠帝中箭身亡。

伤春五首·其五

闻说初东幸❶，孤儿❷却走多。难分太仓粟❸，竞弃鲁阳戈❹。胡房❺登前殿，王公出御河。得无中夜舞，谁忆大风歌。春色生烽燧，幽人❻泣薜萝。君臣重修德，犹足见时和。

注释

❶东幸：指代宗入陕地。

❷孤儿：指羽林军的孤儿。

❸太仓粟：指粮食充足。《史记》载：太仓之粟陈陈相因，充溢露积于外，至腐败不可食。

❹鲁阳戈：指挽救危局。《淮南子·览冥训》载：鲁阳公与韩构难，战酣日暮，援戈而㧑之，日为之反三舍。

❺胡房：指吐蕃军队。

❻幽人：隐居不仕的人，杜甫自比。薜萝：两种野生植物薜荔和女萝，指隐者或高士的住所。

春 归

苔径临江竹❶，茅檐覆❷地花。别来频甲子❸，倏忽又春华❹。倚杖❺看孤石，倾壶❻就浅沙。远鸥浮水静，轻燕受风斜。世路虽多梗❼，吾生亦有涯❽。此身醒复醉，乘兴❾即为家。

注释

❶径：小路。临：挨近，靠近。

❷覆：覆盖，遮盖。

❸频：多次。甲子：用以指岁月长久。

❹倏忽：时间很短，过得很快。春华：即春花。

❺倚仗：拄着手杖。

❻倾壶：指斟酒。

❼梗：阻塞。

❽涯：穷尽，边际。指行将年老。

❾乘兴：兴之所至。

哭台州郑司户苏少监❶

故旧❷谁怜我，平生郑与苏。存亡不重见，丧乱独前途。豪俊何人在，文章扫地无。羁游万里阔，凶问❸一年俱。白首中原上，清秋大海隅。夜台当北斗❹，泉路著东吴❺。得罪台州去，时危弃硕儒。移官蓬阁❻后，谷贵没潜夫❼。流恸嗟何及，衔冤有是夫。道消诗兴废，心息酒为徒。许与才虽薄，追随迹未拘。班扬❽名甚盛，嵇阮❾逸相须。会取君臣合，宁铨品命殊。贤良不必展，廊庙偶然趋。胜决风尘际，功安造化炉。从容拘旧学，惨澹❿閟阴符。摆落⓫嫌疑久，哀伤志力输。俗依绵谷异，客对雪山⓬孤。童稚思诸子⓭，交朋列友于。情乖清酒⓮送，望绝抚坟呼。疟病餐巴水，疮痍老蜀都。飘零迷哭处，天地日榛芜。

注释

❶台州：即今浙江临海县。郑司户：台州司户参军郑虔。苏少监：秘书少监苏源明。二人为杜甫至交。

❷故旧：亲朋好友。此处指郑虔和苏源明。

❸凶问：友人的死讯。此诗写作前一年，李白去世。这一年，郑虔和苏源明去世。

❹夜台：坟墓。当北斗：苏源明死于长安。

❺泉路：黄泉路。著东吴：郑虔死于台州。

❻蓬阁：指秘书省，苏源明任秘书少监。

❼潜夫：有志之人。

❽班扬：汉时文学家班固和扬雄。

❾嵇阮：魏文学家嵇康和阮籍。

❿惨澹：悲惨，凄凉。

⓫摆落：摆脱。

⓬雪山：在成都西。

⓭诸子：指郑虔和苏源明。

⓮清酒：古代祭祀用酒。

谒先主庙①

惨淡风云会，乘时各有人。力侔分社稷②，志屈偃经纶。复汉留长策，中原仗老臣③。杂耕心未已，欧血事酸辛。霸气西南歇，雄图历数屯。锦江元过楚，剑阁④复通秦。旧俗存祠庙，空山立鬼神。虚檐交鸟道，枯木半龙鳞。竹送清溪月，苔移玉座⑤春。间阎儿女换，歌舞岁时新。绝域归舟远，荒城系马频。如何对摇落，况乃久风尘。孰与关张⑥并，功临耿邓⑦亲。应天才不小，得士契无邻。迟暮堪帷幄，飘零且钓缗⑧。向来忧国泪，寂寞洒衣巾。

注释

①先主庙：指刘备庙，在夔州奉节。

②侔：相等。分社稷：指三国时期，魏、蜀、吴三分天下。

③老臣：指诸葛亮。

④剑阁：指剑门关，即大小剑山间的七十里栈道，是从长安入蜀必经之路。在今四川剑阁县。

⑤玉座：对先皇、先后神床的敬称。

⑥关张：蜀汉大将关羽、张飞。

⑦耿邓：东汉时大将耿弇、邓禹。

⑧飘零：漂泊流落。钓缗：垂钓。

宗武生日

　　小子何时见[1]，高秋[2]此日生。自从都邑[3]语，已伴老夫[4]名。诗是吾家事[5]，人传世上情。熟精文选[6]理，休觅彩衣轻。凋瘵筵初秩[7]，欹斜[8]坐不成。流霞[9]分片片，涓滴就徐倾[10]。

注释

[1] 小子：指杜甫的幼子杜宗武，小名骥子。见：出生。

[2] 高秋：深秋。

[3] 都邑：乡里人。

[4] 老夫：杜甫自谓。

[5] 吾家事：诗为杜家的家学。杜甫祖父杜审言，为"文章四友"之一。

[6] 文选：指南朝梁萧统所编《文选》，含先秦至梁的诗文，我国最早的一部文学总集。

[7] 凋瘵：年老多病。筵初秩：代举行大射礼时，宾客初进门，登堂入席，叫初筵。《诗经》载：宾之初筵，左右秩秩。

[8] 欹斜：倾斜，歪斜。

[9] 流霞：传说中的仙酒。

[10] 徐倾：慢慢地饮酒。

偶 题

　　文章千古事，得失寸心知。作者皆殊列①，名声岂浪垂②。骚人③嗟不见，汉道盛于斯④。前辈飞腾入，余波绮丽⑤为。后贤兼旧列，历代各清规。法自儒家有，心从弱岁疲。永怀江左逸⑥，多病邺中奇⑦。骐骥⑧皆良马，骅骝⑨带好儿。车轮徒已斫⑩，堂构⑪惜仍亏。漫⑫作潜夫论，虚传幼妇碑。缘情⑬慰漂荡，抱疾屡迁移。经济惭长策，飞栖假⑭一枝。尘沙傍蜂虿⑮，江峡绕蛟螭⑯。萧瑟唐虞远，联翩楚汉危。圣朝兼盗贼⑰，异俗更喧卑。郁郁⑱星辰剑，苍苍⑲云雨池。两都⑳开幕府，万宇插军麾㉑。南海残铜柱，东风避月支㉒。音书恨乌鹊，号怒怪熊罴。稼穑㉓分诗兴，柴荆㉔学土宜。故山迷白阁，秋水隐皇陂㉕。不敢要佳句，愁来赋别离。

注释

①殊列：各有各的风格。殊：不同。
②浪垂：随意流传于世。
③骚人：以屈原宋玉为代表的写骚体诗的诗人们。
④汉道盛于斯：汉代开始出现并盛行的五言诗。
⑤绮丽：文辞华美。
⑥江左逸：指东晋、南朝时代的江东的诗人们。
⑦邺中奇：指曹魏时期曹氏父子与建安七子的创作风格。
⑧骐骥：是古时良马，比喻诗人们。
⑨骅骝：是古时良马，比喻诗人们。
⑩斫：用斧子砍。引申为打磨。
⑪堂：房子的地基。构：房子的框架。堂构指子承父业。

⑫漫：随便，随意。

⑬缘情：作诗要抒发感情。《文赋》载：诗缘情而绮靡。

⑭假：凭借。

⑮虿：蝎子一类的毒虫。

⑯蛟螭：传说中的蛟龙。

⑰圣朝：指唐朝。盗贼：指安史叛军及各地战乱。

⑱郁郁：文采兴盛。

⑲苍苍：茂盛，众多的样子

⑳两都：西都长安和东都洛阳。

㉑万宇：万方。军麾：军旗。

㉒月支：即大月氏，汉西域古国。

㉓稼穑：从事农事。

㉔柴荆：茅屋。

㉕皇陂：长安南的皇子陂。

❧ 南 极❶ ❧

南极青山众，西江白谷分。古城疏落木，荒戍密寒云。岁月蛇常见，风飙虎或闻。近身皆鸟道，殊俗自人群。睥睨登哀柝❷，蝥弧❸照夕曛。乱离多醉尉，愁杀李将军❹。

注释

❶南极：极远的南方地区，此处指夔州，在国都长安之南。

❷睥睨：城上女墙。柝：古代打更巡夜用的梆子。

❸蝥弧：春秋诸侯郑伯旗名。后借指军旗。

❹愁杀：即愁煞，使人感到非常忧愁。李将军：指汉飞将军李

284

广。《史记·李将军列传》载：李广谪为庶人，屏居蓝田南山中。尝从一骑夜出，还至亭，灞陵尉醉，呵止广。广骑曰："故李将军。"尉曰："今将军尚不得夜行，何乃故也！"

夔府书怀四十韵❶

昔罢河西尉❷，初兴蓟北师❸。不才名位晚，敢恨省郎❹迟。扈圣崆峒日❺，端居滟滪❻时。萍流仍汲引，樗散❼尚恩慈。遂阻云台宿，常怀湛露诗。翠华❽森远矣，白首飒凄其。拙被林泉滞，生逢酒赋欺。文园❾终寂寞，汉阁自磷缁。病隔君臣议，惭纡德泽私。扬镳❿惊主辱，拔剑拨年衰。社稷经纶地，风云际会期。血流纷在眼，涕洒乱交颐。四渎⓫楼船泛，中原鼓角悲。贼壕连白翟，战瓦落丹墀。先帝⓬严灵寝，宗臣⓭切受遗。恒山犹突骑，辽海⓮竞张旗。田父嗟胶漆，行人避蒺藜⓯。总戎⓰存大体，降将饰卑词。楚贡何年绝，尧封旧俗疑。长吁翻北寇⓱，一望卷西夷⓲。不必陪玄圃，超然待具茨⓳。凶兵铸农器，讲殿辟书帷。庙算⓴高难测，天忧实在兹。形容真潦倒，答效莫支持。使者分王命，群公各典司。恐乖均赋敛，不似问疮痍。万里烦供给，孤城㉑最怨思。绿林㉒宁小患，云梦㉓欲难追。即事须尝胆㉔，苍生可察眉㉕。议堂犹集凤，正观㉖是元龟。处处喧飞檄，家家急竞锥。萧车安不定，蜀使下何之。钓濑疏坟籍㉗，耕岩进弈棋㉘。地蒸馀破扇，冬暖更纤絺㉙。豺遘㉚哀登楚，麟伤泣象尼㉛。衣冠迷适越，藻绘忆游睢㉜。赏月延秋桂，倾阳逐露葵。大庭㉝终反朴，京观㉞且僵尸。高枕虚眠昼，哀歌欲和谁。南宫载勋业，凡百慎交绥㉟。

注释

❶夔府：夔州，在重庆奉节。

❷河西尉：授杜甫河西县尉，未就任。

❸蓟北师：指安史叛军。

❹省郎：杜甫曾任左拾遗，属门下省。又曾任检校工部员外郎。

❺扈圣：指杜甫从陷落的长安逃出，赶往凤翔行在，受官随侍肃宗。崆峒：山名，在甘肃平凉。

❻滟滪：即滟滪堆，长江瞿塘峡中的险滩。

❼樗散：樗木材劣，多被闲置。比喻不为世用。谦辞。

❽翠华：皇帝仪仗。

❾文园：汉文帝的陵园。司马相如曾为文园令。

❿扬镳：吐蕃入寇，进逼长安。

⓫四渎：指长江、黄河、淮河、济水。

⓬先帝：指肃宗。

⓭宗臣：指郭子仪。

⓮辽海：辽东一带地域，唐时属河北。

⓯蒺藜：古时一种兵器，状如蒺藜。

⓰总戎：部队统帅。此指雍王适。

⓱北寇：指回纥。

⓲西夷：指吐蕃。

⓳具茨：河南省密县具茨山。

⓴庙算：由朝廷制定的军事方略，亦指朝廷。

㉑孤城：指夔州。

㉒绿林：原为湖北当阳东北的绿林山。汉末曾爆发过绿林山起义。后世指称聚众抗官或劫富济贫的行为。

㉓云梦：湖北云梦泽。

㉔尝胆：即指越王勾践卧薪尝胆。

㉕察眉：察看民情。

㉖正观：即贞观。宋本避讳，改贞为正。

㉗钓濑：水边钓鱼。坟籍：古代典籍。

㉘耕岩：隐居。弈棋：下棋。

㉙纤绤：细葛布衣。

㉚豺遘：凶狠暴虐的人造成祸乱。王粲《七哀诗》载：西京乱无象，豺虎方遘患。

㉛象尼：指孔子。《左传·桓公六年》载：以类命为象。晋杜预注：若孔子首象尼丘。孔颖达疏：《孔子世家》：叔梁纥与颜氏祷于尼丘，得孔子，孔子生而首上污（圩）顶，故因名曰丘，字仲尼，是其象尼丘也。后因以象尼称孔子。

㉜睢：宋州睢县，在今河南睢县。

㉝大庭：大庭氏是中国神话传说中远古时代氏族首领名。东汉郑玄注《礼记·月令》称："炎帝，神农也。"大庭氏担任炎帝。

㉞京观：古代战争中，胜者收集敌人尸首，封土成冢，以炫耀武功。

㉟交绥：指战争，交战。

奉送王信州崟北归❶

朝廷防盗贼，供给愍❷诛求。下诏选郎署❸，传声能典州。苍生今日困，天子向时忧。井屋有烟起，疮痍无血流。壤歌❹唯海甸，画角自山楼。白发寐常早，荒榛农复秋。解龟逾卧辙，遣骑觅扁舟。徐榻不知倦，颍川何以酬。尘生彤管笔❺，寒腻黑貂裘❻。高义终焉在，斯文去矣休。别离同雨散，行止各云浮。林热鸟开口，江浑鱼掉头。尉佗❼虽北拜，太史尚南留。军旅应都息，寰区❽要尽收。九重❾思谏净，八极念怀柔❿。徙倚瞻王室，从容仰庙谋。故人⓫持雅论，绝塞豁穷愁。复见陶唐⓬理，甘为汗漫游。

注释

❶王信州崟：指夔州刺史王崟。信州：夔州旧称。

287

②愍：怜悯，哀怜。

③郎署：此指郎中。

④壤歌：古诗《击壤歌》，歌颂太平盛世。

⑤彤管笔：古代女史用以记事的红杆笔。

⑥黑貂裘：指战国时苏秦入秦求仕，资用耗尽而归之事。后用以指旅途或生活窘困。《战国策·秦策》载：（苏秦）说秦王书十上而说不行。黑貂之裘弊，黄金百斤尽，资用乏绝，去秦而归。赢滕履蹻，负书担橐，形容枯槁，面目犁黑，状有归色。

⑦尉佗：即赵佗，秦灭亡后，自立为王。

⑧寰区：天下。

⑨九重：指朝廷。

⑩八极：四面偏远之地。怀柔：笼络，安抚。

⑪故人：指王崟。

⑫陶唐：唐尧。

九日五首·其四

故里樊川①菊，登高素浐②源。他时一笑后，今日几人存。巫峡蟠江路，终南③对国门。系舟身万里，伏枕泪双痕。为客裁乌帽，从儿具绿尊。佳辰对群盗④，愁绝更谁论。

注释

①樊川：在长安杜陵附近，杜甫曾住在杜陵南的少陵。因此称樊川为故里。

②素浐：关中浐水，水白称素。

③终南：即终南山。

④群盗：指吐蕃。

东屯月夜

抱疾漂萍❶老，防边旧谷屯。春农亲异俗，岁月在衡门❷。青女霜枫重，黄牛峡❸水喧。泥留虎斗迹，月挂客愁村。乔木澄稀影，轻云倚细根。数惊闻雀噪，暂睡想猿蹲。日转东方白，风来北斗❹昏。天寒不成寝，无梦寄归魂。

注释

❶漂萍：喻漂泊不定的生活。
❷衡门：即横门，指简陋的房屋。
❸黄牛峡：在湖北夷陵。
❹北斗：指朝廷。

伤 秋

林僻来人少，山长去鸟微。高秋收画扇，久客掩荆扉。懒慢头时栉，艰难带减围。将军犹汗马，天子尚戎衣。白蒋❶风飘脆，殷柽❷晓夜稀。何年减豺虎❸，似有故园归。

注释

❶白蒋：菱草，喂牲畜的干草。

❷殷柽：河柳。茎呈赤黑色，又称赤柳。

❸豺虎：指吐蕃。

柳司马至

有使❶归三峡，相过问两京❷。函关犹出将，渭水更屯兵。设备❸邯郸道，和亲逻些城❹。幽燕唯鸟去，商洛少人行。衰谢身何补，萧条病转婴❺。霜天到宫阙，恋主寸心明。

注释

❶使：指柳司马。

❷相过：来拜访。两京：西京长安，东都洛阳。

❸设备：防御，戒备。

❹逻些城：即拉萨。

❺婴：疾病纠缠。

又示宗武❶

觅句新知律，摊书解满床。试吟青玉案❷，莫羡紫罗囊。假日❸从时饮，明年共我长。应须饱经术，已似爱文章。十五男儿志，三千弟子行。曾参与游夏❹，达者得升堂。

❶宗武：杜甫幼子。

❷青玉案：代指古诗。汉代张衡《四愁诗》："美人赠我锦绣段，何以报之青玉案"。

❸假日：休假的日子。

❹曾参与游夏：孔子弟子曾参、子夏。

风疾舟中伏枕书怀三十六韵奉呈湖南亲友❶

轩辕休制律❷，虞舜罢弹琴❸。尚错雄鸣管，犹伤半死心❹。圣贤❺名古邈，羁旅病年侵。舟泊常依震❻，湖平早见参❼。如闻马融❽笛，若倚仲宣❾襟。故国悲寒望，群云惨岁阴。水乡霾白屋，枫岸叠青岑❿。郁郁冬炎瘴，蒙蒙雨滞淫⓫。鼓迎非祭鬼，弹落似鸮禽⓬。兴尽才无闷，愁来遽⓭不禁。生涯相汩没⓯，时物自萧森。疑惑尊中弩⓰，淹留冠上簪⓱。牵裾惊魏帝⓲，投阁为刘歆。狂走终奚适，微才谢所钦⓳。吾安藜不糁，汝贵玉为琛。乌几重重缚，鹑衣⓴寸寸针。哀伤同庾信㉒，述作异陈琳㉓。十暑岷山㉔葛，三霜楚户砧㉕。叨陪锦帐座，久放白头吟。反朴时难遇，忘机陆易沉㉖。应过数粒食，得近四知金㉘。春草封归恨，源花费独寻。转蓬忧悄悄，行药病涔涔。瘗夭追潘岳㉙，持危觅邓林㉚。蹉跎翻学步，感激在知音。却假苏张舌㉛，高夸周宋镡㉜。纳流迷浩汗，峻址得欹嵚。城府开清旭，松筠起碧浔。披颜争倩倩，逸足竞骎骎㉞。朗鉴存愚直，皇天实照临。公孙㉟仍恃险，侯景㊱未生擒。书信中原阔，干戈北斗㊲深。畏人千里井㊳，问俗九州箴㊴。战血流依旧，军声动至今。葛洪尸定解㊵，许靖㊶力还任。

家事丹砂诀，无成涕作霖。

注释

❶风疾：即风痹病。

❷轩辕：即黄帝。制律：《汉书·律历志》载：黄帝使伶伦，自大夏之西、昆仑之阴，取竹……制十二筒以听风之鸣，其雄鸣为六，雌鸣亦六，比黄钟之宫，而皆可以生之，是为律本。至治之世，天地之气合以生风。天地之风气正，十二律定。

❸虞舜：上古帝王。《礼记·乐记》载：虞舜弹五弦之琴以歌《南风》之诗，而天下治。

❹半死心：用半死梧桐自比。枚乘《七发》：龙门之桐，高百尺而无枝。中郁结之轮菌，根扶疏以分离。上有千仞之峰，下临百丈之谿。湍流溯波，又澹淡之。其根半死半生。冬则烈风漂霰、飞雪之所激也，夏则雷霆、霹雳之所感也。朝则鹂黄、鴶鴠鸣焉，暮则羁雌、迷鸟宿焉。独鹄晨号乎其上，鵾鸡哀鸣翔乎其下。于是背秋涉冬，使琴挚斫斩以为琴，野茧之丝以为弦，孤子之钩以为隐，九寡之珥以为约。

❺圣贤：指轩辕、虞舜。

❻震：八卦方位，代表东方。

❼参：星宿名，冬夜最亮。

❽马融：字季长，东汉扶风茂陵人。才高学博，曾著《长笛赋》。

❾仲宣：王粲，字仲宣，建安七子之一。

❿青岑：青山。

⓫滞淫：细雨连绵。

⓬非祭鬼：指当地的淫祀之风。

⓭鹏禽：即猫头鹰。贾谊曾作《鹏鸟赋》。

⓮遽：急，快。

⓯汩没：沉沦。

⓰尊中弩：用杯弓蛇影事，指自己年老多病，心生疑虑。汉应劭

《风俗通》载：后郴因事过至宣家，阒视，问其变故，云：畏此蛇，蛇入腹中。郴还听事，思维良久，顾见悬弩，必是也。则使门下史将铃下侍徐扶辇载宣，於故处设酒，杯中故复有蛇，因谓宣：此壁上弩影耳，非有它怪。宣遂解，甚夷怿，由是瘳平。

⑰冠上簪：即朝簪。

⑱牵裾：用辛毗谏曹丕的典故。辛毗，字佐治，为人刚正，敢于犯颜直谏。

⑲所钦：所钦敬的人，这里是反语，指朝贵。

⑳糁：以米和羹。

㉑鹑衣：形容衣服的破烂不堪。鹑是小鸟之名，其尾短秃。

㉒庾信：南北朝时期的著名诗人奉使西魏，被扣留，梁亡后入北周，官至骠骑大将军。《周书·庾信传》载：庾信，字子山，南阳新野人也。梁元帝承制，除御史中丞。及即位，转右卫将军，封武康县侯，加散骑常侍郎，聘于西魏。属大军南讨，遂留长安。江陵平，拜使持节、抚军将军、右金紫光禄大夫、大都督，寻进车骑大将军、仪同三司。周孝闵帝践阼，封临清县子，邑五百户，除司水下大夫。出为弘农郡守，迁骠骑大将军、开府仪同三司、司宪中大夫，进爵义城县侯。俄拜洛州刺史。信多识旧章，为政简静，吏民安之。

㉓陈琳：字孔璋，建安七子之一。为袁绍作讨曹操檄文，曹操读后，风疾豁然而愈。

㉔岷山：代指蜀地。

㉕砧：捣衣石。

㉖陆沉：用陆沉是，表明自己隐居。《庄子·则阳》：与世违而心不屑与之俱，是陆沉者也。

㉗四知金：指非分之财。《后汉书·杨震传》载：昌邑令王密夜怀十斤金遗杨震，曰："暮夜无知者。"震曰："天知、神知、我知、子知，何谓无知！"遂不受。

㉘泠泠：烦闷的样子。

㉙瘗天句：瘗，埋葬。此句是悲痛自己的小女在旅途中夭亡。

㉚邓林：指桃林。此处指手杖。

㉛苏张舌：指苏秦、张仪的辩才。

㉜周宋镡：本指天子之剑。镡，剑鼻。《庄子·说剑》载：天子之剑，以燕溪石城为锋，齐岱为锷，晋卫为脊，周宋为镡，韩魏为铗。

㉝嵚崟：山高貌。

㉞骎骎：骏马奔驰的样子。

㉟公孙：指公孙述。东汉初，公孙述据蜀自称白帝。

㊱侯景：南朝梁叛将，曾破建康，围梁武帝萧衍于台城，使之饿死，并自立为汉王后兵败被杀。

㊲北斗：指朝廷所在地长安。

㊳千里井：比喻念旧不忘。《代刘勋妻王氏见出为诗》载：人言去妇薄，去妇情更重。千里不唾井，况乃昔所奉。

㊴问俗：见《礼记·曲礼上》："入境而问禁，入国而问俗。"九州箴：见《汉书·扬雄传》："（雄以为）箴莫善于《虞箴》作《州箴》。"注引晋灼曰："九州之箴也。"古代中国有九州，问俗而至于九州，可见漂泊异地之频繁与艰辛。

㊵葛洪：自号抱朴子，东晋道教理论家、炼丹术家，曾在罗浮山炼丹，积年而卒。

㊶许靖：字文休，汝南平舆人。《三国志·蜀志·许靖传》载：孙策东渡江，皆走交州以避其难。靖身坐岸边，先载附从，疏亲悉发，乃从后去，当时见者莫不叹息。

释 闷

四海十年不解兵❶，犬戎也复临咸京❷。失道非关出襄野，扬鞭忽是过胡城。豺狼塞路人断绝，烽火照夜尸纵横。天子亦应厌奔走，群公❸固合思升平。但恐诛求不改辙，闻道嬖孽❹能全生。江边老翁❺错料事，眼暗不见风尘清。

注释

❶不解兵：指安史之乱持续十年。

❷犬戎：吐蕃。咸京：长安。

❸群公：群臣。

❹嬖孽：小人，即程元振。

❺老翁：杜甫自称。

清明二首·其一

朝来新火❶起新烟，湖色春光净客船。绣羽衔花他自得，红颜骑竹我无缘。胡童结束还难有❷，楚女腰肢亦可怜。不见定王❸城旧处，长怀贾傅井依然❹。虚沾❺焦举为寒食，实藉严君❻卖卜钱。钟鼎山林各天性❼，浊醪❽粗饭任吾年。

注释

❶新火：古时清明节前两天为寒食节，家家禁火，到清明节才重新起火。

❷胡：泛指少数民族。结束：服饰装束。

❸定王：汉景帝第六子刘发，封长沙王。

❹长怀：遐想，悠思。贾傅：即贾谊，被贬为长沙王太傅，后客死长沙。

❺沾：润泽。

❻严君：即严君平，汉蜀郡人。卜筮于成都，日得百钱足以自养。

⑦钟鼎：古代食具。
⑧浊醪：浊酒。

清明二首·其二

此身飘泊苦西东，右臂偏枯半耳❶聋。寂寂系舟双下泪，悠悠伏枕左书空。十年蹴鞠❷将雏远，万里秋千习俗同。旅雁上云归紫塞，家人钻火用青枫。秦城❸楼阁烟花里，汉主山河锦绣中。春去春来洞庭阔，白苹愁杀白头翁❹。

注释

❶半耳：左耳。
❷蹴鞠：古代一种踢球游戏。
❸秦城：指长安。
❹白苹：亦作"白萍"。水中浮草。白头翁：杜甫自称。

因崔五侍御寄高彭州一绝❶

百年已过半，秋至转饥寒。为问彭州牧❷，何时救急难。

注释

❶高彭州：高适，彭州刺史。
❷牧：州郡长官。

绝句二首·其一

迟日❶江山丽，春风花草香。泥融❷飞燕子，沙暖睡鸳鸯。

注释

❶迟日：春日。
❷泥融：指泥土滋润、湿润。

绝句二首·其二

江碧鸟逾❶白，山青花欲燃❷。今春看又过，何日是归年。

注释

❶逾：更加。
❷花欲燃：花红似火。

武侯庙❶

遗庙丹青落❷，空山草木长❸。犹闻辞后主❹，不复卧南阳❺。

注释

❶武侯： 指诸葛亮。诸葛亮于后主建兴元年，封为武乡侯。武侯庙：指祭祀诸葛亮的庙。这里指夔州武侯庙，在今重庆奉节白帝城西。

❷丹青落： 庙中壁画已脱落。丹青：丹和青是我国古代绘画，常用的两种颜色，借指绘画。

❸草木长： 草木茂长。

❹辞后主： 指诸葛亮上《出师表》，辞别后主，率兵伐魏。

❺南阳： 在今河南南阳。

八阵图[1]

功盖三分国[2]，名成八阵图。江流石不转[3]，遗恨失吞吴[4]。

注释

[1]八阵图：由八种阵势组成的图形，天、地、风、云、龙、虎、鸟、蛇八种阵势。

[2]盖：超过。三分国：魏、蜀、吴三国。

[3]石不转：指涨水时，八阵图的石块仍然不动。

[4]吞吴：刘备率兵伐吴。

复愁十二首·其一

人烟生处僻，虎迹过新蹄。野鹘[1]翻窥草，村船逆上溪。

注释

[1]野鹘：古书上说的一种鸟，短尾，青黑色。

复愁十二首·其二

钓艇收缗❶尽，昏鸦接翅归。月生初学扇❷，云细不成衣。

注释

❶缗：钓线。
❷初学扇：月形状未成扇形。

复愁十二首·其三

万国尚防寇❶，故园今若何。昔归相识少，早已战场多。

注释

❶防寇：防御吐蕃侵犯。

复愁十二首·其四

身觉省郎❶在，家须农事归。年深荒草径，老恐失柴扉❷。

❶省郎：杜甫曾任左拾遗，属门下省。又曾任检校工部员外郎。

❷柴扉：柴门。亦指贫寒的家园。

复愁十二首·其五

金丝镂箭镞，皂尾制旗竿。一自风尘❶起，犹嗟❷行路难。

注释

❶风尘：指战乱。

❷嗟：叹息。

复愁十二首·其六

胡虏❶何曾盛，干戈❷不肯休。闾阎听小子❸，谈话觅封侯。

注释

❶胡虏：指吐蕃。

❷干戈：战事。

❸闾阎：里巷内外的门。后多借指里巷。小子：杜甫自称。

复愁十二首·其七

贞观❶铜牙弩，开元锦兽张❷。花门❸小箭好，此物弃沙场。

注释

❶贞观：唐太宗年号。铜牙弩：弩箭。
❷开元：唐玄宗年号。锦兽：指箭靶。
❸花门：指甘肃居延海北三百里的花门山。唐初在该处设立堡垒，称花门山堡，以抵御北方外族。天宝时为回纥占领。后因以"花门"代称为回纥。

复愁十二首·其八

今日翔麟马❶，先宜驾鼓车。无劳问河北❷，诸将觉荣华。

注释

❶翔麟马：唐太宗所乘宝马。
❷河北：河北诸藩镇。

复愁十二首·其九

任转江淮粟❶，休添苑囿兵。由来貔虎士❷，不满凤凰城。

注释

❶转：漕运。江淮：长江、淮河流域。
❷貔虎士：勇士。

复愁十二首·其十

江上亦秋色，火云终不移。巫山犹锦树，南国❶且黄鹂。

注释

❶南国：指夔州。

复愁十二首·其十一

每恨陶彭泽❶，无钱对菊花。如今九日❷至，自觉酒须赊。

注释

❶陶彭泽：指东晋诗人陶渊明，曾为彭泽令。

❷九日：指重阳节。

～ 复愁十二首·其十二 ～

病减诗仍拙，吟多意有余。莫看江总❶老，犹被赏时鱼❷。

注释

❶江总：南朝陈文学家，官至尚书令。

❷鱼：指鱼符。

～ 归 雁 ～

东来万里客❶，乱定几年归❷？肠断江城雁❸，高高向北飞。

注释

❶万里客：指杜甫，从故乡洛阳到现在的成都，谓东来。

❷乱：指安史之乱。几年：犹如何时、几时的意思。

❸肠断：指极度悲哀伤心。江城：指成都。

赠李白

秋来相顾尚飘蓬❶，未就丹砂愧葛洪❷。痛饮狂歌空度日，飞扬跋扈❸为谁雄。

注释

❶飘蓬：随风飘荡的飞蓬，常用来比喻漂泊不定的人。

❷未就：没有成功。丹砂：即朱砂。道教认为炼砂成药，服之可以延年益寿。葛洪：字稚川，自号抱朴子，东晋时期道士、炼丹家。撰有《抱朴子内篇》和《肘后备急方》。

❸飞扬跋扈：不守常规，狂放不羁。此处作褒义词用。

绝句漫兴九首❶·其一

眼见客愁愁不醒❷，无赖春色到江❸亭。即遣花开深造次❹，便教莺语太丁宁❺。

注释

❶漫兴：随兴所至，信笔写来。

❷客：指杜甫。愁不醒：客愁无法排遣。

❸江：指浣花溪。

❹遣：排遣。深：很，太。造次：匆忙，仓促。

绝句漫兴九首·其二

手种桃李非无主，野老墙低还似家。恰似①春风相欺得，夜来吹折数枝花。

注释

①恰似：正是。

绝句漫兴九首·其三

熟知茅斋①绝低小，江上燕子故②来频。衔泥点污琴书内，更接飞虫打着人。

注释

①茅斋：指草堂。
②故：有意。

绝句漫兴九首·其四

二月已破三月来，渐老逢春能几回。莫思①身外无穷事，且尽生前有限杯。

注释

①莫：不要。思：忧思。

绝句漫兴九首·其五

肠断江春欲尽头，杖藜徐步立芳洲❶。癫狂❷柳絮随风去（舞），轻薄桃花逐水流。

注释

❶芳洲：长满花草的水中陆地。

❷癫狂：放荡不羁。

绝句漫兴九首·其六

懒慢无堪不出村❶，呼儿日在掩柴门。苍苔浊酒林中静，碧水春风野外昏。

注释

❶懒慢：懒惰散漫。无堪：无可人意处。

绝句漫兴九首·其七

糁径❶杨花铺白毡，点溪荷叶叠青钱❷。笋根稚子❸无人见，沙上凫雏❹傍母眠。

注释

❶糁径：散乱一地杨花的小路。糁：饭粒，这里为散落、散布。
❷青钱：古代的一种青铜钱，这里比喻出生的荷叶点缀在小溪上，像重叠的青钱。
❸稚子：小野鸡。
❹凫雏：小野鸭。

绝句漫兴九首·其八

舍西柔桑叶可拈，江畔细麦复纤纤❶。人生几何春已夏，不放香醪❷如蜜甜。

注释

❶纤纤：形容小巧或细长而柔美。
❷香醪：美酒。

绝句漫兴九首·其九

隔户杨柳弱袅袅❶，恰似❷十五女儿腰。谓谁朝❸来不作意，狂风挽断最长条。

注释

❶隔户：隔着门墙。袅袅：形容细长柔软的东西随风轻轻摆动。

❷恰似：恰如。

❸朝：早晨。

春水生二绝·其一

二月六夜春水生，门前小滩浑欲平❶。鸬鹚鸂鶒❷莫漫喜，吾与汝曹俱眼明❸。

注释

❶浑欲平：将被淹没。

❷鸬鹚：又名鱼鹰，被人驯化用以捕鱼的一种水鸟。鸂鶒：似鸳鸯的水鸟，毛羽紫色。

❸汝曹：尔等、你们。指上文水鸟。眼明：为眼前的景色而高兴。

春水生二绝·其二

一夜水高二尺强❶，数日不可更禁当❷。南市津头❸有船卖，无钱即买系篱旁。

注释

❶水高：水上涨。强：还多。
❷禁当：禁止。
❸津头：渡口。

赠 花 卿❶

锦城丝管日纷纷❷，半入江风半入云。此曲只应天上❸有，人间能得几回闻❹。

注释

❶花卿：成都尹崔光远的部将花敬定。
❷锦城：即锦官城，此指成都。丝管：弦乐器和管乐器，这里泛指音乐。纷纷：形容乐曲的轻柔悠扬。
❸天上：双关语，虚指天宫，实指皇宫。
❹几回闻：本意是听到几回。文中的意思是说人间很少听到。

江畔独步寻花七绝句❶·其一

江上被花恼不彻❷，无处告诉只癫狂❸。走觅南邻❹爱酒伴，经旬❺出饮独空床。

注释

❶ 江：杜甫在成都草堂边的浣花溪。独步：独自散步。

❷ 彻：已，尽。

❸ 癫狂：放荡不羁。

❹ 南邻：指斛斯融。原注："斛斯融，吾酒徒。"

❺ 旬：十日为一旬。

江畔独步寻花七绝句·其二

稠花乱蕊畏江滨❶，行步欹危实怕春❷。诗酒尚堪驱使在❸，未须料理白头人❹。

注释

❶ 稠：密。畏：通"隈"，山水弯曲处。

❷ 行步：脚步。欹：歪斜。

❸ 在：语助词，相当于"得"。

❹ 料理：安排、帮助。白头人：老人。杜甫自指。

312

江畔独步寻花七绝句·其三

江深竹静两三家，多事红花映白花。报答春光知有处，应须美酒送生涯[1]。

注释

❶送：打发。生涯：生活。

江畔独步寻花七绝句·其四

东望少城[1]花满烟，百花高楼更可怜[2]。谁能载酒开金盏，唤取佳人舞绣筵[3]。

注释

❶少城：小城。成都原有大城和少城之分，小城在大城西面。
❷可怜：可爱。
❸佳人：指官妓。秀筵：丰盛的筵席。

江畔独步寻花七绝句·其五

黄师塔❶前江水东，春光懒困❷倚微风。桃花一簇开无主❸，可爱深红爱浅红？

注释

❶黄师塔：僧人所葬之塔。

❷懒困：疲倦困怠。

❸无主：自生自灭，无人照管和玩赏。

江畔独步寻花七绝句·其六

黄四娘家花满蹊❶，千朵万朵压枝低。留连❷戏蝶时时舞，自在娇莺恰恰啼❸。

注释

❶黄四娘：杜甫住成都草堂时的邻居。蹊：小路。

❷留连：即留恋，舍不得离去。

❸娇：可爱的样子。恰恰：正好，刚好。

江畔独步寻花七绝句·其七

不是爱花即欲死，只恐花尽老相催。繁枝容易纷纷[1]落，嫩蕊[2]商量细细开。

注释

[1]纷纷：多而杂乱。
[2]嫩蕊：指含苞待放的花。

戏为六绝句·其一

庾信文章老更成[1]，凌云健笔意纵横[2]。今人嗤点[3]流传赋，不觉前贤畏后生[4]。

注释

[1]庾信：南北朝时期的著名诗人奉使西魏，被扣留，梁亡后入北周，官至骠骑大将军。《周书·庾信传》载：庾信，字子山，南阳新野人也。梁元帝承制，除御史中丞。及即位，转右卫将军，封武康县侯，加散骑常侍郎，聘于西魏。属大军南讨，遂留长安。江陵平，拜使持节、抚军将军、右金紫光禄大夫、大都督，寻进车骑大将军、仪同三司。周孝闵帝践阼，封临清县子，邑五百户，除司水下大夫。出为弘农郡守，迁骠骑大将军、开府仪同三司、司宪中大夫，进爵义城

315

县侯。俄拜洛州刺史。信多识旧章，为政简静，吏民安之。文章：泛言文学。老更成：到了老年就更加成熟了。

❷凌云健笔：高超雄健的笔力。意纵横：文思如潮，文笔挥洒自如。

❸嗤点：讥笑、指责。

❹前贤：指庾信。

❧ 戏为六绝句·其二 ❧

王杨卢骆❶当时体，轻薄为文哂未休❷。尔曹❸身与名俱灭，不废❹江河万古流。

注释

❶王杨卢骆：初唐四杰王勃、杨炯、卢照邻、骆宾王。初唐时期著名的诗人，诗风清新、刚健，一扫齐、梁颓靡遗风。当时体：指四杰诗文的体裁和风格在当时自成一体。

❷轻薄：言行轻佻，有玩弄意味。哂：讥笑。

❸尔曹：你们这些人。

❹不废：不影响。

❧ 戏为六绝句·其三 ❧

纵使卢王操翰墨❶，劣于汉魏近风骚❷。龙文虎脊❸皆君驭，历块过都见尔曹❹。

❶翰墨：原指笔、墨，借指文章、书画。

❷风骚："风"指《诗经》里的《国风》，"骚"指《楚辞》中的《离骚》，后代用来泛称文学。

❸龙文虎脊：古代西域产名马，毛色如虎，纹理如龙。后用以指骏马。

❹尔曹：指你们这些人。

❧ 戏为六绝句·其四 ❧

才力应难夸数公❶，凡今谁是出群雄。或看翡翠兰苕上❷，未掣鲸鱼碧海中❸。

❶数公：指前诗中所提及的庾信和"四杰"。

❷翡翠：鸟名。兰苕：兰花和苕花。郭璞《游仙诗》载：翡翠戏兰苕，容色更相鲜。

❸掣：拉，拽。鲸鱼碧海：指气势宏大、内容深广。

❧ 戏为六绝句·其五 ❧

不薄❶今人爱古人，清词丽句必为邻。窃攀屈宋宜方驾❷，恐与齐梁❸作后尘。

注释

❶薄：小看，轻视。

❷窃攀：内心里追攀。屈宋：屈原和宋玉。方驾：并驾齐驱。这是诗人对轻薄文士说的："你们想与屈原、宋玉齐名，应当具有和他们并驾齐驱的精神和才力。"齐、梁文风浮艳，重形式轻内容。这一句，诗人紧承上句说："如若不然，恐怕你们连齐梁文人还不如呢！"

❸齐梁：南朝的两个朝代。用以指六朝。

戏为六绝句·其六

未及前贤更勿疑❶，递相祖述复先谁❷。别裁伪体亲风雅❸，转益多师是汝师❹。

注释

❶未及句：是说那些轻薄之辈不及前贤是毋庸置疑的。

❷递相祖述：指前贤各有师承，继承前人的优秀传统。复先谁：不用分先后。

❸别裁伪体：区别和裁减、淘汰那些形式内容都不好的诗。伪体：指内容与风雅传统相悖的诗作。亲风雅：学习《诗经》风、雅的传统。

❹转益多师：多方面寻找老师。汝师：你的老师。

绝句四首·其一

堂西长笋别开门，堑北行椒却背村❶。梅熟许同朱老吃，松高拟对阮生论❷。

注释

❶堑：沟。行椒：成行的椒树。

❷朱老、阮生：杜甫在成都结识的朋友，喻指普普通通的邻里朋友；后世常用，"阮生朱老"或"朱老阮生"作为咏知交的典故。

绝句四首·其二

欲作鱼梁❶云复湍，因惊四月雨声寒。青溪❷先有蛟龙窟，竹石如山不敢安。

注释

❶鱼梁：筑堰拦水捕鱼的一种设施，用木桩、柴枝或编网等制成篱笆或栅栏，置于河流中。

❷青溪：碧绿的溪水。

绝句四首·其三

两个黄鹂❶鸣翠柳，一行白鹭❷上青天。窗含西岭千秋雪❸，门泊东吴❹万里船。

注释

❶黄鹂：黄莺。

❷白鹭：鹭鸶，羽毛纯白，能高飞。

❸窗含：是说由窗往外望西岭，好似嵌在窗框中。西岭：即成都西南的岷山，其雪常年不化，故云千秋雪。这是想象之词。

❹东吴：指长江下游的江南地区。

绝句四首·其四

药条药甲❶润青青，色过棕亭入草亭❷。苗满空山惭取誉，根居隙地怯成形❸。

注释

❶药条、药甲：指种植的药材。甲：初生的小叶。王嗣奭《杜臆》说：公常多病，所至必种药，故有"种药扶衰病"之句。

❷棕亭、草亭：言药圃之大。杜甫患多种疾病。故所到之处需种药以疗疾。

320

❸隙地：干裂的土地。成形：指药材之根所成的形状，如人参成人形，茯苓成禽兽形，等等。

三绝句·其一

楸树馨香倚钓矶❶，斩新花蕊未应飞❷。不如醉里风吹尽，可忍❸醒时雨打稀。

注释

❶楸树：落叶乔木，春天开淡紫色小花。倚钓矶：是说楸树紧靠钓台。钓矶：钓鱼时坐的岩石。

❷斩新：崭新。未应飞：大概还未落掉。

❸可忍：哪忍。

三绝句·其二

门外鸬鹚❶去不来，沙头忽见眼相猜❷。自今已后知人意❸，一日须来一百回。

注释

❶鸬鹚：又名鱼鹰，被人驯化用以捕鱼的一种水鸟。

❷沙头：岸头。眼相猜：眼生；心怀疑惧。

❸知人意：知道人无害它之意。

三绝句·其三

无数春笋满林生，柴门密掩❶断人行。会须上番看成竹❷，客至从嗔❸不出迎。

注释

❶密掩：紧闭。

❷会须：定要。上番：轮番。看：看守。

❸从嗔：任客嗔怪。

解闷十二首·其一

草阁柴扉❶星散居，浪翻江黑雨飞初。山禽引子哺红果，溪友得钱留❷白鱼。

注释

❶草阁：杜甫所居之西阁。柴扉：柴门。亦指贫寒的家园。

❷留：留下，即卖出。

解闷十二首·其二

商胡❶离别下扬州，忆上西陵❷故驿楼。为问淮南❸米贵贱，老夫❹乘兴欲东流。

注释

❶胡商：西城客商。多聚集在扬州，沿长江上下贩运。

❷西陵：渡口，在今浙江省杭州市钱塘江对岸。

❸淮南：唐淮南道，治所扬州。在今湖北东北部及江苏、安徽一带。

❹老夫：杜甫自称。

解闷十二首·其三

一辞故国十经秋❶，每见秋瓜忆故丘❷。今日南湖采薇蕨，何人为觅郑瓜州。

注释

❶辞：离开。故国：长安。

❷故丘：在长安青门外，出产佳瓜。其南有下杜城。

解闷十二首·其四

沈范早知何水部❶，曹刘不待薛郎中❷。独当省署❸开文苑，兼泛沧浪学钓翁。

注释

❶中沈范：沈约、范云，北朝梁代寺人。何水部：即何逊，北朝梁代诗人，曾为尚书水部郎，故称何水部。

❷曹刘：曹植、刘桢，建安诗人。薛郎中：指薛据，是杜甫旅食京华时结识的好友，曾为尚书省工部水部郎中。

❸省署：指尚书省。

解闷十二首·其五

李陵苏武❶是吾师，孟子❷论文更不疑。一饭未曾留俗客，数篇今见古人诗❸。

注释

❶李陵、苏武：汉武帝时人，有五言诗传世。

❷孟子：指孟云卿，系杜甫知交。孟曾为校书郎。

❸古人诗：指李陵、苏武诗。

解闷十二首·其六

复忆襄阳孟浩然①，清诗句句尽堪传。即今耆旧②无新语，漫钓槎头缩颈鳊③。

注释

①孟浩然：唐代诗人，以山水诗著称c
②耆旧：德高望重的长者。
③槎头鳊：即鳊鱼。缩头，弓背，色青，味鲜美。

解闷十二首·其七

陶冶性灵在底物，新诗改罢自长吟。孰知二谢①将能事，颇学阴何②苦用心。

注释

①二谢：指南朝诗人谢灵运和谢朓。
②阴何：指南朝诗人阴铿和何逊。

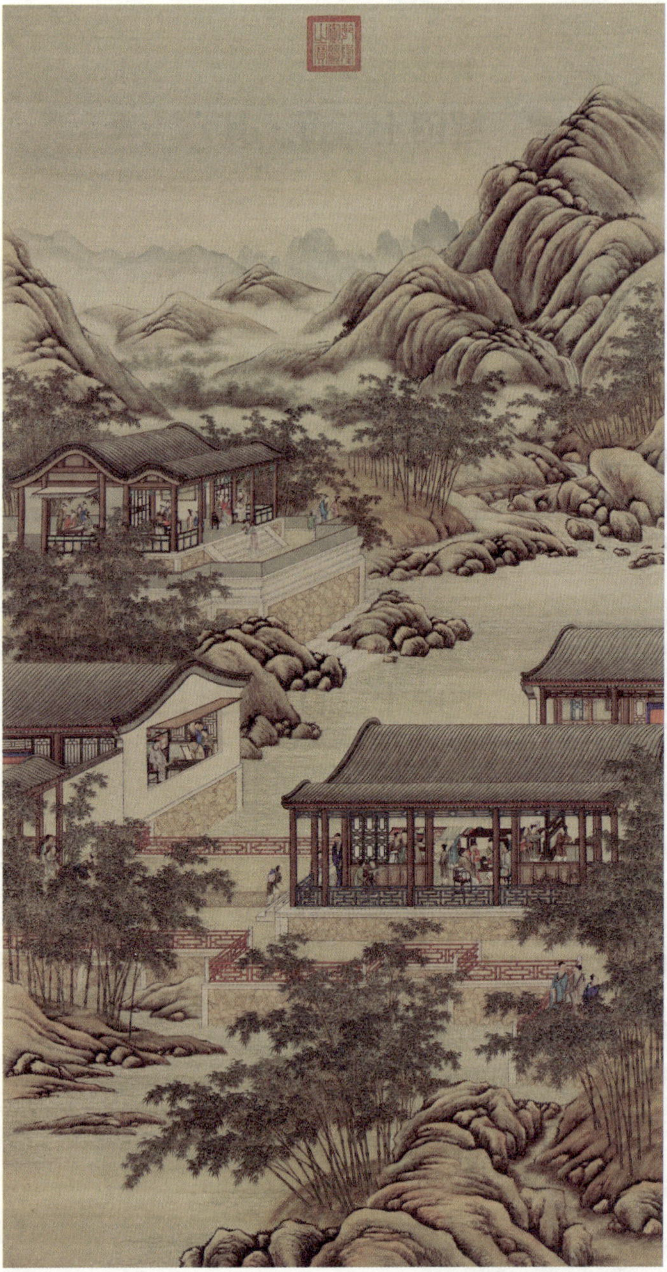

解闷十二首·其八

不见高人王右丞❶，蓝田❷丘壑漫寒藤。最传秀句寰区满，未绝风流相国❸能。

注释

❶王右丞：唐代诗人王维，曾为尚书右丞。
❷蓝田：今陕西省蓝田县。
❸相国：指王维弟弟王缙。王缙是代宗朝宰相。

解闷十二首·其九

先帝贵妃今寂寞❶，荔枝还复入长安。炎方每续朱樱献❷，玉座❸应悲白露团。

注释

❶先帝：指唐玄宗。贵妃：指杨贵妃。
❷炎方：南方，这里指蜀地。朱樱：樱桃。
❸玉座：御座。此代指唐玄宗。

解闷十二首·其十

忆过泸戎[1]摘荔枝，青峰隐映石逶迤。京中旧见无颜色，红颗酸甜只自知。

注释

[1] 泸戎：蜀地泸州、戎州，两地盛产荔枝。

解闷十二首·其十一

翠瓜碧李沉玉甃[1]，赤梨葡萄寒露成。可怜先不异枝蔓，此物娟娟长远生[2]。

注释

[1] 玉甃：指水井或汤池。
[2] 此物：指荔枝。娟娟：谓荔枝质弱而色鲜。

解闷十二首·其十二

侧生❶野岸及江蒲，不熟丹宫满玉壶❷。云壑布衣驼背死❸，劳生重马翠眉❹须。

注释

❶侧生：指荔枝。

❷丹宫：指皇宫。

❸云壑布衣：山中百姓。驼背死：指老死。

❹仅翠眉：美人眉。此指杨贵妃。

江南逢李龟年❶

岐王宅里寻常见❷，崔九❸堂前几度闻。正是江南❹好风景，落花时节又逢君❺。

注释

❶李龟年：唐朝开元、天宝年间的著名乐师，擅长唱歌。因为受到皇帝唐玄宗的宠幸而红极一时。安史之乱后，流落江南，卖艺为生。

❷岐王：唐玄宗李隆基的弟弟李隆范，后改名李范，以好学爱才著称，雅善音律。寻常：经常。

❸崔九：崔涤，在兄弟中排行第九，中书令崔湜的弟弟。玄宗时，曾任殿中监。

❹江南：这里指今湖南省一带。

❺落花时节：暮春。君：指李龟年。

中国古代文学经典书系

唐诗醉韵

王维诗集

[唐] 王 维 著

吕 行 注

春风文艺出版社
·沈阳·

图书在版编目（CIP）数据

王维诗集/（唐）王维著；吕行注. —沈阳：春
风文艺出版社，2025.1
（中国古代文学经典书系. 唐诗醉韵）
ISBN 978 - 7 - 5313 - 6649 - 2

Ⅰ. ①王… Ⅱ. ①王… ②吕… Ⅲ. ①唐诗—诗集
Ⅳ. ①I222.742

中国国家版本馆CIP数据核字（2024）第038670号

前 言

　　王维（701—761），字摩诘，号摩诘居士。生于长安元年（701），祖籍太原祁县（今山西祁县），后迁居于蒲州（治今山西永济市）。他少年早慧，声华早著，"九岁知属词"。十五岁离乡游学，辗转于长安、洛阳之间。二十一岁进士及第，解褐为太乐丞。同年秋因伶人私舞黄师子而坐累，被贬为济州司仓参军。此后便开始了亦官亦隐的生活，先后隐居淇上、嵩山、终南山。三十四岁时，张九龄执政，王维积极入仕，献《上张令公》等诗，请求汲引。三十五岁被擢为右拾遗。此后数年，官职多有变迁，先后奉命出使凉州、迁殿中御史、知南选。四十一岁辞官隐居终南山。四十二岁重入庙堂，出任左补阙。直至五十五岁，这期间王维一直官居长安，并购置蓝田辋川别业，闲暇之余与好友饮酒吟诗，泛舟啸咏。天宝十四载（755）十一月，安史之乱爆发。天宝十五载（756）六月，长安城为叛军攻陷，唐玄宗奔蜀避难，王维扈从不及被俘获，并被迫接受伪职。次年，唐军收复两京，王维因此被定罪下狱。由于王维在被叛军拘禁期间作有《凝碧池诗》，表达了对朝廷的思念与忠贞之情，以及其弟王缙平叛有功，不久便得到肃宗皇帝的谅解而被赦免。五十八岁被授予太子中允，后迁中书舍人、给事中。六十岁时，升任尚书右丞。次年，卒于任上，世称王右丞，终年六十一岁。

　　王维诗文冠代，深得统治者的喜爱。去世后，其弟王缙曾奉御旨将所存诗文整理成集以供御览。后世文人学者对王维诗文集的整理也大抵源于此，其中所收诗歌有四百余篇。王维之诗思想内涵丰富，体裁形式多样，古体诗、近体诗俱臻于工妙。而且涉猎题材广泛，游侠豪情、边塞风光、异域风情、英雄古迹、送别赠答、思亲怀友、应制奉和、山水田园风光等无不汇聚笔端。其中最能代表其诗歌艺术成就的便是以描写山水风光、田园生活为主的山水田园诗。王维巧妙地将山水之美、田园之乐与淡然自适的隐逸之情有机结合，寓情于景，情景交融，创作出一幅幅宁静幽美、意境高远的山水画、田园画。恰如苏子瞻所评："味摩诘之诗，诗中有画。"

王维才华横溢，名震开元、天宝年间，即便是李、杜也有所不如。殷璠于《河岳英灵集》"序"中将王维列在盛唐诗人的首位。明人顾起经也认为："玄、肃以下诗人，其数什百，语盛唐者，唯高、王、岑、孟四家为最，语四家者，唯右丞公最高。"王维之诗上承风骚、汉魏乐府余续，从陶渊明、谢灵运等前辈诗人和张九龄、孟浩然等同时代诗人作品中汲取精华，又兼收并蓄，将绘画、音乐、宗教、哲学等元素融汇其中，对后世诗歌的创作以及诗歌理论的发展都产生了深远的影响。

据陈铁民考证，王维今存诗376首，本书选取224首。选诗着眼于名篇佳作，并兼顾各种题材、各式体裁、风格以及各个时期的作品，旨在全面反映王维诗歌的艺术成就。所选作品，大体按创作年代先后排列，各诗年代的确定主要是参照陈铁民编撰的《王维年谱》，凡不能考定年代者依底本顺序排列。在注释过程中，笔者充分吸收、借鉴前辈学者研究成果，如中华书局1997年出版的陈铁民《王维集校注》、三秦出版社2004年出版的陶文鹏《王维孟浩然诗选评》、崇文书局2017年出版的张勇《王维诗全集》（汇校汇注汇评）等，特此感谢。

目　录

过秦皇墓①

古墓成苍岭，幽宫象紫台②。
星辰七曜隔③，河汉九泉开④。
有海人宁渡⑤，无春雁不回⑥。
更闻松韵切，疑是大夫哀⑦。

注释

①题下原注曰："时年十五"。本诗应为唐玄宗开元三年（715），
王维离家前往长安途经骊山秦始皇墓时所作。秦皇墓：即秦始皇墓，
墓在骊山（今陕西省西安市临潼区东南）。本诗含蓄地讽刺、抨击秦
始皇暴戾奢侈的行径。虽缺乏深刻思想和沉郁风格，但想象丰富，形
象生动，语言洗练，格律严整。

②幽宫：即指秦始皇墓。紫台：谓王宫。江淹《恨赋》："紫台稍
远，关山无极。"李善注："紫台，犹紫宫也。"

③七曜（yào）：指日、月与金、木、水、火、土五星。此句意为
日月星辰间隔排列于墓顶。

④河汉：银河。九泉：古时以为地有九重，故称地下为九泉。
开：展布。此二句指墓穴中"上具天文"，"上画天文星宿之象"（《水
经注》卷十九）。

⑤有海：指秦皇墓中以水银为江河大海。宁：何，岂能。

⑥无春：指墓穴冰冷没有春天。雁：《汉书·刘向传》载秦皇墓
中，"水银为江海，黄金为凫雁"。

⑦"更闻"二句：据《史记·秦始皇本纪》载，秦始皇封泰山，
遇雨避于松树下，因封松树为五大夫，后别称松为"五大夫"。五大

夫，是秦汉二十等爵位中的第九等。此处"大夫"即指五大夫。二句谓更闻松声凄切，疑是五大夫正在哀怨伤感。

九月九日忆山东兄弟❶

独在异乡为异客，每逢佳节倍思亲。
遥知兄弟登高处，遍插茱萸少一人❷。

注释

❶题下原注曰："时年十七"。本诗应作于开元五年（717）。九月九日：重阳节。山东兄弟：山东，华山以东。王维故乡为蒲州（治今山西永济），位于华山以东，而此时的王维独在华山以西的长安，故称故乡的兄弟为"山东兄弟"。本诗虽是少年之作，却写得极为精警自然。明人顾可久《唐王右丞诗集注说》以"情至意新"四字评此诗。

❷"遥知"二句：古时重阳节有登高、头插茱萸的习俗，以为能避灾疫。茱萸（zhū yú）：小乔木，又名樾椒、艾子，其味芳香浓烈。《尔雅翼》："《风土记》曰：俗尚九月九日，谓为上九。茱萸至此日，气烈熟色赤，可折其房以插头，云辟恶气御冬。"

洛阳女儿行❶

洛阳女儿对门居❷，才可颜容十五余❸。
良人玉勒乘骢马❹，侍女金盘脍鲤鱼❺。

画阁朱楼尽相望，红桃绿柳垂檐向。

罗帷送上七香车⑥，宝扇迎归九华帐⑦。

狂夫富贵在青春，意气骄奢剧季伦⑧。

自怜碧玉亲教舞⑨，不惜珊瑚持与人⑩。

春窗曙灭九微火⑪，九微片片飞花璪⑫。

戏罢曾无理曲时⑬，妆成只是薰香坐。

城中相识尽繁华⑭，日夜经过赵李家⑮。

谁怜越女颜如玉⑯，贫贱江头自浣纱！

注释

❶题下原注曰："时年十六，一作十八。"本诗应作于开元六年
(718)，即时年十八，身处洛阳。洛阳女儿：指莫愁。梁武帝《河中
之水歌》云："河中之水向东流，洛阳女儿名莫愁。"此处泛指唐时贵
族妇女。行：歌行，古代诗歌的一种体裁。

❷对门居：对门坐着。居，坐。

❸才可：刚好。

❹良人：古时妻子对丈夫的称呼。玉勒：装饰着美玉的带嚼子笼
头。骢（cōng）：青白色的马。

❺脍（kuài）：切细的肉。此句出自辛延年《羽林郎》：就我求珍
肴，金盘脍鲤鱼。

❻罗帷：丝织的帐子。七香车：用多种香料涂饰的华贵车子。

❼宝扇：古时贵人出行用为仪仗，以雉羽或尾制成。九华帐：色
彩缤纷的帷帐。古时器物凡有华彩者，每以九华为名。

❽剧：甚，甚于。季伦：晋石崇之字，其人富有而骄奢。

❾碧玉：美人名，一说为梁汝南王之妾，梁元帝萧绎《采莲曲》：
"碧玉小家女，来嫁汝南王。"一说为唐乔知之的婢女。此借指"洛阳
女儿"。

❿此句借石崇事喻"狂夫"的骄奢。据《世说新语·汰侈》和
《晋书·石崇传》载，石崇与王恺斗富，王恺向石崇炫耀皇帝所赐的

珊瑚树，被石崇用铁如意打碎，王恺发怒，石崇则搬出六七株更高大的珊瑚树偿还，王恺扫兴而去。

⓫九微：灯名。张华《博物志》卷三："汉武帝好仙道，七月七日王母乘紫云车而至于殿西，南面东向，时设九微灯，帝东面西向。"

⓬花璂：雕花窗格。

⓭理曲：练习歌曲。《古诗十九首·东城高且长》："被服罗裳衣，当户理清曲。"

⓮繁华：指富贵之家

⓯赵李家：汉成帝皇后赵飞燕、婕妤李平的亲属。此处代指贵戚之家。

⓰越女：指西施。春秋时越国美女，相传贫贱时常在江边浣纱。此处指贫寒家的妇女。

❧ 李 陵 咏❶ ❧

汉家李将军，三代将门子❷。
结发有奇策❸，少年成壮士。
长驱塞上儿，深入单于垒❹。
旌旗列相向，箫鼓悲何已。
日暮沙漠陲，战声烟尘里。
将令骄虏灭，岂独名王侍❺。
既失大军援，遂婴穿虏耻❻。
少小蒙汉恩，何堪坐思此❼。
深衷欲有报❽，投躯未能死❾。
引领望子卿，非君谁相理❿。

注释

❶题下原注曰："时年十九"。本诗应作于开元七年（719）。李陵：字少卿，西汉名将李广之孙，善骑射，深得将士爱戴。据《汉书·李陵传》载，"武帝以为有广之风，使将八百骑，深入匈奴二千余里……不见虏，还。拜为骑都尉"。天汉二年（前99），李陵率领步卒五千人出居延，孤军深入浚稽山，与单于相遇，被单于以八万骑兵围困，激战八昼夜，李陵率部杀伤匈奴万余人，最终因失援，寡不敌众，力竭而降。其事亦见《史记·李将军列传》。

❷三代将门：《汉书·李广苏建传赞》："然三代之将，道家所忌，自广至陵，遂亡其宗。"

❸结发：束发。古代男子自成童开始束发，因以指初成年。《史记·李将军列传》："且臣结发而与匈奴战，今乃一得当单于，臣愿居前，先死单于。"

❹单于：匈奴称其君长为单于。

❺名王：《汉书·宣帝纪》："匈奴单于遣名王奉献，贺正月，始和亲。"颜师古注："名王者，谓有大名以别诸小王也。"句意为：哪里只是令匈奴遣名王入侍天子？

❻婴：遭遇。穹庐：毡做的大型圆顶帐篷。《汉书·匈奴传》："匈奴父子同穹庐卧。"句意为遭遇同居穹庐（指投降匈奴）的耻辱。

❼坐：犹顿、遽。思此：想到投降这件事。

❽深衷：内心深处。

❾投躯：献身出力。

❿"引领"二句：引领：伸颈远望。子卿：苏武之字。据《汉书·苏武传》载，天汉元年（前100），苏武出使匈奴被留，十九年后放还，李陵曾置酒与之诀别，涕泪满襟。理：申辩。

桃源行❶

渔舟逐水爱山春，两岸桃花夹去津❷。
坐看红树不知远❸，行尽青溪不见人。
山口潜行始隈隩❹，山开旷望旋平陆❺。
遥看一处攒云树❻，近入千家散花竹❼。
樵客初传汉姓名❽，居人未改秦衣服。
居人共住武陵源❾，还从物外起田园❿。
月明松下房栊静⓫，日出云中鸡犬喧。
惊闻俗客争来集⓬，竞引还家问都邑。
平明闾巷扫花开⓭，薄暮渔樵乘水入。
初因避地去人间⓮，及至成仙遂不还。
峡里谁知有人事⓯，世中遥望空云山。
不疑灵境难闻见，尘心未尽思乡县。
出洞无论隔山水，辞家终拟长游衍⓰。
自谓经过旧不迷，安知峰壑今来变⓱。
当时只记入山深，青溪几度到云林。
春来遍是桃花水⓲，不辨仙源何处寻。

注释

❶题下原注曰："时年十九"。本诗应作于开元七年（719）。桃
源：即陶渊明《桃花源记》中所写之桃花源。王维此诗取材于陶渊明
的叙事散文《桃花源记》，并将陶氏笔下"世外桃源"改写成第一人
间仙境。清人王士禛用"多少自在"四字评价王维本诗，恰如其分地
突出从容雅致、意境高远的风格，清翁方纲也因此把王维推为"古今

咏桃源事"之登峰造极者。

❷津：渡口，此处指溪流。

❸红树：指桃花林。

❹隈隩（wēi ào）：指山崖曲折幽深。

❺旷：远。旋：立刻。

❻攒（cuán）：聚。

❼散花竹：花竹散布各处。

❽樵客：打柴的人，指桃花源中的居民。这里的汉、秦是互文，意思是说桃源中的居民，仍然使用秦汉时的姓名，穿着秦汉时的衣服。

❾武陵：郡名，治所在今湖南常德市西。

❿物外：世外。

⓫房栊：窗户，借指房舍。

⓬俗客：指桃花源中的武陵人。

⓭扫花：古人迎客的一种表示。

⓮避地：避秦时之乱而寄迹他乡。去：离开。

⓯峡里：指桃源中。

⓰游衍：游乐。

⓱峰壑（hè）：山峰和山谷。

⓲桃花水：春天桃花开时，雨水较多，川谷冰融，水势盛大，称为桃花水或桃花汛。《汉书·沟洫志》颜师古注："盖桃方华时，既有雨水，川谷冰泮，众流猥集，波澜甚长，故谓之桃花水耳。"

❀ 息夫人 ❶ ❀

莫以今时宠❷，能忘旧日恩❸。

看花满眼泪，不共楚王言。

注释

❶ 题下原注曰："时年二十"。开元八年（720）作于长安。息夫人：春秋时息侯（息国国君）夫人。姓妫（guī），亦称息妫。据《左传·庄公十四年》载，楚王灭息，将她据为己有，息妫生二子，终日默默，不与楚王说话。又唐孟棨《本事诗·情感》载，宁王李宪看上了邻居卖饼人的妻子，设法把她弄到手。一年后，宁王问她：还想丈夫否？她不作声。宁王叫来其夫，她注视丈夫，泪流满脸。宁王命在座文士赋诗，王维首先赋成。宁王读诗后十分尴尬，只好将妇人归还饼师。清张谦宜《絸斋诗谈》卷五评此诗"体贴出怨妇本情"，"止二十字，却有味外味，诗之最高者"。

❷ 莫以：不要以为。宠：被宠爱。

❸ 旧日恩：指旧日夫妻的恩爱。

从岐王过杨氏别业应教❶

杨子谈经所❷，淮王载酒过❸。
兴阑啼鸟换❹，坐久落花多。
径转回银烛，林开散玉珂❺。
严城时未启❻，前路拥笙歌❼。

注释

❶ 开元八年（720）或是年以前作于长安。岐王：名范，睿宗第四子，玄宗之弟。睿宗即位，进封岐王。开元初，拜太子少师，带本官历绛、郑、岐三州刺史。开元八年（720），迁太子太傅；十四年

（726）病卒。事见《旧唐书·睿宗诸子传》。过：拜访。应教：古时人臣于文字间有所属和，于天子称应诏，于太子称应令，于诸王曰应教。本诗为王维与岐王一道拜访杨氏别业应岐王之命而作。

❷杨子：指西汉扬雄（一作"杨雄"）。雄为人淡于势利，不求闻达。早年好辞赋，后转而研治学术，曾仿《论语》作《法言》，仿《易经》作《太玄经》。《汉书》有传。此处以杨子喻杨氏。

❸淮王：西汉淮南王刘安。为人博辩，善为文辞。《汉书》有传。此以淮南王喻指岐王。载酒：《汉书·扬雄传》："（雄）家素贫，嗜酒，……时有好事者，载酒肴，从游学。"

❹兴阑：兴尽。

❺玉珂，马勒上的玉饰，代指马。

❻严：戒夜。句意为归来时天尚未明，城中戒夜，城门未开。

❼拥：谓群聚而行。句指归来时，奏乐者走在队伍之前。唐时亲王出行，卤簿中有鼓吹乐，故云。

敕借岐王九成宫避暑应教[1]

帝子远辞丹凤阙[2]，天书遥借翠微宫[3]。
隔窗云雾生衣上，卷幔山泉入镜中[4]。
林下水声喧语笑，岩间树色隐房栊[5]。
仙家未必能胜此，何事吹笙向碧空[6]?

注释

[1] 作于开元八年（720）。九成宫：在今陕西麟游县西天台山上。唐李吉甫《元和郡县志》卷二："九成宫在（凤翔府麟游）县西一里，即隋文帝所置仁寿宫，每岁避暑，春往秋还。义宁元年（617），废宫，置立郡县。贞观五年（631），复修旧宫，以为避暑之所，改名九成宫。"本诗以写景见长。黄生《增订唐诗摘钞》卷三评此诗云："右丞诗中有画，如此一诗，更不逊李将军仙山楼阁也。'衣上'字，'镜

中'字，'喧笑'字，更画出景中人来，尤非俗笔所办。"

❷帝子：指岐王。丹凤阙：唐长安大明宫南面五门，正中之门名丹凤。阙，即宫门前两边的高台，台上起观楼。此处借指朝廷。

❸天书：天子谕告臣下的文书，也即诗题中之"敕"。翠微宫：指九成宫。《尔雅·释山》："未及上，翠微。"邢昺疏："谓未及顶上，在旁陵陀之处，名翠微。一说山气青缥色，故曰翠微。"九成宫坐落山间，故以翠微宫称之。

❹幔（màn）：挂在屋内的帷帐。此指窗帘之类。

❺房栊：窗户。借指房舍。

❻"何事"句：《列仙传》卷上："王子乔者，周灵王太子晋也。好吹笙，作凤凰鸣。游伊、洛之间，道士浮丘公接以上嵩高山……"后乘白鹤登仙而去。

送綦毋潜落第还乡❶

圣代无隐者，英灵尽来归❷。
遂令东山客❸，不得顾采薇❹。
既至君门远❺，孰云吾道非❻？
江淮度寒食❼，京洛缝春衣❽。
置酒临长道，同心与我违❾。
行当浮桂棹❿，未几拂荆扉⓫。
远树带行客，孤城当落晖。
吾谋适不用⓬，勿谓知音稀⓭！

注释

❶本诗作于开元九年（721）春。是年，王维擢进士第，解褐太

乐丞（从八品下）。綦毋潜落第还乡，王维以诗相送。綦毋潜：字孝通，虔州（今江西赣县）人，盛唐诗人。开元十四年（726）登进士第，尝官校书郎。天宝时迁右拾遗，终著作郎。事见《元和姓纂》卷二、《新唐书·艺文志》等。诗中抒发了对落地友人的关怀体贴、敦励慰勉之意，表明诗人是一个深于友情之人。

❷英灵：指杰出的人才。

❸东山客：指隐士。东晋谢安曾隐居东山，后因以东山泛指隐者所居之地。

❹采薇：据《史记·伯夷列传》载，周武王灭商后，伯夷、叔齐耻食周粟，隐于首阳山，采薇而食，后饿死。后世以采薇代指隐居。

❺君门：谓王宫之门。

❻吾道非：据《史记·孔子世家》载，孔子被困于陈、蔡之间，谓诸弟子曰："《诗》云：'匪兕匪虎，率彼旷野。'吾道非耶（我的主张不对吗）？吾何为于此？"此句意谓，潜应试落第，并不是自己的过错。

❼江淮：长江、淮河流域地区。寒食：旧时以清明前一日或二日为寒食节，届时前后三日不得举火。

❽京洛：即指洛阳，因洛阳古时历为建都之地。江、淮、京洛皆綦毋潜自长安还乡途中需经之地。

❾"同心"句：语本《古诗十九首·涉江采芙蓉》："同心而离居。"《凛凛岁云暮》："同袍与我违。"同心：此指知己。违：离。

❿浮桂棹（zhào）：指归途中乘舟。棹，船桨，也指船。

⓫拂荆扉：谓掸去陋室的尘垢，以便居住。

⓬"吾谋"句：据《左传·文公十三年》载，晋人担心秦国任用士会，设计使秦送士会归晋。秦大夫绕朝察知其情，对士会说："子无谓秦无人，吾谋适不用也。"适：偶然，恰巧。

⓭知音稀：《古诗十九首·西北有高楼》："不惜歌者苦，但伤知音稀。"句意谓綦毋潜的落第，仅只是自己的才华恰好未被赏识，切莫以为朝中识才者稀。

燕支行❶

汉家天将才且雄❷，来时谒帝明光宫❸。

万乘亲推双阙下❹，千官出饯五陵东❺。

誓辞甲第金门里❻，身作长城玉塞中❼。

卫霍才堪一骑将❽，朝廷不数贰师功❾。

赵魏燕韩多劲卒，关西侠少何咆勃❿。

报雠只是闻尝胆⓫，饮酒不曾妨刮骨⓬。

画戟雕戈白日寒⓭，连旗大旆黄尘没⓮。

叠鼓遥翻瀚海波，鸣笳乱动天山月⓯。

麒麟锦带佩吴钩，飒沓青骊跃紫骝⓰。

拔剑已断天骄臂，归鞍共饮月支头⓱。

汉兵大呼一当百，虏骑相看哭且愁。

教战须令赴汤火，终知上将先伐谋⓲。

注释

❶ 题下原注曰："时年二十一"。本诗作于开元九年（721）。燕支：山名，即焉支山，又作胭脂山。在甘肃永昌县西、山丹县东南。《史记·匈奴列传》："汉使骠骑将军（霍）去病将万骑，出陇西，过焉支山千余里，击匈奴，得胡首虏骑万八千余级，破得休屠王祭天金人。"此诗歌颂唐军将士出征获胜，用霍去病征伐燕支事，故取名为《燕支行》。

❷ 汉家天将：诗中虚拟人物，唐代诗人常借汉喻唐。

❸ 明光宫：汉宫名。一在长安北宫，一在甘泉宫中，皆汉武帝所起。后泛指宫殿。

❹ 亲推：《史记·张释之冯唐列传》："臣闻上古王者之遣将也，

跪而推毂（指车轮），曰：'阃（郭门的门限）以内者，寡人制之；阃以外者，将军制之。'"双阙：宫门两旁的门楼。

❺千官：朝廷群臣。五陵：指汉高祖的长陵、汉惠帝的安陵、汉景帝的阳陵、汉武帝的茂陵、汉昭帝的平陵，其地皆在渭水北岸今咸阳附近，故合称五陵。

❻甲第：第一等的宅第，旧指豪门贵族的住宅。此处用霍去病事。《史记·卫将军骠骑列传》："天子为治第，令骠骑（霍去病）视之，对曰：'匈奴未灭，无以家为也。'"金门：汉宫有金马门，又称金门。《史记·滑稽列传》："金马门者，宦署门也。门傍有铜马，故谓之金马门。"此处指朝廷。

❼玉塞：指玉关，即玉门关。汉武帝置，在今甘肃敦煌西北小方盘城，为古时通往西域的门户。

❽卫霍：西汉名将卫青、霍去病。青拜大将军（将军之中位最尊者），去病官骠骑将军（禄秩与大将军同），武帝时皆多次伐匈奴，立下赫赫战功。骑将：即骑将军，汉杂号将军之一。其位非但在大将军下，亦在车骑将军、卫将军、前后左右将军之下。

❾贰师：指汉名将李广利。据《史记·大宛列传》载，大宛有良马在贰师城（今吉尔吉斯斯坦西南部马尔哈马特），汉武帝遣使持千金至大宛求马，大宛不肯予，武帝于是拜李广利为贰师将军，率兵伐大宛。后李广利破大宛，得良马三千余匹。此句大意指李广利之功比起"天将"来，显得微不足道，很难被朝廷数上。

❿关西：指函谷关或潼关以西地区。咆勃：怒貌。潘岳《西征赋》："何猛气之咆勃！"

⓫尝胆：用《史记·越王勾践世家》"卧薪尝胆"事，以表现将军立志报仇。

⓬"饮酒"句：用关羽刮骨疗毒的典故以歌咏将军的勇武刚毅。据《三国志·蜀书·关羽传》载，羽为流矢所中，贯其左臂。后创虽愈，骨常疼痛。医称矢镞有毒，毒入于骨，当破臂刮骨去毒，此患乃可除。羽便伸臂令医劈之。时羽适请诸将，饮食相对，"臂血流离，

盈于盘器，而羽割炙引酒，言笑自若"。

⑬画戟雕戈：雕画着花纹的戟和戈。戟，古兵器。戈，平头戟。
白日寒：指戈戟闪着寒光。

⑭旆（pèi）：杂色镶边的旗子。

⑮"叠鼓"二句：叠鼓：击鼓。瀚海：指沙漠。笳（jiā）：指胡
笳，我国古代西北方少数民族的一种乐器，类似笛子。天山：在今新
疆境内。

⑯"麒麟"二句：麒麟锦带：绣有麒麟的锦带。吴钩：钩是一种
"似剑而曲"的兵器。因产于吴地，故名。后也泛指利剑。飒（sà）
沓：奔走如飞貌。青骊：毛色青黑相杂的马。紫骝（liú）：枣红马。

⑰"拔剑"二句：天骄：指匈奴。《汉书·匈奴传》："胡者，天之
骄子也。"断臂：《汉书·西域传》："孝武之世，图制匈奴，患其兼从
西国，结党南羌"，"开玉门，通西域，以断匈奴右臂"。饮月支头：
《史记·大宛列传》："至匈奴老上单于，杀月氏王，以其头为饮器。"
月支，即月氏（zhī），古部族名。秦汉之际游牧于敦煌、祁连间。后
为匈奴所攻，一部分西迁至今伊犁河上游，称大月氏；未西迁者进入
祁连山区与羌族杂居，称小月氏。

⑱"教战"二句：须：犹"虽"。赴汤火：《汉书·晁错传》："故
能使其众蒙矢石，赴汤火，视死如生。"伐谋：以谋略去征服敌人。
《孙子·谋攻》："故上兵伐谋，其次伐交，其次伐兵，其下攻城。"

少年行四首①

其一②

新丰美酒斗十千③，咸阳游侠多少年④。

相逢意气为君饮，系马高楼垂柳边。

注释

❶这是一组写少年侠客的诗，具体写作时间不详，应为早年作品。少年行：乐府旧题有《结客少年场行》。《乐府诗集》卷六六引《乐府解题》说："《结客少年场行》，言轻生重义，慷慨以立功名也。"

❷此首只抓住游侠少年相逢即意气相投而共饮事，就把他们爽朗豪迈的精神风貌给表现了出来。

❸"新丰"句：新丰：古县名，治所在今西安临潼区东北，产美酒。斗十千：一斗酒值十千文钱，极言酒之名贵。语出曹植《名都篇》："归来宴平乐，美酒斗十千。"

❹咸阳：秦都，故址在今陕西咸阳市东北二十里。此借指唐都长安。

其二❶

出身仕汉羽林郎❷，初随骠骑战渔阳❸。
孰知不向边庭苦❹，纵死犹闻侠骨香❺。

注释

❶此首表现游侠少年从军边庭、为国杀敌，不怕苦、不畏死的英雄气概。

❷出身：委身事君之意。仕汉：在汉朝做官。此处借汉喻唐。羽林郎：汉代皇家禁卫军军官。掌宿卫侍从，秩比三百石。武帝太初时始置，属光禄勋，后汉同。参见《汉书·百官公卿表》《后汉书·百官志》。唐时有左右羽林军，为皇家禁军之一。

❸骠骑：即骠骑将军，汉代名将霍去病曾任此官。此处借指唐守边将帅。渔阳：地名，汉置渔阳郡，治所在今北京市密云区西南。又唐有渔阳县，即今天津市蓟州区。

❹孰知：熟知，深知。边庭：边疆。

⑤闻：这里作使动词用，使人们闻到。侠骨：为国捐躯的豪侠英烈的骨骼。张华《博陵王宫侠曲二首》其二："生从命子游，死闻侠骨香。"

其三❶

一身能擘两雕弧❷，虏骑千重只似无。
偏坐金鞍调白羽❸，纷纷射杀五单于❹。

注释

❶此首描写游侠少年在战场上艺高胆大、从容杀敌的英姿，与前两首一样，都具有刚劲的气势和昂扬的格调。

❷擘（bò）：用手张弓。雕弧：有雕饰彩画的弓。

❸偏：犹正，恰。调白羽：调弄弓矢，指放箭。白羽，用白羽装饰的箭。

❹五单于：匈奴君主的称号。汉宣帝时，匈奴内部立了五个君长，称五单于。此处泛指敌人的许多首领。

其四❶

汉家君臣欢宴终，高议云台论战功❷。
天子临轩赐侯印❸，将军佩出明光宫❹。

注释

❶此首诗写君臣欢宴，云台论功，天子临轩赐印，少年将军配印出宫。

❷云台：东汉洛阳宫中的一座台，因台高入云，故称。《后汉书·朱景王杜马刘傅坚马传》："永平中，显宗追感前世功臣，乃图画二十八将于南宫云台。"

❸临轩：天子不居正座而临殿前平台，谓之临轩。表示礼仪隆

重。《后汉书·崔寔》:"(崔烈)为司徒,及拜日,天子临轩,百僚毕会。"侯印:《汉书·百官公卿表》:"彻侯,金印紫绶,避武帝讳曰通侯,或曰列侯。"

❹将军:指立功后的少年。明光宫:汉宫名,见《燕支行》注❸。

被出济州❶

微官易得罪❷,谪去济川阴❸。
执政方持法,明君无此心❹。
闾阎河润上❺,井邑海云深❻。
纵有归来日,多愁年鬓侵❼。

注释

❶开元九年(721),作者被贬为济州司仓参军,本诗即是秋离京之任时所作。出:谪为外官。济州:唐州名,治所在卢县(今山东荏平县西南)。诗中抒发了作者以细故遭贬的怨愤之情,但语言委婉,所谓"怨而不怒"也。黄周星《唐诗快》卷八评云:"忠厚和平至此,觉怨诽不乱四字,犹为浅薄。"

❷微官:指王维原任的太乐丞。太乐丞为太常寺属官,系太乐令副手,掌管供祭祀享宴用的音乐舞蹈。

❸济川阴:济水之南,即济州。

❹"执政"二句:谓执政者已依法行事,而圣明天子并无处罚自己之意。方:犹"已"。持法:执法。按,关于王维被贬的原因,《集异记》说:"及为太乐丞,为伶人舞黄师子,坐出官。黄师子者,非一人不舞也。"唐有《五方师子舞》,为天子享宴之乐;"五方师子"即青、赤、黄、白、黑五色师子,伶人所舞黄师子,只是其中之一;

019

又唐太常寺太乐署置令一人，丞一人，丞是令的佐吏，则署中"伶人舞黄师子"，负有主要责任的应当是令。《旧唐书·刘子玄传》说："（开元）九年，长子贶为太乐令，犯事配流。"可知，太乐令刘贶的"犯事"与王维的遭贬实属一案，但王维既然不是这次事件的主要责任者，那么他是否当贬，也就在两可之间。

❺闾阎：原指闾里，里巷。此指村落。河润：指黄河水浸润之地。此句指济州濒临黄河。

❻井邑：市井，邑里。此句指济州近海。

❼多：适足，只是。年鬓侵：年岁渐大，双鬓渐白。

❧ 登河北城楼作❶ ❧

井邑傅岩上❷，客亭云雾间❸。
高城眺落日，极浦映苍山❹。
岸火孤舟宿，渔家夕鸟还。
寂寥天地暮，心与广川闲❺。

注释

❶本诗为开元九年（721）赴济州途中作。河北：唐县名，属陕州，治所在今山西平陆县。此诗写景远近交错，动静结合，章法错落有致，极具画面之感，且融情于景，情景俱胜。

❷傅岩：古地名，一作傅险，相传为商代傅说版筑之处。在唐陕州河北县北七里。

❸客亭：供旅客止息之所。

❹极浦：遥远的水边。

❺广川：此指黄河。河北县临黄河。

宿郑州❶

朝与周人辞❷，暮投郑人宿❸。

他乡绝俦侣❹，孤客亲僮仆。

宛洛望不见❺，秋霖晦平陆❻。

田父草际归，村童雨中牧。

主人东皋上❼，时稼绕茅屋。

虫思机杼鸣❽，雀喧禾黍熟。

明当渡京水，昨晚犹金谷❾。

此去欲何言，穷边徇微禄❿。

注释

❶本诗为作者赴济州途中所作，书写途中所闻所感。郑州：唐州名，辖境在今河南荥阳、郑州、中牟、新郑及原阳一带，治所在今郑州市。

❷周人：洛阳为周洛邑，因称洛阳人为周人。

❸郑人：郑州春秋时属郑国，因称郑州人为郑人。

❹俦（chóu）侣：伴侣。

❺宛洛：南阳和洛阳。宛，汉南阳郡宛县，今河南南阳。洛，洛阳。此处宛洛实指洛阳（作者赴济州并不经过宛）。

❻秋霖：连绵不断的秋雨。霖，凡雨三日以上曰霖。平陆：平原。

❼东皋：田野。

❽虫思：秋虫悲鸣。杼（zhù）：织机上的梭。

❾"名当"二句：京水：河名，源出唐郑州荥阳县南。作者东行

过今荥阳市，即当渡京水。金谷：谷名，在洛阳西北，晋代石崇尝于此构馆筑园。

❿穷边：贫穷的边远地区。徇：从，曲从。

千塔主人❶

逆旅逢佳节❷，征帆未可前。
窗临汴河水❸，门渡楚人船❹。
鸡犬散墟落❺，桑榆荫远田。
所居人不见❻，枕席生云烟❼。

注释

❶疑开元二十九年春自岭南北归途中所作。千塔主人：未详何人。疑"千塔"为寺名，则"主人"是云游在外的僧人。本诗主要写拜访千塔主人的情景。虽然千塔主人并未在诗中出现，但其神情气度如在眼前，此全得力于借景写人、烘云托月的艺术手段。

❷逆旅：迎接旅客之所，即旅舍。逆，迎。

❸汴河：即通济渠东段。隋开此渠，因自今荥阳至开封一段本为汴水故道，故唐宋人遂称通济渠东段全流为汴水、汴河或汴渠。

❹楚人船：汴河入淮，淮南皆旧楚地，故河中多楚人船只。

❺墟落：村落。

❻所居：指千塔主人居处。

❼"枕席"句：《神仙传》载，蓟子训所到数十处，去后数处都有云起，此借誉千塔主人道行深厚。

济上四贤咏三首❶

崔录事❷

解印归田里，贤哉此丈夫❸！
少年曾任侠❹，晚节更为儒。
遁世东山下❺，因家沧海隅❻。
已闻能狎鸟❼，余欲共乘桴❽。

注释

❶作者居济州时作。济上：济水岸边。济水，古水名，发源于今河南，流经山东入渤海。四贤咏：王维在济州结识了崔、成、郑、霍四位隐士，写了这三首诗来赞颂他们。通过对这四位贤者的刻画，表达了作者心中的不平与社会理想。

❷崔录事：姓崔，名不详。录事，官名，为负责记录、缮写的小吏。

❸"解印"二句：意本张协《咏史》："达人知止足，遗荣忽如无。抽簪解朝衣，散发归海隅。行人为陨涕，贤哉此丈夫！"

❹任侠：谓打抱不平，仗义助人。

❺遁世：避世。东山：见《送綦毋潜落第还乡》注❸。

❻沧海隅：即指济州。

❼狎鸟：《列子·黄帝》："海上之人，有好沤鸟者，每旦之海上，从沤鸟游，沤鸟之至者，百住而不止。其父曰：'吾闻沤鸟皆从汝游，汝取来吾玩之。'明日之海上，沤鸟舞而不下也。"此指崔录事无世俗机杼心，已可与海鸟亲近。

⑧乘桴（fú）：《论语·公冶长》："子曰：道不行，乘桴浮于海。"桴，小筏子。句谓自己想和崔一起浪迹江海。

成文学①

宝剑千金装②，登君白玉堂③。
身为平原客④，家有邯郸娼⑤。
使气公卿座⑥，论心游侠场⑦。
中年不得志，谢病客游梁⑧。

注释

①成文学：姓成，名不详。文学，官名，唐时太子诸王设文学，掌校典籍，侍奉文章。

②千金装：一说形容服饰之华贵，一说行装携有千金。

③白玉堂：装饰富丽的厅堂。汉乐府《相逢行》："黄金为君门，白玉为君堂。堂上置樽酒，作使（犹役使）邯郸倡。"此用其意，谓成出入豪贵之门。

④平原客：平原君的门客。平原，平原君赵胜，战国时赵国武灵王之子，相赵惠文王及孝武王。初封于平原，因以为号。他以礼待客，其门客经常有数千人。

⑤邯郸：战国时赵国国都，在今河北省邯郸市西南。娼：歌舞伎。

⑥使气：逞意气。公卿：原指三公九卿，此处指朝廷中的高级官员。

⑦论心：谈心，讲交情。游侠场：游侠之士聚集的场所。

⑧"中年"二句：借司马相如指成文学。《史记·司马相如列传》载，司马相如是汉代辞赋家，汉景帝不喜欢辞赋，只让他当武骑常侍。一天，梁孝王（景帝同母弟）带邹阳、庄忌、枚乘等来朝，司马相如和他们气味相投，便托病辞官到梁，投靠梁孝王。谢病：托病引退。这二句谓成中年不得意，托病去职，离京客游他方（这里是客游济上）。

郑霍二山人❶

翩翩繁华子❷，多出金张门❸。
幸有先人业，早蒙明主恩。
童年且未学，肉食骛华轩❹。
岂乏中林士❺，无人献至尊。
郑公老泉石，霍子安丘樊❻。
卖药不二价❼，著书盈万言。
息阴无恶木，饮水必清源❽。
吾贱不及议，斯人竟谁论❾！

注释

❶郑霍二山人：指姓郑、姓霍的两位隐士。山人：谓隐士。

❷翩翩：风流潇洒貌。繁华子：谓贵盛者。

❸金张：金，指金日䃅；张，指张安世。金、张两姓为汉代显官，此处泛指权贵。

❹肉食：谓享有厚禄，得常食肉。骛（wù）：驰。华轩：华美的车。

❺中林士：山林隐逸之士。

❻丘樊：山林。

❼"卖药"句：《后汉书·逸民列传》："韩康，字伯休……常采药名山，卖于长安市，口不二价，三十余年。时有女子从康买药，康守价不移，女子怒曰：'公是韩伯休耶，乃不二价乎？'康叹曰：'我本欲避名，今小女子皆知有我焉，何用药为？'乃遁入霸陵山中。"此借用其事，谓郑、霍过着隐逸生活。

❽"息阴"二句：意本陆机《猛虎行》："渴不饮盗泉水，热不息恶木阴。"李善注引《尸子》："孔子……过于盗泉，渴矣而不饮，恶其名也。"又引江邃《文释》："《管子》曰：'夫士怀耿介之心，不荫

恶木之枝；恶木尚能耻之，况与恶人同处？"此二句谓郑、霍志趣、品格皆极高洁。

❾斯人：此人，指郑、霍。

寓言二首❶

其一❷

朱绂谁家子❸？无乃金张孙❹。
骊驹从白马❺，出入铜龙门❻。
问尔何功德，多承明主恩❼？
斗鸡平乐馆，射雉上林园❽。
曲陌车骑盛，高堂珠翠繁❾。
奈何轩冕贵❿，不与布衣言。

注释

❶此二首诗反映的思想与《郑霍二山人》很接近，疑写作时间相去不远。

❷本诗直截了当地抨击那些无"功德"却占据显位的贵族子弟，向他们发出义正词严的责问，一吐作者胸中的不平。

❸朱绂（fú）：朱红色画有花纹的朝服。后多借指官服。

❹无乃：莫不是。

❺"骊驹"句：语本汉乐府《陌上桑》："何用识夫婿？白马从骊驹。"

❻铜龙门：即龙楼门，汉长安宫门之一。

❼"问尔"二句：脱胎于应璩《百一诗》："问我何功德，三入承明庐？"

❽"斗鸡"二句：平乐馆：西汉统治者斗鸡走狗的娱乐场所，在上林苑中。上林园：即上林苑。秦置，汉初荒废，曾许民入苑开垦。武帝时，又收为宫苑。苑内放养禽兽，供天子射猎。故址在今陕西西安西及周至、户县界。

❾珠翠：妇女的饰物。此处借指姬妾、女乐等。

❿轩冕：古制，大夫以上乘轩服冕，故以轩冕指官位爵禄，又用为贵显者的代称。

其二❶

君家御沟上❷，垂柳夹朱门。
列鼎会中贵❸，鸣珂朝至尊❹。
生死在八议❺，穷达由一言。
须识苦寒士，莫矜狐白温❻。

注释

❶本诗先从多方面描写权贵的显赫，末尾劝诫他们应体恤寒士之苦。元方回《瀛奎律髓》卷四六说："此诗有古乐府之意"。

❷御沟：流经皇宫的河道。《古今注》卷上："长安御沟，谓之杨沟。谓植高杨于其上也。"

❸列鼎：谓陈列盛馔。《说苑·建本》："累茵而坐，列鼎而食。"中贵：天子近侍之贵幸者。

❹鸣珂（kē）：珂为马勒上的饰物，马行时作声，故称"鸣珂"。

❺八议：《旧唐书·刑法》："一曰议亲，二曰议故，三曰议贤，四曰议能，五曰议功，六曰议贵，七曰议宾，八曰议勤。"唐律，上述八种人犯了死罪，其生死要由皇帝裁决。

❻"须识"二句：语本《文选》王微《杂诗》："讵忆无衣苦，但知狐白温。"狐白：狐白裘，集狐腋部毛色纯白之皮制成，轻暖名贵。《史记·孟尝君列传》："孟尝君有一狐白裘，直千金。"

渡河到清河作❶

泛舟大河里，积水穷天涯❷。
天波忽开拆❸，郡邑千万家❹。
行复见城市❺，宛然有桑麻。
回瞻旧乡国，淼漫连云霞❻。

注释

❶本诗作于在济州任职期间。河：即黄河。清河：《唐书·地理志》："河北道贝州清河郡有清河县。"位于今河北清河县西。唐时，济州属河南道，贝州属河北道，由济州治所渡河西北行，即可至清河。本诗即为从济州渡河去清河的所见所闻。

❷积水：指黄河汇聚百川之水。穷天涯：一望无际，远接天边。

❸天波：形容黄河浩瀚无边。开拆：裂开。

❹郡邑：指唐河北道博州治所聊城县。

❺城市：即指清河县。

❻"回瞻"二句：淼（miǎo）漫：大水茫茫无际。此二句谓回望故乡，只见水波浩渺，与天相连。

鱼山神女祠歌二首❶

迎神曲

坎坎击鼓❷，鱼山之下。

吹洞箫，望极浦❸。

女巫进，纷屡舞❹。

陈瑶席，湛清酤❺。

风凄凄兮夜雨，神之来兮不来？

使我心兮苦复苦！

注释

❶此二首诗作于济州任职期间。鱼山：据《元和郡县志》卷十载，一名吾山，在东阿县东南二十里。东阿本属济州，即今山东阳谷县东北阿城镇。鱼山神女：即神女成公知琼。《搜神记》卷一载，神女成公知琼降济北郡，与从事掾弦超成婚。此故事在当地传为佳话，后人立祠祀之。王维效仿屈原《九歌》，作《迎神曲》《送神曲》。清翁方纲《石洲诗话》卷二说："王右丞《送迎神曲》诸歌，骚之匹也。"

❷坎坎：鼓声。

❸"吹洞箫"二句：洞箫：古乐器名。古箫是用许多竹管制成的，底部封蜡的叫排箫，洞开的是洞箫。望极浦：眺望远方的水涯，盼神女下降。

❹女巫：古称以舞降神的女子。

❺"陈瑶席"二句：陈：布，铺。瑶席：一种如玉般精美贵重的席子。湛：澄。酤（gū）：酒。句谓澄出清酒以祀神。

送神曲

纷进拜兮堂前，目眷眷兮琼筵❶。
来不语兮意不传，作暮雨兮愁空山❷。
悲急管，思繁弦，灵之驾兮俨欲旋❸。
倏云收兮雨歇❹，山青青兮水潺湲❺。

注释

❶眷眷：顾盼貌。琼筵：极言筵席的珍贵。

❷"作暮"句：以巫山神女拟鱼山神女。宋玉《高唐赋序》："昔者先王尝游高唐，怠而昼寝，梦见一妇人曰：'妾巫山之女也，为高唐之客，闻君游高唐，愿荐枕席。'王因幸之。去而辞曰：'妾在巫山之阳，高丘之阻，旦为朝云，暮为行雨，朝朝暮暮，阳台之下。'"作暮雨：即"暮为行雨"之意。

❸"悲急管"三句：急管：谓乐声节奏急速。思：悲。繁弦：丰富多变的弦乐声。灵：神灵。驾：车驾，车乘。俨：整齐貌。旋：回去。

❹倏（shū）：忽然。云收雨歇：《高唐赋》将云雨比拟神女，因此云收雨歇是说神女已去。

❺潺湲（chán yuán）：水流貌。

赠东岳焦炼师❶

先生千岁余，五岳遍曾居。
遥识齐侯鼎❷，新过王母庐❸。

不能师孔墨，何事问长沮❹？
玉管时来凤❺，铜盘即钓鱼❻。
竦身空里语❼，明目夜中书❽。
自有还丹术❾，时论太素初❿。
频蒙露版诏，时降软轮车⓫。
山静泉逾响，松高枝转疏。
支颐问樵客，世上复何如⓬？

注释

❶济州地近东岳泰山，本诗疑即王维在济州任职期间所作。炼师：《唐六典》卷四："道士修行有三号，其一曰法师，其二曰威仪师，其三曰律师，其德高思精，谓之炼师。"一般用于敬称道士。焦炼师：其名经常出现于唐诗中，如李白《赠嵩山焦炼师》、王昌龄《谒焦炼师》、李颀《寄焦炼师》、钱起《题嵩阳焦道士石壁》等。李白、钱起等人所题赠的"焦炼师"居于中岳嵩山，而王维本诗中的"焦炼师"则居于东岳泰山。但从"五岳遍曾居"来看，王维与李白等人笔下的"焦炼师"或许就是同一人。李白《赠嵩山焦炼师序》对"焦炼师"的描写也与王维本诗十分吻合。

❷"遥识"句：《史记·封禅书》："（李）少君见上（武帝），上有故铜器，问少君，少君曰：'此器齐桓公十年陈于柏寝。'已而案其刻，果齐桓公器，一宫尽骇，以为少君神，数百岁人也。"

❸王母：即西王母，古仙人名。《山海经·西山经》："西王母其状如人，豹尾虎齿而善啸，蓬发戴胜，是司天之厉及五残。"又《竹书纪年》卷八曰："（周穆王）十七年，王西征昆仑丘，见西王母。"《穆天子传》卷三载有周穆王"宾于西王母"事，二书所叙西王母，已无《山海经》中诸异相；至《汉武故事》《汉武帝内传》所记降于武帝宫中之西王母，则更化为一"容颜绝世"之"天仙"。

❹问长沮：《论语·微子》："长沮、桀溺耦而耕。孔子过之，使子路问津焉。"

❺ "玉管"句:《列仙传》卷上:"萧史者,秦穆公时人也。善吹箫……穆公有女,字弄玉,好之,公遂以女妻焉。日教弄玉作凤鸣,居数年,吹似凤声,凤凰来止其屋,公为作凤台。夫妇止其上,不下数年,一旦皆随凤凰飞去。"

❻ "铜盘"句:《后汉书·方术列传》:"左慈,字元放,庐江人也。少有神道,尝在司空曹操坐,操从容顾众宾曰:'今日高会,珍羞略备,所少吴松江鲈鱼耳。'元放于下坐应曰:'此可得也。'因求铜盘贮水,以竹竿饵钓于盘中,须臾引一鲈鱼出,操大拊掌笑,会者皆惊。操曰:'一鱼不周坐席,可更得乎?'放乃更饵钩沉之,须臾复引出,皆长三尺余,生鲜可爱。"此用其事,谓焦炼师有神术。

❼ "竦身"句:竦身:即耸身。《淮南子·道应训》:"若士举臂而竦身,遂入云中。"空里语:葛洪《神仙传》卷十:"班孟者,不知何许人,或云女子也。能飞行终日,又能坐空虚之中,与人言语。"此句亦写焦炼师有神术。

❽ "明目"句:葛洪《抱朴子·内篇·杂应》:"或问明目之道,抱朴子曰:'能引三焦之昇景,召大火于南离,洗之以明石,熨之以阳光,及烧丙丁洞视符(道家符箓名),以酒和洗之,古人曾以夜书也。'"

❾ 还丹术:道家的炼丹之术。《抱朴子·内篇·金丹》:"凡草木烧之即烬,而丹砂烧之成水银,积变又还成丹砂,其去凡草木亦远矣,故能令人长生。"

❿ 太素:《列子·天瑞》:"太易者,未见气也;太初者,气之始也;太始者,形之始也;太素者,质之始也。"

⓫ "频蒙"二句:露版:指诏策文书等不缄封者。软轮车:《后汉书·明帝纪》:"尊事三老,兄事五更;安车软轮,供绥执缀。"李贤注:"安车,坐乘之车。软轮,以蒲裹轮。"古时征召有重望之人,每用安车软轮,以示礼敬。二句意谓:天子多次下诏,以软轮车征召炼师入京。

⓬ 颐:下巴颏。二句指炼师遁迹山中,不预世事,故向樵夫询问世上情况。

赠焦道士❶

海上游三岛❷，淮南预八公❸。
坐知千里外❹，跳向一壶中❺。
缩地朝珠阙❻，行天使玉童❼。
饮人聊割酒❽，送客乍分风❾。
天老能行气，吾师不养空❿。
谢君徒雀跃，无可问鸿濛⓫。

注释

❶焦道士：疑即焦炼师。本诗写作时间与《赠东岳焦炼师》相去不远，也是济州任上所作。

❷三岛：指海上三神山，即蓬莱、瀛洲、方丈，传说为神仙所居之地。

❸八公：《水经注·肥水》："（刘安）养方术之徒数十人，皆为俊异焉。多神仙秘法，鸿宝之道。忽有八公，皆须眉皓素，诣门希见。门者曰：'吾王好长生，今先生无住衰之术，未敢相闻。'八公咸变成童，王甚敬之。八士并能炼金化丹，出入无间。乃与安登山，埋金于地，白日升天。余药在器，鸡犬舐之者，俱得上升。"

❹"坐知"句：《抱朴子·内篇·金丹》曰："服黄丹一刀圭，即便长生不老矣。及坐，见千里之外，吉凶皆知，如在目前也。"

❺"跳向"句：《太平广记》卷十二《壶公》："常悬一空壶于屋上，日入之后，公跳入壶中，人莫能见，惟（费）长房楼上见之，知非常人也。长房乃日日自扫公座前地，及供馈物，公受而不辞。如此积久……公知长房笃信，谓房曰：'至暮无人时更来。'长房如其言即往，

公语房曰：'见我跳入壶中时，卿便可效我跳，自当得入。'长房依言，果不觉已入，入后不复是壶，惟见仙宫世界。……公语房曰：'我仙人也，昔处天曹，以公事不勤见责，因谪人间耳。卿可教，故得见我。'"

❻缩地：《太平广记》卷十二《壶公》："（费长房）有神术，能缩地脉，千里存在目前宛然，放之复舒如旧也。"

❼玉童：仙童。《抱朴子·内篇·金丹》："第九之丹名寒丹，服一刀圭，百日仙也，仙童仙女来侍，飞行轻举，不用羽翼。"

❽割酒：《太平广记》卷十一《左慈》："初公（曹操）闻慈求分杯饮酒，谓当使公先饮，以余与慈耳，而（慈）拔道簪以画杯，酒中断，其间相去数寸，即饮半，半与公。"

❾分风：《太平广记》卷十一《栾巴》："庐山庙有神…人往乞福，能使江湖之中，分风举帆，行各相逢。"

❿"天老"二句：天老：道教传说中黄帝的辅臣。行气：道家的修炼之术。养空：修养空虚之性。贾谊《鵬鸟赋》："不以生故自宝兮，养空而浮。"

⓫"谢君"二句：《庄子·在宥》："云将东游，过扶摇之枝，而适遭鸿蒙。鸿蒙方将拊脾雀跃而游，云将见之，倘然止，贽然立，曰：'叟何人邪？叟何为此？'鸿蒙拊脾雀跃不辍，对云将曰：'游。'云将曰：'朕愿有问也。'鸿蒙仰而视云将曰：'吁！'云将曰：'天气不合，地气郁结，六气不调，四时不节，今我愿合六气之精，以育群生，为之奈何？'鸿蒙拊脾雀跃掉头曰：'吾弗知！吾弗知！'云将不得问。"

赠祖三咏❶

螗蛸挂虚牖❷，蟋蟀鸣前除❸。
岁晏凉风至❹，君子复何如？

高馆阒无人[5]，离居不可道[6]。

闲门寂已闭，落日照秋草。

虽有近音信，千里阻河关。

中复客汝颍[7]，去年归旧山[8]。

结交二十载，不得一日展[9]。

贫病子既深，契阔余不浅[10]。

仲秋虽未归，暮秋以为期[11]。

良会讵几日[12]？终自长相思！

注释

❶题下原注曰："济州官舍作"。祖三咏：祖咏，盛唐诗人，因排行第三，故叫祖三。据唐代姚合《极玄集》卷上载：祖咏，开元十三年中进士。据"贫病子既深"等诗句来看，本诗应作于祖咏中进士之前，即开元十三年之前。此诗抒岁晏思友之情，黄培芳评曰："四句一韵，深情远意，绵邈无穷……此真为善学《三百》者也。"（《唐贤三昧集笺注》卷上）

❷蟏蛸（xiāo shāo）：长脚蛛，即喜蛛，又名喜子、喜母，体小脚长。虚牖（yǒu）：敞开的窗户。

❸除：台阶。

❹岁晏：岁暮，冬末。

❺高馆：指济州官舍。阒（qù）：寂静。

❻离居：离群索居。不可道：不堪说。

❼"中复"句：疑指祖咏曾客居汝坟事。汝坟县地处汝水之北、颍水之南，故称汝颍，在今河南襄城。

❽旧山：指祖咏的故乡洛阳。

❾"结交"二句：《唐才子传》卷一："（祖咏）少与王维为吟侣。"维作此诗时，年二十四，所谓"二十载"，当是约举成数而言。展：适，适意。

❿契阔：离合、聚散。

⓫"仲秋"二句：仲秋：农历八月。暮秋：农历九月。

⓬讵（jù）：岂。

❧ 喜祖三至留宿❶ ❧

门前洛阳客❷，下马拂征衣。

不枉故人驾❸，平生多掩扉❹。

行人返深巷，积雪带余晖。

早岁同袍者❺，高车何处归❻？

注释

❶本诗作于开元十三年（725）冬，是时祖咏擢第授官后东行赴任，途经济州，维留宿官舍，且作是诗。此诗全篇毫不修饰造作，言语真挚自然。清代冒春荣《葚原诗说》卷一评曰："诗以自然为上，工巧次之。……王维《终赠别业》，又《喜祖三至留宿》……此皆不事工巧极自然者也。"

❷洛阳客：祖咏为洛阳人，故云。

❸枉驾：称人走访的敬辞。枉，屈尊。

❹掩扉：关门。

❺同袍：语出《诗经·秦风·无衣》："岂曰无衣，与子同袍。"此处指朋友间的恩好。

❻高车：对他人之车的尊称。

寒食汜上作❶

广武城边逢暮春❷，汶阳归客泪沾巾❸。
落花寂寂啼山鸟，杨柳青青渡水人。

注释

❶本诗作于开元十四年（726）春，作者自济州归洛时作。寒食：见《送綦毋潜落第还乡》注❼。汜（sì）上：汜水之上。此诗以出色的景物描写，映衬出了作者遭贬四年多后方得以西归的惆怅与伤感。

❷广武城：古城名，有东、西二城，在今河南荥阳东北广武山上。

❸汶阳归客：汶阳，指汶水之北，此处指济州。作者自济州西归长安或洛阳，故自称"汶阳归客"。

观 别 者❶

青青杨柳陌，陌上别离人。
爱子游燕赵❷，高堂有老亲。
不行无可养，行去百忧新。
切切委兄弟❸，依依向四邻。
都门帐饮毕❹，从此谢宾亲❺。
挥泪逐前侣，含凄动征轮。
车从望不见❻，时时起行尘❼。

余亦辞家久❽，看之泪满巾。

注释

❶ 根据诗意判断，本诗当为作者于开元十四年（726）自济州西归至洛阳时所作。

❷ 燕赵：皆战国七雄之一。燕辖境在今河北北部、辽宁西部一带，赵辖境在今河北西南部及山西中部、北部一带。

❸ 切切：再三告诫之词。委：托付。

❹ 都门：指东都的城门。帐饮：古时出行，送者在路旁设帐置酒饯别。

❺ 谢：辞。

❻ 从：谓随行之人。

❼ "时时"句：江淹《别赋》："驱征马而不顾，见行尘之时起。"

❽ "余亦"句：作者谪居济州已有四年多时间，故云。

偶然作❶

其一

楚国有狂夫❷，茫然无心想。
散发不冠带❸，行歌南陌上。
孔丘与之言，仁义莫能奖❹。
未尝肯问天❺，何事须击壤❻？
复笑采薇人，胡为乃长往❼！

注释

❶《偶然作》共六首。前五首约作于开元十五年（727）。诗人当

时在距离太行山、苏门山不远的淇上。第六首与前五首非同时作,乃王维晚年之诗。《万首唐人绝句》采"宿世谬词客"四句作一绝,题曰《题辋川图》,所以第六首也题作《题辋川图》。

❷"楚国"句:指楚狂接舆。《论语·微子》:"楚狂接舆歌而过孔子,曰:'凤兮凤兮,何德之衰?'……孔子下,欲与之言。趋而辟之,不得与之言。"

❸冠带:戴帽束带。

❹奖:勉励。

❺问天:指屈原作《天问》以抒愤。

❻击壤:盛世太平之象。晋皇甫谧《帝王世纪》:"帝尧之世,天下大和,百姓无事。有八九十老人,击壤而歌。"

❼"复笑"二句:采薇人:指伯夷、叔齐。《参见《送綦毋潜落第还乡》注❹。长往:指死亡。

其二

田舍有老翁,垂白衡门里❶。
有时农事闲,斗酒呼邻里。
喧聒茅檐下,或坐或复起。
短褐不为薄❷,园葵固足美❸。
动则长子孙❹,不曾向城市。
五帝与三王❺,古来称天子。
干戈将揖让❻,毕竟何者是?
得意苟为乐,野田安足鄙?
且当放怀去,行行没余齿❼。

注释

❶垂白:谓白发下垂。衡门:横木为门,指简陋的住处。《诗经·陈风·衡门》:"衡门之下,可以栖迟。"

②短褐：指粗布衣服。薄：鄙陋。

③"园葵"句：意本陶潜《止酒》："好味止园葵，大欢止稚子。"

④长：养育。

⑤五帝：《史记·五帝本纪》以黄帝、颛顼、帝喾、唐尧、虞舜为五帝。三王：夏、商、周三代国之君，即夏禹，商汤，周文王、周武王。

⑥将：与。揖让：禅位。

⑦行行：陶潜《饮酒》其十六："行行向不惑，淹留遂无成。"逯钦立注："行行，渐渐。"

其三

日夕见太行①，沉吟未能去②。
问君何以然？世网婴我故③。
小妹日成长，兄弟未有娶。
家贫禄既薄，储蓄非有素。
几回欲奋飞④，踟蹰复相顾。
孙登长啸台⑤，松竹有遗处。
相去讵几许？故人在中路⑥。
爱染日已薄，禅寂日已固⑦。
忽乎吾将行，宁俟岁云暮⑧。

注释

❶太行：太行山。

❷沉吟：犹豫不决。

❸"世网"句：语出自陆机《赴洛道中作》："借问子何之？世网婴我身。"世网：尘网，指尘世。婴：缠绕。

❹奋飞：鸟振翼而飞，此处指弃世隐居。

❺"孙登"句：孙登：字公和，魏晋时隐士。《晋书》卷九四有

传。长啸台：即孙登隐居的苏门山，又名苏岭、百门山，在今河南辉县西北。

⑥在中路：在去隐居地的途中。

⑦"爱染"二句：爱染：贪爱之心。《智度论》卷一："自法爱染故，毁誉他人法。"禅寂：即静虑，寂静思虑之义。《维摩经·方便品》："一心禅寂，摄诸乱意。"

⑧宁俟：何待。云：助词。

其四

陶潜任天真❶，其性颇耽酒❷。
自从弃官来❸，家贫不能有。
九月九日时，菊花空满手。
中心窃自思，傥有人送否？
白衣携壶觞，果来遗老叟❹。
且喜得斟酌❺，安问升与斗？
奋衣野田中❻，今日嗟无负❼。
兀傲迷东西，蓑笠不能守❽。
倾倒强行行，酣歌归五柳❾。
生事不曾问❿，肯愧家中妇。

注释

❶陶潜：即陶渊明，字元亮，尝更名潜。任天真：率性。

❷"其性"句：陶潜《五柳先生传》："性嗜酒，家贫不能常得。亲旧知其如此，或置酒而招之。造饮辄尽，期在必醉；既醉而退，曾不吝情去留。"耽：沉溺。

❸弃官：萧统《陶渊明传》："岁终，会郡遣督邮至县，吏请曰：'应束带见之。'渊明叹曰：'我岂能为五斗米折腰向乡里小儿！'即日解绶去职，赋《归去来》。"

④ "九月"下六句：《北堂书钞》卷一五五引《续晋阳秋》曰："陶渊明尝九月九日无酒，出宅边菊丛中摘菊盈把，坐其侧。久望见白衣人至，乃王弘（时任江州刺史）送酒也。即便就酌，醉而后归。"

⑤ 斟酌：斟酒。陶渊明《移居》其二："过门更相呼，有酒斟酌之。"

⑥ 奋衣：挥动衣袖。

⑦ "今日"句：陶渊明《饮酒》其二十："若复不快饮，空负头上巾。"萧统《陶渊明传》言渊明以头巾漉酒，漉毕，还复着之。

⑧ 兀傲：孤傲不羁。陶渊明《饮酒》其十三："规规一何愚，兀傲差若颖。"

⑨ 五柳：指渊明的住宅。《五柳先生传》曰："先生不知何许人也，亦不详其姓字。宅边有五柳树，因以为号焉。"

⑩ 生事：生计。

其五

赵女弹箜篌，复能邯郸舞①。
夫婿轻薄儿，斗鸡事齐主②。
黄金买歌笑，用钱不复数。
许史相经过，高门盈四牡③。
客舍有儒生，昂藏出邹鲁④。
读书三十年，腰下无尺组⑤。
被服圣人教⑥，一生自穷苦。

注释

① "赵女"二句：据《汉书·地理志》载，赵地女子多习歌舞，"游媚富贵，遍诸侯之后宫"。赵地女乐、歌舞皆闻名于世。箜篌（kōng hóu）：古弦乐器，其形似瑟而小，七弦。邯郸：战国时赵国

国都，在今河北邯郸西。

❷"斗鸡"句：《庄子·达生》："纪渻子为王养斗鸡。"陆德明《释文》："王，司马云：齐王也。"按，玄宗好斗鸡，唐时斗鸡之风甚盛，颇有以斗鸡而得宠者，此句即借用旧典以讽刺时事。

❸"许史"二句：许史：汉宣帝时外戚许氏、史氏，此代指权贵。经过：交往。四牡：四匹雄马拉的车子。

❹昂藏：气度轩昂。邹：古国名。有今山东费县、邹城、滕州、济宁、金乡等地，战国时为楚所灭。鲁：古国名。有今山东西南部地，战国时为楚所灭。按，孔子为鲁人，孟子为邹人，邹鲁一带深受儒家学派的影响，习儒业者比比皆是。《史记·货殖列传》曰："邹鲁滨洙泗，犹有周公遗风，俗好儒，备于礼。"《汉书·地理志》谓鲁地之民"好学，上礼义，重廉耻"。

❺尺组：组，彩色丝带，此指绶带。古时官员的绶带，一端用来系官印；绶结于腰间，印则垂之腰下，"尺"即指印垂下的长度。

❻被服：亲身蒙受。圣人：指孔子。

淇上即事田园❶

屏居淇水上❷，东野旷无山。
日隐桑柘外❸，河明间井间。
牧童望村去❹，猎犬随人还。
静者亦何事❺？荆扉乘昼关❻。

注释

❶本诗约作于开元十六年（728）。此时作者弃官在淇上隐居。淇上：淇水之上。淇水流经唐卫州（辖有今河南新乡卫辉及浚、辉、淇

等地）境内，即今河南北部淇河。《元和郡县志》卷一六"卫州"："淇水源出（共城）县（今辉县）西北沮洳山，至卫县（今淇县）入河（黄河。按，今淇水流入卫河），谓之淇水口。"

❷屏居：犹隐居。

❸柘（zhè）：树名。叶子卵形或椭圆形，可以喂蚕。

❹望：向着。

❺静者：幽居守静之人。多用以指隐者及僧人。此处为作者自指。

❻荆扉：柴门。

淇上送赵仙舟❶

相逢方一笑，相送还成泣。
祖帐已伤离❷，荒城复愁人。
天寒远山净，日暮长河急。
解缆君已遥❸，望君犹伫立。

注释

❶开元十五年（727）或十六年（728）作于淇上。淇上：见《淇上即事田园》注❶。赵仙舟：生平不详，应为开元、天宝时人。

❷祖帐：古代送别，在郊外路旁设的帷帐，亦指送行的酒宴。

❸解缆：解开缆绳。君已遥：谓水流急，船行甚速。

不遇咏❶

北阙献书寝不报❷，南山种田时不登❸。
百人会中身不预❹，五侯门前心不能❺。
身投河朔饮君酒❻，家在茂陵平安否❼？
且共登山复临水，莫问春风动杨柳。
今人作人多自私，我心不说君应知❽。
济人然后拂衣去❾，肯作徒尔一男儿❿！

注释

❶据陈铁民先生考，本诗疑为王维居淇上时所作。此诗描写一个落魄潦倒志士的遭遇与愤慨，并表现了他身处逆境仍怀抱拯世济人理想的胸襟。在这个抒情主人公的形象中，显然寄寓着诗人失志的愤懑和济世的抱负。

❷北阙：宫殿北边的门楼，是大臣等候朝见或上书奏事的地方。通称帝王宫禁为北阙，也作为朝廷的别称。寝：搁置。不报：不答复。《汉书·朱买臣传》："(买臣) 诣阙上书，书久不报.'

❸不登：庄稼成熟叫登。不登，收成不好。

❹百人会：朝廷盛会。《世说新语·宠礼》："孝武 (东晋孝武帝) 在西堂会，伏滔预坐。还，下车呼其儿，语之曰：'百人高会，临坐未得他语，先问伏滔何在？在此否？此故未易得。为人作父如此？何如？'"预：参与。

❺五侯：汉成帝舅王谭兄弟五人同日封侯，世称"五侯"，此处泛指权贵豪门。

❻河朔：河北。唐置河北道，辖有黄河以北之地。君：指诗中抒

046

情主人公所投靠的主人，此人当时在黄河以北。饮君酒：泛指依君为生。

❼茂陵：在今陕西兴平东北。《元和郡县志》卷二"京兆府兴平县"："汉茂陵在县东北十七里，武帝陵也，在槐里（汉县名）之茂乡，因以为名。"《史记·司马相如传》："相如既病免，家居茂陵。"此处借用其事，谓主人是时免官家居。

❽说：通"悦"。

❾济人：救助世人。拂衣：振衣，有表示决绝之意，常用以指弃官隐居。《后汉书·杨彪传》载孔融曰："孔融鲁国男子，明日便当拂衣而去，不复朝矣！"

❿肯：犹"岂"。徒尔：徒然，枉然。

送孟六归襄阳❶

杜门不欲出❷，久与世情疏。
以此为长策❸，劝君归旧庐❹。
醉歌田舍酒，笑读古人书。
好是一生事❺，无劳献《子虚》❻。

注释

❶本诗作于开元十七年（729）冬，时孟浩然在长安应试落第，即将返里，王维作此诗送之。孟六：即孟浩然。唐人常以本族兄弟中的排行为称。襄阳：孟浩然的家乡，即今湖北省襄阳市。此诗语淡而意实深至。颔联用流水对仗，十分自然；颈联正对，十个字生动具体地写出归隐闲居之乐，清浅有味。

❷杜门：闭门。

❸长策：最好的打算。

❹旧庐：旧日的隐所。

❺好：恰，正。

❻《子虚》：即《子虚赋》，西汉司马相如所作之赋。据《史记·司马相如列传》载：汉武帝读了司马相如的《子虚赋》，十分赞赏，后召见相如，相如献《游猎赋》。此处"献《子虚》"指求官。

华　岳❶

西岳出浮云，积翠在太清❷。
连天凝黛色❸，百里遥青冥❹。
白日为之寒，森沉华阴城❺。
昔闻乾坤闭❻，造化生巨灵❼。
右足踏方止❽，左手推削成❾。
天地忽开拆，大河注东溟❿。
遂为西峙岳，雄雄镇秦京⓫。

大君包覆载⑫，至德被群生⑬。
上帝仁昭告⑭，金天思奉迎⑮。
人祗望幸久⑯，何独禅云亭⑰？

注释

❶本诗作于开元十八年（730）。华岳：即西岳华山，一名太华山，在今陕西华阴市南。这首诗从绘画角度看，是一幅大写意的青绿山水长卷；从诗的角度看，是一首气势雄伟、境界神奇的山水颂歌，显示出王维作为山水诗画一代宗师的大手笔、大气魄。

❷"西岳"二句：出浮云：形容山高。太清：天空。

❸黛色：青黑色。

❹青冥：青天。这句说华山绵延百里，远入青天。

❺森沉：阴沉幽暗貌。华阴：唐县名，属华州，即今陕西华阴市。

❻乾坤闭：即天地未辟之时。乾坤，天地。

❼造化：创造化育万物者，指天；或指自然界。巨灵：河神。相传黄河被华山所阻，河神巨灵把山劈为两座，河水从中流过。至今华山上还留有巨灵的掌印。《文选》张衡《西京赋》《水经注》卷四均载此事。

❽方止：方形的脚印。止，同趾。相传巨灵足印在首阳山。晋郭缘生《述征记》（近人叶昌炽辑本）说，华山、首阳本为一山，河神巨灵掰而为二，以通河流。削成：谓山势峻峭，有如削成。《名山记》云：华山峰峻，"有如削成"。

❾"天地"二句：拆：裂。大河：黄河。东溟：东海。

❿秦京：指长安。一说，指关中。赵殿成《王右丞集笺注》说："关中本秦地，在汉为京师，故称秦京。"二说皆可通。

⓫大君：天子。覆载：谓天覆地载，亦用以指天地。

⓬包覆载：言德之大，可包容天地。

⓭至德：最高尚的道德。这里指恩德。被：披及。群生：百姓。

⑭帝：指天帝。仁：期待。昭告：明告。一般指明告天帝。《尚书·汤诰》："昭告于上天神后。"这句意指上帝期待封西岳。《通典》卷五十四："封禅者，本以功成告于上帝。"

⑮金天：指华山神。唐先天二年（713）封华岳神为金天王。纬书称天有五帝，即五方之帝，西方为白帝。华山为西岳，为白帝所治。或说白帝为金天氏。这句说华山神也想皇帝来奉迎报功。

⑯人祇（qí）：人和地神。祇，地神。望幸：指盼望天子至西岳行封禅之礼。

⑰禅（shàn）：古代帝王祭地礼。云亭：云云山和亭亭山，都是泰山下的小山。《史记·封禅书》载：古代无怀氏封泰山，禅云云；黄帝封泰山，禅亭亭，以祭天地。这里以"禅云亭"代指封泰山，意谓：为何只封泰山，不封西岳？

自大散以往深林密竹蹬道盘曲四五十里至黄牛岭见黄花川❶

危径几万转❷，数里将三休❸。
回环见徒侣❹，隐映隔林丘❺。
飒飒松上雨，潺潺石中流。
静言深溪里，长啸高山头❻。
望见南山阳❼，白日霭悠悠❽。
青皋丽已净，绿树郁如浮❾。
曾是厌蒙密，旷然消人忧❿。

注释

❶约作于开元二十一年（733）以前闲居长安的数年内。大散：

关名。在唐凤翔府宝鸡县（今陕西宝鸡市）南五十二里处，在今宝鸡市西南大散岭上，为秦蜀往来要道。蹬（dèng）道：登山的石径。黄牛岭：在古黄牛堡（今黄牛铺）附近。黄牛堡在凤县（今陕西凤县）东北，接凤翔府宝鸡地带。黄花川，也在凤县东北。全篇直叙游程，层次分明，移步换景，景象宛然，境界由峻峭、深邃、幽寂到悠远、明净、奇丽，不断转换变化，最后收笔于临高眺望所见壮美空旷之景，表现出诗人热爱大自然的情趣和宽阔的胸襟。

❷危径：陡峭的山间小路。

❸三休：多次休息。

❹徒侣：同路人。

❺隐映：若隐若现。

❻"静言"二句：意思是说深邃溪谷，一片寂静；高峻山头，山风呼啸。言，语助词。或释为诗人在深溪谷中沉思，在高山头长啸，亦可通。啸，撮口发出长而清越的声音。二句本晋人陆机《猛虎行》："静言幽谷底，长啸高山岑。"

❼南山：终南山，也即秦岭。大散岭即秦岭的一部分。阳：山之南曰阳。

❽霭（ǎi）：云雾。悠悠：安闲貌。

❾"青皋"二句：皋（gāo）：水边之地。郁：林木积聚之貌。

❿蒙密：草木茂密四布。旷然：空阔貌。

清 溪❶

言入黄花川❷，每逐青溪水。
随山将万转，趣途无百里❸。
声喧乱石中，色静深松里。

漾漾泛菱荇④，澄澄映葭苇⑤。
我心素已闲，清川澹如此⑥。
请留盘石上⑦，垂钓将已矣！

注释

❶本诗作于入蜀途中，大致在开元二十一年（733）以前。青溪：指诗中的黄花川。黄周星《唐诗快》卷四曰："右丞诗大抵无烟火气，故当于笔墨外求之。"

❷言：助词，无义。黄花川：水名，在今陕西省凤县东北黄花镇附近。

❸趣途：走过的路程。趣，趋。

❹漾漾：水波动荡的样子。泛：摇曳、摆动。荇（xìng）：荇菜，多年生水草，夏天开花，色黄。

❺澄澄：水清澈貌。葭（jiā）苇：芦苇。

❻澹：恬静。

❼盘石：磐石，大石。

纳　凉①

乔木万余株，清流贯其中。
前临大川口，豁达来长风②。
涟漪涵白沙，素鲔如游空③。
偃卧盘石上，翻涛沃微躬④。
漱流复濯足⑤，前对钓鱼翁。
贪饵凡几许？徒思莲叶东⑥。

❶此诗疑为入蜀途中经黄花川时所作。先描写乔木、清流、长风、游鱼等自然美景，再写偃卧盘石的自己与意不在鱼的钓者，全诗始终贯穿着一种自在的"凉"意，格调极高，兴寄深远。最后两句带有几分俏皮，妙趣横生。何良俊《四友斋丛说》："王右丞五言有绝佳者，如《纳凉》篇，格调既高，而兴寄复远，即古人诗中亦不能多见者。"

❷"豁达"句：语本刘桢《公宴诗》："华馆寄流波，豁达来风凉。"

❸鲔（wěi）：鲟鱼。

❹微躬：卑贱的身子，自谦之辞。沈约《郊居赋》："绵四代于兹日，盈百祀于微躬。"

❺漱流：《晋书·隐逸传》："藏声江海之上，卷迹嚣氛之表；漱流而激其清，寝巢而韬其耀。"濯足：《楚辞·渔父》："（渔父）乃歌曰：'沧浪之水清兮，可以濯吾缨；沧浪之水浊兮，可以濯吾足。"

❻莲叶东：古乐府《江南》："江南可采莲，莲叶何田田！鱼戏莲叶间。鱼戏莲叶东，鱼戏莲叶西，鱼戏莲叶南，鱼戏莲叶北。"言外之意是，"钓鱼翁"的垂钓，原不为取鱼，而以观鱼戏为乐。

❧ 戏题盘石❶ ❧

可怜盘石临泉水❷，复有垂杨拂酒杯。
若道春风不解意，何因吹送落花来❸？

注释

❶据陈铁民先生考，本诗疑作于入蜀途中。这首七言绝句抒写春日野行途中在盘石上独酌的乐趣。全诗运笔灵活，又环环相扣，章法

自然而严谨。

❷可怜：可爱。

❸何因：因为什么。

晓行巴峡❶

际晓投巴峡❷，余春忆帝京❸。
晴江一女浣❹，朝日众鸡鸣。
水国舟中市❺，山桥树杪行❻。
登高万井出❼，眺迥二流明❽。
人作殊方语❾，莺为旧国声。
赖多山水趣，稍解别离情。

注释

❶本诗为游蜀时作。巴峡：今湖北巴东县西有巴峡，位于巫峡之东。但本诗的巴峡，应是今重庆市巴南区的长江峡口。诗中描写游蜀

时所见到的新异景象和在外作客的心情。

❷际晓：拂晓。

❸余春：暮春。帝京：指长安。

❹浣（huàn）：洗涤。

❺水国：水上人家。舟中市：在船上做买卖。

❻杪（miǎo）：树梢。

❼井：相传古制八家一井，引申为人口聚集地、村落。

❽眺迥：望远。二流：其一为长江，另一当指在巴峡一带入江的河流（如嘉陵江、玉麟江、龙溪河等）。

❾殊方：异域，异乡。殊方语：指蜀地方言。

❧ 上张令公❶ ❧

珥笔趋丹陛❷，垂珰上玉除❸。
步檐青琐闼，方幰画轮车❹。
市阅千金字，朝闻五色书❺。
致君光帝典❻，荐士满公车❼。
伏奏回金驾❽，横经重石渠❾。
从兹罢角抵❿，希复幸储胥⓫。
天统知尧后⓬，王章笑鲁初⓭。
匈奴遥俯伏，汉相俨簪裾⓮。
贾生非不遇⓯，汲黯自堪疏⓰。
学《易》思求我⓱，言《诗》或起予⓲。
尝从大夫后，何惜隶人余⓳。

注释

❶此诗作于开元二十二年（734）秋。张令公：即张九龄，于开元二十二年五月二十七日加中书令。王维于是年秋到洛阳，向张九龄进此诗以求举荐。"学《易》思求我，言《诗》或起予。尝从大夫后，何惜隶人余"四句，直接向张九龄表达出仕愿望。

❷珥笔：古代史官、谏官上朝，常插笔冠侧，以便记录。《文选》曹植《求通亲亲表》："安宅京室，执鞭珥笔。出从华盖，入侍辇毂。"丹陛：宫殿的台阶，因涂成红色，故云。常借指朝廷。

❸"垂珰"句：语本鲍照《代白纻舞歌词四首》其二："垂珰散佩盈玉除。"珰，官服上饰物。玉除：玉阶，指皇宫的台阶。

❹"步檐"二句：谓张九龄出入宫禁、侍从御驾。步檐：走廊。青琐：皇宫中门窗之饰。闼：宫中小门。方帏：方形车幔。画轮车：《晋书·舆服志》："画轮车，驾牛，以彩漆画轮毂，故名曰画轮车。……自灵献以来，天子至士遂以为常乘。"

❺"市阅"二句：千金字：《史记·吕不韦列传》："吕不韦乃使其客人人著所闻，集论以为《八览》、《六论》、《十二纪》，二十余万言，以为备天地万物古今之事，号曰《吕氏春秋》。布咸阳市门，悬千金其上，延诸侯游士宾客，有能增损一字者，予千金。"五色书：即诏书。

❻致君：谓辅佐国君，使其成为圣明之主。《墨子·亲士》："良才难令，然可以致君见尊。"光帝典：语本《文选》王俭《褚渊碑文》："光我帝典，缉彼民黎。"帝典，圣王之法则。

❼公车：官署名，掌上事及征召等事，汉置，唐废。

❽"伏奏"句：谓张九龄敢于直谏。典出《后汉书·铫期传》："（期）及在朝廷，忧国爱主，其有不得于心，必犯颜谏诤。帝尝轻与期门近出，期顿首车前曰：'臣闻古今之戒，变生不意，诚不愿陛下微行数出。'帝为之回舆而还。"金驾：指天子之车。《文选》颜延之《应诏观北湖田收》："楼观眺丰颖，金驾映松山。"

❾横经：横陈经籍，指受业或读书。南朝梁何逊《七召·儒学》："横经者比肩，拥第者继足。"石渠：阁名，汉时为皇室藏书及诸儒讲论五经之所。

❿角抵：角力之戏。《汉书·武帝纪》注："文颖曰：名此乐为角抵者，两两相当，角力角技艺射御，故名角抵，盖杂技乐也。"

⓫储胥：汉宫馆名，这里代指朝廷。

⓬"天统"句：《汉书·高帝纪》赞曰："汉承尧运，德祚已盛，断蛇著符，旗帜上赤，协于火德，自然之应，得天统矣。"此处以汉喻唐，谓唐承尧运，得天之统序。

⓭"王章"句：谓唐之典章制度超过鲁之旧礼。鲁初：鲁国的旧礼。

⓮"匈奴"二句：谓九龄簪冠曳裾，有汉相威仪。事出《汉书·王商传》："（商）为人多质有威重，长八尺余，身体鸿大，容貌甚过绝人。河平四年，单于来朝，引见白虎殿，丞相商坐未央廷中，单于前拜谒商，商起离席与言，单于仰视商貌，大畏之，迁延却退。天子闻而叹曰：'此真汉相矣！'"俨：庄严貌。簪裾：显贵者之服饰。

⓯"贾生"句：《汉书·贾谊传》赞："刘向称贾谊……通达国体，虽古之伊、管，未能远过也，使时见用，功化必盛。……谊亦天年早终，虽不至公卿，未为不遇也。"

⓰"汲黯"句：汲黯，字长孺，为人性倨少礼，坐小法，会赦免官，隐于田园数年。见《史记·汲郑列传》、《汉书·汲黯传》。

⓱"学《易》"句：《易·蒙》："匪我求童蒙，童蒙求我。"表达希望被任用之意。

⓲"言《诗》"句：《论语·八佾》："子曰：'起予者卜商也！始可与言《诗》已矣。'"此以卜商自喻，表示自己或许能对九龄有所启发。

⓳"尝从"二句：谓己曾忝为朝官。事出《左传·哀公十四年》："齐陈恒弑其君壬（齐简公，姜姓，吕氏，名壬）于舒州。孔丘三日齐（同"斋"），而请伐齐三。……公（哀公）曰：'子告季孙。'孔子辞，退而告人曰：'吾以从大夫之后也，故不敢不言。'"隶人：犹群辈。

送崔兴宗❶

已恨亲皆远，谁怜友复稀？
君王未西顾❷，游宦尽东归。
塞迥山河净，天长云树微。
方同菊花节，相待洛阳扉❸。

注释

❶本诗作于开元二十二年（734）。王维是时闲居长安。崔兴宗：
赵殿成曰："《唐书·宰相世系表》有崔兴宗（按出博陵安平崔氏），
乃驸马都尉崔恭礼之子，后官饶州长史，顾玄纬以为即是其人。成
按，《公主列传》，恭礼尚高祖女真定公主，去开元、天宝世甚
远……其非一人明矣。"据王维《秋夜独坐怀内弟崔兴宗》诗可知，
兴宗为维之内弟。据诗意，兴宗欲自长安赴洛阳，维作此诗送之。

❷"君王"句：据《通鉴》载，玄宗自开元二十二年（734）正月
至二十四（736）年九月居于洛阳。

❸"方同"二句：方：将。菊花节：重阳节。此二句意谓作者自
己也要前往洛阳，将在洛阳同兴宗共度重阳节。

归嵩山作❶

清川带长薄，车马去闲闲❷。

流水如有意，暮禽相与还❸。
荒城临古渡，落日满秋山。
迢递嵩高下❹，归来且闭关❺。

注释

❶本诗作于开元二十二年（734）秋，时作者在嵩山隐居。嵩山：又名嵩高山，五岳之一（中岳），在今河南登封市北。全诗写得平淡自然，元方回《瀛奎律髓》卷二三评道："闲适之趣，澹泊之味，不求工而未尝不工者，此诗是也。"

❷"清川"二句：清川：清流。带：围绕。薄：草木丛生之地。去：离开。闲闲：从容自得貌。

❸"暮禽"句：陶渊明《饮酒》其五："山气日夕佳，飞鸟相与还。"

❹迢递（tiáo dì）：高貌。

❺闭关：关门。

献始兴公❶

宁栖野树林❷，宁饮涧水流。
不用坐粱肉❸，崎岖见王侯❹。
鄙哉匹夫节❺，布褐将白头❻！
任智诚则短❼，守仁固其优❽。
侧闻大君子❾，安问党与雠❿。
所不卖公器⓫，动为苍生谋。
贱子跪自陈⓬，可为帐下不⓭？
感激有公议，曲私非所求⓮！

注释

❶ 题下原注曰："时拜右拾遗"。本诗为作者开元二十三年（735）初被任为右拾遗时作于嵩山。始兴公：即张九龄，字子寿，韶州曲江（今广东韶关市）人。开元二十一年（733）十二月拜中书侍郎、同中书门下平章事，次年迁中书令，二十三年（735）加金紫光禄大夫，累封始兴县伯。王维由其提拔，擢右拾遗。右拾遗，官名，唐中书省置右拾遗二人，从八品上，掌供奉讽谏。

❷ 栖：止息。此指隐居。

❸ 坐：犹"致"。梁肉：指美食佳肴。

❹ 崎岖：《文选》陶渊明《归去来兮辞》李善注："崎岖，不安之貌也。"

❺ 匹夫：普通人。节：节操。

❻ 布褐：粗布短衣，平民所服。

❼ 任智：运用才智。

❽ 守仁：持守仁德。

❾ 大君子：指张九龄。

❿ "安问"句：语本刘琨《重赠卢谌》："重耳（晋文公）任五贤（指狐偃、赵衰等），小白（齐桓公）相射钩（射钩者，指管仲）。苟能隆二伯（指重耳、小白），安问党（指五贤）与雠（指管仲）？"党：亲族，同类。

⓫ 公器：指官爵。《旧唐书·张九龄传》载，开元十三年，"九龄言于（张）说曰：'官爵者，天下之公器，德望为先，劳旧次焉。'"

⓬ 贱子：诗人谦称。

⓭ 帐下：指下属。不：通"否"。

⓮ "感激"二句：感激：感动奋发。曲私：枉道徇私。

同卢拾遗韦给事东山别业二十韵
给事首春休沐维已陪游及乎是
行亦预闻命会无车马不果斯诺❶

托身侍云陛❷，昧旦趋华轩❸。
遂陪鹓鸿侣❹，霄汉同飞翻。
君子垂惠顾，期我于田园。
侧闻景龙际，亲降南面尊❺。
万乘驻山外，顺风祈一言❻。
高阳多夔龙，荆山积玙璠❼。
盛德启前烈，大贤钟后昆❽。
侍郎文昌宫，给事东掖垣❾。
谒帝俱来下，冠盖盈丘樊❿。
闾风首邦族，庭训延乡村⓫。
采地包山河⓬，树井竟川原。
岩端回绮槛，谷口开朱门。
阶下群峰首，云中瀑水源。
鸣玉满春山，列筵先朝暾⓭。
会舞何飒沓，击钟弥朝昏。
是时阳和节⓮，清昼犹未暄⓯。
蔼蔼树色深，嘤嘤鸟声繁。
顾已负宿诺，延颈惭芳荪⓰。
蹇步守穷巷，高驾难攀援。
素是独往客⓱，脱冠情弥敦⓲。

注释

❶此诗作于开元二十五年（737）二月，时作者在长安任右拾遗。同：和。卢拾遗：即卢象。给事首春休沐维已陪游：指正月韦恒在山庄休假王维陪游之事。首春，孟春，阴历正月。休沐，即休假。唐制，内外官每旬休沐一日。及乎是行亦预闻命会无车马不果斯诺：此次东山之游王维也在受邀之列，但由于没有车马、行动不便而未能参加，写此诗以记之。会，适。不过思诺，不能实现同游的诺言。顾可久评曰："叙事丽雅森整。"

❷云陛：原指巍峨的宫殿，借指朝廷、天子。

❸趋华轩：上朝。

❹鹓鸿：鹓鹤、鸿雁飞行有序，比喻朝官班行。

❺"侧闻"二句：《旧唐书·韦嗣立传》曰："景龙三年，转兵部尚书、同中书门下三品。……尝于骊山构营别业。中宗亲往幸焉，自制诗序，令从官赋诗，赐绢二千匹。因封嗣立为逍遥公，名其所居为清虚原、幽栖谷。"

❻"顺风"句：《庄子·在宥》："黄帝立为天子十九年，令行天下，闻广成子在于空同之上，故往见之。……广成子南首而卧，黄帝顺下风膝行而进，再拜稽首而问曰：'闻吾子达于至道，敢问治身奈何而可以长久?'

❼"高阳"二句：谓朝廷多贤臣。高阳：《楚辞·离骚》王逸注："高阳，颛顼有天下之号也。"《左传·文公十八年》："昔高阳氏有才子八人。……天下之民谓之八恺。"夔、龙：皆舜贤臣。玙璠（yú fán）：《左传·定公五年》杜注："玙璠，美玉，君所佩。"

❽"盛德"二句：谓韦家之盛。前烈：《旧唐书·韦思谦传》载，嗣立父思谦，兄承庆，"父子三人，皆至宰相。有唐以来，莫与为比"。钟：聚集。后昆：犹后裔。

❾"侍郎"二句：侍郎：指韦恒之弟韦济。《旧唐书·韦嗣立传》："（开元）二十四年，（济）为尚书户部侍郎。"文昌宫：指尚书省。东

披垣：指门下省。句指韦恒任门下省给事中。

⑩丘樊：即田园。《文选》谢庄《月赋》："臣东鄙幽介，长自丘樊。"

⑪庭训：父教、家教。《论语·季氏》：孔子在庭，其子伯鱼趋而过之，孔子教以学《诗》、《礼》。后因称父教为庭训。

⑫采地：古卿大夫之封地，此处借指东山别业。

⑬朝暾（tūn）：早晨初出的太阳。

⑭阳和节：指春二月。《史记·秦始皇本纪》："时在中（即"仲"）春，阳和方起。"

⑮暄：暖和。

⑯荪：香草名，喻有贤德者，此指韦给事。

⑰独往客：谓隐者。

⑱脱冠：喻去职。谢灵运《九日从宋公戏马台集送孔令》："归客遂海隅，脱冠谢朝列。"

寄荆州张丞相❶

所思竟何在❷？怅望深荆门❸。
举世无相识，终身思旧恩。
方将与农圃❹，艺植老丘园❺。
目尽南飞鸟，何由寄一言！

注释

❶本诗当作于开元二十五年（737）。荆州：唐州名，治所在今湖北江陵县。张丞相：即张九龄。开元二十四年（736）十一月，九龄罢中书令，迁尚书右丞相。二十五年（737）四月，出为荆州大都督

府长史。此诗当作于九龄左迁荆州之后。全篇八句直贯而下，一气呵成，使人感到读不断，并从中感受到诗人质朴而深沉的悲愤、惆怅、感激、思念、黯然等丰富复杂的情绪。

❷"所思"句：沈约：《临高台》："所思竟何在？洛阳南陌头。"

❸荆门：山名，在今湖北省宜都市西北长江南岸，与北岸虎牙山相对。但唐人多称荆州为荆门，不仅指荆门一山。

❹与农圃：参与耕田种菜，指隐居躬耕。

❺艺植：种植。老丘园：终老于田园。

使至塞上❶

单车欲问边❷，属国过居延❸。
征蓬出汉塞❹，归雁入胡天❺。

大漠孤烟直❻，长河落日圆❼。
萧关逢候骑❽，都护在燕然❾。

注释

❶ 本诗为开元二十五年（737）夏，作者出使河西，初至凉州（治今甘肃武威）时所作。

❷ 单车：轻车简从。欲：犹"方""正"。问：慰问。

❸ 属国：汉代称归顺汉朝而仍保留本国习俗的少数民族王国为属国。居延：地名，汉有居延泽，唐称居延海，在今内蒙古额济纳旗北境。汉武帝太初三年（前102）将军路博德曾筑居延城于居延泽上（《汉书·武帝纪》）；又东汉凉州刺史部有张掖居延属国，辖境即在居延泽一带（见《后汉书·郡国志》）。此句意谓，边塞辽阔，附属国直到居延以外。按，唐河西节度统八军三守捉（见《通鉴》卷二一五），其中宁寇军即在居延海西南（见《新唐书·地理志》）；又唐安北都护府下辖有羁縻州（唐时诸蕃内附，就其部落列置州县，以其首领为世袭刺史，谓之羁縻州）居延州，其地亦当居延海附近。

❹ 征蓬：随风远飞的蓬草，此处借以自喻。

❺ 归雁：春暖后从南方飞回的大雁。胡天：指古匈奴所居的西北地区。

❻ 大漠：大沙漠。此处疑指凉州之北的沙漠（今腾格里沙漠的一部分）。孤烟直：一说为古代烽火燃狼粪，取其烟直而聚，风吹而不斜；一说为边外多回风，其风迅急，裹烟沙直上，即俗称尘卷风。

❼ 长河：疑指今石羊河。此河流经凉州以北的沙漠。

❽ 萧关：古关名，故址在今宁夏固原东南。候骑：负责侦察的骑兵。

❾ 都护：官名。汉宣帝时始设西域都护，为驻西域地区的最高长官。唐初先后设置安西、安北等六大都护府，每府各置大都护一人，副大都护二人。燕然：山名。即今蒙古国杭爱山。东汉窦宪、耿秉曾大破北单于于稽落山，遂登燕然，刻石勒功，纪汉威德，见《后汉

书·窦宪传》。以上二句意谓，在塞上遇到候骑，得知主帅破敌后尚在前线未归。

出　塞　作❶

居延城外猎天骄❷，白草连天野火烧❸。
暮云空碛时驱马❹，秋日平原好射雕❺。
护羌校尉朝乘障❻，破虏将军夜渡辽❼。
玉靶角弓珠勒马❽，汉家将赐霍嫖姚❾。

注释

❶题下原注曰："时为御史，监察塞上作"。本诗应为开元二十五年（737）秋作于河西。全诗通过敌我双方的对比描写，鲜明有力地表现了唐军将士不畏强敌的英雄气概和昂扬斗志。姚鼐《七言今体诗钞》卷一评云："此作声出金石，有麾斥八极之概矣。"

❷居延城：参见《使至塞上》注❸。猎天骄：匈奴在城外打猎示威。天骄，汉时匈奴自称"天之骄子"。

❸白草：西域所产牧草。野火烧：指围猎时用火烧草驱赶野兽。

❹空碛（qì）：杳无人烟的大沙漠。碛，沙漠。

❺雕：鸷鸟名，一名鹫，似鹰而大，凶猛剽疾，不易射中，古称神射手为"射雕手"。

❻护羌校尉：防护西羌的武官。乘障：登城守卫。乘，登。障，古时为防御敌人，在关塞险要处筑堡设障。

❼破虏将军：汉代将军的一种称号。夜渡辽：《汉书·昭帝纪》载，辽东乌桓（古代少数民族部落）反叛，中郎将范明友任度辽将军，带领军队，渡过辽河，平定了叛乱。这里泛指渡水夜袭。

⑧玉靶：有玉饰的马缰。角弓：用兽角装饰成的弓。珠勒马：配有珍珠作装饰的笼头的骏马。

⑨霍嫖姚：西汉名将霍去病，曾为剽姚（唐人诗中多作"嫖姚"）校尉，故称。

凉州郊外游望①

野老才三户②，边村少四邻。
婆娑依里社③，箫鼓赛田神④。
洒酒浇刍狗⑤，焚香拜木人⑥。
女巫纷屡舞⑦，罗袜自生尘⑧。

注释

①开元二十五年（737）居河西时作。题下原注："时为节度判官，在凉州作。"凉州：唐州名，治所在今甘肃武威。唐时河西节度使幕府驻此。节度判官：唐节度使僚属有判官二人，掌分判兵、仓、骑、胄四曹之事。王维在凉州生活期间，边地风光与民俗给予他耳目一新的感受，使他用诗笔描绘出一幅幅彩色缤纷的民俗风情画。这首五律写凉州地区农民祭祀田神的活动，层层渲染，笔笔紧凑。

②三户：语本古谚："楚虽三户，亡秦必楚。"表示户口甚少。

③婆娑（suō）：翩然起舞貌。里社：乡里中祭祀土地神之祠。

④赛：祈福于神而后以祭祀来报答称"赛"。赛田神：秋获之后备陈酒食报谢田神。

⑤刍（chú）狗：草扎的狗，祭神时用。

⑥木人：木偶，木刻的神像。

⑦女巫：古时以装扮为神歌舞替人祈祷为职业的女人，也叫巫

婆、神婆。纷：众多貌。屡：屡次。

❽罗袜：丝袜。生尘：沾染尘土。语本曹植《洛神赋》："凌波微
步，罗袜生尘。"

❧ 凉州赛神❶ ❧

凉州城外少行人，百尺烽头望虏尘❷。
健儿击鼓吹羌笛❸，共赛城东越骑神❹。

注释

❶居河西时作。这一首写的是守边军士赛骑神。
❷百尺烽：形容烽火台之高。虏尘：胡人驰马扬起尘烟，借指敌
方动静。
❸健儿：唐时军士之名目有健儿，指凉州守边的兵士。羌笛：西
域羌族的乐器。
❹越骑神：疑指骑兵之神或主骑射之神。越骑：唐时为骑兵之
名。《新唐书·兵志》："凡民年二十六为兵，六十而免。其能骑而射
者为越骑，其余为步兵、武骑、排䂬手、步射。"

❧ 双黄鹄歌送别❶ ❧

天路来兮双黄鹄，云上飞兮水上宿，抚翼和鸣整羽族❷。
不得已，忽分飞，家在玉京朝紫微❸，主人临水送将归。

悲笳嘹唳垂舞衣❹，宾欲散兮复相依。
几往返兮极浦❺，尚徘徊兮落晖！
岸上火兮相迎，将夜入兮边城。
鞍马归兮佳人散❻，怅离忧兮独含情❼。

注释

❶居河西时作。诗题下原注："时为节度判官，在凉州作"。黄鹄（hú）：鹄俗称天鹅，色白，古人谓又有色黄者，善高翔，常宿于湖泊之间。这首骚体诗写送别友人的愁情，成功地学习借鉴了屈原《九歌》的比兴和借景抒情手法。

❷抚：同"拊"，拍。羽族：鸟类，此处指羽毛。

❸玉京：道书谓天上有玉京山，为元始天尊所居之处，这里指帝都。紫微：星座名，即紫微垣，又名紫微宫、紫宫垣，亦简称紫宫、紫垣，有星十五，传说是天帝所居之处。此处指帝王宫殿。

❹笳（jiā）：即胡笳，古时西域一带少数民族的一种管乐器，类似笛子。嘹唳（lì）：响亮凄清的声音。

❺极浦：遥远的水边。浦，水边。

❻佳人：指在送别宴上奏乐跳舞的妓人。

❼离忧：《楚辞·九歌·山鬼》："思公子兮徒离忧。"离，罹，遭。

从军行❶

吹角动行人❷，喧喧行人起。
笳悲马嘶乱，争渡金河水❸。
日暮沙漠垂❹，战声烟尘里。
尽系名王颈❺，归来报天子。

❶本诗应作于居河西期间。从军行：乐府古题，属相和歌辞平调曲。《乐府诗集》卷三十二引《乐府解题》曰："《从军行》，皆军旅苦辛之辞。"作者用极省净的语言，绘出了一幅有声有色的战斗图画，表现了战士们争先杀敌的英雄气概。诗歌主要通过描写人物的行动来揭示出他们的精神面貌。

❷角：军中乐器，吹奏以报时间，其作用略相当于今日之军号。行人：指出征之人。

❸金河：水名。在唐肃州（治今甘肃酒泉）附近。五代高居海《于阗记》："自甘州（今甘肃张掖）西始涉碛……西北五百里至肃州，渡金河，西百里出天门关。"又《通典》卷一七九谓，唐单于大都护府治金河县（今内蒙古和林格尔西北土城子），县"有金河，上承紫河及众水，又南流入河"。金河即今黑河。

❹垂：同"陲"，边。

❺名王：匈奴中有大名的王。系颈：缚颈。

陇 西 行❶

十里一走马，五里一扬鞭❷。
都护军书至❸，匈奴围酒泉❹。
关山正飞雪，烽戍断无烟❺。

❶本诗作于居河西期间。陇西行：乐府古题之一，属相和歌辞瑟调曲。陇西：陇山之西，在今甘肃省陇西县以东。这首诗反映边关军

情的紧急和征戍的艰苦，起束皆突兀急骤，简净有力。

❷"十里"二句：描写递送军书、驿马急驰的情状。古时于道旁封土为堠，以记里程，五里置一堠，十里置双堠，故有"五里""十里"之语。

❸都护：见《使至塞上》注❽。

❹酒泉：郡名，汉置。唐时于其地置肃州（治酒泉），天宝元年改名酒泉郡，在今酒泉市东北。

❺烽戍：守望烽火的哨所。

❧ 陇头吟❶ ❧

长安少年游侠客，夜上戍楼看太白❷。
陇头明月迥临关❸，陇上行人夜吹笛。
关西老将不胜愁❹，驻马听之双泪流。
身经大小百余战，麾下偏裨万户侯❺。
苏武才为典属国，节旄空尽海西头❻！

注释

❶本诗作于居河西期间。陇头吟：即《陇头》，乐府古题之一，属横吹曲辞。多写边地征戍之情。陇头，即陇山，又名陇坂、陇首，在今陕西陇县至甘肃平凉一带。

❷戍楼：哨楼，此指陇关关楼。太白：即金星。古时以为太白主兵象，由太白的出没情况可以测知战争的吉凶、胜负。"看太白"指少年关心边境战事，希望为国出力。

❸陇头：此指边塞。迥：远。关：指陇关。《后汉书·顺帝纪》李贤注："陇关，陇山之关也，今名大震关，在今陇州汧源县西。"大

震关故址在今甘肃清水东陇山东坡。

④关西：谓函谷关或潼关以西地。不胜：不尽，无限。

⑤"身经"二句：偏裨（pí）：偏将，副将。万户侯：汉置二十等爵，最高一等名通侯，又称列侯，列侯大者食邑万户，称万户侯。二句用李广事。《史记·李将军列传》载李广尝曰："自汉击匈奴，而广未尝不在其中。而诸部校尉以下，才能不及中人，然以击胡军功取侯者数十人；而广不为后人（落后于人），然无尺寸之功以得封邑者，何也？"

⑥"苏武"二句：据《汉书·苏武传》载，汉武帝时，苏武出使匈奴，被扣留，单于多方胁降，武皆坚执不从，匈奴"乃徙武北海（今贝加尔湖）上无人处"，使牧羊。武既至海上，"杖汉节（使者所持信物，以竹为节杆，上缀以旄牛尾，故又称旄节）牧羊，卧起操持，节旄尽落"。武在匈奴十九年，归汉后，"拜为典属国"。典属国：掌管民族交往事务的官员。空尽：徒然落尽。海：指北海。此二句借咏苏武之事，慨叹关西老将有功而得不到封赏。

老将行①

少年十五二十时，步行夺取胡马骑②。
射杀山中白额虎③，肯数邺下黄须儿④！
一身转战三千里，一剑曾当百万师。
汉兵奋迅如霹雳⑤，虏骑崩腾畏蒺藜⑥。
卫青不败由天幸⑦，李广无功缘数奇⑧。
自从弃置便衰朽，世事蹉跎成白首⑨。
昔时飞箭无全目⑩，今日垂杨生左肘⑪。
路傍时卖故侯瓜，门前学种先生柳⑫。

苍茫古木连穷巷，寥落寒山对虚牖⑬。
誓令疏勒出飞泉，不似颍川空使酒⑭。
贺兰山下阵如云⑮，羽檄交驰日夕闻⑯。
节使三河募年少⑰，诏书五道出将军⑱。
试拂铁衣如雪色，聊持宝剑动星文⑲。
愿得燕弓射大将⑳，耻令越甲鸣吾君㉑。
莫嫌旧日云中守㉒，犹堪一战立功勋！

注释

❶本诗作于居河西期间。老将行：乐府题名。诗歌着眼于描写人物，主要采用叙事手法来展现老将的精神世界，并寄寓作者的情志，一抒被压抑者胸中的不平。全诗叙事、抒情融合，用典多而贴切，情调慷慨悲壮，是唐代边塞诗中的名篇。

❷"步行"句：据《史记·李将军列传》载，汉朝名李广被擒，途中夺取胡骑驰回。此处借以表现老将少年时的智勇。

❸"射杀"句：晋周处事。据《晋书·周处传》《世说新语·自新》载，周处年轻时膂力过人，行为放纵，为害乡里，人们对他又怕又恨，称"南山白额猛兽（即白额虎），长桥下蛟"，连同周处本人为

"三害"。周处自知为人所恶，慨然有改励之志，"乃入山射杀猛兽，因投水搏蛟"，自己也弃旧图新。

❹肯：岂。数：犹言"让"或"亚于"。邺：地名。建安十八年（213）曹操为魏王，定都于此。故址在今河北临漳西。黄须儿：指曹彰，魏武帝卞皇后第二子。据《三国志·魏书·任城威王彰传》载，彰"少善射御，膂力过人；手格猛兽，不避险阻；数从征伐，志意慷慨"。曾率军大破乌丸，曹操大喜，"持彰须曰：'黄须儿（彰胡须黄，故云）竟大奇也！'"。

❺"汉兵"句：谓老将所领军兵，临敌迅捷，有如疾雷。

❻崩腾：联绵词，形容纷乱。蒺藜（jí lí）：本植物名，布地蔓生，果实有尖刺，状似菱而小；又铸铁为三角形，有尖刺如蒺藜，作战时用作障碍物，也称蒺藜。

❼"卫青"句：《史记·卫将军骠骑列传》："（霍去病）所将常选（选择精锐），然亦敢深入，常与壮骑先其大军，军亦有天幸，未尝困绝也。"赵殿成注："天幸乃去病事，今指卫青，盖误用也。"天幸：徼天之幸。

❽"李广"句：据《史记·李将军列传》载，李广善骑射，历为边郡太守，皆以力战得名，匈奴畏之，号为"汉之飞将军"。然始终不得封侯。元狩四年（前119），李广年六十余，从大将军卫青击匈奴，行前，卫青曾"阴受上（武帝）诫，以为李广年老，数奇，毋令当单于，恐不得所欲"。缘：因为。数：运数。奇（jī），与"偶"相对，指不吉、不顺当。此句以李广喻老将。

❾蹉跎（cuō tuó）：时光白耽误过去。

❿"昔时"句：《文选》鲍照《拟古诗》云："惊雀无全目。"李善注引《帝王世纪》说：传说后羿与吴贺北游，吴贺要羿射雀，并要他射中雀子的左眼。羿引弓射去，误中雀的右眼，羞愧万分。无全目：指能射中雀之一目，使之双目不全。这句意谓老将过去像后羿一样善射，箭无虚发。

⓫"今日"句：《庄子·至乐》："支离叔与滑介叔观于冥伯之

丘……俄而柳生其左肘，其意蹴蹴然恶之。"柳，借作"瘤"，王先谦《集解》："'瘤'作'柳'声，转借字。"又《尔雅·释木》："杨，蒲柳。"《说文》："柳，小杨也。"故此处以"垂杨"代指"柳"。句谓老将因久不习武，肘上肌肉松弛下垂，如长肉瘤一般。

⑫"路傍"二句：写老将的退隐生活。故侯瓜：用召平事。《史记·萧相国世家》："召平者，故秦东陵侯。秦破，为布衣；贫，种瓜于长安城东；瓜美，故世俗谓之东陵瓜。"先生柳：陶渊明事。陶渊明作《五柳先生传》以自况，其文云："先生不知何许人也，不详姓字。宅边有五柳树，因以为号焉。"

⑬"苍茫"二句：写老将住处的环境。苍茫：无边际貌。寥落：寂寞，冷落。虚牖（yǒu），敞开的窗户。

⑭"誓令"二句：意思是说老将虽隐居山林，仍发誓不学灌夫学耿恭，为国立功。疏勒出飞泉：据《后汉书·耿弇传》载，东汉明帝时，耿恭据守疏勒城，匈奴断绝水源以围困汉兵，汉兵掘井不得水，耿恭向井祈祷，水遂涌出，匈奴以为有神助，立即撤走。颍川空使酒：据《史记·魏其武安侯列传》载，汉代颍川人灌夫为人刚直，常借酒发脾气，即所谓"使酒骂座"，后被杀。

⑮贺兰山：在今甘肃贺兰县西。

⑯羽檄（xí）：古时征调军队的文书。

⑰节使：使臣。古时使臣持天子给予的符节作为信物，故称节使。三河：汉时以河东、河内、河南三郡为三河，辖境在今山西西南部及河南北部一带。

⑱"诏书"句：《汉书·匈奴传》："本始二年……遣御史大夫田广明为祁连将军，四万余骑出西河；度辽将军范明友，三万余骑出张掖；前将军韩增，三万余骑出云中；后将军赵充国为蒲类将军，三万余骑出酒泉；云中太守田顺为虎牙将军，三万余骑出五原。凡五将军兵十余万骑，出塞各二千余里。"此用其事，谓天子下诏大发士卒，分道出兵。

⑲动星文：谓宝剑上的七星纹闪闪发光。星文，即七星文，《吴

越春秋》卷三载，伍子胥奔吴，至江，渔父渡之，子胥解剑相赠，曰："此吾前君之剑，中有七星，价直百金，以此相答。"其后诗文中描写宝剑，遂每用"七星"或"七星文"来形容。

⑳燕弓：古时燕地所产角弓著称于世，故称。

㉑"耻令"句：《说苑·立节》载："越甲（兵）至齐，雍门子狄请死之"，齐王问其故，对曰：昔者王猎于圃，左毂（车轮中心插轴的部分）鸣，车右请死之，"今越甲至，其鸣（惊扰）吾君也，岂左毂之下哉？车右可以死左毂，而臣独不可以死越甲也？"遂刎颈而死。越人闻之，引甲而归。此句即用其事，谓耻于让敌军入境，惊扰君主。

㉒"莫嫌"二句：用魏尚事比况老将虽被弃置，仍决心立功报国。嫌，嫌弃。据《汉书·冯唐传》载，魏尚曾任云中守，深得军心，匈奴不敢进犯，后被削职为民，经冯唐为其鸣不平，才官复原职。云中：汉郡名，治所在今内蒙古托克托县。

❧ 送岐州源长史归❶ ❧

握手一相送，心悲安可论？
秋风正萧索❷，客散孟尝门❸。
故驿通槐里❹，长亭下槿原❺。
征西旧旌节，从此向河源❻。

注释

❶题下原注曰："源与余同在崔常侍幕中，时常侍已殁"。本诗作于开元二十六年（738）秋，时作者在长安。岐州：唐州名。天宝元年（742）改为扶风郡，治所在今陕西凤翔。长史：官名。唐制，上、中

州各置长史一人，掌协助州刺史处理政务。归：指归岐州。崔常侍：即崔希逸。这首诗不仅表现了朋友别离的伤感，还流露了作者对崔希逸的崇仰推重、哀挽怀念之意，诗歌蕴含的感情是深厚和复杂的。

❷萧索：凄凉。

❸孟尝：据《史记·孟尝君列传》载，孟尝君田文，齐人，战国四公子之一。曾相齐，门下养贤士食客数千人。此处以孟尝君喻崔希逸，言崔卒后，幕中僚属已四散。

❹槐里：汉县名。唐时属京兆府兴平县，在今陕西兴平东南。又为驿名，《长安志》卷一四："槐里驿在（兴平县）郭下，东至咸阳驿四十五里，西至武功驿六十五里。"

❺长亭：古时在驿道两旁，每隔十里设一亭，为官吏与行旅往来停留止息之所，且负有维持社会治安及"邮传"之职责。庾信《哀江南赋》："十里五里，长亭短亭。"槿（jǐn）原：寻绎诗意，槿原应是亭名。宋之问《鲁忠王挽词三首》其一："日惨咸阳树，天寒渭水桥。"其二："人悲槐里月，马踏槿原霜。别向天京北，悠悠此路长。"

❻"征西"二句：征西：河西节度使掌管唐西部边地的防务，故称"征西"。又汉魏将军之名号有"征西"。旌节：唐节度使的信物。《新唐书·百官志》："（节度使）辞曰，赐双旌双节。行则建节，树六纛。"时崔希逸已卒，故云"旧旌节"。河源：黄河之源。

哭孟浩然❶

故人不可见❷，汉水日东流❸。
借问襄阳老❹，江山空蔡洲❺！

❶题下原注曰："时为殿中侍御史，知南选，至襄阳有作"。开元二十八年（740）秋冬之际，王维知南选赴岭南，途经襄阳（今湖北襄阳），是时孟浩然辞世未久，维因赋此诗哭之。孟浩然：襄阳人，盛唐著名诗人。此诗笔墨简净而含蕴丰富，黄培芳在《唐贤三昧集笺注》卷上评云："王、孟交情无间而哭襄阳之诗只二十字，而感旧推崇之意已至。"

❷故人：指孟浩然。

❸汉水：源出陕西宁强县北嶓冢山，东流入湖北省，经襄阳南流，至武汉入长江。

❹"借问"：此句指向"襄阳老"询问"故人"。襄阳老：襄阳耆旧。晋习凿齿有《襄阳耆旧传》，故云。

❺空：只有。蔡洲：在今湖北襄阳市东南汉水折而南流处，因东汉末年长水校尉蔡瑁曾居于此而得名。此句意谓，故人已卒，只有江山尚在。

汉江临眺❶

楚塞三湘接❷，荆门九派通❸。
江流天地外，山色有无中。
郡邑浮前浦❹，波澜动远空。
襄阳好风日，留醉与山翁❺。

❶本诗为开元二十八年（740），作者知南选途经襄阳时作。临

078

眺：登高远望。"眺"一作"泛"。诗写在襄阳汉江边登高望远所见到景色。元方回《瀛奎律髓》卷一评曰："右丞此诗……足敌孟（浩然）、杜（甫）岳阳之作。"

❷楚塞：楚国的边塞。湖北属古楚国。这里泛指江汉一带。三湘：湘水合漓水叫漓湘，合蒸水叫蒸湘，合潇水叫潇湘，故称三湘。这里泛指今洞庭湖南北、湘江流域一带。

❸荆门：山名，在今湖北宜都市西北，此处指江汉一带。九派：指长江的九条支流，相传大禹治水，凿江流，通九派。其实长江在湖北、江西一带支流很多，九派是泛指。派，水的分流。

❹郡邑：州郡所在的城市，指襄阳。浦：水滨。

❺留醉：留在这里酣饮。与：犹"如"。山翁：晋人山简，"竹林七贤"之一山涛之子。曾任征南将军，镇守荆襄，常去襄阳的习氏园林饮酒游玩，每饮必醉。此处借指当时襄阳的地方官。

登辨觉寺❶

竹径连初地❷，莲峰出化城❸。
窗中三楚尽❹，林上九江平❺。
软草承趺坐❻，长松响梵声❼。
空居法云外❽，观世得无生❾。

注释

❶本诗为开元二十九年（741）春，作者自岭南北归途中所作。辨觉寺：疑在今江西庐山。这首诗写登庐山僧寺所见，擅长用大笔勾勒，绘出包罗一切、寥远阔大的景象。元方回《瀛奎律髓》卷四七评曰："此似是庐山僧寺。三、四形容广大，其语即无雕刻，而'窗中'

'林外'四字，一了数千里，佳甚。"

❷初地：佛家语，即欢喜地，为大乘菩萨十地（菩萨修行的十个阶位）之第一地。大乘经说菩萨于此地初证圣果，生大欢喜，故称。此处借指佛寺下方的最初台阶。

❸莲峰：庐山有莲花峰。化城：佛家语，佛想使一切众生都能到达"宝处"（即皆得佛果，出入大乘宗旨之境，到达涅槃彼岸），在途中化一城郭，使众生暂得止息（喻佛权为众生说小乘涅槃），待精力恢复后，佛即灭去"化城"，劝谕众生继续前进，以到达"宝处"。因此，"化城"即是比喻小乘所能达到的境界。此处借指辨觉寺，说登临中忽见佛寺殿宇，犹如化城。

❹三楚：秦、汉时分战国楚地为三楚，即今黄、淮至湖南一带，有西楚、东楚、南楚之分。

❺九江：长江水系的九条河流。

❻趺（fū）坐：即跏趺坐，又称结跏趺坐，即双足交叠而坐。

❼梵声：和尚诵经声。

❽空：犹独、自。法云：佛家语，佛家以为佛法如云，涵盖一切。

❾观世：观察世事。无生：无生即无灭，佛教认为万物的实质无生无灭。这两句意谓僧人自居寺中，修习佛法，以观察人世，获得了无生之理，亦即破除了生灭的烦恼。

❧ 送邢桂州❶ ❧

铙吹喧京口❷，风波下洞庭❸。
赭圻将赤岸❹，击汰复扬舲❺。
日落江湖白，潮来天地青。
明珠归合浦，应逐使臣星❻。

注释

❶本诗作于开元二十九年（741）。邢桂州：赵殿成《王右丞笺集注》谓即桂州都督邢济。陈铁民先生则认为，邢济于肃宗上元（760-761）中为桂州都督，寻绎此诗首二句之意，此诗应是作者在京口送邢氏赴桂州都督任时所作。考安史之乱后，王维一直在长安任职，未曾远赴京口，故此诗之邢桂州当非邢济。又开元二十九年（741）春，王维自桂州北归，尝过润州江宁县（时作有《谒璇上人》诗），京口即此行需经之地，故系此诗于开元二十九年。桂州，唐州名。治所在今广西桂林。

❷铙吹：即铙歌，亦曰鼓吹，本军乐，后卤簿、殿庭、道路亦用之。参见《乐府诗集》卷一六"鼓吹曲辞"解题。又唐时分鼓吹乐为五部，其三即铙吹。参见《乐府诗集》卷二一"横吹曲辞"解题。此处谓出发时奏乐。京口：古城名。在今江苏镇江。唐时润州治所即设于此。

❸洞庭：即洞庭湖。邢此行盖自京口溯江而上，过洞庭、经湘水赴桂州。

❹赭圻（zhě qí）：古城名。在今安徽繁昌西北。将：犹"与"。赤岸：《文选》郭璞《江赋》："鼓洪涛于赤岸"，吕向注："赤岸，山名。"《嘉庆一统志》卷七三："赤岸山，在（江宁府）六合县（今江苏六合）东南四十里。"山南临长江，土石皆赤。赤岸与赭圻皆邢溯江西行途中必经之地。

❺击汰：以桨击水。汰，水波。《楚辞·九章·涉江》："乘舲船余上沅兮，齐吴榜以击汰。"扬舲（líng）：谓划船前进，犹如飞扬。舲，有窗子的船。

❻"明珠"二句：据《后汉书·孟尝传》载，孟尝迁任合浦（治所在今广西合浦东北）太守，郡不产粮米，而海出珠宝。先时太守，大都贪秽，责成百姓采珠，无有限度，珠因渐徙于邻郡界，于是合浦贫者死饿于道。尝到任，革易前弊，"曾未逾岁，去珠复还，百姓皆反其业，商货流通，称为神明"。逐：随。使臣星：据《后汉书·李郃传》载，和帝遣二使者微服赴益州，途中宿于李郃舍，"时夏夕露

坐，郃因仰观问曰：'二君发京师时，宁知朝廷遣二使邪？'二人默然，惊相视曰：'不闻也。'问何以知之，郃指星示云：'有二使星向益州分野，故知之耳。'"后遂称使者为使星或使臣星。此指邢桂州。二句意谓，明珠当随邢的到任而复还，指邢到任后一定会为百姓造福。

赠裴旻将军[1]

腰间宝剑七星文[2]，臂上雕弓百战勋。
见说云中擒黠虏[3]，始知天上有将军[4]！

注释

[1]裴旻（mín）：《新唐书·文艺传中》："文宗时，诏以白（李白）歌诗、裴旻剑舞、张旭草书为'三绝'。"据陈铁民先生考，裴旻当主要活动于开元年间，诗疑作于开元时，具体年代无考，姑系于此。此诗颂扬了将军的勇武善战。

[2]七星文：参见《老将行》注⑲。

[3]见：犹"闻"。云中：见《老将行》注㉒。黠（xiá）虏：狡猾的敌人。

[4]"始知"句：形容裴神武异常，乃天上之将军。

送赵都督赴代州得青字[1]

天官动将星[2]，汉地柳条青。

万里鸣刁斗，三军出井陉[3]。
忘身辞凤阙[4]，报国取龙庭[5]。
岂学书生辈，窗间老一经[6]！

注释

[1] 本诗或是天宝元年（742）代州改为雁门郡之前所作，具体时间不详，姑系于此。都督：官名。唐时在全国部分州郡设大、中、下都督府，府各置都督一人，掌督诸州军事，并兼任驻在州的刺史。代州：唐州名。治所在今山西代县。得青字：古人相约赋诗，规定若干字为韵，各人分拈韵字，依韵而赋，"得青字"即拈得青字韵。这是一首送人出塞的诗。

[2] 天官：指天上星座。《史记·天官书》索隐："案天文有五官，官者，星官也。星座有尊卑，若人之官曹列位，故曰天官。"将星：星名。《隋书·天文志上》："天将军十二星，在娄北，主武兵。中央大星，天之大将也；外小星，吏士也。大将星摇，兵起，大将出；小星不具，兵发。""动将星"即谓将星摇动，大将出征。

[3] "万里"二句：刁斗：古代行军用具。《史记·李将军列传》集解："以铜作镬器，受一斗（容一斗粮食），昼炊饮食，夜击持行，名曰刁斗。"井陉（xíng）：又称土门关，亦曰井陉口，在今河北井陉北井陉山上。此二句写唐军开赴前线。

[4] 凤阙：《史记·孝武本纪》："于是作建章宫，度为千门万户。……其东则凤阙，高二十余丈。"后泛指帝王宫阙。句指赵都督辞别天子出征。

[5] 龙庭：又称龙城，匈奴单于祭天地鬼神之所。故地在今蒙古国鄂尔浑河西侧的和硕柴达木湖附近。

[6] 老一经：老死于一部经书（指儒经）。

终南别业①

中岁颇好道②，晚家南山陲③。
兴来每独往，胜事空自知④。
行到水穷处，坐看云起时。
偶然值林叟⑤，谈笑无还期。

注释

❶开元二十九年（741）作者自桂州归京后，曾隐于终南山，本诗即是时所作。终南：山名。主峰在今陕西西安长安区南。别业：别墅。诗写作者隐居终南的乐趣。诗人那追赏自然风光的雅兴、悠闲自得的意趣和超然出尘的情致，在诗中得到了突出的表现。纪昀评道："此诗之妙，由绚烂之极，归于平淡"（《瀛奎律髓汇评》卷二三）。

❷中岁：中年。道：指佛家之道。

❸晚：指晚近、近时。南山：即终南山。陲：边。

❹胜事：美好之事。空：只。

❺值：遇。

终南山①

太乙近天都②，连山到海隅③。
白云回望合，青霭入看无④。

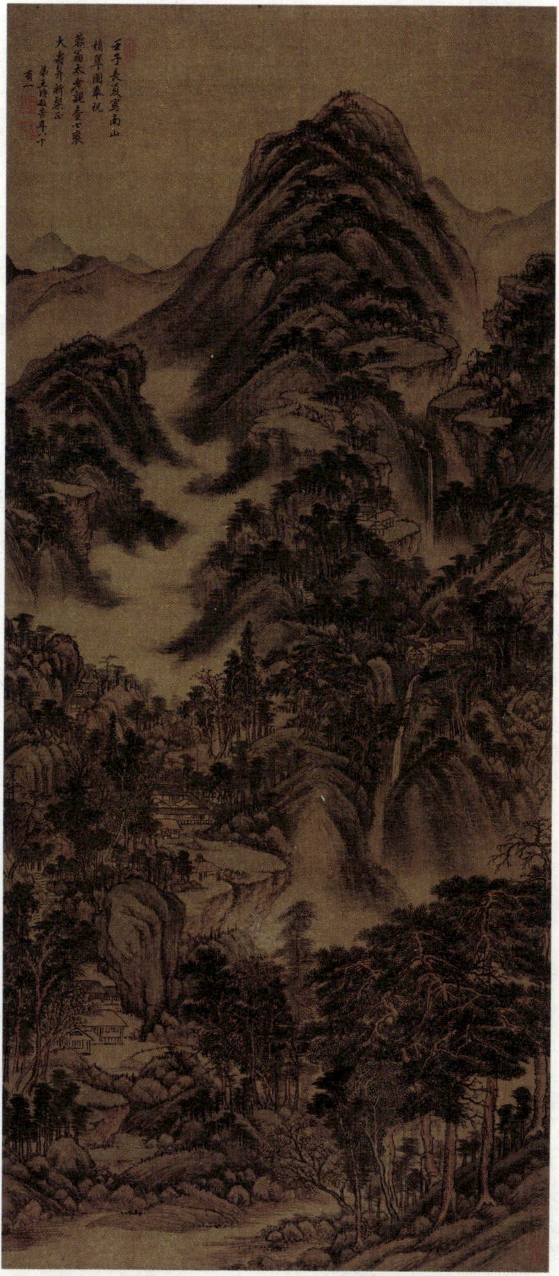
壬子長夏寫南山
積翠圖奉祝
藹翁太老親臺七袠
大壽并祈鑒正
弟王時敏年八十
有一

分野中峰变⑤，阴晴众壑殊⑥。
欲投人处宿，隔水问樵夫。

注释

❶本诗写作时间与《终南别业》同。诗写在终南山的所见所感。全诗笔力劲健，气韵生动，浓墨淡笔，错综变化，"四十字中无一字可易"（黄培芳《唐贤三昧集笺注》卷上），是唐诗中不可多得的佳篇。

❷太乙：又作"太一"，唐人多称终南山为太一。《元和郡县志》卷一京兆府万年县："终南山在县南五十里。按经传所说，终南山一名太一，亦名中南。"此处太乙即指终南山。天都：指帝都。亦指天空。

❸"连山"句：谓山峰接连不断，直到海边。终南山本不及海，这样写是夸张的说法。又有赵殿成注谓王琦释此句为"与他山连接不断，直至海隅"，意亦可通。

❹"白云"二句：写山上云雾瞬息万变。霭（ǎi）：云气。

❺分野：古时以地上的州国同天上的星辰位置相配，谓之分野。此句极言山之广大，说中峰即已跨越不同的分野。

❻"阴晴"句：谓同一时间内，各个山谷的阴晴不一。壑（hè）：山沟。

白鼋涡❶

南山之瀑水兮，激石濆濆似雷惊❷，
人相对兮不闻语声。
翻涡跳沫兮苍苔湿，
藓老且厚，春草为之不生。

兽不敢惊动，鸟不敢飞鸣。

白鼋涡涛戏濑兮❸，委身以纵横❹。

主人之仁兮❺，不网不钓，得遂性以生成❻。

注释

❶题下原注曰："杂言走笔"。本诗作于隐居终南期间。白鼋涡：水名，唐长安之南，终南山下有滈水，即石鳖谷水。白鼋涡或即滈水上游。鼋，大鳖，背色暗灰，腹白色或淡红，"白鼋"即指鼋之白腹者。涡，水的漩流。

❷滈（hào）瀑：水沸涌。

❸濑（lài）：湍急之水。

❹"委身"句：意谓白鼋委身涡涛之中，俯仰自如，无拘无束。

❺主人：君主治下的人民。"人"即"民"，避唐太宗李世民讳。

❻遂性：顺其本性。

答张五弟❶

终南有茅屋，前对终南山。

终年无客长闭关❷，终日无心长自闲。

不妨饮酒复垂钓，君但能来相往还❸。

注释

❶本诗作于隐居终南期间。张五弟：即张谭（yīn）。张彦远《历代名画记》卷一："张谭，官至刑部员外郎，明《易》象，善草隶，工丹青，与王维、李颀等为诗酒丹青之友，尤善画山水。"这首诗表现作者悠闲自在的隐居生活。诗写得平淡、自然，如话家常。王夫之

《唐诗评选》卷一说："末以乐府语入闲旷，诗奇绝。"

❷闲关：闭门。

❸"君但"句：意谓君只管来相往还。但能来：尽管来之意。

❀ 送陆员外❶ ❀

郎署有伊人❷，居然古人风。
天子顾河北❸，诏书隶征东❹。
拜手辞上官❺，缓步出南宫❻。
九河平原外❼，七国蓟门中❽。
阴风悲枯桑，古塞多飞蓬。
万里不见虏，萧条胡地空。
无为费中国，更欲邀奇功❾！
迟迟前相送，握手嗟异同❿。
行当封侯归⓫，肯访南山翁？

注释

❶本诗当作于隐居终南期间。员外：即员外郎。唐尚书省六部诸司（每部下设四司）各置员外郎一至二人，从六品上，是诸司郎中（诸司长官）的副手；又，尚书省左右司各置员外郎一人，掌协助左右丞处理政务。

❷郎署：汉唐时宿卫侍从官的公署。伊人：犹言"这个人"或"那个人"。《诗·秦风·蒹葭》："所谓伊人，在水一方。"郑玄笺："伊当作繄。繄犹是也。"

❸顾：顾念。河北：道名，唐开元十五道之一。

❹征东：赵殿成认为是"安东"之讹，陈铁民认为指幽州节度

使。陈说为是。

❺拜手：跪拜礼的一种。《尚书·太甲中》："伊尹拜手稽首。"孔安国传："拜手，首至手。"

❻南宫：指尚书省。

❼九河：《尚书·禹贡》："济、河惟兖州。九河既道（导）。"孔安国传："河水分为九道，在此州界平原以北是。"平原：郡名，治所在今山东平原西南。

❽七国：指幽州，唐时幽州治所在蓟县（今北京城西南）。《晋书·地理志》："幽州统郡国七，县三十四，户五万九千二十。"蓟门：亦曰蓟丘，明蒋一葵《长安客话》卷一"古蓟门"条："京师古蓟地，以蓟草多得名。……今都城德胜门外有土城关，相传古蓟门遗址，亦曰蓟丘。"

❾邀奇功：《汉书·段会宗传》载："会宗为人，好大节，矜功名，与谷永相友善，谷永闵其老复远出，予书戒曰：'……方今汉德隆盛，远人宾服，傅、郑、甘、陈之功，没齿不可复见，愿吾子因循旧贯，毋求奇功……'"

❿"迟迟"二句：迟迟：缓行貌。《诗经·邶风·谷风》："行道迟迟，中心有违。"毛传："迟迟，舒行貌。"嗟异同：嗟叹持论不同于人。

⓫行：且。

❀ 送丘为落第归江东❶ ❀

怜君不得意，况复柳条春。
为客黄金尽❷，还家白发新。
五湖三亩宅❸，万里一归人。
知祢不能荐❹，羞为献纳臣❺。

❶本诗作于天宝元年（742）。丘为：唐代诗人，苏州嘉兴（今浙江嘉兴）人。天宝二年（743）登进士第，官终太子右庶子。江东：长江下游一带地区。这是一首送友人落第还乡的诗，写出了友人的潦倒失意和自己的深切同情。末二句自责，更见出两人的交情之笃。

❷黄金尽：据《战国策·秦策》载，苏秦说秦王，书十上而说不行，黑貂之裘弊，黄金百斤尽。此处用苏秦故事比喻丘为的落第失意。

❸五湖：历代所指甚多，此指太湖。三亩宅：指宅地狭小。语本《淮南子·原道训》："故任一人之能，不足以治三亩之宅也。"

❹祢（mí）：指祢衡。祢衡字正平，东汉人，有才华，其友孔融曾上疏极力推荐过他，见《后汉书·祢衡传》。此处借指丘为。

❺献纳臣：诗人自称。献纳，推荐人才。王维当时任左补阙，为谏官，也有荐贤之职责。

酬黎居士淅川作❶

依家真个去❷，公定随侬否？
着处是莲花❸，无心变杨柳❹。
松龛藏药裹，石唇安茶臼❺。
气味当共知❻，那能不携手？

注释

❶题下原注曰："昙璧上人院走笔成"。本诗约作于天宝二年（743）。居士：梵语迦罗越，译曰居士。《维摩经·方便品》："若在居士，居士中尊。"慧远疏："居士有二：一广积资财，居财之士，名为

居士；二在家修道，居家道士，名为居士。"此处盖指后者。淅川：
古县名。北魏置，北周省，唐初复置，寻省入内乡（今河南西峡）。
故址在今河南省淅川境内。又淅水（源出河南卢氏，南流经西峡、淅
川入丹江）亦曰淅川。观诗首二句特用"侬"字，黎居士或往浙江
去，似以作"淅川"为是。

❷侬：吴人称我曰"侬"。家：语尾助词。个：等于"价"，犹云
这般或那般。去：辞官出家。

❸着处：所在之处。着，即"在"。莲花：此指净土。

❹无心：佛语，即不起妄心。杨柳：指杨柳观音。《法华经·观
世音菩萨普门品》谓观音有三十三身，"杨柳观音"为其中之一。

❺"松龛"二句：松林中的龛室。梁庾肩吾《乱后经夏禹庙诗》：
"松龛撤暮俎，枣径落寒丛。"药裹：即药包。石唇：即石崖边缘。
唇，边缘。茶臼：制茶用的石臼。此二句描述出家者制药制茶生活。

❻气味：兴味，情调。

哭殷遥①

人生能几何②？毕竟归无形。
念君等为死③，万事伤人情。
慈母未及葬，一女才十龄。
泱漭寒郊外④，萧条闻哭声。
浮云为苍茫，飞鸟不能鸣。
行人何寂寞，白日自凄清。
忆昔君在时，问我学无生⑤。
劝君苦不早，令君无所成。
故人各有赠，又不及生平⑥。
负尔非一途⑦，痛哭返柴荆⑧。

注释

❶殷遥：《唐才子传》卷三《殷遥传》："遥，丹阳人。天宝间，常仕为忠王府仓曹参军。"芮挺章于天宝三载（744）编《国秀集》，收王维《送殷四葬》七绝一首，殷四即殷遥，故殷遥去世时间当在天宝元年至三载之间，王维此诗也作于此间。本诗用直白抒呼的语言，沉痛哀悼友人殷遥的早逝。王闿运《湘绮楼论唐诗》："右丞诸作，惟《哭殷遥》诗，为特沉痛。"

❷"人生"句：语本曹操《短歌行》："对酒当歌，人生几何？"

❸等为死：《史记·陈涉世家》："今亡亦死，举大计亦死，等死，死国可乎？"

❹泱漭（yāng mǎng）：《文选》张衡《西京赋》："山谷原隰，泱漭无疆。"薛综注："泱漭，无限域之貌。"

⑤学无生：指学佛。

⑥生平：生前。

⑦一途：犹一处。

⑧柴荆：代指村舍。《文选》谢灵运《初去郡》："恭承古人意，促装返柴荆。"刘良注："柴荆，谓柴门荆扉也。"

送殷四葬❶

送君返葬石楼山❷，松柏苍苍宾驭还❸。
埋骨白云长已矣❹，空余流水向人间！

注释

❶本诗写作时间同《哭殷遥》。殷四：即诗人殷遥。

❷石楼山：赵殿成注："《元和郡县志》：京兆府渭南县（今属陕西）西南有石楼山。《太平寰宇记》：隰州石楼县（今属山西）有石楼山。《唐书·地理志》：汝州梁县（今河南临汝）有石楼山。……未知孰是。"据王维《哭殷遥》及储光羲之和章，可推知殷遥当卒于长安；储光羲《同王十三维哭殷遥》云："筮仕苦贫贱，为客少田园。膏腴不可求，乃在许西偏。四邻尽桑柘，咫尺开墙垣。""许西偏"指许地（今河南许昌东）西部，《左传·隐公十一年》："乃使公孙获处许西偏。"据储光羲此诗，可知殷遥有田园在许西，所谓"返葬"，即指自长安归于许西。《新唐书·地理志》所称汝州梁县之石楼山，其地恰处许西，故本诗之石楼山，当以在梁县者为是。

❸宾驭还：谓送葬者已返回。宾驭，同"宾御"，谓宾客与驭手。

❹埋骨白云：指葬在高山之上。

榆林郡歌❶

山头松柏林，山下泉声伤客心。
千里万里春草色，黄河东流流不息❷。
黄龙戍上游侠儿❸，愁逢汉使不相识❹。

注释

❶本诗作于天宝四载（745）。榆林郡：《旧唐书·地理志》："隋置胜州，大业为榆林郡。武德中，平梁师都，复置胜州。天宝元年，复为榆林郡。乾元元年，复为胜州。"治所在今内蒙古准格尔旗东北十二连城。约天宝四载（745），作者官侍御史时，曾出使榆林、新秦二郡，此诗即是时所作。

❷"黄河"句：《元和郡县志》卷四载，唐榆林郡治所榆林县境内有黄河，"西南自夏州朔方界流入"。

❸黄龙：古城名。又称和龙城、龙城，故址在今辽宁朝阳。十六国北燕建都于此，南朝宋因称之为黄龙国。见《宋书·高句骊国传》。榆林郡与黄龙城相距颇远，梁萧子显《燕歌行》："遥看白马津上吏，传道黄龙征戍儿。"梁元帝《燕歌行》："黄龙戍北花如锦，玄菟城前月似蛾。"多以黄龙泛指北方边地，此处亦然。

❹汉使：作者自指。

苑舍人能书梵字兼达梵音
皆曲尽其妙戏为之赠❶

名儒待诏满公车❷，才子为郎典石渠❸。
莲花法藏心悬悟❹，贝叶经文手自书❺。
楚词共许胜扬马❻，梵字何人辨鲁鱼❼？
故旧相望在三事❽，愿君莫厌承明庐❾。

注释

❶天宝五载（746）或六载（747）官库部员外郎时所作。苑舍人：即苑咸，京兆人，天宝五载（746）为中书舍人，正五品上。王维写此诗，苑咸回赠《酬王维》，在序中谓王维"久未迁"，并在诗中嘲戏曰："应同罗汉无名欲，故作冯唐老岁年。"王维又作《重酬苑郎中》，也在序中叙及自己"久未迁"，并在诗中自嘲。

❷待诏：等待诏命之意。公车：参见《上张令公》注❼。

❸才子：指苑咸。为郎：苑咸时兼郎中。典石渠：谓兼掌宫中秘书或集贤学士。石渠：见《上张令公》注❾。

❹莲花法藏：谓佛之教法。悬悟：凭空而悟。

❺贝叶：贝多罗树之叶。贝多罗树又称贝多树、贝叶树、多罗树，产于印度等地。树为常绿乔木，高达四、五丈，其叶大，有光泽，古印度人多用它抄写佛教经文，称贝叶经。

❻扬马：扬雄、司马相如。

❼辨鲁鱼：辨别字形讹误。《抱朴子·遐览》："书三写，鱼成鲁，帝成虎。"

❽三事：三公，即丞相、太尉、御史大夫。

重酬苑郎中并序❶

顷辄奉赠，忽枉见酬❷。叙末云："且久不迁，因而嘲及。"诗落句云："应同罗汉无名欲，故作冯唐老岁年。"亦解嘲之类也。

何幸含香奉至尊❸，多惭未报主人恩。

草木岂能酬雨露，荣枯安敢问乾坤？

仙郎有意怜同舍❹，丞相无私断扫门❺。

扬子《解嘲》徒自遣❻，冯唐已老复何论❼！

注释

❶题下原注曰："时为库部员外"。本诗为天宝五载（746）或六载（747）官库部员外郎时所作。苑郎中：即苑咸。

❷见酬：指苑咸所作《酬王维》。

❸含香：古代尚书郎奏事答对时，口含鸡舌香以去秽，故常用指侍奉君王。《通典·职官四》："尚书郎口含鸡舌香，以其奏事答对，欲使气息芬芳也。"

❹仙郎：唐时尚书郎之美称，此指苑咸。同舍：同僚。

❺丞相：指李林甫。扫门：典出《史记·齐悼惠王世家》："魏勃少时，欲求见齐相曹参，家贫，无以自通，乃常独早夜扫齐相舍人门外。相舍人怪之，以为物而伺之，得勃。勃曰：'愿见相君无因，故为子扫，欲以求见。'于是舍人见勃曹参，因以为舍人。"

❻扬子《解嘲》：《汉书·扬雄传》："时雄方草《太玄》，有以自守，泊如也。或嘲雄以玄尚白，而雄解之，号曰《解嘲》。"

⑦冯唐：《史记·张释之冯唐列传》载："武帝立，求贤良，举冯唐。唐时年九十余，不能复为官，乃以唐子冯遂为郎。"

❀ 赠李颀❶ ❀

间君饵丹砂❷，甚有好颜色。
不知从今去❸，几时生羽翼❹？
王母翳华芝❺，望尔昆仑侧。
文螭从赤豹❻，万里方一息❼。
悲哉世上人，甘此膻腥食❽。

注释

❶李欣：唐代诗人，家居颍阳东川（今河南登封市东北）。开元二十三年（735）进士及第，曾任新乡县尉；二十九年去官归东川。天宝五至七载，往来长安与洛阳间，与王维、卢象等人交往。疑此诗即作于这期间。李欣热衷道教修炼，王维以诗赠之，表达自己对道教的浓厚兴趣。

❷饵：食。丹砂：此指丹药。

❸去：犹"后"。

❹生羽翼：谓成仙。曹丕《折杨柳行》："服药四五日，身体生羽翼。"

❺翳华芝：谓以华盖自蔽。《文选》扬雄《甘泉赋》："于是乘舆迺登夫凤皇兮而翳华芝，驷苍螭兮六素蚪。"李善注："服虔曰：华芝，华盖也。善曰：言以华盖自翳也。"

❻"文螭"句：文螭：有花纹的螭龙。《楚辞·九歌·山鬼》："乘赤豹兮从文狸。"

❼一息：一呼一吸，喻时间短暂。《汉书·王褒传》："周流八极，万里一息。"

❽膻腥食：谓牛羊鱼等肉食。

奉和圣制天长节赐宰臣歌应制❶

太阳升兮照万方，开阊阖兮临玉堂❷，
俨冕旒兮垂衣裳❸。
金天净兮丽三光❹，彤庭曙兮延八荒❺。
德合天兮礼神遍❻，灵芝生兮庆云见。
唐尧后兮稷契臣，匝宇宙兮华胥人❼。
尽九服兮皆四邻❽，乾降瑞兮坤献珍❾。

注释

❶ 本诗作于天宝七载（748）八月五日。天长节：《旧唐书·玄宗纪》载，开元十七年（729）八月，百官表请以玄宗生日即八月五日为千秋节，休假三日；天宝七载（748）八月，改千秋节为天长节。本诗前三句叙早朝时天子朝臣皆容服庄严的形象。再四句写天子恩泽八方，与天相合。末四句写君主求贤治世，夷狄都为之感化，天地呈现福兆。

❷ 阊阖：宫门的正门。玉堂：宫殿。

❸ 俨：整齐貌。冕旒（liú）：古时天子及贵官的礼冠。旒，古时天子及贵官礼帽前后下垂的玉串，天子十二旒，诸侯九，上大夫七，下大夫五。

❹ 金天：秋天。三光：《淮南子·氾论训》："若上乱三光之明，下失万民之心。"高诱注："三光，日、月、星辰也。"

❺ 彤庭：因汉皇宫中庭漆为朱色故称，后泛指皇宫。班固《西都

赋》："于是玄墀扣砌，玉阶彤庭。"延：及。八荒：八方极远之地。

⑥礼神遍：遍祀诸神。

⑦"唐尧"二句：后：君。稷：周的始祖后稷。契：殷的始祖。华胥：《列子·黄帝》：黄帝梦游于华胥氏之国，"其国无帅长，自然而已；其民无嗜欲，自然而已"，黄帝既寤，怡然自得，二十八年后，天下大治，几若华胥氏之国。

⑧九服：王畿之外的九等地区。《周礼·夏官·职方氏》："乃辨九服之邦国。方千里曰王畿，其外方五百里曰侯服，又其外方五百里曰甸服，又其外方五百里曰男服，又其外方五百里曰采服，又其外方五百里曰卫服，又其外方五百里曰蛮服，又其外方五百里曰夷服，又其外方五百里曰镇服，又其外方五百里曰藩服。"

⑨"乾降"句：指上诗"灵芝生"、"庆云见"之祥瑞。

送张五谭归宣城①

五湖千万里②，况复五湖西！
渔浦南陵郭③，人家春谷溪④。
欲归江淼淼⑤，未到草萋萋⑥。
忆想兰陵镇⑦，可宜猿更啼⑧？

注释

①张五谭：即张谭。谭于天宝中辞官归故山隐居，本诗盖即是时所作。具体年代不可考，姑系此。宣城：唐郡名，治所在宣城（今安徽宣城）。通篇是诗人想象张归途中的风光景色。诗人视通万里，随意点染五湖、渔浦、春谷溪几个地名，便觉生动自然，引人入胜。

②五湖：参见《送丘为落第归江东》注③。

③南陵：唐时为宣州宣城郡属县，在今安徽南陵。

④春谷溪：水名，在南陵县境内，南齐谢朓《宣城郡内登望》："山积陵阳阻，溪流春谷泉。"

⑤淼淼：同"渺渺"，形容水势浩茫。

⑥萋萋：草盛貌。《楚辞·招隐士》："王孙游兮不归，春草生兮萋萋。"

⑦兰陵镇：地名，北魏尝置兰陵县，故址在今安徽宿松附近。当是张谓经过之地。

⑧可：岂。宜：适合，合宜。

待储光羲不至①

重门朝已启，起坐听车声②。
要欲闻清佩③，方将出户迎④。

晚钟鸣上苑⑤，疏雨过春城。
了自不相顾⑥，临堂空复情⑦。

注释

❶储光羲：唐代诗人，行十二。润州延陵（今江苏丹阳）人。开元十四年（726）进士及第。曾当过几任县尉，后官太祝、监察御史。他在终南山隐居及在长安任职期间，常与王维往还唱酬。储集中有《答王十三维》诗，正是酬答王维这首诗的。诗云："门生故来往，知欲命浮觞。忽奉朝青阁，回车入上阳。落花满春水，疏柳映新塘。是日归来暮，劳君奏雅章。"据"忽奉"二句，知是时储已居官，故王维此诗，当作于天宝六、七载后储在长安官太祝或监察御史之时。

❷起坐：立起、坐下。

❸要欲：却似。

❹方将：正要。

❺上苑：天子之园囿。

❻了：明了。自：已，已经。顾：看望。

❼空：独自。复：多。谢朓《同谢谘议铜雀台诗》："芳襟染泪迹，婵媛空复情。"此句意谓，回到堂上，自己仍对友人心怀期待之情。

❀ 奉寄韦太守陟❶ ❀

荒城自萧索②，万里山河空③。
天高秋日迥，嘹唳闻归鸿④。
寒塘映衰草，高馆落疏桐。
临此岁方晏⑤，顾景咏《悲翁》⑥。

故人不可见，寂寞平林东❼。

注释

❶本诗当作于天宝四载至十三载间（745—754）。韦陟（zhì）：唐京兆万年（今陕西西安）人，字殷卿。开元初，丁父忧，居丧过礼。于时才名之士王维、崔颢、卢象等，常与陟唱和游处。后为礼部侍郎，李林甫忌之，于天宝四载出为襄阳太守。

❷荒城：指襄阳郡城。萧索：萧条索漠。

❸空：空旷明净。

❹嘹唳（lì）：雁鸣声。

❺岁方晏：一年将尽。

❻顾：看。《悲翁》：《乐府诗集》卷一六鼓吹曲辞汉铙歌十八曲中有《思悲翁》，此借咏《悲翁》表达对友人的思念之情。

❼平林：在襄阳西，西汉末王常于此起兵，号平林兵。平林东即指韦陟任职之地襄阳。

酬比部杨员外暮宿琴台朝跻书阁率尔见赠之作❶

旧简拂尘看❷，鸣琴候月弹。
桃源迷汉姓❸，松树有秦官❹。
空谷归人少，青山背日寒。
羡君栖隐处，遥望白云端。

注释

❶酬：以诗相答。比部杨员外：其人不详。比部，刑部四司之

一，掌稽查、审察内外籍账。比部置员外郎一人，从六品上。琴台：又称琴堂，在单父（故城在今山东单县），相传为宓不齐弹琴之所。不齐字子贱，春秋鲁人，孔子弟子，曾任单父宰（邑长）。《吕氏春秋·察贤》："宓子贱治单父，弹鸣琴，身不下堂而单父治。"琴台唐时曾重建。跻（jī）：登。书阁：未详所指，疑为宓子贱之读书阁。率尔：急遽貌。据陈铁民先生考，此诗当作于杨去官归隐之后，姑系于天宝八载（749）。

❷旧简：旧书。简，竹简。

❸桃源：即陶渊明《桃花源记》中所描写的桃花源。迷：分辨不清。汉姓：指汉代皇帝的姓氏。"迷汉姓"，即《桃花源记》所写桃源中人"不知有汉"之意。此句指杨在琴台附近的隐居处为世外桃源。

❹"松树"句：参见《过秦皇墓》注❼。此句借用典故，指杨的隐居处有极古之树。

送崔九兴宗游蜀❶

送君从此去，转觉故人稀。
徒御犹回首❷，田园方掩扉❸。
出门当旅食，中路授寒衣❹。
江汉风流地❺，游人何岁归❻？

注释

❶本诗当作于天宝九（750）、十载（751）之前，具体时间不详。崔兴宗：王维内弟，行九，曾长期隐居。约于天宝九、十载间出仕。寻绎本诗之意，兴宗游蜀当在其出仕之前。这首诗以平淡无奇的语言，表现出了深挚的惜别之情。黄培芳于《唐贤三昧集笺注》卷上评

此诗曰:"发端极有神。"

❷徒御:《诗·小雅·车攻》:"徒御不惊。"孔颖达疏:"徒行挽辇者与车上御马者。"此指随行之人。这句写出行者的依依不舍之情。

❸田园:指兴宗隐居的田园。方:将。掩扉:关门。

❹"出门"二句:表现对旅人衣食冷暖的关心。旅食:谓因作客而寄食他乡。中路授寒衣:谓途中天将变冷。《诗·豳风·七月》:"九月授衣。"

❺江汉:江即长江,汉疑指西汉水。嘉陵江古又称西汉水。《元和郡县志》卷三三合州汉初县:"西汉水一名嘉陵水,经县理(治,避唐高宗讳)南,去县一里。"风流地:谓美好、特出之地。

❻游人:指崔兴宗。

与卢员外象过崔处士兴宗林亭❶

绿树重阴盖四邻,青苔日厚自无尘。
科头箕踞长松下❷,白眼看他世上人❸!

注释

❶本诗当作于天宝八、九载间。卢象:唐代诗人,字纬卿,洛阳人。开元中登进士第,历任左补阙、河南府司录、司勋员外郎等,王维的诗友。崔兴宗:见《送崔九兴宗游蜀》注❶。处士:古称有道德、学问而隐居不仕者。这首诗写崔氏林亭的幽深和主人傲世不羁的风韵。

❷科头:不戴帽。箕(jī)踞:《汉书·陆贾传》颜师古注:"箕踞,谓伸其两脚而坐,亦曰箕踞,其形似箕。"古人席地而坐,坐时两膝着席,臀部压在脚后跟上;箕踞在古时是一种不讲礼节的坐法。

❸ "白眼"句:《晋书·阮籍传》:"籍又能为青白眼,见礼俗之士,以白眼对之。"

崔九弟欲往南山马上口号与别❶

城隅一分手❷,几日还相见❸?
山中有桂花❹,莫待花如霰❺。

注释

❶崔九:即崔兴宗,诗人的表弟。是时当尚未出仕,故此诗应作于天宝九、十载之前。南山:终南山。口号:随口吟成的诗,此语多用在诗题上。全篇言简意丰,语淡情深。王维的五绝多用口语,自然真率,故而独步一时,此诗可见一斑。

❷城隅:城边。

❸几日:什么时候。还:回来。

❹桂花:木樨花,香气浓郁。

❺花如霰(xiàn):即花儿如霰一样地飘落。霰,水蒸气在高空中遇到冷空气凝结成的小冰粒。此句意谓,莫等花落如霰才归山去。

秋夜独坐怀内弟崔兴宗❶

夜静群动息❷,蟋蟀声悠悠❸。
庭槐北风响,日夕方高秋❹。

105

思子整羽翮，及时当云浮❺。
吾生将白首，岁晏思沧洲❻。
高足在旦暮❼，肯为南亩俦❽！

注释

❶本诗当作于天宝九、十载间崔兴宗即将出仕之时。内弟：《仪礼·丧服》"舅之子"郑玄注："内兄弟也。"王维的母亲崔姓，足见崔兴宗是王维舅舅的儿子。这首诗善于通过描摹自然音响，渲染出秋夜的凄清和诗人的惆怅心境。

❷群动：谓各种动物。

❸蟪蛄（huì gū）：寒蝉，体较小，青紫色，又名"伏天儿"。悠悠：形容蝉声悠长而凄凉。

❹日夕：黄昏时。方：正好，正当。高秋：秋高气爽之时。

❺"思子"二句：以鸟的整翼待飞，比喻崔兴宗即将出仕。翮（hé）：鸟翎的茎。云浮：指飞翔于空中。

❻晏：晚。沧洲：谓隐者所居之地。陆云《泰伯碑》："沧洲遁迹，箕山辞位。"

❼高足：逸足，指快马。《古诗十九首·今日良宴会》："何不策（鞭马前进）高足，先据要路津（喻高位）。"

❽肯：犹"岂"。俦（chóu）：伴侣。以上二句意谓，兴宗出仕后短时间内即当获取高位，岂能做自己隐于田园的伴侣！

敕赐百官樱桃❶

芙蓉阙下会千官❷，紫禁朱樱出上兰❸。
才是寝园春荐后❹，非关御苑鸟衔残❺。

归鞍竞带青丝笼^❻，中使频倾赤玉盘^❼。

饱食不须愁内热^❽，大官还有蔗浆寒^❾。

注释

❶ 题下原注曰："时为文部郎中"。本诗约作于天宝十一载（752）。文部郎中即吏部郎中，从五品上。敕赐：皇帝恩赐。樱桃：落叶乔木，春季先叶开花，淡红色或白色，果实大者如弹丸，小者如珠玑，味甜，可食。诗写天子颁赐百官樱桃事，虽无深意，却写得圆活、浑成，"格律详整明密"（方东树《昭昧詹言》卷一六）。沈德潜《唐诗别裁》卷一三评曰："词气雍和，浅深合度，与少陵《野人送樱桃》诗，均为三唐绝唱。"

❷ 芙蓉阙：皇宫门前两边的阙楼犹如芙蓉（荷花），指皇宫。

❸ 紫禁：内宫。朱樱：深红色的樱桃。上兰：汉代宫观名，在上林苑中，此处借指唐禁苑。

❹ 寝园：先帝陵园。园，指帝王墓地。古帝王陵园皆有寝殿，故谓之寝园。春荐：春日祭献。《礼记·月令》、《吕氏春秋·仲夏纪》、《淮南子·时则》、唐李绰《岁时记》都记载了皇帝在春日以樱桃荐宗庙，荐毕颁赐百官之事。

❺ 鸟衔：《吕氏春秋·仲夏纪》："羞（进献）以含桃。"高诱注："进含桃。樱桃，莺鸟所含食，故言含桃。"

❻ 青丝笼：系着青丝绳的篮子。

❼ 中使：宫中宦官。此处指被派去收摘或运樱桃的宦者。赤玉盘：《太平御览》卷九六九引《拾遗录》曰："汉明帝于月夜宴赐群臣樱桃，盛以赤瑛（似玉的美石）盘，群臣视之月下，以为空盘，帝笑之。"

❽ 内热：《食疗本草》："樱桃食多无损，但发虚热耳。"

❾ 大（tài）官：又作太官，唐光禄寺有太官署，置令二人，凡朝会宴享，掌供百官膳食。蔗浆：甘蔗汁。

西 施 咏①

艳色天下重，西施宁久微②？
朝为越溪女③，暮作吴宫妃。
贱日岂殊众？贵来方悟稀。
邀人傅脂粉④，不自着罗衣。
君宠益骄态，君怜无是非。
当时浣纱伴⑤，莫得同车归。
持谢邻家子，效颦安可希⑥？

注释

❶本诗当作于天宝十二载（753）之前。西施：春秋时越国美女。这首诗寄寓着怀才不遇的下层士人的不平与感慨。在艺术上，此诗由于采用比兴寄托的表现方式，因而形成了深婉含蓄的特点。沈德潜评

此诗说："别寓兴意"（《说诗晬语》卷下）。"写尽炎凉人，眼界不为题缚，乃臻斯诣"（《唐诗别裁》卷一）。

❷微：卑贱。

❸越溪：浣纱溪。

❹邀：召唤。

❺浣纱：相传西施贫贱时，常在若耶溪边浣纱。

❻效颦：《庄子·天运》："西施病心而颦其里，其里之丑人，见而美之，归亦捧心而颦其里。其里之富人见之，坚闭门而不出；贫人见之，挈妻子而去之走。"

✤ 送秘书晁监还日本国❶ ✤

积水不可极❷，安知沧海东？
九州何处所❸，万里若乘空？
向国惟看日❹，归帆但信风❺。
鳌身映天黑❻，鱼眼射波红。
乡树扶桑外❼，主人孤岛中❽。
别离方异域，音信若为通❾？

注释

❶秘书晁监：指晁衡，日本人，日名阿倍仲麻吕。唐开元五年（717），他年仅十六，随日本使节来华，为偏使，后久留中国，充当唐朝官员，官至秘书监。天宝十一载（752）岁暮，在华三十六年、已五十二岁的晁衡随日本使臣返国探亲。王维此诗即作于晁衡离长安之时。晁衡返国途中遇疾风，所乘之船飘流到安南。十四载六月复返长安，继续任职。大历五年（770）卒于长安。这首送日本友人归国

的诗，写出了归程的遥远与归后的相思。

❷积水：指大海。不可极：不能达到尽头。

❸九州：泛指中国，中国古代分为九州。

❹"向国"句：古人以为日本地近东方日出之处，故云。《新唐书·东夷传》："日本使者自言国近日所出，以为名。"

❺信：凭，靠。

❻鳌（áo）：传说中海里的大鳌。

❼扶桑：指日本。古代传说，扶桑为日所出处，因借指日本。

❽主人：指晁衡。

❾若为：如何。

同崔员外秋宵寓直❶

建礼高秋夜❷，承明候晓过❸。
九门寒漏彻❹，万井曙钟多。
月迥藏珠斗❺，云消出绛河❻。
更惭衰朽质❼，南陌共鸣珂❽。

注释

❶此篇疑应作于天宝十一载（752）（时作者年五十二）至十三载（754），王维官尚书省文部（吏部）郎中时。崔员外：疑指盛唐诗人崔颢。崔颢天宝中任司勋员外郎（吏部司勋司副长官），十三载（754）卒于任。寓直：直宿，夜间值班。纪昀评此诗曰："了无深意，而气体自然高洁。"

❷建礼：汉宫门名，其内为尚书台所在地。《宋书·百官志》："《汉官》云……尚书寺居建礼门内。"应劭《汉官仪》卷上（孙星衍

辑本）："尚书郎主作文书起草，夜更直（轮值）五日于建礼门内。"此借指唐尚书省。

❸承明：承明庐，汉代侍从之臣值夜之所，在石渠阁外。见《汉书·严助传》及颜师古注。又魏宫有承明门，魏明帝时朝会皆由此门出入。见《文选》曹植《赠白马王彪》李善注引陆机《洛阳记》。此处借指唐宫门。句谓待天明下班将经过宫门而归。

❹九门：《礼记·月令》郑玄注："天子九门者，路门也，应门也，雉门也，库门也，皋门也（按，以上皆天子宫室之门），城门也，近郊门也，远郊门也，关门也。"此泛指皇宫之门。彻：毕，尽。

❺迥：远。藏珠斗：指北斗隐没。珠斗，谓斗星相贯如珠。

❻绛河：即银河。衰朽：老迈无能。作者自指。

❼珂：马勒上的饰物。马行时作声，故曰"鸣珂"。

送贺遂员外外甥❶

南国有归舟❷，荆门溯上流❸。
苍茫葭菼外❹，云水与昭丘❺。
樯带城乌去❻，江连暮雨愁。
猿声不可听，莫待楚山秋❼。

注释

❶本诗作于天宝十三载（754）以前的数年内。贺遂：不详。唐代古文家李华有《贺遂员外药园小山池记》一文说："贺遂公，衣冠之鸿鹄，执宪起草，不尘其心，梦寐以青山白云为念。"文中还记叙了贺遂在药园中"种竹艺药"，"百有余品"，"凿井引汲，伏源出山"，"其间有书堂琴轩，置酒娱宾。赋情遣辞，取兴兹境，当代文士，目

为诗园"。王维另有《春过贺遂员外药园》诗，抒写游访药园情景。全篇一气倾吐而出，音节清亮，境界阔远，饱含着对行人的关爱情意。

❷南国：古指江汉一带的诸侯国，后亦用以泛指南方。

❸溯：逆水而上。

❹葭：芦苇。菼（tǎn）：荻。

❺昭丘：春秋楚昭王墓，在湖北当阳东南。

❻樯（qiáng）：帆船上挂风帆的桅杆。乌：乌鸦。

❼"猿声"二句：意谓应当速行，莫等秋天来到，那时楚山上猿声已不可听。因自荆门溯江而上，过宜昌后，即进入三峡，该地两岸连山，秋冬之时，常有高猿长啸，其声凄厉。（参见《水经注》卷三四《江水》)，故云。

赠从弟司库员外絿❶

少年识事浅，强学干名利❷。
徒闻跃马年，苦无出人智❸。
即事岂徒言❹，累官非不试❺。
既寡遂性欢❻，恐招负时累❼。
清冬见远山，积雪凝苍翠。
皓然出东林❽，发我遗世意。
惠连素清赏，夙语尘外事❾。
欲缓携手期，流年一何驶❿！

注释

❶当作于天宝十一载（752）之后，安史之乱前。从弟：同祖兄

112

弟，俗谓堂兄弟。司库员外：即库部员外郎。库部为兵部四司之一，负责掌管邦国军州的戎器、仪仗，正官，职位低于郎中，从六品上，亦简称员外。王綷：生平不详。

❷强：勉，尽力。干：求。

❸"徒闻"二句：《史记·范雎蔡泽列传》载，战国时辩士蔡泽游历各国，干谒诸侯，不被重用，于是请相士唐举给他相命。唐举跟他谈功名富贵，他说这方面自己知道，只求告诉他的寿命。唐举就告诉他今后还可以活四十三年。他说："吾持梁刺齿肥，跃马疾驱，怀黄金之印，结紫绶于腰，揖让人主之前，食肉富贵，四十三年足矣！"刺齿肥，啮肥，即食肥肉。此句"跃马"即对"跃马疾驱"等语的概括，意谓"富贵得志"。这二句是说，空闻富贵得志的命，而自己苦于没有出人才智。

❹即事：就事，获得职位前往任事。岂徒言：并非只是说说。此句意谓出来做官并非只是随便说说，一定要有办事的能力。

❺"累官"句：意谓自己累次为官，并不是没有尝试过。

❻遂：顺。

❼负时累：意谓怕因不合时宜而招致政治上的牵累。

❽皓然：光明旷达貌。这里形容心情的开朗通达。

❾"惠连"二句：惠连：谢惠连，南朝宋著名诗人谢灵运的族弟，很聪明，十岁就能写很好的文章。这里喻指堂弟王綷。清赏：犹清尚，清高的意思。夙语：从前说过。夙，往昔，过去。

❿流年：流水般的年华。驶：迅速。

送丘为往唐州❶

宛洛有风尘❷，君行多苦辛。

四愁连汉水❸，百口寄随人❹。
槐色阴清昼，杨花惹暮春❺。
朝端肯相送❻，天子绣衣臣❼。

注释

❶本诗当作于天宝二年（743）丘为登第授官之后，具体时间不详，姑系于安史之乱前。丘为：见《送丘为落第归江东》注❶。唐州：唐代州名。天宝元年（742）改为淮安郡，治所在比阳（今河南泌阳）。

❷宛：今河南南阳。洛：洛阳。宛洛为丘为自长安往唐州途中经行之地。

❸"四愁"句：《文选》张衡《四愁诗》序曰："张衡……出为河间相。……时天下渐弊，郁郁不得志，为《四愁诗》。"诗曰："一思曰：我所思兮在太山，欲往从之梁父艰，侧身东望涕沾翰。美人赠我金错刀，何以报之英琼瑶。路远莫致倚逍遥，何为怀忧心烦劳。"诗凡"四思"。此句即用其事，谓丘为到唐州，作者内心充满怀友之愁。唐州地近汉水，故有"连汉水"之语。

❹百口：指全家。随：即随州，治所在今湖北随州。句指丘为之家属寄居于随州。

❺惹：招引。

❻朝端：朝廷，朝中之人。

❼绣衣臣：《汉书·百官公卿表》："侍御史有绣衣直指，出讨奸猾，治大狱，武帝所制，不常置。"颜师古注："衣以绣衣，尊宠之也。"此指丘为而言。疑为时任御史，被朝廷派往唐州执行某种特殊任务。

114

春日与裴迪过新昌里访吕逸人不遇❶

桃源一向绝风尘❷，柳市南头访隐沦❸。
到门不敢题凡鸟❹，看竹何须问主人❺？
城外青山如屋里❻，东家流水入西邻。
闭户著书多岁月❼，种松皆老作龙鳞❽。

注释

❶当作于安史之乱前，因裴迪安史之乱后居蜀，不可能在长安与王维共访吕逸人。裴迪：盛唐诗人，关中（今陕西）人，行十。早年与王维、崔兴宗，俱隐终南山。后王维得辋川别业，迪常从游，泛舟往来，弹琴赋诗，啸咏终日。天宝后官蜀州刺史、尚书省郎。新昌里：又名新昌坊，在长安朱雀门街东第五街。唐代一些名人如牛僧孺、哥舒翰、白居易等都曾居此。吕逸人：未详。逸人，隐逸之士。顾璘评曰："此篇似不经意，然结语奇突，不失盛唐。"又曰："信手拈来，头头是道，不可因其真率，略其雅逸也。"（见凌濛初刊《王摩诘诗集》）

❷桃源：借指吕逸人的隐居处。绝风尘：指隔绝人世的纷扰。

❸柳市：地名，在汉长安城西渭水北，是热闹繁华之地，当在新昌里北。隐沦：即隐士，指吕逸人。

❹"到门"句：《世说新语·简傲》载：魏国嵇康与吕安很要好，每一相思，便千里命驾。一次吕安来访嵇康，不在，嵇康的哥哥嵇喜出来接待，吕安不入，只在门上题一"凤"字而去。嵇喜见了很高兴，以为是夸奖他。其实这是讥讽，说他不过是"凡鸟"（合书为"凤"）而已。这里用此典故，表示自己访逸人不遇，并赞其家中无俗人。

❺"看竹"句：《晋书·王徽之传》载：王徽之见吴中一士大夫家有

115

好竹，便乘舆前去观看，到后在竹林中讽啸了许久。主人洒扫庭院请他坐，他都不理会。将出，主人将门关上，留他赏竹，尽欢而散。这句变用其事，意谓吕逸人不在，自己却像王徽之那样游赏了他的园林。

❻"城外"句：新昌坊在长安城尽东之处，其南街东出延兴门，即是城外，故云。

❼龙鳞：指老松的表皮斑驳，犹如龙鳞。

酬郭给事❶

洞门高阁霭余晖❷，桃李阴阴柳絮飞❸。
禁里疏钟官舍晚❹，省中啼鸟吏人稀❺。
晨摇玉佩趋金殿❻，夕奉天书拜琐闱❼。
强欲从君无那老❽，将因卧病解朝衣❾。

注释

❶本诗作于天宝十四载（755）。郭给事：王达津选注《王维孟浩然选集》（上海古籍出版社1990年版）说："即郭慎微，与李林甫关系密切，虽年龄比王维小，但屡次被拔擢，官已过之。"王维与郭慎微有交往和唱酬。给事：官名，即给事中。唐门下省置给事中四员，正五品上，掌陪侍左右，分判省事。

❷洞门：指宫殿或宅第深邃，有重重相对之门。此指门下省官署。霭：形容盛、多。

❸阴阴：树叶浓密貌。

❹禁里：宫内。

❺省中：宫禁之内，或指门下省内。

❻玉佩：衣上所带玉制佩饰，古人多用以节制行步。趋：疾走貌。

116

⑦天书：指皇帝诏书。拜琐闱：因给事中日暮入对青琐门拜，故唐时称给事中为夕郎、夕拜。琐闱，镂刻有连锁图案的宫中侧门。这二句写任给事中须早朝夕拜，伴天子左右。

⑧强：犹言十分、非常。无那：无奈。

⑨解朝衣：指辞官归隐。此二句意谓自己虽想随你为官，无奈年老多病，将退居山林。

冬夜书怀①

冬宵寒且永，夜漏宫中发②。
草白霭繁霜③，木衰澄清月④。
丽服映颓颜，朱灯照华发。
汉家方尚少⑤，顾影惭朝谒⑥。

注释

❶陈铁民《王维集校注》云：据"丽服"二句，本诗当作于晚年，今姑系天宝末。

❷夜漏：漏，漏壶，古滴水计时之器。壶有浮箭，上刻符号表时间，分昼漏、夜漏，共百刻。

❸霭：盛多貌。

❹澄：澄朗貌。

❺尚少：《后汉书·张衡传》注引《汉武故事》曰："上（汉武帝）至郎署，见一老郎，鬓眉皓白，问：'何时为郎，何其老也？'对曰：'臣姓颜名驷，以文帝时为郎，文帝好文而臣好武，景帝好老而臣尚少，陛下好少而臣已老，是以三叶不遇也。'上感其言，擢为会稽都尉也。"

❻惭：羞愧。朝谒：朝见皇帝。

117

过沈居士山居哭之❶

杨朱来此哭❷，桑扈返于真❸。
独自成千古❹，依然旧四邻。
闲檐喧鸟雀❺，故榻满埃尘。
曙月孤莺啭，空山五柳春❻。
野花愁对客，泉水咽迎人。
善卷明时隐❼，黔娄在日贫❽。
逝川嗟尔命，丘井叹吾身❾。
前后徒言隔❿，相悲讵几晨⓫？

注释

❶约作于天宝末。沈居士：不详。居士，或为广积资财、居财之士，或为在家修道、居家道士，此处盖指后者。全篇以哀哭的调子写

出，句句都渗透着诗人悲伤的泪水。诗人用了一连串典故，把沈居士比喻为桑扈、陶渊明、善卷、黔娄，颂扬他安贫乐道的隐逸高风。

❷杨朱：战国时魏人，字子居，又称杨子、阳子或阳生。后于墨翟，前于孟轲。其说重在爱己，不以物累，不拔一毛以利天下，被当时儒家斥为异端。《列子·仲尼》："随梧之死，杨朱抚其尸而哭。"此处作者以杨朱自喻。

❸桑扈：即桑户，《庄子·大宗师》载：桑户死，他的朋友鼓琴唱歌："而（汝）已反其真，而我犹为人猗。"这句用此典故，以桑扈比喻沈居士死而归于自然。

❹千古：哀悼死者之词，犹言不朽。

❺暄：让阳光温暖，指鸟雀在房檐下静静地晒太阳。一作"喧"。

❻五柳：见《偶然作·其四》注❾，原指陶渊明的住宅，这里指沈之山居。

❼善卷：《庄子·让王》："舜以天下让善卷，善卷曰：'余立于宇宙之中……日出而作，日入而息，逍遥于天地之间而心意自得，吾何以天下为哉？悲乎！子之不知余也。'遂不受，于是去而入深山，莫知其处。"这里以善卷比喻沈居士的隐逸高风。

❽黔娄：战国时齐隐士。家贫，不求仕进，齐鲁之君聘赐，俱不受。死时衾不蔽体。

❾"逝川"二句：逝川：逝去的流水。《论语·子罕》："子在川上曰：'逝者如斯夫！不舍昼夜。'"丘井：废墟之枯井。比喻身心衰老。《维摩经·方便品》："是身如丘井，为老所逼。"

❿"前后"句：意谓生前与死后就这样徒然地彼此隔绝了。

⓫讵：岂。这句说，自己为沈而悲伤哪止几日？意谓将为此悲痛终生。

119

和太常韦主簿五郎温汤寓目❶

汉主离宫接露台❷，秦川一半夕阳开❸。
青山尽是朱旗绕，碧涧翻从玉殿来❹。
新丰树里行人度❺，小苑城边猎骑回❻。
闻道甘泉能献赋，悬知独有子云才❼。

注释

❶作于安史之乱前。太常主簿：唐太常寺置主簿二人，从七品上，掌管印章簿书等。韦主簿：名未详。温汤：即温泉，唐长安城附近的新丰县、临潼县都有温泉。华清宫原名温泉宫。寓目：观看。

❷汉主离宫：指华清宫。唐人诗中每以汉借指唐。离宫，天子出游时居住的别宫。露台：又称灵台，古时用以观察天文气象。

❸秦川：泛指今陕西、甘肃秦岭以北的平原地带。

❹翻从：反从。玉殿：指华清宫。

❺新丰：汉县名，故治在今西安临潼东北。

❻小苑：即芙蓉小苑，芙蓉园。唐又称南苑，在曲江西南。玄宗于开元二十年从大明宫筑夹城复道经兴庆宫达芙蓉园，常与贵妃游乐于此。杜甫《秋兴八首》之六："花萼夹城通御气，芙蓉小苑入边愁。"

❼"闻道"二句：甘泉：汉宫殿名。在陕西淳化县西北甘泉山。献赋：《汉书·扬雄传》载，孝成帝时，扬雄献《甘泉赋》，讽咏成帝祭祀游猎盛况。悬知：预知，料想。子云：扬雄字子云。二句赞美韦主簿有才华，希望他能对玄宗的游宴和围猎有所讽谏。

奉和圣制重阳节宰臣及群臣上寿应制❶

四海方无事，三秋大有年❷。
百工逢此日❸，万寿愿齐天。
芍药和金鼎，茱萸插玳筵❹。
玉堂开右个❺，天乐动宫悬❻。
御柳疏秋影，城鸦拂曙烟。
无穷菊花节，长奉柏梁篇❼。

注释

❶作于安史之乱前。奉和（hè）圣制：写诗与皇帝的诗作相和。宰臣：任宰相职务的诸大臣。上寿：祝寿。应制：应皇帝之命写诗。制，皇帝的命令。整首诗，虽为应制之作，却语语天成，毫无造作之态。

❷三秋：秋季三个月。大有年：大丰收。《穀梁传·宣公十六年》："五谷大熟，为大有年。"

❸百工：众官。

❹"芍药"二句：芍药：同"勺药"，指酸、苦、甘、辛、咸五种调料。《史记·司马相如传·子虚赋》："勺药之和具，而后御之"，集解："郭璞曰：勺药，五味也。"茱萸：乔木名，有山茱萸、吴茱萸、食茱萸之分。《太平御览》卷三十二引周处《风土记》曰："九月九日，律中无射而数九，俗于此日，以茱萸气烈成熟，尚此日，折茱萸房以插头，言辟恶气而御初寒。"参见《九月九日忆山东兄弟》注❷。玳筵：饰以玳瑁的筵席（坐具）。

⑤右个：《礼记·月令》："季秋之月……天子居总章右个。""个"，犹隔，指正堂两旁的侧室。

⑥天乐：即钧天广乐，天上的音乐、仙乐，后泛指优美而雄壮的音乐。钧天，神话传说中天之中央。此处喻指宫中美妙音乐。宫悬：宫廷悬挂钟磬的数量与方法。《周礼·春官·小胥》："正乐悬之位，王宫悬，诸侯轩悬，卿大夫判悬，士特悬。"郑玄注："宫悬四面悬，轩悬去其一面，判悬又去其一面，特悬又去其一面。"

⑦柏梁篇：《三辅黄图》："柏梁台，（汉）武帝元鼎二年春起此台，在长安城中北阙内，《三辅旧事》云：'以香柏为梁也。帝尝置酒其上，诏群臣和诗，能七言诗者乃得上。'"《古文苑》卷八载有《柏梁台七言联句》，相传为汉武帝在柏梁台上与群臣所共赋，人各一句，每句用韵。后世把这种每句平韵、一韵到底的七言诗称为"柏梁体"。

❧ 冬日游览❶ ❧

步出城东门，试骋千里目❷。
青山横苍林，赤日团平陆❸。
渭北走邯郸❹，关东出函谷。
秦地万方会，来朝九州牧❺。
鸡鸣咸阳中❻，冠盖相追逐❼。
丞相过列侯❽，群公钱光禄❾。
相如方老病，独归茂陵宿❿。

注释

❶此诗作于安史之乱前。诗写冬日出游长安城东的所见所感。刘辰翁《须溪先生校本唐王右丞集》评曰："平实悲壮，古意雅辞，乐

府所少。"

❷骋千里目：纵目远望之意。

❸团：圆。何逊《学古诗三首》其一："阵云横塞起，赤日下城圆。"平陆：平坦的陆地。

❹走邯郸：《汉书·张释之传》："上指视慎夫人新丰道，曰：'此走邯郸道也。'"按，慎夫人，邯郸（今河北邯郸西南）人。走，趋。此句谓渭水之北可趋赴邯郸。

❺"秦地"二句：秦地，指长安一带。九州牧：泛指诸州长官。

❻咸阳：秦都。此借指唐都长安。

❼冠盖：官员的服饰和车乘，借指官员。

❽过：拜访。

❾光禄：指光禄卿。唐光禄寺置卿一员，从三品，负责掌管邦国的酒醴、膳馐之事。

❿"相如"二句：用因病免官家居的司马相如比喻失职的寒士，慨叹其生活之孤寂。

奉和圣制从蓬莱向兴庆阁道中留春雨中春望之作应制❶

渭水自萦秦塞曲❷，黄山旧绕汉宫斜❸。
銮舆迥出仙门柳❹，阁道回看上苑花❺。
云里帝城双凤阙，雨中春树万人家❻。
为乘阳气行时令❼，不是宸游重物华❽。

注释

❶本诗作于天宝十四载（755）之前。蓬莱：唐宫名，即大明宫，

123

因宫内有蓬莱池，故名。又称东内。兴庆：唐宫名，在长安城东南角，又称南内。阁道：即复道，高楼间架空的通道。开元二十三年（735），唐廷从大明宫经兴庆宫到曲江风景区筑阁道，以便皇家登临游赏。留春：赏春，流连春景。此篇为应制诗中少见的佳制，沈德潜《唐诗别裁》卷一三曰："应制诗应以此篇为第一。"

❷渭水：渭河，黄河最大支流。萦（yíng）：绕。秦塞：秦地，其四面有山关之固，古称"四塞之国"，故云。曲：曲折。

❸黄山：又称黄麓山，在陕西兴平。旧绕：依旧环绕。汉宫：指汉黄山宫。《三辅黄图》卷三："黄山宫在兴平县西三十里，武帝微行西至黄山宫，即此。"以上二句写在阁道中远望所见之景。

❹銮舆：皇帝的车驾。迥：远。仙门：指宫门。

❺上苑：谓帝王的园林。

❻"云里"二句：凤阙：汉长安宫阙名。此处泛指唐长安宫门两旁的阙楼。此二句写在阁道中近望所见之景。

❼阳气：指春日的阳和之气。《礼记·月令》："季春之月……生气方盛，阳气发泄。"

❽宸（chén）游：帝王的巡游。物华：自然景色。以上二句谓天子出行，本是乘阳气畅达，顺天时而巡游，并非重春景而欲赏玩之。

登楼歌❶

聊上君兮高楼，飞甍鳞次兮在下❷。
俯十二兮通衢❸，绿槐参差兮车马。
却瞻兮龙首❹，前眺兮宜春❺。
王畿郁兮千里❻，山河壮兮咸秦❼。
舍人下兮青宫❽，据胡床兮书空❾。

执戟疲于下位，老夫好隐兮墙东❿。

亦幸有张伯英草圣兮龙腾虬跃，摆长云兮揿回风⓫。

琥珀酒兮雕胡饭⓬，君不御兮日将晚。

秋风兮吹衣，夕鸟兮争返。

孤砧发兮东城，林薄暮兮蝉声远⓭。

时不可兮再得⓮，君何为兮偃蹇⓯。

注释

❶ 疑作于天宝末。这是王维宥罪复官以后为肃宗朝写的一首颂歌，其中亦有叹老嗟卑之词与归隐东山之思。

❷ 飞甍（méng）：两端翘起的房脊。鲍照《咏史》：“京城十二衢，飞甍名鳞次。”

❸ 俯：俯视。

❹ 龙首：古山名。《水经注·渭水》，“（龙首山）长大十余里，头临渭水，尾达樊川。”

❺ 宜春：宜春宫。

❻ 王畿：京城所管辖的方圆千里的地区。

❼ 咸秦：秦都咸阳。此处借指长安。

❽ 舍人：《旧唐书·职官志》：“太子右春坊……中舍人二人，正五品上。舍人掌行令书、令旨及表启之事。”青宫：太子宫。《神异经》：“东海外有东明山，有宫焉。……以青石碧镂，题曰‘天地长男之宫’。”因此后称太子宫为青宫。

❾ 胡床：又称交椅、交床，一种可折叠的轻便坐具，因由胡人传人故称。书空：《晋书·殷浩传》：“浩虽被黜放，口无怨言，夷神委命，谈咏不辍，虽家人不见其有流放之戚。但终日书空，作‘咄咄怪事’四字而已。”

❿ “执戟”二句：执戟：唐时负责守卫宫殿门户的小官，属正九品下。墙东：谓隐者所居之地，典出《后汉书·逸民列传·逢萌》。东汉王君公于乱世“侩牛自隐”，时人论之曰：“避世墙东王

君公。"

⑪ "亦幸"二句：张伯英：名芝，东汉著名书法家，有"草圣"之称。龙腾虬跃：指草书有龙虬飞腾之势。虬，传说中的一种龙。摆：分开。捩（liè）：扭转。回风：旋风。此二句谓"君"虽困于下位，幸好草书，足可自娱。

⑫ 琥珀酒：色如琥珀之酒。雕胡：即菰米饭。

⑬ 砧：捣衣石。林薄：草木丛杂之地。

⑭ "时不"句：屈原《九歌·湘君》："时不可兮再得，聊逍遥兮容与。"

⑮ 偃蹇：《释名·释姿容》："偃，偃息而卧不执事也；蹇，跛蹇也，病不能作事，今托病似此也。"王先谦《释名疏证补》曰："郭璞《客傲》'庄周偃蹇于漆园'，即偃卧不事事之意。"

送友人归山歌二首❶

其一

山寂寂兮无人，又苍苍兮多木。
群龙兮满朝❷，君何为兮空谷？
文寡和兮思深❸，道难知兮行独❹。
悦石上兮流泉，与松间兮草屋❺。
入云中兮养鸡❻，上山头兮抱犊❼。
神与枣兮如瓜❽，虎卖杏兮收谷❾。
愧不才兮妨贤，嫌既老兮贪禄。
誓解印兮相从，何詹尹兮可卜❿！

126

注释

❶本诗疑作于天宝末年。

❷群龙:《后汉书·郎颛传》:"昔唐尧在上,群龙为用。"注:"群龙,喻贤臣也。"

❸此句谓友人文高和寡,思想深沉。

❹道难知:谓其道高妙玄深,不可测知。

❺与(yù):称誉,赞美。

❻养鸡:刘向《列仙传》卷上:"祝鸡翁者,洛人也。居尸乡北山下,养鸡百余年。鸡有千余头,皆立名字,暮栖树上,昼放散之。欲引呼名,即依呼而至。"

❼"上山"句:《元和郡县志》卷十一:"此山(抱犊山)去海三百余里,天气澄明,宛然在目。昔有遁隐者,抱犊于其上垦种,故以为名。"

❽"神与"句:《史记·封禅书》:"安期生(仙人)食巨枣,大如瓜。"

❾"虎卖"句:葛洪《神仙传》卷六:"后杏子大熟,(董奉)于林中作一草仓,示时人曰:'欲买杏者,不须报奉,但将谷一器置仓中,即自往取一器杏去。'常有人置谷来少而取杏去多者,林中群虎出吼逐之,大怖,急挈杏走,路傍倾覆,至家量杏,一如谷多少。"

❿詹尹:《楚辞·卜居》:"屈原既放,三年不得复见。竭知尽忠,而蔽鄣于谗,心烦虑乱,不知所从。乃往见太卜郑詹尹曰:'余有所疑,愿因先生决之。'"

其二

山中人兮欲归,云冥冥兮雨霏霏❶。
水惊波兮翠菅靡❷,白鹭忽兮翻飞,
君不可兮褰衣❸!

山万重兮一云❹，混天地兮不分。
树晻暧兮氛氲❺，猿不见兮空闻。
忽山西兮夕阳，见东皋兮远村❻。
平芜绿兮千里，眇惆怅兮思君❼。

注释

❶冥冥：晦暗貌。霏霏：盛貌。

❷惊波：激流。翠菅（jiān）：青茅。《说文》："菅，茅也。"赵殿成注："翠菅靡与水惊波对列，皆承上雨霏霏而言，非谓翠菅因惊波而靡（倒伏）也。"

❸褰（qiān）衣：指提起衣服下摆冒雨涉水而去。

❹一云：全是阴云。

❺晻暧（ǎn ài）：暗貌。氛氲（yūn）：盛貌。

❻东皋：《文选》潘岳《秋兴赋》："耕东皋之沃壤兮，输泰稷之余税。"皋，水边地。

叹白发❶

我年一何长，鬓发日已白。
俛仰天地间，能为几时客❷？
怅惘故山云❸，徘徊空日夕。
何事与时人，东城复南陌❹？

注释

❶底本共两首《叹白发》，本首位于卷五，一作卢象诗，重见于卢象集。据陈铁民先生考，此诗为王维在天宝末年所作。

❷"俛仰"二句：《古诗十九首·青青陵上柏》："人生天地间，忽如远行客。"

❸故山：疑指蓝田山居。

❹"何事"二句：此二句自问：因何要同世人一起，奔走于东城南陌，而不毅然弃官还山隐居？

送李太守赴上洛❶

商山包楚邓❷，积翠蔼沉沉❸。
驿路飞泉洒，关门落照深❹。

野花开古戍，行客响空林。
板屋春多雨⑤，山城昼欲阴。
丹泉通虢略⑥，白羽抵荆岑⑦。
若见西山爽⑧，应知黄绮心⑨。

注释

❶本诗当作于天宝年间，姑系天宝末。上洛：唐郡名，治所在今陕西商州。李太守：未详。这首送别诗擅长写景，王夫之《唐诗评选》卷三评云："点染亦富，而终不杂。'驿路'二字便是入题，藏于排偶中，不复有痕。'关门落照深'，灵心警笔。"

❷商山：又名地肺山、楚山，在陕西商州东南。包：包容。楚邓：唐邓州（治所在今河南邓州），春秋时属楚地；又，春秋邓国（在今湖北襄阳市北），公元前678年为楚所灭，故云。

❸蔼沉沉：茂盛貌。

❹关：疑指武关。在唐上洛郡商洛县东，今陕西丹凤县东南。也可能指峣关，在陕西蓝田东南，为李太守自长安赴上洛途中必经之地。深：指历时久。

❺板屋：上洛民俗，多以木板为屋。

❻丹泉：即丹渊（避李渊讳改为泉）。丹渊故地，即秦汉时之丹水县。丹水出于今陕西商州西北冢岭山，东南经今陕西丹凤、商南一带入于均水（今河南淅河）。虢（guó）略：河南灵宝县治即旧虢略镇。

❼白羽：地名，在今河南西峡县境。荆岑：即荆山，在今湖北南漳县西。岑，小而高的山。

❽西山爽：语出《世说新语·简傲》载王徽之所言"西山朝来致有爽气"。爽气：指明朗开豁的自然景象。

❾黄绮：夏黄公、绮里季，二人与东园公、甪（lù）里先生合称"商山四皓"（四人须眉皆白，故称）。四皓见秦政暴虐，同隐于商山。汉高祖欲废太子，吕后用张良计，迎四皓，使辅太子，于是高祖遂辍

废太子之议。事见《史记·留侯世家》。二句意谓，四皓之心，像西山的自然景象一样明朗开豁。

送张判官赴河西①

单车曾出塞②，报国敢邀勋？
见逐张征虏③，今思霍冠军④。
沙平连白雪，蓬卷入黄云⑤。
慷慨倚长剑⑥，高歌一送君。

注 释

① 本诗当作于安史之乱前。张判官：未详其名。判官，唐时地方长官的僚属，佐理政事。河西：唐置河西节度，辖境相当于今甘肃河西走廊，治所凉州，今甘肃武威。这首诗除勉励友人出塞报国外，也抒发了自己慷慨报国的壮志豪情。在感情的表现上，此诗有别于《使至塞上》的"用景写意"，而更多地采用直接抒发的方式。

② 单车：车仗简单，随从不多。

③ 见：同"现"。逐：追随。张征虏：指张飞。东汉人，少与关羽同事刘备，雄壮威猛。刘备"既定江南"，以张飞为宜都太守、征虏将军。事见《三国志·蜀书·张飞传》。

④ 霍冠军：即西汉名将霍去病。曾六次出击匈奴，屡建奇功，被封为冠军侯、骠骑将军。

⑤ 蓬：蓬草，又名飞蓬。秋枯根拔，风卷而飞。

⑥ 倚长剑：挂长剑，或佩长剑。

送宇文三赴河西充行军司马❶

横吹杂繁笳❷，边风卷塞沙。
还闻田司马❸，更逐李轻车❹。
蒲类成秦地❺，莎车属汉家❻。
当令犬戎国❼，朝聘学昆邪❽。

注释

❶本诗疑作于安史之乱前，为送别宇文三赴河西节度任行军司马而作。宇文三：未详何人。河西：见《送张判官赴河西》注❶。行军司马：唐节度使僚属有行军司马一人，掌辅佐节度使治理军务。许学夷《诗源辨体》卷十六："摩诘五言律，如'横吹杂繁笳'，整栗雄厚者也。"

❷横吹：即横笛。笳：流行于胡地的一种乐器。

❸田司马：《汉书·田广明传》："田广明，字子公，郑人也。以郎为天水司马。"借指宇文三。

❹李轻车：汉李广从弟李蔡，为轻车将军，随卫青击匈奴有功，封乐安侯。

❺蒲类：汉西域国名，在今新疆巴里坤县，汉宣帝神爵二年（前60）内附于汉，至唐，地属伊州（治所在今新疆哈密）。

❻莎车：汉西域国名，在今新疆莎车县，唐时为安西都护府辖地。

❼犬戎：唐朝泛指西北游牧民族。

❽昆邪：汉时匈奴的一个部落，于武帝元狩二年（前121）降汉。

送韦评事[1]

欲逐将军取右贤[2]，沙场走马向居延[3]。
遥知汉使萧关外[4]，愁见孤城落日边[5]。

注释

[1] 本诗写作时间当在安史之乱前。韦评事：名不详。评事，官名，唐大理寺置评事十二人，从八品下，掌管评判刑事诉讼。这首送人赴边的七言绝句，前一联写友人立功边关的豪情，用直接抒写的方式；后一联写友人到关外后孤寂怀乡的愁情，改用想象友人"愁见孤城落日边"的情景，避免了全篇直叙的单调呆板，又增添了诗味。

[2] 逐：追随。右贤：右贤王，匈奴贵族的封号。据《史记·卫将军骠骑列传》《汉书·武帝纪》载，汉武帝元朔五年（前124），令车骑将军卫青率六将军兵十余万击匈奴，围右贤王，获右贤裨王十余人，其众男女万五千余人。此句暗用此典故，以汉喻唐。

[3] 居延：见《使至塞上》注[3]。

[4] 汉使：指韦评事。萧关：见《使至塞上》注[7]。

[5] 落日边：谓极西之地。

送刘司直赴安西[1]

绝域阳关道[2]，胡沙与塞尘。

三春时有雁❸，万里少行人。
苜蓿随天马❹，蒲桃逐汉臣❺。
当令外国惧，不敢觅和亲❻。

注释

❶本诗疑作于安史之乱前。刘司直：名不详。司直，唐大理寺置司直六人，从六品上，掌评判刑事诉讼。安西：即安西节度，统龟兹、焉耆、于阗、疏勒四镇，治龟兹城（今新疆库车）。王维五言律中有一种以雄浑胜者，本诗即其一例。沈德潜《唐诗别裁》卷九说："一气浑沦，神勇之技。"黄培芳《唐贤三昧集笺注》卷上评曰："此是雄浑一派，所谓五言长城也。"

❷绝域：极远的地域。阳关：古关名，西汉置，唐时尚存，故址在今甘肃敦煌西南古董滩附近，与玉门关同为我国古代通往西域的重要门户。

❸三春：春季三个月。

❹苜蓿（mù xū）：牧草名，原产于西域。天马：指大宛良马。

❺蒲桃：亦作蒲陶，即葡萄，原产于西域。此二句指汉武帝遣李广利伐大宛取良马，苜蓿、葡萄亦随之传入中国事。

❻觅：求。和亲：谓与敌议和，结为姻亲。

送平淡然判官❶

不识阳关路❷，新从定远侯❸。
黄云断春色，画角起边愁❹。
瀚海经年到❺，交河出塞流❻。
须令外国使，知饮月支头❼。

❶本诗写送人赴安西或北庭从军，写作时间同《送刘司直赴安西》诗。平淡然：未详其人。姚鼐《五言今体诗钞》卷二评此诗曰："此首气不逮'绝域'一首（《送刘司直赴安西》），而工与相埒。"

❷阳关：见《送刘司直赴安西》注❷。

❸定远侯：即班超，东汉班固之弟。据《后汉书·班超传》载，明帝时，班超奉命出使西域，前后经营西域三十一年，使西域五十余国全部内附，以功封定远侯。

❹画角：饰有彩绘的号角。

❺瀚海：指大沙漠。经年到：极言道路之遥远。

❻交河：《元和郡县志》卷四〇西州交河县："交河出县北天山，水分流于城下，因以为名。"唐西州交河县，即汉车师前王治所交河城，在今新疆吐鲁番西北约五公里处。

❼"知饮"句：参见《燕支行》注❶❼。

送元二使安西❶

渭城朝雨浥轻尘❷，客舍青青柳色新。
劝君更尽一杯酒，西出阳关无故人❸。

注释

❶写作时间当同上二诗。《乐府诗集》《全唐诗》题作《渭城曲》。郭茂倩曰："《渭城》，一曰《阳关》，王维之所作也。"元二：名不详，排行二。安西：参见《送刘司直赴安西》注❶。这是一首送友人

出使安西的诗，以它的"气度从容，风味隽永"，屡被后人誉为唐人七绝的压卷之作。

❷渭城：地名。汉改秦咸阳县为新城县，寻又改为渭城县。至唐时，属京兆府咸阳县辖地，在今陕西咸阳市东北。浥（yì）：沾湿。

❸阳关：见《送刘司直赴安西》注❷。

相　思❶

红豆生南国❷，春来发几枝❸？
劝君多采撷❹，此物最相思！

注释

❶本诗作于安史之乱前。"相思"的含义广泛，可指男女思恋，也可指朋友间思慕。乍看去，这首诗语言浅显，平淡无奇；细玩味，则觉其语浅情深、言直意曲，能唤起读者的丰富联想，具有永久的艺术魅力。这首诗巧妙地借助红豆的象征义，委婉、含蓄地表现出了深长的相思之情。

❷红豆：相思木所结籽，产于亚热带地区。古时用它来象征相思。《文选》左思《吴都赋》刘渊林注："相思，大树也。……其实（赤）如珊瑚，历年不变"。李匡乂《资暇集》卷下："豆有圆而红、其首乌者，举世呼为相思子，即红豆之异名也。……李善云其实赤如珊瑚是也。"李时珍《本草纲目》卷三五："相思子生岭南，树高丈余，其花似皂荚，其荚似扁豆，其子大如小豆，半截红色，半截黑色，彼人以嵌首饰。"梁武帝《欢闻歌》其二："南有相思木，含情复同心。"

❸"春来"句：指树上长出若干枝红豆荚果。荚果初生时极小，

136

在树梢上不为人所见，等到秋天长大成熟，才被发现，故又云"秋来发几枝"。

❹撷（xié）：摘取。

❦ 失　题❶ ❦

清风明月苦相思，荡子从戎十载余❷。
征人去日殷勤嘱❸，归雁来时数寄书❹。

注　释

❶陈铁民先生据唐范摅《云溪友议》卷中《云中命》所载资料，定此诗当作于安史之乱前。诗题《万首唐人绝句》作《李龟年所歌》，《乐府诗集》作《伊州第一叠》（未署作者姓名），《全唐诗》作《伊州歌》。这首诗描写一位妇女在月明风清的夜晚，思念她出征多年未归的丈夫的痛苦心情。

❷荡子：漂泊异乡、久不归家的人，指诗中抒情主人公的丈夫。从戎：从军。

❸征人：远征的人，指"荡子"。去日：离家的时候。殷勤：恳切，再三。嘱：嘱咐。

❹归雁：归来的大雁。数：多次。寄书：古有雁足系书的说法，故云。

辋川集二十首（选十五）❶

孟城坳❷

新家孟城口❸，古木余衰柳。
来者复为谁❹？空悲昔人有❺。

注释

❶据陈铁民先生考，王维得辋川别业在天宝初，自得别业后至天宝十五载（756）陷贼前，王维每每在公余闲暇或休假期间回辋川小憩，他写的与辋川有关的诗歌皆作于此期间，具体年代则难以确切考

定。辋川：地名，即辋谷水，在陕西蓝田南辋谷内。辋谷是一条长十公里、宽约二百至五百米的峡谷，有辋水流贯其间。王维居于辋川别业时，常与裴迪浮舟往来，弹琴赋诗，啸吟终日。二人同咏辋川孟城坳等二十景，各成五言绝句二十首，由王维辑成《辋川集》，并撰写序言。

❷孟城坳（ào）：原为古城，南朝宋武帝所筑思乡城在此。坳，山间平地。

❸新家：新住到。

❹来者：后来的人。复：又。

❺空：徒然地。昔人：过去的人。辋川别业原是初唐诗人宋之问的，昔人似指宋之问。

华子冈❶

飞鸟去不穷❷，连山复秋色❸。
上下华子冈，惆怅情何极❹！

注释

❶华子冈：辋川山谷东西两侧都是连绵的群山，据王维《辋川图》（明刻石本，凡七石，现藏蓝田文管所），华子冈是辋川山谷中段东侧的一座山峰，属于自然景观。这首诗上截写登华子冈所见景色，以大笔勾画出辽阔无尽的境界；下截写情，抒发由空间的无穷触发的无限惆怅之情，两者互相融合。

❷去：离开。不穷：不尽，不断。

❸复：又。

❹惆怅：伤感、失意、茫然的样子。极：极限，尽头。

文杏馆❶

文杏裁为梁❷，香茅结为宇❸。

不知栋里云，去作人间雨[4]。

注释

❶ 据石本《辋川图》，文杏馆是辋川山谷南段东侧山腰的几座亭子，其四周有围栏，为辋川的一个风景点。文杏：一种木材有纹彩的珍贵的杏树。

❷ "文杏"句：语本司马相如《长门赋》"饰文杏以为梁"句。

❸ 香茅：茅的一种，生湖南及江、淮间，叶有三脊，其气芬芳。宇：原指屋檐，此指屋顶。

❹ "不知"二句：写文杏馆之高。郭璞《游仙诗七首》其二："青溪千余仞，中有一道士。云生梁栋间，风出窗户里。"

斤竹岭[1]

檀栾映空曲[2]，青翠漾涟漪[3]。
暗入商山路[4]，樵人不可知[5]。

注释

❶ 斤竹岭：据石本《辋川图》，斤竹岭是辋川山谷南段东侧邻近文杏馆的一处长着斤竹的山岭。图中的竹林四周无围栏，当属天然景观。斤竹，大概是当地出产的一种竹子，《重修辋川志》卷二："斤竹岭，一名金竹岭，其竹叶如斧斤，故名。"

❷ 檀栾：竹美貌。《文选》左思《吴都赋》："其竹则……檀栾婵娟。"吕向注："皆美貌。"映：遮蔽。空曲：空阔偏僻之处。

❸ 涟漪（lián yī）：细小的波纹。

❹ 暗入：形容竹林向远处伸延，越来越暗。商山：山名，在陕西商州东南。蓝田与商州相邻，故云"暗入商山路"。秦末，东园公、甪里先生、绮里季、夏黄公避乱于商山，四人皆年八十有余，须眉皓白，时称"商山四皓"。

140

⑤樵人：打柴人。

鹿柴①

空山不见人②，但闻人语响。
返景入深林③，复照青苔上。

注释

①鹿柴：辋川风景点之一。柴（zhài），通"寨""砦"，即栅栏，篱障。鹿柴大概是山林中一处周围有栅栏的养鹿的地方。本诗虽咏鹿柴，但并不是风景写生式的作品，它着重表现的是诗人独处于空山深林的感受。

②空山：空寂的山林。

③返景：落日的回光。

木兰柴①

秋山敛余照，飞鸟逐前侣。
彩翠时分明②，夕岚无处所③。

注释

①木兰柴：地名，辋川的一个风景点。从石本《辋川图》上看，木兰柴与斤竹岭相邻，是山坡上的一片周围有栅栏的木兰林。木兰，落叶乔木，叶子互生，倒卵形或卵形，花大，内白外紫。柴，即"鹿柴"之"柴"。

②彩翠：指在秋天落日余晖的映照下形成的绚丽景色——天边晚霞似锦，满山秋叶斑斓。

③夕岚（lán）：落日时分山上的雾气。无处所：指雾气无有定处。

临湖亭[1]

轻舸迎上客,悠悠湖上来[2]。
当轩对樽酒,四面芙蓉开[3]。

注释

[1] 临湖亭:欹湖旁的一座亭子。这首诗咏临湖亭,不写亭子本身,只说轻舟迎客,临窗畅饮,以及湖莲盛开,而临湖亭上景色的美好动人和诗人饮酒赏荷的雅兴,读者已可想见。

[2] "轻舸(gě)"二句:舸:船。上客:尊贵的客人。悠悠:安闲貌。此二句写派人驾船迎客。

[3] "当轩"二句:当轩:临窗。芙蓉:荷花。此二句写与客人在亭上饮酒赏荷。

南垞[1]

轻舟南垞去,北垞淼难即[2]。
隔浦望人家[3],遥遥不相识。

注释

[1] 南垞(chá):当是欹湖南岸的一个居民点。垞,小丘。裴迪同咏曰:"孤舟信风泊,南垞湖水岸。"知南垞临欹湖。此诗题为"南垞",却只写在此闲眺情景,它引导读者由清碧无垠的湖光水色,可望而不可即的隔岸人家,去想象南垞之美景。

[2] 北垞:欹湖北岸的一个居民点。淼(miǎo):水大貌。即:靠近。

[3] "隔浦"句:浦:河岸,水边。隔浦指隔湖。此句谓隔湖遥望北垞的人家。

欹湖①

吹箫凌极浦，日暮送夫君②。
湖上一回首，青山卷白云。

注释

①欹（qī）湖：辋水汇积成的一个天然湖泊，今已干涸。辋水发源于秦岭北麓梨园沟（见《蓝田县志》卷六），自辋谷南口流入谷，由北口流出谷。辋水唐时流量大，当其北流至辋谷北口一带时，由于水道狭窄（自辋谷北口入谷，前五华里处谷地险狭。见《蓝田县志》卷六），水流受阻，因而就在辋谷中段偏北的一段地势较低的宽阔山谷中，汇积而成为欹湖。欹，倾斜，指湖底呈倾斜状。这首诗设置湖上送客的场景来写欹湖之美。

②"吹箫"二句：想象一个女子日暮时分乘船吹箫送别夫君。语

意出自《楚辞·九歌·湘君》："望夫君兮未来，吹参差兮谁思"与"望涔阳兮极浦"。凌极浦：指箫声飘荡，直到湖口。凌，越过。极浦，遥远的水边。君：女子对男子的称呼。

栾家濑①

飒飒秋雨中②，浅浅石溜泻③。
跳波自相溅，白鹭惊复下。

注释

①栾家濑（lài）：当是辋水的一段急流，为辋川的一个风景点。濑，湍急的、从沙石上流过的水。

②飒飒：雨声。

③浅浅（jiān jiān）：水流迅急貌。语出《楚辞·九歌·湘君》："石濑兮浅浅，飞龙兮翩翩。"石溜：亦作石留，即石间流水。谢朓《郊游诗》："潺湲石溜泻。"

白石滩①

清浅白石滩，绿蒲向堪把②。
家住水东西③，浣纱明月下④。

注释

①白石滩：当是辋水的一处多白石的浅滩（今日辋河滩上，仍时见白石）。白石滩的景色原本平淡无奇，但诗人却通过艺术想象，构造了一个春夜月下少女在滩边浣纱的场面，使明月、溪流、绿蒲、白石与浣纱的少女相映成趣，组成一幅色彩明丽、境界幽美、充满生意的图画，并透过这一图画，表露了对大自然和田园生活的爱恋之情。

❷蒲：草名。生于水边，有香气。向堪把：谓绿蒲已长高，差不多可以用手握住了。向，将近，几乎。堪，能。把，满把握住。

❸"家住"句：指住宅的东西两旁都有流水（辋水自南往北流）。

❹浣（huàn）纱：漂洗轻纱。浣，洗。

北垞❶

北垞湖水北❷，杂树映朱栏。
逶迤南川水，明灭青林端❸。

注释

❶北垞：见《南垞》注❷。

❷湖：指欹湖。裴迪同咏曰："南山北垞下，结宇临欹湖。"可证。

❸"逶迤"二句：逶迤：弯弯曲曲、延续不绝的样子。南川：当指南来的辋水。此二句写在地势较高的北垞南望辋水所见景象。

竹里馆❶

独坐幽篁里❷，弹琴复长啸❸。
深林人不知，明月来相照。

注释

❶竹里馆：辋川风景点之一，大概因竹林中有房舍而得名。这首诗创造了一个远离尘嚣、幽清寂静的境界，其中分明有着一个高雅闲逸、离尘绝世、弹琴啸咏、怡然自得的诗人的自我形象。

❷幽篁（huáng）：深密幽暗的竹林。《楚辞·九歌·山鬼》："余处幽篁兮终不见天。"

❸长啸（xiào）：撮口发出长而清脆的声音。啸，是古时的一种

口技。《世说新语·栖逸》载阮籍访苏门山隐士孙登，惊闻孙登长啸之声震荡山谷。

辛夷坞^❶

木末芙蓉花^❷，山中发红萼^❸。
涧户寂无人^❹，纷纷开且落。

注释

❶辛夷坞（wù）：辋川风景点之一。辛夷，一名木笔，落叶乔木。其花初出时，苞长半寸，尖锐如笔头，及开则似莲花，有桃红、紫二色。坞，四面高中间低的谷地。寻绎诗意，盖因山坞中有辛夷树，故名。

❷木末：树梢。芙蓉花：莲花。因辛夷花如芙蓉而开于木末，故云。《楚辞·九歌·湘君》："搴芙蓉兮木末。"

❸红萼（è）：红色的花苞。

❹涧户：山涧中的居室。卢照邻《羁卧山中》："涧户无人迹，山窗听鸟声。"一说山涧两崖相向状似门户，即指山涧。孔稚圭《北山移文》："碉（涧）户摧绝无与归。"

漆园^❶

古人非傲吏^❷，自阙经世务^❸。
偶寄一微官^❹，婆娑数株树^❺。

注释

❶本诗借写庄周以自况，表示自己卜居辋川非是性傲，实在是因为缺少治理世事的才干。这已不是牢骚，而是年长"识道"后的心声。此时诗人的用世之志已消减殆尽。朱熹说："余平生爱王摩诘诗

云：'漆园非傲吏……'以为不可及，而举以语人，领解者少。"（见罗大经《鹤林玉露》甲编卷六《朱文公论诗》）

❷"古人"句：古人，《鹤林玉露》作"漆园"。《文选》郭璞《游仙诗七首》其一："漆园有傲吏，莱氏有逸妻。"漆园傲吏，指庄子，名周，蒙人，尝为蒙漆园吏。楚威王闻其贤，遣使聘之，许以为相，周坚执不从，曰："我宁游戏污渎之中自快，无为有国者所羁，终身不仕，以快吾志焉。"见《史记·老庄申韩列传》。此句一反郭诗之意，谓庄周并非傲吏。

❸"自阙"句：经：治理。此句谓庄周不出来任事，是由于自己缺少治理世事的才干。

❹寄：依。微官：指漆园吏。

❺婆娑（suō）：《文选》班固《答宾戏》："婆娑乎术艺之场。"李善注："婆娑，偃息也。"句谓偃息于林下。

辋川闲居赠裴秀才迪❶

寒山转苍翠，秋水日潺湲❷。
倚杖柴门外，临风听暮蝉。
渡头余落日，墟里上孤烟❸。
复值接舆醉❹，狂歌五柳前❺。

注释

❶秀才：唐初试士设秀才、进士等科，高宗永徽二年（651）罢秀才科，其后遂以秀才为进士（唐时凡应进士试者皆谓之进士）之通称。裴迪：见《春日与裴迪过新昌里访吕逸人不遇》注❶。本首诗为我们展现了一幅秋日山村雨后的风景图画，那闲居田园、悠然自得的

"高人王右丞"的自我形象，也叠印在这图画中。

❷潺湲（yuán）：水流貌。

❸墟里：村落。陶渊明《归园田居五首》其一："暧暧远人村，依依墟里烟。"

❹接舆：即楚狂接舆。据《论语·微子》《韩诗外传》卷二载，接舆为春秋楚隐士，佯狂遁世，躬耕而食，尝歌而过孔子，曰："凤（喻孔子）兮凤兮，何德之衰？……"孔子下车，欲与之言，接舆趋而避之。此处以佯狂遁世的接舆喻裴迪。

❺五柳：陶渊明住宅。此处借指作者的隐居处辋川别业。

赠裴十迪❶

风景日夕佳❷，与君赋新诗。
澹然望远空❸，如意方支颐❹。
春风动百草，兰蕙生我篱❺。
暧暧日暖闺❻，田家来致词：
"欣欣春还皋❼，澹澹水生陂❽。
桃李虽未开，荑萼满其枝❾。
请君理还策❿，敢告将农时⓫。"

注释

❶本诗当作于作者得辋川别业之后。诗中所写春日田园的欣欣向荣气象与诗人即将还归田园的愉悦、闲适心情相互契合。本诗明显学陶渊明，有陶诗的平淡自然之风。

❷日夕：近黄昏之时。陶渊明《饮酒二十首》其五："山气日夕佳，飞鸟相与还。"

❸澹然：安静貌。

❹如意：有二说：一说谓搔杖，长三尺许，柄端作手指状，为搔背痒之具。一说谓佛家手执之物，状如叶，像心字。讲僧为备忘，常私记节文祝词于柄，要时手执目对，如人之意，故名如意。用如俗官之手板。二说皆可通。支颐：支撑面颊。颐，面颊，腮。

❺兰蕙：皆香草名。

❻暖暖（ài）：温暖貌。闺：内室。

❼欣欣：草木茂盛貌。皋：水边之地。疑指辋川。辋川水系发达，有辋水流贯，又有天然湖泊欹湖。

❽澹澹：水波动荡貌。陂（bēi）：池塘。

❾荑（tí）：草木初生的叶芽。萼：指花苞。

❿理还策：即准备归来之意。《南史·褚伯玉传》："望其还策之日，暂纡清尘。"策，杖。

⓫"敢告"句：意谓我冒昧地告诉您，现在已快到春种时节了。

149

黎拾遗昕裴秀才迪见过秋夜对雨之作❶

促织鸣已急❷，轻衣行向重❸。
寒灯坐高馆，秋雨闻疏钟❹。
白法调狂象❺，玄言问老龙❻。
何人顾蓬径？空愧求羊踪❼。

注释

❶本诗似为作者居于辋川时所作。黎昕：《元和姓纂》卷三："宋城唐右拾遗黎昕。"李白《与韩荆州书》："中间崔宗之、房习祖、黎昕、许莹之徒，或以才名见知，或以清白见赏。"拾遗：谏官名。左属门下省，右隶中书省。见过：过访自己。这首诗写作者与来访的友人秋夜中共坐对雨的景象和他们之间亲密无间的情谊。

❷促织：蟋蟀的别名。

❸行：且，将要。

❹疏钟：稀疏的钟声。

❺白法：佛教总称一切善法为白法。意谓此法可使诸行光洁白净。狂象：喻妄心狂迷，难以禁制。《遗教经》："譬如狂象无钩，猿猴得树，腾跃踔踯，难可禁制。"《涅槃经》卷二五："譬如醉象，狂骏暴恶，多欲杀害，有调象师以大铁钩钩斲其项，即时调顺，恶心都尽。一切众生，亦复如是，贪欲瞋恚愚痴醉，故欲多造恶，诸菩萨等以闻法钩斲之令住，更不得起造诸恶心。"此句谓以佛法调理自己，灭除诸妄心恶念。

❻玄言：谓道家之言。《晋书·王衍传》："（衍）妙善玄言，唯谈

150

《老》《庄》为事。"老龙：即老龙吉。《庄子·知北游》："婀荷甘与神农同学于老龙吉。"陆德明《音义》："老龙吉，李云：怀道人也。"此句指自己兼学道家之言。

❼空：只，独。求羊踪：《文选》谢灵运《田南树园激流植援》："唯开蒋生径，永怀求羊踪。"李善注："《三辅决录》曰：蒋诩字元卿，隐于杜陵，舍中三径，惟羊仲、求仲从之游，二仲皆挫廉逃名。"以上二句意谓，黎、裴二友眷顾我的隐居处，自己只觉得心里有愧。

登裴迪秀才小台作❶

端居不作户，满目望云山❷。
落日鸟边下❸，秋原人外闲❹。
遥知远林际，不见此檐间❺。
好客多乘月❻，应门莫上关❼。

注释

❶本诗为居辋川时作。裴迪小台：疑距辋川不甚远。这首诗写秋日傍晚登裴迪小台眺望的情趣。王夫之《唐诗评选》卷三评此诗云："自然清韵，较襄阳褊佻之音固别。"

❷"端居"二句：端居：平居，犹言平时、平素。此二句意谓，因有此小台，故平时不出门也可眺望山景。

❸边：犹"中"，与下句之"外"相对。高适《信安王幕府》："大漠风沙里，长城雨雪边。"即此义。

❹秋原：秋天的原野。人外：世外。《后汉书·陈宠传》："屏居人外，荆棘生门。"闲：静。

"遥知"二句：沈德潜《唐诗别裁》卷九："远林，己之家中也。故结言应门有待，莫便上关。"远林：疑指辋川别业。此檐间：这个屋檐下，指裴迪小台。

⑥好客：乐于接待客人。乘月：趁月光明亮出外闲游。

⑦应门：看门人。因在别人叩门时要出来接应，故称。上关：插上门闩。关，门闩。

酌酒与裴迪①

酌酒与君君自宽②，人情翻覆似波澜③。
白首相知犹按剑④，朱门先达笑弹冠⑤。
草色全经细雨湿，花枝欲动春风寒⑥。
世事浮云何足问⑦，不如高卧且加餐⑧。

注释

①王维得辋川别业后，常与裴迪往还唱酬，本诗或即作于其时。这首诗劝慰失志的友人，并抒发自己对于"人情翻覆"的感叹。此诗不拘格律，黄周星《唐诗快》卷一一说："律诗八句皆失粘，此拗体也。然语气岸兀不群，亦何必以常格绳之。"

②"酌酒"句：意本鲍照《拟行路难十八首》其四："酌酒以自宽，举杯断绝歌《路难》。"酌酒，斟酒。

③"人情"句：语本陆机《君子行》："天道夷且简，人道险而难。休咎相乘蹑，翻覆若波澜。"

④按剑：以手抚剑把，指发怒时准备拔剑争斗的一种动作。《史记·平原君虞卿列传》："毛遂按剑而前曰：……今十步之内，王不得恃楚国之众也，王之命悬于遂手。'"《汉书·邹阳传》："燕王按剑

152

而怒。"

❺先达：先显达之人。庾亮《让中书监表》："十余年间，位超先达。"**弹冠**：弹去帽上的灰尘，准备出来做官。《汉书·王吉传》："吉与贡禹为友，世称：'王阳（吉字子阳，故称王阳）在位，贡公弹冠。'"颜师古注："弹冠者，言入仕也。"以上二句接写"人情翻覆"之事：上句谓，白首相知的故交，尚有反目成仇、怒而相斗之时；下句说，豪贵之家那些自己先发迹的人，却嘲笑别人准备入仕。

❻"草色"二句：赵殿成注："草色一联，乃是即景托喻。以众卉而邀时雨之滋，以奇英而受春寒之痼，即植物一类，且有不得其平者，况世事浮云变幻，又安足问耶？拟之六义，可比可兴。"顾璘曰："草色、花枝固是时景，然亦托喻小人冒宠，君子颇危耳。"（见凌濛初刊《王摩诘诗集》）

❼浮云：喻世事犹如天上的浮云，不值得关心。《论语·述而》："不义而富且贵，于我如浮云。"又比喻翻覆变幻。岑参《梁园歌送河南王说判官》："万事翻覆如浮云，昔人空在今人口。"**何足问**：哪值得过问。

❽加餐：《古诗十九首·行行重行行》："弃捐勿复道，努力加餐饭。"

过感化寺昙兴上人山院❶

暮持筇竹杖❷，相待虎溪头❸。
催客闻山响❹，归房逐水流❺。
野花丛发好，谷鸟一声幽❻。
夜坐空林寂，松风直似秋❼。

❶本诗为居辋川时与裴迪同游之作,迪有同咏《游感化寺昙兴上人山院》诗。过:拜访。感化寺:应为化感寺,在陕西蓝田县。昙兴上人:不详。上人,和尚的尊称。本诗写出了山寺的幽邃之景和诗人的闲寂之情。此诗落墨别致,先出"暮持"二句特写上人拄杖在寺外等候自己。"谷鸟"句善以音响描写来刻画静景,为神来之笔。

❷筇(qióng)竹杖:即邛竹杖。《史记·大宛列传》:"骞(张骞)曰:'臣在大夏(今阿富汗北部一带)时,见邛竹杖、蜀布,问曰:安得此?大夏国人曰:吾国人往市之身毒(今印度半岛)。'"正义:"邛都邛山(在今四川荥经西)出此竹,因名邛竹。"

❸虎溪:据《莲社高贤传》载,晋慧远法师居庐山东林寺,其处有流泉绕寺,下入于溪,慧远每送客过溪,"辄有虎号鸣,因名虎溪。后送客未尝过,独陶渊明、(陆)修静至,语道契合,不觉过溪,因相与大笑"。

❹山响:指山中的泉水声。据下句"逐水流"之语可知。又裴迪同咏亦曰:"入门穿竹径,留客听山泉。"句谓山中的泉声仿佛在催促客人进门。

❺"归房"句:指作者和上人一起沿水流归山院。

❻"野花"二句:写随上人回山院途中所见所闻。

❼"夜坐"二句:写诗人在山寺中夜坐时的景象。

❧ 游感化寺❶ ❧

翡翠香烟合❷,瑠璃宝地平❸。
龙宫连栋宇❹,虎穴傍檐楹❺。
谷静惟松响,山深无鸟声。

琼峰当户拆❻，金涧透林鸣❼。

郢路云端迥❽，秦川雨外晴❾。

雁王衔果献❿，鹿女踏花行⓫。

抖擞辞贫里⓬，归依宿化城⓭。

绕篱生野蕨，空馆发山樱⓮。

香饭青菰米⓯，嘉蔬绿笋茎。

誓陪清梵末⓰，端坐学无生⓱。

注释

❶居辋川时所作。感化寺：见《过感化寺昙兴上人山院》注❶。

❷翡翠：绿色玉石，半透明，有光泽。此处指香烟色如翡翠。

❸瑠璃：宝石名，佛书以为是七宝（金、银、砗磲、玛瑙等）之一，青色如玉。此指以瑠璃装饰寺殿之地。

❹龙宫：水中龙神所居。栋宇：房屋，此处指寺殿。

❺傍：近。檐楹：指房屋。楹，柱。此二句指寺旁有水潭、洞穴。

❻琼：美玉，喻山峰之美。拆：裂，分开。

❼金涧：涧之美称。

❽郢（yǐng）路：通往郢州（今湖北钟祥）去的驿路。此道经商山，盘曲于山间，故云"云端迥"。

❾秦川：泛指今陕西、甘肃秦岭以北平原地带。

❿雁王：《大方便佛报恩经》卷四载，昔有国王，欲得雁肉，使猎师捕之。时有五百只雁飞空南过，中有雁王，误落猎网中，猎师将取杀之。时有一雁，悲鸣吐血，来投雁王，五百雁亦徘徊虚空不去，猎师见之，不忍杀雁王，放之使去，国王闻之，再不食雁肉。衔果献：《法苑珠林》卷一〇九载，南朝宋时，京师道林寺有沙门僧伽达多，常在山中坐禅，天晚，想受斋，有群鸟衔果飞来送给他。达多想起从前猕猴奉蜜，佛也接受而吃了。如今飞鸟送吃的来，为什么不可吃呢？于是接了果吃。此处作者有意将二事合为一事用。

⓫"鹿女"句：《杂宝藏经》卷一载，过去久远时，雪山有一仙人，名提婆延。他常在石上小便，精气流进石窟。一雌鹿来舐小便处，便有孕。月满，到仙人洞下生一女子，长得端庄秀丽，有莲花裹其身。仙人知道是自己的子女，捡来抚养，此所生好渐长大，脚踏过的地方，都生莲花。这二句借雁王、鹿女之事，以写佛寺的灵异。

⓬"抖擞"句：抖擞，梵语头陀的意译，即去掉尘垢烦恼之义。《法华经·信解品》载，须菩提等佛的弟子对佛说：有人幼时舍父逃逝，生活穷困，后来回到本国。此时，其父家中已财宝无数，却常思念儿子。穷困子到了父亲家，远远见到宅院豪华气派，怀疑是王公之家，心想非打工糊口之处，便急忙走了。但父亲已知道他是自己儿子，便派人诱引到家做工，先让他除粪，渐渐加以恩惠。后来父子二人"心相体信"，父便让子掌家中金银珠宝和各种仓库。儿子却仍然住宿在草房里。父知子"渐以通泰，成就大志，自鄙其心"，便当众宣布：这是我儿子，我一切财物，都归他所有。佛门弟子说，这大富父亲即是如来，我们都是佛子。此处作者以"穷子"自喻，意谓自己本是三界之众生，今忽至佛门，将领略佛理，犹如穷子辞别贫里，往至富长者家，将得宝藏也。

⓭归依：梵文的意译，亦作"皈依"，与"信奉"义同。信奉佛、法、僧，谓之"三归依"。化城：见《登辨觉寺》注❸。此处借指感化寺。

⓮樱：落叶乔木，高二三丈，开鲜艳的淡红色花。

⓯菰米：又名雕胡，生于浅水中，高五、六尺，嫩茎的基部名茭白，可作为菜吃；夏秋间开紫红色小花，秋结实，称菰米，可做成饭吃。

⓰清梵：和尚的诵经声。这里指诵经的和尚。

⓱无生：参见《登辨觉寺》注❾。

临高台送黎拾遗❶

相送临高台，川原杳何极❷！
日暮飞鸟还，行人去不息。

注释

❶本诗为王维居辋川时所作。临高台：汉乐府鼓吹铙歌十八曲之一。《乐府诗集》卷一六引《乐府解题》曰："古词言：'临高台，下见清水中有黄鹄飞翻，关弓射之，令我主万年。'若齐谢朓'千里常思归'，但言临望伤情而已。"黎拾遗：即黎昕，见《黎拾遗昕裴秀才迪见过秋夜对雨之作》注❶。此诗或黎昕至辋川访维，维送之归而作。这首送别诗写离情却无一语言情而只描摹景物，沈德潜《唐诗别裁》卷一九云："写离情能不露情态，最高。"

❷杳：广远。

辋川闲居❶

一从归白社❷，不复到青门❸。
时倚檐前树，远看原上村。
青菰临水映❹，白鸟向山翻。
寂寞於陵子，桔槔方灌园❺。

注释

❶ 本首诗描写辋川景色和闲居情趣。纪昀称其"静气迎人，自然超妙"（《瀛奎律髓汇评》卷二三）。

❷ 一从：自从。白社：洛阳里名。故址在今河南洛阳东。《晋书·董京传》："董京字威辇，不知何郡人也。初与陇西计吏俱至洛阳，被发而行，逍遥吟咏，常宿白社中。……孙楚时为著作郎，数就里中与语。"《水经注·谷水》："水南即马市，北则白社故里，昔孙子荆（孙楚）会董威辇于白社，谓此矣。"诗文中多以白社称隐者所居之地。此借指辋川别业。

❸ 青门：汉长安城东面三门中南头的门。见《三辅黄图》卷一。此处盖以汉青门借指唐长安东门。

❹ 青菰（gū）：茭白。

❺ "寂寞"二句：於（yū）陵子：即陈仲子。《孟子·滕文公下》："仲子，齐之世家也；兄戴，盖禄万钟；以兄之禄为不义之禄而不食也，以兄之室为不义之室而不居也，辟（避）兄离母，处于於陵。"《高士传》卷中载：陈仲子携妻子适楚，居於陵，自称於陵仲子。楚王闻其贤，遣使聘之，仲子与妻子逃去，为人灌园。於陵，战国齐邑，在今山东邹平东南，《高士传》谓为楚地，非是。桔槔（jié gāo）：井上汲水的一种工具，以竹木为架，中系一竿，前挂汲桶，竿尾系重石，使之举重若轻，用以灌庄稼。以上二句作者以於陵子自喻。

积雨辋川庄作❶

积雨空林烟火迟❷，蒸藜炊黍饷东菑❸。
漠漠水田飞白鹭❹，阴阴夏木啭黄鹂❺。

山中习静观朝槿❻，松下清斋折露葵❼。
野老与人争席罢❽，海鸥何事更相疑❾！

注释

❶积雨：久雨。辋川庄：即王维在辋川的宅第，石本《辋川图》上的"辋口庄"，其处依山傍水，为一两进院落，中有楼阁殿堂，水亭回廊。后王维施为寺，称清源寺（宋改名鹿苑寺）。故址在辋谷南端，临近辋谷南口，故又称辋口庄。此诗写辋川夏日久雨初晴的景象和作者过"习静"的隐逸生活的快乐。

❷烟火迟：谓久雨后烟火之燃徐缓。

❸藜：一年生草本植物，嫩叶可食。饷东菑（zī）：往田里送饭。菑，开垦了一年的田地。此泛指田亩。

❹漠漠：形容广漠无际。水田：辋川水系发达，多植水稻。

❺阴阴：幽暗貌。

❻习静：犹静修，如静坐、坐禅之类。朱超《对雨诗》："当夏苦炎埃，习静对花台。"朝槿（jǐn）：槿，木槿，落叶灌木，仲夏始花，朝开午萎，故称朝槿。

❼清斋：谓素食。清，《文苑英华》作"行"。露葵：《文选》曹植《七启》："芳菰精粺，霜蓄露葵。"李善注："宋玉《讽赋》曰：'为臣煮露葵之羹。'"张铣注："蓄与葵，宜于霜露之时。"葵，草本植物，有菟葵、凫葵、楚葵等，其嫩叶皆可食。

❽争席：《庄子·寓言》载：阳子居往沛地，至于梁（沛郊地名）而遇老子。老子曰："而（汝）睢睢盱盱（跋扈貌），而谁与居？大白若辱（污），盛德若不足。"阳子居曰："敬闻命矣。""其往也（往沛），舍者（旅舍之人）迎将其家，公执席，妻执巾栉，舍者避席（离开座位以示尊敬），炀者（燃火之人）避灶；其反也，舍者与之争席矣（郭注："去其夸矜故也。"）。"海鸥：《列子·黄帝》："海上之人，有好沤（鸥）鸟者，每旦之海上，从沤鸟游，沤鸟之至者，百住（百数）而不止。其父曰：'吾闻沤鸟皆从汝游，汝取来吾玩之。'明

日之海上，沤鸟舞而不下也。"

❾何事：为什么。以上二句意谓自己（"野老"）与人相处，不自
矜夸，不拘形迹，恐怕连海鸥也不会相猜疑了。

❧ 戏题辋川别业❶ ❧

柳条拂地不须折❷，松树梢云从更长❸。
藤花欲暗藏猱子❹，柏叶初齐养麝香❺。

注释

❶作于辋川。这首七言绝句咏辋川别业幽景，每句分咏一物。
"柳条拂地""松树梢云""藤花欲暗""柏叶初齐"，生动准确地描绘
出柳、松、藤、柏在夏日的长势与姿色，显示出蓬勃的生机。张谦宜
《絸斋诗谈》卷五：《戏题辋川别业》，此截中四句法，比老杜好看，
遂似胜之。

❷拂：拂拭。不须：用不着。

❸梢：树梢，此用为动词，作触及解。从更长：任凭（树梢）长
得更长。

❹藤花：紫藤花，俗称藤萝。欲暗：犹已暗，指藤花繁密，不透
阳光。猱（náo）：猿猴的一种，善攀缘。

❺初齐：形容柏叶才长起来的样子。麝（shè）香：麝，通称香
獐子，雄麝好吃柏叶，能分泌出麝香。

160

归辋川作[1]

谷口疏钟动[2]，渔樵稍欲稀[3]。
悠然远山暮，独向白云归。
菱蔓弱难定[4]，杨花轻易飞。
东皋春草色[5]，惆怅掩柴扉[6]。

注释

[1] 顾可久评曰："仕而不得意之作。含蓄不露"。

[2] 谷口：即辋川谷口。

[3] 渔樵：捕鱼人和打柴人。稍欲稀：渐渐地少了。

[4] 菱：菱芰，一种水生植物，俗称菱角。蔓：初生的细茎。

[5] 东皋（gāo）：出自《文选》潘岳《秋兴赋》："耕东皋之沃壤兮。"皋，水边高地。这里泛指田野。

[6] 柴扉：柴门。

春中田园作❶

屋上春鸠鸣❷，村边杏花白。
持斧伐远扬❸，荷锄觇泉脉❹。
归燕识故巢，旧人看新历❺。
临觞忽不御❻，惆怅远行客❼。

注释

❶疑作于辋川。春中：谓春季之中，即春二月。本诗用笔简淡、自然，而蕴含的内容却很丰富，值得仔细玩味。陆时雍《唐诗镜》卷十："野趣。"

❷鸠：鸟名。斑鸠、山鸠等的统称。

❸"持斧"句：《诗·豳风·七月》："蚕月条桑（修剪桑枝），取彼斧斯，以伐远扬（长得太远而扬起的枝条）。"

❹荷锄：扛着锄头。觇（chān）：察看。泉脉：伏流于地下的泉水。谢朓《赋平民田》："察壤见泉脉，觇星视农正。"

❺看新历：为知节气，以便耕种。

❻觞（shāng）：喝酒用的器物。御：进用。

❼远行：《文苑英华》作"思远"。以上二句谓，对着酒杯忽又不饮，我为远行客而惆怅。

162

春园即事[1]

宿雨乘轻屐[2]，春寒着弊袍[3]。
开畦分白水[4]，间柳发红桃。
草际成棋局，林端举桔槔[5]。
还持鹿皮几[6]，日暮隐蓬蒿[7]。

注释

[1] 作于辋川。诗人于初春宿雨后观赏田园风光而作。全诗写景叙事清新淡雅，富有生气。陆时雍《唐诗镜》卷十："五、六语入绘笔。"

[2] 宿雨：昨夜之雨。乘轻屐：谓雨后路滑，在园中走动，须登木屐。屐，木鞋，泛指鞋。

[3] 袍：夹层中著以绵絮的长衣。

[4] 畦：田园中分成的小区。

[5] 举桔槔：《庄子·天运》："且子独不见夫桔槔者乎，引之则俯，舍之则仰。"

[6] 鹿皮几：鹿皮做成的小几，供疲倦时倚靠。古诗文中多为隐士所用。

[7] 蓬蒿：陶潜《答庞参军》："朝为灌园，夕偃蓬庐。"

山居即事[1]

寂寞掩柴扉，苍茫对落晖[2]。
鹤巢松树遍[3]，人访荜门稀[4]。
嫩竹含新粉[5]，红莲落故衣[6]。
渡头灯火起，处处采菱归[7]。

注释

[1] 本诗为居辋川时作。即事：以眼前的事物为题材而写的诗。王夫之《唐诗评选》卷三评此诗曰："八句景语，自然含情"。

[2] "寂寞"二句：苍茫：旷远无边貌。此二句意思是：我自守寂寞，有时关上柴门，有时面对那空阔迷茫的夕照景色。

[3] 巢：这里用如动词，筑巢的意思。遍：到处都是。

[4] 荜（bì）门：用荆条或竹子编成的门。荜，同"筚"。这二句以松树上到处是鹤巢，柴门却人迹罕至衬托环境与心境的幽寂。

[5] "嫩竹"句：新生竹的表皮上有一层白色粉末，故云。

[6] 落故衣：指莲花凋谢时花瓣脱落。

[7] 菱：菱芰，一种水生植物，俗称菱角。

山居秋暝[1]

空山新雨后[2]，天气晚来秋[3]。

明月松间照，清泉石上流。
竹喧归浣女❹，莲动下渔舟❺。
随意春芳歇，王孙自可留❻。

注释

❶本诗为居辋川时作。秋暝（míng）：秋天的傍晚。此诗字面上是用"赋"的手法写景抒情，实际通篇有象征意味。这月下青松与石上清泉，这些生活在翠竹青莲中的纯朴、勤劳、各得其乐的人们，构成了一个自然美和社会美融为一体的人间乐园，这正是诗人心目中的"桃花源"，体现出诗人的隐逸情怀和对理想境界的追求。张谦宜《絸斋诗话》卷五："《山居秋暝》，写真镜之神品。"又曰："'空山新雨后，天气晚来秋'，起法高洁，带得通篇俱好。"

❷新：为之一新。

❸晚来秋：傍晚才感到凉秋的到来。

❹"竹喧"句：谓傍晚浣纱的姑娘回家，竹林里传出她们的喧笑声。浣女：洗衣女。

❺"莲动"句：谓渔舟顺流而下，水上的莲叶摇动。

❻"随意"二句：随意：听凭，任凭。春芳：春天的花草。歇：消歇，指春花凋谢。王孙：原指贵族后裔，后为贵家公子通称。《楚辞·招隐士》："王孙游兮不归，春草生兮萋萋。……王孙兮归来，山中兮不可以久留。"此为招致隐士之词。这里作者反用其意，说任他春天的花草消歇，秋景仍然很美，王孙公子自可留居山中。

田园乐七首（选五）❶

其三❷

采菱渡头风急，策杖村西日斜❸。
杏树坛边渔父❹，桃花源里人家❺。

注释

❶本组诗写于隐居辋川期间，内容是赞美隐士和他们的隐逸生活。

❷本诗是组诗的第三首，表现隐居生活的高雅、闲逸。

❸策杖：扶杖。

❹"杏树"句：《庄子·渔父》："孔子游乎缁帷之林（司马彪注："黑林名也。"），休坐乎杏坛之上（司马彪注："泽中高处也。"），弟子读书，孔子弦歌，鼓琴奏曲未半，有渔父者下船而来……左手据膝，右手持颐以听。"今山东曲阜孔庙大成殿前有杏坛，乃后人所修。句谓此地有能听琴的高雅渔父。

❺桃花源：即陶渊明《桃花源记》中所写之桃花源。

其四❶

萋萋芳草春绿❷，落落长松夏寒❸。
牛羊自归村巷，童稚不识衣冠❹。

注释

❶本诗首二句表现田园景色之幽美，后二句写田园民风的古朴淳

厚。这组诗都是多景语，少情语，但通过写景，也流露了诗人的闲逸、欣悦之情。

❷萋萋（qī）：草盛貌。

❸落落：《文选》孙绰《游天台山赋》："藉萋萋之纤草，荫落落之长松。"吕延济注："落落，松高貌。"

❹衣冠：士大夫的穿戴。

其五❶

山下孤烟远村，天边独树高原。
一瓢颜回陋巷❷，五柳先生对门。

❰注释❱

❶本诗前二句用笔简淡，绘景如画，董其昌评云："'山下孤烟远村，天边独树高原'，非右丞工于画道，不能得此语。"（《画禅室随笔》卷二）后二句同"其三"的后二句一样，表现隐居田园所相与往返的人，都是高雅脱俗之士，而诗中所写田园的环境，也如世外桃源一般，这同诗中出现的人物是相适应的。

❷"一瓢"句：颜回：字子渊，亦称颜渊，春秋鲁人，孔子的弟子。家贫而好学，孔子屡称其贤。《论语·雍也》："子曰：'贤哉，回也！一箪食（用一个竹器吃饭），一瓢饮（用一个瓢喝水），在陋巷，人不堪其忧，回也不改其乐。贤哉，回也！'"此句谓，这里有像颜回那样安贫乐道的贤人。

❸"五柳先生"句：此句谓，对门就住着像陶渊明那样的高士。

其六❶

桃红复含宿雨❷，柳绿更带春烟。
花落家僮未扫❸，莺啼山客犹眠❹。

167

注释

❶ 此首亦载《皇甫冉集》，题作《闲居》，《全唐诗》重见王维及皇甫冉集中。据陈铁民先生考，此首王维集诸本皆收录，《万首唐人绝句》以为王维所作，历来选本、诗话亦多作其诗，且内容、格调又与《田园乐》诸篇相合，故著作权当属王维。这诗不仅刻画了令人陶醉的春日山庄美景，那闲逸自在的诗人的自我形象也很鲜明。

❷ 宿雨：昨夜之雨。

❸ 家僮：小仆人。

❹ 山客：山居之客，隐者。

其七❶

酌酒会临泉水❷，抱琴好倚长松。
南园露葵朝折❸，东谷黄粱夜舂❹。

❶这首诗表现了田园隐逸生活的恬淡、清雅意趣。

❷酌酒：斟酒。会：适。

❸露葵：见《积雨辋川庄作》注❼。

❹黄梁：小米的一种。

❧ 泛 前 陂❶ ❧

秋空自明迥❷，况复远人间。
畅以沙际鹤❸，兼之云外山❹。
澄波澹将夕❺，清月皓方闲❻。
此夜任孤棹❼，夷犹殊未还❽。

注释

❶本诗似当作于辋川。前陂（bēi），疑指欹湖。陂，池塘。此诗
写泛舟所见景色与诗人的闲逸情致，景情融合为一。

❷迥：高远。

❸以：因。

❹兼之：加上。外：有"边畔"义，参见王锳《诗词曲语辞例释》。

❺澹：水摇荡。

❻皓：洁白，明亮。闲：闲静。

❼任孤棹（zhào）：谓任凭孤舟在水中漂荡。

❽夷犹：犹豫，徘徊。殊：犹。

酬虞部苏员外过蓝田别业不见留之作❶

贫居依谷口❷，乔木带荒村❸。
石路枉回驾❹，山家谁候门❺？
渔舟胶冻浦❻，猎火烧寒原❼。
惟有白云外，疏钟间夜猿❽。

注释

❶酬：作诗唱和。虞部：工部四司之一，置员外郎一人，从六品上，掌京城街巷种植、山泽苑囿及草木炭薪等事。苏员外：名未详。蓝田别业：即辋川别业，因别业在蓝田县西南辋谷。不见留：指苏员外访王维不遇，未尝在辋川停留。这首酬答来访不遇的友人的诗，章法结构颇新颖。

❷谷口：即辋谷口。

❸带：映带，夹带。

❹枉回驾：谓屈尊见访，不遇而返。

❺山家：诗人自称其别业。候门：在门前迎候。

❻胶：指冻结，粘着。

❼猎火烧：一作"猎犬绕"。猎火，为驱赶野兽而点的山火。

❽间：间隔。夜猿：指夜间的猿啼声。

蓝田山石门精舍[1]

落日山水好，漾舟信归风[2]。

玩奇不觉远，因以缘源穷[3]。

遥爱云木秀，初疑路不同[4]。

安知清流转，偶与前山通[5]。

舍舟理轻策，果然惬所适[6]。

老僧四五人，逍遥荫松柏[7]。

朝梵林未曙，夜禅山更寂[8]。

道心及牧童[9]，世事问樵客[10]。

暝宿长林下[11]，焚香卧瑶席[12]。

涧芳袭人衣[13]，山月映石壁。

再寻畏迷途，明发更登历[14]。

笑谢桃源人，花红复来觌[15]。

注释

[1] 本诗为王维居辋川时往游蓝田山之作。蓝田山：又名玉山，在今陕西蓝田县东南。《长安志》卷一六："蓝田山，在（蓝田）县东南三十里。……灞水之源出蓝田谷西。"石门精舍：蓝田山佛寺名。精舍，古代儒者隐居教授生徒之所，以及名僧所居均可称精舍，此指佛寺。这首诗写傍晚泛舟寻幽、偶然到达石门精舍的经过和所见到的景色。其中"落日"二句及"涧芳"二句，受到殷璠称道；"遥爱"四句，创造出山回路转别有天地的意境，亦属佳句。全诗叙事详赡，绘景细致，有谢（灵运）诗之风，而较谢诗自然，黄培芳《唐贤三昧集笺注》卷上评曰："撷康乐之英。"

❷漾舟：荡舟，泛舟。信：任，随。归风：回风，旋风。

❸"玩奇"二句：玩奇：游玩观赏奇妙的景色。因以：因而。缘：循，寻。《文选》谢朓《游敬亭山诗》："缘源殊未极，归径窅如迷。"刘良注："缘，寻也。"《唐诗纪事》作"寻"。据陈铁民先生考，辋水北流入灞水，自辋水乘舟入灞，复溯灞水而上，寻其源头，即可抵蓝田山。源：水的源头。

❹"遥爱"二句：云木：参天古木。路不同：指沿水而行，不能到达那生长着"云木"的地方（即石门精舍）。

❺"安知"二句：安知：岂知。偶：不期然而然。此二句意谓哪知水流曲折，却意外地与前山（指生长着"云木"的地方，即石门精舍）相通。

❻"舍舟"二句：舍舟：上岸。理：治，加工制作。轻策：轻便的手杖。惬（qiè）所适：对所到之地感到满意。惬，适意。

❼荫松柏：有松柏遮盖其上。

❽"朝梵"二句：朝梵：和尚早晨诵经。夜禅：夜晚坐禅。坐禅为佛门修行的一种功课，指在一定时间内屏息静坐，以摒除心中杂念。

❾"道心"句：道心：即菩提心。菩提乃梵文之音译，意译为"觉""智"等，指对佛教"真理"的觉悟。旧译借用《老》《庄》术语，称之为"道"。"道心"犹言觉知佛教"真理"之心。及：影响，浸染。此句谓，和尚的道心影响到了牧童。

❿"世事"句：意谓佛寺与世隔绝，欲知世事，只有向樵夫打听。

⓫暝宿：夜间止宿。长林：高大的树林。

⓬瑶席：形容席子光润如玉。

⓭涧芳：山涧边花草的清香。袭：浸染。

⓮明发：黎明。登历：登攀游历。

⓯"笑谢"二句：笑谢：笑着告辞。桃源人：即陶渊明所描写的桃花源中人。此指幽居深山佛寺的老僧。觌（dí）：相见。

山 中❶

荆溪白石出❷，天寒红叶稀❸。
山路元无雨❹，空翠湿人衣❺。

注释

❶本诗作于居辋川期间。本诗不载于王维集诸古本，最早见于明
奇字斋本《外编》；《全唐诗》收作《阙题二首》之第一首。苏轼《书
摩诘蓝田烟雨图》（见《东坡题跋》卷五）云："诗曰：'蓝溪（亦名
蓝水，源出蓝田县东蓝田谷，西北流入灞水）白石出，玉山红叶稀。
山路元无雨，空翠湿人衣。'此摩诘之诗也。或曰：非也，好事者以
补摩诘之遗。"释惠洪《冷斋夜话》卷四录此首，谓之曰"王维摩诘
《山中》诗"，今姑从其说。

❷荆溪：即长水，又名荆谷水，源出蓝田县西北，西北流，经长
安县东南入灞水。《水经注·渭水》："长水出自杜县白鹿原，西北流，
谓之荆溪，又西北左合狗枷川，北入霸（灞）水。"《长安志》卷一六
蓝田县："荆谷水自白鹿原（在蓝田县西五里，西北入万年县界）东
流入万年县唐村界。"白石出：谓水浅溪中白石露出水面。

❸红叶：指枫叶，秋季经霜变成红色。

❹元："原"的通假字。

❺"空翠"句：形容高山上的岚气苍翠欲滴。谢灵运《过白岸
亭》："空翠难强名，渔钓易为曲。"杜甫《大历三年春白帝城放船出
瞿塘峡》："石苔凌几杖，空翠扑肌肤。"

赠刘蓝田❶

篱中犬迎吠，出屋候柴扉❷。
岁晏输井税❸，山村人夜归。
晚田始家食❹，余布成我衣❺。
讵肯无公事，烦君问是非❻。

注释

❶本诗应是王维居辋川时所作。据《河岳英灵集》录此诗，它当
作于天宝十二载（753）前。此诗《唐百家诗选》卷一作卢象诗，《全
唐诗》重见王维集及卷八八二卢象诗补遗。按王维集诸本俱载此诗，
《河岳英灵集》《唐文粹》亦皆录作王维诗，当是。刘蓝田：刘姓蓝田
县令，名未详。这是一首反映赋税负担过重、农民生活困苦的诗。诗
人作此诗赠蓝田县令，目的是请他过问一下其中的是非，然却以"山
村人"向诗人诉说的口吻表述，所以显得很委婉。

❷候柴扉：在柴门前等候。所等候的对象，即下二句所写岁末到
蓝田县衙交纳田税夜间归来的山村人。

❸晏：晚。井税：田税。

❹始：方，才。家食：家中的粮食。《易林·无妄》《讼》："不耕
而获，家食不给。"此句谓，晚熟之田的收获，才成为家中的粮食。

❺余布：指纳调（唐时每丁每年需缴纳一定数量的布或绫、绢等
物，称为"调"）后剩下的布。

❻"讵（jù）肯"二句：讵肯：岂能。此二句是山村人向诗人的诉
说之辞，意谓并不求无公家之事（指向官府纳税之事），烦君过问一
下其中的是非。

山中送别①

山中相送罢②，日暮掩柴扉③。
春草明年绿，王孙归不归④？

注释

❶本诗疑为作者居辋川时作。诗题底本原作《送别》。这首诗的主旨是写惜别，却以送罢起笔，以盼归收束，抓住别后的相思来反衬，愈能显出分手时惜别感情的深挚，艺术构思新颖巧妙。明代唐汝询《唐诗解》评曰："扉掩于暮，居人之离思方深；草绿有时，行子之归期难必。"清代顾可久《唐王右丞诗集注说》赞曰："婉曲，含

蓄，多味，高古。"

❷相送罢：送走友人之后。

❸柴扉：柴门。

❹"春草"二句：语本《楚辞·招隐士》，参见《山居秋暝》注❻。

早秋山中作❶

无才不敢累明时❷，思向东溪守故篱❸。
岂厌尚平婚嫁早❹，却嫌陶令去官迟❺。
草间蛩响临秋急❻，山里蝉声薄暮悲❼。
寂寞柴门人不到，空林独与白云期❽。

注释

❶本诗疑居辋川时作。诗中表现了作者对长安官场生活感到厌倦、私欲退隐山林的心情。全篇起结工妙，章法严整，平仄合律，叙心事真率，状秋景真切。

❷累：拖累，累赘。明时：圣明盛世。是对当朝的称誉之辞。

❸东溪：源于嵩山东峰。此处泛指隐居地的溪流。这句意谓思弃官至嵩山隐居。故篱：犹言故园、故居。

❹尚平：即尚长，一作"向长"，字子平，东汉人，隐居不仕。《后汉书·逸民列传》载，他把家中男女嫁娶事办完，便同好友一道游五岳名山，不知所终。此句意谓，不嫌恶尚平早早办完子女婚嫁之事，出游名山大川。

❺"却嫌"句：义熙元年（405）八月，陶渊明为彭泽令，"岁终，会郡遣督邮至县，吏请曰：'应束带见之。'渊明叹曰：'我岂能为五斗米折腰向乡里小儿！'即日解绶去职"（萧统《陶渊明传》）。

⑥蛩（qióng）：蟋蟀。

⑦薄暮：傍晚。薄，迫近。

⑧期：约会。此句谓，空林无人，独与白云为伴。

辋川别业①

不到东山向一年②，归来才及种春田③。

雨中草色绿堪染，水上桃花红欲燃④。

优娄比丘经论学⑤，伛偻丈人乡里贤⑥。

披衣倒屣且相见⑦，相欢语笑衡门前⑧。

注释

①这首诗描写作者离开辋川"向一年"后又回到辋川的愉悦心情。辋川的佳景使诗人心旷神怡；闲居田园，与通经论的高僧、隐居乡里的贤者往返，也使诗人感到非常愉快。王维的所谓亦官亦隐，实际是做官的时候多而隐居的日子少，所以他一旦有时间回到辋川，一种发自内心的愉悦感情便油然而生。

②东山：辋川在蓝田县东；又东晋谢安曾隐居东山，后因以东山泛指隐居之地。此处借指辋川别业。向：这里是"将近"的意思。

③才及：刚刚赶上。

④欲燃：梁元帝《宫殿名诗》："林间花欲然（同"燃"），竹径露初圆。"

⑤优娄比丘：指佛教僧人。优娄，梵文的音译，是佛弟子优楼频螺伽叶之略称。本是有五百弟子的外道（指佛教之外的宗教哲学派别）论师，后与其二弟及弟子共皈依佛门。参见《四分律》卷三二。比丘，梵文的音译，指出家后受过具足戒的和尚。经论：佛教典籍分

经、律、论三部分，谓之三藏。经是佛所自说，论是经义的解释，律则记佛教戒规。这句说僧人中有通经论的学者。

⑥伛偻（yǔ lǚ）丈人：驼背老人。《庄子·达生》载，孔子到楚国，见伛偻（驼背）者承蜩（用长竿粘蝉），无所不中，便对弟子说："用志不分，乃凝于神，其病（伛）偻丈人之谓乎！"这句说，有像伛偻丈人那样的乡里贤者。

⑦披衣：用陶渊明《移居》"相思则披衣，言笑无厌时"句意。倒屣：将鞋子倒穿。据《三国志·魏书·王粲传》载，王粲往见蔡邕，蔡邕"闻粲在门，倒屣迎之"。后以"倒屣"形容热情迎客。

⑧衡门：横木为门，指简陋的住处。《诗经·陈风·衡门》："衡门之下，可以栖迟。"

酬诸公见过①

嗟余未丧，哀此孤生②。
屏居蓝田③，薄地躬耕。
岁晏输税，以奉粢盛④。
晨往东皋，草露未晞⑤。
暮看烟火，负担来归。
我闻有客，足扫荆扉⑥。
箪食伊何⑦？副瓜抓枣⑧。
仰厕群贤⑨，皤然一老⑩。
愧无莞簟⑪，班荆席藁⑫。
泛泛登陂⑬，折彼荷花。
静观素鲔⑬，俯映白沙。
山鸟群飞，日隐轻霞。

登车上马，倏忽雨散⑮。

雀噪荒村，鸡鸣空馆。

还复幽独，重欷累叹⑯！

注释

❶原注曰："时官出在辋川庄"。官出，指离职。本诗为天宝九
（750）、十载（751）间居母丧时作于辋川。诗人于辋川守丧，友人来
访，以诗赠答。张谦宜《絸斋诗谈》卷五："《酬诸公见过》，只是一
篇雅词，尚未到汉魏境界，《雅》《颂》又无论矣。向后人作四言体，
却只宗此派。"

❷孤生：孤独的生活。

❸屏（bǐng）居：隐居。《史记·魏其武安侯列传》："魏其谢病，
屏居蓝田南山之下数月，诸宾客辩士说之，莫能来。"

❹奉：给予，供给。粢（zī）盛：指盛在祭器内供祭祀用的谷物。
粢，谷类总称。《公羊传·桓公十四年》何休注："黍稷曰粢，在器
曰盛。"

❺"草露"句：《诗·秦风·蒹葭》："白露未晞。"毛苌传："晞，
干也。"

❻足：遍。荆扉：柴门。晋陶潜《归园田居》诗之二："白日掩
荆扉，虚室绝尘想。"

❼箪（dān）：古时盛食物的一种竹器。伊：助词，无义。这句
说，箪中盛的食物是什么？

❽副（pì）瓜：剖开的瓜。抓（guā）枣：打下的枣。抓，击。

❾仰：向上，有示恭敬之意。厕：置身其中，混杂在里面。群
贤：来访的客人。

❿皤（pó）然：发白貌。是时王维五十或五十一岁，故云"皤然
一老"。

⓫莞簟（guān diàn）：蒲席与竹席。《诗·小雅·斯干》："下莞
上簟，乃安斯寝。"郑玄笺："莞，小蒲之席也。竹苇曰簟。"

179

⑫班荆：朋友相遇，共坐谈心。《左传·襄公二十六年》杜预注："班，布也。布荆坐地，共议归楚事。朋友世亲。"

⑬泛泛：舟浮貌。登陂：上池塘。

⑭鲔：鲟鱼。

⑮倏忽：指极短的时间。雨散：喻离散。谢朓《和刘中书》："山川隔旧赏，朋僚多雨散。"

⑯欷：抽咽声。

酬张少府①

晚年惟好静，万事不关心。
自顾无长策②，空知返旧林③。
松风吹解带④，山月照弹琴。
君问穷通理⑤，渔歌入浦深⑥。

注释

①本诗为王维晚年居辋川时作。酬：别人有诗相赠，自己作诗相答。张少府：名不详。少府，县尉的别称，职事辅佐明府（县令）。本诗写出了诗人晚年的心境，意味深长而又极其平淡、自然，是"由绚烂之极归于平淡"的佳制。

②长策：良策。

③空：只。

④解带：古人上朝或见客时需束带，在家闲居无事则可解带。这句谓松风吹拂着解开的衣带。

⑤穷通：穷困与显达，得意与失意。

⑥浦：水边，或河水支流入主流处或江河入海处。《楚辞·渔父》

载，屈原向渔父表白不与世推移的志气，渔父听罢，"莞尔而笑，鼓泄而去，乃歌曰：'沧浪之水清兮，可以濯吾缨；沧浪之水浊兮，可以濯吾足'。"这句暗用此典故。

❧❦ 题辋川图❶ ❧❦

老来懒赋诗，惟有老相随。
宿世谬词客❷，前身应画师。
不能舍余习，偶被世人知❸。
名字本习离，此心还不知❹。

注释

❶本诗王维集各本皆作《偶然作》其六。据陈铁民先生考，此诗当作《题辋川图》，不应曰《偶然作》；《万首唐人绝句》即采"宿世"四句作一绝，题为《题辋川图》。又，《辋川图》既画于清源寺（即辋川庄，见《积雨辋川庄作》注❶）壁，则此首题图之诗，亦当作于王维晚年（据首二句可知）居辋川时。

❷宿世：佛教指过去的一世，即前生；《唐诗纪事》作"当代"。谬词客：妄为诗人。即本来不配当诗人却当了诗人之意。

❸"不能"二句：意谓，自己不能舍弃前生遗留之习，继续写诗作画，遂意外地为世人所知。

❹"名字"二句：习离，赵殿成注本等作"皆是"。此二句意谓，自己的名字与本身的习性（好写诗作画）相离，而自己的心里却不明白。指自己既用佛教居士维摩诘之名作为名字（王维字摩诘），本不应去追求诗人、画家的浮名。

181

崔濮阳兄季重前山兴❶

秋色有佳兴，况君池上闲❷。
悠悠西林下❸，自识门前山。
千里横黛色❹，数峰出云间。
嵯峨对秦国❺，合沓藏荆关❻。
残雨斜日照，夕岚飞鸟还❼。
故人今尚尔，叹息此颓颜❽。

注释

❶题下原注曰："山西去，亦对维门"。本诗应是天宝十三载（754）或十四载（755）秋王维居辋川时所作。崔濮（pú）阳兄季重：苏源明《小洞庭洄源亭宴四郡太守诗》序曰："天宝十二载七月辛丑，东平太守扶风苏源明，觞濮阳太守清河崔公季重、鲁郡太守陇西李公兰……于洄源亭。"知季重天宝十二载（753）为濮阳太守。濮阳，即唐濮州，天宝元年（742）改为濮阳郡，治所在今山东鄄城北。这首诗写友人山居的景色和归隐的生活，"千里"四句善用大笔勾勒，画面寥远、壮阔，气势雄伟。

❷闲：安闲，闲散。

❸悠悠：闲适自得貌。

❹黛色：指青黑的山色。据此句，知季重的"门前山"，当属秦岭山脉。

❺嵯（cuó）峨：山高峻貌。秦国：指秦都咸阳一带。

❻合沓：指山峰重叠。《文选》王褒《洞箫赋》李善注："合沓，重沓也。"荆关：柴门。谢庄《山夜忧》："回舻拓绳户，收棹掩荆

关。"此指隐者的住所。

❼岚：山间雾气。飞鸟还：夕鸟归巢。

❽"故人"二句：《古诗十九首·客从远方来》："相去万余里，故人心尚尔。"此变用其意。此二句意谓，故人（指季重）如今丝毫未变（指仍未老），只为自己这衰老的容颜而叹息。

❧ 山中示弟❶ ❧

山林吾丧我❷，冠带尔成人❸。
莫学嵇康懒❹，且安原宪贫❺。
山阴多北户❻，泉水在东隣。
缘合妄相有❼，性空无所亲❽。
安知广成子❾，不是老夫身？

注释

❶诗中自称"老夫"，疑是天宝末年居辋川时所作。本诗为作者向诸弟谈自己的人生体悟。

❷吾丧我：《庄子·齐物论》："子綦曰：'今者吾丧我，汝知之乎？'"郭象注："吾丧我，我自忘矣；我自忘矣，天下有何物足识哉！故都忘外内，然后超然俱得。"

❸冠带：指仕宦。

❹嵇康懒：嵇康《与山巨源绝交书》："性复疏懒，筋驽肉缓，头面常一月十五日不洗，不大闷痒，不能沐也。"

❺原宪贫：《史记·仲尼弟子列传》："原宪字子思。……孔子卒，原宪亡在草泽中。子贡相卫，而结驷连骑。排藜藿，入穷阎，过谢原宪。宪摄敝衣冠见子贡。子贡耻之，曰：'夫子岂病乎？'原宪曰：

'吾闻之，无财者谓之贫，学道而不能行者谓之病，若宪，贫也，非病也。'子贡惭，不怿而去。"

❻北户：门户朝北开。

❼缘：佛教用语，即因缘，指事物赖以产生和存在的原因和条件。妄相：佛教认为，世间万法（一切事物和现象）皆因缘和合所生，没有自性，皆是虚妄，故称"妄相"。

❽性空：佛教用语，指诸法之体性虚幻不实。

❾广成子：葛洪《神仙传》卷一："广成子者，古之仙人也。居崆峒山石室之中，黄帝闻而造焉。"

秋夜独坐❶

独坐悲双鬓❷，空堂欲二更。
雨中山果落，灯下草虫鸣。
白发终难变❸，黄金不可成❹。
欲知除老病❺，惟有学无生❻。

注释

❶本诗疑为天宝末年居辋川时所作。诗人在此诗中抒写因政治失意、理想幻灭而生出的迟暮悲寂之感。结尾表示要以无生无灭的禅理破除老病之苦，求得精神的解脱。

❷悲双鬓：为双鬓变白而悲伤。

❸"白发"句：《列仙传》卷下载，稷丘君朱璜入浮阳山八十余年，"白发尽黑"。句反用此典。

❹"黄金"句：语本江淹《从建平王游纪南城》："丹砂信难学，黄金不可成。"按，世传丹砂（又作"丹沙"，即朱砂）可化为黄金。

184

《史记·孝武本纪》："致物而丹砂可化为黄金，黄金成，以为饮食器则益寿，益寿而海中蓬莱仙者可见，见之以封禅则不死。"《抱朴子·内篇·黄白》："《铜柱经》曰：丹沙可为金，河车可作银。"此即古之方士、道士所谓烧炼丹药化为金银之术，又称黄白之术。此句意谓，神仙黄白之术不能有所成，长生无望。

❺欲：犹"已"，不是一般的"将要"意。参见王锳《诗词曲语辞例释》。老病：佛教称生、老、病、死为四苦。《释迦谱》卷二："以畏老病生死之苦，故于五欲不敢爱著。"

❻无生：见《登辨觉寺》注❾。

菩提寺禁裴迪来相看说逆贼等
凝碧池上作音乐供奉人等
举声便一时泪下私成口诵示裴迪❶

万户伤心生野烟❷，百官何日再朝天❸？
秋槐叶落空宫里❹，凝碧池头奏管弦。

注释

❶本诗作于至德元载（756）八月。是年六月，安禄山军攻陷长安，玄宗奔蜀，王维扈从未及，为贼所获，解送至洛阳，拘于菩提寺，此诗即作于寺中。菩提寺禁：指作者被安禄山拘于菩提寺中。菩提寺，在洛阳城南龙门。裴迪来相看：裴迪天宝年间未尝居官，故陷贼后不在被拘禁之列，得以至菩提寺看望王维。说逆贼时泪下：《通鉴》至德元载六月载："禄山宴其群臣于凝碧池，盛奏众乐；梨园弟子往往欷歔泣下，贼皆露刃睨之。乐工雷海清不胜悲愤，掷乐器于地，西向恸哭。禄山怒，缚于试马殿前，肢解之。"凝碧池：在洛阳禁苑中。供奉人：在宫中侍奉天子之人。此处指乐工。举声：发声。口号：诗的题名，表示随口吟成，与"口占"相似。

❷生野烟：指叛乱爆发。

❸朝天：谒见天子。

❹叶：《旧唐书·王维传》作"花"。此句写旧宫凄凉。

和贾舍人早朝大明宫之作❶

绛帻鸡人送晓筹❷，尚衣方进翠云裘❸。
九天阊阖开宫殿❹，万国衣冠拜冕旒❺。
日色才临仙掌动❻，香烟欲傍衮龙浮❼。
朝罢须裁五色诏❽，佩声归向凤池头❾。

注释

❶本诗作于乾元元年（758）春末。和：和诗，即写诗与别人相唱和，分限定和韵与不限定和韵两种。这首诗不限定和韵。贾舍人：贾至，字幼邻，河南洛阳人，唐代诗人。天宝末为中书舍人，安史之乱中从玄宗入蜀。舍人，即中书舍人，官名。唐中书省置中书舍人六人，正五品上，掌侍进奏、参议表章、草拟诏旨之事，一般由有文学资望的人担任。早朝：唐时天子每日（法定的节假日除外）日出视朝，处理政务，称为早朝。元旦、冬至等大朝会在大明宫含元殿举行，平常朝会则在大明宫宣政殿举行。贾、王、岑、杜四人之作都描述了春日在大明宫早朝的盛况，元方回《瀛奎律髓》卷二说："四人早朝之作，俱伟丽可喜。"大明宫：在唐禁苑东南，又称东内，因后有蓬莱池，又名蓬莱宫。

❷绛帻（zé）：红色头巾。赵殿成注引《汉官仪》："宫中舆台并不得畜鸡，夜漏未明三刻鸡鸣，卫士候于朱雀门外，着绛帻（象鸡冠），专传鸡唱。"鸡人：《周礼·春官·鸡人》："鸡人，掌共（供）鸡牲，辨其物（毛色）；大祭祀，夜呼旦以嘂（《说文》："嘂，高声也，一曰大呼也。"）百官。"郑玄注："夜，夜漏未尽鸡鸣时也，呼旦以警起百官使夙兴。"绛帻鸡人，此处借指宫中夜间报更的人。送晓筹：即报晓

187

之意。筹，指更筹、更签，古时报更用的牌。《陈书·世祖纪》："每鸡人伺漏，传更签于殿中，乃敕送者，必投签于阶石之上令铿然有声。"

❸尚衣：唐殿中省有尚衣局，掌天子之服冕。参见《旧唐书·职官志》。翠云裘：用翠羽纺织成的云纹之裘。《古文苑》卷二宋玉《讽赋》："披翠云之裘"，宋章樵注："辑翠羽为裘。"此处指天子之衣。

❹九天：比喻皇宫，言其高远。阊（chāng）阖：此指宫门。

❺万国：万方。衣冠：谓百官。旒（liú）：古时天子及贵官的礼帽。有冕版覆于帽顶，称为延；垂于延前后的玉串，谓之旒。冕旒之制唐时犹存，《旧唐书·舆服志》载，天子衮冕垂白珠十二旒，一品官衮冕垂青珠九旒。此处指天子。

❻仙掌：承露盘上的仙人手掌。汉武帝于建章宫作承露盘，立铜仙人舒掌擎盘以承甘露。班固《西都赋》："抗仙掌以承露，擢双立之金茎。"此处也可能指灯架或烛台作仙人舒掌擎盘之状。谢朓《杂诗三首·灯》："抽茎类仙掌，衔光似烛龙。"动：谓晓日照于仙掌，其光闪动；也可能指晓日初出，殿中尚黑，银烛闪动（贾至原赋有"银烛朝天"之语）。

❼香烟：指朝会时殿中设炉燃香。参见《新唐书·仪卫志》。欲：犹"已"。傍：依附，指附着于身。衮（gǔn）：天子礼服，上画龙，又称龙衮、卷龙衣。《礼记·礼器》："天子龙衮。"浮：指衮上所绣之龙如浮于烟雾之中。

❽裁：制作。五色诏：用五色纸书写的诏书。《邺中记》："石虎诏书，以五色纸著凤雏口中。"

❾佩：玉佩。唐五品以上官员的饰物有佩。凤池：即凤凰池，指中书省。本义为禁苑中的池沼。魏晋以后，设中书省于禁苑，因其专掌机要，接近天子，故称为凤凰池。晋荀勖久在中书省掌机事，后迁尚书令，有贺之者，荀勖曰："夺我凤凰池，诸君贺我邪！"见《晋书·荀勖传》。以上二句与贾至原赋的末二句（"共沐恩波凤池里，朝朝染翰侍君王"）相应。是时王维与贾至同任中书舍人，故有"须裁五色诏""归向凤池头"之语。

晚春严少尹与诸公见过❶

松菊荒三径❷，图书共五车❸。
烹葵邀上客❹，看竹到贫家❺。
鹊乳先春草❻，莺啼过落花❼。
自怜黄发暮，一倍惜年华❽。

注释

❶本诗作于乾元元年（758）三月。晚春：春季第三个月。严少尹：即严武，两《唐书》有传。严武自至德二载（757）九月至乾元元年六月官京兆少尹。少尹，唐京兆、河南、太原等府，各置尹（正长官）一员，从三品；少尹（副长官）二员，从四品下。见过：拜访自己。本诗写暮春友人来访的感触。全诗写得清淡精致，纪昀评曰："句句清新而气韵天成，不见刻画之迹。五六句赋中有比，末句从此过脉，浑化无迹"（《瀛奎律髓汇评》卷一〇）。

❷"松菊"句：语本陶渊明《归去来兮辞》："三径就荒，松菊犹存。"三径：庭院间的小路。汉蒋诩隐居后曾于舍中竹下与求仲、羊仲二人来往（见《三辅决录》）。

❸五车：言书之多，以五车载之。《庄子·天下》："惠施多方，其书五车。"以上二句谓自己的家园荒芜，唯有松菊与图书。

❹"烹葵"句：《古文苑》卷二宋玉《讽赋》："上客远来……乃炊雕胡之饭，烹露葵之羹以食之。"葵：见《积雨辋川庄作》注❼。上客：尊贵的客人。

❺看竹：见《春日与裴迪过新昌里访吕逸人不遇》注❺。

❻鹊：喜鹊。乳：《说文》："人及鸟生子曰乳。"

189

⑦"莺啼"句：谓春残花落，莺犹啼不已。

⑧"自怜"二句：黄发：年老之征。《诗·鲁颂·閟宫》："黄发台背。"郑玄笺："皆寿征也。"盖人老发白，白久而黄，故云。暮：暮年。此二句触景生情，言鹊先春而动，莺春残犹啼，似皆有惜春之意；自怜已到暮年，更宜加倍珍惜时光。

同崔傅答贤弟❶

洛阳才子姑苏客❷，桂苑殊非故乡陌❸。
九江枫树几回青❹，一片扬州五湖白❺。
扬州时有下江兵❻，兰陵镇前吹笛声❼。
夜火人归富春郭❽，秋风鹤唳石头城❾。
周郎陆弟为俦侣❿，对舞《前溪》歌《白纻》⓫。
曲几书留小史家⓬，草堂棋赌山阴墅⓭。
衣冠若话外台臣，先数夫君席上珍⓮。
更闻台阁求三语，遥想风流第一人⓯。

注释

❶本诗当作于乾元元年（758）春作者被赦复官之后。同：犹"和"。崔傅：无考。这首诗赞美崔傅兄弟在兵乱中的表现，多用典实，情致委折，词旨雅丽，句调婉畅。

❷洛阳才子：潘岳《西征赋》："终童山东之英妙，贾生洛阳之才子。"汉贾谊洛阳人，年少才高，故云。姑苏：苏州之别称。因州西南有姑苏山而得名。

❸桂苑：赵殿成注谓即三国吴之桂林苑。《文选》左思《吴都赋》："数军实乎桂林之苑"。故址在今南京东北落星山之阳。又，《文

选》谢庄《月赋》："乃清兰路，肃桂苑。"李善注："桂苑，有桂之苑。"以上二句谓，崔傅与"贤弟"为洛阳才子，在苏州作客，该地同他们的故乡有别。

❹九江：见《登辨觉寺》注❺。枫树几回青：指崔傅兄弟已在苏州住了几年。苏州与九江汉时俱属扬州，又《楚辞·招魂》曰："湛湛江水兮上有枫，目极千里兮伤春心。"所以此处不说"苏州枫树"而说"九江枫树"。

❺扬州：唐扬州辖境在今江苏扬州、泰州、江都、高邮、宝应一带。五湖在苏州附近，不在唐扬州辖区之内。因此这里的扬州，当指汉扬州。今安徽淮河以南与江苏长江以南地区，江西、浙江、福建三省及湖北英山、黄梅、广济，河南固始、商城，汉时俱为扬州辖地。五湖：见《送丘为落第归江东》注❸。此句写苏州一带景色。

❻下江兵：《汉书·王莽传》："是时南郡张霸、江夏羊牧、王匡等起云杜绿林，号曰下江兵。"颜师古注："晋灼曰：本起江夏云杜县，后分西入南郡……故号下江兵也。"南郡治所在今湖北荆州，长江自荆州以下属下游，古谓之下江。唐安史之乱前，江淮地区不曾有争战，下江兵当指永王李璘引兵东巡事。《通鉴》至德元载（756）十二月载：玄宗命璘领四道节度都使，镇江陵。"甲辰，永王璘擅引兵东巡，沿江而下，军容甚盛……吴郡（苏州）太守兼江南东路采访使李希言平牒璘，诘其擅引兵东下之意。璘怒，分兵遣其将浑惟明袭希言于吴郡，季广琛袭广陵（扬州）长史、淮南采访使李成式于广陵。……希言遣其将元景曜及丹杨（治今江苏镇江）太守阎敬之将兵拒之，李成式亦遣其将李承庆拒之。璘击斩敬之以徇，景曜、承庆皆降于璘，江淮大震。"又《通鉴考异》谓，璘击斩敬之后，占领丹杨郡城；后兵败，自丹杨奔晋陵（今江苏常州）以趋鄱阳。永王璘引兵东巡与本诗所称下江兵事涉及的地域颇相合。

❼兰陵镇：东晋、南朝置兰陵县，在今江苏常州西北。笛：管乐器名。古时军中之乐多用之。

❽富春：古县名。秦置。晋太元中改名富阳，即今浙江富阳。此

191

句谓兵事起，有人连夜逃往富春。

❾秋风鹤唳（lì）：《晋书·谢玄传》："（符坚）余众弃甲宵遁，闻风声鹤唳（鸣），皆以为王师已至。"淝水之战发生在秋冬之际，又作者此处为求与上句"夜火"偶对，因改"风声"为"秋风"，并非指下江兵事起于秋日。石头城：古城名。三国吴孙权筑，故址在今南京清凉山。此句谓兵事起，石城之人皆惊慌疑惧。

❿周郎：周瑜。《三国志·吴书·周瑜传》："瑜时年二十四，吴中皆呼为周郎。"此喻指崔傅，赞其有周瑜的才干。陆弟：晋陆机之弟陆云。云少与兄机齐名，时人号为"二陆"。事见《晋书》本传。此喻指"贤弟"，说他有陆云的文才。俦（chóu）侣：同辈，伴侣。

⓫《前溪》：舞曲名。属乐府《吴声歌曲》。参见《晋书·乐志下》、《乐府诗集》卷四五。《白纻》：吴之舞曲，属乐府《舞曲歌辞》。参见《宋书·乐志》、《乐府诗集》卷五五。

⓬"曲几"句：用王羲之事。《晋书·王羲之传》："（羲之）尝诣（往）门生家，见几（用榧木做的几）滑净，因书之，真草相半。后为其父误刮去之，门生惊懊者累日。"小史：侍从。

⓭"草堂"句：用谢安指挥晋军在淝水击溃前秦符坚大军事。《晋书·谢安传》："（符）坚后率众，号百万，次于淮肥，京师震恐。加安征讨大都督。（谢）玄入问计，安夷然无惧色，答曰：'已别有旨。'既而寂然。……安遂命驾出山墅，亲朋毕集，方与玄围棋赌别墅。"山阴：山北。以上四句意谓，兵事起，二人依旧歌舞、写字、下棋，态度极其镇定从容。

⓮"衣冠"二句：外台，指州刺史。《后汉书·谢夷吾传》载，夷吾曾任荆州刺史，司徒第五伦令班固为文荐之曰："爰牧荆州，威行邦国。……寻功简能，为外台之表"。夫君：对友人的敬称。谢朓《酬德赋》："闻夫君之东守，地隐蓄而怀仙。"席上珍：《礼记·儒行》："儒有席上之珍以待聘。"喻具有美善的才德，如席上之有珍（宝玉）。二句意谓，缙绅大夫若谈到州郡长官，当先推崔傅为美善的人选。

⓯"更闻"二句：台阁：《后汉书·仲长统传》："虽置三公，事归台

阁。"李贤注:"台阁谓尚书也。"东汉置尚书台,为皇帝的机要秘书处,权甚重,故云。此处借指中央的最高官署(中书、门下、尚书三省)。三语:《世说新语·文学》:"阮宣子(阮修)有令闻,太尉王夷甫(王衍)见而问曰:'老庄与圣教同异?'对曰:'将无同(大约差不多罢)。'太尉善其言,辟之为掾(官府属员),世谓三语掾。"按《太平御览》卷二〇九《卫玠别传》记此事作阮瞻与王衍,而《晋书·阮瞻传》则作阮瞻与王戎。第一人:《南史·谢晦传》:"时谢混风华,为江左第一。"二句意谓,更知三省征求掾属,当首推"贤弟"为文采风流的人选。

❧ 春夜竹亭赠钱少府归蓝田❶ ❧

　　夜静群动息❷,时闻隔林犬。
　　却忆山中时❸,人家涧西远。
　　羡君明发去❹,采蕨轻轩冕❺。

注释

❶本诗约作于乾元二年(759)春。钱少府:即钱起(710?—782?),唐代诗人,"大历十才子"之一。字仲文,吴兴(今属浙江)人。天宝九载(750)进士,诗与郎士元齐名,时官蓝田尉。少府,即县尉。这首送别诗构思新颖,笔墨洗练。诗人下笔写自己在春夜竹亭所感受到的幽静情景。全篇无丝毫做作雕饰,自然天成,意尽即止。顾可久《唐王右丞诗集注说》评曰:"幽景远情,想象不尽,脱洗尘垢矣。"

❷群动:各种动物。陶渊明《饮酒》其七:"日入群动息。"

❸"却忆"句:王维曾隐居于蓝田辋川别业,故云。

❹明发:黎明发亮的时候,即指黎明。

❺蕨(jué):多年生草本植物,野生。嫩叶可食,地下茎可制淀

193

粉。轩：做官的人坐的车子。冕：做官的人戴的帽子。这句意谓，轻视官位爵禄而情愿过隐居生活。

左掖梨花❶

闲洒阶边草，轻随箔外风❷。
黄莺弄不足，衔人未央宫❸。

注释

❶本诗作于乾元二年（759）春。左掖：即门下省。唐大明宫宣政殿（朝会行仪之处）前有两廊，各有门，东门曰日华，西门曰月华。日华门外为门下省，月华门外为中书省。门下省地处殿左，称左省、左掖（两旁为掖）、东省；中书省地处殿右，称右省、右掖、西省。此诗丘为、皇甫冉有同咏，前者题作《左掖梨花》，后者题作《和王给事维禁省梨花咏》，由此可见王维时任给事中，此诗题材虽限于梨花，体制虽短小，却写得极其超然玄远，妙意无穷。

❷箔：帘。

❸未央宫：汉长安宫殿名，此处借指唐皇宫。

别弟缙后登青龙寺望蓝田山❶

陌上新别离，苍茫四郊晦。
登高不见君，故山复云外❷。

194

远树蔽行人❸，长天隐秋塞。

心悲宦游子，何处飞征盖❹？

注释

❶上元元年（760）秋，王缙外任蜀州刺史，王维送其至长安郊区，登青龙寺眺望蓝田山，而有是作。青龙寺：《长安志》卷九："（长安新昌坊）南门之东，青龙寺。本隋灵感寺，开皇二年立。……景云二年（711）改为青龙寺。"全诗色彩晦暗，笔调苍凉，意境高远。

❷故山：诗人位于蓝田山中的辋川别业已于乾元元年（758）秋冬，布施为寺庙，所以称蓝田山为"故山"。

❸征盖：远行之车。盖，车盖。

❦ 送杨长史赴果州❶ ❦

褒斜不容帧❷，之子去何之❸？

鸟道一千里❹，猿啼十二时❺。

官桥祭酒客❻，山木女郎祠❼。

别后同明月❽，君应听子规❾。

注释

❶诗作于乾元元年（758）之后，上元二年（761）诗人临终前。杨长史：杨济，时任果州长史。果州，即果州南充郡，故治在今四川南充。唐时为中州，置长史一人，正六品上。这首诗为送友人入蜀而作，借写蜀道之景来表现离情别绪，耐人寻味。"鸟道"二句既是景语，也是情语，道上的荒落之景与行者的凄楚之情融合为一。黄生《增订唐诗摘抄》卷一评"别后"二句曰："说两地别情，凄楚已极，

却只以景语出之，寓意俱在言外，笔意高人十倍"。

❷褒斜（bāo yé）：陕西秦岭之山谷。北口曰斜，在眉县西南三十里，南口曰褒，在旧褒城县北十里，两谷相连，长一百七十里，中有栈道以通之，自汉以后即为往来于秦岭南北的重要通道。不容幰（xiǎn）：指道路狭窄。幰，车前帷幔，亦指有帷幔的车。庾肩吾《长安有狭斜行》："长安有曲陌，曲陌不容幰。"

❸之子：此子，指杨长史。何之：何往。

❹鸟道：形容道路险绝难行，唯有飞鸟能过。

❺十二时：古分一日为十二时，以十二地支纪之，称子时、丑时等。

❻官桥：官道上的桥梁。祭酒客：祖道登程的旅客。祭酒，酹酒祭神。此指作祖道之祭（出行时祭路神）。李贺《出城别张又新酬李汉》："今将下东道，祭酒而别秦。"即此义。

❼女郎祠：《水经注》卷二七《沔水》载：五丈溪"南注汉水，南有女郎山（按，在旧褒城县境），山上有女郎冢……山上直路下出，不生草木，世人谓之女郎道，下有女郎庙及捣衣石，言张鲁女也。有小水北流入汉，谓之女郎水"。又《唐音癸签》卷二一云："蜀道艰

险，行必有祷祈。女郎，其丛祠之神；客，即祷神之行客也。合两句读之，深无限远宦跋涉之感。有辨女郎为何许人者，都是说梦。"

❽"别后"句：意本谢庄《月赋》："美人迈兮音尘绝，隔千里兮共明月。"

❾子规：鸟名。又称杜鹃、布谷，多出蜀中，传说为古蜀帝杜宇之魂所化。其鸣声凄厉，能动旅人归思，故亦名思归、催归。此言君至蜀中，应听听子规之啼，从而惹动归思。《唐诗别裁》卷九曰："子规叫'不如归去'，盖望其归也。"

❀ 饭覆釜山僧❶ ❀

晚知清净理❷，日与人群疏。
将候远山僧，先期扫敝庐❸。
果从云峰里，顾我蓬蒿居❹。
藉草饭松屑❺，焚香看道书❻。
燃灯昼欲尽，鸣磬夜方初❼。
一悟寂为乐❽，此生闲有余。
思归何必深，身世犹空虚。

注释

❶王维被宥复官后至卒前的三、四年间，每于京师饭僧，本诗疑即此一期间所作。覆釜山：赵殿成注："山名覆釜者，不止一处，然右丞所指，疑在长安，未详所在。"诗曰"远山"，疑非在长安；唐虢州湖城县（今河南灵宝市），南有覆釜山，一名荆山。（参见《新唐书·地理志》、《大清一统志》卷二二〇）本诗之覆釜山或即此。

❷清净：佛教语，谓远离一切恶行与烦恼。

❸敝庐：谦称己之居室。《左传·昭公三年》："小人粪除（扫除）先人之敝庐。"

❹蓬蒿居：长满蓬蒿的住处。《文选》江淹《杂体诗三十首·左记室咏史》："顾念张仲蔚，蓬蒿满中园。"

❺藉草：孙绰《游天台山赋》："藉萋萋之纤草，荫落落之长松"李善注"以草荐地而坐曰藉。"松屑：松花。江淹《报袁叔明书》："朝餐松屑，夜诵仙经。"

❻道书：指佛教之书。

❼磬：佛教法器名，有圆磬、引磬等，作法事（指念经、供佛、施僧、为人追福等宗教仪式）念诵时鸣之。夜方初：初夜、初更，佛教六时之一。

❽寂：佛家语，即灭，寂灭涅槃，指度脱生死，寂静无为之境地。《大般涅槃经》卷二："有为之法，其性无常。生已不住，寂灭为乐。"

❧ 叹 白 发❶ ❧

宿昔朱颜成暮齿❷，须臾白发变垂髫❸。
一生几许伤心事❹，不向空门何处销❺？

注释

❶本诗当作于安史之乱后。底本共两首《叹白发》，其第一首即前文所选之五古《叹白发·我年一何长》，第二首即为本诗。此诗是诗人苍老的心弦上震颤出的一阕悲凉的人生乐章，它让我们在深受感染中思考古代这一类正直而软弱、不满浊世又妥协处世的士大夫文人的人生悲剧。

❷宿昔：旧时，昔日。朱颜：指少年时。暮齿：暮年齿落。

❸须臾：顷刻间。变垂髫（tiáo）：改变了幼时垂髫的模样。古时

儿童不束发，头发下垂，谓之垂髫。

❹几许：几多。伤心事：指中年丧妻以及后来陷贼、被迫受伪署、乱后被收系狱中等事。

❺空门：佛教。佛教宣扬"诸法皆空"，以"悟空"为入道之门，故称空门。销：解脱。

冬晚对雪忆胡居士家❶

寒更传晓箭❷，清镜览衰颜。
隔牖风惊竹❸，开门雪满山。
洒空深巷静，积素广庭闲❹。
借问袁安舍，翛然尚闭关❺。

注释

❶此诗或作于晚年。胡居士：名不详。居士，在家奉佛之人。王维集中另有《胡居士卧病遗米因赠》、《与胡居士皆病寄此兼示学人》等诗，可知胡居士贤而贫困，王维曾周济过他。本诗写雪夜怀念友人，中二联极生动传神，是千古传诵的咏雪名句。

❷寒更：寒夜的更鼓声。传晓箭：即拂晓之意。箭，古代计时器上标示时间刻度的浮箭，安装在漏壶之中，漏水下滴，箭上时刻依次显露，据以报更。

❸牖（yǒu）：窗。

❹积素：积雪。

❺"借问"二句：袁安：字劭公，东汉汝南人，住洛阳，家贫。据《后汉书·袁安传》注引《汝南先贤传》载，一次，大雪深丈余，穷人多出外乞食，他独闭门僵卧，洛阳令外出巡查，见袁安门为雪所

封，疑他已死，扫雪而入，见他僵卧，问何以不出，他说："大雪人皆饿，不宜干人。"洛阳令很钦佩，举为孝廉。这里以袁安比胡居士。脩（xiāo）然：形容自然超脱，无所顾念。

胡居士卧病遗米因赠❶

了观四大因❷，根性何所有❸？
妄计苟不生❹，是身孰休咎❺？
色声何谓客❻，阴界复谁守❼？
徒言莲花目❽，岂恶杨枝肘❾？
既饱香积饭❿，不醉声闻酒⓫。
有无断常见⓬，生灭幻梦受⓭。
即病即实相⓮，趋空定狂走⓯。
无有一法真，无有一法垢。
居士素通达，随宜善抖数⓰。
床上无毡卧，镉中有粥否⓱？
斋时不乞食⓲，定应空漱口。
聊持数斗米，且救浮生取⓳。

注释

❶此诗或作于晚年。胡居士：见上诗注❶。王维晚年笃信佛教，多与僧人、居士交往，经常为僧人、居士布施食品。胡居士卧病，诗人持米探望，并以诗相赠。"有无断常见，生灭幻梦受。即病即实相，趋空定狂走。无有一法真，无有一法垢。"从这些诗句，可以看出诗人对佛教非有非无之中道思想的深刻理解。

❷四大：佛教名词，指地、水、火、风四种构成色法的基本

原素。

❸根性：根为能生之义，人性具有生善业或恶业之力，故称为根性。《止观辅行》卷二之四："能生为根，数习为性。"

❹妄计：犹妄念，指凡夫日夜所起的迷情。

❺休咎：吉凶。《后汉书·质帝纪》："鸿范九畴，休咎有象"李贤注，"休，美也；咎，恶也。"

❻色声：指色、声、香、味、触、法六境。六境为人的认识对象，故谓"客"。

❼阴界：即五阴十八界。五阴，即五蕴（色蕴、受蕴、想蕴、行蕴、识蕴），五蕴和合从而构成一切物质与精神现象。十八界，合六根六境六识。

❽莲花目：指佛眼。《维摩诘经·佛国品》："（佛）目净修广如青莲。"

❾"岂恶"句：《庄子·至乐》："支离叔与滑介叔观于冥伯之丘。……俄而柳生其左肘，其意蹴蹴然恶之。支离叔曰：'子恶之乎？'滑介叔曰：'亡，予何恶？……死生为昼夜，且吾与子观化，而化及我，我又何恶焉？'"柳，借作"瘤"。王先谦《集解》："瘤作柳声，转借字。"此处以"杨"代"柳"。

❿香积饭：又作香饭。指众香国香积佛之香饭。《维摩诘所说经·佛品》："于是香积如来以众香钵盛满香饭，与化菩萨。"

⓫声闻：佛教三乘（声闻、缘觉、菩萨）之一。《大乘义章》卷十七曰："从佛声闻而得道者悉名声闻。"

⓬"有无"句：《大般若经》："如是般若波罗蜜多，能灭一切常见、断见、有见、无见，乃至种种诸恶趣见。"有见：执着于有的偏见。无见：执着于无的偏见。断见：执着人死后身心断灭不复再生的偏见，属无见。常见：执着身心常住不变的偏见，属有见。有、无、断、常之见均属"五见"中的"边见"（偏于一边的恶见）。

⓭生灭：依因缘和合而有，叫生；依因缘分散而无，叫灭。有生有灭，即是有为法。依佛教中道思想，一切有为法皆如梦幻泡影，虚

幻不实。受：五蕴之一，指人的感官与外界接触时所产生的感受，有苦受、乐受、不苦不乐受三种。

⓮即：和融，不二、不离之义。实相：指诸法真实不虚之体相，即"空"。

⓯趋空：即执着于空。狂走：澄观《大方广佛华严经疏》卷十三："不见无住之本，迷理惑事狂走于生死之中。"

⓰随宜：佛教语，随众生根机之所宜。《法华经·方便品》："随宜所说，意趣难解。"抖擞：谓去除尘垢烦恼。

⓱镉：即鬲，足空之鼎。《尔雅·释器》："鼎，款足者谓之鬲"郝懿行疏："款足，谓足中空也。"

⓲斋时：食斋之时，即清晨至正午之间。《僧祇律》："午时日影过一发一瞬，即是非时。"

⓳浮生：人生于世。《庄子·刻意》："其生若浮，其死若休"。取：执取贪着。

恭懿太子挽歌五首❶

其一

何悟藏环早❷，才知拜璧年❸。
翀天王子去❹，对日圣君怜❺。
树转宫犹出，笳悲马不前。
虽蒙绝驰道❻，京兆别开阡❼。

注释

❶本诗作于上元元年（760）十一月。为悼念恭懿太子李侣而作。

202

《旧唐书·肃宗代宗诸子传》载："恭懿太子侃，肃宗第十二子。至德二载封兴王，上元元年六月薨。…七月丁亥，诏谥曰恭懿。…冬十一月庚寅，诏葬于长安之高阳原。"据此，本组挽歌当作于此时。

❷藏环：《晋书·羊祜传》："祜年五岁，时令乳母取所弄金环。乳母曰：'汝先无此物。'祜即诣邻人李氏东垣桑树中探得之。主人惊曰：'此吾亡儿所失物也，云何持去！'乳母具言之，李氏悲惋。时人异之，谓李氏子则祜之前身也。"

❸拜璧：《左传·昭公十三年》："初，共王无冢适，有宠子五人，无适立焉。乃大有事于群望，而祈曰：'请神择于五人者，使主社稷。'乃遍以璧见于群望，曰：'当璧而拜者，神所立也，谁敢抗之？'既，乃与巴姬密埋璧于大室之庭，使五人齐，而长入拜。康王跨之，灵王肘加焉，子干、子皙皆远之，平王弱，抱而入，再拜，皆厌（压）纽（璧钮）。"

❹"翀天"句：《列仙传》卷上："王子乔者，周灵王太子晋也。好吹笙，作凤凰鸣。游伊、洛之间，道士浮丘公，接以上嵩高山三十余年。后求之于山上，见柏良曰：告我家，七月七日待我于缑氏山巅。'至时，果乘白鹤驻山头，望之不得到，举手谢时人，数日而去。"翀：通"冲"。

❺对日：《世说新语·夙惠》："晋明帝数岁，坐元帝膝上。……因问明帝：'汝意谓长安何如日远？'答曰：'日远。不闻人从日边来，居然可知。'元帝异之。明日，集群臣宴会，告以此意。更重问之，乃答曰：'日近。'元帝失色，曰：'尔何故异昨日之言邪？'答曰：'举目见日，不见长安。'"

❻"虽蒙"句：《汉书·成帝纪》："元帝即位，帝为太子。壮好经书，宽博谨慎。初居桂宫，上尝急召，太子出龙楼门，不敢绝驰道，西至直城门，得绝乃度，还入作室门，上迟之，问其故，以状对，上大说。乃著令，令太子得绝驰道云。"驰道：天子所行之道。绝，横跨。

❼阡：墓道。

203

其二

兰殿新恩切❶，椒宫夕临幽❷。
白云随凤管❸，明月在龙楼❹。
人向青山哭，天临渭水愁。
鸡鸣常问膳❺，今恨玉京留❻。

注释

❶兰殿：指后妃所居宫殿。颜延之《宋文皇帝元皇后哀策文》："兰殿长阴，椒涂弛卫。"吕向注："兰殿椒涂，后妃所居也。言兰殿，取其香也。"

❷椒宫：皇后居住的宫殿，又称椒房。《汉书·车千秋传》颜师古注："椒房，殿名，皇后所居也。以椒和泥涂壁，取其温而芳也。"临：哭吊。

❸凤管：指笙。

❹龙楼：汉代太子宫门名。借指太子所居之宫殿。

❺"鸡鸣"句：《礼记·文王世子》："文王之为世子，朝于王季日三。鸡初鸣而衣服，至于寝门外，问内竖之御者曰：'今日安否何如？'内竖曰：'安。'文王乃喜。……食上，必在视寒暖之节；食下，问所膳，命膳宰曰：'末有原。'应曰：'诺。'然后退。"

❻玉京：道教传说中的玉京山，为元始天尊所居之处。葛洪《枕中书》云："元始天王在天中心之上，名曰玉京山，山中宫殿，并金玉饰之。"玉京留：指侣已成仙。

其三

骑吹凌霜发❶，旌旗夹路陈。
礼容金节护❷，册命玉符新❸。

傅母悲香褓❹，君家拥画轮❺。
射熊今梦帝❻，秤象问何人❼？

注释

❶骑吹：一种骑在马上演奏的器乐合奏。唐段安节《乐府杂录》："已上乐人，皆骑马乐，即谓之骑吹。"

❷金节：原意为金属制的符节，汉时用以指称郡守，唐时也指称京兆尹。《旧唐书·肃宗代宗诸子传》载，召薨，肃宗诏令京兆尹刘晏充监护使，故曰"金节护"。

❸册命：皇帝封太子、皇后、宰相等的诏书。玉符：唐时太子所佩随身鱼符，以玉制成。

❹傅母：古时保育、辅导贵族子女的老年男女。

❺拥：乘。画轮：《晋书·舆服志》："画轮车，驾牛，以彩漆画轮毂，故名曰画轮车。……至尊出朝堂举哀乘之。"

❻"射熊"句：《史记·晋世家》："赵简子疾，五日不知人，大夫皆惧……居二日半，简子寤，语大夫曰：'我之帝所甚乐。……有一熊欲来援我，帝命我射之，中熊，熊死，又有一黑来，我又射之，中黑，黑死，帝甚喜，赐我二笥，皆有副。'"

❼秤象：《三国志·魏书·邓哀王冲传》："邓哀王冲，字仓舒，少聪察岐嶷，生五六岁，智意所及，有若成人之智。时孙权曾致巨象，太祖欲知其斤重，访之群下，咸莫能出其理。冲曰：'置象大船之上，而刻其水痕所至，称物以载之，则校可知矣。'太祖大悦，即施行焉。"

其四

苍舒留帝宠❶，子晋有仙才❷。
五岁过人智，三天使鹤催❸。
心悲阳禄馆❹，目断望思台❺。
若道长安近，何为更不来？

❶苍舒：即曹冲。留帝宠：《三国志·魏书·邓哀王冲传》曰："及（冲）亡，（太祖）哀甚。文帝宽喻太祖，太祖曰：'此我之不幸而汝曹之幸也。'言则流涕，为聘甄氏亡女与合葬。"

❷子晋：即周灵王太子晋。

❸三天：即三清，为道教神仙居住的至高仙境。《云笈七签》卷三："其三清境者，玉清、上清、太清是也。又名三天。其三天者，清微天、禹余天、大赤天是也。"

❹阳禄馆：汉上林苑中嫔妃所居之馆。《汉书·外戚传下》："孝成班婕妤……'痛阳禄与柘馆兮，仍襜褓而离灾。'"颜师古注："服虔曰：'二馆名也，生子此馆，皆失之也。'二观并在上林中。"

❺望思台：《汉书·戾太子据传》：太子刘据因"巫蛊之祸"而丧命，"上（武帝）怜太子无辜，乃作思子宫，为归来望思之台于湖（至湖县），天下闻而悲之。"

其五

西望昆池阔❶，东瞻下杜平❷。
山朝豫章馆❸，树转凤凰城❹。
五校连旗色❺，千门叠鼓声。
金环如有验❻，还向画堂生❼。

❶昆池：即昆明池。《汉书·武帝纪》："（元狩三年秋）发谪吏

穿昆明池。"颜师古注引臣瓒曰:"汉使求身毒国,而为昆明所闭。今欲伐之,故作昆明池象之,以习水战,在长安西南,周回四十里。"

❷下杜:即杜县,治所在今陕西西安市东南。

❸豫章馆:《三辅黄图》卷五:"豫章观,武帝造,在昆明池中,亦曰昆明观。"

❹凤凰城:亦曰凤城,指京城。

❺五校:赵殿成注:"《后汉书·百官志》有屯骑校尉、越骑校尉、步兵校尉、长水校尉、射声校尉,皆属北军中候,所谓五校也。"此处泛指宫廷侍卫。

❻金环:见其一注❷。

❼画堂:《汉书·元后传》:"甘露三年,生成帝于甲馆画堂,为世适皇孙。宣帝爱之,自名曰骜,字太孙,常置左右。"

扶南曲歌词五首❶

其一

翠羽流苏帐❷,春眠曙不开。
羞从面色起,娇逐语声来。
早向昭阳殿❸,君王中使催❹。

注释

❶本诗以下诸诗,皆为未编年诗。扶南曲:《旧唐书·音乐志》曰:"炀帝平林邑国,获扶南(古国名,在今柬埔寨)工人及其鞁琴,陋不可用,但以天竺乐转写其声,而不齿(列)乐部。"又曰:"《扶南乐》,舞二人,朝霞行缠,赤皮靴。"此系依其声而填词者,《乐府诗集》列入

《新乐府辞》。此诗五首皆写宫女生活。张谦宜《絸斋诗谈》卷五："《扶南曲》，扶南，外国名，乐工伤其声调为曲，却是律诗格，但截去二句耳。摩诘晓音乐，此曲必是按谱填成，想亦是柔曼靡丽之声。"

❷翠羽：谓以翠羽饰帐。梁范靖妻《戏萧娘》："明珠翠羽帐，金薄绿绡帷。"流苏：以五彩羽毛或丝线制成的穗子，多用作车马、帷帐等的垂饰。

❸昭阳：汉殿名，在未央宫，此处借指唐官。

❹中使：宫中派出的使者，多由宦官充任。

其二

堂上青弦动❶，堂前绮席陈❷。
齐歌《卢女曲》❸，双舞洛阳人❹。
倾国徒相看❺，宁知心所亲？

注释

❶青弦：琴类乐器上的青色丝弦。

❷绮席：华美的座席。

❸《卢女曲》：乐府曲名。属杂曲歌辞。《乐府诗集》卷七三《卢女曲》："《乐府解题》曰：'卢女者，魏武帝时宫人也，故将军阴升之姊。七岁入汉宫，善鼓琴。至明帝崩后出，嫁为尹更生妻。'"崔豹《古今注》卷中："《雉朝飞》者，犊木子所作也。……魏武帝时有卢女者，故将军阴升之子……善为新声，能传此曲。"

❹洛阳人：古时谓洛阳多丽人佳妓。谢朓《夜听妓二首》其一："要（须）取（选择）洛阳人，共命江南管。情多舞态迟，意倾歌弄缓。"沈约《洛阳道》："洛阳大道中，佳丽实无比。"

❺倾国：指美女。《汉书·外戚传》载李延年歌曰："北方有佳人，绝世而独立。一顾倾人城，再顾倾人国。宁不知倾城与倾国，佳人难再得。"徒：只。

其三

香气传空满，妆华影箔通^❶。
歌闻天仗外^❷，舞出御楼中。
日暮归何处？花间长乐宫^❸。

注释

❶箔：竹帘。
❷天仗：天子的仪仗。
❸长乐宫：汉长安宫殿名，此处泛指宫殿。

其四

宫女还金屋^❶，将眠复畏明。
入春轻衣好，半夜薄妆成。
拂曙朝前殿，玉墀多佩声^❷。

注释

❶金屋：《太平御览》卷八十八引《汉武故事》："(武帝)数岁，长公主嫖抱置膝上，问曰：'儿欲得妇不？'胶东王（武帝）曰：'欲得妇。'长主指左右长御百余人，皆云不用。末指其女问曰：'阿娇好不？'于是乃笑对曰：'好！若得阿娇作妇，当作金屋贮之也。'"
❷玉墀：玉石铺砌的台阶。

其五

朝日照绮窗^❶，佳人坐临镜。
散黛恨犹轻^❷，插钗嫌未正。

同心勿遽游，幸待春妆竟。

注释

❶"朝日"句：梁武帝《子夜歌》："句日照绮窗，光风动纨罗。"

❷散黛：以黛画眉。梁简文帝《美人晨妆》："散黛随眉广，燕脂逐脸生。"

早春行❶

紫梅发初遍❷，黄鸟歌犹涩❸。
谁家折杨女，弄春如不及❹。
爱水看妆坐❺，羞人映花立❻。
香畏风吹散，衣愁露沾湿。
玉闺青门里❼，日落香车入。
游衍益相思❽，含啼向彩帷❾。
忆君长入梦，归晚更生疑❿。
不及红檐燕，双栖绿草时⓫。

注释

❶本诗为闺怨诗，它细致入微地把一个深谙独居之苦的贵族少妇的曲折、复杂的感情表现了出来。钟惺评此诗说："右丞禅寂人，往往妙于情语。"又说："情艳诗，到极深细、极委曲处，非幽静人原不能理会，此右丞所以妙于情者也。"（《唐诗归》卷八）在此诗中，作者确实善于体会描写对象内心的委曲之处，并将其很好地刻画出来。

❷紫梅：《西京杂记》卷一载，"初修上林苑，群臣远方各献名果异树"，其中有紫花梅、紫蒂梅。发：开放。

❸黄鸟：黄莺。此句谓莺刚开始歌唱，声音还不流利。

❹弄春：玩赏春景。如不及：形容迫不及待。

❺"爱水"句：意谓因爱水而坐在水边，对着水照看自己的容貌、装扮。庾肩吾《咏美人看画诗》："看妆畏水动，敛袖避风吹。"

❻映：遮蔽，被遮蔽。谢灵运《江妃赋》："出月隐山，落日映屿。"句谓因羞于见人而立于花中，为花所遮蔽。

❼玉闺：女子居室的美称。青门：指唐长安东门。

❽游衍：游乐。此句谓少妇外出游乐，本为驱除别离之苦，谁知更加勾引起对丈夫的思念。

❾彩：彩色丝织物。

❿"忆君"二句：意谓少妇思念丈夫，经常在梦中见到丈夫；归来已晚，梦魂颠倒，更疑心见到了丈夫。

⓫"不及"二句：写少妇醒过来后不见丈夫，感到自己还不如檐前那双栖的燕子。

丁寓田家有赠❶

君心尚栖隐，久欲傍归路❷。
在朝每为言，解印果成趣❸。
晨鸡鸣邻里，群动从所务。
农夫行饷田❹，闺妇起缝素。
开轩御衣服，散帙理章句❺。
时吟招隐诗，或制闲居赋❻。
新晴望郊郭，日映桑榆暮❼。
阴尽小苑城，微明渭川树❽。
揆予宅闲井，幽赏何由屡❾？

道存终不忘，迹异难相遇⑩。

此时惜离别，再来芳菲度。

注释

❶丁寓：曾任黎阳令，后为朝官，归隐长安近郊。本诗赞丁寓的归隐之趣，也表达自己的钦羡之情。许学夷《诗源辨体》卷十六："摩诘诗，如'阴尽小苑城，微明渭川树'，诗中之画也。"

❷"君心"二句：栖隐：归隐。傍：近也。谢灵运《永初三年七月十六日之郡初发都》："从来渐二纪，始得傍归路。"

❸解印：解下印绶，辞免官职。《汉书·薛宣传》："游（谢游）得檄，亦解印绶去。"成趣：陶潜《归去来兮辞》："园日涉以成趣"。句谓去官而隐果然趣味自生。

❹饷田：往田间送饭食。

❺"开轩"二句：御：治，理。散帙：谓开书帙也。谢灵运《酬从弟惠连》其二："凌涧寻我室，散帙问所知。"章句：古书的章节句读。

❻"时吟"二句：招隐诗：晋左思有《招隐诗》。闲居赋：晋潘岳作《闲居赋》。

❼桑榆：《初学记》："日西垂影在树端，谓之桑榆，言其光在桑榆树上。"

⑧ "阴尽"二句：小苑城：长安城外曲江之芙蓉园。渭川：渭水，流过长安城北。

⑨ 搦：度也。屈原《离骚》："皇览揆余于初度兮"。宅间井：指居于城中。

⑩ 迹异：指二人一为官，一归隐，形迹相异。

渭川田家①

斜光照墟落②，穷巷牛羊归③。
野老念牧童，倚杖候荆扉④。
雉雊麦苗秀⑤，蚕眠桑叶稀⑥。
田夫荷锄至⑦，相见语依依⑧。
即此羡闲逸⑨，怅然歌《式微》⑩。

注释

① 渭川：渭水，源于甘肃省渭源县鸟鼠山，流经甘陕至潼关入黄河，是黄河最大支流。本诗风格平淡、自然，主要写傍晚乡村的生活景象和作者对田家生活的赞美。诗人以妙笔勾勒出了一幅鲜明、生动的农村薄暮的生活图画。在这幅图画中，还蕴含着诗人对被理想化的田家生活和农民的纯朴的欣美、赞美之情。而表现农民纯朴的人情美，是或多或少含有否定官场倾轧之意的。

② 斜光：斜阳。墟落：村落。

③ 穷巷：陋巷。

④ 荆扉：柴门。

⑤ 雊（gòu）：雄雉（野鸡）鸣。又泛指雉鸣。秀：谷类抽穗开花。此句意本《文选》潘岳《射雉赋》："麦渐渐（含秀貌）以擢芒，

213

雊鸲鸲而朝雊。”

⑥蚕眠：蚕蜕皮前不食不动谓之眠，凡四眠即吐丝作茧。

⑦荷锄：扛着锄头。

⑧语依依：亲切交谈，不想分手。

⑨即此：就此，对着这些情景。

⑩怅然：失意地，若有所思地。《式微》：《诗·邶风》篇名。这是一首服役者思归的怨诗，其首二句曰："式微（谓天将暮）式微，胡不归？"旧说以为黎侯失国而寓居于卫，其臣因作此诗劝其归国。《式微序》曰："《式微》，黎侯寓于卫，其臣劝以归也。"此处盖用其思归之意，表示自己想弃官归隐田园。

过李揖宅①

闲门秋草色②，终日无车马。
客来深巷中③，犬吠寒林下。
散发时未簪④，道书行尚把⑤。
与我同心人，乐道安贫者⑥。
一罢宜城酌⑦，还归洛阳社⑧。

注释

①过：过访。李揖：天宝十五载（756）六月以前为延安（治今陕西延安东北）太守。颜真卿《颜允臧神道碑铭》："潼关陷（安禄山陷潼关，事在天宝十五载六月），太守李揖计未有所出，君劝投灵武。"时允臧为延昌令，延昌属延安郡，则"太守"当指延安太守。后官户部侍郎、谏议大夫。《通鉴》至德元载（756）十月，任房琯的行军司马，后罢官隐居洛阳。本诗写得真率自然，素朴淡雅，也是近

陶之作，"客来"二句还直接受到陶诗"狗吠深巷中，鸡鸣桑树巅"（《归园田居五首》其一）的影响。

❷闲：安静。

❸客：作者自指。

❹散发：谓头发不束整。写主人隐居生活之闲散。簪（zān）：发簪，古时用它把冠别在头发上。此处作动词用，指插簪子。张协《咏史》："抽簪解朝衣，散发归海隅。"

❺行尚把：指主人出迎时手里还拿着道家之书。

❻乐道安贫：乐守道义，自甘于贫穷。《后汉书·韦彪传》："（彪）安贫乐道，恬于进趣。"

❼宜城：指宜城酒。《周礼·天官·酒正》郑玄注："泛者，成而滓浮，泛泛然如今宜成（即宜城，在今湖北宜城南）醪矣。"曹植《酒赋》："其味有宜成醪醴，苍梧缥清。"《太平寰宇记》卷一四五谓襄州宜城出美酒，"俗号宜城美酒为竹叶杯"。

❽洛阳社：吴均《入兰台赠王治书僧孺诗》："予为陇西使，寓居洛阳社。"洛阳社即指白社，在今河南洛阳东。《晋书·董京传》载，董京与陇西计吏俱至洛阳，披发而行，逍遥吟咏，常宿白社中，时乞于市。这里的洛阳社借指王维隐居处。以上二句意谓，一旦在李揖宅饮毕美酒，就还归自己的隐居处。

❧ 送 别❶ ❧

下马饮君酒❷，问君何所之❸？
君言不得意，归卧南山陲❹。
但去莫复问，白云无尽时❺。

❶这是一首送别诗，虽写得平平淡淡，如话家常，但词淡意浓，语浅情深，有余味不尽之妙。友人自言不得意，欲要归隐，诗人不仅不加劝阻，反而说"但去莫复问"，好像仕途的失意不过是生活中极平常的事情，不值得大惊小怪。但在这支持归隐的坚决态度中也隐含着诗人对现实政治的不满与感慨。如钟惺评论此诗末二句所说："感慨寄托，尽此十字，蕴藉不觉。深味之，知右丞非一意清寂、无心用世之人。"（《唐诗归》卷八）

❷饮（yìn）君酒：拿酒请君饮。

❸之：往。

❹南山陲：终南山边。

❺"但去"二句：但：只管。复问：再提及。尽时：穷尽之时。此两句意谓，你只管去山中隐居，不要再说得意失意之事了，山间的白云是无穷无尽的。

❦ 新晴野望❶ ❦

新晴原野旷❷，极目无氛垢❸。
郭门临渡头❹，村树连溪口。
白水明田外❺，碧峰出山后❻。
农月无闲人❼，倾家事南亩❽。

❶新晴：雨后初晴。野，赵殿成注本等作"晚"。此诗写雨后新晴纵目远望所看到的景色。雨后新晴，空气格外澄鲜明净；诗中写所

看到的景色，都是在这种环境下呈现的。全诗绘出一幅宁静幽美、洋溢着生机的乡村风光图，从中我们不难感受到诗人热爱自然、眷恋乡村的情怀。

❷旷：空旷无际。

❸极目：尽目力所及，远望。氛垢（gòu）：尘埃。

❹郭门：外城门。

❺"白水"句：谓田野上，河流在新阳下闪着亮光。外，有"上"意。

❻"碧峰"句：写山峦重叠起伏，近山之后有远峰。

❼农月：农忙季节。

❽倾家：全家出动。南亩：古代田地分垄多是南北向，此泛指农田。语出《诗经·豳风·七月》："同我妇子，馌彼南亩。"

苦　热❶

赤日满天地，火云成山岳。
草木尽焦卷❷，川泽皆竭涸。
轻纨觉衣重，密树苦阴薄。
莞簟不可近❸，绨绤再三濯❹。
思出宇宙外，旷然在寥廓。
长风万里来，江海荡烦浊。
却顾身为患❺，始知心未觉❻。
忽入甘露门❼，宛然清凉乐。

注释

❶《乐府诗集》作《苦热行》。《乐府解题》曰："《苦热行》备言流金烁石、火山炎海之艰难也。若鲍照云：'赤阪横西阻，火山赫南威。'

217

言南方瘴疠之地，尽节征伐，而赏之太薄也。"诗人极力渲染天气炎热，最后以"忽入甘露门，宛然清凉乐"作结，突出佛教"色空"之理。

❷"草木"句：应璩《与广川长岑文瑜书》："顷者炎旱，日更增甚，沙砾销铄，草木焦卷。"

❸莞簟：见《酬诸公见过》注⓫。

❹绨绤：葛布的统称。葛之细者曰绨，粗者曰绤。引申为葛服。

❺身为患：《老子》十三章："吾所以有大患者，为吾有身；及吾无身，吾有何患？"

❻觉：即菩提，指对佛教真理的觉悟。

❼甘露门：指佛之教法。甘露，涅槃之譬喻。《法华经·化城喻品》："能开甘露门，广度于一切。"

羽林骑闺人❶

秋月临高城，城中管弦思❷。
离人堂上愁，稚子阶前戏❸。
出门复映户❹，望望青丝骑❺。
行人过欲尽，狂夫终不至❻。
左右寂无言，相看共垂泪。

注释

❶羽林骑（jì），见《少年行四首》其二注❶。骑，骑兵。这是一首闺怨诗。诗中描写羽林骑闺人久待其夫不至的悲怨和诗人对她的同情。诗歌通过场景气氛的渲染、人物情态动作的描写与对比，将羽林骑闺人的悲怨表现得很富有感染力。

❷思：悲。

❸"离人"二句：谓离人（指羽林骑闺人）听到乐声后，在堂上发愁，而幼子则不懂事，仍在阶前游戏。

❹出门：指闺人出门。复映户：指月光又照在门上。

❺青丝骑：装饰华美的坐骑。刘孝绰《淇上人戏荡子妇示行事》："如何嫁荡子，春夜守空床。不见青丝骑，徒劳红粉妆。"此指闺人丈夫的坐骑。

❻狂夫：古时妇女自称其夫的谦辞。此处含有埋怨其夫放荡的意思。

早　朝❶

皎洁明星高，苍茫远天曙。
槐雾暗不开，城鸦鸣稍去。
始闻高阁声❷，莫辨更衣处❸。
银烛已成行，金门俨骑驭❹。

注释

❶底本卷五有五古《早朝》，卷九有五律《早朝》，宋蜀本、元刻本合并二者为《早朝二首》，其第二首即五律《早朝》。

❷高阁声：宫中报时之声。

❸更衣处：供上朝官吏更衣休息之处。

❹金门：即金马门，汉代宫门名，后借指皇宫之门。俨：整齐貌。骑驭：驾驭车马的侍从，亦作"骑御"。

夷门歌①

七雄雄雌犹未分②，攻城杀将何纷纷。
秦兵益围邯郸急，魏王不救平原君③。
公子为嬴停驷马，执辔逾恭意逾下④。
亥为屠肆鼓刀人⑤，嬴乃夷门抱关者⑥。
非但慷慨献奇谋，意气兼将身命酬⑦。
向风刎颈送公子，七十老翁何所求⑧！

注释

❶夷门：战国魏都大梁城的东门，故址在今河南开封城内东北隅。《史记·魏公子列传》赞曰："夷门者，城之东门也。"按，魏公子（信陵君）的门客侯嬴，"为大梁夷门监者（看守城门的役吏）"，此诗即咏其事，故名为"夷门歌"。诗人咏史实为言怀。

❷七雄：战国七雄，即秦、楚、齐、韩、赵、魏、燕七国。雄雌：喻胜负。东方朔《答客难》："并为十二国，未有雌雄。"

❸"秦兵"二句：《史记·魏公子列传》载："魏安釐王二十年，秦昭王已破赵长平军，又进兵围邯郸（赵都，今河北邯郸西南）。公子（信陵君）姊为赵惠文王弟平原君夫人，数遗魏王及公子书，请救于魏。魏王使将军晋鄙将十万众救赵。……留军壁邺（扎营于邺），名为救赵，实持两端以观望。"平原君不断遣使者至魏求救，魏王畏秦，终不出兵。

❹"公子"二句：《史记·魏公子列传》："魏有隐士曰侯嬴，年七十，家贫，为大梁夷门监者。公子闻之，往请，欲厚遗之，不肯受……于是公子乃置酒，大会宾客。坐定，公子从车骑（带着随从的车骑），虚左

220

（空着车左边的尊位），自迎夷门侯生。侯生摄（整理）敝衣冠，直上载公子上坐，不让，欲以观公子。公子执辔（缰绳）愈恭……侯生下见其客朱亥，俾倪（睥睨，斜着眼看），故久立与客语，微察公子。公子颜色愈和。当是时……市人皆观公子执辔，从骑皆窃骂侯生，侯生视公子色终不变，乃谢客就车。"骃马：四匹马驾的车。下：谦逊。

❺鼓刀：谓宰杀牲畜。鼓，敲击。屠牲必敲击其刀，故云。《史记·魏公子列传》："朱亥笑曰：'臣乃市井鼓刀屠者，而公子亲数存（慰问）之。'"

❻抱关者：抱门闩者，即负责启闭城门的人。《史记·魏公子列传》：侯生为魏公子划策曰："嬴闻晋鄙之兵符，常在王（魏王）卧内，而如姬最幸，出入王卧内，力能窃之。……公子诚一开口请如姬，如姬必许诺。则得虎符，夺晋鄙军，北救赵而西却秦……"公子从其计，如姬果窃得兵符与公子。侯生又谓公子曰："臣客屠者朱亥可与俱。此人力士，晋鄙听，大善；不听，可使击之。"公子行前，侯生曰："臣宜从，老不能，请数公子行日，以至晋鄙军之日，北乡（向）自刭以送公子。"公子至晋鄙军，"侯生果北乡自刭"。

❼意气：情谊，恩义。酬：指报答公子。

❽"七十"句：《晋书·段灼传》载，灼上疏为邓艾申辩说："……艾功名已成，亦当书之竹帛，传祚后世。七十老公，复何所求哉！"此处借用其语。

寒食城东即事❶

清溪一道穿桃李，演漾绿蒲涵白芷❷。
溪上人家凡几家，落花半落东流水。
蹴踘屡过飞鸟上❸，秋千竞出垂杨里❹。

少年分日作遨游❺，不用清明兼上巳❻。

注释

❶寒食：见《送綦毋潜落第还乡》注❼。即事，眼前的事物之意。这首诗描写寒食节城东郊游所见美景和少年们纵情游乐的热烈情形。

❷演漾：流动起伏貌。涵：沉浸。白芷（zhǐ）：多年生草本植物，多生于低湿之地，其根入药。

❸蹴踘（cù jū）：同"蹴鞠"，又作"蹋鞠""打球"，古踢球之戏。《史记·卫将军骠骑列传》："骠骑尚穿域蹋鞠。"索隐："鞠戏，以皮为之，中实以毛，蹴蹋为戏也。"《唐音癸签》卷一四："唐变古蹴鞠戏为蹴球，其法植两修竹，高数丈，络网于上为门，以度球，球工分左右朋，以角胜负。"古时有于寒食蹴鞠的习俗。《太平御览》卷三引刘向《别录》云："寒食蹋鞠，黄帝所造，本兵势也，或云起于战国。案鞠与球同，古人蹋蹴以为戏。"

❹秋千：古时有在寒食荡秋千的习俗。《荆楚岁时记》："（寒食）造饧大麦粥……打球、秋千、施钩之戏。"《太平御览》卷三引《古今艺术图》云："寒食秋千，本北方山戎之戏，以习轻趚者也。"

❺分日：指春分之日。分，节候名，谓春分或秋分。《左传·昭公十七年》："日过分（春分）而未至（夏至）。"春分正当春季九十日

222

之半，此日昼夜长短平均。

❻清明：《淮南子·天文》："春分后十五日，斗指乙为清明。"唐时有于清明日游春的习俗。杜甫《清明》："著处繁华矜是日，长沙千人万人出……此都好游湘西寺，诸将亦自军中出。"上巳：三月三日上巳节。古代习俗，都在这天到水边祭祀洗濯，以除灾求福。参见《后汉书·礼仪志》。后来上巳实际上成为到水边宴饮、游春的一个节日。以上二句说，少年们春分就开始在外面游玩了，用不着等到清明和上巳。

奉和杨驸马六郎秋夜即事❶

高楼月似霜，秋夜郁金堂❷。
对坐弹卢女❸，同看舞凤凰❹，
少儿多送酒❺，小玉更焚香❻。
结束平阳骑，明朝入建章❼。

注释

❶杨驸马：赵殿成曰："按《唐书·公主列传》，玄宗二十九女，驸马杨姓者凡七人，未知孰是。"杨驸马即将入朝为官，王维写诗祝贺。赵殿成按："《汉书》，少儿初与霍仲孺通，生去病，后更为詹事陈掌妻。卫青初为平阳侯家骑，后青尊贵，而平阳侯曹寿有恶疾就国，上诏青尚平阳主。皆非驸马家美事，而右丞用之，盖唐时引事，初无顾忌若此也。"

❷郁金堂：《乐府诗集·杂歌谣辞》题为梁武帝《河中之水歌》："卢家兰室桂为梁，中有郁金苏合香。"后因以"郁金堂"美称高雅居室。

❸弹卢女：晋崔豹《古今注》卷中："魏武帝时有卢女者，故将军阴并之子，年七岁入汉宫学琴。琴特鸣，异于余伎，善为新声。"

④舞凤凰：张衡《东京赋》："鸣女床之鸾鸟，舞丹穴之凤皇。"薛综注："（《山海经》）又曰：丹穴之山，有鸟焉，其状如鹄，五采，名曰凤皇。是鸟也，饮食自歌自舞，见则天下安宁。"

⑤少儿：《汉书·霍去病传》："其父霍仲孺，先与少儿通，生去病。"此处借指侍女。

⑥小玉：借指侍女。

⑦"结束"两句：用卫青事，指杨驸马即将入宫任事。《史记·卫将军骠骑列传》："青壮，为（平阳）侯家骑，从平阳主。建元二年春，青姊子夫得入宫幸上。……上闻，乃召青为建章监侍中。"

过香积寺①

不知香积寺，数里入云峰。
古木无人径，深山何处钟。
泉声咽危石②，日色冷青松③。
薄暮空潭曲④，安禅制毒龙⑤。

注释

①香积寺：故址在今陕西长安。《长安志》卷一二："开利寺，在（长安）县南三十里皇甫邨，唐香积寺也。永隆二年建，皇朝太平兴国三年改。"宋时香积寺已毁，又在今日贾里村之西的香积寺村另建新寺，初名开利，后又名香积，不知者每误以为此即唐之香积寺。此诗写初游寺院所见，着意于刻画一个幽深、静谧的境界。

②"泉声"句：谓泉水在危石间穿行，发出呜咽之声。孔稚珪《北山移文》："风云凄其带愤，石泉咽而下怆。"

③"日色"句：意谓松林幽深，照射到那里的落日余晖也仿佛带

有寒意。

④空潭：空寂的水潭。曲：隐僻之处。

⑤安禅：佛家语，犹言入于禅定。江总《明庆寺》："金河知证果，石室乃安禅。"毒龙：喻妄念烦恼。佛教认为妄念烦恼能危害人的身心，使不得解脱，故喻以毒龙。《禅秘要法经》卷中："今我身内，自有四大毒龙无数毒蛇……集在我心，如此身心，极为不净，是弊恶聚，三界种子（产生世俗世界各种现象的精神因素），萌芽不断。""安禅"可使心绪宁静专注，灭除妄念烦恼，故曰"制毒龙"。

送梓州李使君①

万壑树参天②，千山响杜鹃③。
山中一半雨④，树杪百重泉⑤。
汉女输橦布⑥，巴人讼芋田⑦。
文翁翻教授⑧，敢不倚先贤⑨？

注释

①梓州：唐州名。治所在今四川三台。《旧唐书·地理志》："梓州……天宝元年，改为梓潼郡。乾元元年，复为梓州。"李使君：王达津先生《王维孟浩然选集》云："即李叔明，为东川节度，移镇梓州。杜甫也有《送李梓州使君之任》诗。"陈铁民先生则疑为高宗孙李璆之子李谦，曾为梓州刺史。使君，州郡长官之称。本诗为送友人入蜀为官之诗。

②万壑：万谷。与下句"千山"互文见意。参天：高入云霄。

③杜鹃：见《送杨长史赴果州》注⑨。

④一半雨：钱谦益《牧斋初学集》卷八三《跋王右丞集》："盖送行之诗，言其风土，深山冥晦，晴雨相半，故曰'一半雨'。"

225

❺秒（miǎo）：树枝的细梢。

❻汉女：左思《蜀都赋》："巴姬弹弦，汉女击节。"汉，公元221年，刘备在蜀称帝，国号汉。输：缴纳赋调。橦（tóng）布：《文选》左思《蜀都赋》："布有橦华，麱有桄榔。"刘渊林注："橦华者，树名橦，其花柔毳（柔毛）可绩为布也，出永昌。"按，橦即木棉树，其种子的表皮长有白色纤维，可织成布。句谓蜀地妇女以布输官（唐行租庸调法，百姓每年需向官府缴纳一定数量的布匹或丝织物）。

❼巴：古国名。战国时秦灭之，于其地置巴郡，辖境在今四川旺苍、西充，重庆永川、綦江以东地区。芋田：蜀地多植芋，《史记·货殖列传》："吾闻岷山之下沃野，下有蹲鸱（大芋，其形类蹲鸱），至死不饥。"郭义恭《广志》："蜀汉既繁芋，民以为资。"句谓蜀人常为芋田之事打官司。

❽文翁：西汉人，景帝末为蜀郡太守，仁爱好教化，见蜀地僻陋，有蛮夷之风，"文翁欲诱进之，乃选郡县小吏开敏有材者……亲自饬厉，遣诣京师，受业博士。……又修起学宫于成都市中……由是大化，蜀地学于京师者，比齐鲁焉"。翻教授：反而进行教育之意。

❾敢不：一作"不敢"。倚：倚仗，效法。先贤：指文翁。以上二句意谓，李到任后，必定追随文翁，教化蜀民。《唐诗别裁》卷九云："结意言时之所急在征戍，而文公治蜀，翻在教授，准之当今，恐不敢倚先贤也。"亦可备一说。

观　猎❶

风劲角弓鸣❷，将军猎渭城❸。
草枯鹰眼疾❹，雪尽马蹄轻。
忽过新丰市❺，还归细柳营❻。

回看射雕处❼，千里暮云平。

注释

❶《乐府诗集》《万首唐人绝句》采此诗首四句作一绝，俱题为《戎浑》，《全唐诗》且将其录入卷五一一张祜集中。据陈铁民先生考，《乐府诗集》载《戎浑》诗未署作者姓名，《全唐诗》录入张祜集当系误收。范摅《云溪友议》卷中《钱塘论》曰："白公云：'张三（张祜）作猎诗（指《观徐州李司空猎》，载《全唐诗》卷五一〇），以较王右丞，予则未敢优劣也。'王维诗曰：'风劲角弓鸣……'"明以《观猎》为王维之诗。姚合《极玄集》、韦庄《又玄集》亦俱以此诗为王维所作。本诗通过写日常的狩猎活动，展现了将军意气风发的精神面貌。

❷角弓：用兽角装饰成的弓。

❸渭城：秦都咸阳古城，汉代改称渭城，在今陕西西安市西北，渭水北岸。

❹鹰：猎鹰。疾：锐利，敏捷。

❺新丰市：地名，在今西安临潼东北，唐时盛产美酒。

❻细柳营：又名柳市，汉代名将周亚夫屯兵之地，在今陕西咸阳市西南渭水北岸。此处借指军营。

❼雕：猛禽，也叫鹫（jiù），其飞极速，不易射中。古称神射手为"射雕手"。《史记·李将军列传》："广曰：'此匈奴射雕手也。'"《北齐书·斛律光传》说，斛律光从世宗校猎，射中一大雕，人称其为"射雕手"。此处暗用典故，形容将军善射。

春日上方即事❶

好读高僧传，时看辟谷方❷。

227

鸠形将刻杖❸，龟壳用支床❹。
柳色春山映，梨花夕鸟藏。
北窗桃李下，闲坐但焚香。

注释

❶《乐府诗集》卷八十取本诗后四句入近代曲辞，题作《一片子》；《万首唐人绝句》亦采此四句入五言绝句，命题相同。上方：即山上之佛寺。诗人描写春日时节山寺老僧的生活场景。

❷辟谷：屏除五谷，为道教一种修炼方法。

❸"鸠形"句：《后汉书·礼仪志》："仲秋之月，县道皆案户比民，年始七十者，授之以玉杖，哺之以糜粥：八十，九十，礼有加赐，玉杖长九尺，端以鸠鸟为饰。鸠者，不噎之鸟也，欲老人不噎。"

❹"龟壳"句：《史记·龟策列传》褚少孙补曰："南方老人用龟支床足，行二十余岁，老人死，移床，龟尚生不死，龟能行气导引。"

戏题示萧氏外甥❶

怜尔解临池❷，渠爷未学诗❸。
老夫何足似❹，弊宅倘因之❺。
芦笋穿荷叶，菱花罥雁儿❻。
郗公不易胜，莫著外家欺❼。

注释

❶本诗为勉励外甥努力成才而作。

❷临池：《三国志·魏书·刘劭传》裴注引《文章叙录》曰："汉兴而有草书。……弘农张伯英者，因而转精其巧。凡家之衣帛，必书

而后练之，临池学书，池水尽黑，下笔必为楷则，号匆匆不暇草。"
后因以"临池"为学书。

❸渠爷：《集韵》："渠，吴人呼彼之称。"《说文》："吴人呼父为爷。"

❹"老夫"句：《晋书·何无忌传》："(桓玄曰：)何无忌，刘牢之之甥，酷似其舅，共举大事何谓无成？"

❺"弊宅"句：《晋书·魏舒传》："(魏舒)少孤，为外家(舅家)宁氏所养。宁氏起宅，相宅者云：'当出贵甥。'外祖母以魏氏甥小而慧，意谓应之。舒曰：'当为外氏成此宅相。'久乃别居。"

❻罥(juàn)：挂，缠绕。

❼"郗公"二句：郗公：《世说新语·简傲》："王子敬(王献之)兄弟见郗公，蹑履问讯，甚修外生礼。及嘉宾死，皆著高屐，仪容轻慢，命坐，皆云有事不暇坐。既去，郗公慨然曰：'使嘉宾不死，儿辈敢尔！'"郗，原作"郄"，此从《全唐诗》改。著：犹将、把。此二句承"老夫"二句而言，谓我不易制服，汝贵后莫将我欺。

229

听宫莺❶

春树绕宫墙，春莺啭曙光。
欲惊啼暂断❷，移处哢还长❸。
隐叶栖承露❹，排花出未央❺。
游人未应返❻，为此思故乡。

注释

❶春日清晨，诗人于宫中听莺鸟啼鸣，生发思乡之感而有是作。"隐叶栖承露，攀花出未央"两句，紧扣"宫"字，语意跳脱，生动传神。

❷欲：犹方、正。

❸哢（lòng）：鸟鸣。

❹承露：即承露盘。《汉书·郊祀志上》："其后又作柏梁、铜柱、承露人掌之属矣。"注引苏林曰："仙人以手掌擎盘承甘露。"又引《三辅故事》云："建章宫承露盘……以铜为之，上有仙人掌承露。"

❺排：推开、挤开。未央：未央宫，此处借指唐皇宫。

❻未应：犹言不曾。

早　朝❶

柳暗百花明，春深五凤城❷。
城乌睥睨晓❸，宫井辘轳声❹。

方朔金门侍❺，班姬玉辇迎❻。

仍闻遣方士，东海访蓬瀛❼。

注释

❶参见前首五古《早朝》注❶。这首诗写春日早朝景象。

❷五凤城：即凤城，指皇城。杜甫《夜》："步檐倚仗看牛斗，银汉遥应接凤城。"仇注："赵（次公）曰：秦穆公女吹箫，凤降其城，因号丹凤城。其后，言京城曰凤城。"又古有"五凤"之说，《拾遗记》卷一："（少昊）时有五凤，随方之色（随五方之色），集于帝庭，因曰凤鸟氏。"谢朓《和萧子良高松赋》："集九仙之羽仪，栖五凤之光景。"李欣《王母歌》："红霞白日俨不动，七龙五凤纷相迎。"故又称"凤城"为"五凤城"。

❸睥睨（pì nì）：城墙上锯齿状的短墙。《释名·释宫室》："城上垣曰睥睨，言于其孔中睥睨非常也。"

❹辘轳：井上汲水之具。声：动词，发声。

❺方朔：东方朔。据《汉书·东方朔传》载，字曼倩，西汉有名的文学侍从之臣，以诙谐滑稽为武帝所爱幸。东方朔于武帝即位之初入长安，帝"令待诏公车"，后"使待诏金马门，稍得亲近"。金门：即金马门。东方朔于武帝时待诏金马门。

❻班姬：即班婕妤。玉辇：帝王的乘舆。《文选》潘岳《藉田赋》："天子乃御玉辇，荫华盖。"李善注："玉辇，大辇也。"句谓宫中妃嫔以玉辇迎请天子临朝。

❼"仍闻"二句：《史记·秦始皇本纪》载："齐人徐市等上书言海中有三神山，名曰蓬莱、方丈、瀛洲，仙人居之，请得斋戒，与童男女求之。于是遣徐市发童男女数千人，入海求仙人。此三神山者，其传在勃海（即渤海）中……诸仙人及不死之药皆在焉。"《封禅书》曰："（汉武帝）遣方士入海，求蓬莱、安期生（仙人名）之属。"东海：此处指渤海。蓬瀛：蓬莱、瀛洲。二句指玄宗好仙道之术。《旧唐书·礼仪志四》："玄宗御极多年，尚长生轻举之术。于大同殿立真

仙之像，每中夜夙兴，焚香顶礼。天下名山，令道士、中官合炼醮祭，相继于路。投龙奠玉，造精舍，采药饵，真诀仙踪，滋于岁月。”

送方尊师归嵩山[1]

仙官欲住九龙潭[2]，旄节朱幡倚石龛[3]。
山压天中半天上[4]，洞穿江底出江南[5]。
瀑布杉松常带雨，夕阳彩翠忽成岚[6]。
借问迎来双白鹤，已曾衡岳送苏耽[7]？

注释

[1]方尊师：未详其名。尊师，对道士的敬称。嵩山：中岳，在今河南登封北。本诗为送道士归山的诗。送别道士，却从道士回到嵩山后的情景着笔。“山压”二句想象奇特，“瀑布”二句形象自然飞动。方东树《昭昧詹言》卷一六评云：“中四分写嵩山远、近、大、小景，奇警入妙。收亦奇气喷溢，笔势宏放，响入云霄。”

[2]仙官：谓神仙有职位者。《太平广记》卷三引《汉武内传》：“阿母必能致汝于玄都之虚……位以仙官。”此指方尊师。九龙潭：在嵩山。《嘉庆一统志》卷二〇五：“九龙潭，在登封县太室山东岩之半。……山巅诸水，咸会于此，盖一大峡也。峡作九垒，每垒结为一潭，递相灌输，深不可测。”

[3]旄节：以竹为节，上缀以牦牛尾。幡：长幅直挂的旗。“旄节朱幡”指方尊师的仪仗。石龛：供奉神佛的小石室。按，嵩山有太室、少室二山，皆因其上各有石室而得名，此处“石龛”即指嵩山石室。

[4]山压天中：谓中岳嵩山居天下之中。压，镇。半天上：形容嵩山之高。

⑤洞：指九龙潭。江：长江。此句形容九龙潭的深邃奇诡，神秘莫测。

⑥岚：雾气。此句意谓，在夕阳的辉映下，山头一片明绿之色，但忽又被雾气笼罩。

⑦"借问"二句：苏耽：古仙人。《水经注》卷三九《耒（lěi）水》："《桂阳列仙传》云：'（苏）耽，郴县（今湖南郴州）人，少孤，养母至孝。……即面辞母曰：受性应仙，当违供养。……'"《太平广记》卷一三引《洞仙传》记苏耽事迹，与《桂阳列仙传》同。又《神仙传》卷九云："苏仙公者，桂阳（郡名，治所在郴县）人也。……先生洒扫门庭，修饰墙宇。友人曰：有何邀迎？答曰：仙侣当降。俄顷之间，乃见天西北隅紫云氤氲，有数十白鹤飞翔其中，翩翩然降于苏氏之门，皆化为少年……先生敛容逢迎，乃跪白母曰：某受命当仙，被召有期，仪卫已至，当违色养，即便拜辞。……遂升云汉而去。"据诸书所载事迹，苏耽、苏仙公当为一人。衡岳：南岳衡山，在湖南衡山县西北；郴县距衡山不远，此处盖以衡岳借指苏耽所居之地。此二句意谓，请问尊师迎来的双白鹤（疑是时空中恰有双白鹤飞过），可是曾在衡岳送苏耽升天而去的么？隐指尊师即将得道成仙。

❧ 送杨少府贬郴州❶ ❧

明到衡山与洞庭❷，若为秋月听猿声❸？
愁看北渚三湘近❹，恶说南风五两轻❺。
青草瘴时过夏口❻，白头浪里出湓城❼。
长沙不久留才子，贾谊何须吊屈平❽！

注释

❶杨少府：名不详，当时被贬为县尉。少府，县尉别称。郴

(chēn) 州，唐州名。治所在今湖南郴州。这是一首送人迁谪的诗。全篇用意忠厚，襟怀达观，由抑到扬，筋节动荡，音调清朗可诵。诗中用了"衡山""洞庭""北渚""三湘""夏口""溢城""长沙"七个地名，诗人不忌重复，用得错落自然，也是此诗一特色。

❷明：谓明日。衡山：又称南岳，在湖南衡山县西北。洞庭：即洞庭湖，在湖南长沙西北。

❸若为：犹言怎堪。此句谓君远谪郴州，怎受得住在秋月之下听夜猿悲啼？

❹北渚（zhǔ）：《楚辞·九歌·湘君》："晁（朝）骋骛兮江皋，夕弭节兮北渚。"《湘夫人》："帝子降兮北渚，目眇眇兮愁予。"湘君、湘夫人为湘水之男神与女神，"北渚"盖指湘水之渚（小洲）。此同。三湘：见《汉江临眺》注❷。近：指贬所地近湘水（北渚三湘）。

❺五两轻：谓风大。南风大，则北上之船航行甚速，然杨谪居郴州，不得北归，故恶说之。五两，古代测风器。用鸡毛五两（或八两）系于高竿顶上，测风的方向和力量。此处指系于桅杆上的五两。

❻青草瘴（zhàng）：《广州记》曰："地多瘴气，夏为青草瘴，秋为黄茅瘴。"又，《番禺杂编》曰："岭外二三月为青草瘴，四五月黄梅瘴，六七月新水瘴，八九月黄茅瘴。"其说不同。夏口：古城名。故址在今湖北武汉黄鹄山上。

❼溢（pén）城：古城名。唐初改为浔阳，在今江西九江。以上二句意谓：料想明春瘴气起、江水涨之时，君即可过夏口、经溢城而归。按，杨少府由郴州还长安，可自湘水北行抵长江，然后沿江东下，再循汴河北归，故有"过夏口""出溢城"之语。

❽"长沙"二句：贾谊：据《汉书·贾谊传》载，汉洛阳人。年少才高，受到文帝赏识，议授以公卿之位，周勃、灌婴等大臣忌毁之，"于是天子后亦疏之，不用其议，以谊为长沙王太傅。谊既以谪去，意不自得，及渡湘水，为赋以吊屈原。屈原，楚贤臣也，被谗放逐……谊追伤之，因以自谕（譬）"。屈平：《史记·屈原贾生列传》："屈原者，名平。"此二句以贾谊谪长沙喻杨贬郴州，意谓杨有才德，

当不会久留于郴州，无须过于自伤。

听百舌鸟❶

上兰门外草萋萋❷，未央宫中花里栖❸。
亦有相随过御苑，不知若个向金隄❹。
入春解作千般语，拂曙能先百鸟啼。
万户千门应觉晓，建章何必听鸣鸡❺。

注释

❶百舌：鸟名，即反舌，又称鹤鸪。《淮南子·时则》高注："反舌，百舌鸟也，能辨反其舌，变易其声，以效百鸟之鸣，故谓百舌。"

❷上兰：见《敕赐百官樱桃》注❸。萋萋：茂盛貌。

❸未央宫：见《左掖梨花》注❸。

❹若个：犹言那个。金隄：司马相如《子虚赋》："蟚姗勃窣，上金隄。"李善注引司马彪云："隄名也。"《汉书·司马相如传》颜师古注："言水之隄塘坚如金也。"此指御苑中之隄。

❺建章：西汉宫名，在未央宫西，长安城外。

沈十四拾遗新竹生读经处同诸公作❶

闲居日清静，修竹自檀栾❷。
嫩节留余箨❸，新丛出旧栏。

细枝风响乱，疏影月光寒。
乐府裁龙笛❹，渔家伐钓竿。
何如道门里，青翠拂仙坛❺？

注释

❶沈十四拾遗：未详。拾遗，谏官名。同：和。这是一首咏竹诗，"细枝"二句采用白描手法，对新生竹在风中、月下的情态，作了细致、精确的描绘，造成强烈的可感性，使读者读后毋庸细想，即在脑海中浮现出鲜明的形象。它们又善于将声音与画面配合，构成和谐的胜境。

❷檀栾：竹美貌。

❸箨（tuò）：笋壳。

❹乐府：掌音乐的官署。龙笛：虞世南《琵琶赋》："凤箫辍吹，龙笛韬吟。"《元史·礼乐志》谓龙笛"七孔，横吹之，管首制龙头"。古诗文中每以龙吟形容笛声，"龙笛"之称，或起于此。马融《长笛赋》："龙鸣水中不见已，截竹吹之声相似。"李白《金陵听韩侍御吹笛》："风吹绕钟山，万壑皆龙吟。"又梁洽有《笛声似龙吟赋》。

❺"青翠"句：语本阴铿《侍宴赋得竹》："夹池一丛竹，青翠不惊寒。……湘川染别泪，衡岭拂仙坛。"又《太平御览》卷九六二引郑缉之《永嘉记》云："阳屿仙山有平石，方十余丈，名仙坛，有一筋竹（竹的一种）垂坛旁，风来则扫拂坛上。"以上二句意谓，读经处的竹，比起道门里"青翠拂仙坛"的竹，又怎样呢？

田　家❶

旧谷行将尽，良苗未可希❷。
老年方爱粥，卒岁且无衣❸。

雀乳青苔井❹，鸡鸣白板扉❺。
柴车驾羸牸❻，草屩牧豪豨❼。
夕雨红榴拆❽，新秋绿芋肥。
饷田桑下憩，旁舍草中归❾。
住处名愚谷，何烦问是非❿！

注释

❶本诗写的是地道的农家生活，并反映了农民缺衣少食的景况，虽然结尾拖了一条避世隐居的尾巴。顾可久评此诗曰："不务雕琢，而一出自然。"（《唐王右丞诗集注说》）

❷希：希望。句指良苗尚未能提供谷食，即青黄不接。

❸"卒岁"句：语本《诗·豳风·七月》："无衣无褐，何以卒岁！"卒岁，终岁，犹言"度过这一年"。且，尚。

❹雀乳：傅玄《杂诗三首》其三："鹊巢丘城侧，雀乳空井中。"《说文》："人及鸟生子曰乳。"

❺白板：不施彩饰的木板。扉：门。

❻柴车：简陋无饰的车子。羸（léi）：瘦弱。牸（zì）：母牛。

❼草屩（jué）：草鞋。豪豨（xī）：壮猪。

❽榴：石榴。拆：裂开。

❾饷田：往田里送饭。憩（qì）：休息。旁：通"傍"，依。

❿"住处"二句：愚谷：即愚公谷。《说苑·政理》载：齐桓公出猎，走入一山谷中，问谷为何名，一老公对曰："为愚公之谷。"桓公问命名之由，老公答曰："臣故畜牸牛，生子而大，卖之而买驹，少年曰：'牛不能生马。'遂持驹去。傍邻闻之，以臣为愚，故名此谷为愚公之谷。"其地在今山东淄博东。后人多以"愚公谷"泛指隐士的山野之居。庾信《小园赋》："余有数亩敝庐，寂寞人外……名为野人之家，是谓愚公之谷。"《南史·隐逸传》序："藏景穷岩，蔽名愚谷。"此二句意谓，田家避世隐居，何烦问人世之是非！

皇甫岳云溪杂题五首（选四）❶

鸟鸣涧❷

人闲桂花落，夜静春山空。
月出惊山鸟，时鸣春涧中。

注释

❶皇甫岳：《新唐书·宰相世系表》有皇甫岳，父曰恂，弟名岩，《表》中俱未言曾任何职。王昌龄《至南陵答皇甫岳》云："与君同病复漂沦，昨夜宣城别故人。明主恩深非岁久，长江还共五溪滨。"诗为天宝年间王昌龄谪龙标（五溪在龙标附近）尉赴任途中所作。南陵属宣州（治今宣城），是时皇甫岳当即在宣州一带为官。云溪：皇甫岳别业的名称和所在地，疑在长安附近。王维《皇甫岳写真赞》："且未婚嫁，犹寄簪缨。烧丹药就，辟谷将成。云溪之下，法本无生。"

❷本诗描写春涧月夜的静美境界。全诗写出了静的美，静的快乐、和谐，而文字又是那么简洁、自然，堪称"迥出常格之外"（沈德潜《唐诗别裁》卷一九）的杰作。

莲花坞①

日日采莲去，洲长多暮归。
弄篙莫溅水②，畏湿红莲衣③。

注释

①坞：四面高中间低的地方。指莲湖的水面低而四周高。本诗写采莲女的生活。寥寥二十字，即可令人想见，一群天真烂漫的采莲女傍晚归来，边撑着小船边在荷花丛中嬉戏的景象。诗歌清新明丽，富有劳动生活情趣。

②篙（gāo）：撑船的器具，多用竹竿做成。

③红莲衣：指红莲的花瓣。

鸬鹚堰①

乍向红莲没，复出清浦飏②。
独立何褵褷③，衔鱼古查上④。

注释

①鸬鹚（lú cí）：水鸟名。俗称鱼鹰，羽毛黑色，渔人多驯养之以助捕鱼。堰（yàn）：挡水的低坝。本诗描写鸬鹚捕鱼情态，非幽人临水静观之，不能写得如此活跃生动。俞陛云《诗境浅说》云："甫入芙蕖影里，旋出蒲藻丛中，善写其兔没鸢举之态。鸬鹚之飞翔食息，于四句中尽之，善于体物矣。"

②飏：飞。

③褵褷（lí shī）：形容羽毛沾湿之状。

④古：故，年代久远。查：同"楂"，水中浮木，木筏。

萍池[1]

春池深且广，会待轻舟回[2]。
靡靡绿萍合[3]，垂杨扫复开[4]。

注释

[1]本诗以春池中绿萍几不可见的微细浮动，刻画出了环境的幽静。诗写春池无波，水面上密合的绿萍被轻舟划开；在轻舟过后，绿萍慢慢地合拢到了一起，而水边的垂杨被春风吹拂着，又轻轻地将它扫开。此种景象、意趣，不是心境闲静如王维，怎能观赏和领略到？在这首诗中，诗人对景物的观察和刻绘，都堪称细致入微。

[2]会：应，当。句谓欲过萍池，应待轻舟返回。

[3]靡靡（mǐ）：迟缓貌。句谓轻舟过后，慢慢地绿萍又合拢了。

[4]"垂杨"句：谓春风吹拂垂杨，其枝条又将水面的浮萍扫开。

❧ 杂诗三首[1] ❧

其一[2]

家住孟津河[3]，门对孟津口。
常有江南船，寄书家中否？

注释

[1]此三首诗写游子思妇之情，意思互有关联。三首皆用口语而深婉有致。

❷本首写妻子对远在江南的丈夫的思念。丈夫客寓他乡，妻子最为牵挂的是他是否捎来平安的音信。"寄书家中否"的问话，不仅表现了妻子对丈夫的关心，也流露了她盼望丈夫来信的急切心情。而且，既然"常有江南船"，丈夫捎信回家并不困难，可为什么自己又没有收到信呢？所以这话中，又含有自己的担心和要求丈夫来信之意。此诗写得极其平淡，而表达的情意异常丰富。

❸孟津河：指孟津地方的黄河。孟津，古黄河津渡名。在今河南孟津东北、孟州西南。

其二❶

君自故乡来，应知故乡事。
来日绮窗前❷，寒梅着花未❸？

注释

❶本首从远在江南异乡的丈夫方面着笔，不直说丈夫也在思念故乡和故乡的亲人，而说他向刚从故乡来的人打听来的时候故乡的梅花是否已开放。梅花开放是春天到来的标志，春天更易引起对亲人的思念，如果故乡的春天已到来，而丈夫却迟迟未归，妻子会倍觉惆怅，所以"来日"二句之问，正流露出丈夫对妻子的关心。另外，江南春早，梅花已开放，所以"寒梅着花未"的问话，正切合客居于江南的丈夫的口气。此诗看似信手拈来，实则经过精心的艺术提炼，"有悠扬不尽之致"（赵殿成《王右丞集笺注》）和无穷的余味。

❷来日：来之时。绮窗：雕画花纹的窗户。

❸着花：生花，开花。

其三❶

已见寒梅发，复闻啼鸟声。

愁心视春草❷，畏向阶前生。

注释

❶本首写春天已到，而丈夫仍迟迟不归。女主人公害怕春草生向阶前，因为这样，她将随时都能真切地感受到春天的到来，其思念丈夫的"愁心"，也将因此而愈加不可抑止。末二句淡中含情，蕴藉隽永。此三诗皆具南朝乐府民歌的情韵，而较之精致。

❷视：比照。

❧ 送沈子福归江东❶ ❧

杨柳渡头行客稀，罟师荡桨向临圻❷。
惟有相思似春色，江南江北送君归。

注释

❶沈子福：未详。江东：见《送丘为落第归江东》注❶。本诗堪称咏别的绝唱，虽写别友情怀，却并不低徊、伤感，而具有一种与盛唐的时代气氛息息相通的爽朗明快的基调。

242

❷罟（gǔ）师：渔人。此处指船夫。罟，网。临圻（qí）：临近曲岸之地。《文选》谢灵运《富春渚》："溯流触警急，临圻阻参错。"李善注："《埤苍》曰：碕，曲岸头也。猗与圻同。"此处即指江东地区。又高步瀛《唐宋诗举要》曰："此诗临圻当是地名，故云向。"

剧嘲史寰❶

清风细雨湿梅花，骤马先过碧玉家❷。
正值楚王宫里至❸，门前初下七香车。

注释

❶史寰：未详。诗写史寰拜访美人而被别人捷足先登，语气诙谐，妙趣黄生。黄周星《唐诗快》卷一五："题曰'剧嘲'，诗中殊无嘲意。然自是过访美人之作，嘲亦妙，不嘲亦妙。"

❷碧玉：《乐府诗集》卷四五引《乐苑》曰："《碧玉歌》者，宋汝南王所作也。碧玉，汝南王妾名。以宠爱之甚，所以歌之。"又，梁简文帝《鸡鸣高树巅》："碧玉好名倡，夫婿侍中郎。"

❸楚王：借指某王侯贵人。

中国古代文学经典书系

唐诗醉韵

李商隐诗集

［唐］李商隐　著

冯　伟　注

春风文艺出版社
·沈阳·

图书在版编目（CIP）数据

李商隐诗集 / （唐）李商隐著；冯伟注. —沈阳：
春风文艺出版社，2025.1
（中国古代文学经典书系. 唐诗醉韵）
ISBN 978 - 7 - 5313 - 6649 - 2

Ⅰ. ①李… Ⅱ. ①李… ②冯… Ⅲ. ①唐诗—诗集
Ⅳ. ①I222.742

中国国家版本馆CIP数据核字（2024）第038605号

前 言

李商隐（812—858），字义山，号玉谿生、樊南生，祖籍怀州河内（今河南省沁阳市）。祖父李俌迁居荥阳（今河南省郑州市），父李嗣曾任获嘉（今属河南省新乡市）县令。李嗣后来赴绍兴、镇江一带充任幕僚，于是李商隐三岁时随家南下，在幕府中度过童年。十岁时父丧，商隐奉丧侍母回乡，但"四海无可归之地，九族无可倚之亲（《祭裴氏姊文》）"，孤儿寡母回乡后饱尝艰辛。

因家道中落，李商隐在堂叔的指导下悬头苦学，希冀通过科举重振家道。其十六岁时"能著《才论》《圣论》，以古文出诸公间"（《樊南甲集序》），十八岁时得天平军节度使（治所在今山东省东平县西北）令狐楚赏识，受辟为巡官。令狐楚爱惜其才，亲自授其今体文，对商隐尤为提携，这对其一生创作有非常重要的影响。在许多诗作中，李商隐都表现出对令狐楚强烈的感激、敬佩与怀念。二十岁时，商隐初试不第，苦闷之余无奈只得入表叔崔戎幕中，翌年随其调任兖州（今山东省兖州市），掌奏章。不久，崔戎去世，商隐攻读举业，希图入仕。可惜二十四岁时再次落榜，即奉母家居济源。直到唐文宗开成二年（837），才经令狐绹推荐登进士第。后参加博学宏词考试，初审被录取后又在复审时意外落榜，便赴泾源节度使（治所在今甘肃省泾县）王茂元幕，王爱其才，收之为婿。时王为"李党"，而昔日令狐楚为"牛党"，故商隐被令狐绹斥为"背恩"。尽管商隐无心党争，却屡屡为之牵连，而与令狐绹的嫌隙，既是其一生仕途坎坷的根源，也是其始终难以释怀之痛。

开成四年（839），李商隐授秘书省校书郎，但随即又遭"牛党"作梗调任弘农（今河南省灵宝市）尉，继又因"活狱"事而见罪于陕虢观察使孙简，于是辞职还京。时恰逢姚合代简，商隐意外得以还官。开成五年，唐武宗继位，王茂元受诏入京，商隐由是辞官回京，求调他职。武宗会昌二年（842），商隐授秘书省正字。当年冬其母病逝，次年岳父王茂元去世，服丧期间，商隐度过了一段平淡且难得的闲居生活。

会昌六年，商隐服丧期满，重入仕途。可由于"牛党"得势，李党被黜，商隐难保秘书省职位，只得充任幕僚。其先后赴桂管观察使（治所在今广西壮族自治区桂林市）郑亚、湖南观察使李回、武宁军节度使（治所在今江苏省徐州市）卢弘止、东川节度使（治所在今梓州，今四川省三台县）柳仲郢等幕，此间亦曾任盩厔（今陕西省周至县）尉、京兆参军等职位，但皆少作为。加之妻子病故，子女滞留长安，商隐愈加郁郁寡欢。大中十年初，柳仲郢调回长安，商隐随之回京，任盐铁推官，并游于江东。十二年罢官，回郑州闲居终老。一生郁郁不得志，卒年仅四十七岁。

纵观商隐一生，可谓以蹇塞沉沦为主调，故在其现存的六百余首诗作中，慨叹政治之失意、才华之不遇、爱情之凄婉、亲友之离散者颇多，而闲适、怡情、慷慨昂扬的篇什则较少。总体而言，政治诗百首有余，或直刺时事，或以古讽今，体现出诗人对国家命运和社会现实关注与思考；抒情诗则大都聚焦于感慨身世与男女爱情，折射诗人的生命与情感体验，以"无题"为典型的爱情诗更被后人推为李商隐诗歌独特艺术风貌的典型，在文学史上占据相当重要的地位。除此之外，李商隐的咏物诗、咏史诗也写得别具意趣。这些诗作不仅突破晚唐诗人题材、境界狭小的总体创作格局，更开拓出以深度描画心灵世界为特点的新的艺术风格。可以说，李商隐的诗，无论在情趣和神韵而言，还是就用事和用典来说，抑或起兴、象征的创作技巧和朦胧幽远的诗境，都别具滋味和特点。其中更是不乏充满深远哲思和妙然意趣的名篇佳句，在千古文坛上熠熠生辉。本书即选取其中名篇一百六十四首，以飨读者。

商隐诗作用典精切奇妙，意境深幽，往往令人费解，故笔者选取诸家释评本，辅以解读。其中既包括刘学锴、余恕诚先生《李商隐诗歌集解》，刘学锴、李翰先生《李商隐诗选评》，陆永品先生《中国诗苑英华·李商隐卷》等经典注释本，也涉及《汇评本李商隐诗》《李商隐全集》《李商隐诗集辑评》等会评本。本书即以冯浩本《李商隐全集》为底本，参考诸家解读，于所选诗作下分列注释与评笺，希望能对李商隐的诗作名篇作出准确阐释。另外，关于本书的结构设置，笔者则根据李商隐的人生经历，大致将诗作分为编年诗和未编年诗两大部分予以组织呈现。无论诗作阐释，还是结构设计，本书都充分受益于前人启发，特此鸣谢！

最后，由于笔者个人能力尚有不足，书中肯定存在部分阐释不周之处，恳请方家读者不吝批评和指正，再次鸣谢！

目　录

编年诗

初食笋呈座中❶

嫩箨香苞❷初出林，於陵❸论价重如金。
皇都陆海❹应无数，忍剪凌云一寸心。

注释

❶此诗应作于作者早年应举不第或遇挫时。

❷嫩箨：竹笋的嫩壳。香苞：有竹皮包裹的笋。

❸於陵：於，音"巫"，汉县名，治所在今山东邹平市东南。唐时为淄州长山县，为战国时陈仲子居地，这里代指陈仲子。据《高士传·陈仲子传》记载，陈仲子居於陵，楚王闻其贤，欲任之为相。仲子告其妻，妻曰："今以容膝之安，一肉之味，而怀楚国之忧，乱世多害，恐先生不保命也。"于是仲子与其妻逃去，为人灌园。此句意指嫩笋味美，若由陈仲子论价，可贵重如黄金。

❹皇都：京城长安。陆海：即陆上、海中所出产的珍美宝物。这里指京都宝物应有尽有。

评笺

姚培谦评：此以知心望当事也。须知三千座客中，要求一个半个有心人绝少。（《李义山诗集笺注》）

纪昀评：感遇之作，亦苦于浅。（《玉谿生诗说》）

张采田评：此种题何可深作？苦太求深，则入险怪一派矣。纪氏以诗法自命，岂不知作诗当相题耶？（《李义山诗辨正》）

随师东[1]

东征日调万黄金，几竭中原买斗心。
军令未闻诛马谡[2]，捷书惟是报孙歆[3]。
但须鹭鹭[4]巢阿阁[5]，岂假鸱鸮[6]在泮林[7]。
可惜前朝玄菟郡[8]，积骸成莽阵云深。

注释

[1] 随师东：一作"隋师东"。此处借隋师东征，暗指大和年间讨李同捷之战。刘学锴、李翰《李商隐诗选评》称本诗为诗人十七八岁时作。

[2] 马谡：三国时蜀将，因失守街亭而被诸葛亮斩首。

[3] 孙歆：三国时吴国乐乡督。晋将王濬伐吴，谎报战功，称斩获孙歆首级。后晋将杜预俘获孙歆，谎言不攻自破。

[4] 鹭鹭：即凤凰。

[5] 阿阁：四面有檐溜的楼阁。《尚书·中侯》有"凤凰巢阿阁"语。

[6] 鸱鸮：猫头鹰，古人视之为不祥的预兆。

[7] 泮林：泮宫（学宫）旁的树林。

[8] 玄菟郡：汉武帝元封三年，以朝鲜地置乐浪、玄菟、真番、临屯四郡。此处意指叛乱的沧景四州之地。

评笺

潘眆评：此诗盖引隋师东征之事以讽也。军令未闻诛马谡，谓宇文述等九军败于萨水，帝不忍诛。无何，遂加述开府，则军令废矣。

捷书惟是报孙歆，谓帝再举东证，高丽囚斛斯政请降，帝既还，罪人竟不得，则捷书虚矣。"鸳鸯"四句，极言人君当任贤图治，不必远事招怀，如《无向辽东浪死歌》，岂非段鉴哉！观末二语，其为隋事甚明。盖亦咏史之作也。夫李同捷据沧州，自当进讨，非炀帝生事外夷比。然诸将玩寇邀赏之罪有不可逭者，此故假隋事以讥切之。(《重订李义山诗集笺注》引)

张采田评：感事伤时，急不择言，故据所见以直书，而草野私忧之情，自见言外，此赋体所以更高于比兴也。何害于朴实哉！然以为板腐、寒直，则有大谬不然者。且诗借隋事以讽，正得诗人谲谏之旨，故篇中不妨明抒己愤也。(《李义山诗辨正》)

∽ 宿骆氏亭寄怀崔雍崔衮❶ ∼

竹坞无尘水槛清❷，相思迢递❸隔重城。
秋阴❹不散霜飞晚，留得枯荷听雨声。

注释

❶刘学锴、李翰《李商隐诗选评》称本诗大致作于大和八年 (834)。骆氏亭：长庆年间骆姓居士所筑，亭址在灞陵附近。崔雍、崔衮：诗人早年幕主崔戎之子，与之为从表兄弟。诗题直称名姓而无官职，可知二崔尚未入仕。诗或作于大和八年崔戎死后不久。

❷竹坞：竹林环绕的洼地。水槛：傍水有围栏的亭榭，这里指骆氏亭。

❸迢递：遥远的样子。

❹秋阴：秋天的阴霾天气。

纪昀评：分明自己无聊，却就枯荷雨声渲出，极有余味。若说破雨夜不眠，转尽于言下矣。"秋阴不散"起"雨声"；"霜飞晚"，起"留得枯荷"，此是小处，然亦见得不苟。香泉（汪存宽）评曰：寄怀之意，全在言外。（《玉谿生诗说》）

❧ 夕阳楼❶ ❧

花明柳暗绕天愁❷，上尽重城更上楼。
欲问孤鸿向何处，不知身世自悠悠。

注释

❶题下原有自注："在荥阳。是所知今遂宁萧侍郎牧荥阳日作者。"荥阳，即郑州。萧侍郎，指萧澣。刘学锴、李翰《李商隐诗选评》指出："文宗大和七年（833）三月到八年末，萧澣曾任郑州刺史，夕阳楼是其任上所建。商隐在这段时间与萧结识，并深受知遇，故题注称澣为'所知'。后澣入朝任刑部侍郎。大和九年（835）七月，李训、郑注专权，排斥异己，萧澣与牛党首领李宗闵、杨虞卿一起远贬。澣先贬遂州刺史，再贬遂州司马。是年秋，商隐曾回郑州，登夕阳楼，有感而作此诗。"

❷花明：九月繁花凋谢，菊花开放，特别鲜明。柳暗：秋天柳色深绿，显得晦暗。绕天愁：忧愁随着天时循环运转而来，秋天有秋愁。

屈复评：正当春愁，更上高楼，忽睹孤雁堪怜，欲问其今向何处，不知自己之身世正自悠悠。雁将问汝，如之何其问雁也。意言萧公不能荐达。(《玉谿生诗意》)

冯浩评：自慨慨萧，皆在言中，凄惋入神。(《玉谿生诗集笺注》)

燕台诗四首❶

春

风光冉冉东西陌，几日娇魂❷寻不得。
蜜房羽客❸类芳心，冶叶倡条❹遍相识。
暖蔼辉迟❺桃树西，高鬟立共桃鬟❻齐。
雄龙雌凤❼杳何许？絮乱丝繁❽天亦迷。
醉起微阳若初曙，映帘梦断闻残语。
愁将铁网胃珊瑚❾，海阔天翻❿迷处所。
衣带无情有宽窄⓫，春烟自碧秋霜白。
研丹擘石⓬天不知，愿得天牢锁冤魄。
夹罗委箧⓭单绡起，香肌⓮冷衬琤琤佩⓯。
今日东风⓰自不胜，化作幽光入西海。

❶此诗为诗人早期诗作，应作于诗人进士及第前。刘学锴、李翰《李商隐诗选评》指出："此诗关涉商隐一段伤心情事，本事虽已不可详考，但从诗中透露的言辞约略能肯定几点：其一，唐人惯以燕台指

使府，则此诗所涉当为商隐与使府后房一段情事；即非后房，其人亦必贵家姬妾或歌伎之流，这从后诗中'歌唇''罢舞''楚管蛮弦'等语也可以看出。其二，男女双方曾在湘川一带相识，其后男方曾以尺素双珰寄女方。其三，该女子有姊妹二人（后诗所谓'桃叶桃根双姊妹'），男方所恋者为其中一人。其四，女方现居之地，可能在岭南，视后诗中'几夜瘴花开木棉''楚管蛮弦愁一概'等句可知。"

❷陌：田间小路。此诗旨在表现女子与爱人分别后的相思之苦，"娇魂"是女主人公的自称。

❸蜜房：蜂房。羽客：蜜蜂。

❹冶叶：柔媚的柳叶。倡条：茂盛的枝条。

❺辉迟：迟辉，即"春日迟迟"。

❻桃鬟：桃花盛开，繁茂如女子发鬟。

❼雄龙雌凤：指相恋的男女。

❽絮乱丝繁：柳絮纷飞，游丝纷繁。

❾铁网罥珊瑚：用铁网挂取珊瑚。《新唐书·拂菻国传》记载："海中有珊瑚洲，海人乘大舶，堕铁网水底。珊瑚初生磐石上，白如菌，一岁而黄，三岁赤，枝格交错，高三四尺，铁发其根，系网舶上，绞而出之。"罥：挂。

❿翻：一作"宽"。

⓫衣带无情有宽窄：化用《古诗》"相去日以远，衣带日以缓"一句。宽窄：偏义词，指衣带由宽而窄，谓人之消瘦。

⓬研丹擘石：《吕氏春秋·诚廉》云："石可破也，而不可夺坚；丹可磨也，而不可夺赤。"此处借以比喻对爱情的坚定不渝。

⓭夹罗：夹罗衣衫。委箧：置于箧中。

⓮香肌：一作"香眠"。

⓯玲玲佩：玲玲作响的玉佩。

⓰东风：春风。

徐德泓评：此写幽也。分五段，每段四句。首段，言幽欢之无觅也。风光暗度，无处寻春，反不若游蜂之遍识花丛矣。第二段，言幽情之未遂也。气暖桃夭，正婚姻时候，而人立其间，惟两鬓相对，佳偶杳如，即问天而亦朦胧不明也。高鬓，属人；桃鬓，仍属桃言。第三段，言幽梦之难续也。睡起模糊，夕阳映帘，认为初曙，而梦语亦不能全记，欲再寻之，已如沉珊瑚于海，茫茫不知处矣。第四段，言幽恨之莫诉也。夫衣带无情之物，尚有宽有窄，烟霜似有情者，而竟自碧自白，不识人意乎？则此坚结不可磨灭之恨，已无可控告矣。只好诉之于天，而天亦不知，其惟收系天牢，天始知也。第五段写到魂消魄灭，则幽之至者。谓天气峭寒，衣单珮冷，风力难禁，情不自克，亦当化作冷光，随风而入海耳。四首中段落，其起止语气，各不相蒙，与《小雅·鹤鸣》章、杜甫《饮中八仙歌》，义例相类。然亦有次序，如此篇寻春不得，则情难遂，由是积而为梦，积而为恨，至于形消质化而后已焉。（《李义山诗疏》）

夏

前阁雨帘愁不卷，后堂芳树阴阴见。
石城❶景物类黄泉，夜半行郎空柘弹❷。
绫扇唤风阊阖天❸，轻帷翠幕波渊旋。
蜀魂❹寂寞有伴未？几夜瘴花开木棉。
桂宫留❺影光难取，嫣薰兰破❻轻轻语。
直教银汉堕怀中，未遣星妃镇来去❼。
浊水清波何异源，济河水清❽黄河浑。
安得薄雾起细裙❾，手接云輧❿呼太君。

注释

❶石城：《旧唐书·乐志》记载，石城有女子名莫愁，善歌谣。

❷柘弹：《西京杂记》记载："长安五陵人，以柘木为弹，真珠为丸，以弹鸟雀。"《晋书·潘岳传》记载："岳美姿仪，少时常挟弹出洛阳道，妇人遇之者，皆连手萦绕，投之以果，遂满车而归。""石城""柘弹"二句化用典故，谓石城景物凄暗如黄泉，故美少年虽挟弹弓行游而无人欣赏。

❸阊阖天：《离骚》有"倚阊阖而望予"一句，《楚辞补注》注曰："阊阖，天门也。"《史记·律书》云："凉风居西南维，阊阖风居西方。"阊阖天即指西方之天。

❹蜀魂：指杜鹃鸟。《蜀都赋》云"鸟生杜宇之魂"，传说古蜀王杜宇死后化为杜鹃鸟。

❺留：一作"流"。

❻嫣薰：犹嫣香。兰破：兰花绽苞开放。"嫣薰兰破"指女子启齿时香气溢出。《洛神赋》有"含辞未吐，气若幽兰"一说。

❼星妃：织女。镇：常，久。

❽济河水清：《战国策·燕策》记载："齐有清济浊河。"济河水清，黄河水浑，但两者源头却是相同的。意谓女主人公与恋人地位本无不同，现在却泾渭分明，难以谐和。

❾绸裙：浅黄色的裙子。

❿云軿：仙人所乘的车。

评笺

徐德泓评：此写忆也。分四段，每段四句。首段，忆人物之荒残也。前帘不卷，则见后堂，而后堂应多芳丽，因忆南朝佳冶之地。无如景物已荒暗如夜，想此时挟弹游郎，又何所遇乎？次段，忆旅魂之孤寂也。风吹帷幕，尚尔回旋，而因忆不得旋归之客魂，何其寂寞，所伴者不过烟瘴之花耳，能有几夜开乎？上二段，乃怜生惜死之情也。第三四段，则上穷碧落下黄泉之意，忆之极矣。言月光难取，因口吐幽香，暗言私语，计惟取银汉而藏之，当以阻牛女之会焉。"浊水"二句，比也，言同一水耳，何故清浊各异。安得驾雾起空，呼天而问之耶？上二段，一不甘独悴之情，一荣枯不自晓之情也。由人至鬼，又穷极上天而下泽焉，其序如此。(《李义山诗疏》)

秋

月浪衡天[1]天宇湿，凉蟾[2]落尽疏星入。
云屏不动掩孤嚬[3]，西楼一夜风筝[4]急。
欲织相思花寄远，终日相思却相怨。
但闻北斗声回环[5]，不见长河[6]水清浅。
金鱼锁断红桂春[7]，古时尘满鸳鸯茵[8]。
堪悲小苑作长道，玉树未怜亡国人[9]。
瑶琴愔愔藏楚弄[10]，越罗冷薄金泥[11]重。
帘钩鹦鹉夜惊霜，唤起南云[12]绕云梦。
双珰丁丁联尺素[13]，内记湘川相识处。
歌唇一世衔雨看[14]，可惜馨香手中故[15]。

注释

❶月浪衡天：月光布满天空。衡，横，一作"冲"。

❷凉蟾：秋月。

❸嚬：即"颦"，皱眉。

❹风筝：风铃。也叫"铁马"，即悬挂在檐下的金属片。

❺北斗声回环：指星移斗换，时光流逝。

❻长河：星河。"长河水清浅"脱化于《古诗》"河汉清且浅"一句，意指河汉深阻，会见无期。

❼金鱼：即鱼钥，铜锁。红桂：丹桂。

❽鸳鸯茵：绣着鸳鸯的被褥。

⑨ 玉树：乐曲《玉树后庭花》。南朝陈亡国皇帝陈叔宝，是历史上著名的荒淫之君，好声色，曾制《玉树后庭花》曲。后文"亡国人"即指陈叔宝的宠妃张丽华，善舞《玉树后庭花》。

⑩ 愔愔：安静和悦的样子。弄：曲调。

⑪ 金泥：即泥金，指金屑、金末，是一种金色颜料。

⑫ 南云：陆机《思亲赋》有"指南云以寄钦"一句，陆云《九愍》有"眷南云以兴悲"一句，南云即指思念之情。

⑬ 双珰：玉耳珠。丁丁：音"征"，玉珰碰撞的声音。尺素：书信。

⑭ 歌唇：代指所怀念之女子。衔雨：含泪。

⑮ 故：消失。

评笺

徐德泓评：此写怨也。分五段，每段四句。首段，时景之怨也。言星月沉西，孤嘁独掩，而又加以凄风之苦焉。次段，别离怨也，言欲织缣寄远，思而成怨，但觉斗转时移，而不见银河之水，无从渡而相会矣。第三段，故宫怨也，言门锁尘积，昔日芳园，化为行路，人则生悲耳。至所遗玉树，当年以之制曲者，亦又何知，而岂解怜亡国乎？第四段，怨声也，言凄清楚调，指冷身寒，禽亦闻声惊起，怜其独而欲其欢会焉。第五段，怨词也，言寄来缄札，内记初情，今其人不得见，惟时执其词而含泪歌之阅之已耳。但使芳香之物，不觉漫灭手中，为可惜也。因时而伤别，又因今而伤古，情无寄而以声写之，声犹虚而以词实之。一世衔雨，则怨无穷尽矣。其序如此。（《李义山诗疏》）

冬

天东日出天西下，雌凤孤飞女龙寡**①**。
青溪白石**②**不相望，堂上远甚苍梧野**③**。
冻壁霜华交隐起，芳根中断香心死。

浪❹乘画舸忆蟾蜍，月娥未必婵娟子❺。
楚管蛮弦❻愁一概，空城罢舞腰支❼在。
当时欢向掌中❽销，桃叶桃根双姊妹。
破鬟倭堕❾凌朝寒，白玉燕钗黄金蝉❿。
风车雨马⓫不持去，蜡烛啼红怨天曙。

注释

❶雌凤、女龙：均喻指女主人公。

❷青溪白石：南朝乐府《神弦歌》有《白石郎》《清溪小姑》曲。此处以清溪、白石分别指相隔的男女双方。

❸苍梧野：相传舜南巡，死葬于苍梧之野。这里指双方同处堂上而能相望，却比苍梧之野更加杳远。

❹浪：空、枉、徒。

❺月娥：嫦娥。婵娟子：美女。

❻蛮弦：古代北方人称南方人为"南蛮"，故谓"蛮弦"。

❼罢舞：一作"舞罢"。腰支：即"腰肢"。

❽欢向掌中：这里化用汉成帝宠妃赵飞燕体轻而能在掌中起舞的典故。

❾破鬟：蓬乱的发鬟。倭堕：即倭堕髻，发髻偏向一边，似堕非堕。古乐府《陌上桑》诗云："头上倭堕髻，耳中明月珠。"

❿黄金蝉：一种蝉形的金制头饰。

⓫风车雨马：指风雨化作车马。《乐府诗集》载傅休奕《吴楚歌》云："云为车兮风为马。"

评笺

徐德泓评：此写断也。分五段，前三段各四句，后两段各二句。首段，言途路之断也。东日西沉，孤而无偶，所云青溪白石，一郎一姑也，而杳不相见，其远甚于二女之望苍梧矣。次段，言芳情之断也。时气凝寒，众芳枯槁，而此心亦同寂灭。即或夜泛空明，而以月娥之容质，亦疑其未必美耳，盖甚言心灰也。第三段，言旧欢之断也。管弦惟觉其愁，貌态空留其质，回想当日之妙舞清歌，尽消归无有矣。第四段，言晓妆之断也。破鬟撩乱，虽有燕蝉，亦不成饰。况晓寒已经难受，又岂胜此金玉之寒姿也。第五段，言夜梦之断也。雨必有具，今不持去，岂能为暮雨之行，而天又曙，则好梦断难成矣。后二段若合而为一，则首句已点明"朝"字，次句与第三句又不属，俱难承接，且非转韵体也，故从韵而以晓夜分之。路绝而心死，旧情不堪回想，又何有于此日之朝欢暮乐乎，其序如此。（《李义山诗疏》）

何焯评：四首实绝奇之作，何减昌谷？惟《夏》一首，思致太幽，寻味不出。（《义门读书记》）

程梦星评：四诗乃《子夜四时歌》之义而变其格调者。诗无深意，但艳曲耳。其格调与《河内诗》皆效法于长吉。（《重订李义山诗集笺注》）

柳枝五首

序

柳枝，洛中里娘❶也。父饶好贾，风波死湖上。其母不念他儿子，独念柳枝。生十七年，涂妆绾髻，未尝竟，已复起去，吹叶嚼蕊，调丝擫管，作天海风涛之曲，幽忆怨断之音。居其旁，与其家接。故往来者，闻十年尚相与，疑其醉眠，梦物断不娉。余从昆❷让山，比柳枝居为近。他日春曾阴，让山下马柳枝南柳下，咏余《燕台诗》，柳枝惊问："谁人有此？谁人为是？"让山谓曰："此吾里中少年叔耳。"柳枝手断长带，结让山为赠叔乞诗。明日，余比马出其巷，柳枝丫鬟毕妆，抱立扇下，风障一袖，指曰："若叔是？后三日，邻当去溅裙③水上，以博山香④待，与郎俱过。"余诺之。会所友有偕当诣京师者，戏盗余卧装以先，不果留。雪中让山至，且曰："为东诸侯取去矣。"明年，让山复东，相背于戏上⑤，因寓诗以墨其故处云。

其一

花房与蜜脾⑥，蜂雄蛱蝶雌。

同时不同类，那复更相思？

其二

本是丁香树，春条结始生。

玉作弹棋局❼，中心亦不平。

其三

嘉瓜引蔓长，碧玉冰寒浆。
东陵虽五色❽，不忍值牙香。

其四

柳枝井上蟠，莲叶浦中干。
锦鳞与绣羽，水陆有伤残。

其五

画屏绣步障，物物自成双。
如何湖上望，只是见鸳鸯?

注释

❶此诗写李商隐少年时代细腻的感情生活，应为诗人早年所作。
洛中：河南洛阳。里娘：市井人家的姑娘。

❷昆：堂兄。

❸溅裙：即渐裳，一种古代民俗。《玉烛宝典》记载："元日至于
月晦，民并为酺食，渡水，以度厄。士女悉渐裳，醮酒于水湄，以
为度厄。"

❹博山香：《考古图》记载："炉象海中博山，下盘贮汤，使润气
蒸香，象海之四环。"焚香以待，暗指密约。

❺戏上：即今西安临潼戏上村。

❻花房：花冠。蜜脾：蜜蜂酿蜜的器官。

❼弹棋局：弹棋棋盘。《梦溪笔谈》记载，弹棋"棋局方二尺，

中心高如覆盂，其巅为小壶，四角隆起。"

❽东陵虽五色：阮籍《咏怀诗》写道："昔闻东陵瓜，近在青门外。连畛距阡陌，子母相钩带。五色曜朝日，嘉宾四面会……"秦破后，故东陵侯召平于长安城东种瓜，瓜美香甜，世称"东陵瓜"。

评笺

姚培谦评：五首俱效乐府体，皆聊以自解之词。（首章）此以本无妃偶之事自解。（次章）此以恨无作合之人自解。（三章）此以邻近引嫌自解。（四章）此以两边命薄自解。（五章）此以人不如物自叹也。（《李义山诗集笺注》）

冯浩评：却从生涩见姿态。据《序》语，是先作《燕台诗》，后遇柳枝，是两事也。然艳情大致相同，艳词每多错互。合之湖湘尺素双珰之事，终不能辨其是一是二矣。（《玉谿生诗笺注》）

有　感❶

九服归元化，三灵叶睿图❷。
如何本初辈，自取屈氂诛❸？
有甚当车泣，因劳下殿趋❹。
何成奏云物，直是灭萑苻❺。
证逮符书密，辞连性命俱❻。
竟缘尊汉相，不早辨胡雏❼。
鬼箓分朝部，军烽照上都❽。
敢云堪恸哭，未免怨洪炉❾。

注释

❶ 诗人自注云："乙卯年有感，丙辰年诗成。"乙卯年：文宗大和九年（835）。丙辰年：即次年（836）。"甘露之变"即发生于此间。

❷ 九服：谓京畿之外的九等地区，即侯服、甸服、男服、采服、卫服、蛮服、夷服、镇服、藩服。这里泛指全国。归：归附。元化：大自然的自然运转，这里指帝王的德化。三灵：即日、月、星。《汉书·扬雄传》云："方将上猎三灵之流。"注曰："三灵，日、月、星，垂象之应也。"叶：同"协"，合。睿图：谓帝王的英明谋略。

❸ 本初：三国袁绍的字。屈氂：刘屈氂，汉武帝庶兄中山靖王之子，官至左丞相，因被宦官郭穰告发其诅咒帝王，勾结李广利谋反，而被腰斩，妻、子枭首。这句诗的意思是，为何像袁绍那样的人，为何会自取屈氂那样灭族的结果？这里暗寓李训、郑注等人，既肯定其铲除宦官的功勋，也谴责其投机无谋。

❹ 有甚：有过于。当车泣：《晋书·成帝纪》："（苏）峻逼迁天子于石头，帝哀泣升车，宫中恸哭。"下殿趋：《北史·梁武帝纪》载，有童谣流传："荧惑（火星）入南斗，天子下殿走。"两句寓指仇士良劫持文宗之事，有甚于此。

❺ 何成：怎能成为。奏：奏报。云物：日旁云气之颜色，古代人迷信，借比观测吉凶，这里指瑞祥，即所谓石榴树夜降甘露之事。直是：简直是。萑苻：《左传》记载："郑国多盗，取人于萑苻之泽……兴徒兵以攻萑苻之盗，尽杀之。"两句意谓奏报甘露夜降石榴树并非祥瑞，实际是把大臣当盗贼一样杀掉。

❻ 证逮：《史记·五宗世家》记载："请逮勃所与奸诸证左。"逮捕与案件有牵连者。证：证佐，"左"同"佐"，即证人。符书密：官府文书频频下达。符书：文书，指逮捕令。性命俱：一同被诛杀。俱：同。

❼ 竟缘：竟然因为。尊汉相：《汉书·王商传》记载，商为人长八尺余，身体鸿大，容貌绝人，有威重，单于来朝，仰视商貌，大畏之，迁延却退，天子甚尊任之，而叹曰"此真汉相矣！"《旧唐书·李

训传》谓训"形貌魁梧，神情洒落。"这里把王商比作李训。辨胡雏：《晋书·石勒记》记载："年十四随邑人行贩洛阳，倚啸上东门。王衍见而异之，顾谓左右曰：'向者胡雏，吾观其声，视有奇志，恐将为天下之患。'驰遣收之，会勒已去。"这里用胡雏比喻郑注。

❽鬼箓：登录死人的名册。朝部：朝班，即上朝百官，按部就班，排列齐整。军烽：战火。上都：唐肃宗至德元载，号西京（即长安）为上都。两句意谓"甘露之变"，大批朝臣被杀，战乱的恐怖笼罩京城。

❾敢云：岂敢说。堪恸哭：贾谊《治安策》云："臣窃惟事势，可为痛哭者一，可为流涕者二，可为长太息者六"，即堪为痛哭的意思。洪炉：《庄子·大宗师》云："今一以天地为大炉，造化为大冶"，即指天地。

评笺

姚培谦评：此为甘露之变鸣冤也。训、注之奸邪可罪，训、注之本谋不可罪……（首章）清平之世，横戮大臣，由训、注浅谋所自取也。至使至尊为下殿之趋，臣子等榱桷之戮。证逮株连，徒受汉相之尊，不辨城狐之势。此时怜训、注者叹其受诬，而恶训、注者方泄其夙怨也，哀哉！（《李义山诗集笺注》）

朱彝尊评：用意精严，立论婉挚，少陵诗史又何加焉。（《李义山诗集辑评》引）

张采田评：笔笔沉郁顿挫，波澜倍极深厚，属对又复精整，虽少陵无以远过。（《李义山诗辨正》）

重有感❶

玉帐牙旗得上游❷，安危须共主君忧。
窦融表已来关右❸，陶侃军宜次石头❹。

岂有蛟龙愁失水❺，更无鹰隼与高秋❻。

昼号夜哭兼幽显❼，早晚星关雪涕收❽？

注释

❶ "甘露之变"后，开成元年（836），昭义节度使刘从谏两次上表，陈述王涯等无辜被杀，并大胆揭露仇士良的罪恶行径。诗人有感于此，便写了这首七律。

❷ 玉帐：征战时主将所用军帐。《云谷杂记》记载："玉帐乃兵压胜之方位，主将于其方置军帐则坚不可犯，犹玉帐然。"牙旗：旗杆上有象牙装饰的军旗。上游：河水上流，此处借指形胜之地。

❸ 窦融：东汉初人，西汉末年割据河西，后归顺光武帝刘秀，任凉州牧。军阀隗嚣不归顺光武帝，窦便与五郡太守，砥砺兵马，上疏请示出师伐嚣日期，深得嘉赏，这里以窦融比喻刘从谏"誓死以清君侧"的表疏。关右：函谷关以西地区，指凉州。

❹ 陶侃：东晋人。成帝咸和二年（327），苏峻与祖约叛晋，京都建康危急。陶侃任荆州刺史，被推为讨苏主帅，与温峤、庾亮等会师石头城（今南京市石头山）下，将苏峻斩杀。次：驻扎。两句意谓盼望刘从谏进兵长安，斩杀仇士良等宦官。

❺ 蛟龙失水：比喻主人失去权力，此处指文宗受制于宦官。

❻ 与高秋：与，通"举"。此处指鹰隼在秋天搏击长空。

❼ 幽显：阴阳，指代生者与死者。此句意谓朝廷上下昼夜号哭，宦官的暴行人鬼共愤。

❽ 早晚：何时。星关：天关，此处借指皇宫。雪涕：拭去泪水。

评笺

程梦星评：历观前史，以清君侧起兵者，东汉之董卓，东晋之苏峻、王敦，挟震主之威，冒不义之名，皆国贼耳，岂社稷臣耶。义山之意，盖深有慨于文宗"受制家奴"之语，而姑为此将在外不受君命之论，以寄其愤怨也。（《重订李义山诗集笺注》）

冯浩评：此篇专为刘从谏发，钱龙惕兼王茂元言之，徐氏又兼萧弘言之，皆误矣……三四言既遣人奉表，宜即来诛杀士良辈也。（《玉谿生诗笺注》）

纪昀评："岂有""更无"，开合相应，上句言无受制之理，下句解受制之故也。揭出大义，压伏一切，此等处是真力量。（《玉谿生诗说》）

❧ 曲 江[1] ❧

望断平时翠辇[2]过，空闻子夜鬼悲歌。
金舆不返倾城色，玉殿犹分下苑波[3]。
死忆华亭闻唳鹤[4]，老忧王室泣铜驼[5]。
天荒地变心虽折，若比伤春意未多。

注释

❶曲江：又名曲江池，周七里，占地三十顷，在长安东南郊，是唐代长安最大的风景名胜区（故址在今西安市曲江街道），安史之乱后荒废。文宗大和九年十月，修缮曲江，十一月发生"甘露之变"而罢修。此诗大约是"甘露之变"后，开成元年（836）诗人经过曲江时所写。

❷翠辇：皇帝乘坐的华贵车子，车盖上用翠羽装饰。

❸下苑：曲江。曲江与宫殿御沟相联通，其地势较高，江水流向御沟，故曰"分波"。两句意谓乘坐金舆陪同皇帝出游的贵妃再也不能返回，而曲江之水依然经过玉殿分流而去。前四句借李隆基和杨贵妃的悲欢离合，暗寓当时时局。

❹华亭唳鹤：《晋书·陆机传》记载，陆机受宦官孟玖谗害而被诛，死前悲叹道："华亭鹤唳，岂可复闻乎？"华亭，陆机故宅旁谷

名，在今上海市松江区西部。唳：指鹤鸣。此句暗喻在"甘露之变"中无辜臣僚被杀害的悲惨遭遇。

❺泣铜驼：《晋书·索靖传》记载，西晋灭亡之前，索靖预知天下将乱，便指着洛阳宫门前的铜驼叹息道："会见汝在荆棘中耳！"此句喻指在"甘露之变"中李训等被诛杀的情景。

评笺

程梦星评：朱氏之论，划然分作两截，律诗无此章法。即如所云，前半亦蒙混，末见翠辇、金舆等字便切天宝时事；后半亦鹘突，何以铜驼、鹤唳二言忽入大和诸臣……且"天荒地变"总结一篇，"若比伤春"之言，则别有事外之感，只以"忧在王室而不胜天荒地变之悲"一语了之，于本句之"心虽折"，下句之"伤春""多"一语皆若不可解者。以愚求之，此诗专言文宗。盖文宗时曲江之兴罢，与甘露之事相终始也。曲江之修，因郑注厌灾一言始之；曲江之罢，因李训甘露一事终之。故但题曲江，而大和间时事足以概见矣。（《重订李义山诗集笺注》）

纪昀评：五六宕开，七八收转。言当日陆机虽有天荒地变之悲，亦不过如此而已矣。大提大落，极有笔意，不得将五六看作借比，使末二句文理不顺也。（《玉谿生诗说》）

❀ 及第东归次灞上却寄同年❶ ❀

芳桂当年各一枝❷，行期未分压春期❸。
江鱼朔雁❹长相忆，秦树嵩云❺自不知。
下苑经过劳想象❻，东门送饯又差池❼。
霸陵❽柳色无离恨，莫枉❾长条赠所思。

❶据冯浩《玉谿生年谱》所记，唐文宗开成二年（837），李商隐应试，登进士第。《唐摭言》云："曲江大会在关试后，亦谓关宴。宴后，同年各有所之，亦谓之为离会。"义山及第离会后，即东归济源（今河南省济源市）省母，行次灞上，便作此诗，回寄同科未及话别诸友，以抒情怀。次：止宿。灞上：《水经·渭水注》记载："霸者，水上地名也。古曰滋水矣。秦穆公霸世，更名滋水为霸水，以显其功。"在长安东三十里，又称霸头。却寄：回寄。

❷芳桂一枝：《晋书·郤诜传》云："臣举贤良对策，为天下第一，犹桂林之一枝，昆山之片玉。"诗人化用此典，指代自己和同科进士。当年：盛年。

❸未分：意料之外。压春期：春末。

❹江鱼朔雁：指自己和同科进士南北相隔，只能靠鱼雁传书。

❺秦树嵩云：化用杜甫《春日忆李白》诗"渭北春天树，江东日暮云"一句。秦树：指长安。嵩云：即河南。

❻下苑：曲江，此处指曲江大会。劳想象：意谓友人推测我接下来的行踪。

❼东门：《汉书·疏广传》记载："设祖道，供张东都门外。"师古注云："长安东郭门也。祖道，饯行也。"即长安东门。差池：《诗经·邶风》"燕燕"篇云："燕燕于飞，差池其羽。"本为错落参差之意，这里引申为"分离"。

❽霸陵：《三辅黄图》记载："文帝霸陵，在长安城东七十里……就其水名，因以为陵号。"灞水上有桥，汉人送客至此，折柳送别。

❾枉：一作"把"，误。

陆昆曾评：起言幸与诸公同登一第，正相聚之始也，不意归期迫我先春而行。二语完却"及第东归"四字。下言嗣后纵彼此相忆，正恐消息难知，有天各一方之感耳。五句因独行踽踽，是以下苑经过，谩劳想象。六句因同年济济，是以东门送伐，未免差池。结言及第东归，幸与去家有别，霸陵柳色，觉无离恨，不烦公等之攀折以赠也。（《李义山诗解》）

屈复评：结言彼柳色本无离根，君若折而赠我，是枉此长条也，意言同年有离恨也。（《玉谿生诗意》）

寿安公主出降❶

妫水闻贞媛❷，常山索锐师❸。
昔忧迷帝力❹，今分送王姬❺。
事等和强虏❻，恩殊睦本枝❼。
四郊多垒在❽，此礼恐无时❾。

注释

❶据新、旧唐书记载，成德军节度使王庭凑，凶悍好乱，对抗天子。至其子王元逵袭节度使，对朝廷表面恭谨，岁时贡献，唐文宗颇感满意。于开成二年（837）六月，以绛王李悟女寿安公主嫁王元逵。此诗即写于是时。降：下嫁。

❷妫水：在今山西省永济市南，又作"沩水"。传说尧在此将二女嫁给舜为妻。贞媛：端庄美丽的少女。此句即化用尧嫁二女给舜为妻的典故，以"贞媛"暗指寿安公主。

❸常山：郡名，即镇州（今河北省正定县），为成德军节度使治所。索锐师：谓王元逵派遣精锐部队娶妻。索：娶，古语（见陆游《老学庵笔记》卷十）。

❹迷帝力：《汉书·张耳陈余传》记载，刘邦对待女婿张敖（张

耳之子）很轻慢，赵相贯高主张杀刘邦，张敖说："先王亡国，赖皇帝得复国，德流子孙，秋毫皆帝力也。"此句借用此典，说明王庭凑恃强抗拒朝廷，丝毫不感激皇帝的恩德。

❺分：分当。王姬：宗室之女称王姬，指寿安公主。句意谓现在王元逵岁时贡献，理应把公主嫁给他了。

❻和强虏：古代封建统治者，为了民族间和睦相处，便把宗室女子嫁给少数民族首领，称作"和亲"。虏：古代对少数民族的辱称。王元逵是回鹘族，故如此说。句意谓事情的性质等于屈辱"和亲"。

❼殊：异，谓超过。本枝：指嫡系和宗室子孙。句意谓恩遇超过对待嫡系和宗室的子孙。

❽四郊多垒：《礼记·曲礼上》云："四郊多垒，此卿大夫之辱也。"句意谓藩镇割据，到处都是壁垒。

❾"此礼"句：意谓此等下嫁公主的"礼"节，恐怕永远都不会结束。

评笺

姚培谦评：用意全在结句。夫元逵以改行得尚主，此可言也；欲以此风动邻镇，此不可言也。欧阳文忠公诗："肉食何人为国谋？"与此同感。（《李义山诗集笺注》）

程梦星评：寿安公主下嫁王元逵始末，《旧唐书》仅略载其岁月，《新唐书》则详叙其事情。虽以为元逵贡献如职，非复如其父之凶悖不臣，然其时之出降，毕竟畏藩镇而以婚姻结之。故义山作诗正论之，盖咎其既往且忧方来也。（《重订李义山诗集笺注》）

纪昀评：太粗太直，失讳尊之体。（《玉谿生诗说》）又评：立言无体。（《李义山诗集辑评》引）

张采田评：诗愤朝廷姑息，语特正大。纪晓岚讥其立言无体，岂诗人必作诙词，始为得体哉！（《玉谿生年谱会笺》）

西南行却寄相送者①

百里阴云覆雪泥②，行人只在雪云西③。
明朝惊破还乡梦，定是陈仓碧野鸡④。

注释

①唐文宗开成二年（837）十一月，兴元（今陕西省汉中市）尹、山西南道节度使令狐楚病重，急召李商隐赴镇代草遗表。当时，李商隐在长安，兴元在长安西南，故谓"西南行"。友人相送，至陈仓（今陕西省宝鸡市）而别。却寄：回寄。

②"百里"句：意谓天空阴云覆布，道路泥泞不堪。

③行人：作者自称，句谓自己与相送友人相隔遥远。

④陈仓碧野鸡：《汉书·郊祀志》云："秦文公获若石于陈仓北坂城，祀之。其神来常以夜，光辉若流星；从东方来，集于祠城，其声殷殷若雄鸡，名曰陈宝。"又谓汉宣帝即位，有人说益州有金马碧鸡之神，便派大夫王褒持节求之。后两句诗即化用此典，是说他明日身在陈仓，可能在梦中还以为回到故乡，定会是鸡鸣之声将惊醒他的好梦。

评笺

冯浩评：最后赴东川，亦冬令。然迟暮之悲，羁孤之痛，必无此诗情态，是为驰赴兴元作无疑。（《玉谿生诗笺注》）

纪昀评：以风调胜。诗固有无所取义而自佳者。（《玉谿生诗说》）
又评：着眼在"还乡梦"三字，却借陈仓碧鸡反点之，用笔最妙。（《李义山诗集辑评》引）

行次西郊作一百韵①

蛇年建丑月②，我自梁还秦③。
南下大散岭，北济渭之滨④。
草木半舒坼⑤，不类冰霜晨。
又若夏苦热，燋卷无芳津⑥。
高田长檞枥，下田长荆榛⑦。
农具弃道旁，饥牛死空墩。
依依过村落，十室无一存。
存者皆面啼⑧，无衣可迎宾。
始若畏人问，及门还具陈。

右辅田畴薄[9]，斯民常苦贫。
伊昔称乐土，所赖牧伯仁[10]。
官清若冰玉，吏善如六亲[11]。
生儿不远征，生女事四邻[12]。
浊酒盈瓦缶，烂谷堆荆囷。
健儿庇旁妇[13]，衰翁舐童孙[14]。
况自贞观后[15]，命官多儒臣。
例以贤牧伯，征入司陶钧[16]。
降及开元中[17]，奸邪挠经纶[18]。
晋公忌此事，多录边将勋[19]。
因令猛毅辈，杂牧升平民[20]。
中原遂多故，除授非至尊。
或出幸臣辈，或由帝戚恩。
中原困屠解[21]，奴隶厌肥豚[22]。
皇子弃不乳[23]，椒房抱羌浑[24]。
重赐竭中国，强兵临北边。
控弦二十万，长臂皆如猿[25]。
皇都三千里，来往同雕鸢[26]。
五里一换马，十里一开筵[27]。
指顾动白日，暖热回苍旻[28]。
公卿辱嘲叱，唾弃如粪丸[29]。
大朝会万方[30]，天子正临轩[31]。
彩旂转初旭，玉座当祥烟。
金障既特设，珠帘亦高褰。
捋须蹇不顾，坐在御榻前[32]。
忤者死跟履，附之升顶巅。
华侈矜递衒[33]，豪俊相并吞[34]。
因失生惠养[35]，渐见征求频[36]。
奚寇东北来[37]，挥霍如天翻[38]。

是时正忘战，重兵多在边㊴。
列城绕长河，平明插旗幡㊵。
但闻虏骑入，不见汉兵屯㊶。
大妇抱儿哭，小妇攀车辀㊷。
生小太平年，不识夜闭门。
少壮尽点行，疲老守空村。
生分作死誓，挥泪连秋云。
廷臣例獐怯，诸将如赢奔。
为贼扫上阳，捉人送潼关㊸。
玉辇望南斗㊹，未知何日旋。
诚知开辟久，遘此云雷屯㊺。
逆者问鼎大，存者要高官㊻。
抢攘互间谍㊼，孰辨枭与鸾㊽？
千马无返辔，万车无还辕㊾。
城空鼠雀死，人去豺狼喧。
南资竭吴越，西费失河源㊿。
因令右藏库㊿，摧毁惟空垣。
如人当一身，有左无右边。
筋体半痿痹，肘腋生臊膻。
列圣蒙此耻，含怀不能宣。
谋臣拱手立，相戒无敢先。
万国困杼轴㊿，内库无金钱。
健儿立霜雪，腹歉衣裳单。
馈饷多过时，高估铜与铅㊿。
山东望河北，爨烟犹相联。
朝廷不暇给，辛苦无半年㊿。
行人榷行资㊿，居者税屋椽㊿。
中间遂作梗，狼藉用戈铤㊿。
临门送节制，以锡通天班㊿。

029

破者以族灭，存者尚迁延。
礼数异君父，羁縻如羌零[59]。
直求输赤诚，所望大体全。
巍巍政事堂，宰相厌八珍。
敢问下执事，今谁掌其权？
疮痏几十载，不敢抉其根。
国蹙赋更重，人稀役弥繁。
近年牛医儿[60]，城社更攀缘[61]。
盲目把大旆，处此京西藩[62]。
乐祸忘怨敌，树党多狂狷。
生为人所惮，死非人所怜。
快刀断其头，列若猪牛悬[63]。
凤翔三百里，兵马如黄巾[64]。
夜半军牒来[65]，屯兵万五千。
乡里骇供亿[66]，老少相扳牵[67]。
儿孙生未孩[68]，弃之无惨颜。
不复议所适，但欲死山间[69]。
尔来又三岁，甘泽不及春。
盗贼亭午起，问谁多穷民[70]。
节使杀亭吏，捕之恐无因[71]。
咫尺不相见，旱久多黄尘。
官健腰佩弓，自言为官巡。
常恐值荒迥[72]，此辈还射人[73]。
愧客问本末，愿客无因循[74]。
郿坞抵陈仓，此地忌黄昏[75]。
我听此言罢，冤愤如相焚。
昔闻举一会，群盗为之奔[76]。
又闻理与乱，系人不系天。
我愿为此事，君前剖心肝。

叩头出鲜血，滂沱污紫宸。

九重黯已隔，涕泗空沾唇。

使典作尚书[17]，厮养为将军[18]。

慎勿道此言，此言未忍闻！

注释

❶次：止宿。开成二年（837）十二月，诗人从兴元返回长安途中，经长安西郊，闻见战后荒凉衰败，有感而发，遂作此诗。

❷蛇年：即开成二年。建丑月：十二月。

❸梁：梁州，州治在兴元。秦：指长安。

❹大散岭：在今陕西宝鸡市陈仓区西南。济：渡。这里的意思是诗人指自南面来，下了大散岭，再北渡渭水。

❺舒坼：萌芽。

❻燋卷：焦枯卷缩。以上四句写冬旱景象：草木因晴暖而萌发，不像冰封雪冻的寒冬，犹似酷热的暑天，因天旱而焦枯卷缩。

❼"高田"二句：槲、栎、荆、榛均为野生树木。

❽面啼：背面而啼。以上为本诗第一部分内容。

❾右辅：长安西郊。

❿牧伯：州郡行政长官。

⓫六亲：这里泛指关系亲近的亲属。

⓬事四邻：即不远嫁的意思。

⓭庇：养活。旁妇：外妇。旧时认为，成年男子正妻外还能养活外妇是生活富裕的表现。

⓮舐：舔。此以"老牛舐犊"形容百姓得享天伦之乐。

⓯贞观：唐太宗年号。

⓰陶钧：制陶器的转轮，转动它来制成陶器，喻治理国家。"司陶钧"即指担任宰相。以上为本诗第二部分内容。

⓱开元：唐玄宗年号。

⓲挠：扰乱。经纶：这里指政治纲纪。

⑲"晋公"二句：李林甫开元二十五年封晋国公。此事，即上文"命官多儒臣"。李林甫为独揽朝政，力主番将任节度使，因为他们缺乏入相资格。故安禄山得以一身兼任平卢、范阳、河东三镇节度使，为其后叛变提供了基础。

⑳杂牧：胡乱治理。

㉑屠解：屠杀肢解。

㉒奴隶：这里指贵族家的仆役。厌：同"餍"，饱，满足。

㉓不乳：指玄宗宠爱武惠妃，为立其子而杀太子瑛、鄂王瑶、光王琚事。

㉔"椒房"句：指杨贵妃认安禄山为义子事。安禄山是胡人，故云"羌浑"。

㉕"控弦"二句：控弦即拉弓，此借指士兵。《史记·李将军列传》谓李广"猿臂""善射"。这里是指安禄山兵力强大。

㉖"皇都"二句："三千里"即范阳到长安路程。雕鸢：鸷鸟和鹞鹰。此指禄山令其将刘骆谷留长安作谍报事。

㉗"五里"二句：据《安禄山事迹》记载，安禄山身体肥胖，从范阳赴长安，驿站间要筑台换马，谓之"大夫换马台"；其停歇的地方，都赐以"御膳"。

㉘暖热：这里指态度的温和或严厉。苍昊：苍天。

㉙粪丸：蜣螂用土包粪，转而成丸。此指安禄山视朝臣若粪丸。

㉚大朝：皇帝大会诸侯朝臣的隆重朝会，有别于平日常朝。万方：各地诸侯，即都督、刺史等。

㉛临轩：皇帝不坐正殿的座位而坐殿前平台接见臣下。

㉜"金障"四句：《旧唐书·安禄山传》云："上御勤政楼，于玉座东为设一大金鸡障，前置一榻坐之，卷去其帘。"障：屏风。褰：挂起。寒：骄傲。

㉝矜递衒：即递矜衒，竞相夸耀奢侈的生活。

㉞豪俊：权贵。

㉟生惠养：抚育与爱养。

㊱征求：压榨诛求。以上为本诗第三部分内容。

㊲奚寇：即安禄山叛军，其中多有奚族人。

㊳挥霍：行动迅速敏捷。

㊴"是时"二句：《旧唐书·安禄山传》云："天下承平日久，人不知战，闻其起兵，朝廷震惊。"唐自开元、天宝以来，为对付奚、契丹、吐蕃，朝廷精兵多集中于东北和西北，此时东北叛乱，西北军队不及驰援，故云。

㊵"列城"二句：谓黄河沿岸城邑，叛军晚上攻打，天明即攻破，插上他们的旗帜。

㊶"但闻"二句：天宝十四载（755）十一月，安禄山从范阳起兵，沿途所至郡县，往往没有唐军抵御。

㊷辐：车两旁横木向外翻出的部分，用以遮蔽尘泥。

㊸"为贼"二句：扫上阳：打扫东都洛阳的上阳宫，指天宝十五载（756）正月，安禄山在洛阳僭称大燕皇帝。送潼关：指其年六月，叛军攻陷长安后，搜捕百官、宦官、宫女等经潼关押送洛阳。

㊹"玉辇"句：指玄宗奔蜀事。

㊺云雷屯：《易·屯》云："屯，刚柔始交而难生。"屯卦雷下云上，即刚下柔上相交接而生灾难。指禄山之乱。

㊻"逆者"二句：谓叛镇有问鼎称王之野心，未叛者则要挟朝廷授予高官。

㊼抢攘：纷乱。互间谍：互相刺探。

㊽枭与鸾：分别指代叛臣与忠臣。

㊾"千马"二句：谓朝廷讨逆军队全军覆没。以上为本诗第四部分内容。

㊿"南资"二句：吴越：泛指东南地区。河源：指黄河上游河西、陇右地区。安史乱后，中原破坏严重，朝廷财政收入主要依靠淮南、江南地区，致使东南财力消耗殆尽，而河西大片土地又沦于吐蕃，西北财源亦丧失不存。

(51)右藏库：唐朝廷有左右藏库，左藏库存放全国赋调，右藏库存放各地所贡珠宝。安史乱后，金玉宝货为各地藩镇垄断，不再进贡，故右藏库只剩空垣。

(52)万国：泛指全国各地。杼轴：织布机。织机中空无一物，说明剥削残酷，人民困苦。

(53)铜铅：代指钱币。“高估铜与铅”谓官府发放军饷时，以实物折钱计算，故意抬高钱币价值，以达到克扣粮饷的目的。

(54)“辛苦”句：意思是终岁辛苦而无半年之粮。

(55)行人：行商。榷：本指政府专利买卖，此指征税。行资：即行商的税资。

(56)税屋椽：征收房屋税。

(57)“中间”二句：作梗：从中阻挠。此指藩镇抗命，朝廷政令不能下达。用戈铤，即动刀兵。两句指河北藩镇朱滔、田悦、王武俊以及朱泚、李怀光、李纳、李希烈等相继反叛，局面混乱。

(58)“临门”二句：节制，旌节和制书，指高官的任命。锡：赐。通天班：直接隶属皇帝的最高官阶，如宰相。中唐以来，节度使死，其子往往自称留后，朝廷派人将旌节制书送上门去，正式任命。并赐朝官衔。如仆射、同中书门下平章事，即宰相衔。

(59)羁縻：笼络。羌零：先零，古西羌族的一支。两句谓藩镇不遵守君臣间应有的礼仪，朝廷对之也只得如对待边地少数民族一样，加以笼络维系而已。以上为本诗第五部分内容。

(60)牛医儿：东汉黄宪的父亲是牛医，有人便称宪“牛医儿”。此指郑注，曾以方伎游江湖间，以为文宗治病而得到信任和重用。

(61)城社：城狐社鼠，常喻皇帝身边的奸邪。

(62)“盲目”二句：《新唐书·郑注传》云：“(注）貌寝陋，不能远视。”此兼讽其政治识见的“盲目”。把大旆：持旌旗出镇一方。京西藩：唐置凤翔府，设节度使，辖长安以西地区。大和九年（835）十月，文宗以郑注为凤翔节度使。

(63)“快刀”二句：李训主事失败后，仇士良密令监军宦官张仲清诱杀郑注，悬其首于京师兴安门示众。

㉞"凤翔"二句：凤翔距长安三百五十里，此指长安以西、凤翔以东地区。黄巾：东汉末张角等农民起义军。此以黄巾代称兵祸。史载甘露事变后，仇士良遣禁军在京城大肆捕杀之后，又"出卫骑千余，驰咸阳、奉天捕亡者"，兵祸直接蔓延到京郊地区。

㉟军牒：调兵文书。指宦官用左神策大将军陈君奕为凤翔节度使。

㊱供亿：唐代公文习语，即安顿。

㊲扳牵：牵挽。百姓无力供给安顿这些禁军，只好相携逃亡。

㊳"儿孙"句：指还不会笑的婴儿。孩：小儿笑。

㊴"不复"二句：意谓百姓仓皇逃难，漫无目的，只求藏于深山，即使不免一死，也比死在乱军之中好。所适：所到的地方。以上为本诗第六部分内容。

㊵亭午：正午。

㊶"节使"二句：亭吏，秦汉时乡中有亭长，职责是捕盗，此处借指负责基层治安的小吏。诗谓节度使因捕盗不力杀亭吏，但"盗贼"既多为穷民，亭吏要捕恐怕也没有缘由。

㊷值：遇。荒迥：荒凉之地。

㊸此辈：即官健，由州府招募供养的士兵。句意官健名为巡盗，实际上他们自己就是害民的盗贼。

㊹因循：马虎大意。

㊺"郿坞"二句：意谓从郿坞到陈仓一带路途不宁，切忌傍晚时赶路。郿坞：故址在今陕西眉县北（东汉末年，董卓曾筑坞于郿，号"万岁坞"，世称郿坞）。陈仓：今陕西宝鸡市陈仓区东。以上为本诗第七部分内容。

㊻"昔闻"二句：会即士会，春秋晋大夫。《左传·宣公十六年》云："（晋景公）以黻冕命士会将中军，且为太傅。于是晋国之盗逃奔于秦。"

㊼使典：即胥吏，办理文书的下级官员。谓尚书等高官者，才器不过如胥吏之流。

㊽厮养：仆役，此指宦官。此句指斥宦官掌握兵权。唐德宗以来，禁军将领都由宦官担任。以上为本诗最后一部分内容。

评笺

程梦星评：此诗分六大段。第一段自起句至"斯民常苦贫"，言经过所见之荒残。第二段自"伊昔称乐土"至"征入司陶钧"，言京师当日之富庶。第三段自"降及开元中"至"肘腋生臊膻"，言玄宗幸蜀之事。第四段自"列圣蒙此耻"至"人稀役弥繁"，言德宗奉天之事。第五段自"近年牛医儿"至"但求死山间"，言文宗时甘露之事。第六段自"尔来又三岁"至末，则言时事之不理，而归于用人之不当也。然逐段之中，皆以用人为主。如贞观之盛时，则言"命官多儒臣"也，"征入司陶钧"也；叙开元之衰，则言"奸邪挠经纶"也，"晋公忌此事"也；叙建中之乱，则言"谋臣拱手立"也，"今谁掌其权"也；叙大和之变，则言"盲目把大旆"也，"树党多狂猖"也。此作诗之旨也……又按：韵以真、文、元、寒、山、先六部并用，本之杜、韩。然其鼻祖则自汉魏以来有之，如《焦仲卿妻》陈思王《弃妇篇》，皆重韵之最著者也。（《重订李义山诗集笺注》）

田兰芳评：不事雕饰，是乐府旧法。（《玉谿生诗笺注》引）

纪昀评：亦是长庆体裁，而准拟工部气格以出之，遂衍而不平，质而不俚，骨坚气足，精神郁勃。晚唐岂有此第二手。"我听"以下，淋漓郁勃，如此方收得一篇大诗住。芥舟曰：的是摹杜，骨干苍劲似之，神气冲溢则未也。谓中晚高作则可，以配《北征》，则开合变化之妙不可同日而语矣。（《玉谿生诗说》）

安定城楼①

迢递②高城百尺楼，绿杨枝外尽汀洲③。
贾生④年少虚垂涕⑤，王粲⑥春来更远游。

永忆江湖归白发，欲回天地入扁舟❼。
不知腐鼠成滋味，猜意鹓雏竟未休❽！

注释

❶开成二年（837）十一月，兴元尹、山西南道节度使令狐楚故去，诗人失去依托。泾原节度使王茂元辟他为幕僚，因赏其才学，将女儿许配于他。王为"李党"，令狐为"牛党"，诗人被指责"背恩"。因而在开成三年（838），参加博学宏词科考试时，被牛党有意作梗而失意。此诗即诗人落选后回泾原登安定城楼时所作。安定：郡名，即泾州，治所在今甘肃泾川县北，唐泾原节度使府所在地。

❷迢递：高峻的样子。

❸汀洲：水边平地。这里指湫渊，在泾州界内，清澈可爱，方四十里，停水不流，冬夏不增不减。

❹贾生：即贾谊。《史记·贾生传》记载：贾生名谊，洛阳人，年少颇通诸子百家之书，文帝召为博士。升迁，至太中大夫。后来被谗，迁为梁怀王太傅。曾作《陈政事疏》云："臣窃唯事势可为痛哭者一，可为流涕者二，可为长太息者六。"他为巩固中央集权，提出许多建议。"虚垂涕"：谓白流泪。句意谓贾谊忧愤国事，并未得到重视。这里暗喻当时诗人考博学宏词科落选的心地。

❺王粲：东汉末年人，字仲宣，西京扰乱，去荆州依刘表，曾于春日登麦城县城楼，作《登楼赋》云："虽信美而非吾土兮，曾何足以少留！"这句诗即化用此典，暗写自己落第后回王茂元幕，登楼眺远，景色虽佳，但并非久留之地。

❻"永忆"二句：永忆：长想。江湖：《史记·货殖列传》记载，春秋时，越国大夫范蠡辅佐越王勾践成就霸业后，便功成身退，"乘扁舟浮于江湖"，隐居而去。扁舟：小舟。两句化用范蠡的典故，说明自己虽想年迈归隐江湖，但必须做出回天转地的事业方能遂愿。王安石非常激赏这两句诗，认为"虽老杜无以过"（见《蔡宽夫诗话》）。

❼"不知"二句：《庄子·秋水》记载，惠施任梁国宰相，庄子前

去拜访。有人对惠施说："庄子来，欲代子相。"惠施心惊，便于国都中搜索三日三夜。庄子见到他，以寓言讽刺：南方有种鸟，名叫鹓雏……从南海飞往北海，非梧桐不止，非练实（竹实）不食，非醴泉（甘泉）不饮。鸱鸟（猫头鹰）得到一只腐鼠，鹓雏飞过它，它就仰起头看着鹓雏，发出"吓"的怒叫声。今天你也想用你的梁国吓我吗？成滋味：当成为美味。猜意：猜疑。鹓雏：凤凰之类的鸟。作者用此典故，是借以讽刺猜忌、排斥自己的小人。

评笺

程梦星评：义山博极群书，负经国之志，特以身处卑贱，自噤不言。兹因人妄相猜忌，全不知己，故发愤一倾吐之。然而玄言深隐，略无夸大，真得《三百》诗人风旨，非他手可摹也。首二句借城楼自喻，有立身千仞、俯视一切之意。三四叹有贾生之才而不得一摅，只如王粲之游而穷于所往。五六言本欲功成名立，归老江湖，旋转乾坤，乃始勇退。七八言己之意量如此，而彼庸妄者方据腐鼠以吓鹓雏也。岂不可哀矣哉！（《重订李义山诗集笺注》）

方东树评：此诗脉理清，句格似杜。玩末句，似幕中有忌闲之者。然用事秽杂，与前不相称。（《昭昧詹言》）

❧ 回中牡丹为雨所败二首[1] ❧

其一

下苑[2]他年未可追，西州今日忽相期[3]。
水亭暮雨寒犹在，罗荐春香[4]暖不知。
舞蝶殷勤收落蕊[5]，有人惆怅卧遥帷[6]。

章台街里芳菲伴❼，且问宫腰❽损几枝？

其二

浪笑榴花不及春，先期零落更愁人❾。
玉盘迸泪伤心数❿，锦瑟惊弦⓫破梦频。
万里重阴非旧圃⓬，一年生意属流尘⓭。
前溪舞罢⓮君回顾，并觉⓯今朝粉态⓰新。

注释

❶回中：在泾州（今甘肃省泾川县北）附近，为泾原节度使幕府所在地，这里代指泾州。这两首诗，是唐文宗开成三年（838）之春所作，借写牡丹为雨所败，托物寓怀，以抒身世之慨。

❷下苑：曲江，汉代称宜春下苑。

❸西州：指泾州。相期：相会，指在此又看到牡丹盛开之景。

❹罗荐春香：《汉武内传》云："帝以紫罗荐地，燔百和之香，以候云驾。"这里是说把紫罗垫在地上，以防花寒。这里借牡丹写自己受到的冷遇。

❺收落蕊：蝴蝶在落英中飞舞，好似惜花而收取落蕊。

❻有人：一作"佳人"，指牡丹。卧遥帷：牡丹因风雨摧残而委顿，遥看犹如佳人惆怅卧于帷中。

❼章台街：《汉书·张敞传》记载："为京兆尹，时罢朝会过，走马章台街。"章台街在汉西京长安，这里借指唐朝长安。芳菲伴：《太平广记》载，韩翃与歌妓柳氏作《章台柳》词相互赠答，其中有"章台柳"和"芳菲节"之句。章台"芳菲"，指柳枝；此诗"芳菲"，是指牡丹，谓芳侣花瓣。

❽宫腰：《后汉书·马廖传》记载："楚王好细腰，宫中多饿死。"这里，诗人借"宫腰"指牡丹。

❾浪笑：徒然嘲笑。榴花不及春：《旧唐书·孔绍安传》记载，

孔绍安在隋朝末为监察御史，曾监高祖（李渊）军。及高祖即位，绍安来从，拜内史舍人（正五品上阶）。夏侯端亦曾为御史监高祖军，先归朝，授秘书监（从三品）。绍安侍宴，应诏咏石榴诗曰："只为来时晚，开花不及春。"两句意谓先期零落的牡丹，比晚开"不及春"的石榴花更悲惨。这里借咏物而写"人事宣情"（王妆弼、聂石樵《玉谿生诗醇》）。

⑩"玉盘"句：比喻牡丹花朵上雨珠飞溅的情景。玉盘：形容牡丹花朵像玉盘那样大。迸泪：溅泪。数：多次。

⑪锦瑟惊弦：谓锦瑟急奏，促柱繁弦，令人心惊。这里指急雨打花。

⑫重阴：阴云密布。旧圃：指往昔曲江旧圃之优美景致。

⑬属流尘：指湮灭于泥土。

⑭前溪舞：于就《大唐传》记载："前溪村，南朝学乐之所，今尚有数百家习音乐，江南声伎多出自此，所谓'舞出前溪'者也。"前溪：在今浙江省德清县以西。有《前溪歌》云："花落随流去，何见逐流还。"舞罢：牡丹花零落殆尽。

⑮并觉：更觉。

⑯粉态：指牡丹在雨中败落的狼狈姿态。

评笺

纪昀评：纯乎唱叹，何处着一呆笔！（首章）第四句对面一衬，对法奇变。结二句忽地推开，深情忽触，有神无迹，非常灵变之笔。芥舟评曰：第六句妙远。二首皆不失气格，兼多神致。（《玉谿生诗说》）

汪辟疆评：此义山在安定借牡丹以寄慨身世之诗，题意已明，非专咏牡丹也。（首章）此诗首言下苑未可追，则秘省之势难再入（按：开成三年义山尚未入秘省），令狐门馆之势难再依，以今日泾原之行而可决定之他年也。其试宏词不中，当必有摈逐之者，故三四一联以寒字写外间排笮之人正多，以暖字写暂时之合少慰。此二句已不胜其怅惘凄迷之感。五六则极言失意。"无蝶"句，即落花满地无人管之意；"有人"句，即翠衾归卧绣帘中之意。则歌以当哭矣。结则撇去正面而叹。回中如是，他处可知；牡丹如是，他卉可知。犹言同我之沦落者，恐亦有人。凄惋之中，自然意远，深情妙绪，触手纷披。细玩全篇，无一滞笔。最妙在前六句，皆从对面衬出，属对奇变。而三四一联，尤其显而易见者也。次章首句……言榴花开时本晚，而牡丹先春零落，喻己本遭遇蹭蹬，而谗人复从而排笮之也。浪笑二字，极见用意。三四一联，正面写牡丹为雨所败。"玉盘"句，写花含雨；"锦瑟"句，写雨打花。体物精细，故精紧乃尔，亦所以喻己之横被摧残，故曰伤心、曰破梦也。泪迸弦断，悲苦可知。五六则浓阴万里，障蔽重重，生意一春，流光晼晚。非旧圃，则殊于下苑也；属流尘，则困于轮蹄也。嗟叹之间，出以凄惋，不能卒读矣。结则言今日之零落如此，而他日之零落或更有甚于今日者，必反觉今日雨中粉态，犹为新艳。此进一层写法，与前篇之罗荐春香暖不知，遥遥相发。然无聊之慰情，可于言外得之矣。此二诗假物寓慨，隐而能显，是徐熙惠崇画法。（《玉谿诗笺举例》）

次陕州先寄源从事❶

离思羁愁日欲晡❷，东周西雍此分途❸。
回銮佛寺高多少❹，望尽黄河一曲无❺？

注释

❶唐文宗开成四年（839），李商隐由秘书省校书郎调补弘农（今河南省灵宝市）尉。此诗正是作者赴任途经陕州（今三门峡市陕州区）时所作。次：止宿。源从事：无考，可能是观察使从事（幕僚）。
❷离思：谓思念离别的亲友。羁愁：羁旅之愁。晡：《淮南子·

天文训》云："日至于悲谷，是谓晡时。"即傍晚，黄昏时分。

❸"东周"句：《公羊传》隐公五年云："自陕而东，周公主之；自陕而西，召公主之。"西周京城在镐京（在今陕西省西安市长安区西），雍州（在今陕西省北部、甘肃省西北部和青海额济纳等地）属镐京管辖，故以西雍代指西周。东周时雒邑（今河南省洛阳市）作为陪都。句意谓西周和东周，是以陕州为分界线。途：路。

❹回銮：《旧唐书·代宗纪》记载，广德元年十月，吐蕃犯京畿，皇帝驾幸陕州，十二月还京。銮：皇帝的銮驾。佛寺：为皇帝回京后所建。

❺黄河一曲：《尔雅·释水》云："河出昆仑……百里一小曲，千里一曲一直。"黄河流经陕州故城南。

评笺

屈复评：一时。二次陕州。三四寄问之词，言君已登高远眺，而我尚在中途也。（《玉谿生诗意》）

纪昀评：浅浅语，风骨自老，气脉亦厚。（《玉谿生诗说》）

冯浩评：佛寺高居，比源。黄河一曲，自喻屈就县尉。毫不着迹，但觉雄浑。（《玉谿生诗集笺注》）

荆　山❶

压河连华势屚颜❷，鸟没云归一望间❸。
杨仆移关三百里❹，可能❺全是为荆山。

注释

❶此诗应同作于开成四年（839）李商隐赴任弘农尉时。荆山：山名，在今河南省灵宝市内。

❷河：即黄河。华：指华山。屴崱：形容山势雄峻。荆山对河，居高临下，故谓"压河"。荆山对华山而奇峰突起，故谓"连华"。

❸"鸟没"句：谓鸟没云归，风光尽收眼底。

❹"杨仆"句：《汉书·武帝纪》云："（元鼎）三年冬，徙函谷关于新安（今河南省新安县），以故关为弘农县。"应劭注云："时楼船将军杨仆，数有大功，耻为关外民，上书乞徙东关，以家财给其用度。武帝意亦好广阔，于是徙关于新安，去弘农三百里。"句指杨仆恃功，请求汉武帝迁移函谷关于新安，而成为关内人。

❺"可能"句：此乃揣测之词，以人喻己，抒发由京调外之慨。

评笺

何焯评：此叹执政蔽贤，使畿赤高资，反为关外之人，沉沦使府会也。虽有移关之力，犹当被其阻塞，况我将如之何哉！（《李义山诗集辑评》引）

冯浩评：借慨己之由京外调也。不直言耻居关外，而故迂其词，使人寻味。（《玉谿生诗集笺注》）

出关宿盘豆馆对丛芦有感❶

芦叶梢梢夏景深，邮亭暂欲洒尘襟。
昔年曾是江南客❷，此日初为关外❸心。
思子台❹边风自急，玉娘湖❺上月应沉。
清声不逐行人去，一世荒城伴夜砧。

注释

❶关：潼关。盘豆馆：在今河南灵宝市境内，距潼关四十里。相

传汉武帝过此，乡民以牙盘献豆，故此得名。开成四年（839），诗人由秘书省校书郎谪降弘农（治所在今河南省灵宝市）尉，仕途失意，调任途中见芦苇有感而作此诗。

❷江南客：诗人《献相国京兆公启》记其少年时有"东至泰山""南游郢泽"的游历。此处也有可能指其少年时随父客居浙水东西。

❸关外心：关，此指函谷关，原在弘农境内，汉武帝时楼船将军杨仆耻居关外，请武帝移函谷关于新安，去弘农三百里。

❹思子台：《汉书·戾太子传》记载，戾太子（刘据）以巫蛊事自杀，后汉武帝知其冤，因作思子宫，又建归来望思之台于湖县。台址在今河南灵宝市境。

❺玉娘湖：王士禛《秦蜀驿程后记》记载："过阌乡盘豆驿，涉郎水，即义山所云之玉娘湖"，未知所据何书，此湖当距盘豆馆不远。

评笺

何焯评：次连言昔客江南，黄芦遍地，然年壮气盛，自视立致要津，曾无摇落之感。此日流落而为关外之人，不觉凄兮其悲，因芦叶之梢梢，而百端交集也。腹连皆是所感，末句指丛芦。（《义门读书记》）

姚培谦评：此因丛芦而发客中摇落之感也。芦叶虽非佳植，而邮亭见此，最写幽襟。盖因昔年曾客江南，而出关见此，如逢旧侣也。

因忆此馆乃汉武曾过之地，而思子台边，玉娘湖上，风月凄凉，久已不堪回首。况此丛芦偶对，客去之后，谁复关情？萧萧清响，惟与荒城夜砧相伴而已。生世苍茫，何以异此！（《李义山诗集笺注》）

纪昀评：用笔甚轻，而情思殊深，正复以轻得之耳。（《玉谿生诗说》）又评：情致宛转，格在不高不卑之间。（《李义山诗集辑评》引）

无 题①

昨夜星辰昨夜风②，画楼③西畔桂堂东。
身无彩凤双飞翼，心有灵犀④一点通。
隔座送钩春酒暖，分曹射覆蜡灯红⑤。
嗟余听鼓应官去⑥，走马兰台类转蓬⑦。

注释

①唐文宗开成四年（839），李商隐为秘书省校书郎。从诗中"嗟余听鼓应官去，走马兰台类转蓬"来看，本诗应写于此时。

②"昨夜"句：《书·洪范》云"星有好风。"这里有"好会"的意思。

③画楼：一作"画堂"。画堂、桂堂：指美丽的厅堂。

④灵犀：古人认为犀牛角为灵异之物，故谓"灵犀"。犀牛角中心的髓质像一条白线贯通上下，故借指相爱的男女，彼此心心相通。

⑤送钩：又叫藏钩，古代的一种游戏，把钩（器物）藏在数人手下，让对方猜测在谁手下。分曹：分队。射覆：古代的游戏，在器物下覆盖着东西，由对方猜。射：猜。

⑥嗟：叹词。听鼓：唐制，五更二点，鼓响天明，即须上班。应官：上班应差。兰台：汉代收藏宫廷典籍图书的地方。唐高宗时改秘

书省为兰台，唐中宗时又改兰台为秘书省。这里指作者任职的秘书省。转蓬：一作"断蓬"，谓像蓬草飞转那样快。这两句意谓宴会欢乐通宵达旦，自己却要像蓬草飞转那样身不由己。

评笺

陆昆曾评：首句星辰字、风字，非泛然写景，正见得昨夜乃良夜也。当此良夜，阻我佳期，则画楼桂堂之间，虽不能至，心向往之矣。隔座送钩，分曹射覆，言一宵乐事甚多，而听鼓应官之客，曾不得身与其间，伤之也，亦妒之也。（《李义山诗解》）

姚培谦评：此言得路与失路者之不同也。星辰得路，重以好风，画楼桂堂，正得意人集聚之地。此时虽不必傅翼而飞，已心许作一路上人矣。于是隔座送钩，分曹射覆，眉眼传情，机关默会，留髡送客之乐，不言可知。而余以听鼓应官之身，虽从走马兰台之后，巧拙冷暖，真有咫尺千里之叹也，如何！（《李义山诗集笺注》）

冯浩评：次联言身不接而心能通；五六正想象得之，与下章"偷看"相应，非义山身在其中也，意味乃佳。又评：自来解无题诸诗者，或谓其皆属寓言，或谓其尽赋本事，各有偏见，互持莫决。余细读全集，乃知实有寄托者多，直作艳情者少，夹杂不分，令人迷乱耳。此二首定属艳情，因窥见后房姬妾而作，得毋其中有吴人耶？（《玉谿生诗笺注》）

任弘农尉献州刺史乞假归京❶

黄昏封印点刑徒❷，愧负荆山入座隅❸。
却羡卞和双刖足❹，一生无复没阶趋❺。

❶唐文宗开成四年（839），李商隐由秘书省校书郎调补弘农（治所在今河南省灵宝市）尉，因"活狱"（免除或减轻囚犯刑罚），而触怒观察使孙简，将辞职离去，适逢姚合代孙简，又让其还任。此诗即作于诗人离任之前。献：呈献。州刺史：即河南道陕虢观察使。弘农为虢州首县。乞假：即告假，实则是辞职。归京：回京城长安。归：一作"还"。

❷封印：封存官印。点刑徒：查点囚徒人数。封印、点刑徒，是县尉每天的职责。

❸荆山：灵宝有荆山，气势雄峻。入座隅：映入座边。隅：旁。

❹卞和刖足：《韩非子·和氏》记载："楚人和氏（一作卞和），得玉璞楚山中，奉而献之厉王，厉王使玉人相之。玉人曰：'石也。'王以和为诳，而刖其左足。及厉王薨，武王即位，和又奉其璞而献之武王。武王使玉人相之，又曰：'石也。'王又以和为诳，而刖其右足。武王薨，文王即位，和乃抱其璞而哭于楚山之下，三日三夜，泣尽而继之以血……王乃使玉人理其璞，而得宝焉，遂命曰和氏之璧。"刖：古代断足的一种刑罚。句谓美慕卞和被砍去双足，显然是激愤之词。

❺没阶趋：《论语·乡党》云："没阶，趋进，翼如也。"《经典释文》作"没阶趋，翼如也。"句谓一生免遭在阶前拜迎官长的耻辱。盛唐诗人高适做县尉时曾作《封丘作》诗道："拜迎官长心欲碎，鞭挞黎庶令人悲。"李商隐此诗，与高适诗作相似，表现了对受压迫人民的同情，以及对乱施淫威官长的愤恨。

评笺

黄彻评：李义山任弘农尉，尝投诗谒告云："却羡卞和双刖足，一生无复没阶趋。"虽为乐春罪人，然用事出人意表，尤有余味。英俊陆沉，强颜低意，趋跄诺虎，扼腕不平之气有甚于伤足者，非粗知

直己，不甘心于病畦下泚，不能赏此语之工也。（《碧溪诗话》）

姚培谦评：等是不遇知己，却输他无趋走之苦。（《李义山诗集笺注》）

纪昀评：太激太尽，无复诗致。（《玉谿生诗说》）

咏 史[1]

历览前贤国与家，成由勤俭破由奢[2]。
何须琥珀方为枕[3]，岂得真珠始是车[4]。
运去不逢青海马[5]，力穷难拔蜀山蛇[6]。
几人曾预南薰曲[7]，终古苍梧哭翠华[8]。

注释

[1] 文宗深知穆、敬二帝之弊，即位后，"励精求治，去奢从俭"，力图铲除宦官集团，结果事与愿违，皆以失败告终。宦官仇士良等更加嚣张，文宗亦"受制于家奴"，因而郁郁不乐，崩于开成五年（840）正月。此诗虽题为"咏史"，实则为悼念文宗而作，并对晚唐江河日下的颓运，深感悲叹。

[2] "历览"两句：《韩非子·十过》记载，秦穆公问由余，国君"得国失国"之道。由余说："常以俭得之，常以奢失之。"

[3] 琥珀枕：沈约《宋书》记载，宋武帝（刘裕）时宁州献琥珀枕，时北征须琥珀治金疮，即命捣碎分付诸将士。

[4] 真珠车："真珠"一作"珍珠"。《史记·田敬仲完世家》记载："梁王曰：'若寡人国小也，尚有径寸之珠照车前后，各十二乘者十枚。'"

[5] 青海马：《汉书·武帝纪》记载："元鼎四年……秋，马生渥洼

水中。"汉朝当时国运正隆,放天马生于渥洼。渥洼:地名,在今甘肃省瓜州县境内,在青海西北部。诗人在这里以"青海马"比喻能力挽狂澜的英才。

⑥蜀山蛇:《华阳国志·蜀志》载:蜀有五丁力士,能移山,秦惠王许嫁五女于蜀,蜀遣五丁迎之。还,到梓潼,见一大蛇入穴中,一人揽其尾掣之,不禁,至五人相助,大呼拽蛇。山崩,压杀五人及秦五女。诗人以"蜀山蛇"比喻仇士良等宦人,以及社会积弊。

⑦南薰曲:《孔子家语·用乐》云:"昔者舜弹五弦之琴,造南风之诗,其诗曰:'南风之薰兮,可以解吾民之愠兮;南风之时兮,可以阜吾民之财兮。'"这里暗喻文宗爱雅乐、去淫乐。句谓没有几人参与文宗南薰曲的歌唱,言外之意,即没有几人参加文宗力挽危局的行动。

⑧苍梧:《礼记·檀弓上》云:"舜葬于苍梧之野。"苍梧:山名,即九嶷山,在今湖南省宁远县南。这里指文宗的葬地章陵。翠华:有翠羽为饰的旗。华:葆,即盖。这里以"翠华"指文宗。句谓将永远为故去的文宗而悲伤。

评笺

朱鹤龄评:此诗疑为文宗而发也。史称文宗恭俭性成,衣必三澣,盖守成令主也。迨乎受制家奴,自比周赧、汉献,义山追感其事,故言俭成奢败,国家常理。(何须)二句言文宗岂有琥珀真珠之侈。今乃与亡国同耻,深可叹也。青海马,谓大中间吐蕃以原、秦等州归国。帝崩后数年,西戎遂有款关之事,故曰"运去不逢"。蜀山蛇,谓逆阉仇士良诸人也。自甘露之变,天子寄命虎口,愧愤没身,故云"力穷难拨"也。义山及第于开成,南薰之曲固尝与闻之矣,其能已于苍梧之哭耶!此诗全是故君之悲,玩末二语可见,特不欲显言,故托其词于咏史耳。(《李义山诗集笺注·补注》)

朱彝尊评:感时之切,托之咏史。长孺补渭其为文宗而作,近之矣。(《李义山诗集辑评》引)

屈复评：一二总起，三四单承者，五六单言败，七八以盛世难逢结。（《玉谿生诗意》）

三月十日流杯亭❶

身属中军❷少得归，木兰花❸尽失春期。
偷随柳絮到城外，行过水西闻子规❹。

注释

❶唐武宗会昌二年（842）初，李商隐在忠武节度使（驻许州，今河南省许昌市）王茂元幕府，为掌书记。这首诗应作于此时。流杯亭：《方舆胜览》云，"其水曲折，可以流觞。"故谓流杯亭。"流杯"即"流觞"。

❷中军：即"军中"。《旧唐书·职官志》云："天宝中，缘边御戎之地，置入节度使，受命之日，赐之旌节，得以专制军事，行则建节符，树六纛（大旗），外任之重无比焉。"句谓身在军中，很少有时间归家团聚。

❸木兰花：即玉兰花。

❹子规：《本草释名》称，其鸣声似"不如归去"。容易引起客居异乡之人的思家情怀。

评笺

姚培谦评："偷随"二字妙。子规却不许人一刻遣开也。（《李义山诗集笺注》）

程梦星评：楚与义山宾主相得，未必含怨，但自慨其不能致身富贵，未免闻子规而动不如归去之思也。末句用意最巧，晚唐始有此

法。宋元以后则多袭之。至明人讽李西涯诗"鹧鸪啼罢子规啼"，则愈巧而愈纤矣。（《重订李义山诗集笺注》）

纪昀评：风调自异，纯以骨韵胜也。（《玉谿生诗说》）

灞　岸[1]

山东[2]今岁点行频，几处冤魂哭虏尘[3]。
灞水桥边倚华表[4]，平时二月有东巡[5]。

注释

[1]唐武宗会昌二年（842），李商隐"又以书判拔萃，重入秘书省为郎"（冯浩《玉谿生年谱》）。八月，回鹘乌介可汗掠云、朔、北川，朝廷征发许、蔡、汴、滑等六镇之师，会师太原。此诗应作于本年，故有"倚华表"云。灞岸：《三辅黄图》记载："灞水出蓝田谷，西北入渭。"又："霸桥在长安东，跨水作桥。汉人送客至此桥，折柳赠别。""灞岸"即灞水桥岸。

[2]山东：《史记·秦始皇本纪》云："秦并兼诸侯山东三十余郡。"古代，函谷关以东六国之地皆称山东。点行频：杜甫《兵车行》诗云："行人但云点行频，"谓朝廷征兵过于频繁。

[3]冤魂：指暴骨边塞的无辜壮丁。虏尘：谓边塞。句意谓无数战死壮丁的冤魂在边塞哭泣。

[4]倚：倚靠。这里指诗人自倚。华表：崔豹《古今注》记载："程雅问曰：'尧设诽谤之木，何也？'答曰：'今之华表木也，以横木交柱头，状若花（即华）也，形似桔槔，大路交衢悉施焉……亦以表识衢路也。'"即桥边石柱。

[5]平时：指太平时节。二月东巡：《尚书·舜典》记载："岁二

月，东巡守（狩）"，此句是从此典脱化而来。故有此说，非纪实。

评笺

程梦星评：所谓"东巡"者，乃幸东都故事也。唐之盛时，自太宗、高宗以及玄宗，代代有之。天宝以后，唐室多故，无复属车之清尘矣。迄乎河北诸镇跋扈陆梁，遂必不可举行。此所以武宗欲幸东都而在廷以凋弊止之也。此诗先叙后世之乱，而后思及于盛时之东巡，今昔之感言外见矣。又曰"今岁点行"者，武宗会昌三年大发兵讨泽潞也。灞上发兵，东出潼关，故有忆于东巡故事耳。（《重订李义山诗集笺注》）

纪昀评：以倒装见吐属之妙，若顺说则不成语矣，于此悟用笔之法。首二句再蕴藉更佳。（《玉谿生诗说》）

春日寄怀[1]

世间荣落重逡巡[2]，我独丘园坐四春[3]。
纵使有花兼有月，可堪无酒又无人。
青袍似草[4]年年定，白发如丝日日新。
欲逐风波千万里[5]，未知何路到龙津[6]？

注释

[1]会昌四年（844），李商隐回故乡营母葬后，移家永乐（今山西省芮城县），自述当时"遁迹丘园，前耕后馌"，"渴然有农夫望岁之志"。会昌五年（855）春，诗人归洛阳，携家与弟义叟同居。此诗大约即写于会昌四五年间，抒发其白发添新、仕途无媒之慨。

[2]荣落：荣枯，即贫富、穷达之意。重：甚。逡巡：迅速。

[3]丘园：乡间，田园。坐四春：谓在此甚久。

④青袍似草：庾信《哀江南赋》云："青袍如草。"当时九品官的服色规定为青色，故谓"青袍"。句意谓青袍似草，年年不换。言外之意，是说其仕途绝望。

⑤风波千万里：比喻仕途的升沉曲折。

⑥龙津：《后汉书·李膺传》记载："膺独持风裁，以声名自高，士有被其容接者，名为登龙门。"又《三秦记》云："河津一名龙门，水险不通，鱼鳖之属莫能上，江海大鱼薄（迫近之义）集龙门下数千，不得上，上则为龙矣。"龙津即河津，亦即龙门，在今山西省河津市西北禹门口，此处指朝廷。两句意谓不畏仕途的曲折，未知何途而能致要津也。

评笺

姚培谦评：此叹汲引之无人也。荣落之感，世人何日能忘？不谓我之一坐，已是四年，纵使不以声利萦怀，而对花对月，如此无人无酒之恨何！况青袍不改，白发添新，非敢惮风波而甘丘壑也。仕路无媒，惟有抚时而叹耳。（《李义山诗集笺注》）

屈复评：一二寄怀之由。三四怀。五景六情。结自伤，欲出而无路也。（《玉谿生诗意》）

纪昀评：不免浅率。（《玉谿生诗说》）又评：亦是滑调。（《李义

山诗集辑评》引）

张采田评：此诗极有情致，岂是油滑一派。（《李义山诗辨正》）

❧ 春宵自遣❶ ❧

地胜遗❷尘事，身闲念岁华❸。
晚晴风过竹，深夜月当❹花。
石乱知泉咽，苔荒任径斜。
陶然恃琴酒，忘却在山家。

注释

❶会昌四年（844）三月，诗人移家永乐（今山西省芮城县），为母守丧。闲居时生活安定，写下一些闲适与筹唱赠答之作。此诗为其中著名者。

❷遗：忘却。

❸岁华：一年中的美好景物。

❹当：正对，映照。

评笺

姚培谦评：尘鞅劳人，岁华却无处不到。竹风花月间，非静对者不能心赏也。石泉既无俗韵，苔径岂有俗驾，琴酒而外，更复何营？（《李义山诗集笺注》）

冯浩评：念岁华，是不能忘也。陶然、忘却，聊自遣也。（《玉谿生诗笺注》）

张采田评：虽用少陵法而细意妥帖，仍是玉谿本色，非空腔滑调也。（《李义山诗辨正》）

汉 宫[1]

通灵夜醮[2]达清晨，承露盘晞甲帐春[3]。
王母不来方朔去[4]，更须重见李夫人[5]。

注释

[1] 唐武宗李炎，好神仙又好色，此诗即假托汉武帝事讽武宗之作，大约写于会昌四五（844—845）年。

[2] 通灵夜醮：《三辅黄图》记载："王褒《云阳宫记》曰：'钩弋夫人从至甘泉而卒，尸香闻十里，葬云阳，武帝思之，起通灵台于甘泉宫。'"醮：设法坛以祭神明。

[3] 承露盘：《汉书·郊祀志》师古注云："《三辅故事》云，建章宫承露盘高二十丈，大七围，以铜为之，上有仙人掌承露，和玉屑饮之。"汉武帝晚年迷信神仙，在宫中立铜仙人，置承露盘于其掌上，承接甘露，以为饮之可延年而成仙。晞：干。甲帐：《汉武故事》记载："上（武帝）以琉璃、珠玉、明月、夜光杂错天下珍宝为甲帐，其次为乙帐，甲帐居神，乙帐自居。"春：暖。句意谓承露盘无露，甲帐虚设。

[4] 方朔去：《武帝内传》记载："东方朔一旦乘龙飞去，同时众人见从西北上，冉冉大雾覆之，不知所适。至元狩二年，帝崩。"句谓西王母不再来，东方朔又去，武帝求仙之道绝望。

[5] 李夫人：《汉书·外戚传》记载，李夫人死后，汉武帝思念不已，齐人方士李少翁说他能使李夫人复活。于是便夜张灯烛、设帷帐，陈酒肉，令武帝居他帐，遥望好女如李夫人之貌，又不得近视。武帝愈益相思悲感，便作诗道，"是邪非邪，立而望之，偏何姗姗其

来迟!"句谓求仙之道绝望,只有地下重见李夫人了。

评笺

程梦星评:此似为武宗讽也。武宗亦英明之主,而外崇刘玄静,内宠王才人,既欲学仙,又复好色,大惑也。与汉武后先一辙,故托言焉。(《重订李义山诗集笺注》)

何焯评:抛却神仙,反求死鬼,讽刺太毒。(《李义山诗集辑评》引)

纪昀评:不下贬词,而讽刺自切。(《李义山诗集辑评》引)

❧ 水 斋❶ ❧

多病欣依有道邦❷,南塘宴起想秋江❸。
卷帘飞燕还拂水,开户暗虫犹打窗❹。
更阅前题已披卷,仍斟昨夜未开缸❺。
谁人为报故交道❻,莫惜鲤鱼时一双。

注释

❶水斋:即临水塘的居所。唐武宗会昌五年(845),诗人归河南洛阳,携家与弟羲叟同居,时多病。此诗大约即写于本年夏秋间。

❷有道邦:《论语·卫灵公》云:"邦有道,则仕。"这里指政治清明的国家。道:指政治。

❸南塘:即水斋,水斋临近南塘,故代指水斋。宴起:晚起。秋江:秋天的长安曲江。

❹打窗:扑窗。指虫儿在窗边将出未出之时。

❺前题:即写于书籍、碑帖前之序言。披:展开。未开缸:即未

开缸之酒。

⑥为报：报知。故交：旧友。道：说。

评笺

何焯评：一病忽忽，疑已入秋。及见飞燕拂水，暗虫打窗，始觉犹是夏令。写病后真入神。更阅已披之书，仍斟昨夜之酒，水斋之中，病夫所以遣日者赖此。如此寂寞，不能出户，惟望故交时时书至，以当披写，亦字字是多病人心情也。（《义门读书记》）

冯浩评：（陆崑曾言）起言病体烦躁，日想秋凉，岂知"卷帘""开户"，仍然夏令。又病后善忘，故书须再阅；病后量减，故酒多"未开"。田（兰芳）曰：五六已开剑南门庭，唐人虽中、晚，余馥犹沾溉不少。浩曰：集中言病多矣，此章情味，必废罢还郑州时方合，诗格亦是老境，故以为编年之末。（《玉谿生诗集笺注》）

碧城三首（其一）**①**

碧城十二曲阑干**②**，犀辟尘埃玉辟寒**③**。
阆苑有书多附鹤**④**，女床无树不栖鸾**⑤**。
星沉海底当窗见，雨过河源隔座看**⑥**。
若是晓珠明又定**⑦**，一生长对水精盘**⑧**。

注释

①此诗大约写于会昌五年（845），是讽刺唐武宗李炎求仙好色之作。《太平御览》云："元始天尊居紫云之阁，碧霞之城。"可见"碧城"即"碧霞之城"之简称，暗喻武宗所筑之望仙台。诗以首句二字为题，与"无题"同。

❷碧城十二：王融《望城行》诗云："金城十二重，云气出表里。"这里指望仙台高达十二层。曲阑干：古代谓"阑干十二曲"，故云"曲阑干"。阑干：同"栏杆"。此句是写望仙台之华美。

❸犀辟尘埃：《述异记》云："却尘犀，海兽也，其角辟尘，置之于座，尘埃不入"又《岭表录异》云："辟尘犀为妇人簪梳，尘不着发也。"谓避尘犀做成妇女簪梳，可以避免尘埃沾染头发。辟：同"避"。玉辟寒：《杜阳杂编》云："武宗会昌元年，夫余国贡火玉三斗及松风石，火玉色赤……光照数十步，积之可以燃鼎，置之室内不复挟纩。"谓玉石置之室内，可以避寒。此句暗喻望仙台内陈设洁静温煦，以揭露武宗的奢靡。

❹阆苑：《西王母传》云："王母所居，在昆仑之圃，阆风之苑。"指仙宫。有书附鹤：仙家以鹤传书。附：寄附。

❺女床栖鸾：《山海经·西山经》云："女床之山……有鸟焉，其状如翟（野鸡），而五彩文，名曰鸾。"句谓女床仙山，树上皆栖息着鸾鸟。这里以鸾比喻仙男仙女。

❻"星沉"两句：极言望仙台之高峻，谓当窗能够看见星沉海底，隔座能够看见雨过河源。河源：即天河。

❼晓珠：《唐诗鼓吹》注云："晓珠，日也。"皇甫湜《出世篇》云："西摩月镜，东弄日珠。"《飞燕外传》亦记云："真腊夷献万年蛤、不夜珠，光彩皆若月，照人无妍丑皆美艳。帝以蛤赐后，以珠赐婕妤。后以蛤装成五色，金霞帐中常若满月。久之，帝谓婕妤曰：'吾昼视后，不若夜视之美，每旦令人忽忽如失。'婕妤闻之，即以珠号枕前不夜珠为后寿。"句谓晓珠能像不夜珠那样昼夜明亮。这里以"晓珠"暗喻仙女。

❽水精盘：《太真外传》云："成帝获飞燕，身轻欲不胜风，恐其飘翥，帝为造水晶盘，令人掌之而歌舞。"即"水晶盘"。句谓我将永生看着水晶盘。暗喻愿永生都看着仙女。

程梦星评：唐时贵主之为女道士者不一而足，事关风教，诗可劝惩，故义山累致意焉。首二句明以道家碧城言之，谓其蕊宫深邃，天地肃清，犀玉之琛，庄严清供，自是风尘外物，岂有薄寒中人。孰知处其中者意在定情，传书附鹤；居然畅遂，是树栖鸾。是则名为仙家，未离尘垢……于是当窗所见，每致念于双星；隔座所看，惯兴思于云雨。当此幽期，唯求长夜，若是赵后之珠，照媵为妍，能至晓而不变，则不至色衰爱驰，汉主当一生眷之，长对其于水晶盘上矣。此第一首，泛言其梗概也。（《重订李义山诗集笺注》）

冯浩评：泛言仙境，以赋入道。首句高居，次句清丽温柔，入道为辟尘，寻欢为辟寒也。三四书凭鹤附，树许鸾栖，密约幽期，情状已揭。下半尤隐晦难解，窃意海底河源，暗用三神山反居水下与乘槎上天河见织女事，谓天上之星已沉海底而乃当窗自见，暮行之雨待过河源而后隔座相看，以寓遁入此中，恣其夜合明离之迹也。晓珠似当谓日，水晶盘专取清洁之意，不必拘典故……唯晓珠不定，故得纵情幽会，若既明且定，则终无昏黑之时，一生只宜清冷耳。盖以反托结之也。（《玉谿生诗笺注》）

寄令狐郎中[1]

嵩云秦树[2]久离居，双鲤[3]迢迢一纸书。
休问梁园[4]旧宾客，茂陵秋雨病相如[5]。

注释

[1] 武宗会昌五年（845），诗人于永乐闲居时，长安旧友令狐绹以

书信问候，诗人即以本诗作答。令狐绹当时任右司郎中，所以题称"寄令狐郎中"。

❷嵩云秦树：嵩云：嵩山，地近洛阳，这里代指作者居所。秦树：长安，即令狐绹所处之地。

❸双鲤：书信。古乐府《饮马长城窟行》云："客从远方来，遗我双鲤鱼。呼儿烹鲤鱼，中有尺素书。"

❹梁园：汉景帝时梁孝王养客之所。《史记·司马相如列传》载，相如"客游梁，梁孝王令与诸生同舍"。商隐早年为令狐楚幕僚，故称"梁园旧宾客"。

❺"茂陵"句：《史记·司马相如列传》："相如尝称病闲居，不慕官爵，拜为孝文园令。既病免，家居茂陵。"作者当时亦正养病，故借相如自喻。

评笺

程梦星评：此亦居郑亚幕中寄绹者。曰"梁园旧客"，皆追论畴昔从楚于汴之时。末语以茂陵卧病自慨者，亦颓然自放，免党怨之词也。（《重订李义山诗集笺注》）

纪昀评：一唱三叹，格韵俱高。（《玉谿生诗说》）

落 花❶

高阁客竟去，小园花乱飞。
参差连曲陌，迢递❷送斜晖。
肠断未忍扫，眼穿仍欲归❸。
芳心❹向春尽，所得是沾衣❺。

❶刘学锴、李翰《李商隐诗选评》认为："本篇也是永乐闲居时的作品，但却不是强为排解的闲适之作，而是义山本色的感伤之咏，写出了诗人真实的情绪。"

❷迢递：高峻的样子。此处指落花飞舞之高远者。

❸仍欲归：仍然希望落花回归枝头。

❹芳心：即落花的心意，也暗喻诗人的心意。

❺沾衣：落花沾在衣服上，也寓指诗人的伤感心境。

评笺

姚培谦评：此因落花而发身世之感也。天下无不散之客，又岂有不落之花？至客散时，乃得谛视此落花情状。三四，花落之在客者。五句，花落之在地者。六句，花落之犹在树者，此正波斯匿王所谓沉思谛视刹那，刹那不得留住者也。人生世间，心为形役，流浪生死，何以异此！只落得有情人一点眼泪耳。（《李义山诗集笺注》）

屈复评：一伤情，二落花，三四承二，五六承一，七八人花合结。人但知赏首句，赏结句者甚少。一二乃倒叙法，故警策，若顺之，则平庸矣。首句如彩云从空而坠，令人茫然不知所为；结句如腊月二三十日夜听唱，你若无心我便休，令人心死。（《唐诗成法》）

张采田评：此二句（三联）词极悲浑，不得以字面论其工拙也。（《李义山诗辨正》）

茂 陵①

汉家天马②出蒲梢，苜蓿榴花③遍京郊。

内苑只知含凤嘴❹，属车无复插鸡翘❺。

玉桃偷得怜方朔❻，金屋修成贮阿娇❼。

谁料苏卿❽老归国，茂陵松柏雨萧萧❾。

注释

❶茂陵：汉武帝之陵墓，在今陕西省兴平市东北，这里指汉武帝陵墓。李商隐守丧结束，于唐武宗会昌五年（845）回京，重官秘书省正字，次年三月，唐武宗卒。此诗大约写于此年唐武宗葬后。

❷天马：《史记·乐书》记载，汉武帝伐大宛，得千里马，马名蒲梢。并作《天马之歌》云："天马来兮从西极。"此句即化用此典。

❸苜蓿：豆科植物，原产今新疆地区，《史记·大宛列传》记载，因大宛马爱食苜蓿，汉武帝派人采其种子，遍种离宫别馆，供外国使者观赏。榴花：石榴花。《博物志》云："张骞出使西域还，得石榴、胡桃、蒲桃。"

❹"内苑"句：《十洲记》记载，凤麟洲多仙，煮凤喙、麟角作膏，名为续弦膏。《博物志》也有类似记载：汉武帝时，西海国献胶，武帝射于甘泉，弓弦断，西海使者以口濡胶，粘续断弦，因名此胶为续弦胶。句意谓汉武帝经常在甘泉林苑射猎，所以苑内的人都知道含凤嘴之事。

❺属车：侍从乘坐的车。鸡翘：《后汉书·舆服志》记载，鸾旗者，编羽旄列系幢旁，民或谓之鸡翘。

❻"玉桃"句：《博物志·史补》记载，汉武帝好神仙，西王母曾前来赠予仙桃。东方朔从殿窗中窥视西王母。西王母遂对武帝说："此窥牖小儿，尝三来盗吾此桃。"因此世人谓东方朔为神仙。玉桃：即仙桃，传说食之可得长生。怜：喜爱。方朔：即东方朔，汉武帝时人，滑稽诙谐。句意谓东方朔偷盗了西王母的仙桃，因此受到汉武帝的宠爱。这里暗指唐武宗迷信神仙不死之药，宠幸道士赵归真。

❼阿娇：《汉武故事》记载，汉武帝为胶东王时，年数岁，长公主抱在膝上，问他说："儿欲得妇否？"指左右侍女百余人，皆说不

要；指其女阿娇好否，笑对说："好。若得阿娇作妇，当作金屋贮之。"此句暗指唐武宗迷恋女色。

❽苏卿：即苏武。《汉书·苏武传》载：汉武帝天汉元年，苏武持节出使匈奴，被扣留十九年方得归汉，须发尽白，武帝已死，苏武奉一太牢祭祀汉武帝陵园，拜为点属国（管理属国事务的小官）。句意谓不料苏武老而归汉，才被任为典属国。

❾雨萧萧：指苏武祭祀武帝陵墓时的凄凉景象，暗寓诗人自己怀才不遇的慨叹。

评笺

冯浩评：武宗武功甚大，故首联重笔写起，不仅游猎武戏也。推之好仙好色，而仍归宿边事，武之所以为武也。亦非专是托讽，谓借发故君之感，则合乎忠厚矣。苏卿未必有所指。又评：此章的是慨武宗矣。然谓直咏汉武以为讽戒，意味固已深长。诗中妙境，其趣甚博，随人自领之耳。（《玉谿生诗笺注》）

纪昀评：前六句一气，七八折转，集中多此格。此首尤一气鼓荡，神力完足。蘅斋评曰：此首确是茂陵怀古诗，以为托讽，恐失作者之意。（《玉谿生诗说》）

离　席❶

出宿金尊掩，从公玉帐❷新。
依依向余照❸，远远隔芳尘❹。
细草翻惊雁，残花伴醉人。
杨朱不用劝，只是更沾巾❺。

❶大中元年（847），李商隐服丧期满，因牛党受重用而罢黜李党，故受牵连难以保住秘书省职位。无奈之下，只得应桂管（治所在今广西壮族自治区桂林市）观察使郑亚所辟，入幕为掌书记。本诗即作于诗人赴桂林游幕前的饯别酒席上。

❷玉帐：征战时主将的军帐。

❸余照：即夕阳西下。本是离京赴桂，长安在西方，故曰"向余照"。

❹芳尘：红尘。指京师。

❺"杨朱"二句：《列子》记载："杨朱见歧路而泣之，为其可以南可以北。"这里诗人以杨朱自喻，表达了对前途迷茫、彷徨的忧虑和黯然。

评笺

姚培谦评：金樽帐饮，饯席也。依依向晚，远别之况，方从此始。雁已惊飞，花犹伴醉，歧路之泣，乌能已已。（《李义山诗集笺注》）

纪昀评：格力殊健，末二句太竭情耳。（《玉谿生诗说》）

梦 泽❶

梦泽悲风动白茅❷，楚王葬尽满城娇❸。
未知歌舞能多少？虚减宫厨❹为细腰。

注释

❶梦泽：云梦泽，即洞庭湖一带，为楚之旧地。诗人赴桂途经此地，有感而作此诗。

❷白茅：即茅草，春夏抽生有银白色丝状毛的花穗。古代常用以包裹祭祀用的祭品。梦泽系楚地，周时，楚国每年要向周天子贡包茅。《左传》云："尔贡包茅不入。"另，"白茅"亦象征女性。《诗经·召南》"野有死麕"篇云："白茅纯束，有女如玉。"

❸楚王：楚灵王，荒荡之君。《墨子》云："楚灵王好细腰，其臣皆三饭为节。"《韩非子·二柄》记载："楚灵王好细腰，而国中多饿人。"《后汉书·马廖传》亦载："楚王好细腰，宫中多饿死。"娇：美女，这里指楚国宫女。

❹宫厨：宫中膳食。

评笺

姚培谦评：普天下揣摩逢世才人，读此同哭一声矣！（《李义山诗集笺注》）

纪昀评：繁华易尽，却从当日希宠者一边落笔，便不落吊古窠臼。（《玉谿生诗说》）

⚘ 晚　晴❶ ⚘

深居俯夹城❷，春去夏犹清。
天意怜幽草，人间重晚晴。
并❸添高阁迥❹，微注❺小窗明。
越鸟❻巢干后，归飞体更轻。

注释

❶本诗大致作于李商隐初入桂林时。

❷深居：即指诗人身在官衙却深居楼上。俯夹城：俯瞰桂林城外之月城。夹城：城外的护城，即月城。

❸并：更。添：增添。迥：远。

❹微注：夕阳余晖斜射，柔和清淡。

❺越鸟：《古诗》云"越鸟巢南枝"，即"越鸟巢干后"所本。《本草集解》记载："紫胸轻小者是越燕，有斑、黑而声大是胡燕。"这里的"越鸟"，是南方的燕，并非紫胸的小燕。古代称桂林象郡为"百越"，"越鸟"即越中之燕。"越鸟"句暗应"晴"字，"归飞"句暗应"晚"字。

评笺

何焯评：淫雨不止，幽隐无以滋蔓，正不晓天意何爱此草，忽焉云开日漏，虽晚犹及，有人欲天从之快，盖寓言也。但露微明，已觉心开目舒，五六是倒装语，酷写望晴之极也。越鸟，越燕也。（《李义山诗集辑评》引）

屈复评：当良时而深居索寞之况。三四自解自慰意。五六晚晴景。七八亦自喻。（《玉谿生诗意》）又评：一地二时。三四出题。五六承三四。七八开笔。三四写题深厚。五六得题神。七八自喻，盖归欤之叹也。（《唐诗成法》）

桂　林❶

城窄山将压❷，江宽地共浮❸。

东南通绝域④，西北有高楼⑤。
神护青枫岸⑥，龙移白石湫⑦。
殊乡竟何祷⑧，箫鼓不曾休。

注释

❶此诗作于李商隐幕桂时期。

❷城窄山压：柳宗元《桂州裴中丞作訾家洲亭记》云："桂州多灵山，发地峭竖，林立四野。"即指桂林城狭小，被山包围。

❸江宽地浮：《方舆胜览》记曰："桂州有湘、漓二江，荔江、阳江。"意指因为江多水富，以致土地好像都漂浮在江上。

❹东南绝域：《方舆胜览》记曰："桂州东浮诸溪，南接琼崖。"琼：即今海南省琼山区。崖：即今海南省三亚市。琼崖靠海，故云"东南通绝域"。绝域：不通之境域，即大海。

❺"西北"句：《桂海虞衡志》记载，桂州北城旧有楼，曰雪观。这里诗人借用《古诗》同句，意谓楼高可以望远，以表现其"西北望长安"的思乡之情。

❻"神护"句：《南方草木状》记载："五岭之间多枫木，岁久则生瘤瘿，一夕遇暴雷骤雨，其树赘暗长三五尺，谓之枫人，越巫取之作术，有通神之验。"句意谓青枫树林得神灵庇佑。

❼"龙移"句：《明一统志》记载："白石湫在桂林府城北七十里，俗名白石潭。"传说白石潭水甚深，原先湫水险急，舟触必坏，人们为其建祠祭祀，湫水乃平。

❽祷：祈祷，祭神。意思是当地人迷信鬼神，整天箫鼓不止，不知究竟在祭拜什么。叶葱奇《李商隐诗集疏注》评此二句："措语最为婉妙，不自言愁，而愁自在言外。"

评笺

屈复评：首句状难状之景。三四高亮雄壮。五六殊乡灵怪，即下箫鼓所祷者。结句怪异之词，自伤留滞于此，浑涵不露。（《玉谿生

诗意》）

纪昀评：字字精炼，气脉完足，直逼老杜。（《玉谿生诗说》）

❧ 城 上 ❶

有客虚投笔❷，无憀❸独上城。
沙禽❹失侣远，江树著阴❺轻。
边邃稽天讨，军须竭地征❻。
贾生游刃极，作赋又论兵❼。

注释

❶本诗作于李商隐幕桂时期。城上：即桂林城上。

❷有客：诗人自称。虚：徒然。投笔：即投笔从戎的省语。诗人在郑亚幕府军中做些文字工作，难施抱负。故谓"虚从戎"。

❸无憀：即无聊。

❹沙禽：指水鸟。

❺著：附，笼罩。阴：即"荫"。

❻边邃：边境传送官府文书的驿车。稽：迟延。天讨：朝廷对边远叛逆者的征讨。军须：即军需。地征：征收土地税。此句暗指朝廷所任并非贤能。

❼贾生：即贾谊（前200—前168），今河南省洛阳市人，西汉初著名的政论家和辞赋家，十八岁即被汉文帝召为博士，一年后升为太中大夫。因主张削弱诸侯王势力、抗御匈奴侵扰、劝农立本等，遭到周勃等权贵的忌妒和毁谤，贬为长沙王太傅。后又召回，为梁怀王太傅。游刃极：《庄子·养生主》云："彼节（牛骨节）者有间，而刀刃者无厚，以无厚入有间，恢恢乎其于游刃必有余地矣。"谓游刃有余

论兵：贾谊曾上书论破匈奴策略，故谓"又论兵"。此两句作者以贾谊自况，慨叹自己才华无从施展。

评笺

姚培谦评：此伤远客之空羁也。才非投笔，触目心惊，边遽军须，时事蹙迫，使贾生复作，其能于此作赋又论兵耶？（《李义山诗集笺注》）

程梦星评：结用贾生，自负之词耳。（《重订李义山诗集笺注》）

纪昀评：五六不成语，七八尖佻。（《玉谿生诗说》）

异俗二首（其一）[1]

鬼疟[2]朝朝避，春寒[3]夜夜添。
未惊雷破柱[4]，不报水齐檐[5]。
虎箭侵肤毒[6]，鱼钩刺骨铦[7]。
鸟言成谍诉[8]，多是恨彤襜[9]。

注释

[1] 诗人自注："时从事岭南"。可见本诗作于诗人桂幕时期，反映了岭南边民的生活民俗。

[2] 鬼疟：即疟疾，又叫"疟子"，每天定时发作而冷热，南方湿热，人易得此病。古人认为疟疾为鬼神作祟，故云。

[3] 春寒：《广西通志》云："三春连暝而多寒"。

[4] "未惊"句：《世说新语·雅量》云："夏侯太初，尝倚柱作书，时大雨霹雳，破所倚柱，衣服焦然，神色无变，书亦如故。"此句即由此化出，指虽常有惊雷，但并不为之震惊。

⑤水齐檐：雨水多，水淹至屋檐。

⑥"虎箭"句：《桂海虞衡志》云："蛮箭以毒药濡箭锋，中者立死，药以毒蛇草为之。"句意谓岭南边民用毒箭射虎，毒入虎肤即死。

⑦铦：锋利。

⑧鸟言：《孟子·滕文公上》："南蛮鴃舌之人"。鴃舌：谓说话像鸟语。后来，北方人认为南方人说话不易懂，就称之为"鸟语"，与"鸟言"同。谍诉：诉讼状词。谍：通"牒"，指牒诉卷约（文书）。句意谓边民用土俗语言，控诉地方官吏。

⑨彤襜：《后汉书·贾琮传》云："琮为冀州刺史，旧典，传车骖驾，垂赤帷裳。"这里代指残酷的官吏。

评笺

姚培谦评：一二时令之乖。三四见闻之异，"未惊""不报"，言皆见惯也。虎箭鱼钩，残忍性生。鸟言谍诉，反怨其上，岂堪化诲耶？（《李义山诗集笺注》）

田兰芳评：声格似杜，不必于工处求之。钱（良择）曰：句句实赋，纪事体如是。（《玉谿生诗集笺注》引）

纪昀评：中晚唐诗，不难于新巧，而难于朴老；不难于情韵，而难于气丹。二诗不为佳作，然于中晚之中，为尚有典型也。二首骨法俱老，结句各有所刺。（《玉谿生诗说》）

访 秋①

酒薄②吹还醒，楼危望已穷③。
江皋当④落日，帆席见归风⑤。
烟带龙潭⑥白，霞分鸟道⑦红。

殷勤报秋意❽，只是有丹枫。

注释

❶本诗亦作于诗人幕桂期间。

❷薄：味道寡淡。

❸望已穷：秋高气爽，可以极目远望。

❹江皋：江岸。当：面对。

❺席：大。归风：南风，诗人故乡在北方，故谓"归风"。

❻龙潭：也称白石湫，在桂林府城北七十里俗称白石潭。

❼分：现。鸟道：仅允许鸟类飞过的险绝小道。

❽殷勤：情深恳切的样子。报：传达。

评笺

姚培谦评：此见知己者之少也。吹酒易醒，楼高可望，秋已至矣。三承二，四承干。烟白霞红，秋色正丽，不知霜信之已到丹枫也。结句正透题中"访"字意。（《李义山诗集笺注》）

纪昀评：意境既阔，气脉亦厚。此亦得杜之藩篱者。（《玉谿生诗说》）

思　归❶

固有楼堪倚，能无酒可倾？
岭云春沮洳❷，江月夜晴明。
鱼乱书何托❸？猿哀梦易惊。
旧居连上苑❹，时节正迁莺❺。

❶此诗为诗人大中二年（848）春在桂幕时所作。

❷岭：指五岭，即大庾、始安、临贺、桂阳、揭阳（都庞）五岭。沮洳：低湿之地。

❸"鱼乱"句：汉乐府《饮马长城窟行》："客从远方来，遗我双鲤鱼。呼儿烹鲤鱼，中有尺素书。"此句即本于此，意谓书信难托。

❹旧居：指开成五年诗人移家长安。上苑：汉代的上林苑。《西京杂记》云："初修上林苑，群臣远方各献名果异卉三千余种，植其中。"这里指朝廷。

❺迁莺：《诗经·小雅》"伐木"篇云："伐木丁丁，鸟鸣嘤嘤；出自幽谷，迁于乔木。""迁莺"即"莺迁"，为后人谓升官或迁地的祝词。此句二者兼而有之。

评笺

姚培谦评：有楼堪倚，有酒堪倾，岭云江月，景物亦复不恶。五六承三四作转。当此之时，而不念故乡春色，岂人情耶？（《李义山诗集笺注》）

程梦星评：结语思及上苑，思及迁莺，则有慨于己之沉滞。（《重订李义山诗集笺注》）

纪昀评：起得超忽，收得恰好。通首一气转折，气脉雄大。（《玉谿生诗说》）

无 题❶

万里风波一叶舟，忆归初罢更夷犹❷。

碧江地没③元相引，黄鹤沙边亦少留。
益德冤魂终报主④，阿童高义镇横秋⑤。
人生岂得长无谓⑥，怀古思乡共白头。

注释

❶陆永品《中国诗苑英华·李商隐卷》认为："此诗是大中二年
离桂管，由水程，途经潭州（今长沙市）、荆南（今江陵县）北归时
所作。写自己半生幕职，老大无成，处境艰难，茫无所之。但仍不甘
心年华虚度，还想有所作为，为国家建立功名。"

❷夷犹：屈原《九歌·湘君》云："君不行兮夷犹。"即犹疑。
犹：犹豫。

❸地没："没"或疑为"脉"，尚不可定。

❹"益德"句：益德即三国张飞。张飞领巴蜀太守，先主刘备伐
吴，飞率兵万人自阆中会江州。临发之时，其部将张达、范强杀飞，
持其首顺流而奔孙权。句谓张飞的冤魂终于还是报答了刘备的知遇
之恩。

❺阿童：《晋书·五行志》记载，童谣曰："阿童复阿童，衔刀游渡
江，不畏岸上虎，但畏水中龙。"阿童即王濬的小字。晋武帝闻歌谣后，
便任王濬为龙骧将军。及征吴，江西众军无人渡江，而王濬渡江先定秣
陵（今江苏省南京市）。高义：崇高的德义。镇横秋：孔稚珪《北山移
文》云："风情张日，霜气横秋。"句意谓王濬不负重任，建立功勋。

❻岂得：岂能。无谓：无所作为。

评笺

程梦星评：此篇第二句"忆归初罢"，第八句"怀古思乡"，是作
者之意旨。所怀之古为益德、为阿童，皆巴中事，则所谓"初罢"
者，乃大中年间梓州府罢将归郑州之时也。一生幕职，老大无成，又
复归来，思之无谓，故不禁其感愤而成诗。起句言万里之遥，风波之
险，去来漂泊之情况，唯有一舟而已。次句言忆归固客子之心，初罢

草亭遠平野垂楊陰
古堤斜陽人於陵郁色
滿荷溪廿餘癸丑年始至
距今六年矣余每將自憶
在一舸中上下五百里元人每
澤南道忘警而室之丕群
村少籲事無刹以知縲巾
樂此五絲斜明於沉掎喜閒大
几物仍去懷九子屑兮間六
事叩圷園綠二於陽此草作
庚遊戊年晴日秦時楨

亦无聊之至，夷犹中路，未免去住两难。三四承上"夷犹"，言江流既牵引其归心，沙畔复逗留其离绪。五六逗下"怀古"，从今日过客之无成，思往昔蜀中之豪杰。七八则总括通首而畅明其作诗之怀抱也。（《重订李义山诗集笺注》）

冯浩评：结极凄婉。（《玉谿生诗笺注》）

❀ 潭 州[1] ❀

潭州官舍暮楼空，今古无端[2]入望中。
湘泪浅深滋竹色[3]，楚歌重叠怨兰丛[4]。
陶公战舰空滩雨[5]，贾傅承尘破庙风[6]。
目断故园人不至，松醪[7]一醉与谁同？

注释

[1] 赴桂不过年余，大中二年（848）三四月，诗人便因郑亚被贬事被迫北归，此诗即为途中至潭州所作。潭州：唐时为湖南观察使治所，即今长沙市。

[2] 无端：毫无来由，情不自禁。

[3] 湘泪滋竹：《博物志》记载："尧之二女，舜之二妃，曰湘夫人。舜崩，二妃啼，以涕挥竹，竹尽斑。"此句自此典化出。湘泪：指娥皇、女英二妃因舜崩而涕泪。滋竹色：以涕挥洒竹上，竟长成斑竹。所谓"斑竹一点千滴泪"，即由此而来。

[4] "楚歌"句：《史记·屈原传》记载："楚人既咎子兰以劝怀王入秦而不反也，屈平既嫉之……令尹子兰闻之大怒。"又《离骚》云："兰芷变而不芳兮，荃蕙化而为茅。何昔日之芳草兮，今直为此萧艾也。"楚歌：指屈原的辞赋。重叠：反复。因屈原辞赋中多次写出类

似的句子，故谓"重叠"。怨兰丛：怨恨子兰等人蜕化变质。这里显然是影射当时朝中之人。

❺"陶公"句：《晋书·陶侃传》有记，陶侃字士行，本鄱阳人，为江夏太守，又加为督护，使其与诸军并力抗拒陈恢，以运船为战舰，所向必破。后来讨杜弢，进克长沙，封长沙郡公。意谓昔日陶公战舰立功的古战场，现在已是雨洒的空滩。

❻"贾傅"句：《史记·贾生列传》记载："贾生为长沙王太傅三年。"《西京杂记》云："贾谊在长沙，鵩鸟集其承尘。"《寰宇记》亦载"贾谊庙在长沙县南六十里，庙即谊宅。"贾傅：即贾谊。承尘：房屋的天花板。句谓贾谊的旧宅今非昔比，如今已变成风雨吹打的破旧祠庙。

❼松醪：以松子为原料酿制的酒。

评笺

陆昆曾评：从来览古凭吊之什，无不与时会相感发，义山此诗，作于大中之初，因身在潭州，遂借潭往事，以发抒胸臆耳。"湘泪"一联，言己之沉沦使府，不殊放逐，固难免于怨且泣也。而会昌以来将相名臣，悉皆流落，凄其寂寞之况，因破庙空滩而愈增怆然矣。此景此时，计惟付之一醉，而客中孤独，谁与为欢？旅思乡愁，真有两无可遣者。(《李义山诗解》)

姚培谦评：此伤客中无可与语也。首句点明兴感之由。大凡今人自有今人事，古人自有古人事，千年影现，真属无端。竹色兰丛，今所见也，因竹色而想到湘泪，因兰丛而想到楚歌，古人如在眼前也。空滩雨，破庙风，今所见也，因空滩而想到陶公战舰，因破庙而想到贾傅承尘，古人如在眼前也。此所谓"无端入望中"也。岂知不愿见者偏见，愿见者偏不见。夫吾所愿见者，故园知己，相逢一醉而已，若之何其竟不能到眼前也耶？(《李义山诗集笺注》)

楚 宫①

湘波如泪色滤滤②，楚厉迷魂逐恨遥③。
枫树夜猿④愁自断，女萝山鬼⑤语相邀。
空归腐败犹难复⑥，更困腥臊岂易招⑦？
但使故乡三户⑧在，彩丝谁惜惧长蛟⑨！

注释

❶大中二年（848）三四月间，李商隐因桂管（治桂州）观察使郑亚贬循州（今广西壮族自治区龙川县），而离桂管北归，五月至潭州（今湖南省长沙市），在湖南观察使李回幕府短期逗留。作者有感于屈原五月五日沉湘殉国，故写此诗以吊念之。其中可能融注了对"甘露事变"后，王涯等大臣被诛，尸骨又被宦官仇士良等投入渭水事件，故借作此诗，以伤悼之。两宋本把《楚宫》作《楚厉》，误。诗题与其内容无关。

❷滤滤：水清且深的样子。

❸楚厉：《左传·昭公七年》记载："鬼有所归，乃不为厉。"意指屈原冤魂。逐：随。两句意谓清深的湘水，犹如不尽的眼泪；屈原冤魂的悲愤，随着碧波而久远流逝。

❹枫树夜猿：《招魂》云："湛湛江水兮上有枫，目极千里兮伤春心，"又《九歌·山鬼》云："雷填填兮雨冥冥，猨（猿）啾啾兮狖夜鸣。"此句自此脱化而出，意谓屈原冤魂目睹枫树、耳听猿鸣，亦会引发悲愤，愁肠欲断。

❺女萝山鬼：《九歌·山鬼》云："若有人兮山之阿，被薛荔兮带女萝。既含睇兮又宜笑，子慕予兮善窈窕。"女萝：即松萝，一种蔓生香草。山鬼：传说中的山中女神。此句谓屈原的冤魂寂寞无伴，只

有披戴女萝的女神相邀做伴。

❻空：徒然。归腐败：指死后葬于地下，尸体腐烂。复：谓招魂。

❼困腥臊：屈原沉湘葬身鱼腹，故为腥臊水族所困。招：招魂。

❽故乡三户：《史记·项羽纪》记载："楚虽三户，亡秦必楚。"此处由此脱化而来。

❾彩丝：《初学记》引《续齐谐记》记载："屈原五月五日自投汨罗而死。楚人哀之，每至此日，以竹筒贮米投水祭之。汉建武年，长沙欧回见人自称三闾大夫，谓回曰：'见祭甚善，常苦蛟龙所窃，可以楝叶塞上，以彩丝钩缚之，二物蛟龙所畏。'"

评笺

胡以梅评：此过楚官而吊屈原，睹湘水之深清，哀其魂迷而恨逐水之遥也。枫树夜猿声惨，其魂自断，惟女萝山鬼为之相邀耳。沉渊腐败即已难复，何况为鱼所啖，其魂岂易招乎？但使三户在而得亡秦复楚，死亦不惜也。起以"如泪"领"清"，通用《离骚》楚些融冶出之，若断芳续，用古活法。妙在一结道出灵均心事，归于忠謇得体。（《唐诗贯珠串释》）

姜炳璋评：此过湘江而吊屈原也……以次句"迷魂逐恨"为主。三四，是未沉汨罗之前，魂已欲逝。五六，是既沉汨罗之后，魂岂易招？……然屈子之恨，在于秦仇未复，但使三大姓足以亡秦，则屈子之恨销，而厉魂慰矣……诗旨只如此。必谓指时事，则以之称刘去华（黄）亦甚切贴，何必宋申锡乎？（《选玉谿生诗补说》）

❧ 摇 落❶ ❧

摇落伤年日，羁留❷念远心。

水亭吟断续❸，月幌梦飞沉❹。
古木含风久，疏萤❺怯露深。
人闲始遥夜，地迥更清砧❻。
结爱曾伤晚❼，端忧❽复至今。
未谙沧海路❾，何处玉山岑❿？
滩激黄牛⓫暮，云屯白帝⓬阴。
遥知沾洒⓭意，不减欲分襟⓮。

注释

❶本篇亦作于大中二年（848）诗人离桂北归途中。摇落：宋玉《九辩》云："萧瑟兮，草木摇落而变衰。"这里指诗人见草木摇落变衰，而悲秋缅怀，所怀之人为其妻王氏。

❷羁留：滞留途中。

❸水亭：临水之亭。刘学锴、李翰《李商隐诗选评》猜测：诗人妻王氏所居洛阳崇让宅有东亭、西亭，或即所谓水亭。又王氏能诗，故云"吟断续"。

❹月幌：谢惠连《雪赋》："月承幌而通辉。"幌：帷幔。飞沉：升沉。

❺疏萤：稀少、疏散的萤火虫。

❻地迥：地远。清砧：杜甫《捣衣》诗云："亦知戍不返，秋至拭清砧。"捣衣声。砧：石枘。

❼结爱：成婚。伤晚：相见恨晚。

❽端忧：内心郁结的苦闷。端：专。

❾沧海路：入海求仙之路，这里比作入朝为官之路。

❿玉山：诗人《玉山》诗曾借玉山代指秘省，这里指清要之职。

⓫黄牛滩：《水经注》记载：长江东流经黄牛山，山下有滩，名黄牛滩。南岸重岭叠起，最外高崖间，有石如人，负刀牵牛，人黑牛黄，成就分明。此岩既高，加江湍迂回，故行者歌谣说："朝发黄牛，暮宿黄牛，三朝三暮，黄牛如故。"言水路迂深，回望如一。云屯：

谓阴云屯积。白帝：即白帝城，在今重庆市奉节县。

⓬分襟：骆宾王《秋日别侯四得弹字》诗云："歧路分襟易，风云促膝难。"即分离的意思。两句意谓遥想妻子知道我怆然泣下的心境，其哀伤当会不减于分别之时。

评笺

何焯评：蕴藉之至。（《李义山诗集辑评》引）

姚培谦评：首四句，因摇落而伤旧游。"古木"四句，正旧游处摇落之况。"结爱"四句，言相合甚难，相违甚易，不知相聚在何时也。末四句，叙己客游之地，而念故人应同此愁绪耳。（《李义山诗集笺注》）

冯浩评：此寄内诗也。"结爱伤晚"者，久为属意而成婚迟也。"端忧至今"者，数年闲居愁苦，赴桂又不久，行者居者皆合愁也。"未谙"二句，谓未得入仕中朝而家室聚也。（《玉谿生诗笺注》）

张采田评：诗多迟暮羁孤之感，必梓府将罢时作，午桥笺良是。结谓定知衰颓之泪，不减别离之苦，泛言之也。谓寄内者，误。（《玉谿生年谱会笺》）

楚 吟①

山上离宫②宫上楼，楼前宫畔暮江流。
楚天长短③黄昏雨，宋玉无愁亦自愁④。

注释

❶关于本诗的创作时间，有两种说法。刘学锴、李翰《李商隐诗选评》认为大约是诗人北归途中，夔峡之游后顺江而下，复至江陵所作。陆永品《中国诗苑英华·李商隐卷》认为该诗与《过楚宫》大约

同时，为诗人过楚宫旧址有感而作。

❷离宫：即楚王行宫。一说可能泛指江陵的宫殿台馆，不必非是楚宫。

❸长短：反正，总是。

❹"宋玉"句：诗人以宋玉自况，抒发其对君主荒废国事之忧愁。

评笺

冯浩评：吐词含珠，妙臻神境，令人知其意而不敢指其事以实之。（《玉谿生诗笺注》）

程梦星评：此妓席将离之作也……下用楚天字、雨字，分明以朝云暮雨之事承之。宋玉则自谓也。宋玉尝言东邻之女窥臣三年而不为之动，恐当此际．未免多情，此之谓无愁亦自愁也。（《重订李义山诗集笺注》）

张采田评：此亦荆楚感遇之作。（《玉谿生年谱会笺》）

❦ 陆发荆南至商洛❶ ❦

昔去真无素❷，今还岂自知。
青辞木奴橘❸，紫见地仙芝❹。
四海秋风阔，千岩暮景迟。
向来忧际会❺，犹有五湖期❻。

注释

❶此诗亦作于大中二年（848）诗人离桂北归途中。荆南：今湖北省荆州市。商洛：今陕西省商洛市。陆：登陆。

❷素：旧交，指诗人与郑亚无旧交而受其牵连。一作"奈"，取无可奈何之意。

③"青辞"句：即"辞青木奴橘"。《三国志·吴书·孙休传》裴松之注云，三国时吴国丹阳太守李衡，在龙阳（今湖南省汉寿县）洲上种橘千株，临死时对其子说："汝母恶我治家，故穷如是。然吾州里有千头木奴，不责（债）汝衣食，岁上一匹绢，亦可足用矣。""吴末，衡甘橘成，岁得绢数千匹，家道殷足。"辞：告诉。青木奴橘：即青橘，木奴是对柑橘的别称。句意谓李衡善为身后谋算。

④"紫见"句：即"见地仙紫芝"。《汉书·王贡两龚鲍传序》记载："汉兴，有园公、绮里季、夏黄公、角里先生，此四人者，当秦之世，避而入商洛深山，以待天下之定也。"又皇甫谧《高士传》载园公等四皓《紫芝歌》曰："莫莫高山，深谷逶迤。晔晔紫芝，可以疗饥。唐虞世远，吾将何归？驷马高盖，其忧甚大。富贵之畏人，不

如贫贱之肆志。"地仙：指四皓。紫芝：灵芝的一种。句意谓四皓善于避世护身，而诗人自己却不善于此。

⑤向来：从来。际会：指政治遇合，君臣际会。

⑥五湖期：《吴越春秋》卷十记载，范蠡功成身退时，"乃乘扁舟，出三江，入五湖，人莫知其所适"。期：设想。两句意谓虽然自己长期漂泊不遇，却向来忧虑际会太难，而时至今日还是怀抱有功成身退的心愿。

评笺

姚培谦评：利禄相驱，身非自主。三句辞荆南，四句至商洛。五句伤世乱，六句叹年衰。向忧际会无期，今则惟有五湖可托耳。（《李义山诗集笺注》）

屈复评：一二身不自主。中四并未发挥，套话可厌。结言向来虽忧际会之难，然犹谓功成身退不甚难也。含蓄。（《玉谿生诗意》）

纪昀评：芥舟曰：三四镌削而不工。后半力足神完，居然老杜。末二句一宕一折，以歇后作收，亦一住法。（《玉谿生诗说》）

钧 天①

上帝钧天会众灵，昔人因梦到青冥②。
伶伦吹裂孤生竹③，却为知音不得听④。

注释

①此诗大约作于诗人由桂林返回长安之后。陆永品《中国诗苑英华·李商隐卷》赞之"抒写'贤者不必遇，遇者不必贤'；而贤者所以不遇，且因小人妒才所致。写得愤语无痕，自然天成。此等诗境，

只有义山独创，为他人所不能。"钓天：天之中央。

❷"上帝"二句：《史记·赵世家》记载，春秋末年，晋国贵卿赵简子病，梦至天帝之所，醒后告诉众大夫曰："我之帝所甚乐，与百神游于钓天，广乐九奏万舞，不类三代之乐，其声动人心。"昔人：指赵简子。两句意谓上帝在钓天大会众神，赵简子因梦而平步青云，听到动人的天乐。这里暗喻令狐绹之辈侥幸地得势，身居要津。

❸伶伦吹竹：《吕氏春秋·适音》记载，伶伦为黄帝乐官，为黄帝制音律，从大夏（山名）之西、阮隃（山名）之阴，取谷中之竹制管，吹奏出黄钟之宫的乐调。

❹为：因。两句意谓伶伦虽然为黄帝吹裂了竹管，却因为他深谙音律而不能聆听钓天广乐。这里诗人以伶伦自况，"却为知音"（比喻有才）而被显贵妒忌，所以才遭到屏弃。

评笺

朱彝尊评：言得听者皆梦中人耳，岂知音乎？（《李义山诗集辑评》引）

姜炳璋评：此自伤不得与清华之选也。上帝钓天之乐，会聚百神。昔人如赵简子，何尝是知音者，乃因梦而得闻之，而知音如伶伦，反不得听耶？以喻三馆广集英才，不无滥厕，而文章华国如义山，反不得与，是可怪也。（《选玉谿生诗补说》）

纪昀评：太激。（《玉谿生诗说》）

李卫公❶

绛纱弟子音尘绝❷，鸾镜佳人旧会稀❸。
今日致身歌舞地❹，木棉花暖鹧鸪飞❺。

❶李卫公：即李德裕，字文饶，赵郡（治所在今河北省赵县）人。唐武宗会昌年间任宰相，卓有功勋，官至卫国公。唐宣宗李忱即位，李德裕遭牛党打击，贬为潮州司马。大中二年九月，再贬为崖州（今海南省三亚市崖州区东南）司户参军。大中四年卒于此地。此诗即写于大中二年（848）李德裕贬崖州后。

❷绛纱弟子：《后汉书·马融传》云："尝坐高堂，施绛纱帐，前授生徒，后列女乐。"绛纱：红色的帷帐。音尘绝：李德裕贬崖州后作《与姚谏议郐书》云："天地穷人，物情所弃，无复音书；平生旧知，无复吊问。"句谓李德裕所擢拔的门生故吏也与他断绝往来。

❸鸾镜佳人：谓后房妻妾。这里指政治上的志同道合者。鸾镜：绘有鸾凤花纹的梳妆镜。句意谓旧日的鸾镜佳人，也很少与他相会，这里意谓其很少与平生故旧相会。

❹歌舞地：刘学锴、余恕诚《李商隐诗歌集解》认为："即歌舞冈，在今广州市越秀山上，南越王赵佗曾在此歌舞，因而得名。此以'歌舞地'指代岭南地区。"

❺木棉花暖：杨慎《升庵诗话》云："南中木棉树，大如抱，花红似山茶而蕊黄，花片极厚。"花暖：因木棉花片极厚，故谓"花暖"。鹧鸪飞：《禽经》云："子规啼必北向，鹧鸪飞必南翥。"这里泛指萧瑟凄凉之意。

姜炳璋评："绛纱弟子"，喻平日培殖之人才；"鸾镜佳人"，喻当时识拔之贤士。"致身"犹云"去身"，言不在歌舞之地，而在崖州也，但见木棉鹧鸪而已。凄凉景况，何以堪此！而音绝会稀者，无所依托，风流云散矣。（《选玉谿生诗说》）

纪昀评：格意虽高，亦有神韵，似更在赵嘏《汾阳宅》诗以上。（《玉谿生诗说》）

❧ 高 松❶ ❧

高松出众木❷，伴我向天涯❸。
客散初晴后❹，僧来不语时❺。
有风传雅韵❻，无雪试幽姿❼。
上药终相待❽，他年访伏龟❾。

注释

❶此诗写于大中二年（848），诗人奉郑亚之命代理昭平郡刺史时期。

❷"高松"句：陶渊明《饮酒》诗云："青松在东园，众草没奇（通作'其'）姿。凝霜殄异类，卓然见高枝。"即为此句所本。出：凌越。

❸"伴我"句：《古诗》云："相去万余里，各在天一涯。"向：临。句意谓只有高松伴我身处天涯荒僻之地。

❹客散：谓僚属散班。初晴：雨过天晴。

❺"僧来"句：杜甫《暮登四安寺钟楼寄裴十迪》诗云："僧来不语自鸣钟。"此句即由杜诗脱化而来，却与杜诗"僧来不语"写僧不同，这里是写作者坐禅之时，有僧来访，只是神交道契，不曾与之话语。

❻雅韵：指松涛的清响。

❼试：显示。幽姿：谓苍翠挺拔之姿。松柏在霜雪严寒中方能显示出苍翠挺拔之姿，即所谓"岁寒然后知松柏之后凋也"（《论语·子罕》）。岭南天暖无雪，故云"无雪试幽姿"。这里暗喻作者身处荒僻，不足施展才略。

❽上药：《博物志》引《神农经》云：上药养命，中药养性，下药治病。"上药养命"即服食上等药材可以延年益寿。相待：等待服食。

❾伏苓：即龟苓。这里代指"上药"。

评笺

姚培谦评：远客高松，相对居然老友。人但知雅韵幽姿，世不多得，孰知其终成度世之善药也？亦含自寓意。(《李义山诗集笺注》)

纪昀评：起句极佳，结句亦好。中间四句，芥舟以为三四太廓，五六太粘也。(《玉谿生诗说》)

张采田评：三四传神，五六切地，即以自寓。(《李义山诗辨正》)

旧将军❶

云台高议正纷纷❷，谁定当时荡寇勋❸？
日暮灞陵原上猎❹，李将军是旧将军❺。

注释

❶此诗作于大中二年（848）。本年七月，朝廷续画功臣三十七人图像于凌云阁，却无会昌年间李德裕等有功之臣。非但如此，而会昌功臣，并一再遭到贬斥和迫害。李商隐在此诗中借两汉史事，对朝廷迫害会昌功臣予以谴责，而对李德裕等将相功臣表示同情。旧将军：即汉将李广。

❷"云台"句：《后汉书·朱、景、王、杜、马、刘、傅、坚、马传》云："永平（汉明帝刘庄年号）中，显宗追感前世功臣，乃图画二十八将于南宫云台，其外又有王常、李通、窦融、卓茂合三十二人。"云台高议：出自江淹《诣建平王上书》"高议云台之上"语。这

里借此事暗喻唐朝大中二年续画功臣像于凌云阁事。

❸荡寇：平定敌寇。这里是暗为唐朝李德裕等将相抗击回鹘、平定泽、潞叛乱等立下功勋，反而遭到贬斥而鸣不平。

❹瀍陵：即霸陵，汉文帝陵墓。此句指李广夜猎之事。庾信《哀江南赋》云："岂知瀍陵夜猎，犹是故时将军。"

❺旧：一作"故"。

评笺

何焯评：讥当时弃功不录也，词致清婉。（《李义山诗集辑评》引）

屈复评：必有所指。潘眆曰："追感李晟事而发。晟有收京之功，张延赏间之，夺其兵柄。本传云：'晟罢兵权，朝谒之外，罕所过从。'其忧谗畏讥可想而知。"意或然也。（《玉谿生诗意》）

🦋 岳阳楼❶ 🦋

欲为平生一散愁，洞庭湖上岳阳楼。
可怜万里堪乘兴❷，枉是蛟龙解覆舟❸！

注释

❶本诗作于大中元年至二年（846-848）诗人往返桂管两湖期间。岳阳楼：在今湖南省岳阳市，即其城西门楼，面西，在洞庭湖边，

❷可怜：可喜。万里：古代号称八百里洞庭，故谓"万里"。

❸枉是：枉然，徒然。蛟龙覆舟：《西京杂记》云："瓠子河决，有蛟龙从九子，自决中逆上入河，喷沫流波数十里。"古代传说，蛟龙能兴风波，覆没舟船。解：知。

屈复评：登楼散愁，忽生万里之兴。奈覆舟可虑而止，愁不可散也。(《玉谿生诗意》)

纪昀评：此感遇之作，其辞太直。"枉是"即"遮莫"之义。(《玉谿生诗说》)

杜司勋❶

高楼风雨感斯文❷，短翼差池不及群❸。
刻意伤春复伤别❹，人间唯有杜司勋！

注释

❶杜司勋：即杜牧。陆永品《中国诗苑英华·李商隐卷》指出："此诗作于大中三年（849）春，作者在长安暂代京兆府法曹参军。杜牧任司勋员外郎（吏部属官）、兼史馆修撰。杜牧的诗多忧国伤时之作，亦有少量伤别的绮丽之笔，义山与之同调。因此，杜牧与义山齐名，世称李杜。此诗不仅只是对杜牧诗'伤春复伤别'的赞颂，实则亦是对自己诗歌的自评，其中也抒发自己身世孤子、不能奋飞远举的怀抱。"

❷高楼风雨：《诗经·郑风》"风雨"篇云："风雨如晦，鸡鸣不已。"即抒发风雨怀人之情。感斯文：即有感于斯文。斯：此。

❸短翼差池：《诗经·邶风》"燕燕"篇云："燕燕于飞，差池其羽。"差池：参差不齐。句意谓自己翅短力薄，不及同仁，不能奋飞远举。

❹刻意：着意，用意深刻。伤春：指杜牧《惜春》诗："春半年

已除，其余强为有。即此醉残花，便同尝腊酒。怅望送春怀，殷勤扫花帚，谁为驻东流，年年长在手。"伤别：指杜牧《赠别》诗二首，其一："娉娉袅袅十三余，豆蔻梢头二月初。春风十里扬州路，卷上珠帘总不如。"其二："多情却似总无情，唯觉樽前笑不成。蜡烛有心还惜别，替人垂泪到天明。"句意谓杜牧创作许多忧国伤时之作，同时也写了一些绮丽的伤别诗篇。

评笺

姚培谦评：天下惟有至性人，方解伤春伤别。茫茫四海，除杜郎外，真是不晓得伤春，不晓得伤别也。（《李义山诗集笺注》）

程梦星评：义山于牧之凡两为诗，其倾倒于小杜者至矣。然"杜牧司勋字牧之"（笔者按：见下篇）律诗，专美牧之也，此则借牧之以慨己。盖以牧之文词，三历郡而后内迁，已可感矣，然较之于己短翼雌伏者不犹愈耶？此等伤心，唯杜经历，差池铩羽，不及群飞，良可叹也。玩上二语，则伤己意多，而颂杜意少，味之可见。（《重订李义山诗集笺注》）

纪昀评：起二句义山自道，后二句乃借司勋对面写照，诗家弄笔法耳。"杜司勋"三字摘出为题，非咏杜也。（《玉谿生诗说》）

赠司勋杜十三员外[1]

杜牧司勋字牧之，清秋一首杜秋诗[2]。
前身应是梁江总，名总还应字总持[3]。
心铁已从干镆利[4]，鬓丝休叹雪霜垂[5]。
汉江远吊西江水，羊祜韦丹尽有碑[6]。

注释

❶司勋杜十三员外：即杜牧，任吏部员外郎。唐人以同一曾祖父的兄弟姊妹排行，杜牧排行十三。此诗写于大中三年初（849）在长安时。纪昀《玉谿生诗说》赞之"奇趣横生，笔墨恣逸""不可无一，不可有二"。

❷清秋：即清秋时节。杜秋：即杜秋娘。一作"杜陵"，有误。杜牧《杜秋娘诗序》云：杜秋，金陵女子，年十五为镇海节度使李锜妾。锜谋叛被诛，秋娘遂籍入宫，有宠于唐宪宗。李恒（穆宗）即位，命秋娘为皇子漳王保姆，皇子废削，赐归故乡。予过金陵，感其穷且老，为之赋诗。

❸江总：《南史·江总传》记载，江总，字总持，好学有文辞，尤工五七言诗，仕梁为尚书殿中郎云云。此两句谓江总名总、字总持，与杜牧名牧、字牧之相似，故谓其应是杜牧的"前身"。这里是以江总的文才赞誉杜牧。

❹心铁：谓心如铁石，这里指杜牧胸中自有甲兵。杜牧曾作《战论》《守论》等论兵议政鸿文，并注《孙子》。征伐刘稹时，曾向李德裕献策而被采纳。从：共、同。干镆：干将、镆铘，宝剑名。利：锋利。此句意在赞扬杜牧之军事才能。

❺鬓丝雪霜：杜牧《题禅院》诗云："今日鬓丝禅榻畔，茶烟轻飏落花风。"又《郡斋独酌》诗云："前年鬓生雪，今年须带霜。"句意谓不要嗟叹鬓丝霜垂，年华虚度。"鬓丝休叹"为"休叹鬓丝"的倒词。

❻汉江：杜预曾任襄阳太守，襄阳地处于汉水与长江之滨，故以"汉江"代指杜预。而杜预为杜牧远祖，因此这里又以"汉江"转指杜牧。西江：《通鉴·大中三年》云："正月，上（皇帝）与宰相论元和循吏孰为第一，周墀曰：'臣尝守土江西，闻观察使韦丹功德被于八州。没四十年，老稚歌思，如丹尚存。'乙亥，诏史馆修撰杜牧，撰丹遗爱碑以纪之。"故"西江"即"江西"，代指韦丹。羊祜：晋朝名将，《晋书·羊祜传》载，羊祜曾都督荆州诸军事，任襄阳太守，

甚得江汉民心。死后，襄阳百姓于岘山祜平生游息之所，建碑立庙，每年祭祀。"望其碑者，莫不流涕，杜预因名为'堕泪碑'"。韦丹碑：诗人自注云"时杜奉诏撰《韦碑》。"两句意谓杜牧所撰韦丹碑，也和羊祜堕泪碑一样，将会被世人永远铭记在心。

评笺

赵臣瑗评：赠司勋者，因见司勋所制《杜秋》诗有悲伤迟暮之意，故特称其所撰《韦丹碑》，以为即此便是立言不朽，何故尚有不足，盖聊以广其志耳。不知何意，忽然就其名字弄出神通，遂寻一个不期而合之古人来作影子。四句中故意叠用二牧字、二秋字、三总字、二字字，拉拉杂杂，写得如团花簇锦，而句法离奇夭矫，又似游龙舞马不可捉搦，真近体中之大观也。五六二句自是正文。看他尾联又复叠用二江字，与前半之九个复字相照，二人名与前半之三个人名相照，使我并不知其末下笔时如何落想，既落想后如何下笔。文人狡狯一至于此，以视沈《龙池》、崔《黄鹤》，真可谓之愈出愈奇矣。（《山满楼笺注唐诗七言律》）

冯浩评：通篇自取机势，别成一格也。牧之奇才伟抱，回翔郡守，抑郁不平，此二章深惜之而慰之也。下半言武功之奏，既与有谋画、文章之传，又与古争烈，不朽固自有在矣。晚唐之初，牧之、义山体格不同，而文采相敌，观《樊南乙集序》可知。故（上篇）曰"人间唯有杜司勋"也。（《玉谿生诗笺注》）

❦ 骄 儿 诗❶ ❦

袞师❷我骄儿，美秀乃无匹。
文葆未周晬❸，固已知六七。

四岁知姓名，眼不视梨栗❹。
交朋颇窥观，谓是丹穴物❺。
前朝❻尚气貌，流品方第一。
不然神仙姿，不尔燕鹤骨❼。
安得此相谓？欲慰衰朽质❽。
青春妍和月，朋戏浑甥侄。
绕堂复穿林，沸若金鼎溢。
门有长者来，造次❾请先出。
客前问所须，含意不吐实。
归来学客面，闹败秉爷笏❿。
或谴张飞胡，或笑邓艾吃⓫。
豪鹰毛崱屴，猛马气佶傈。
截得青筼筜，骑走恣唐突⓬。
忽复学参军，按声唤苍鹘⓭。
又复纱灯旁，稽首礼夜佛⓮。
仰鞭罥⓯蛛网，俯首饮花蜜。
欲争蛱蝶轻，未谢⓰柳絮疾。
阶前逢阿姊，六甲颇输失⓱。
凝走弄香奁，拔脱金屈戌⓲。
抱持多反倒，威怒不可律⓳。
曲躬牵窗网，略咥⓴拭琴漆。
有时看临书㉑，挺立不动膝。
古锦请裁衣，玉轴亦欲乞㉒。
请爷书春胜，春胜宜春日。
芭蕉斜卷笺，辛夷低过笔㉓。
爷昔好读书，恳苦自著述。
憔悴欲四十，无肉畏蚤虱㉔。
儿慎勿学爷，读书求甲乙㉕。
穰苴司马法，张良黄石术㉖。

便为帝王师，不假更纤悉㉗。
况今西与北，羌戎㉘正狂悖。
诛赦两未成，将养㉙如痼疾。
儿当速长大，探雏入虎穴㉚。
当为万户侯，勿守一经帙㉛！

注释

❶本诗仿左思《娇女诗》而作。诗人回长安后，虽任职京兆府掾曹，但实际上生活并不如意。因而其面对孩童之天真烂漫，不免抱有忧虑和沧桑的眼光与心境。这也使得本诗别出机杼，不落前人旧套。

❷骥师：诗人幼子。

❸文葆：绣花的婴儿褓褓。葆，同"褓"。周晬：周岁。

❹梨栗：陶潜《责子》诗云："雍端年十三，不识六与七。通子垂九龄，但觅梨与栗。"此处反其意而用之。

❺丹穴物：《山海经》记载，丹穴山产凤凰，此处指不平凡的人物。

❻前朝：指魏晋南北朝。

❼"不然"二句：即"要不就是……要不就是……"燕鹤骨：燕颔鹤步，被认为是贵人风骨。

❽衰朽质：诗人自称。以上为本诗第一部分。

❾造次：仓促，急忙。

❿"归来"二句：阓败：开门而入。笏：古代官员上朝时拿着的手板，用以记事。意谓送客回来，骥师拿着父亲的手板，模仿着客人的神态，从外面破门而入。

⓫"或谑"二句：胡：多髯，大胡子。邓艾：三国时魏将，有口吃的毛病。

⓬"豪鹰"四句：崷崒：山峰高耸的样子，这里形容苍鹰羽翅开张耸立的形状。佶傈：壮健的样子。箯笤：大竹。唐突：冲撞。此四句描写骥师骑竹马模仿雄鹰猛马奔跑的形状。

⑬"忽复"二句：参军：参军戏中的角色，参军戏是一种以滑稽的对话和动作引人发笑的表演形式。按声：模仿参军的调门，或解为压低声音，亦通。苍鹘：参军戏的另一角色。

⑭"又复"二句：形容衮师模仿大人在灯旁礼佛。

⑮冐：挂取。

⑯未谢：不让。

⑰六甲：指六十甲子中六个逢"甲"的日子。古代儿童入学教数和书写干支。输失：与阿姐比赛书写或背诵干支输了。

⑱凝走：硬要跑去。香奁：梳妆盒。金屈戍：梳妆盒上的金属环扣、铰链。

⑲反倒：倒在地上顽皮耍赖。律：约束，规矩。

⑳略唾：吐唾沫。

㉑临书：临摹书帖。

㉒衣：指书衣，包书的布帛。玉轴：唐代写本多装裱为卷轴，每一卷书有一根木制的轴，两端或镶嵌玉石，露出卷外。

㉓"芭蕉"二句：意谓斜卷之笺如芭蕉，低递之笔如辛夷。辛夷：一种香木，花含苞时形状像笔，故又名木笔。过：手传。孩子身矮，故说"低过笔"。以上为本诗第二部分。

㉔畏虿虿：喻畏惧小人诋毁。

㉕甲乙：唐代科考制度规定，经、策全通为甲等，策通四、帖过四以上为乙等。

㉖穰苴：春秋时期齐景公将领。《史记·司马穰苴列传》云："齐威王使大夫追论古者司马兵法，而附穰苴于其中，因号《司马穰苴兵法》。"张良：汉高祖刘邦谋士。传说曾遇黄石公，受其《太公兵法》。

㉗假：凭借，依靠。更纤悉：更为琐细的知识。

㉘羌戎：指当时叛乱的吐蕃、党项、回鹘等。

㉙将养：姑息，放纵。

㉚"探雏"句：脱化于班超"不入虎穴，焉得虎子"一说。

㉛经帙：经书。帙：包书的套子。

何焯评：若无此段（笔者按：指"爷昔好读书"以下一段），诗便无谓。(《义门读书记》)

姚培谦评：起手夸其美秀之出群。"青春妍和月"以下，正叙其恃爱作骄之态，写得纤悉如画。末以功名跨灶期之，通首以此为出路也。(《李义山诗集笺注》)

纪昀评：本太冲《骄女》而拓之。平山"出路"之说可味。太冲诗以竟住为高，若按谱填腔，纵神肖亦归窠臼；所以必别寻出路，方不虚此一作。且古人之言简，故可言外见意，既拓为长篇，而中无主峰，末无结穴，则游骑无归，或刺刺不休，或随处可住，其为诗也可知矣。凡长篇皆须解此意。(《玉谿生诗说》)

流　莺[1]

流莺漂荡复参差[2]，度陌临流不自持[3]。
巧啭岂能无本意[4]？良辰未必有佳期。
风朝露夜阴晴里，万户千门开闭时。
曾苦伤春[5]不忍听，凤城[6]何处有花枝。

注释

[1] 刘学锴、李翰《李商隐诗选评》认为："丛诗中'飘荡'、'凤城'等情境、地点以及所写时令推断，本诗大致作于大中三年（849）春在长安期间，是诗人对自己大半生飘零落拓生涯的诗意写照。可与稍后徐幕中所作另一篇《蝉》诗并读：本以高难饱，徒劳恨费声。五更疏欲断，一树碧无情。薄宦梗犹泛，故园芜已平。烦君最相警，我

亦举家清。"

②漂：一作"飘"。参差：暗喻作者踪迹兜转，浮沉不定。

③度：一作"渡"。不自持：不能自主。

④巧啭：莺啼。本意：苦衷。

⑤春：一作"心"。

⑥凤城：即长安。杜甫《夜》诗有云："步蟾倚杖看牛斗，银汉遥应接凤城。"赵次公注云："秦穆公女弄玉吹箫，凤降其城，因号丹凤城。其后言京城曰凤城。"

张采田评：含思宛转，独绝古今。亦寓客中无聊，陈情不省之慨。味其词似在京所作，岂大中三年春间耶？此等诗当领其神味，不得呆看，若泥定为何人何事而发，反失诗中妙趣矣。读《玉谿集》者当于此消息之。（《李义山诗辨正》）

冯浩评：颔联入神，通体凄惋，点点皆杜鹃血泪矣。（《玉谿生诗

笺注》)

纪昀评：前六句将流莺说作有情。七句打合到自己身上，若合若离，是一是二，绝妙运掉，与《蝉》诗同一关捩，但格力不高，声响觉靡耳。(《玉谿生诗说》)

野 菊[1]

苦竹园南椒坞边，微香冉冉泪涓涓[2]。
已悲节物[3]同寒雁，忍委芳心与[4]暮蝉？
细路独来当此夕，清樽相伴省他年[5]。
紫云新苑移花处[6]，不取霜栽近御筵[7]。

注释

[1] 刘学锴、李翰《李商隐诗选评》指出："商隐自桂幕归京后，暂代京兆府某曹参军。京兆府掾曹位卑职微，诗人此期生活相当困窘。《偶成转韵七十二句赠四同舍》中说：'归来寂寞灵台下，着破蓝衫出无马。天官补吏府中趋，玉骨瘦来无一把。'可见他当时的处境。而这期间令狐绹正青云得路，大中三年（849）九月，又以御史中丞充翰林学士承旨，显示出不日即将拜相的趋势。然而，他对商隐积怨已深，无视诗人极度困窘的处境，也不理睬诗人屡次的陈情乞谅。商隐此诗在抒写自己沉沦困境的同时，便流露出对令狐如此冷漠的怨望。"

[2] 苦竹：指野菊托根在辛苦之地。竹为苦竹，而椒味辛辣，皆以喻愁恨。泪涓涓：指花上的水露。

[3] 节物：应季的景物。

[4] 与：同。

⑤清樽：清酒，指当年顾遇。省：察记。

⑥紫云：即中书省。开元元年曾改中书省为紫薇省，令曰紫薇令。

⑦不取：对令狐绹不加提携表示怨望。霜栽：指野菊。御筵：宫中筵席。

评笺

陆昆曾评：义山才而不遇，集中多叹老嗟卑之作，《野菊》一篇，最为沉痛。起云"苦竹园南椒坞边"，竹味苦，椒味辛，言所托根在辛苦之地也。继云"微香冉冉泪涓涓"，言香微露重，涓涓者，疑花之有泪也。插此"泪"字，便生出下一联来。言是菊也，敷荣在野，无异寒燕羁栖；不言而芳，等于暮蝉寂默，又何由见知于世乎？下半言细路独来，唯有今夕；清樽相伴，空省他年。盖傲霜之姿，本非近御之物，而冀其移栽新苑也，得乎？亦唯槁项黄馘、老死牖下而已矣。(《李义山诗解》)

程梦星评：此诗与《九日》词旨皆同，但较浑耳。中间"已悲节物""忍委芳心"二语，即《离骚》"老冉冉其将至，恐修名之不立"意。盖日月逝矣，能无慨然？五六二语与"九日樽前有所思"正同，七八二语与"不学汉臣栽苜蓿"正同。故知此诗为一情一事。野菊命题，即君子在野之叹也。(《重订李义山诗集笺注》)

❧ 漫成五章① ❧

其一

沈宋裁辞矜变律②，王杨落笔得良朋③。
当时自谓宗师④妙，今日惟观对属⑤能。

其二

李杜操持⑥事略齐，三才万象共端倪⑦。
集仙殿与金銮殿⑧，可是苍蝇惑曙鸡⑨。

其三

生儿古有孙征虏⑩，嫁女今无王右军⑪。
借问琴书终一世⑫，何如旗盖仰三分⑬。

其四

代北偏师衔使节，关东裨将建行台⑭。
不妨常日饶轻薄⑮，且喜临戎用草莱⑯。

其五

郭令素心非黩武⑰，韩公本意在和戎⑱。
两都耆旧⑲偏垂泪，临老中原见朔风⑳。

注释

❶刘学锴、李翰《李商隐诗选评》指出："长期的困顿落拓，生活的穷乏困窘，令狐绹的褊狭冷漠。这些促成诗人开始回顾反思自己踏入社会以来的经历，特别是与令狐父子的关系。而和令狐父子的种种恩怨又是和王茂元、李德裕等人分不开的，这种反思也就必然纠葛到这二十余年来政治人事上的是是非非。《漫成五章》便是这样一组回顾反思之作。"

❷沈宋变律：即唐初诗人沈佺期、宋之问对律诗发展作出的贡献。

❸王杨：王勃、杨炯，与卢照邻、骆宾王齐名，并称"初唐四杰"。良朋：这里指诗中的"佳对"，即所谓"属对精密"。

❹宗师：这里是指文坛领袖。

❺对属：即属对，对仗。

❻李杜：李白、杜甫。操持：作诗。

❼三才：天、地、人。端倪：《庄子·大宗师》："反覆始终，不知端倪。"即头绪，此处为动词，显露头绪的意思。

❽集仙殿：即集贤殿。天宝十三载，杜甫向唐玄宗上《三大礼赋》，受到玄宗赏识，命待制集贤院，召试文章。金銮殿：天宝元年，李白被召至长安，唐玄宗于金銮殿接见。

❾可是：却是。苍蝇惑曙鸡：《诗经·齐风》"鸡鸣"篇有云："匪鸡则鸣，苍蝇之声。"又《诗经·小雅》"青蝇"篇亦云："营营青蝇，止于樊。岂弟君子，无信谗言。"此处以苍蝇喻皇帝左右谗诼之徒，以曙鸡喻李杜。

❿孙征虏：指孙权。曹操曾表孙权为讨虏将军。《三国志》载，曹操曾说："生子当如孙仲谋。"

⓫王右军：王羲之，他曾为右军将军。《晋书》载，郗鉴到王导家求婿，见羲之坦腹东床，于是选其为婿。

⓬琴书终一世：意指政治上无所建树，终身以琴书自娱。

⓭旗盖仰三分：指孙权建立鼎足三分的帝业。旗盖：黄旗紫盖。古代迷信认为天空出现黄旗紫盖状云气，是帝王之相。

⓮"代北"二句：叙述唐武宗时名将石雄破回鹘、平刘稹的功绩。代北：代州（今山西北部代县一带）之北。偏师：全军的一部分。关东：函谷关以东地区。裨将：地位较低的将佐，指石雄。衔使节、建行台：石雄破回鹘后，因功升任丰州都防御使；后又升任晋绛行营节度使。

⓯饶：任，尽管。轻薄：指受人菲薄。石雄出身寒微，又曾被诬而遭流放，因此为一些人所菲薄。

⓰草莱：草野之人。

⓱郭令：指郭子仪。非黩武：并非好战。郭子仪在西北的历次作

战，都由吐蕃（或回鹘）贵族挑起。

⑱韩公：指张仁愿，景龙二年封韩国公。神龙初年，他任朔方总管时，在黄河以北（今内蒙古境内）筑三受降城以抵御突厥，突厥不敢进犯，北部地区得以安定。

⑲两都：东都洛阳与西都长安。耆旧：父老乡亲。

⑳见朔风：重见北方边地的民情风俗，意即见到西北方边地重归唐王朝。这两句写大中三年收复三州七关的消息传来时，中原地区人民激动感慨的心情。

评笺

杨守智评：此五首乃玉谿生自叙其一生踪迹。前二首乃指令狐乔梓。中二首咏娶茂元之女。末一首结重于赞皇。（首章）"当时"二句，言从楚幕，学为对俪之文也。（二章）前半自标其本领，后半叹绹之见抑而不得进也。（三章）第二句盖自谦之辞。（五章）以韩、郭比李（德裕），推崇之至，见绹之党私谗贬，不足为定论也。（《玉谿生诗笺注》引）

程梦星评：五章不伦不次，初读殊不可解。及考义山平生出处，乃知五章各有所指，但不欲斥言其事与斥指其人，故以"漫成"二字目之，亦犹无题之意也。（《重订李义山诗集笺注》）

纪昀评：较少陵诸绝仍多婉态。专取神情，绝句之正体也；参入论宗，绝句之变体也。论宗而以神情出之，则变而不失其正者也。（《玉谿生诗说》）

❀ 哭刘蕡① ❀

上帝深宫闭九阍②，巫咸③不下问衔冤。

黄陵❹别后春涛隔，溢浦❺书来秋雨翻。
只有安仁❻能作诔，何曾宋玉解招魂❼。
平生风义兼师友，不敢同君哭寝门❽。

注释

❶刘蕡：字去华，唐幽州昌平（今北京市昌平区）人。文宗大和二年（828），应贤良方正直言极谏科考试，在对策中猛烈抨击宦官乱政，在当时士人和朝官中引起强烈反响。因此遭宦官嫉恨，被黜不取。令狐楚任山南西道节度使时，表荐幕府，授秘书郎。商隐得以与之结识。后遭宦官诬陷，贬柳州。大中三年（849）卒于溢浦（今江西省九江市）。

❷九阍：也称九门、九观，传说天帝所居有九门。此处"上帝""九阍"喻指皇帝和宫门。

❸巫咸：传说中的古代神巫，联通人神的使者。

❹黄陵：山名，在今湖南湘阴县，湘水入洞庭湖处。

❺溢浦：即浔阳。

❻安仁：西晋文学家潘岳，字安仁，擅作哀诔之文。

❼招魂：王逸认为《楚辞》中《招魂》是宋玉所作，以哀悼屈原而为之招魂。哭寝门：《礼记·檀弓》有云："师，吾哭诸寝；朋友，吾哭诸寝门之外。"又《旧唐书·刘蕡传》说令狐楚、牛僧孺待其如师友，故商隐说"风义兼师友"当属自然。

评笺

纪昀评：悲壮淋漓，一气鼓荡。（《玉谿生诗说》）

管世铭评：不知其人视其友。观义山《哭刘蕡》诗，知非仅工辞赋者。（《读雪山房唐诗序例》）

方东树评：一起沉痛，先叙情。三四追溯。五六顿转。收亲切沉着。先将正意作棱，次融叙，而三四又每句用棱，此秘法也。（《昭昧詹言》）

哭刘司户蒉❶

路有论冤谪，言皆在中❷兴。
空闻迁❸贾谊，不待相孙弘❹。
江阔唯回首❺，天高但抚膺❻。
去年❼相送地，春雪满黄陵。

注释

❶同前首诗一样，本诗同样是诗人悼念刘蒉而作。诗人在于刘蒉分别于黄陵后，不经年，刘卒，故尾联有"去年""黄陵"一说。除此之外，诗人还写有《哭刘司户二首》）。

❷中：去声，再。

❸迁：升迁。

❹孙弘：即公孙弘。《史记·平津侯列传》记载，汉武帝建元元年，公孙弘为博士，武帝派其出使匈奴，还报，不合武帝意，弘病免归。元光五年，征诏文学，对策，弘第居下，天子擢弘为第一，后又任弘为丞相，封平津侯。两句意谓刘蒉像贾谊那样被贬谪，没有等到像公孙弘那样被征诏升迁为丞相，就突然去世了。

❺江阔唯回首：大中元年（847）初，桂管观察使郑亚辟李商隐入幕，为掌书记。大中二年二月，郑亚贬循州（今广西壮族自治区龙川县），李商隐离桂林，五日至潭州（今湖南省长沙市），曾在湖南观察使李回幕逗留。与刘蒉卒地隔江相望，故谓"江阔唯回首"。

❻抚膺：抚胸。两句意谓诗人听到刘蒉死去的噩耗，只能隔江回首南望，遥寄哀思；天高难问，沉冤莫诉，唯有抚膺长恸而已（刘学锴、余恕诚《李商隐诗歌集解》）。

⑦去年：不经年。

评笺

姚鼐评：义山此等诗殆得少陵之神，不仅形貌。（《五七言今体诗钞》）

屈复评：前四言以直谏而迁谪之速。五六哭。结忆往事，字中有泪。（《玉谿生诗意》）

程梦星评：汉公孙弘初以贤良对策，亦尝罢斥，既而再征，则擢用至相，苟薨不死，未必不然，此所以"不待相孙弘"也。（《重订李义山诗集笺注》）

纪昀评：后四逆挽作收，绝好结法。（《玉谿生诗说》）

·೨⁓ 九　日① ⁓೭·

曾共山翁把酒时②，霜天白菊绕阶墀③。
十年泉下无消息④，九日樽前有所思。
不学汉臣栽苜蓿⑤，空教楚客咏江蓠⑥。
郎君官贵施行马⑦，东阁无因再得窥⑧。

注释

①九日：即重阳。此诗写于大中三年（849）在长安时，诗人追思缅怀令狐楚之作。

②曾共：曾同。山翁：《晋书·山涛传》记载，山简世称山翁或山公，曾为襄阳太守。当时天下分崩，朝野危惧，简却优游卒岁，嗜酒成性，经常酩酊大醉。这里暗指令狐楚。翁：一作"公"。时：一作"卮"，酒器。

❸霜天白菊：刘禹锡《和令狐相公玩白菊》诗云："家家菊尽黄，梁国独如霜。"令狐楚最爱白菊。阶墀：台阶。这里作者以白菊自喻。

❹"十年"句：令狐楚卒于开成二年（837），至大中三年（849），已经十三年，这里取成数。

❺"不学"句：《汉书·西域传》记载，张骞出使西域，取回苜蓿种。天子因天马多，爱食苜蓿，便令种植离宫馆旁。此句即本于此。

❻空教：空使。楚客咏江蓠：屈原《离骚》云："扈江离（同"蓠"）与辟芷兮，纫秋兰以为佩。"楚客：指屈原，这里是作者以"楚客"自喻。江蓠：香草名，又名蘼芜。

❼郎君：《唐摭言》云："义山师事令狐文公（楚），呼小赵公（令狐绹）为郎君。"谓义山原与令狐氏父子都交好，故有"郎君"之称。施：设。行马：《演繁露·行马》云："魏晋以后，官至贵品，其门得施行马。行马者，一木横中，两木互穿，以成四角，施之于门，以为约禁也。"即官署或府邸门前所设拦阻人马通行的木架。大中三年二月，令狐绹升为中书舍人。五月，迁御史中丞。九月，充翰林学士承旨。此句谓令狐绹身为贵官，大门难进。

❽东阁：《汉书·公孙弘传》记载，弘为宰相，起客馆，"开东阁以延贤人。"阁：即小门，东向开之，以引宾客贤人，有别于掾吏官属。此句借以暗喻令狐绹对自己冷淡，再也无缘受到昔日府公那样的礼遇。

评笺

屈复评：一二昔，三结一二，四起。五指绹，六自己。七结五六，八结前四。苜蓿以秣宛马者，喻不以禄荣才士也。汉臣比楚，楚客自比。（《玉谿生诗意》）

程梦星评：通篇训诂往往有不得其腹联承接之解者，皆由误看"有所思"三字，以为承上思山公把酒之时，不知其透下思郎君官贵之日也……此诗盖感其先世之旧德而叹后人之不古若也……其时言绹但谓"官贵"，则犹属未相之先，不然，韦、平继拜，则立言有不止于官贵者。诗当在绹为学士或为舍人时作……绹为舍人为大中三年，义山乃自岭表入朝，诗当作于其时。（《重订李义山诗集笺注》）

偶成转韵七十二句赠四同舍❶

沛国东风吹大泽，蒲青柳碧春一色❷。
我来不见隆准人，沥酒空余庙中客❸。
征东同舍鸳与鸾❹，酒酣劝我悬征鞍。
蓝山宝肆不可入，玉中仍是青琅玕❺。
武威将军使中侠，少年箭道惊杨叶❻。
战功高后数文章，怜我秋斋梦蝴蝶❼。
诘旦天门传奏章，高车大马来煌煌❽。
路逢邹枚不暇揖，腊月大雪过大梁❾。
忆昔公为会昌宰❿，我时入谒虚怀待。
众中赏我赋高唐，回看屈宋由年辈⓫。
公事武皇为铁冠，历厅请我相所难⓬。
我时憔悴在书阁，卧枕芸香春夜阑⓭。
明年赴辟下昭桂，东郊恸哭辞兄弟⓮。
韩公堆上跋马时，回望秦川树如荠⓯。
依稀南指阳台云，鲤鱼食钩猿失群⓰。
湘妃庙下已春尽，虞帝城前初日曛⓱。
谢游桥上澄江馆，下望山城如一弹⓲。
鹧鸪声苦⓳晓惊眠，朱槿花娇晚相伴。
顷之失职辞南风，破帆坏桨荆江中⓴。
斩蛟断璧不无意㉑，平生自许非匆匆。
归来寂寞灵台下，着破蓝衫出无马㉒。

天官补吏府中趋，玉骨瘦来无一把㉒。
手封狴牢屯制囚，直厅印锁黄昏愁㉔。
平明赤帖使修表，上贺嫖姚收贼州㉕。
旧山万仞青霞外，望见扶桑出东海㉖。
爱君忧国去未能，白道青松了然在。
此时闻有燕昭台㉗，挺身东望心眼开。
且吟王粲从军乐，不赋渊明归去来㉘。
彭门十万皆雄勇，首戴公恩若山重㉙。
廷评日下握灵蛇，书记眠时吞彩凤㉚。
之子夫君郑与裴，何甥谢舅当世才㉛。
青袍白简风流极，碧沼红莲倾倒开㉜。
我生粗疏不足数，梁父哀吟鸲鹆舞㉝。
横行阔视倚公怜，狂来笔力如牛弩㉞。
借酒祝公千万年，吾徒礼分常周旋㉟。
收旗卧鼓相天子，相门出相光青史㊱。

注释

❶ 刘学锴、李翰《李商隐诗选评》指出："大中三年（849）十月，武宁军节度使（治所在徐州）卢弘止奏辟商隐入幕任节度判官，商隐开始了一年余的徐幕生涯。本诗即徐幕任上赠同僚之作，写于大中四年（850）春。这是一首带有自叙传性质的长篇七言歌行，以诗人生平经历为经，以与卢弘止及同僚的交谊为纬，着重抒写了从会昌末到入卢幕期间自己的生活经历和思想感情，是了解商隐生活、思想和诗歌艺术风格多样性的重要作品"。转韵：这里指一种换韵的七言古诗。本篇四句一换韵（末四句两句换韵）。四同舍：四位幕府同僚，即诗中所提到郑、裴等四人。

❷ 沛国：沛郡，刘邦故里。这里借指徐州。蒲：蒲柳，即水杨。

❸ 隆准人：指刘邦，史称其"隆准而龙颜"。隆准：高鼻子。庙中客：作者自指。庙：徐州附近高祖庙。

❹ 征东：汉代将军名号。这里借指卢弘止。因徐州在长安东，故称镇徐州的卢弘止为"征东（将军）"。鸳、鸾：鸳侣鸾朋，形容同僚的才俊。

❺ 蓝山：即蓝田山，产美玉。宝肆：宝玉之肆。青琅玕：青玉。古代以青玉为上品，寓指四同舍。

❻ 武威将军：指卢弘止。使中侠：节度使中有豪侠气概之人。"少年"句：《战国策·楚策》记载，春秋时楚大夫养由基善射，能百步穿杨百发百中。唐人每用穿杨指代文场考试得胜。句意谓卢善为文而少年登第。

❼ 战功高：指卢弘止在会昌讨刘稹的战争中立下大功。梦蝴蝶：用庄子梦蝶的典故，意谓自己抱负成虚，困守书斋。

❽ 诘旦：一早。传奏章：指奏辟诗人为幕僚的奏章。煌煌：形容车马鲜丽。

❾ 邹、枚：邹阳、枚乘，西汉著名文人，曾为梁孝王宾客。此指宣武节度使（治所汴州）幕下文士。大梁：战国魏都（今河南开封附

近）。唐人诗中多以指汴州。以上为本诗第一部分。

⑩会昌：唐昭应县旧名，今西安临潼。卢弘止大和八年曾任昭应县令。

⑪高唐：《高唐赋》，传为宋玉所作，写楚襄王游高唐梦巫山神女事。由年辈：犹如同辈。

⑫武皇：指唐武宗。铁冠：御史所戴法冠。卢弘止会昌二年曾任御史中丞。相所难：帮助解决疑难。

⑬书阁：秘书省收藏珍贵图书的秘阁。诗人时为秘书省正字。芸香：用以驱除书中蠹虫的一种香草。

⑭"明年"二句：指大中元年随郑亚赴桂林事。时弟羲叟新登进士第，在长安，故至东郊送别。

⑮韩公堆：驿站名，在蓝田县南。跋马：勒马使之回转。秦川：本指关中平原地区，这里借指长安一带。

⑯阳台：宋玉《高唐赋·序》中神女自称所居之所，此指巫山一带。鲤鱼食钩：喻为生活所迫而应辟入幕。

⑰湘妃庙：在湘阴县北洞庭湖畔，又名黄陵庙。虞帝城：即桂林。桂林临桂区虞山下有舜祠。

⑱谢游桥、澄江馆：谢朓有"澄江静如练"之句，桥与馆当为纪念他而建。谢朓曾到岭南，可能游过桂州。从上下文推测此当为桂林名胜。弹：弹丸。

⑲鹧鸪声苦：古人谓鹧鸪鸣声如云"行不得也哥哥"。

⑳"顷之"二句：指郑亚贬循，商隐被迫离桂事。荆江：湖北枝江至湖南城陵矶一段长江的别名，商隐北归所经。

㉑斩蛟断璧：《博物志》云："澹台子羽渡河，赍千金之璧于河……阳侯波起，两蛟夹船。子羽左操璧，右操剑击蛟，皆死。既渡，三投璧于河，河伯跃而归之，子羽毁璧而去。"

㉒灵台：汉代天象台之名。居灵台隐用东汉第五伦客止灵台，或十日不炊典，喻生活极度困窘。蓝衫：即青袍，唐代八九品官穿青袍。商隐回京后选为盩厔尉（正九品下阶），故穿青袍。

㉓天官：指吏部，武后光宅元年曾改吏部为天官。府：指京兆府。此句指被吏部选补为盩厔尉，后又为京兆府掾曹。

㉔狴牢：牢狱。古代画狴犴兽形于狱门，故云。制囚：皇帝下令禁押的囚犯。直厅：在府厅当值。

㉕赤帖：书写贺表用的红色纸帖。嫖姚：西汉名将霍去病曾为嫖姚校尉。这里借指当时收复三州七关的唐朝将领。收贼州：即收复被吐蕃占领的河湟地区，事可见《通鉴·大中三年》。

㉖旧山：作者故乡怀州附近王屋山。作者少年曾在王屋山分支玉阳山学道。扶桑：神话中东方大海里的神树，日所栖息。

㉗燕昭台：战国时燕昭王筑台，置千金招揽天下贤士。唐人多以燕台指使府。这里指卢弘止镇徐州，开幕府征聘人才。

㉘从军乐：王粲有《从军诗五首》，其中有云："从军有苦乐，但问所从谁。"归去来：陶渊明有《归去来兮辞》，表示归田心愿和乐天知命的意趣。以上为本诗第二部分。

㉙彭门：即彭城。唐天宝元年置彭城郡，乾元元年复为徐州。"首戴"句：指卢弘止在徐州整肃军纪，避免了祸乱，故兵士感戴其恩德。

㉚"廷评"二句：赞美廷评、书记两位同僚富有才华。廷评：即大理评事，唐代幕僚常带京官职衔。日下：指京城。握灵蛇、吞彩凤：喻文才出众。曹植《与杨德祖书》："人人自谓握灵蛇之珠。"《晋书·文苑传》记载，罗含昼卧，梦见一彩鸟飞入口中，自此藻思日新。书记：节度使幕府掌书记。

㉛"之子"二句：赞美郑、裴两位同僚富有武略。之子、夫君：对同舍美称。何甥：东晋何无忌，是名将刘牢之的外甥，时人称他"酷似其舅"。谢舅：指谢安，淝水之战统帅。谢安有甥羊昙，为安所重，故说谢舅。

㉜白简：竹木手板。《唐会要》记载，官员五品以上持象笏，六品以下持竹笏，或即此处白简。碧沼红莲：《南史·庾杲之传》记载，王俭用庾杲之为长史，萧缅写信给王俭说："景行（杲之字）泛绿水，

依芙蓉，何其丽也！"时称俭府为莲花池。后因称使府为莲幕。诗以此喻徐幕诸同舍。

㉝生：生性。梁父：即《梁父吟》，曲调悲凉。鸲鹆舞：《晋书·谢尚传》载，谢尚曾于王导席上作鸲鹆舞，旁若无人。此指生性疏放。

㉞牛弩：牛筋、牛角做的弓弩。此处指笔力雄健豪放。

㉟吾徒：我辈，指自己与四同舍。礼分：礼数。周旋：追随。

㊱收旗卧鼓：指立功归朝。相门出相：范阳卢氏，大房、二房、三房在唐代均有任宰相者。弘止系四房，尚未有相，故以此语预祝其入相。

评笺

田兰芳评：一篇皆为卢弘正（止）发，纬以平生所历，傲岸激昂，儒酸一洗。(《玉谿生诗笺注》引)

纪昀评：此诗直作长庆体，而沉郁顿挫之气，时时震荡于其中。故挼叙而不板不弱，觉与盛唐诸公面目各别，精神不殊，盖玉谿骨法原高耳。起手苍苍茫茫，磊磊落落，是好笔法。"路逢邹枚"二句，"韩公堆上"二句，"斩蛟断壁"二句，俱笔意雄阔，为篇中筋节。"旧山万仞"四句，一纵一收，揽入本题，笔意起伏，尤是筋节处也。"玉骨"句大鄙，不成语。(《玉谿生诗说》) 又评：接落平钝处，未脱元、白习径，中间沉郁顿起处，则元、白不能为也。(《李义山诗集辑评》引)

❧ 板桥晓别❶ ❧

回望高城落晓河❷，长亭窗户压微波❸。
水仙欲上鲤鱼去❹，一夜芙蓉红泪多❺。

114

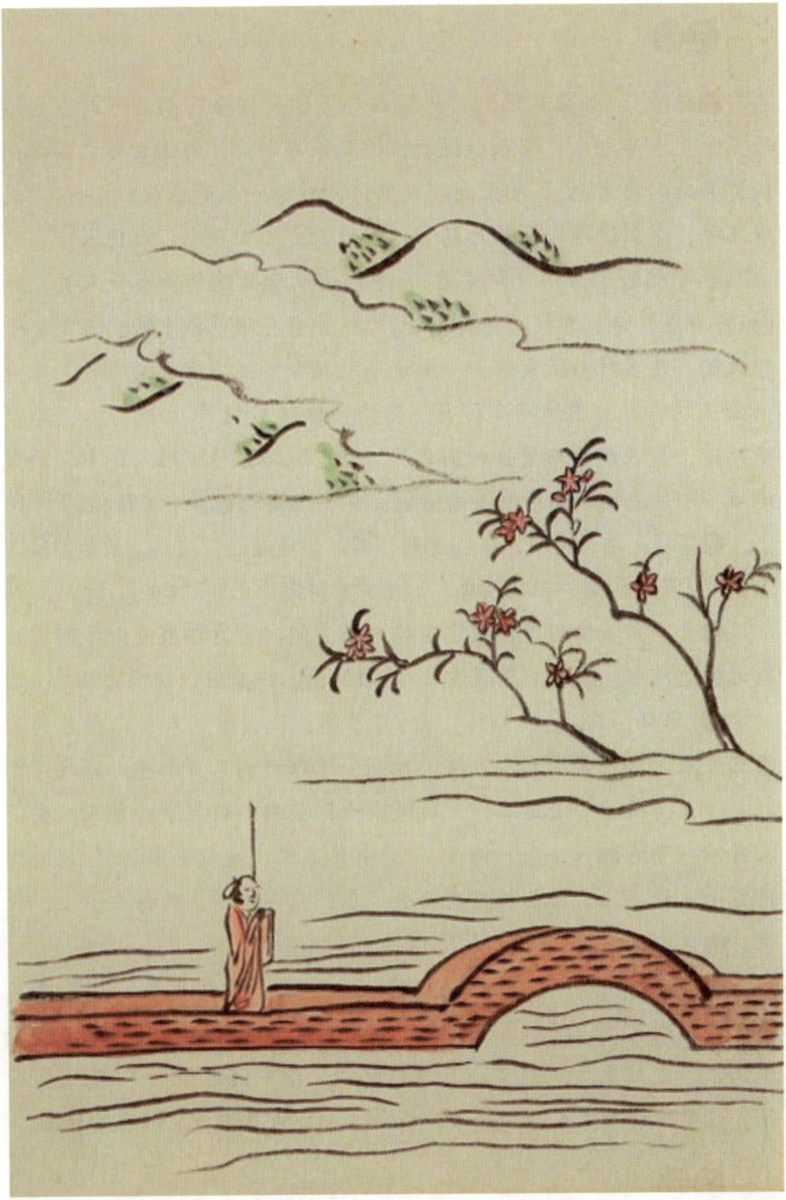

❶板桥：《香祖笔记》："板桥在今汴梁（即今河南省开封市）城西三十里中牟之东，唐人小说载板桥三娘事即此，与谢玄晖之新林浦板桥异地而同名也。"陆永品《中国诗苑英华·李商隐卷》指出："大中三年，李商隐辟入徐幕为判官，得侍御史。四年春，奉使入京，与诗人李郢相遇于汴州（即汴梁）。李郢有《李商隐侍御奉使入关》和《板桥重送》诗。李郢《板桥重送》诗：'梁苑城西蘸水头，玉鞭公子醉风流。几多红粉低鬟恨，一部清商驻拍留。王事有程须行行，客身如梦正悠悠。洛阳津畔逢神女，莫坠金楼醉石榴。'由此可知，李商隐此诗，是在板桥与爱妓相别之作。作者把神话传说融入诗中，构成绚丽多彩的意境和新奇浪漫的情调，具有很高的艺术审美价值。"

❷高城：即汴州城。板桥晓别，离汴州城颇远，故谓"回望高城"。落晓河：天已拂晓，银河西垂。这里点出诗题中已到"晓别"时刻。

❸长亭：板桥附近，临水留宿处的亭阁。窗户压微波：亭阁窗户贴近桥边河水，故谓"压微波"。此句写景，以启三、四两句。

❹"水仙"句：《列仙传》云："琴高，战国时赵人，以弹琴为宋康王舍人。修炼长生之术，浮游冀州、涿郡之间二百余年。后入涿水取龙子，与弟子约定返日，至时果乘赤鲤鱼来，留岁余，复入水去。"又吴均《登寿阳八公山》诗云："是有琴高者，凌波去水仙。"此句即借琴高典故，比喻自己将离别而去。水仙：即将离去的诗人。上：犹乘。鲤鱼：借指船。

❺"一夜"句：《拾遗记·魏》云："文帝所爱美人，姓薛名灵芸……闻别父母，歔欷累日，泪下沾衣。至升车就路之时，以玉唾壶承泪，壶则红色。既发常山，及至京师，壶中泪凝如血。"芙蓉：荷花，这里比喻女主人公。红泪：谓女主人公为悲伤离别而泣泪如血。

评笺

屈复评：一晓别。二板桥。三行矣。四别恨，指所别言。芙蓉从

微波、水仙生出，正是题中板桥。(《玉谿生诗意》)

程梦星评：此诗与香山诗（笔者按：指《板桥路》诗）合看。板桥乃是唐时冶游之地。香山诗虽淡荡，其实情语也。义山晓别，尤见情致。(《重订李义山诗集笺注》)

纪昀评：何等风韵！如此作艳体，乃佳。笑裙裾脂粉之横填也。(《玉谿生诗说》)

春　雨①

怅卧新春白袷衣②，白门寥落意多违③。
红楼隔雨相望冷，珠箔飘灯独自归④。
远路应悲春晼晚，残宵犹得梦依稀⑤。
玉珰缄札何由达？万里云罗一雁飞⑥。

注释

❶陆永品《中国诗苑英华·李商隐卷》说："此诗写于大中四年（850）春初到徐州幕府时，是夜雨思家之作，并非爱情诗。诗中反映作者初到徐幕，寂寞冷清，意愿多违，思家伤别情怀便油然而生。末句亦流露出忧谗畏讥意绪。"

❷怅卧新春：即新春怅卧。白袷衣：白色的夹衣。句意谓初春至徐幕，意绪惆怅，便和衣而卧。

❸白门：《三国志·魏书·吕布传》云："布自称徐州刺史……与其麾下登白门楼。"可知"白门"，即徐州白门城楼，代指徐幕。句意谓在徐幕，感到寂寞冷清，意愿多违。

❹红楼：指居住人家。珠箔：珠帘，这里指为提灯遮雨的帘箔。两句意谓隔雨相望红楼居家的欢乐情景，而更感到自己孤寂冷清；遮

117

雨的帘箔不停地飘打着提灯，我便孤独地归来。

⑤春晼晚：即春暮时分。残宵：即夜尽天明时分。依稀：模模糊糊。两句意谓春暮时刻，妻子一定会念远伤别而愁苦；在拂晓时，我也常常模模糊糊地梦到与家人团圆。

⑥玉珰：玉耳环。缄札：书信。把书信和定情的玉珰寄给对方，叫作"侑缄"。云罗：阴云弥漫如张开的罗网。一雁飞：即飞雁传书。两句意谓妻子把"玉珰缄札"托付给一只孤雁，只是万里云罗，恐怕很难传到。

评笺

张采田评：此与《燕台》二章相合。首二句想其流转金陵寥落之态。三四句经过旧居，室迩人远，唯笼灯独归耳。五句道远难亲，六句梦中相见。结即"欲寄相思花寄远"之意。（《李义山诗辨正》）

纪昀评：此因春雨而感怀，非咏春雨也。亦宛转有致，但格未高耳。（《玉谿生诗说》）

题汉祖庙①

乘运应须宅八荒②，男儿安在恋池隍③？
君王自起新丰后④，项羽何曾在故乡⑤。

注释

①汉祖庙：即刘邦庙。此诗作于诗人徐幕时期。

②运：时运，时机。宅：居。八荒：即天下。

③池隍：指家乡。

④君王：指刘邦。起新丰：《三辅旧事》记载，刘邦定居长安，

其父思慕乡里，刘邦就在长安附近兴建新丰（今陕西省西安市临潼区东北），迁来丰（今江苏省丰县）沛百姓。

❺"项羽"句：《史记·项羽纪》记载，项羽引兵入关中后，有人劝他定都咸阳以成霸业，他见秦宫室被焚残破，又思念故乡而心怀东归，便曰："富贵不归故乡，如衣绣夜行，谁知之者。"于是分封诸侯，自称西楚霸王，定都彭城（今江苏省徐州市）。

评笺

何焯评：宅八荒者可以自起新丰，恋池隍者终不能故乡昼锦，相形最妙。（《义门读书记》）

程梦星评：此诗言汉高有帝王大度，以天下为一家，诸郡国皆立庙祀，何止丰沛？当时因太公怀乡，为起新丰，亦游戏耳，遂移故乡就我。彼项羽谓富贵不归故乡，如衣绣夜行，真匹夫之见矣。试看汉起新丰之后，无论尺土一民皆非项有，即残骸余魄亦岂得依恋于彭城下相间乎？（《重订李义山诗集笺注》）

戏题枢言草阁三十二韵❶

君家在河北，我家在山西❷。
百岁本无业，阴阴仙李枝❸。
尚书文与武，战罢幕府开❹。
君从渭南至，我自仙游来❺。
平昔苦南北，动成云雨乖❻。
逮今两携手，对若床下鞋❼。
夜归碣石馆，朝上黄金台❽。
我有苦寒调，君抱阳春才❾。

年颜各少壮，发绿齿尚齐❿。
我虽不能饮，君时醉如泥。
政静筹画简，退食多相携⓫。
扫掠走马路，整顿射雉翳⓬。
春风二三月，柳密莺正啼。
清河在门外，上与浮云齐⓭。
欹冠调玉琴⓮，弹作松风哀⓯。
又弹明君怨，一去怨不回⓰。
感激坐者泣，起视雁行低⓱。
翻忧龙山雪，却杂胡沙飞⓲。
仲容铜琵琶，项直声凄凄⓳。
上贴金捍拨，画为承露鸡⓴。
君时卧枨触㉑，劝客白玉杯。
苦云年光疾，不饮将安归？
我赏此言是，因循未能谐㉒。
君言中圣人，坐卧莫我违㉓。
榆荚乱不整，杨花飞相随㉔。
上有白日照，下有东风吹㉕。
青楼有美人，颜色如玫瑰㉖。
歌声入青云，所痛无良媒㉗。
少年苦不久，顾慕良难哉㉘！
徒令真珠肶，裹入珊瑚腮㉙。
君今且少安㉚，听我苦吟诗。
古诗何人作？老大犹伤悲㉛。

注释

❶枢言：即草阁主人（李枢言），是诗人幕徐州时的同僚。本诗作于大中四年（850）。诗写作者与李枢言的有同类遭遇，由此抒发怀才不遇的慨叹，并表现出乐观向上的精神。

❷君：即李枢言。家：指家世。《新唐书·宰相世系表》记有"赵郡李氏"，枢言或系出赵郡李氏，故云。山西：指陇西。李唐王室源出陇西李氏，李商隐与李唐王室同宗，故云。

❸业：家产。阴阴：枝叶繁茂。仙李枝：唐高宗李治把老子李耳奉为李氏之祖，追号为太上玄元皇帝，并当作神仙祭祀。枝：同支，支脉。

❹尚书：指卢弘止。他以检校户部尚书，出任徐州刺史、武宁军节度使之职。文与武：文才武略兼备。战罢幕府开：大中三年，卢弘止镇徐州，都虞侯胡庆方复谋作乱，弘止诛之，结束战事，重开幕府，招揽人才，故有此说。

❺渭南：唐代京兆府之属县，即今陕西省渭南市。李枢言入徐幕之前在渭南任职。仙游：盩厔县（今陕西省周至县）有仙游乡、仙游泽、仙游宫。

❻动：动辄。云雨乖：颜延之《和谢监灵运》诗云："朋好云雨乖。"谓像云雨一样分离开来。乖：背离。

❼逮：至，及。对若床下鞋：鞋与"谐"字谐音，和谐的意思。这里是说他们二人朝夕相合而处。

❽碣石馆：《史记·孟子荀卿列传》记载，战国时邹衍至燕，燕昭王筑碣石宫，以师事之。黄金台：《白氏六帖》记云："燕昭王置千金于台上，以延天下士，谓之黄金台。"两句意谓自己和枢言，像燕昭王礼遇邹衍那样而受到卢弘止的礼遇和任用。以上为本诗第一部分内容。

❾苦寒调：《子夜警歌》（二首其一）云："谁知苦寒调，共作白雪弦。"阳春才：宋玉《对楚王问》："客有歌于郢中者，其始曰下里巴人，国中属而和者数千人……其为阳春白雪，国中属而和者数十人。""是其曲弥高者，其和弥寡。"两句意谓诗人自己的诗作只是为饥寒生活所迫而抒发的怨叹，而李枢言的作品却有奇才而未被看重。

❿年颜：年龄、容颜。少壮：当时诗人三十九岁，故谓少壮。发绿：李白《古风》诗云："中有绿发翁，披云卧松雪。"即绿发。齿尚齐：谓牙齿还齐全，两句暗意指他们正是奋发有为之时。

⓫政静：政事清静不烦，本于《老子》"我好静民自正"之意。

121

筹画简：少谋划。筹：谋。退食：语本于《诗经·召南》"羔羊"篇："退食自公。"朱熹注曰："退朝而食于家也。"后世便谓公毕退班为"退食"。两句意谓政事省静，同僚少于谋划，多退班后即相携出游。

⓬扫掠：打扫、清理。走马：即跑马。雉：野鸡。翳：用树枝伪装成的隐蔽射者的地方。

⓭清河：汴水、泗水交流于徐州城外，故云"清河在门外"。上与浮云齐：枢言草阁低矮，"与浮云齐"为诗人戏言。

⓮欹冠：侧冠。玉琴：用玉石镶饰的琴。

⓯松风哀：琴曲有《风入松》，传为晋嵇康所作（《乐府诗集》卷六十）。松风即琴曲。

⓰明君怨：即《昭君怨》琴曲。《琴操》记载，王昭君在匈奴，恨帝始不见遇，作怨思之歌，后人名为《昭君怨》。晋避司马昭讳而改为《明君怨》。两句借琴曲抒发怀才不遇的心意。

⓱感激：情绪激动。坐：一作"卧"，误。雁行低：琴声哀怨以致鸿雁随之低飞。与钱起《归雁》诗"二十五弦弹月夜，不胜清怨却飞来"的诗意相似。

⓲"翻忧"两句：鲍照《学刘公干体》诗云："胡风吹朔雪，千里度龙山。"翻忧：即忧翻，忧怨倾倒的意思。龙山：在今内蒙古自治区托克托县，古代属云中郡，为北方边塞。两句意谓哀怨的琴曲，似乎席卷龙山之雪，夹杂千里胡沙，呼啸而来。

⓳"仲容"两句：《晋书·阮咸传》记载，阮咸字仲容，妙解音律，善弹琵琶。传说他曾制铜琵琶。项直：琵琶有直项和曲项两种，阮咸所弹为直项琵琶。

⓴捍拨：弹奏琵琶所用拨弦的工具，以金饰之，故谓"金捍拨"。承露鸡：南郡产的一种鸡，又叫长鸣承露鸡。两句意谓琵琶上贴金饰的捍拨，画着承露鸡。以上为本诗第二部分内容。

㉑卧枨触：意谓卧枨而多有感触。枨：即杖。

㉒"因循"句：因循：守旧不变。谐：这里是协调、协和的意思。句意谓我酒力有限，无法如你一般畅饮。

㉓"君言"两句：《三国志·魏书·徐邈传》记载：邈为尚书郎时，禁酒，邈私饮而沉醉，校事赵达问以曹事。邈曰"中圣人"。醉客谓清酒为"圣人"，浊酒为"贤人"。中（音"正"）圣人：谓饮酒而醉。后世便称喝醉酒为"中圣人"，而省称"中圣"。如李白《赠孟浩然》诗云："醉月频中圣，迷花不事君。"违：背，分开。

㉔"榆荚"两句：韩愈《晚春》诗云："草树知春不久归，百般红紫斗芳菲。杨花榆荚无才思，唯解漫天作雪飞。"韩愈"杨花榆荚无才思，唯解漫天作雪飞"两句，是在借写景，讽刺那般趋炎附势，或随波逐流之辈。李商隐这两句诗，即本于韩诗，亦含有韩诗之意。（《中国诗苑英华·李商隐卷》）

㉕"上有"两句：借写有"白日照"和"东风吹"，暗指现应奋发有所为。

㉖青楼：豪贵人家用青漆涂饰的高楼。美人：借以比喻有才华和抱负之士。玫瑰：司马相如《子虚赋》记载："其石则赤玉玫瑰。"即红宝石。

㉗"歌声"两句：以美女无媒难以婚嫁，喻指志士怀才不遇。

㉘顾慕：眷恋。两句意喻年华逝去，而抱负却始终难以施展。

㉙"徒令"两句：真珠肶：《孟子·滕文公》云："其颡有泚。"意谓额上冒出汗来。泚：出汗。疑"真珠肶"为"真珠泚"之误。真珠泚：即冒出汗珠。裛：当为"浥"之借字，沾湿。珊瑚：谓肉红色。两句意谓白让汗珠沾湿了美女珊瑚般的腮。（《中国诗苑英华·李商隐卷》）

㉚"君今"以下四句：为诗人答枢言之词。

㉛"老大"句：汉乐府古辞《长歌行》云："百川东到海，何时复西归？少壮不努力，老大徒伤悲！"此句即脱化于此，意谓"老大犹伤悲"，应当及时努力，建立功业。

评笺

何焯评：气味逼古，后幅纯乎汉魏乐府。（《义门读书记》）

田兰芳评：叙述易见，以善用韵，遂使声色俱古。(《玉谿生诗笺注》引)

冯浩评：义山在徐幕，心事稍乐，故有此种之作。音节古雅，情景潇洒，神味绵渺，离合承引，极细极自然，五古中上乘也。不得其解，何从研咀？(《玉谿生诗笺注》)

纪昀评：铺叙是长庆体，而参以古意，意境独高。"平昔"四句，顿挫不置。"对若"句，粗俚不成语。中一段淋漓飞动，乃一篇之警策。凡平叙长诗，如无一段振起，则索然散漫，名篇皆留意于是，其源乃自《焦仲卿妻》发之。"杨花"一段夹入比体，极有情致。收处却是长庆率笔，最不可效。(《玉谿生诗说》)

房中曲①

蔷薇泣幽素，翠带花钱小②。
娇郎痴若云，抱日西帘晓③。
枕是龙宫石，割得秋波色④。
玉簟失柔肤，但见蒙罗碧⑤。
忆得前年春，未语含悲辛⑥。
归来已不见，锦瑟长于人⑦。
今日涧底松，明日山头蘖⑧。
愁到天地翻，相看不相识⑨。

注释

①房中曲：乐府曲名。大中五年（851），李商隐罢徐幕归，其妻王氏春夏间卒，卒前夫妻未及见面。这首诗为悼亡诗，表现缅怀和悼念王氏的深情。

❷泣幽素：本意是蔷薇花上的露水，这里采用拟人化手法，意谓好像幽冷恬淡的花朵也在哭泣。与杜甫《春望》"感时花溅泪"诗句的用法相似。翠带：指蔷薇细长柔软的翠绿枝条，形容它像翠带一般。花钱小：谓蔷薇圆而小的花瓣。

❸娇郎：指诗人之子娇儿。两句意谓娇儿悲伤失神，若浮云无所依托；抱枕而眠，日高帘卷，尚卧而不起。

❹龙宫石：龙宫宝石，泛指宝石。秋波：李贺《唐儿歌》云："一双瞳人剪秋水。"谓明净的秋水似眼波。两句意谓宝石的枕头，光亮照人，好像是剪割下的亡妻的秋波。

❺玉簟：即玉席。蒙：盖。罗碧：翠被。

❻"忆得"两句：意谓回忆前年春天离别之时，爱妻有疾而预感将不久于人世，故未语先悲。

❼"锦瑟"句：意谓只见她喜爱弹奏的锦瑟，比人还长，安静地放在那里。

❽涧底松：本于左思《咏史八首》"郁郁涧底松"一句。山头檗：《古乐府》诗云："黄檗向春生，苦心随日长。"檗：即黄檗，中药，味苦。因"随日长"，故谓在"山头"。这里诗人以涧底之松、山头之檗自喻，表达悲伤之心境。

❾地：一作"池"。两句意谓纵使相思到天翻地覆，或有相见之日，亦恐已不相识。这里"设必无之想，作必无之虑，哀悼之情，于此为极"（《李商隐诗歌集解》引钱良择语）。苏轼悼亡词《江城子》云："纵使相逢应不识，尘满面，鬓如霜。"似受到此诗的启迪（《中国诗苑英华·李商隐卷》）。

评笺

徐德泓评：此悼亡词。花泣幽而钱小，犹人归泉路而遗婴稚也。是以娇郎无所知识，倚父寝兴，如痴云之抱日而晓耳。帐中宝枕，乃眼波所流润者，人去床空，惟见碧罗蒙罩而已。记得别时，伤心难语，今归不见人，而仅见所遗之物，无人而物翻觉其长矣。人生有聚必有散，今日在此，明日在彼，犹夫孤松苦蘖，高下异处，即愁到天地翻复，而高者下，则下者又高矣，岂能见而识乎！乃永诀意也。（《李义山诗疏》）

姚培谦评：此悼亡诗也。起四句，以蔷薇反兴。下四句言物在人亡。"忆得"二句言出门作别时。归来不见，却将锦瑟作衬。末乃致其地老天荒之恨也。（《李义山诗集笺注》）

王十二兄与畏之员外相访，见招小饮，时予以悼亡日近不去，因寄❶

谢傅门庭旧末行❷，今朝歌管属檀郎❸。
更无人处帘垂地，欲拂尘时簟竟床❹。
嵇氏幼男犹可悯，左家骄女岂能忘❺！
秋霖腹疾俱难遣，万里西风夜正长❻。

注释

❶王十二：王茂元之子，诗人之内兄。畏之：即韩瞻，字畏之，与李商隐同年进士，又是连襟，时为尚书省某部员外郎，交谊笃深。招饮：谓招至王家宴饮。悼亡日近：诗人爱妻王氏，卒于大中五年春夏间，秋天为悼亡日，故云。钱良择《李商隐诗歌集解》评此诗："平平写去，凄断欲绝，唐以后无此风格矣。"

❷谢傅：即谢安。《晋书》本传谓其死后赠为太傅，故云。这里代指诗人岳父王茂元。门庭旧末行：《世说新语·贤媛》记载，谢安侄女谢道韫嫁王凝之，她认为王不及谢门叔伯兄弟，曾说："一门叔父则有阿大、中郎，群从兄弟则有封、胡、遏、末，不意天壤之中乃

有王郎。"李商隐所娶王氏，为茂元女儿中的幼女，可知诗人此句用此典以自谦，说自己在诸婿之中，列于末行。

❸檀郎：晋朝潘岳小字檀奴，人称潘郎或檀郎。唐人多用檀郎指女婿，如李贺《牡丹种曲》诗云："檀郎谢女眠何处，楼台月明燕夜语。"这里指韩瞻。

❹簟竟床：潘岳《悼亡诗》云："辗转眄枕席，长簟竟床空，床空委清尘，虚室来悲风。"簟：竹席。竟：极，这里指铺满的意思。

❺嵇氏幼男：嵇康《与山巨源绝交书》云："女年十三，男年八岁，未及成人，况复多病，顾此恨恨，如何可言。"这里以嵇康之子比作其子衮师。左家骄女：左思《骄女诗》云："左家有骄女，皎皎颇白皙。"这里以之代指其女，即《骄儿诗》中的"阿姊"。

❻秋霖腹疾：语本《左传》昭公元年"雨淫腹疾"。原指淫雨引起的腹泻。两句意谓秋雨绵绵的烦闷和内心的隐痛，都难以排除；何况正值万里西风，茫茫长夜，则更难熬度。

评笺

张谦宜评："更无人处帘垂地，欲拂尘时簟竟床。"乍看只似平常，深思方可伤悼。盖"帘垂地"，房门锁闭可知；"簟竟床"，衾裯收卷可想。悼亡作如此语，真乃血泪如珠。（《絸斋诗谈》）

胡以梅评：指挥如意，用事措词不同，妙处在意在言外，所以松灵。而五六正用悼亡诗内事尤妙。（《唐诗贯珠串释》）

夜 冷❶

树绕池宽月影多，村砧坞笛隔风萝❷。
西亭翠被余香薄❸，一夜将愁向败荷。

❶大中五年（851）秋，柳仲郢由河南尹迁任东川（治所在梓州，即今四川省三台县）节度使，辟李商隐为书记。诗人来东（洛阳）谒谢柳仲郢而作此悼亡诗。

❷砧：捣衣声。坞笛：坞中农民的吹笛声。萝：藤萝。

❸西亭：王茂元东都崇让宅有西亭，为李商隐夫妇寓室。翠被香薄：何逊《嘲刘郎》诗云："稍闻玉钏远，犹怜翠被香。"此句即本于此。

评笺

姚培谦评：余香已薄，荷败后，并余香亦不可得矣。（《李义山诗集笺注》）

屈复评：月中绕池而行，惟闻风吹砧竹之声。盖翠被余香，人已久别，故终夜绕池也。（《玉谿生诗意》）

纪昀评：憔悴欲绝，而不为蹴蹴之声。（《玉谿生诗说》）

七月二十九日崇让宅宴作❶

露如微霰❷下前池，风过回塘万竹悲。
浮世本来多聚散，红蕖❸何事亦离披❹？
悠扬归梦❺惟灯见，濩落❻生涯独酒知。
岂到白头长只尔❼？嵩阳松雪有心期❽。

注释

❶妻子王氏去世后，迫于生计，李商隐只得求令狐绹引荐，任职太学博士。官职不低，却是典型的冷官。仕途上的郁郁不得志，加之

对亡妻的怀念，李商隐的心境一直处于低谷。此间其多次往返京洛之间，住在岳父崇让里的故居中，由于触景生情，诗人写下许多与王氏相关的诗篇。本篇即其中佳作。

❷霰：细小的冰粒。

❸红蕖：红色的荷花。

❹离披：分散，零落。

❺归梦：归乡之梦。

❻濩落：同"瓠落"，意思是空廓无用，大而无当，即沦落之意。

❼只尔：只是这样。

❽嵩阳：这里泛指嵩山一带。松雪：象征隐士的气节和品格。心期：心愿，夙愿。

评笺

赵臣瑗评：露下池，是记夜之深也，观"如霰"可知；风过塘，是记风之烈也，观"竹悲"可知。竹有何悲？以我之悲心遇之，而如见其悲。华筵既收，嘉宾尽去，触景伤情，不胜惆怅。浮世之聚散，红蕖之离披，其理一也，今乃故作低昂之笔，以聚散为固然，离披为意外，何为者乎？此盖先生托喻以悼王夫人耳。以上四句写一夕之事。下再总写平日。"归梦"曰"悠扬"，妙，恍恍忽忽，了无住着也。"生涯"曰"濩落"，妙，栖栖皇皇，一无成就也。唯灯见，独酒知，言更无一人，焉识我此中况味矣。七一顿，八一宕，目今况味虽只尔尔，抑嵩阳松雪，别有心期，其何敢长负岁寒之盟乎？（《山满楼笺注唐诗七言律》）

纪昀评：三四格意可观，对法尤活。后半开平庸敷衍一派。（《玉谿生诗说》）

悼伤后赴东蜀辟至散关遇雪①

剑外②从军远，无家与③寄衣。
散关三尺雪，回梦旧鸳机④。

注释

①本诗作于大中五年（851）冬诗人应柳仲郢辟任东川节度书记途中。悼伤：即悼念亡妻。散关：又称大散关，在今宝鸡市陈仓区南。

②剑外：剑阁（今四川剑阁县北，即大、小剑山之间的一条栈道）之外，这里指梓州。

③与：给。

④鸳机：织锦机。

评笺

屈复评：以"从军"起"无衣"，以"无衣"起"三尺雪"。四总结上三。（《玉谿生诗意》）

纪昀评：气格高远，犹存开、宝之遗。（《玉谿生诗说》）

姜炳章评：一呼三应，二呼四应。机上无人，故无衣可寄。积雪散关，益增梦想。凄绝！（《选玉谿生诗补说》）

利州江潭作[1]

神剑[2]飞来不易销，碧潭珍重驻兰桡[3]。
自携明月移灯疾，欲就行云散锦遥[4]。
河伯轩窗通贝阙，水宫帱箔卷冰绡[5]。
他时燕脯无人寄，雨满空城蕙叶凋[6]。

注释

[1]诗人自注：感孕金轮作。金轮指武则天。武后如意二年，加金轮圣神皇帝号。利州：在今四川广元市。县南有黑龙潭，相传武后母亲在此和神龙交感而生武后。

[2]古代有神龙化剑的传说，这里借"神剑"指江潭中的神龙。

[3]碧潭：即利州江潭。兰桡：对舟船的美称。

[4]"自携"二句：从神龙着笔，描写神龙与武后母交感情景。明月：明月珠的省称。行云：用高唐神女朝为行云、暮为行雨事。这里隐喻武后之母。锦：指龙身上的锦鳞。

[5]"河伯"二句：描绘神龙所居宫室的华美。河伯：黄河之神，又叫冯夷。贝阙：紫贝装饰的宫阙。水宫：指龙宫。冰绡：即鲛绡。传说海底有鲛人，能织绡。

[6]"他时"二句：描写今日江潭景象。他时：异日，这里实指今日（站在过去的角度说是异日）。燕脯：干燕肉，《南部新书》有云："龙嗜烧燕肉。"

评笺

何焯评：武后见骆宾王檄文，犹以为斯人沦落，宰相之过。义山为令狐绹所摈，白首使府，天子曾不知其姓名。有不与后同时之恨，故因过其所生之地，停舟赋诗。落句盖言己之漂泊西南，曾不若罗子春之献燕脯于龙女，犹得乘龙载珠而还也。（《义门读书记》）

纪昀评：自注曰"感孕金轮作"，诗中皆以雌龙托意，殊莫解其风旨何取，只"雨满空城蕙叶凋"一句有神韵可玩耳。（《玉谿生诗说》）

❧ 井　络① ❧

井络天彭②一掌中，漫夸天设剑为峰③。
阵图东聚烟江石④，边柝西悬雪岭松⑤。
堪叹故君成杜宇⑥，可能先主是真龙⑦？
将来为报奸雄辈，莫向金牛访旧踪⑧！

注释

❶此诗为诗人大中五年（851）赴东川幕府途中所作。井络：《三国志·蜀书·秦宓传》注云："《河图·括地象》曰：'岷山之地，上为东井络，帝以会昌，神以建福，上为天井。'"又左思《蜀都赋》云："远则岷山之精，上为井络。"井宿的分野叫"井络"。井：井宿。络：网络。古人根据天上星宿的位置，划分地上相应的区域，称作"星宿分野"。蜀地是井络的分野，因此以"井络"指蜀地，亦可指岷山。

❷天彭：即天彭山，在今四川省都江堰市。《水经注》记云："天彭山，两峰相对，其形如阙，谓之天彭门，亦曰天彭阙。"

❸漫夸：恣意夸说。剑为峰：据《旧唐书·地理志》和《元和郡县志》记载，剑门山长达七十余里，连山绝险，峭壁千丈，作飞阁以通行旅，其主峰在今四川省剑阁县北。杜甫《剑门》诗云："唯天有

设险，剑门天下壮。"李商隐此句即本于杜诗，却反用其意。

❹"阵图"句：据《水经注·江水注》和《荆州图记》记载，三国时诸葛亮在鱼腹县（今重庆奉节县）长江边平沙地上聚石垒成八阵图，各高五丈，广十围，纵横相当，中间相去九尺云云，凡六十四聚。烟：一作燕。石：一作口。

❺柝：打更报警的木梆。雪岭松：《元和郡县志》云："雪山在松州嘉城县东八十里，春夏常有积雪，故名。"雪岭：即雪山。雪山在松州，故云"雪岭松"。唐代松州地带，是汉、蕃交界处，经常发生冲突，因此报警木柝高悬。

❻故君成杜宇：《蜀记》："昔有人姓杜名宇，王蜀，号曰望帝，宇死，俗说云宇化为子规。子规，鸟名也。蜀人闻子规鸣，皆曰望帝也。"故君：指望帝。

❼可能：岂能。先主：指刘备。真龙：《三国志·吴书·周瑜传》云："刘备必非久屈为人用者……恐蛟龙得云雨，终非池中物也。"

❽将来：拿来。为报：正告。奸雄辈：指怀有割据野心的人。金牛旧踪：《华阳国志·蜀志》记载，秦惠王作石牛五头，饰金于牛尾，谓能"便金"之金牛。蜀人悦之，派五壮丁搬回石牛。石牛不便金，怒而送回石牛，但却开辟了通蜀之道，即石牛道。秦惠王派张仪、司马错等从石牛道伐蜀而灭之。金牛：因饰金于石牛尾，故谓金牛。旧踪：谓蜀人失败的旧迹。两句意谓用古人据蜀而亡的史实，正告那些怀有割据野心的奸雄之辈，莫要沿着金牛道重蹈失败者的旧辙。

评笺

纪昀评：立论正大，诗格自高。五六唱叹指点，用事精切。三四转折太硬，意虽可通，究费疏解。七句尤率，非完美之篇。（《玉谿生诗说》）

张采田评：音节高亮，如铿鲸钟。三四写景精切，结尤深警。（《李义山诗辨正》）

133

武侯庙古柏●

蜀相阶前柏，龙蛇捧閟宫❷。
阴成外江畔，老向惠陵东❸。
大树思冯异，甘棠忆召公❹。
叶凋湘燕雨，枝折海鹏风❺。
玉垒经纶远❻，金刀历数终❼。
谁将出师表，一为问昭融❽！

注释

❶武侯：即诸葛亮。古柏：《成都记》云："武侯庙前有双大柏，古峭可爱，人云诸葛手植。"大中五年（851）冬，李商隐奉命前往成都推狱（协助审理案件）。此诗大约为此时作者观览武侯庙而作。

❷蜀相：即诸葛亮。阶前柏：杜甫《古柏行》云："孔明庙前有老柏，柯如青铜根如石。"捧：拱卫。閟宫：深闭的祠庙。閟：关闭。

❸阴：同"荫"。外江：《明一统志》云："自成都一府而言，则郫（从都江堰经成都市郫都区到成都的岷江东段）为内江；沱、湔（亦岷江东段）为外江。自成都一城而言，则流江为内江，而郫又为外江。"这里指岷江。惠陵：刘备的陵墓。

❹冯异：《后汉书·冯异传》云："冯异字公孙，颍川父城（今河南省叶县东北）人也，通《左氏春秋》《孙子兵法》……异为人谦退不伐……每所止舍，诸将并坐论功，异常独屏树下，军中号曰大树将军。"甘棠：即棠梨树。召公：即召公奭，召公巡行南国，宣扬文王之政，于甘棠树下休息决狱。后人念其遗爱，因赋《甘棠》之诗（即《诗经》"甘棠"篇）。纪昀《玉谿生诗说》评此两句："乃一篇眼目，

不但以用事工细赏之。"

❺湘燕雨：《湘州记》云："零陵山（舜葬地，在今湖南省宁远县东南），有石燕，遇风雨则飞，雨止还为石。"海鹏风：《庄子·逍遥游》云："鹏之徙于南冥也，水击三千里，抟扶摇而上者九万里……"两句意谓古柏树叶遭暴雨袭击而凋落，枝柯遭巨风摇撼而断折。

❻玉垒：山名，在成都西北岷山界，即今四川省阿坝藏族羌族自治州汶川县境。经纶：此指治理国家的规划。

❼金刀：《汉书·王莽传》云："夫'刘'之为字，卯、金、刀也。"历数：天历运之数，即天象运行的次第。古人迷信，认为帝王相承与天象运行的次第相应，故称帝位承继的次第为"历数"。句意谓刘汉王朝的气运已尽。言外之意是说并非诸葛亮没有文才武略。

❽出师表：诸葛亮在汉中出师伐魏前上的表疏，后人称为《出师表》。昭融：杜甫《投赠哥舒开府翰二十韵》云："契合动昭融。"即"上天"的意思。

评笺

方回评：五六善用事。"玉垒""金刀"之偶尤工。（《瀛奎律髓》）

姚培谦评：前八句咏古柏，末以武侯事感慨收之。（《李义山诗集笺注》）

屈复评：一段完题。二段因物怀人。三段以武侯之才而天心厌汉，终于三分，恨之之词。（《玉谿生诗意》）

杜工部蜀中离席❶

人生何处不离群❷？世路干戈惜暂分。
雪岭未归天外使❸，松州犹驻殿前军❹。

座中醉客延⑤醒客，江上晴云杂雨云。
美酒成都堪送老，当垆仍是卓文君⑥。

注释

❶大中六年（852）春，李商隐奉命前往成都推狱（协助审理案件），事毕回梓前，于饯别宴席上作此诗。因风格仿效杜甫，故于题中加"杜工部"三字。李商隐在成都推狱事毕返回东川时，在饯别的宴席上写了此作。诗人回东川后不久，柳仲郢即奏加他为检校工部郎中，也正暗合"工部蜀中离席"的诗题。

❷离群：与亲朋好友分别，离别。

❸雪岭：《元和郡县志》记载："雪山在松州嘉城县东北八十里，春夏常有积雪，故名。"雪岭：即雪山，亦即今岷山，其主峰名贡嘎山，在今四川省康定市。其山脉蜿蜒至西部，称为大雪山脉。大雪山脉一带为吐蕃族（藏族）聚居之地。《旧唐书·吐蕃传》载：唐宝应（唐代宗李豫年号）二年三月，派左散骑常侍兼御史大夫李之芳、左庶子兼御史中丞崔伦出使吐蕃（今属西藏自治区），而被扣留。"未归天外使"，大约即指此事。天外使：指朝廷派往吐蕃的使臣。

❹松州：唐代州名，今四川松潘县。殿前军：本指神策军，即皇帝禁卫军，唐中叶以来各地将领为得到优厚给养，往往奏请遥属神策军，称神策行营，诗所指即此类军队。

❺延：请，劝。

❻当垆：《史记·司马相如传》记载："买一酒舍酤酒，而令文君当垆。"垆为放置酒缸的土台。此以文君喻指当垆的酒家女。

评笺

屈复评："何处"二字暗提"蜀中"，"干戈"二字明点时事。雪岭之天使未归，松州之禁军犹驻，承"干戈"句。座中之客忽醉忽醒，离席也；江上之景忽雨忽晴，喻干戈也。时事如此，惟有文君之酒差堪送老而已。虽无工部之深厚曲折，而声调颇似之。（《玉谿生诗意》）

姚培谦评：离群何足恨，唯世路干戈，虽暂离亦可恨。颔联叙干戈实事。中联写离席。客醉则可以别矣，尚有醒者，何妨少留。云晴则又将别矣，而仍杂雨云，何妨小住，所谓"惜暂分"也。末又言当干戈抢攘之时，而得此美酒红颜之席，真乃一刻千金，哪得不惜！（《李义山诗集笺注》）

纪昀评：起二句大开大合，极龙跳虎卧之观。颔联顶次句，颈联正写离席。蒙泉曰：题是"离席"，末二句留之也。（《玉谿生诗说》）

⚜ 二月二日❶ ⚜

二月二日江上行，东风日暖闻吹笙❷。
花须柳眼各无赖，紫蝶黄蜂俱有情❸。
万里忆归元亮井❹，三年从事亚夫营❺。
新滩莫悟游人意，更作风檐夜雨声❻。

注释

❶二月二日为蜀中踏青节。李商隐大中五年（851）被辟入东川柳中郢节度使幕，至大中七年（853）恰"三年"，亦可见此诗正作于大中七年，于柳幕。刘学锴、余恕诚《李商隐诗选》评价："这首诗别具一格，它以乐境写哀思，以美好的春色反衬凄苦的处境，以轻快流走的笔调抒写抑郁不舒的情怀，以清空如话的语言表现深婉浓至的情思，收到了相反相成的艺术效果。一路写来，无明显顿挫曲折，却包蕴着感情变化发展的层次，显得自然浑成，不着痕迹。"

❷江上行：在江上乘船游览。东风：春风。日暖闻吹笙：笙为吹奏乐器，由簧片、笙管、斗子三部分组成。《说文》云："笙，十三簧，像凤之身也。"今有十七、十九、二十四、三十六簧等。笙簧怕

137

潮，天气潮湿而声涩，天暖而声清。这里是说日暖听到清亮之笙声。

❸花须：花蕊细长似须。柳眼：初生柳叶，细长似眼初展。无赖：杜甫《奉陪郑驸马韦曲》诗云："韦曲花无赖，家家恼杀人。"可知"无赖"，在这里是逗恼人的意思。

❹元亮：即陶渊明。陶渊明《归田园居》诗云："井灶有遗处，桑竹残朽株。"此句借陶渊明弃官归田事，寓指自己客居万里异乡，也想返归故里。

❺三年：诗人大中五年（851）被辟入柳幕，至大中七年，恰为三年时间，故云。从事：谓在柳幕充任幕职。亚夫营：《汉书·周亚夫传》记载，汉文帝时，大将周亚夫，军纪严明，屯军细柳（今陕西省西安市临潼区东北），后世称"柳营"或"亚夫营"。这里以柳姓，暗指柳仲郢。

❻新滩：江上新近出现的沙滩。游人：作者自称。夜雨：一作"雨夜"。

评笺

姚培谦评：此义山在东川时怀归之作。大凡人生境界无常，只心头不乐，好境都成恶境。此诗前四句，乍读之岂不是春游佳况，细玩一"各"字，一"俱"字，始觉无赖者自无赖，有情者自有情，于我总无与也。（《李义山诗集笺注》）

方东树评：此即事即景诗也。五六阔大，收妙出场。起句叙，下三句景。后半情。此诗似杜公。（《昭昧詹言》）

❀ 初 起 ❶ ❀

想象咸池日欲光，五更钟后更回肠❷。
三年苦雾巴江水，不为离人照屋梁❸。

❶初起：谓晨起对雾而有感之作。此诗与前首《二月二日》为同时之作，作于大中七年（853）于柳幕时。

❷"想象"两句：《淮南子·天文训》云："日出于旸谷，浴于咸池，拂于扶桑，是谓晨明。"咸池：神话中太阳升起后沐浴的地方。回肠：愁肠辗转。两句意谓五更后，更加令人愁肠百转；神话里说太阳在咸池就要放射出万丈光芒了。

❸苦雾：令人苦恼的雾气。巴江水：泛指东川一带的江河。离人：诗人自指。照屋梁：宋玉《神女赋》："耀乎如白日初出照屋梁。"

评笺

何焯评：固是两川实事，亦自诉戴盆之怨也。（《李义山诗集辑评》引）

姚培谦评：此寓见弃于时之意。日喻君恩，苦雾喻排摈者。（《李义山诗集笺注》）

程梦星评：此在东川幕中感叹流滞之作。幕官多有入为朝士者，而义山寂处三年。故借日光以比君上，而慨其沉埋苦雾不为照临也。玩起语"想象咸池"四字，则寄情遥远可知，非专为蜀中漏天之谚也。（《重订李义山诗集笺注》）

写 意❶

燕雁迢迢隔上林❷，高秋望断正长吟。
人间路有潼江险❸，天外山唯玉垒深❹。
日向花间留返照，云从城上结层阴❺。

三年已制思乡泪❻，更入新年恐不禁。

注释

❶写意：亦为抒情。

❷燕雁：燕地的鸿雁，犹言北雁。上林：上林苑，汉武帝时名苑。《汉书·苏武传》记载，汉使诈言天子（昭帝）于上林苑射雁，得雁足苏武所系帛书，迫使匈奴放还苏武。诗用此事寓思归京而不得的心情，上林借指长安。

❸潼江：即梓潼江，自北向南在射洪附近注入涪江。

❹玉垒：山名，在四川都江堰市西北。诗云"天外"，是从长安角度而言，此指蜀中。

❺"日向"二句：谓太阳匆匆而下，只在花间留下一抹残照，云却凝滞不去，在城上结成重阴。

❻制：制止，控制。

评笺

何焯评："燕雁"句：伏思乡。"人间"二句：正披写其不思乡而不可得之故。"三年"二句：一路逼出此二句。（《义门读书记》）又评："迢迢"二字生于三四。落句即老杜所谓"丛菊两开他日泪"也。（《李义山诗集辑评》引）

陆昆曾评：题曰"写意"，写思乡之意也。上半言故乡迢递，山川间之，且蜀道之难，水陆皆成险阻，能不为之长吟远望其际乎？"日向花间留晚照"，譬余光之无几也；"云从城上结层阴"，喻愁抱之不开也。结言思乡有泪，强制已久，岂能更禁于三年后耶？（《李义山诗解》）

冯浩评：黯然神伤，情味独绝。（《玉谿生诗笺注》）

杨本胜说于长安见小男阿衮❶

闻君来日下❷，见我最娇儿。
渐大啼应数❸，长贫学恐迟❹。
寄人龙种瘦，失母凤雏痴❺。
语罢休边角❻，青灯两鬓丝。

注释

❶李商隐赴东川时，因不宜携带子女，便将一对儿女留在长安。时遇杨本胜自长安来，诗人问起小儿衮师情状，遂作此诗。杨本胜：名筹，诗人梓幕同僚。阿衮：即诗人小儿子衮师，见前《骄儿诗》。

❷日下：即京都长安。旧时以帝王比日，故以皇帝所在之地为日下。

❸数：频繁。意指衮师渐大知道思父远游，伤母早背，故"啼应数"。

❹"长贫"句：指衮师因长期贫困而失学。

❺"寄人"二句：龙种、凤雏，均指衮师。作者与唐皇室同宗，所以有此称谓。

❻休边角：指边城的角声已停。唐时军队在外，夜间要分几次鸣鼓吹角。

评笺

屈复评：一二破题，中四情，七八情景合结。"应""恐"二字，想当然耳。五六定然之词。虽皆写情，亦有浅深之别。"语罢"结上六句，"休边角"，夜深也。八句更悲惨。一二破题太直率，题略者诗

详之，题详者诗略之。题已详甚，复述二句有何意味？（《玉谿生诗意》）

姚培谦评：前六句一气说下，结句是闻说时其情境。（《李义山诗笺注》）

❧ 夜雨寄北❶ ❧

君问归期未有期，巴山夜雨涨秋池❷。
何当共剪西窗烛，却话巴山夜雨时❸？

注释

❶本诗写作具体年代不祥，应作于诗人东川幕时。大中五年（851）夏秋间，诗人之妻王氏辞世。如若此诗是写给内人王氏之作，也只能作于大中五年王氏逝世之前。

❷巴山：泛指东川一带的山，与作于梓幕时其他篇什"巴江""巴雷"的用法相同，如"潼水千波，巴山万嶂"（《为崔从事福寄尚书彭城公启》），以潼水与巴山对举并提，即可佐证。说明这里所谓"巴山"，并非指今湖北省巴东县南之巴山。两句意谓您问我何时才能归来，我只能告诉您无法定下日期；现在"巴山"一带秋雨淅沥，夜雨已经涨满池塘。这里表现了诗人雨夜羁旅的寂寞孤独心绪，却以巧妙的方式写出（《中国诗苑英华·李商隐卷》）。

❸何当：几时能够。却话：回头倾谈。

评笺

杨逢春评：首是寄诗缘起，一句内含问答。二写寄诗时景，时、地俱显。三四于寄诗之夜，预写归后追叙此夜之情，是加一倍写法。

（《唐诗绎》）

姚培谦评："料得闺中夜深坐，还应说着远行人"，是魂飞到家里去，此诗则又预飞到归家后也。奇绝。（《李义山诗集笺注》）

纪昀评：探过一步作结，不言当下云何，而当下意境可想。作不尽语每不免有做作态，此诗含蓄不露，却只似一气说完，故为高唱。（《玉谿生诗说》）

即 日[1]

一岁林花[2]即日休，江间亭下怅淹留[3]。
重吟细把[4]真无奈，已落犹开未放愁[5]。
山色正来衔[6]小苑，春阴只欲傍高楼[7]。
金鞍忽散银壶漏[8]，更醉谁家白玉钩[9]。

注释

[1] 陆永品《中国诗苑英华·李商隐卷》指出："此诗写作年代不详。或谓大中二年（848）离桂州时作，或谓大中五年（851）在东川（今四川省三台县）时作，但皆无可靠依据。就此诗而论，是诗人于暮春时节，面对犹开和已落之林花，怅然而作，以抒发酒阑席散，漏声已晚，茫然不知向何处遣愁的情怀"。即日，犹言以当日感受为诗。

[2] 林花：花林。

[3] 江间亭下：指地点在江间亭下。怅淹留：谓惆怅流连。淹留：徘徊流连。

[4] 把：把玩，赏玩。

[5] 未放愁：未尽愁。两句意谓：把玩重吟，真出无奈；落者落，开者尚开，愁愈难放。

❻衔：这里谓笼罩，指山色映入小苑中，宛如被小苑所"衔"。

❼春阴：春日的暮霭。伴高楼：暮霭在楼边渐次增长、弥漫，愈积愈浓。

❽金鞍：华贵的马鞍，代指宾朋。银壶漏：张衡《漏水转浑天仪制》记载："以玉虬吐漏水入两壶，右为夜，左为昼……铸金铜仙人居左壶，为金胥徒居右壶，皆以左手把箭，右手指刻，以别天时早晚。"句意谓酒阑席散，漏声已晚。

❾白玉钩：即酒钩，酒席上的游戏用具。这里代指酒。句谓茫然不知向何处借酒消愁。

评笺

陆昆曾评：此因春事将阑，对林花而怅然有作也。言江间亭下，有此已落犹开之花，得以重吟细把，则我之淹留于此，似可不恨，而无奈其即日休也，是倒装法。五六又跌进一层，言不特一岁之花易休，即一日之景亦难驻。观山衔小苑，而时将暮矣；观阴傍高楼，而时益暮矣，且顷之银壶漏尽而金鞍散矣。当斯时也，非醉无以遣怀，然使我更醉谁家乎？无聊况味，非久于客中者不知。(《李义山诗解》)

纪昀评：纯以情致胜，笔笔唱叹，意境自深。《曲池》诗亦是此调，则近乎靡矣。(《李义山诗集辑评》引)

柳[1]

曾逐东风[2]拂舞筵[3]，乐游[4]春苑断肠[5]天。
如何肯[6]到清秋日，已带斜阳又带蝉。

注释

[1] 刘学锴、李翰《李商隐诗选评》认为："从诗意看，本篇显系后期作品，大致作于梓幕。"即东川幕中所作。

[2] 东风：春风。

[3] 舞筵：载歌载舞的筵席。

[4] 乐游：即乐游原，汉宣帝建，在唐代长安东南，今西安市郊。

[5] 断肠：销魂。

[6] 肯：会。

评笺

姚培谦评：得意人到失意时苦况如是。"肯到"二字妙，却由不得你不肯也。(《李义山诗集笺注》)

146

纪昀评：只用三四虚字转折，冷呼热唤，悠然弦外之音，不必更著一语也。(《玉谿生诗说》)

张采田评：迟暮之伤，沉沦之痛，触物皆悲，故措辞沉着如许。有神无迹，任人领味，真高唱也。(《李义山诗辨正》)

忆 梅❶

定定❷住天涯❸，依依向物华❹。
寒梅❺最堪恨❻，常作去年花❼。

注释

❶本诗大致作于诗人梓幕时期。刘学锴、李翰《李商隐诗选评》称之"用思深曲含蓄，浑融自然"，可与下篇《天涯》对看。

❷定定：唐时俗语，牢牢的意思。

❸天涯：此处大概指梓州。

❹物华：美好的事物，此处指春天的景物。

❺寒梅：早梅，开放于寒冬。

❻恨：怅恨，遗憾。

❼去年花：即寒梅。

评笺

姚培谦评：自己不能去，却恨寒梅，妙绝。(《李义山诗集笺注》)

屈复评："定定"字俚语入诗却雅。一忆之由，二忆之时，三四忆之反词。(《玉谿生诗意》)

纪昀评：末二句用意极曲折可味，但篇幅少狭耳。问何以题与诗不相应，或诗中"恨"字是"忆"字耶？曰：不然。作"堪忆"则下

句不接，当是题目有讹字耳。(《玉谿生诗说》)

钱钟书评："寒梅最堪恨，常作去年花。"人之非去年人，即在言外，含蓄耐味。(《管锥编》)

天 涯[1]

春日在天涯，天涯日又斜[2]。
莺啼如有泪，为湿最高花[3]。

注释

[1] 陆永品《中国诗苑英华·李商隐卷》认为："此诗为诗人于桂州幕府或梓州（治所在今四川省三台县）幕府充任幕僚时所写，旨在借伤春而抒发其迟暮之感、漂泊沉沦之痛。写得一气浑成，情深境佳。"

[2] "春日"两句：暗喻诗人天涯沦落，迟暮途穷。

[3] 莺啼：语义双关，明写莺啼，暗喻自己哭泣。最高花：花树顶枝之花。

评笺

田兰芳评：一气浑成，如是即佳。(《玉谿生诗笺注》引)

屈复评：不必有所指，不必无所指，言外只觉有一种深情。(《玉谿生诗意》)

姚培谦评：最高花，花之绝顶枝也，花开至此尽矣。(《李义山诗集笺注》)

梓州罢吟寄同舍①

不拣花朝与雪朝，五年从事霍嫖姚②。
君缘接座交珠履，我因分行近翠翘③。
楚雨④含情皆有托，漳滨多病⑤竟无聊。
长吟远下燕台⑥去，唯有衣香染未销。

注释

❶此诗为大中九年（855）作者罢幕职时而寄同僚之作。罢吟：即吟罢。同舍：指同僚。

❷不拣：不论。花朝：旧历二月十二为百花盛开之日，称为花朝。雪朝：冬天下雪之日。五年：大中五年至大中九年。从事：为幕府从事人员。霍嫖姚：《汉书·霍去病传》记载霍去病曾为"票姚校尉"，这里借以代指柳仲郢。

❸君：指同僚。缘：因为。接座：接近府主席位而坐，以示特蒙礼遇。珠履：《史记·春申君列传》云："春申君客三千余人，其上客皆蹑珠履以见赵使。""交珠履"即结交达官贵客。分行：崔液《踏歌词》云："歌响舞行分，艳色动流光。"谓筵席中歌舞的分行。翠翘：韦应物《长安道》诗云："丽人绮阁情飘飘，头上鸳钗双翠翘。"翡翠鸟尾上长毛曰翘，像美人首饰的形状，故谓"翠翘"。这里代指官妓。

❹楚雨：即宋玉《高唐赋》序所说楚王梦遇巫山神女的事情。序中说神女自称："旦为朝云，暮为行雨，朝朝暮暮，阳台之下。"这里代指官妓。

❺漳滨多病：建安诗人刘桢《赠五官中郎将四首》云："余婴沉痼疾，窜身清漳滨。"清漳：水名，在今河北省临漳县境内。此句中

"漳滨"为诗人自指。

❻燕台:《嘉庆一统志》云:"燕昭王于易水东南(今河北省易县东南)筑黄金台,延天下士,后人慕其好贤之名,亦筑台于此。"这里以燕台暗喻柳幕。

评笺

姚培谦评:此因罢职归去,而诉知心者之难也。前半首作一气读,言五年从事以来,无日不接席分行于珠履翠翘间也。首联是倒装法,次联是互文法。相聚既久,吟咏自多,虽有流连风景之作,无异《离骚》美人之思。自今以后,则老病侵寻,唯有归卧漳滨而已。长吟远别,衣香未销,五年间朋游曲宴,恍如一梦,竟成何事!(《李义山诗集笺注》)

黄侃评:细审诗意,但叙述宴游之乐,声伎之美,而自叹为病所侵,不及府主恩礼一字,则其怨望,可于言外得之。措辞深婉而不激怒,此其所以难也。(《李义山诗偶评》)

筹笔驿❶

猿鸟犹疑畏简书❷,风云长为护储胥❸。
徒令上将挥神笔❹,终见降王走传车❺。
管乐有才真不忝❻,关张无命欲何如❼?
他年锦里经祠庙❽,梁父吟成恨有余❾。

注释

❶本诗大致作于大中九年(855)十一月。此时柳仲郢结束东川节度使任,转任吏部侍郎,诗人随之由梓州返京,途经诸葛亮屯兵旧

地筹笔驿（今四川广元市北）时，有感其人其事，遂作此诗。

❷犹疑：迟疑不决。简书：《诗经·小雅》"出车"篇云："岂不怀归？畏此简书。"朱熹传曰："简书，戒命也。"古代用竹简写字，故谓简书，这里指军队的戒令。句意谓猿鸟不接近筹笔驿，好像是畏惧诸葛亮当年严明的军令。

❸储胥：军队驻地设置的防护木栅篱笆。

❹徒令：白教，空教。上将：主将，即诸葛亮。挥神笔：运筹帷幄。

❺降王：即刘禅。传车：《三国志·蜀书·后主传》记载：魏景元四年（263），司马昭派邓艾、钟会伐蜀，邓艾兵至成都城北，后主刘禅便自缚出降，举家被东迁洛阳。"走传车"即指此。传车：驿站供长途远行用的车。传：传舍，即驿站。

❻管乐：管仲、乐毅。《三国志·蜀书·诸葛亮传》云：诸葛亮"每自比于管仲、乐毅，时人莫之许也。唯博陵崔州平、颍川徐庶元直与亮友善，谓为信然。"不忝：不愧。句意指诸葛亮比管、乐不遑多让。

❼关张：关羽、张飞，三国时蜀将。无命：夭亡。欲何如：又还能做什么呢？句意谓关、张亡命，诸葛亮失去得力大将，还能有何作为呢？

❽他年：往年。即大中五年，作者差赴成都推狱。锦里：《益州记》云："益州城（即今四川省成都市）张仪所筑，锦城在州南，蜀时故宫也，其处号锦里。"祠庙：指武侯（诸葛亮）祠。先主刘备庙在东院，诸葛亮庙在西院。大中五年，作者差赴成都时，曾亲往武侯祠拜祭。

❾梁父吟：古乐曲名，传为诸葛亮所作。《三国志·蜀书·诸葛亮传》记载："亮躬耕陇亩，好为《梁父吟》。"此句关合诸葛亮作《梁父吟》，实则是谓诗人自己"他年"凭吊武侯祠时所写怀古伤今的《武侯庙古柏》。

何焯评：议论固高，尤当观其抑扬顿挫处，使人一唱三叹，转有余味。(《李义山诗集辑评》引)

陆昆曾评：直是一篇史论，而于"筹笔驿"三字又未尝抛荒。从来作此题者，摹写风景，多涉游移；铺叙事功，苦无生气，难此最称杰出。首云简书，指筹笔也。次云储胥，指驿也，妙在衬贴猿鸟风云等字，又妙在虚下"犹疑""常护"等字，见得当时约束严明，藩篱坚固，至今照耀耳目也。(《李义山诗解》)

❦ 重过圣女祠❶ ❦

白石岩扉碧藓滋❷，上清沦谪得归迟❸。
一春梦雨常飘瓦，尽日灵风不满旗❹。
萼绿华来无定所，杜兰香去未移时❺。
玉郎会此通仙籍，忆向天阶问紫芝❻。

注释

❶此诗同作于大中九年（855）李商隐随柳仲郢由梓州返京途中。圣女祠：在陈仓（今陕西省宝鸡市东）、大散关之间，悬崖旁有神像，状似妇人，故称为圣女神。因开成二年（837）作者初登进士第时，曾经此地写成《圣女祠》诗，故本诗题名为《重过圣女祠》。

❷白石岩扉：白石门。碧藓滋：生长出绿苔。藓：苔。

❸上清：《三洞宗元》云："三清境者，玉清、上清、太清是也，亦名三天。"《太真经》云："三清之间，各有正位，圣登玉清，真登上清，仙登太清。"是道教所称神仙居住的宫殿名。沦谪：沦落降谪。

❹梦雨：宋玉《高唐赋》序言，楚王梦遇巫山神女，并与神女发生情事。神女云："妾在巫山之阳，高丘之阻，旦为朝云，暮为行雨，朝朝暮暮，阳台之下。"又王若虚《滹南诗话》引萧闲语云："盖雨之至细若有若无者，谓之梦。"这里所谓"梦雨"，二者兼而有之。飘瓦：谓雨飘洒在屋瓦上。灵风：陶弘景《真诰》云："右英王夫人歌：'阿母延轩观，朗啸蹑灵风。'"即神风。

❺萼绿华：陶弘景《真诰·运象》云："萼绿华者，自云是南山人，不知是何山也。女子，年二十上下，青衣，颜色绝整。以升平三年十一月十日夜，降于羊权家，自此往来，一月辄六过。"即为仙女。杜兰香：亦仙女（可见《墉城集仙录》）。未移时：没过多久。两句以萼绿华来无定所、杜兰香去未多时，来表现圣女"沦谪归迟"的情景。这里作者暗喻自己亦身处此境。

❻玉郎：《太平御览》引《金根经》云："青宫之内，北殿上有仙格，格上有学仙簿箓，及玄名年月深浅，金简玉札，有十万篇，领仙玉郎所典也。"玉郎即指道教掌管学仙簿箓的仙官。会：曾经。通仙籍：指将名字载入登记仙人的名册。天阶：上天宫之台阶。紫芝：神芝（可见《茅君内传》）。刘学锴、余恕诚在《李商隐诗选》中指出："'忆'字贯上下两句。不说当前，而当前沦谪归迟的境遇和盼望重登仙籍的情感自见。"十分精准。

评笺

冯浩评：自巴蜀归，追忆开成二年事，全以圣女自况。"沦谪"二字，一篇之眼，义山自慨由秘省清资而久外斥也。三四谓梦想时殷，好风难得，正顶次句之意。五六不第正写重过，实借慨投托无门，徒匆匆归去也。七句望入朝仍修好于令狐。八句重记助之登第，即赴兴元而经此庙之年也。（《玉谿生诗笺注》）

汪辟疆评：此义山借圣女以寄慨身世之诗也……全篇皆以仙真语出之，空灵幽渺，寄托遥深。而结二句打开说，与上文之上清沦谪，春梦灵风，混茫相接，精细无伦。大家换笔之妙，一至于此（《玉谿诗笺举例》）

韩冬郎即席为诗相送，一席尽惊。他日余方追吟"连宵侍坐徘徊久"之句，有老成之风，因成二绝寄酬，兼呈畏之员外❶

其一

十岁裁诗走马成❷，冷灰❸残烛动离情。

桐花万里丹山路，雏凤清于老凤声❹。

其二

剑栈风樯❺各辛苦，别时冬雪到时春❻。

为凭何逊休联句❼，瘦尽东阳姓沈人❽。

注释

❶韩冬郎：即韩偓，小字冬郎。其父韩瞻，字畏之，时为尚书省某部员外郎，与李商隐同年进士，又是连襟，交谊甚深。"连宵侍坐徘徊久"：为韩冬郎相送诗句，诗已佚。大中五年（851）七月，柳仲郢任东川（治所在梓州，今四川省三台县）节度使，辟李商隐为书记。李商隐赴梓时，韩冬郎即席赋诗相送。五年后，李商隐从梓州回长安，追忆往事，便写了这两首绝句，作为对韩氏父子的酬答。

❷裁诗：作诗。走马成：形容其构思敏捷，像跑马一样迅速。

❸冷灰：烛芯的灰烬。

❹桐：即梧桐。传说梧桐树为凤凰所栖。丹山：《山海经·南山

经》记载，丹山产凤凰。雏凤：《晋书·陆云传》记载，陆云幼时，吴尚书闵鸿见之而奇其才，说"此儿若非龙驹，当是凤雏"。两句意谓在桐花盛开的万里丹山道路上，传来凤凰的鸣和之声，而雏凤的鸣声比老凤更清丽动听。即言韩冬郎才华超越父辈。

❺剑栈：即栈道，指在悬崖险绝处，依山势架木而成的道路。这里是指通往四川的剑阁县北大小剑山间的栈道。风樯：船上挂风帆的桅杆，这里指船。

❻"别时"句：诗人大中五年冬往东川，十年春随柳仲郢返回长安，故云。

❼凭：请。何逊：南朝诗人。据《南史·何逊传》记载，何逊八岁能赋诗，弱冠州举秀才，范云见其对策，大相称赏，结为忘年交。联句：根据议定的诗题，几人轮流赋诗若干句，连缀成诗篇。何逊集中有范云联句云："洛阳城东西，却作经年别。昔去雪如花，今来花似雪。"而"别时冬雪到时春"句，即关合"昔去""今来"两句。

❽"瘦尽"句：诗人自注"沈东阳约尝谓何逊曰：'吾每读卿诗，一日三复，终未能到。'余虽无东阳之才，而有东阳之瘦矣。"《南史·沈约传》记载，隆昌（齐废帝年号）元年，沈约出为东阳太守。并向人言己老病，革带应常移孔。句意谓沈约已经病老，无法应对诗句。这里诗人以沈约自比，是说作诗联句，已经不能与韩偓匹敌。

评笺

屈复评：前首称其迈种之才，后首己之倾倒至矣。（《玉谿生诗意》）

纪昀评：风调自佳，但无深味耳。（《玉谿生诗说》）

暮秋独游曲江❶

荷叶生时春恨生，荷叶枯时秋恨成。
深知身在情常❷在，怅望❸江头江水声。

注释

❶陆永品《中国诗苑英华·李商隐卷》指出："诗人当年（837）中进士第，曾在此饮宴，告别同科好友。大中十年（856）初，作者由梓幕归抵长安，经柳仲郢推荐，任盐铁推官。本年秋暮，作者又到曲江池故地重游，便写了这首诗。对于此诗的主旨，主要有两种不同看法。其一，谓其为爱情诗，如冯浩说：'前有《荷花》《赠荷花》二首，盖意中人也，此则伤其已逝矣。'（《玉谿生诗集笺注》）其二，谓其为悼亡诗，如张采田说：'此亦悼亡之作，与《赠荷花》等篇不同，作艳情者误。'（《玉谿生年谱会笺》）根据本诗的内容，再看《赠荷花》诗：'世间花叶不相伦，花入金盆叶作尘。唯有绿荷红菡萏，卷舒开合任天真。此花此叶常相映，翠减红衰愁杀人。'即不难看到，这首《暮秋独游曲江》之作与《赠荷花》诗旨相同，正是爱情诗，伤其意中人远逝，已是人去楼空、物是人非，故只能'怅望江头江水声'也。冯浩赞之为'调古情深'（同上）。颇有乐府民歌的特色。"

❷常：一作"长"。

❸怅望：惆怅中而有所想望。

评笺

程梦星评："身在情长在"一语最为凄惋，盖谓此身一日不死，则此情一日不断也。"曲江之地，释褐旧游，转徙幕僚，君门万里，

今虽复重游其地，宁有援引朝列者耶？此题之书"独游"，而诗之所以叹"怅望"也。（《重订李义山诗集笺注》）

纪昀评：不浅不深，恰到好处。（《玉谿生诗说》）

张采田评：措语生峭可喜，亦复宛转有味，巧思拙致，异于甜熟一流，所谓"恰到好处"者也。（《李义山诗辨正》）

正月崇让宅①

密锁重关掩绿苔②，廊深阁迥③此徘徊。
先知风起月含晕④，尚自露寒花未开。
蝙拂帘旌终展转⑤，鼠翻窗网⑥小惊猜。
背灯独共余香语⑦，不觉犹歌起夜来⑧。

❶崇让宅：李商隐岳父王茂元在洛阳的故宅。大中十一年（857），诗人在盐铁推官任内，游江东（今江苏省南京、扬州等地），大约正月途经洛阳，夜宿崇让宅而写此作。何焯评之曰："此悼亡之诗，情深一往。"

❷密锁重关：即宅内重重房屋紧紧关闭，锁而不用。掩绿苔：铺满绿苔。

❸廊深阁迥：谓廊长阁高。迥：高远之意。

❹晕：《玉篇》云："晕，日月旁气也。"月晕为起风先兆。

❺蝙：即蝙蝠。拂：翼扫。帘旌：即帘子，形似旌旗。终展转：总是辗转反侧，不能入寐。

❻窗网：即窗纱。

❼背灯：白居易《村雪夜坐》诗云："南窗背灯坐，风霰暗纷纷。"背向着灯。余香：指亡妻所留香气。

❽起夜来：乐府旧题。《乐府解题》云："《起夜来》，其辞意犹念畴昔思君之来也。"一作"夜起来"，有误。

评 笺

姚培谦评：此宿外家故宅而生感悼也。重关久锁，虚室徘徊。见月则如见其人，将风含晕，月之黯惨也；见花则如见其人，露寒未开，花之娇怯也。于是明知蝙拂帘旌，而终夜为之辗转；明知鼠翻窗网，而伏枕为之惊猜。至于背灯闭目，而仿佛余香，朦胧私语，夜起重歌，竟忘其已作过去之人，哀哉！（《李义山诗集笺注》）

屈复评：一二崇让宅之荒凉。二联风露花月不堪愁对。三联物色亦然。七八如忘其荒凉者。（《玉谿生诗意》）

纪昀评：通首境地悄然，煞有情致。（《玉谿生诗说》）

隋 宫①

紫泉②宫殿锁烟霞，欲取芜城作帝家③。
玉玺不缘归日角，锦帆应是到天涯④。
于今腐草无萤火⑤，终古垂杨⑥有暮鸦。
地下若逢陈后主，岂宜重问后庭花⑦？

注释

①本诗大致作于大中十一年（857）仲春时节，李商隐抵扬州盐铁转运使府赴任。江东一带是南朝故地，金陵亦六朝古都，诗人往来其间，写下一批咏史怀古之作。这里的隋宫，即隋炀帝杨广在江都（今江苏扬州市）所建的行宫。

②紫泉：即紫渊，长安名胜。此处避高祖李渊讳改称紫泉，借指长安。

③芜城：广陵的别称，亦即隋时江都。帝家：帝都。

④"玉玺"二句：谓如果隋朝国印不归于李唐，想必炀帝的龙舟定要远游到天涯。玉玺：传国印。日角：额角突出，古人以为此乃帝王之相。此处指唐高祖李渊。锦帆：炀帝所乘的龙舟，其帆用华丽的宫锦制成。

⑤"于今"句：古人认为腐草为萤，诗言"腐草无萤火"，既是嘲讽炀帝当年搜刮之酷烈，又是慨叹今日隋宫之荒败。《隋书·炀帝纪》云："上于景华宫征求萤火，得数斛，夜出游山放之，光遍岩谷。"

⑥垂杨：炀帝自板渚引河达于淮，河畔筑御道，树以柳，名曰隋堤，一千三百里。

❼ "地下"二句：陈后主，南朝陈末代皇帝陈叔宝，著名的荒淫亡国之君。后庭花：即《玉树后庭花》，陈后主所创，歌词绮艳。《隋遗录》记载，炀帝在江都，"昏湎滋深，往往为妖祟所惑。尝游吴公宅鸡台，恍惚间与陈后主相遇。后主舞女数十许，中一人迥美，帝屡目之，后主云：'即丽华也。'因请丽华舞《玉树后庭花》。丽华徐起，终一曲。"

评笺

赵臣瑗评：紫泉宫殿，从来帝王之家也，今乃锁之而取芜城。夫芜城曷足为帝家哉？推炀帝之意不过为一树琼花，遂不恤殚我万方民力。倘太原之龙迟迟而起，则安知琼花谢后，又不锁芜城而取他处邪？写淫暴之主，纵心败度，至于无有穷极，真不费半点笔墨。不缘、应是，当句呼应，起伏自然，迥非恒调。日角、天涯，对法尤奇。五六节举二事，言繁华过去，单剩凄凉，为古今炀帝一辈人痛下针砭。末运实于虚，一半讥弹，一半嘲笑，阿摐真何以自解于叔宝耶？（《山满楼笺注唐诗七言律》）

何焯评：无句不佳，三四尤得杜家精髓。（《义门读书记》）

姜炳璋评：八句跌宕顿挫，一气卷舒，似怜似谑，无限深情。（《选玉谿生诗补说》）

咏 史❶

北湖南埭水漫漫❷，一片降旗百尺竿❸。
三百年间同晓梦❹，钟山何处有龙盘❺？

注释

❶本诗创作年代大约与前首相同，为诗人任盐铁官期间所作。

❷北湖：即玄武湖，东晋元帝司马睿始修北湖。宋文帝刘义隆元嘉二十三年改为玄武湖（《宋书·文帝纪》）。南埭：在今南京市郊，在当时青溪口，有鸡鸣埭，通潮沟，以泄玄武湖水，南入秦淮河。埭：即水闸。诗谓"南埭"，取与"北湖"对称之意。玄武湖和鸡鸣埭，是六朝帝王游宴之地。漫漫：茫茫。

❸"一片"句：刘禹锡《西塞山怀古》诗云："一片降幡出石头。""石头"即石头城，亦即今南京市。此句即由刘诗化出。泛指六朝君主因荒淫而相继亡国。

❹三百年：这里专指南朝而言。南朝自东晋立国（317）至陈亡（589）凡二百七十二年，这里是取整数。晓梦：形容时间短促。

❺"钟山"句：《吴录》云："刘备曾使诸葛亮至京，因观秣陵（今南京市）山阜，乃叹曰：'钟山龙蟠（盘），石头虎踞，帝王之宅也。'"钟山：即南京市紫金山。

评笺

何焯评：四句中气脉何等阔远。（《义门读书记》）

冯浩评：首句隐言王气消沉，次句专指孙皓降晋。三句统言五代。音节高壮．如铿鲸钟。（《玉谿生诗笺注》）

南　朝❶

玄武湖中玉漏催❷，鸡鸣埭口绣襦回❸。
谁言琼树朝朝见❹，不及金莲步步来❺。
敌国军营漂木柹❻，前朝神庙锁烟煤❼。
满宫学士皆颜色❽，江令当年只费才❾。

注释

❶本诗大致作于诗人任盐铁官期间。

❷玉漏催：时光催促。玉漏：古代用来滴水的计时器，用玉石制成，故谓"玉漏"。

❸"鸡鸣"句：《南史·武穆裴皇后传》记载，齐武帝萧赜，经常到琅琊城游玩，宫人常从，早上到玄武湖北埭时，鸡始鸣，故谓"鸡鸣埭"。埭：土坝、水闸。绣襦：锦绣短袄，代指宫女。回：来。

❹琼树朝朝见：《南史·张贵妃传》记载，陈后主陈叔宝，荒淫无度，每引宾客对贵妃等，皆歌咏所创制艳词丽曲，以美张贵妃、孔贵妃的容色。其《玉树后庭花》云："璧月夜夜满，琼树朝朝新。"此句诗即由此典化出。

❺金莲步步：《南史·齐本纪》云："（齐东昏侯萧宝卷）又凿金为莲花，以贴地，令潘妃行其上，曰'步步生莲花也'。"三、四两句意谓陈后主之荒淫，比齐东昏侯还有过之。

❻"敌国"句：《南史·陈后主纪》记载，隋文帝杨坚命人大造战船，准备伐陈，有人建议保密，以免泄露军机。文帝说："吾将显行天诛，何密之有？使投梯于江，若彼能改，吾又何求？"敌国：指隋。梯：制战船削下的木片。

❼"前朝"句：《通鉴·陈纪》云："太市令章华上书极谏曰：'陛下（陈后主陈叔宝）即位，于今五年，祠七庙而不出，拜三妃而临轩……今疆土日蹙，隋军压境，陛下若不改弦易张，臣见麋鹿复游于姑苏矣。'"前朝神庙：指陈前三祖之宗庙。锁烟煤：为烟尘所封。煤：油烟凝结的灰尘。句谓陈后主沉溺于女色，不祭祖庙，即将覆灭。

❽"满宫"句：据《南史·张贵妃传》记载，陈后主宠张贵妃和孔贵嫔等，以宫中有文学才能的袁大舍等为女学士，每引宾客对贵妃等游宴时，则使诸贵人及女学士与狎客共赋新诗，互赠互答，并选宫女有容色者以千百数，令习而歌之。颜色：指有容色的宫女。颜：一作"莲"。

❾"江令"句：据《南史·江总传》记载，江总字总持，陈后主即位，其历任吏部尚书、仆射、尚书令。他身为尚书令，却不理政务，日与后主游宴后庭，与陈暄、孔范、王瑳等十余人，号称为"狎客"。句谓江总等狎客为歌咏贵妃宫女的容色，费尽才华。

评笺

陆昆曾评：此讥南朗皆以荒淫覆国，而叹陈之后主为尤甚也。起二语叙宋、齐事，随写随撇。三四用反语转出陈来，句法最为跌宕，曰"谁言"，曰"不及"，是殆有加焉之意。下半言咎不独在君也。（《李义山诗解》）

纪昀评：三四言叔宝之荒淫过于东昏也。"谁言""不及"，弄姿以取訾謈耳。五六提笔振起，七八冷掉作收，是义山法门。（《玉谿生诗说》）

⟅ 风　雨❶ ⟆

凄凉宝剑篇❷，羁泊欲穷年❸。
黄叶仍风雨，青楼自管弦❹。
新知遭薄俗，旧好隔良缘❺。
心断新丰酒，销愁斗几千❻？

注释

❶此诗大约作于诗人晚年游历江东期间。诗人袒露心迹，一生壮志难酬，充满浓浓的抑郁不平之气。张采田《玉谿生年谱会笺》云："不能久居京师，翻使穷年羁泊。自断此生已无郭震、马周之奇遇，诗之所以叹也。味其意致，似在游江东时矣。"十分有理。

❷宝剑篇：即唐代郭震（字元振）《古剑歌》。诗云："良工锻炼

经几年，铸得宝剑名龙泉……何言中路遭弃捐，零落漂沦古狱边。虽复尘埋无所用，犹能夜夜气冲天。"此句以郭元振自喻，抒发怀才不遇之慨。

❸羁泊：庾信《哀江南赋》云："下亭飘泊，高桥羁旅。"即漂泊羁旅的意思。穷年：终生。

❹仍：兼。青楼：比喻豪华之家。两句意谓自身若黄叶遭到风雨摧残，豪华之家却在寻欢作乐，歌声悠扬。

❺"新知"两句：意谓新交知己竟遭到浅薄世俗之辈的谗毁，旧时友好已良缘隔阻，关系疏远。

❻心断：心望，念念不忘。新丰：在今陕西省西安市临潼区东北（在长安附近）。斗几千：王维《少年行》云"新丰美酒斗十千。"

评笺

陆时雍评：三四语极自在。诗以不做为佳。中、晚刻核之极，有翻入自然者，然未易多摘耳。（《唐诗镜》）

姚培谦评：凄凉羁泊，以得意人相形，愈益难堪。风雨自风雨，管弦自管弦，宜愁人之肠断也。夫新知既日薄，而旧好且终睽，此时虽十千买酒，也消此愁不得，遑论新丰价值哉！（《李义山诗集笺注》）

纪昀评：神力完足。（《玉谿生诗说》）

幽居冬暮❶

羽翼摧残日❷，郊园❸寂寞时。
晓鸡惊树雪，寒鹜守冰池❹。
急景倏云暮，颓年浸已衰❺。
如何匡国分，不与夙心期❻？

注释

❶幽居：闲居。陆永品《中国诗苑英华·李商隐卷》指出："关于此诗的写作年代，有三种不同看法。其一，冯浩认为，此诗于会昌四年（844）移家山西运城永乐之前，居母丧中作（《玉谿生诗集笺注》）。其二，刘学锴、余恕诚说：'诗作于永乐闲居后期。'（《李商隐诗选》）其三，张采田说：'此诗迟暮颓唐，必晚年绝笔。'（《玉谿生年谱会笺》）他同意程梦星说'此乃大中末年废罢居郑州时作'（《李义山诗集笺注》）。根据此诗的内容及其抒发的感情而言，张采田所说极是，当于晚年病故前而罢废闲居郑州时作。诗作抒发了作者颓年衰弱、不能实现匡救国家夙愿的悲愤。写得自然深至，圆浑有味。"

❷"羽翼"句：《乐府诗集·飞来双白鹄》云："飞来双白鹄，乃

从西北来……忽然卒疲病……羽毛日摧颓。"这里诗人以鹄鸟自比。

❸郊园：指在郑州闲居的郊外住所。

❹鹜：鸭子。两句意谓鸡因树上积雪而以为天将亮，故误而鸣啼报晓；耐寒的鸭子则仍然在冰池里嬉戏。何焯《义门读书记》评此二句"工于比兴"。

❺"急景"两句：鲍照《舞鹤赋》云："穷阴杀节，急景凋年。"急景：匆匆而过的时光。倏：忽然。云暮：《诗经·小雅》"小明"篇云："岁聿云莫（暮）。"云：语助词。颓年：颓败之年。浸：渐渐。

❻"如何"两句：《诗经·小雅》"六月"篇云："以匡王国。"匡国：匡正国家。匡：正。分：职分。夙心：心愿，夙愿。期：合。

评笺

姚培谦评："晓鸡"句，喻不改其常；"寒鹜"句，喻不移其守。急景颓年，致身科已无分，然夙志未尝忘也。（《李义山诗集笺注》）

纪昀评：无句可摘，而自然深至。此火候纯熟之后，非可以力强也。强为之，非枯则率矣。（《玉谿生诗说》）

张采田评：此诗迟暮颓唐，必晚年绝笔。（《玉谿生年谱会笺》）

❧ 井泥四十韵❶ ❧

皇都依仁里，西北有高斋❷。
昨日主人氏，治井堂西陲❸。
工人三五辈，辇出土与泥❹。
到水不数尺，积共❺庭树齐。
他日井甃毕，用土益作堤❻。
曲随林掩映，缭以池周回❼。

166

下去冥窦穴⑧，上承雨露滋。
寄辞别地脉，因言谢泉扉⑨。
升腾不自意，畴昔忽已乖⑩。
伊余掉行鞅⑪，行行来自西。
一日下马到，此时芳草萋⑫。
四面多好树，旦暮云霞姿⑬。
晚落花满地，幽鸟鸣何枝⑭？
萝蔓既已荐，山樽亦可开⑮。
待得孤月上，如与佳人来⑯。
因之感物理，恻怆平生怀⑰。
茫茫此群品，不定轮与蹄⑱。
尧得舜可禅，不以瞽瞍疑⑲。
禹竟代舜立，其父吁咈哉⑳。
嬴氏并六合，所来因不韦㉑。
汉祖把左契，自言一布衣㉒。
当途佩国玺，本乃黄门携㉓。
长戟乱中原，何妨起戎氏㉔。
不独帝王尔，臣下亦如斯㉕。
伊尹佐兴王，不籍汉父资㉖。
磻溪老钓叟，坐为周之师㉗。
屠狗与贩缯，突起定倾危㉘。
长沙启封土，岂是出程姬㉙。
帝问主人翁，有自卖珠儿㉚。
武昌昔男子，老苦为人妻㉛。
蜀王有遗魄，今在林中啼㉜。
淮南鸡舐药，翻向云中飞㉝。
大钧运群有，难以一理推㉞。
顾于冥冥内，为问秉者谁㉟？
我恐更万世，此事愈云为㊱。

167

猛虎与双翅，更以角副之⑦。
凤凰不五色，联翼上鸡栖⑧。
我欲秉钧者，朅来与我偕⑨。
浮云不相顾，寥泬谁为梯⑩？
悒怏夜参半，但歌井中泥⑪。

注释

❶本诗为诗人晚年诗作。陆永品《中国诗苑英华·李商隐卷》指出："井泥：《易·井卦》：'井渫不食，使我心恻。'意谓淘干净井水，而无人饮用，却使我伤心。又清程梦星引（传说）梁刘孝威《箜篌谣》：'从风暂靡草，富贵上升天。不见山巅树，摧扡下为薪。岂甘井中泥，上出作埃尘。'谓此'诗意殆本此'（《李义山诗集笺注》）。显而易见，作者以'井泥'名篇，具有明显的比喻意义，意在借以抒发其生不逢时、沦落不遇、壮志未酬的愤慨。其矛头是直接指向唐朝朝廷的，谴责朝廷虽'依仁'行义，却为虎副角，残害贤良。诗中列举许多奇闻轶事、历史传说等，即在说明富贵贫贱，并不是天生的，宇宙间的万事万物都是变化莫测的，从而便否定了封建统治阶级'天命论'的唯心思想。何焯说此诗后半幅与杜牧《杜秋娘诗》极相似，是'《天问》之遗'（《义门读书记》），可谓颇有见地。"

❷皇都：指唐朝东都洛阳。依仁里：洛阳的街坊名。斋：屋子。

❸主人氏：即某氏主人。治井：挖治水井。堂：厅堂。西陲：西边。

❹辈：个。辇：用手拉车运泥土，这里作运送讲。

❺共：同。

❻井甃：即井壁。甃：砌井壁，作动词。益：增。

❼"曲随"两句：意谓弯曲的堤岸与所栽的树林相互掩映，环绕在池塘的周围。

❽去：离。冥窦穴：昏暗冷清的地穴，指井筒。

❾地脉：地下水流动如同人身上的血脉，故云。谢：谢别。泉

扉：泉眼，亦即地下水。

⑩畴昔：往日。乖：不同，有异。两句意谓没有想到会从地下升腾到地面，已与往昔的境况很不相同。到此为第一部分内容。

⑪伊：发语词。掉鞅：《左传》宣公十二年云："吾闻致师者，左射以菆，代御执辔，御下两马，掉鞅而还。"即掉正马络头，从容地驾驭。掉：正，表示闲暇。鞅：马络头。句意谓我摆正马络头，从容地驾驭而行。

⑫萋：草木茂盛的样子。

⑬"旦暮"句：意为早晚皆能观看到美丽的云霞景色。

⑭"晚落"两句：意谓晚间花落满地，幽鸟栖息何枝鸣啼呢？幽鸟：啼声幽雅的鸟。

⑮萝幄：藤萝覆荫，如同帷幄。荐：铺陈。山樽：绘有山形的盛酒器。两句意谓藤萝的帷幄已经铺陈停当，现在可以开樽畅饮了。

⑯"待得"两句：曹丕《秋胡行》（一作《佳人期》）云："朝与佳人期，日夕殊不来。"李商隐此两句即从此脱化而出。如与：如和。

⑰之：一作"兹"。恻怆：悲伤。两句意谓因井泥升腾地面之事，有感于事物都是在变化的道理，而想到自己平生志不得伸的遭遇，便不禁凄然伤怀。冯浩《玉谿生诗集笺注》称"因之"两句，是"一篇之主"。

⑱茫茫：广大而辽阔。这里指广泛。群品：指万物。定：一作"动"，有误。两句意谓宇宙间万事万物，都像车轮和马蹄而变化不定。

⑲尧：旧本皆作"喜"。程梦星本作"尧"，冯浩从之。禅：禅让帝位。瞽瞍：瞎眼。舜父瞎眼，故称"瞽瞍"。《孟子·万章》记载，瞽瞍目不能辨别好坏，怀疑舜不贤，曾两次害舜而未遂。两句意谓尧得舜后，就把帝位让给他，并未因瞽瞍怀疑舜不贤而受影响。

⑳竟：终。其父：指禹父鲧。吁咈哉：据《尚书·尧典》记载，尧时洪水泛滥，有人推荐鲧治水，尧言："吁，咈哉！"皆系叹词，表示不满的意思。两句意谓禹终于代替舜而立，禹父不贤而未被尧

任用。

㉑"嬴氏"两句：《史记·吕不韦传》记载，秦安国君之子子楚（即后来的秦庄襄王）为秦国质于赵国，大贾吕不韦，见而怜之，曰"此奇货可居"。即将其有孕美姬，送给子楚，生子名政。庄襄王即位，立政为太子。庄襄王卒，政立为王（即秦始皇），尊吕不韦为相国，号称"仲父"。秦王姓嬴，故称嬴氏。六合：即上下与东西南北四方。这里指中国。不韦：即吕不韦。两句意谓统一中国的秦始皇，本来是吕不韦的儿子。

㉒"汉祖"两句：《老子》云："是以圣人执左契而不责于人。"汉祖：即汉高祖刘邦。左契：古代契约剖分成左右两份，持左契者可以凭证而令人偿还。布衣：《史记·高祖纪》云："吾以布衣提三尺剑，取天下。"两句意谓高祖刘邦取天下如执左契，尽管他原出身于布衣。

㉓"当途"两句：当途即"当途高"的省称。《三国志·魏书·文帝纪》裴注云："故白马令李云上事曰：'许昌气见于当途高，当途高者当昌于许。'当途高者，魏也；象魏者，两观，阙是也。""当途高"是汉末谶纬之辞，指曹魏即代汉而兴。国玺：传国的玉玺，即皇帝的印章。据史书记载，魏文帝曹丕受汉禅，汉献帝派使者送上传国玉玺和绶带。黄门携：曹操之父曹嵩，本是汉桓帝时宦官曹腾的养子。黄门：宦官。携：携养。两句意谓曹魏父子代汉而立国，本来也只是宦官的后代。

㉔"长戟"两句：戎氏：泛指边境匈奴、鲜卑、羯、氐、羌等少数民族。两句意谓西晋末年，"五胡"的君主在中原发动战争，并不妨他们都只是少数民族。以上为第二部分。

㉕尔：如此，与后文"如斯"同义。

㉖"伊尹"两句：《吕氏春秋·本味》云："有侁氏女子采桑，得婴儿于空桑之中……其母居伊水之上，孕……故命之曰伊尹。"伊尹为商初大臣，辅佐汤王灭夏桀，建立商朝，故谓"佐兴王"。因其有母无父，故谓"不籍汉父资"。籍：依靠。汉：即丈夫。资：资助。两句意谓辅佐商王的开国元勋伊尹，从小就没有父亲。

㉗"磻溪"两句：《尚书大传·西伯戡黎》云："文王至磻溪，见吕望钓，拜之。"又《史记·齐太公世家》云："西伯（文王）将猎，卜之，曰：'所获非龙非彨（螭），非熊非罴，所获霸王之辅。'于是西伯猎，果遇太公于渭之阳。"磻溪钓叟：指吕望，年老在渭水磻溪边垂钓，遇文王，拜为师，佐周灭商纣。

㉘"屠狗"两句：《史记·樊郦滕灌传》云："舞阳侯樊哙者，沛人也，以屠狗为事……颍阴侯灌婴者，睢阳贩缯者也。"屠狗：指樊哙，因其屠狗为业，故以"屠狗"代称之。贩缯：指灌婴，因其贩缯为业，故以"贩缯"代称之。突起：突然而起，谓其偶然性。与上句"坐为"呼应。定倾危：平定倾危，指辅佐刘邦打天下，建立汉朝。

㉙"长沙"两句：据《汉书·景十三王传》记载，长沙定王刘发，母唐姬，原为程姬侍女。有次汉景帝酒醉，与假饰程姬的唐姬欢合，而生发。两句意谓刘发被立封为长沙定王，难道真是程姬所生吗？

㉚"帝问"两句：《汉书·东方朔传》记载，汉武帝姑母馆陶公主寡居，年五十余岁，宠幸董偃。原来董偃与其母卖珠为业，年十三，长得美好，汉武帝为姑母留养第中，十八而冠，即得馆陶公主宠幸。武帝至馆陶公主处，想见董偃，不呼其名，而曰"愿见主人翁"。董君之贵宠，天下莫不知。

㉛"武昌"两句：《汉书·五行志》云："哀帝延平中，豫章有男子化为女子，嫁为人妇，生一子。"冯浩注云："武昌或南昌之讹，豫章郡首南昌县也。"

㉜"蜀王"两句：《蜀记》云："昔有人姓杜名宇，王蜀，号曰望帝。宇死，俗说云，宇化为子规。子规，鸟名也。蜀人闻子规鸣，皆曰望帝也。"此两句即从此典化出。

㉝"淮南"两句：《神仙传》记载，淮南王刘安，好神仙，因吃仙药，即白日升天。剩下的药，被鸡犬舐啄，亦皆升天。翻：反而。以上为第三部分内容。

㉞大钧：造化万物的宇宙。运群有：谓推动万物变化。群有：即万物。两句意谓宇宙推动万物变化，是很难用一种道理去推论的。

㉟"顾于"两句：顾：回视。冥冥内：幽深渺远的地方。这里指茫茫宇宙。秉：掌握。两句意谓回视茫茫宇宙间万事万物的变化，请问究竟由谁主宰呢？

㊱更：经过。此事：指下两句所说猛虎长上双翅与双角、凤凰投栖鸡窝等事。云为：《易·系辞下》有言，"是故变化云为。"旧注云："乾坤变化，有云有为。云者，言也；为者，动也。"又班固《东都赋》云："乌睹大汉之云为乎？"可见"云为"含有言行、创造、演变等意思。两句意谓我忧虑经过万代之后，邪恶之事将会愈演愈烈。

㊲与：给。副：辅助。

㊳鸡栖：鸡窝。

㊴秉钧者：执掌权柄的人。这里指主宰万物变化的宇宙。曷来：来，何来。两句意谓我盼望主宰万物变化的宇宙，能来与我同游，以推究万物变化之理。

㊵"浮云"两句：浮云：屈原《九章·思美人》云："愿寄言于浮云兮，遇丰隆（云神）而不将。"寥泬：即泬寥。宋玉《九辩》云："泬寥兮天高而气清。"旷荡虚静的意思。这两句诗便由此典故脱化，意思谓浮云不理睬我，空旷寂静的高天亦无梯可上。

㊶悒怏：苦闷的样子。夜参半：半夜。参：一半。两句意谓长夜漫漫何时旦，我只有吟诵《井泥》之歌了！以上为最后一部分内容。

评笺

程梦星评：（朱彝尊谓）此深刺世之沉滓，下才而幸居高位者。如此则不当引许多圣贤豪杰起于侧微者为之比论矣。愚谓此诗取题于《易》，乃自寓之辞也。《易》于《井》卦皆取其有养人之意。《初六象》曰："井泥不食，下也。旧井无禽时舍也，谓为时所弃也。"《九一上六》则极言其功用足以及物矣。义山熟于经，盖本此以为言．而自伤其如九一与元应在上，以为之汲引也。先叙井泥为堤，上承雨露，而有生长草木、养成花鸟之功，所以感兹物理而恻怆平生。尔时仕宦，皆由门第，己虽宗族，陵替已久，等于寒门，以故在上之人不

172

肯汲引。次叙古来豪杰，率由崛起，虽至不类如卖珠儿，然帝贵之则竟贵矣。此与男化为女，人变为禽，鸡犬舐药，飞向云中，旨事所有，而不可以一理推者。况用人以家世，岂无方之义乎？惟是己怀隐忧而欲为秉钧告者，则群小肆虐，如虎而翅角；主上孤危，如凤止鸡栖，诚存亡安危之所系。而秉钧者高自位置，不肯下交，如浮云之不可梯而近也。虽有嘉谟，其道无由，而得不悒怏终夜，而自叹为井泥不能成及物之功乎？此疑大和九年义山未释褐之前作（按：义山释褐在开成四年）。诗中猛虎翅角，盖喻宦官之骄横；凤止鸡栖，盖喻文宗之卑弱也。又按刘孝威《箜篌谣》云："从风暂靡草，富贵上升天。不见山巅树，摧扤下为薪。岂甘井中泥，上出作埃尘。"诗意殆本此。（《重订李义山诗集笺注》）

纪昀评：元白体也，意浅而味薄，学之易至于率俚。问元白体竟不佳耶？曰亦是诗中正派。其佳在真朴，其病在好铺张、好尽，好为欲言不言尖薄语，好为随笔潦倒语，在二公自有佳处，学之者利其便易，其弊有不可胜言者也。惟小诗却时时有佳者，渔洋山人尝论之矣。（《玉谿生诗说》）

锦 瑟❶

锦瑟无端❷五十弦，一弦一柱思华年❸。
庄生晓梦迷蝴蝶❹，望帝春心托杜鹃❺。
沧海月明珠有泪❻，蓝田日暖玉生烟❼。
此情可待成追忆，只是当时已惘然❽。

注释

❶ 此为诗人晚年名篇，但历来众说纷纭。元好问《论诗绝句》

173

云："望帝春心托杜鹃，佳人锦瑟怨华年。诗家总爱西昆好，独恨无人作郑笺。"即言李商隐颇为隐晦，尚未有人能够作出准确的诠释。具体说来，大体主要有三种看法：其一，传说苏轼认为，此诗为咏瑟之作，是写瑟的适、怨、清、和四种乐声，曲尽其意，瑰迈奇古（《苕溪渔隐丛话》引《湘素杂记》）。其二，何焯曰："此篇乃自伤之词，骚人所谓美人迟暮也。"（《李义山诗集辑评》）。其三，朱彝尊云："此悼亡诗也。意亡者喜弹此，故睹物思人，因而托物起兴也。"（《李义山诗集辑评》）。

❷无端：毫无来由。

❸思华年：指回忆年轻往事。

❹"庄生"句：《庄子·齐物论》云："昔者庄周梦为蝴蝶，栩栩然蝴蝶也。自喻适志与？不知周也。俄然觉，则蘧蘧然周也。不知周之梦为蝴蝶与？蝴蝶之梦为庄周与？"庄生：即庄周。晓梦：谓晨梦之短暂。

❺"望帝"句："望帝"即蜀王杜宇，"托杜鹃"即杜宇死后化为子规鸟事。春心：指对爱情的向往，亦兼喻对理想的追求。托：寄托。

❻"沧海"句：沧海：海水呈青绿色，故谓"沧海"。沧：水之青

绿色。月明珠有泪：《大戴礼记》记载，蚌、蛤、龟所含珠的圆与缺，随月的圆缺而圆缺。又《博物志·异人》记载，南海外有鲛人，水居如鱼，"眼能泣珠"。

❼"蓝田"句：司空图《与极浦书》云："戴容州（叔伦）云：'诗家之景，如蓝田日暖，美玉生烟，可望而不可置于眉睫之前也。'"蓝田：山名，又名玉山，在今陕西省蓝田县，以出产美玉著称于世。

❽此情：指颔、腹两联所说各种情境。可待：岂待。惘然：失志不得意的样子。两句意谓岂待现在回忆往事时才感到怅惘，即使在当时已经感到惘然了。张采田《玉谿生年谱会笺》称此句为"全集压卷之作。"

评笺

屈复评：此诗解者纷纷，有言悼亡者，有言忧国者，有言自比文才者，有言思侍儿锦瑟者，不可悉数。凡诗无自序，后之读者，就诗论诗而已，其寄托或在君臣朋友夫妇昆弟间，或实有其事，俱不可知。自《三百篇》、汉、魏、三唐，男女慕悦之词，皆寄托也。若必强牵其人其事以解之，作者固未尝语人，解者其谁曾起九原而问之哉？……以"无端"吊动"思华年"，中四紧承。七"此情"紧收，"可待"字、"只是"字遥应"无端"字……一兴也，二，一篇主句。中四皆承"思华年"。七八总结……三四言情厚也……五别离之泪。六可望而不可亲，别离之情。（《玉谿生诗意》）

姚培谦评：此悼亡之作，托锦瑟起兴。瑟本五十弦，古人破之为二十五弦，是瑟已破矣。今日"无端五十弦"，犹已破之镜，而想未破时之团圆。一弦一柱，历历都在心头，正七句所谓"追忆"也。次联蝴蝶杜鹃，乃已破后之幻想。中联明珠暖玉，乃未破时之精神。而已愁到已破之后，盖人生奇福，话恐消受不得也。（《李义山诗集笺注》）

纪昀评：前六句托为隐语猝不可解，然末二句道明本旨，意亦止是，非真有深味可寻也。（《玉谿生诗说》）

未编年诗

富平少侯❶

七国三边❷未到忧，十三身袭富平侯❸。
不收金弹❹抛林外，却惜银床❺在井头。
彩树转灯❻珠错落，绣檀回枕玉雕锼❼。
当关不报侵晨客❽，新得佳人字莫愁❾。

注释

❶本诗年代无考，应为作者早年诗作。《才调集》作诗题为"富平侯"。

❷七国：《汉书》记载，汉景帝时出现吴、胶西、楚、赵、济南、淄川、胶东等七国叛乱，此处借指当时诸反叛藩镇。三边：《后汉书》云"匈奴寇三边"，此处指当时吐蕃、回鹘、党项等边患、外寇。

❸富平侯：《汉书》记载张安世封富平侯，其后人嗣爵，尤以张放最得汉成帝宠信。张放嗣爵一事，《汉书》未记其年，此处云"十三"，当为虚指，取年少之意。

❹金弹：《西京杂记》云"韩嫣好弹，常以金为丸。所失者日有十余。长安为之语曰：'苦饥寒，逐金丸。'京师儿童每闻嫣出弹，辄随之，望丸之所落，辄拾焉。"后以"韩嫣金丸"喻指富贵子弟挥金如土。

❺银床：《乐府·淮南王篇》云"后园凿井银作床"，《名义考》云"银床乃辘轳架，非井栏也"，即井上辘轳架。

❻彩树转灯：盘绕有灯烛之灯柱。

❼绣檀回枕：徐陵诗云"带衫行障口，觅钏枕檀边"，此处指镂刻纹饰的檀木枕。玉雕锼：左思《魏都赋》云"木无雕锼"，此处指

檀枕做工精美，光润犹如玉雕。

❽当关：守门者。不：一作"莫"。侵晨：凌晨。

❾莫愁：萧衍《河中之水歌》记载，莫愁为洛阳女子，后嫁卢家为妇。故有"卢家妇名莫愁"一说。

评笺

姚培谦评：此写贵宠之憨痴，为荒耽者讽也。世间无享富贵而一无所忧之人，虽身为天子，而七国三边之虑，不可不存；世之一无所忧，如富平少侯，则有之矣。第三句，应爱惜者不知爱惜也；第四句，不必眷注者偏劳眷注也。五六言其穷奢极侈。结言声色以外，一切户外可以不问也。否则所处愈高，所忧当愈大，七国三边之患，已到而始忧之，岂有及乎？此诗应作于武宗时，色荒禽荒之隐虑，不敢明言，而托咏于富平少侯，开口七字，足当"痛哭"一书（注者按：贾谊《陈政事疏》）。七国，喻藩镇多逆命；三边，喻回纥吐蕃为西北患，语不虚下。（《李义山诗集笺注》）

屈复评：不下论断，具文见意，俨然一无知贵介纵横纸上。（《玉谿生诗意》）

张采田评：通篇以冷语讽刺，律诗变格，何得目为尖薄哉！（《李义山诗辨正》）

无 题

近知名阿侯❶，住处小江流。
细腰不胜舞❷，眉长唯是愁❸。
黄金堪作屋，何不作重楼❹？

❶近知：近闻。阿侯：萧衍《河中之水歌》云："河中之水向东流，洛阳女儿名莫愁，莫愁十三能织绮，十四采桑南陌头，十五嫁作卢家妇，十六生儿字阿侯。"这里是以"阿侯"代指诗中女主人公。

❷细腰：汉成帝宠妃赵飞燕"体轻腰弱，善行步进退"（《西京杂记》）。又《白氏六帖》云："飞燕体轻，能为掌上舞。"胜：一作"成"。

❸"眉长"句：《后汉书·五行志》云："桓帝元嘉中，京都妇女作愁眉，细而曲折。"《梁冀传》云："妻孙寿善为愁眉。"句意谓阿侯长眉间有无限愁情。

❹黄金屋：《汉武故事》云："帝为胶东王，年数岁，长公主抱置膝上，问曰：'儿欲得妇否？'指左右长御百余人，皆云不用。指其女阿娇好否，笑对曰：'好。若得阿娇作妇，当作金屋贮之。'"重楼：高楼。

评笺

屈复：既有佳名，又居佳地，艺复绝妙，乃但蒙金屋之宠，不得高楼之贵，何也？（《玉谿生诗意》）

纪昀评：小调艳词，无关大旨。末二句，屋则深藏，楼则可于登时偶见矣，以痴生幻，用笔自有情致。（《玉谿生诗说》）

无 题

照梁❶初有情，出水❷旧知名。
裙衩芙蓉小，钗茸翡翠轻❸。

锦长书郑重，眉细恨分明❹。

莫近弹棋局，中心最不平❺。

注释

❶照梁：宋玉《神女赋》云："其始来也，耀乎若白日初出照屋梁。"

❷出水：何逊《看伏郎新婚》诗云："雾夕莲出水，霞朝日照梁，何如花烛夜，轻扇掩红妆。"这里将女子比作出水红莲。

❸裙衩芙蓉：即"芙蓉作裙衩"。芙蓉：荷花。裙衩：指下裳。钗茸翡翠：即翡翠做的钗茸。茸：本为草初生时纤细的形状，这里指翡翠钗的翠鸟羽毛的形状。轻：轻巧。

❹"眉细"句：《后汉书·五行志》云："汉桓帝元嘉中，京都妇女作愁眉，细而曲折。"后人便把细眉视为女子含愁的情状。句意谓从少女细眉中分明表现遭到嫉妒的怨恨。

❺弹棋：《后汉书·梁冀传》注云："《艺经》曰：'弹棋，两人对局，白黑棋各六枚，先列棋相当，更相弹也。其局（棋盘）以石为之。'"两句意谓不要靠近弹棋，否则看到棋局的不平，便会引起爱情失意的苦闷。陆永品《中国诗苑英华·李商隐卷》认为："'中心不平'，语义双关，暗喻诗人仕途失意的苦闷和不平。"

评笺

程梦星评：此不平之鸣也。当是寄书长安故人之作。（《重订李义山诗集笺注》）

张采田评：此初婚后客中寄内之作。"照梁"句谓新婚。"出水"句谓从前即闻名相慕。"裙衩"二句，状室人衣饰。"锦长"二句，代写盼归之意。"莫近"二句，谓客途失意，室人亦代为不平也。与他无题诗绝不相同。（《玉谿生年谱会笺》）

无 题

八岁偷照镜，长眉已能画。
十岁去踏青，芙蓉❶作裙衩。
十二学弹筝，银甲❷不曾卸❸。
十四藏六亲，悬知❹犹未嫁。
十五泣春风，背面秋千下。

注释

❶芙蓉：荷花。裙衩：即下裳。
❷银甲：弹筝时戴在指端的银制爪甲。
❸卸：除下，取下。
❹悬知：猜到，想到。

评笺

何焯评：高题摩空，如古乐府。(《李义山诗集辑评》引)

姚培谦评：义山一生，善作情语。此首乃追忆之词。迤逦写来，意注末两句。背面春风，何等情思，即"思公子兮未敢言"之意，而词特妍冶。(《李义山诗集笺注》)

纪昀评：独成一格，然觉有古意，古故不在形貌音响间。(《玉谿生诗说》)

无 题

紫府仙人号宝灯[1]，云浆[2]未饮结成冰。
如何[3]雪月交光夜，更在瑶台十二层[4]？

注释

[1]紫府仙人：《抱朴子·地真》云："昔黄帝东到青丘，过风山，见紫府先生，受三皇内文，以劾召万神。"紫府：仙人的居所。宝灯：《白氏六帖》云："银宫金阙，紫府仙都。"道源注："佛有宝灯之名，神仙无此号，然佛亦称金仙，故可通用。"

[2]云浆：《汉武故事》云："王母曰：'太上之药有玉津金浆……次药有五云之浆。'"即仙酒。

[3]如何：因何。

[4]瑶台十二层：《拾遗记》云："昆仑山……旁有瑶台十二，各广千步，皆五色玉为台基。"

评笺

姚培谦评：此言所思之无路自通也。（《李义山诗集笺注》）

屈复评：在昔仙人相见，方欲一饮，云浆忽已成冰，然犹相近也。乃今雪月之夜，更隔十二层之瑶台，远而更远矣。（《玉谿生诗意》）

程梦星评：此当为娶王茂元女时作，盖却扇之流也。起句比之如仙。次句待之合卺。三句叙其时景。四句欲引而近之矣。（《重订李义山诗集笺注》）

无题二首

其一

凤尾香罗薄几重❶，碧文圆顶夜深缝❷。
扇裁月魄❸羞难掩，车走雷声❹语未通。
曾是寂寥金烬暗❺，断无消息石榴红❻。
斑骓只系垂杨岸❼，何处西南待好风❽。

其二

重帏深下莫愁堂❾，卧后清宵细细长❿。
神女⓫生涯原是梦，小姑居处本无郎⓬。
风波不信菱枝弱，月露谁教桂叶香。
直道相思了无益⓭，未妨惆怅是清狂⓮。

注释

❶凤尾罗：即凤文罗，一种带有凤纹的薄罗。重：层。
❷碧文圆顶：唐人婚礼，多用百子帐。这里是说，卷柳为圈，做成青碧花纹的圆顶罗帐。夜深缝：深夜缝制罗帐。表示心情急切。
❸扇裁月魄：班婕妤《怨歌行》云："裁成合欢扇，团团似明月。"指如圆月形的合欢扇。月魄：即明月。
❹车走雷：司马相如《长门赋》云："雷殷殷而响起兮，声像君之车音。"此谓对方车声如雷，匆匆而过。
❺曾是：已是。金烬暗：金烛烧尽，暗淡无光。

185

⑥断无：绝无。石榴红：石榴花开，又过一春。

⑦斑骓：毛色青白相杂的马，此处指所念之人所骑的马。垂杨岸：意谓相隔不远。

⑧西南风：曹植《七哀诗》云："愿为西南风，长逝入君怀。"此即化用曹植诗意。待：一作"任"。

⑨重帏：层层帷幕。深下：深垂。莫愁：古代女子名，意谓闺中女子以莫愁自比。

⑩清宵：清夜。细细长：形容清夜之漫长，时间流逝缓慢。

⑪神女：即巫山神女，曾与楚王在梦中欢会。见宋玉《高唐赋》《神女赋》。

⑫小姑无郎：诗人自注："古诗有'小姑无郎'之句"。南朝乐府《青溪小姑曲》云："小姑所居，独处无郎。"此句诗即由此脱化而来，意谓自己终身难托。

⑬直道：即使说。了：全然。

⑭清狂：痴情。

评笺

何焯评：（首章）腹连以香消花尽作对。（次章）义山无题数诗，不过自伤不逢，无聊怨题，此篇乃直露本意。（《李义山诗集辑评》引）

姚培谦评：（首章）此咏所思之人，可思而不可见也。上半首，言守礼谨严。凤尾香罗，重重深护，月扇遮羞，雷车隔语，深闺丽质，自应如是。下半首，言殷勤难寄。外不通内，伴金烬之寂寞；内不通外，断石榴之消息。斑骓隔岸，漫待好风，真所谓人远天涯近矣。（次章）此义山自言其作诗之旨也。重帏自锁，清宵自长，所谓神女小姑，即《楚辞》"望美人兮南浦"之意，非果有其人也。顾风波浩渺，难断菱枝之萦系；月露苍茫，宁禁桂叶之飘香？明知其无益而不能自已。世无有心人，吾将谁与诉此也耶？（《李义山诗集笺注》）

无 题[1]

白道[2]萦回入暮霞，斑骓嘶断七香车[3]。
春风自[4]共何人笑，枉破阳城十万家[5]。

注释

[1]本诗题一作"阳城"。

[2]白道：李白《洗脚亭》诗云："白道向姑熟，洪亭临道旁。"王琦注云："人行迹多，草不能生，遥望白色，故曰白道。唐诗多用之。"

[3]斑骓嘶断：形容车马疾驰。斑骓：毛色青白相间的马。七香车：用七种香木所制成的车。

[4]自：却。

[5]阳城：宋玉《登徒子好色赋》云："嫣然一笑，惑阳城，迷下蔡。"阳城、下蔡为二县名。此句即由之脱化而出，意谓春风倚笑，却共何人？迷惑阳城，枉生颜色。

评笺

程梦星评：此亦感怀之作。比之美女空驾七香之车，人纵冶游，皆入暮霞而去。春风倚笑，却共何人？迷惑阳城，枉生颜色，盖温飞卿"枉抛心力作词人"之义也。（《重订李义山诗集笺注》）

纪昀评：怨极而以唱叹出之，不露怒张之态。《无题》作小诗极有神韵，衍为七律，便往往太纤太靡。盖小诗可以风味取妍，律篇须骨格老重，方不失大方。（《玉谿生诗说》）

无题四首（选三）❶

其一

来是空言去绝踪，月斜楼上五更钟。
梦为远别啼难唤，书❷被催成墨未浓。
蜡照半笼金翡翠❸，麝熏微度绣芙蓉❹。
刘郎已恨蓬山远，更隔蓬山一万重❺！

其二

飒飒东风细雨来，芙蓉塘外有轻雷❻。
金蟾啮锁烧香入，玉虎牵丝汲井回❼。
贾氏窥帘韩掾少❽，宓妃留枕魏王才❾。
春心莫共花争发，一寸相思一寸灰❿。

其四

何处哀筝随急管，樱花永巷垂杨岸⓫。
东家老女嫁不售，白日当天三月半⓬。
溧阳公主年十四，清明暖后同墙看⓭。
归来展转到五更，梁间燕子闻长叹⓮。

注释

❶此组诗虽共用题名，但题旨、风格并不相近，应非一时之作。

❷书：信。

❸蜡照：烛光。半笼：半罩。金翡翠：用金线绣成翡翠鸟图案的帷帐。

❹麝熏：古代豪贵人家用名贵香料放在香炉中熏被帐衣物，这里是指麝香的气味。绣芙蓉：绣有荷花图案的被褥。

❺刘郎：《幽明录》记载，刘晨同阮肇入天台山采药遇仙女，后重入天台山寻仙女不遇。蓬山：即蓬莱仙山。

❻飒飒：屈原《九歌》云："风飒飒兮木萧萧。"形容风声。芙蓉塘：即荷塘。芙蓉：荷花。有轻雷：司马相如《长门赋》云："雷殷殷而响起兮，声像君之车音。"这里以"雷声"代指车音。

❼金蟾啮锁：装饰在香炉锁上的金蛤蟆。金蟾：一种蛤蟆形状的香炉。啮：咬。锁：香炉的鼻钮。玉虎：井上辘轳，似虎状，故谓"玉虎"。牵丝：辘轳上牵引水桶的绳索。"丝"与"思"谐音。汲井回：从井中打水回。

❽"贾氏"句：《世说新语·惑溺》云："韩寿美姿容，贾充辟以为掾（长官的属佐）。贾女于青琐（门窗）中看，见寿，悦之。"

❾"宓妃"句：曹植《洛神赋序》云："余朝京师，还济洛川。古人有言，斯水之神，名曰宓妃。"李善注说，魏东阿王曹植，汉末曾求甄氏为妃，魏太祖曹操，却将此女嫁给五官中郎将曹丕。曹植不平，昼思夜想，废寝忘食。后甄氏受谗而死，曹丕便把她的遗物玉缕金带枕送给曹植。曹植还，息洛水之上，甄氏托梦给他说："我本托心君王，其心不遂，此枕是我在家时从嫁，前与五官中郎将，今与君王。遂用荐枕席，欢情交集。"曹植遂作《感甄赋》。后明帝曹叡见之，改为《洛神赋》。古代传说，伏羲氏之女名宓妃，溺死于洛水，即为洛水女神。诗中所谓"宓妃"，即指甄氏。魏王：指曹植。句意谓宓妃自荐枕席，是爱重曹植的才华。

❿春心：即春情，谓怀春之情。一寸：谓心为寸心。灰：香销成灰，这里指绝望。

⓫哀筝：曹丕《与朝歌令吴质书》云："高谈娱心，哀筝顺耳。"

又《礼记·乐记》说"丝声哀"，故谓"哀筝"。筝：是一种弦乐器，最初为五弦，后增至十三弦。管：竹制的吹奏乐器。永巷：长巷。

⑫老女嫁不售：《战国策·燕策》云："且夫处女无媒，老且不嫁，舍媒而自衒（自我炫耀），弊而不售（困敝嫁不出去）。"即为此句所本。白日当天：即丽日当空。

⑬溧阳公主：《南史·梁简文帝纪》云："初（侯）景纳帝女溧阳公主，公主有美色，景惑之。"此句即由此脱化而出，这里借指贵族之家。但"年十四"，史书无载，不知何据。同墙看：一起登墙观览春色。

⑭"归来"两句：意谓老女归家，辗转反侧，夜不成寐；只有梁间的燕子知道她的痛苦。这里暗喻她缺乏知音，无人倾吐心曲，更加感到寂寞悲痛。

评笺

姚培谦评：（首章）极言两人情愫之未易通，开口便将世间所谓幽期密约之丑尽情扫去，其来也固空言，其去也已绝踪，当此之时，真是水穷山断。然每到月斜钟动之际，黯然魂销，梦中之别，催成之书，幽忆怨乱，有非胶漆之所能喻者。乃知世间咫尺天涯之苦，正在此时。遥想翡翠灯笼，芙蓉帏幔，所谓"其室则迩，其人甚远"，纵复沥血刳肠，谁知我耶？（次章）极言相忆之苦。首句暗用巫云事，思之专而恍若有见也。次句暗用古诗"雷隐隐，动妾心"语，思之专而恍若有闻也。计此时，金蟾啮锁，非侍女烧香莫入；玉虎牵丝，或侍儿汲井时回，惆怅终无益耳。于是春心一发，妄想横生，念贾氏之窥帘，或者怜我之少；如宓妃之留枕，或者怜我之才。要之念念相续，念念成灰，毕竟何益，至此则心尽气绝矣。（四章）前四句，寓迟暮不遇之叹。"溧阳"二句，以逢时得志者相形。"归来"二句，恐知己之终无其人也。（《李义山诗集笺注》）

黄叔灿评：（首章）语极摇曳，思却沉挚。（《唐诗笺注》）

纪昀评：（次章）起二句妙有远神，不可理解而可以意喻。（《玉谿生诗说》）

薛雪评：（四章）意云：永巷樱花，哀弦急管，白日当天，青春将半。老女不售，少女同墙。对此情景，其何以堪！辗转不寐，直至五更，梁燕闻之，亦为长叹。此是一副不遇血泪。双手掬出，何尝是艳作！（《一瓢诗话》）

无题二首

其一

长眉画了绣帘开，碧玉行收白玉台[1]。
为问翠钗钗上凤，不知香颈为谁回？

其二

寿阳公主嫁时妆[2]，八字宫眉捧额黄[3]。
见我佯羞频照影[4]，不知身属冶游郎[5]。

注释

[1] 碧玉：《古乐府·碧玉歌》有云："碧玉小家女。"碧玉即指婢女。白玉台：玉做的镜台。

[2] "寿阳公主"句：《海录碎事》云："宋武帝女寿阳公主，人日卧于含章（殿）檐下，梅花落公主额上，成五出之花，拂之不去，自后有梅花妆。"句意谓女子模仿寿阳公主出嫁时所画梅花妆。

[3] 八字宫眉：据《艺文类聚》记载，汉武帝宫人画八字眉。此诗这里即用此典。捧额黄：眉心与鼻梁间擦抹的黄粉，因擦抹在眉间，故谓"捧"。

[4] 佯羞：假装害羞。频照影：做出顾影自怜的样子。

[5] 冶游郎：狎客。

评笺

姚培谦评：（首章）为情人乎？抑为蝶乎？不问之人，而问之钗上凤，妙绝。（次章）就无情中翻出有情，实则非真有情也。义山诗往往作此想。（《李义山诗集笺注》）

冯浩评：此必当别作《无题》也。语易解而尖薄已甚，宜其名位不达矣。（《玉谿生诗集笺注》）

失 题❶

幽人不倦赏，秋暑贵招邀❷。
竹碧转怅望，池清尤寂寥。
露花终裛❸湿，风蝶强娇饶❹。
此地如携手，兼君不自聊❺。

注释

❶失题：一作"无题"，有误，其实别有他题而失之。
❷贵：想要。招邀：邀请。
❸裛：沾湿。
❹娇饶：一作"娇娆"，柔美妩媚的意思。
❺兼：同。不自聊：指无法排遣寂寥怅望的情绪。

评笺

屈复评：以不倦赏之幽人，当秋暑之愁时，最贵招邀而实无人招邀也。中四秋暑景物。七"此地"二字紧接中四，言此时此景，如能携手，兼君无聊时，定当极欢也。（《玉谿生诗意》）

程梦星评：专言幕府。起二句言流连光景，须有招邀。三四言闲中怅望，徒自寂寥。五六言身如花蝶，终难强留。七八言傥有携游，人亦永叹无疑也。（《重订李义山诗集笺注》）

柳❶

柳映江潭底有情❷，望中频遣客心惊❸。
巴雷隐隐千山外，更作章台走马声❹。

注释

❶此诗写作年代不详。陆永品《中国诗苑英华·李商隐卷》认
为："大和八年（834），李商隐23岁时，曾和洛阳商人女儿17岁的柳
枝发生过恋情，后因柳枝被权贵夺去，便破坏了他们的美好姻缘。因
此，诗人先后写作五六首赠柳和咏柳的诗篇，以表现对柳枝的思念。
这首诗，思想内容更为复杂，其中包含有对柳枝的思念，同时亦表现
作者身在巴蜀，目睹映入江潭之柳，便触景生情，勾起自身潦倒之感
和怀念京师长安之情。"

❷柳映江潭：庾信《枯树赋》云："昔年移柳，依依汉南。今看
摇落，凄怆江潭。树犹如此，人何以堪。"底：何。

❸频遣：频频使。客：作者客寄异乡，故自称为客。句意谓我看
见江潭柳色，便会频频地惊心。

❹巴雷：司马相如《长门赋》云："雷隐隐而响起兮，声像君之
车音。"章台：《汉书·张敞传》记载："敞为京兆（尹）……时罢朝
会过，走马章台街。"两句意谓思入京师，并不直言，而借巴雷托出，
更觉意曲而情挚，耐人寻味。

评笺

何焯评：此亦思北归而不得也。（《李义山诗集辑评》引）
姚培谦评：此春去夏来之景。"巴雷"隐隐，非复"章台走马"

之时，悲在"更作"二字。（《李义山诗集笺注》）

纪昀评：深情忽触，不复在迹象之间。（《李义山诗集辑评》引）

钱钟书评：巴山羁客，怅念长安游冶，故闻雷而触类兴怀，听作章台走马。义山诗言醒时之想因结合，心能造境也。（《谈艺录补订》）

凉　思❶

客去波平槛❷，蝉休露满枝。
永怀当此节❸，倚立自移时❹。
北斗兼❺春远，南陵寓使迟❻。
天涯占梦数❼，疑误有新知❽。

注释

❶刘学锴、李翰《李商隐诗选评》中指出："诗的作年不能遽定。张采田言于大中元年居桂幕时，无确据，他认为此诗乃赠别之作，与诗意也不符。从诗的内容看，当是李商隐婚于王氏后，任幕职时寓使南陵之作，至于为泾元幕、陈许幕或桂林幕则不易考。诗人从幕期间奉使南陵，却羁迟未归，导致妻子怀疑是否另有新知所绊，则商隐所依之幕当与妻子所在之地相同或相近，然则居泾幕时寓使南陵可能性较大。从诗中因爱生疑，乃小儿女情重还疑情，亦似新婚不久之作。然亦不能断言。"

❷波平槛：江波几乎与栏杆相齐。

❸此节：这个清秋时节。

❹移时：时间流逝，指倚立时间长。

❺北斗：北斗星，处北，暗指家乡方向。兼：与，同。

⑥南陵：唐宣州属县（今安徽南陵县）。寓使：因出使而流寓异地。

⑦天涯：此处指远方妻室。占梦：圆梦，根据梦中所见预测人事吉凶。数：多次。

⑧新知：新的相好。

评笺

姚培谦评：人当鲍系之时，闹时犹可消遣，静时最难为怀，此客去蝉休，不觉独自销魂也。顾南北相违，音书难达，遥想天涯占梦人，必误疑有所系恋而未归耳。（《李义山诗集笺注》）

纪昀评：前四句妙在倒转说，若换起二句作三四句，直平钝语耳。五六亦深稳。（《玉谿生诗说》）又评：起四句一气涌出，气格殊高。五句在可解不可解之间，然其妙可想。结句承"寓使迟"来，言家在天涯，不知留滞之故，几疑别有新知也。（《李义山诗集辑评》引）

❧ 十一月中旬至扶风界见梅花① ❧

匝②路亭亭艳，非时裛裛③香。
素娥④惟与月，青女⑤不饶霜。
赠远虚盈手⑥，伤离适断肠。
为谁成早秀？不待作年芳⑦。

注释

❶扶风：郡名，今陕西凤翔一带。

❷匝：环绕。

❸裛裛：香气浓盛。

196

④素娥：嫦娥。

⑤青女：传说中主霜雪的女神。

⑥赠远：古有折梅赠远的风习。《荆州记》云："陆凯与路晔为友，在江南，寄梅花一枝诣长安与晔，并赠诗曰：'折花奉秦使，寄与陇头人。江南无所有，聊赠一枝春。'"梅是报春的花，早梅所开非时，不能赠春寄远，所以说"虚盈手"。

⑦年芳：春天开花。

评笺

纪昀评：清楚有致，但太薄耳。（《玉谿生诗说》）又评：寓慨颇深，异乎以逃虚为妙远。（《李义山诗集辑评》引）

朱庭珍评：作梅花诗宜以清远冲淡传其高格逸韵。否则另出新意，以生峭之笔，为活色疏香写照，不宣矫激。后人一味矫激鸣高，借寓身份，不知其俗已甚，于此花转无相涉，徒自堕尘劫恶习而已。庾子山之"树冻悬冰落，枝高出手寒"，唐人钱起之"晚溪寒水照，晴日数蜂来"，李商隐之"素娥唯与月，青女不饶霜。赠远虚盈手，伤离适断肠"……旨相传佳句也。中唯玉谿"素娥""青女"一联，谓月爱之而无益，霜忌之而有损，用意稍深，着色稍丽，然下联即放缓一步，以淡语空际写情。其余各联，均出于雅淡之笔，不肯着力形容。可见梅诗所贵在淡静有神矣。（《筱园诗话》）

马　嵬①

海外徒闻②更九州，他生未卜此生休③。
空闻虎旅传宵柝④，无复鸡人报晓筹⑤。
此日六军同驻马⑥，当时七夕笑牵牛⑦。

如何四纪❽为天子，不及卢家有莫愁❾？

注释

❶马嵬：即马嵬坡，故址在今陕西省兴平市西。唐天宝十五载（576）六月，安史叛军攻破潼关，唐玄宗李隆基与杨国忠、杨玉环等，仓皇出逃奔蜀，行至马嵬驿，随军将士杀杨国忠，并逼杀杨妃。玄宗无奈，令杨妃自缢而死。此即历史上有名的"马嵬之变"。诗人根据这一题材写了两首《马嵬》诗，这是其中一首。

❷海外徒闻：倒装，即徒闻海外。

❸陈鸿《长恨歌传》记载玄宗命方士寻找杨贵妃魂魄，方士于海外蓬莱仙岛找到，杨贵妃称天宝十载与玄宗在长生殿盟誓，"愿世世为夫妇"。《太真外传》亦载此事。

❹虎旅：指护卫皇帝的禁军。传：一作"鸣"。宵柝：夜间巡逻用的梆子。

❺鸡人报晓：据《汉官典职仪式选用》记载，宫中不得养鸡，卫士候于朱雀门外传鸡唱，以警起百官。筹：更筹。

❻六军驻马：天宝十五载六月十四，禁军斩杀、逼死杨国忠和杨玉环，即"马嵬之变"。

❼七夕笑牵牛：天宝十载七月初七，玄宗与杨玉环讥笑牛郎织女只能每年七夕相会，而他们却盟誓"愿世世为夫妇"。

❽四纪：一纪十二年，玄宗在位约四十四年（712-756），约为四纪。

❾莫愁：萧衍《河中之水歌》记载，莫愁为洛阳女子，后嫁卢家为妇。故有"卢家妇名莫愁"一说。此处兼取"莫愁"字意，暗挑李、杨之"长恨"。

评笺

范温评："海外徒闻更九州，他生未卜此生休"，语既亲切高雅，故不用愁怨堕泪等字，而闻者为之深悲。"空闻虎旅鸣宵柝，无复鸡人报晓筹"，如亲庖明皇，写出当时物色意味也。"此日六军同驻马，他时七夕笑牵牛"，益奇。义山诗后人但称其巧丽，至与温庭筠齐名。盖俗学只见其皮肤，其高情远意皆不识也。（《潜溪诗眼》）

黄侃评：首句言神仙茫昧，次句言轮转荒唐，以此思哀，哀可知矣。中二联皆以马嵬与长安对举，六句笔力尤矫健，不仅属对工巧也。由此振出末二句，言当耽溺声色之时，自以宴安可久，岂悟波澜反复，变起宠胡，仓卒西行，又不能保其嬖爱，以视寻常伉俪，偕老山河者，良多愧恧，上校银潢灵妃，尤不可同年而语矣。讽意至深，用笔至细。（《李义山诗偶评》）

贾　生[1]

宣室求贤访逐臣[2]，贾生才调更无伦[3]。
可怜夜半虚前席，不问苍生问鬼神[4]。

注释

[1] 贾生：即贾谊。今河南省洛阳市人，西汉初期著名的政论家和辞赋家，著有《过秦论》《治安策》《陈政事疏》等传世名篇。

[2] 宣室：《三辅黄图》记载："宣室，未央前殿正室也"，这里指朝廷。访：征询。逐臣：贾谊曾被贬为长沙王太傅，故谓"逐臣"。

[3] 才调：谓政治才能。无伦：无与伦比。

[4] "可怜"两句：《史记·贾生传》云："贾生征见，孝文帝方受釐（按：祭天地五畤，皇帝不自行，祠还致福），坐宣室。上因感鬼神事，而问鬼神之本。贾生因具道所以然之状。至夜半，文帝前席。既罢，曰：'吾久不见贾生，自以为过之，今不及也。'"可怜：可惜。虚前席：徒然把座位前移而靠近贤者。苍生：民生。两句意谓可惜文

200

帝夜半求贤，不问有关民生和治理国家的大事，而却问些祭祀鬼神的小道。这里诗人以贾谊自比，暗喻知遇厚爱者只重视他的文才，而非重视他的政治才能。

评笺

程梦星评：此谓李德裕谏武宗好仙也。德裕自为牛僧孺、李宗闵党人所阻，出入十年，三在浙西，武宗即位，始得为相，此首句之意也。史称德裕当国，方用兵时决策制胜，他相无与，此次句之意也。及德裕谏帝信赵归真，学养生术，帝乃不听，此下二句之意也。（《重订李义山诗集笺注》）

姚培谦评：老杜"前席竟为荣"，一"竟"字已含此一首意。（《李义山诗集笺注》）

纪昀评：纯用议论矣，却以唱叹出之，不见议论之迹。（《玉谿生诗说》）

北齐二首❶

其一

一笑相倾国便亡❷，何劳荆棘始堪伤❸。
小怜玉体横陈夜❹，已报周师入晋阳❺。

其二

巧笑知堪敌万几❻，倾城最在著戎衣。
晋阳已陷休回顾，更请君王猎一围❼。

201

❶刘学锴、李翰《李商隐诗选评》指出："二篇均咏北齐后主高纬宠冯淑妃而荒淫亡国事。义山咏史诗，大约有三种类型：一、以古鉴今之作。如前面所选《马嵬二首》，重在写荒淫奢侈而招致败亡的历史教训，寓含对当代统治者的警戒讽慨。二、借题托讽之作。如《无愁果有愁曲北齐歌》，题面是讽咏号称"无愁天子"的北齐后主高纬，但内容与高纬行事全然不合，不过以咏北齐作掩饰，暗讽当代的"无愁天子"唐敬宗被杀事。假托古人古事以咏今人今事。三、借古喻今之作。所咏古人古事固然不错，但真实目的却在喻指今人今事。此二首便是此类。"

❷"一笑"句：《汉书·外戚传》载李延年歌曰："北方有佳人，绝世而独立。一顾倾人城，再顾倾人国。"倾：倾倒、倾心。

❸"何劳"句：《吴越春秋》记载："夫差听谗，子胥垂涕曰：'以曲作直，舍谗攻忠，将灭吴国，城郭丘墟，殿生荆棘。'"

❹小怜：即冯淑妃，北齐后主高纬宠妃。玉体横陈：指小怜进御。

❺"已报"句：《北齐书》记载，武平七年，北周在晋州大败齐师，次年周师攻入晋阳（今山西太原）。此事与小怜进御时间相距甚远，这里并提意寓君主耽色误国。

❻巧笑：《诗经·卫风》"硕人"篇云："巧笑倩兮，美目盼兮。"万几：即万机，指纷繁庞杂的政务。

❼"晋阳"二句：《北史·后妃传》云："周师取平阳，帝猎于三堆。晋州告急，帝将还。淑妃请更杀一围，从之。"实际上被攻陷处为晋州平阳，而非晋阳，此处应是作者误记。更杀一围：再围猎一次。

评笺

屈复评：（首章）"一"字、"便"字、"何劳"字、"始堪"字、"已报"字相呼相应。（次章）"知堪""最在""已陷""更请"相呼相

应。不用论断，具文见意。(《玉谿生诗意》)

冯浩评：(首章) 北齐以晋阳为根本地，晋阳破则齐亡矣。诗言淑妃进御之夕，齐之亡征已定，不持事至始知也。(次章) 程氏、徐氏以武宗游猎苑中，王才人必袍骑而从，故假事以讽之。夫武宗岂高纬之比，断非也。寄托未详，当直作咏史看。(《玉谿生诗笺注》)

离亭赋得折杨柳二首[1]

其一

暂凭樽酒送无憀[2]，莫损愁眉与细腰。
人世死前惟有别，春风争拟[3]惜长条？

其二

含烟惹雾每依依，万绪千条拂落晖。
为报[4]行人休尽折，半留相送半迎归。

203

❶离亭：驿亭，送别之所。**赋得**：古人作诗拟题的习用语，即为某事物而写诗的意思。**折杨柳**：本乐府《汉横吹曲》名，古辞已佚。后人拟作，收入《乐府诗集》，多伤春悲离之辞。另《梁鼓角横吹曲》亦有《折杨柳歌辞》，源于北国。本篇为离亭即景伤别之作。

❷送：遣散。**无憀**：即"无聊"。

❸争：怎么。**拟**：必定。何焯《义门读书记》评此句："惊心动魄，一字千金"。

❹报：告诉。

评笺

屈复评：（首章）人生之苦唯有离别，故春风不惜攀折。（次章）送迎俱是有情，故休尽折。（《玉谿生诗意》）

纪昀评：（首章）此首竭情。（次章）情致自深，翻题殊妙。此诗亦二首相生，然可以删取。（《玉谿生诗说》）

李 花

李径独来数❶，愁情相与悬❷。
自明无月夜，强笑欲风天❸。
减粉与园箨❹，分香沾渚莲。
徐妃久已嫁，犹自玉为钿❺。

注释

❶数：频繁，多次。

❷悬：牵连，联系。

❸"自明"二句：李花色白，故说"自明"；李花繁而细，开时似笑，故云"强笑"。

❹箨：笋皮，此指新竹。新竹表面有白粉状物，故说是李花减其粉与之。

❺"徐妃"二句：《南史》云："梁元帝徐妃与帝左右暨季江通，季江每叹曰：'徐娘虽老，犹尚多情。'初妃嫁夕，车至西州，雪霰交下，帏帘皆白，帝以为不详，后果不终妇道。"钿：金片做成的花朵状装饰品。玉钿：以玉做的花钿。

评笺

姚培谦评：用意在"独来"二字，见相赏者之寡也。白而有光，故月暗犹明；花繁而细，故迎风强笑。色香如此，园箨渚莲，犹堪沾润，毕竟不能与红紫争宠，此所以见之而生愁也。（《李义山诗集笺注》）

屈复评：独来既数，情与花相似。三寂寞独开之状，四临风吹落之态。五六才能济物，结伤之也。嫁人已久，夫复何望！通首自比。（《玉谿生诗意》）

张燮承评：离形得似，象外传神，赋物之作若此，方可免俗。（《小沧浪诗话》）

❀ 嫦　娥❶ ❀

云母❷屏风烛影深，长河❸渐落晓星沉。
嫦娥应悔偷灵药❶，碧海青天夜夜心。

205

❶陆永品《中国诗苑英华·李商隐卷》指出："此诗是脍炙人口的名篇佳作，写作年代不详。对于此诗的主旨所在，自古以来即众说纷纭，如何焯说是诗人'自比有才调，反致流落不遇'（沈厚塽辑《李义山诗集辑评》）；冯浩说是讽刺女道士'不耐孤子'（《玉谿生诗集笺注》）；纪昀说是悼亡诗（《玉谿生诗说》）；张采田说是'依违党局，放利偷合，此自忏之词'（《玉谿生年谱会笺》）等。据考，诗人曾与女道士宋华阳姊妹过从甚密，已经与宋华阳产生了恋情。我们从作者《月夜重寄宋华阳姊妹》诗中，即不难窥见个中消息。诗云：'偷桃窃药事难兼，十二城中锁彩蟾。应共三英同夜赏，玉楼仍是水精帘。'其中'偷桃'，比喻人间爱情；'窃药'，比喻入道；'锁彩蟾'比喻宋华阳被关在道院；'三英'，指诗人与宋华阳姊妹三人。这是作者写给宋华阳姊妹的第二首诗，故曰'重寄'。诗作写诗人向往能与宋华阳姊妹同赏圆月的美丽景色，同时也表现出对宋华阳的思念。考察李商隐诗集，并没有写给宋华阳姊妹的第一首诗。由此可见，此作《嫦娥》应是写给宋华阳姊妹的第一首诗，是说女道士宋华阳应为道院的寂寞冷清而感到后悔，实则是表现诗人对她的思念之情。"

❷云母：一种有光泽结晶体的矿物质，切成薄片，可以用来装饰器物。长河：即银河。

❸"嫦娥"句：《淮南子·览冥训》高诱注云："姮娥，羿妻。羿请不死之药于西王母，未及服之。姮娥盗食之，得仙，奔入月中，为月精。"姮娥，即嫦娥。

程梦星评：此亦刺女道士。首句言其洞房曲室之景，次句言其夜会晓离之情。下二句言其不为女冠，尽堪求偶，无端入道，何日上升也。盖孤处既所不能，而放诞又恐获谤，然则心如悬旌，未免悔恨于天长海阔矣。（《重订李义山诗集笺注》）

姜炳璋评：此伤已之不遇也。一二喻韶光易逝。三四喻不如无此才华，免费夜夜心耳。（《选玉谿生诗补说》）

宋顾乐评：笔舌之妙，自不可及。（《万首唐人绝句选评》）

❦ 银河吹笙❶ ❦

怅望银河吹玉笙❷，楼寒院冷接平明❸。
重衾幽梦他年❹断，别树羁雌❺昨夜惊。
月榭故香❻因雨发，风帘❼残烛隔霜清。
不须浪作缑山意❽，湘瑟秦箫❾自有情。

注释

❶题作"银河吹笙"，是取首句四字而成。本诗写女道士处境孤独凄清，及其对爱情生活的向往。

❷怅望：惆怅而有所想望。银河：天河。玉笙：用玉石镶饰的笙。笙：管乐器，用若干根长短不同的簧管制成，用嘴吹奏。

❸平明：拂晓时分。

❹他年：昔年。

❺别树：树木伸出的斜枝。羁雌云："《古诗》：'羁雌恋旧侣。'"《列女传》载鲁国陶婴《黄鹄歌》云："夜半悲鸣兮，想其故雄。"谓失侣而寄宿在树枝上的雌鸟。

❻月榭：台上赏月的屋子。故香：残花的余香。

❼风帘：挡风的帘箔。

❽浪作：徒作，空作。缑山意：《列仙传·王子乔传》云："王子乔者，周灵王太子晋也，好吹笙作凤凰鸣，道士浮丘公引其上嵩山修道，见桓良曰：'告我家，七月七日待我于缑氏山巅。'至时，果然乘

207

白鹤停立山头，数日升仙而去。"**缑山意**"：即谓修道成仙。

❾**湘瑟**：《楚辞·远游》云："使湘灵鼓瑟兮"。湘灵：即湘水之女神。这里借湘瑟指舜妃。**秦箫**：《列仙传》云："箫史者，秦穆公时人也，善吹箫，能致白鹤、孔雀于庭。穆公有女字弄玉，好之，公遂以女妻焉，日教弄玉作凤鸣。居数年，吹似凤声，凤凰来止其屋。公为作凤台，夫妇止其上不下，一旦皆随凤凰飞去。"湘瑟秦箫：指琴瑟和鸣的夫妻生活。

评笺

陆昆曾评：此义山言情之作也。闻声相思，彻夜不寐，遂使生平久断之梦，复为唤起，而怅望无穷焉。五六言月榭故香，犹未尽熄；风帘残烛，尚有余光。人孰无情，其能堪此孤独耶？此承上意而淫泆咏叹之也。结言湘瑟秦箫，各有其匹，何须作子晋吹笙，独自仙去，与起句遥相照应。（《李义山诗解》）

张采田评：此在京闻女冠吹笙而怅触黄门之感也。首句破题，次句点在京中。二联正意，兼写彻夜无眠之景。结言伉俪情深，不须浪作仙情艳想也。取首句标题，亦无题之类。（《玉谿生年谱会笺》）

❧ 代 赠 ❧

杨柳路尽处，芙蓉湖上头。
虽同锦步障❶，独映钿箜篌❷。
鸳鸯可羡头俱白，飞来飞去烟雨秋❸。

注释

❶**虽**：一作"谁"。**锦步障**：《世说新语·汰侈》记载，晋代石崇

208

与王恺相比奢靡，王恺作紫丝步障（即遮蔽尘土的帐幕）四十里，石崇便作锦步障五十里以敌之。

❷钿箜篌：《旧唐书·音乐志》云："竖箜篌，体曲而长，有二十二弦，竖抱于怀，用两手齐奏，俗谓之'擘箜篌'"。箜篌：似琴而小，是一种弹拨乐器，有横竖两种。据说汉代之前即有，汉武帝祠太一、后土始用之。用钿装饰箜篌，故谓"钿箜篌"。钿：把金属、宝石等镶嵌在器物上作装饰。

❸"飞来"句：意谓在秋天烟雨中自由飞翔。

评笺

屈复评：起四名言咫尺万里，故下致羡鸳鸯之白头双飞也。（《玉谿生诗意》）

纪昀评：小诗之最有情致者，结亦可味，但格意俱靡，不免诗余之诮耳。（《玉谿生诗说》）

叶葱奇评：通首纯用齐梁体，极轻倩可喜，结二句尤波峭有致。（《李商隐诗集注疏》）

代赠二首❶

其一

楼上黄昏望欲❷休，玉梯横绝月如钩❸。
芭蕉不展丁香结❹，同向春风各自愁。

其二

东南日出照高楼⑤，楼上离人唱石州⑥。
总把春山扫眉黛⑦，不知供得几多愁？

注释

❶ 事题"代赠"，即代为一女子赠其恋人而写。虽属艳体，但颇有古乐府风韵。

❷ 望欲：一作"欲望"。

❸ 玉梯横绝：意谓被阻隔。月如钩：一作"月中钩"，有误。

❹ 芭蕉不展：即芭蕉叶子无法舒展。丁香结：指丁香花结蕾而不绽放。

❺ "东南"句：古乐府《陌上桑》云："日出东南隅，照我秦氏楼。"此句即从此化出。

❻ 石州：古乐府曲名，为戍妇思夫之作。

❼ 扫：画。眉黛：黛画眉鬓，黑而光泽。黛：青黑色颜料，古代女子用来画眉，故称"黛眉"，或"眉黛"。

瑶 池[1]

瑶池阿母绮窗[2]开，黄竹歌声动地哀[3]。
八骏[4]日行三万里，穆王何事不重来？

注释

[1] 瑶池：《穆天子传》记载，周穆王西游，上昆仑之山，至西王
母之邦，西王母在瑶池宴请周穆王。西王母为其作歌谣曰："白云在
天，山陵自出。道里悠远，山川之间。将子无死，尚能复来！"穆王
答曰："予归东土，和治诸夏。万民平均，吾顾见汝。比及三年，将
复而（汝）野。"此诗为讽刺晚唐皇室迷信仙道之作。

[2] 阿母：即西王母。绮窗：雕刻有花纹的窗户。

[3] "黄竹"句：《穆天子传》记载，周穆王在蘋泽打猎，"日中大
寒，北风雨雪，有冻人，天子作诗三章以哀民。"黄竹：仙境地名，
这里指《黄竹歌》。句意谓只闻其歌，不见其人，周穆王未能赴约。

[4] 八骏：指周穆王的八匹骏马，即：赤骥、盗骊、白义、踰轮、
山子、渠黄、华骝、绿耳（见《穆天子传》）。传说八骏能日行三万里。

❦ 端 居❶ ❦

远书归梦两悠悠❷，只有空床敌素秋❸。
阶下青苔与红树，雨中寥落月中愁。

注释

❶端居：即闲居。王维《登裴迪秀才小台作》诗云："端居不出户，满目望云山。"关于本诗主旨，有两种不同看法：其一，程梦星《李义山诗集笺注》认为是"失偶之作"；其二，冯浩《玉谿生诗集笺注》则称之"客中忆家，非悼亡也。"

❷远书：谓远方传来的书信。归梦：思归之梦。两悠悠：两俱邈然无望。

❸敌：对，抗。素秋：梁元帝《纂要》云："秋曰白藏，亦曰收成，亦曰三秋、九秋、素秋。"

评笺

屈复评：书、梦俱无，正唤"只有""空""敌"等字。对"青苔""红树"皆愁，正结上"空床敌素秋"耳。（《玉谿生诗意》）

纪昀评："敌"字自是险而稳。然单标此等以论诗，不知引出几许魔障矣。(《玉谿生诗说》)

昨 日[1]

昨日紫姑神[2]去也，今朝青鸟使来赊[3]。
未容言语还分散，少得团圆足怨嗟[4]。
二八月轮蟾影破[5]，十三弦柱雁行斜[6]。
平明[7]钟后更何事，笑倚墙边梅树花。

注释

[1] 昨日：指正月十五日。关于本诗主旨，有以下四种看法：其一，刘学锴、余恕诚《李商隐诗歌集解》引徐德泓语："此去职之诗，亦比体也。"其二，程梦星《李义山诗集笺注》称"此亦惜别之词，别无寄托。"其三，张采田《李义山诗辨正》称"此篇寄意令狐屡启陈情不省，故托艳体以寓慨。"其四，叶葱奇《李商隐诗集注疏》认为"这是失意之余怅叹仕途多乖之作。"

[2] 紫姑神：《异苑》云："世有紫姑神，古来相传，云是人家妾，为大妇所嫉……正月十五日感激而死，故世人以其日作其形，夜于厕间或猪栏边迎之。"这里借指所爱女子。钱钟书《谈艺录》评首联"摇曳之笔，尤为绝唱！"

[3] 青鸟：为传说中西王母的使者。这里借用为"紫姑神"的使者，代指为所爱恋人传递消息的女子。赊：语助词，无实意。

[4] 二八：指正月十六日。蟾影破：传说月中有蟾蜍，这里以蟾蜍代指月，意谓月亮由圆渐缺。《古诗》有"三五明月满，四五蟾兔缺"的诗句。

213

❺十三弦柱：筝为弹奏乐器，十三弦，一柱系一弦，故云。雁行斜：谓筝柱的排列像雁群斜飞时的队列。

❻平明：指次日拂晓。

评笺

陆昆曾评：篇中无限颠倒思量，结处一齐扫却，有如天空云灭，此最得立言之体者。上半言紫姑神去，问卜无从，青鸟不来，音书断绝，何分散易而团圆之难得乎？下半曰"蟾影破"，忧容辉之渐减也；曰"雁行斜"，悲踪迹之不齐也。一夜之间，百端交集，及至平明，自觉无谓。笑倚墙边梅树花，谈语意味却自深长，与老杜"鸡虫得失无了时，注目寒江倚山阁"同一杼轴。（《李义山诗解》）

冯浩评："更"字惨极，味乃不穷。诗为元夕次日作。三句忆匆匆往还，四句叹欢聚甚少。五取破镜之义，六指哀筝之调，皆互见为令狐所赋诸诗中。结则极状无聊也。考其元宵在京之迹，则大中四年。（《玉谿生诗笺注》）

为 有❶

为有云屏❷无限娇，凤城寒尽怕春宵❸。
无端嫁得金龟婿❹，辜负香衾❺事早朝。

注释

❶为有：因为有，无特指，诗人取首句前二字为题。

❷云屏：云母屏风。

❸凤城：《九家集注杜诗》宋赵彦才注云："秦穆公女吹箫，凤降其城，因号丹凤城，其后言京都之盛曰凤城。"这里指京城。春宵：

春天的夜晚。

❹无端：毫无来由。金龟婿：《旧唐书·舆服志》云："天授元年（武则天年号）九月，改内外所佩鱼并作龟……三品以上龟袋（盛龟符的袋）宜用金饰，四品用银饰，五品用铜饰。"金龟婿即指贵婿。

❺香衾：充满香气的寝被。

评笺

何焯评：此与"悔教夫婿觅封侯"同意，而用意较尖刻。（《李义山诗集辑评》引）

姚培谦评：此作细意体贴之词。"无端"二字下得妙，其不言之意应如此。（《李义山诗集笺注》）

冯浩评：言外有刺。

日 射❶

日射纱窗风撼扉❷，香罗拭手春事违❸。
回廊四合掩寂寞，碧鹦鹉对红蔷薇。

注释

❶日射：本诗与上诗同为闺怨诗，诗题取首句前二字，无实意。
❷扉：门。
❸香罗：纱罗香巾。拭手：擦手。春事违：语义双关，明指辜负了大好春光，则暗喻虚度了青春年华。

评笺

姚培谦评：末句妙，不能强无情作有情也。（《李义山诗集笺注》）

程梦星评：此为思妇咏也。独居寂寞，怨而不怒，颇有贞静自守之意，与他艳语不同，盖亦以之自喻也。意其在移家永乐时乎？（《重订李义山诗集笺注》）

纪昀评：佳在竟住，情景可思。（《玉谿生诗说》）

宫　辞

君恩如水向东流，得宠忧移失宠愁。
莫向樽前奏花落❶，凉风只在殿西头❷。

注释

❶樽前：宴席前。樽：酒杯。奏花落：《乐府杂录》云："笛，羌乐也，有《落梅花曲》。"

❷凉风：江淹《拟班婕妤咏扇》诗云："窃愁凉风至，吹我玉阶树。君子恩未毕，零落在中路。"这里以"凉风"比喻失宠受到冷落。

殿西头：比喻近在眼前。

评笺

程梦星评：诗语水易东流，风偏西殿，花开花落，莫保红颜，宠盛宠衰，等闲得失，此女子之忧愁也。虽然，女子辞家而适人，人臣出身而事主，宁二致哉！盖亦自寓之辞也。（《重订李义山诗集笺注》）

纪昀评：怨之至矣，而不失优柔之意，一唱三叹，余音未寂。后二句仿佛"黄河远上"（笔者按：羌笛何须怨杨柳，春风不度玉门关）一章也。（《玉谿生诗说》）

细 雨

潇洒傍回汀[1]，依微[2]过短亭。
气凉先动竹，点细未开萍。
稍促高高燕，微疏的的萤[3]。

故园烟草色，仍近五门青❹。

注释

❶凄凉的情绪。回汀：曲折的洲渚。

❷依微：隐约，依稀

❸的的萤：一闪一闪的萤火虫。

❹五门：郑玄《礼记注》云："天子五门；皋、雉、库、应、路也。"此处代指京城长安。

评笺

何焯评：写"细"字得神。（《李义山诗集辑评》引）

姚培谦评：此客中之作。悲哉秋气，细雨随之。竹间藤际，消息甚微，然燕促萤疏，已有日就萧瑟之势。意惟故园草色，不改其常耳。（《李义山诗集笺注》）

屈复评：八句俱写雨景，俱写"细"字，而层次井然。虽无杜之沉郁顿挫，雄浑悲壮，其雅静亦自可诵。结言不能事朝廷也。（《玉谿生诗说》）

纪昀评：细腻熨帖。（《李义山诗集辑评》引）

秋　月

楼上与池边❶，难忘复可怜❷。
帘开最明夜❸，簟卷已凉天。
流处水花急，吐时云叶鲜❹。
姮娥无粉黛，只是逞婵娟❺。

注释

❶ "楼上"句：一作"池上与桥边。"

❷ 可怜：可爱。

❸ 最明夜：三五月明之夜，即农历十五。

❹ 吐：指云开月明。云叶：月亮周围的云彩。

❺ 姮娥：即嫦娥。婵娟：美好的样子。

评笺

姚培谦评：此叹有情者之不如忘情也，以第二句作骨。帘开簟卷，月本无情；水花云叶，月非有意；乃人自觉其难忘，人自觉其可怜，而姮娥不知也。奈何欲以人世之粉黛，臆度姮娥之婵娟也耶？（《李义山诗集笺注》）

冯浩评：艳情秀句，可与《霜月》同参。（《玉谿生诗集笺注》）

张采田评：此亦戏作艳语，不必深解。（《玉谿生年谱会笺》）

霜 月

初闻征雁已无蝉❶，百尺楼南水接天❷。
青女素娥俱耐冷❸，月中霜里斗婵娟❹。

注释

❶ 征雁：南飞之雁。《礼记·月令》云："孟秋之月寒蝉鸣，仲秋之月鸿雁来，季秋之月霜始降。"初闻征雁，已无蝉声，时令已到深秋。

❷ 南：一作"高"，一作"台"。

③水接天：秋空明净，霜华、月光似水一色，故云。

④青女：主管霜雪的女神。《淮南子·天文》云："秋三月，青女乃出，以降霜雪。"高诱注云："青女，青腰玉女，主霜雪也。"素娥：即嫦娥。耐：宜，称。

⑤婵娟：美好的样子。

评笺

何焯评：第二句先虚写霜月之光，最接得妙。下二句常语也。（《李义山诗集辑评》引）

屈复评：一岁已云暮，二履高视远。三四霜月中犹斗婵娟，何其耐冷如此。（《玉谿生诗意》）

纪昀评：首二句写摇落高寒之意，则人不耐冷可知。却不说破，只以青女、素娥对照之，笔意深曲。（《玉谿生诗说》）

一　片①

一片非烟隔九枝②，蓬峦仙仗俨云旗③。
天泉水暖龙吟细④，露畹春多凤舞迟⑤。
榆荚散来星斗转⑥，桂花⑦寻去月轮移。
人间桑海朝朝变，莫遣佳期更后期⑧。

注释

❶一片：取首句前二字为题，无实意。

❷非烟：《史记·天官书》云："若烟非烟，若云非云。郁郁纷纷，萧索轮囷，是谓卿云。卿云见，喜气也。"九枝：指九枝灯，一竿九枝之花灯。

❸俨：严整的样子。云旗：一种仙家仪仗。《离骚》云："载云旗之委蛇。"

❹天泉：《晋书·礼志》云："三月三日，会天泉池赋诗。"天泉池在河南洛阳东。又《史记·天官书》云："以十一月与氏、房、心晨出，曰天泉。"指星宿。此处以仙家喻人间，天泉指朝堂华贵之所。龙吟：丝竹之音。

❺畹：十二亩为一畹。"露畹"与"天泉"相应，均华贵处所。迟：舞姿轻缓，即所谓曼舞。

❻"榆荚"句：《春秋运斗枢》云："玉衡星散为榆。"天上群星罗列，如榆树林立，谓之星榆。句意盖谓斗转星移。

❼桂花：谓月中桂树。宋之问《灵隐寺》云："桂子月中落，天香云外飘。"

❽后期：延期，失期。

评笺

朱彝尊评：诗中"九枝""星""月"俱以夜景言，则"一片"亦泛言夜色。三四言歌舞之久。五六言光阴之速。结言及时行乐。（《李义山诗集辑评》引）

何焯评：此望援于人，不一引手，而以时乎不再之说感动也。"天泉"句叹好音之难得。"露畹"句，以美质之难亲。（《李义山诗集辑评》引）

姚培谦评：此恐遭逢迟暮也。蓬岛烟云，仙真所托。龙吟凤舞，俯仰优游，以喻群臣际会之乐，诚非幸致。然遇合虽有时，而迟暮亦不可不虑，况斗转星移，榆飘桂谢，世事之沧桑屡改，人生之寿命难期，日复一日，岂不虚度一生耶？《楚辞》云："恐鹈鴂之先鸣兮，使夫百草为之不芳"，义山之所感深矣。（《李义山诗集笺注》）

一 片❶

一片琼英❷价动天，连城十二昔虚传❸。
良工巧费真为累，楮叶❹成来不值钱。

注释

❶一片：取首句前二字为题，无实意。关于本诗题旨，历来众说纷纭。陆永品《中国诗苑英华·李商隐卷》曾整理道："清代冯浩说：'自叹之词，当在未第时。'（《玉谿生诗集笺注》）此说，亦事出有因，因为作者早以文著称，'出诸公间'，因此他考进士，便几次遭权贵妒嫉而落第。冯浩所谓'自叹之词'，即指此而言。其实，此诗写得并不含蓄，是作者自论其诗文的"论诗文"诗。王达津说作者：'虽尚对偶、用典，他却主张以自然为基础，他是说一片完整的美玉，胜过连城玉璧，如果枉费心力去雕琢，制成支离破碎的楮叶，就破坏了玉的完美。'（《李商隐诗杂考》）叶葱奇先生亦有此种见解。他并援引《樊南甲集序》和《樊南乙集序》，说明李商隐认为他苦心为人所草笺奏的"四六"文，"未足矜""卒不足以为名"（《李商隐诗集疏注》）。"

❷琼英："琼"是玉的美名，"英"指玉的光彩。

❸"连城"句：《史记·廉颇蔺相如列传》云："赵惠文王时得楚和氏璧，秦昭王闻之，使人遗赵王书，愿以十五城请易璧。"又《北史·彭城王勰传》云："今陛下赐刊一字，足以价等连城。"此句即化用此典。十二：当作"十五"。

❹楮叶：《列子·说符》云："宋人有为其君以玉为楮叶者，三年而成，锋杀茎柯，毫芒繁泽，乱之楮叶中而不可别也。此人遂以巧食宋国。子列子闻之曰：'使天地之生物，三年而成一叶，则物之有叶

者寡矣。'" 楮：木名，叶似桑叶。

何焯评：本是连城光价，况又良工雕琢，乃偏不值钱，岂能无慨于中耶（《义门读书记》）

姚培谦评：琼英得价，岂但连城，乃楮叶既成，谁识良工苦心。士之不遇识者，何以异此！（《李义山诗集笺注》）

❧ 滞 雨 ❧

滞[1]雨长安夜，残灯[2]独客愁。
故乡云水地[3]，归梦不宜秋[4]。

注释

❶滞：停留，滞留。
❷残灯：将尽未尽之灯。
❸云水地：云水交接之处，此为虚指。
❹秋：秋为愁。此句意味秋天离愁思绪，不宜思归。

评笺

姚培谦评：大抵说愁雨，皆不在寐时，此偏愁到梦里去。（《李义山诗集笺注》）

纪昀评：运思甚曲，而出以自然，故为高调。（《李义山诗集辑评》引）

223

题 鹅^❶

眠沙卧水自成群，曲岸残阳极浦^❷云。
那解将心怜孔翠^❸，羁雌长共故雄分^❹。

注释

❶此系诗人幕中作品，张采田《玉谿生年谱会笺》称"颇似徐幕时，必非岭南也"，可备一说。

❷浦：水畔，岸边。

❸怜：怜爱。孔翠：孔雀羽毛似翡翠，故云。

❹羁雌：《古诗》云："羁雌恋旧侣。"据《列女传》记载，鲁国陶婴《黄鹄歌》云："夜半悲鸣兮，想其故雄。"寄宿异地的雌鸟谓"羁雌"。

评笺

姚培谦评：大都世间出色处，便是吃苦处。可叹！（《李义山诗集笺注》）

纪昀评：此深怨牛李党人之作，殊径直无余味也。问此篇焉知非悼亡之作？曰观诗中曰"自成群"，曰"那解将心怜孔翠"，且不曰雄与雌分，而曰雌与雄分，语义皆不似也。（《玉谿生诗说》）

张采田评：诗意谓今日更不敢自矜文采，惟恨旧恩之不能重合耳。起二句远幕依人之慨。此亦陈情不省后作。颇似徐幕时，必非岭南也。（《玉谿生年谱会笺》）

有 感❶

非关宋玉有微辞❷，却是襄王梦觉迟❸。
一自高唐赋成后，楚天云雨尽堪疑❹。

注释

❶冯浩《玉谿生诗笺注》引杨氏语称此诗是为其"无题诗作解"，纪昀《玉谿生诗说》称此诗"为似有寓托而实不然者作解。"二说分庭抗礼，尚无定论。

❷"非关"句：宋玉《登徒子好色赋》云："大夫登徒子侍于楚王，短宋玉曰：'玉为人体貌闲丽，口多微辞，又性好色……'玉曰：'体貌闲丽，所受于天也；口多微辞，所学于师也。至于好色，臣无有也。"微辞：用委婉含蓄的言辞托讽。

❸"却是"句：据宋玉《高唐赋》序云，楚襄王与宋玉游云梦之台，望高唐楼馆，上有云气，须臾之间，变化无穷。宋玉告诉襄王，此气叫"朝云"（即巫山神女的化身），昔日先王（即怀王）游高唐，怠而昼寝，梦见一妇人（即巫山神女），愿荐枕席，王因幸之。梦觉：梦醒。

❹楚天云雨：《高唐赋》序中巫山神女对楚王说："妾在巫山之阳，高丘之阻，旦为朝云，暮为行雨，朝朝暮暮，阳台之下。"云雨：即男女性事的雅称。两句意谓自从宋玉作《高唐赋》以微辞托讽后，人们便怀疑他凡是写男女恋情之作都是别有寄托的。这里，诗人以宋玉自比，认为自己的"微辞"，并不是全是别有寄托。

评笺

姚培谦评：非为宋玉解嘲，为色荒者讽也。（《李义山诗集笺注》）

程梦星评：此致憾于李宗闵辈信谗不察也。通篇全用宋玉事，以登徒子尝短宋玉，谓其体貌闲丽，口多微词，然岂知其皆谓有神女在场，恍惚遇之矣。（《重订李义山诗集笺注》）

　　纪昀评：详诗语，是以文词招怨之作，故题曰有感，乃为似有寓托而实不然者作解，非解无题也。（《玉谿生诗说》）

览　古

莫恃金汤❶忽太平，草间霜露古今情❷。
空糊赪壤❸真何益，欲举黄旗❹竟未成。
长乐瓦飞❺随水逝，景阳钟堕❻失天明。
回头一吊箕山客，始信逃尧不为名❼。

注释

❶金汤：《汉书·蒯通传》云："边城之地，必将婴城固守，皆为金城、汤池，不可攻也。"金：比喻坚不可摧。汤：比喻沸热不可接近。

❷草间霜露：谓瞬间即晞，比喻王朝兴废，瞬息即变。古今情：古今不变的道理。情：道理。

❸空糊赪壤：鲍照《芜城赋》云："制磁石以御冲，糊赪壤以飞文。观基扃之固护，将万祀而一君。出入三代，五百余载，竟瓜剖而豆分。"此句即由此脱化而来。糊：粘。赪壤：红土，可粘涂和装饰墙壁。

❹黄旗：《吴志·吴主传》记载，陈化为郎中令出使魏，魏文帝问曰："吴魏峙立，谁将平一海内者乎？"陈化答曰："旧说紫盖、黄旗，运在东南。"古代迷信，黄旗紫盖，谓有天子之气。

❺长乐瓦飞：《史记·乐书》云："师旷鼓琴，再奏，大风雨，飞

廊瓦，左右皆奔走。"又《汉书·平帝纪》云："大风吹长安东门，屋瓦且尽。"即长乐宫殿屋瓦尽飞，随着雨水一同流逝。

❻景阳钟堕：《南史·武穆裴皇后传》记载，齐武帝数游幸，载宫人于后车。宫内深隐，不闻端门鼓漏声，置钟于景阳楼上，应五鼓。及三鼓，宫人闻钟声，便早起妆饰，句谓景阳楼钟堕，无异天昏。

❼箕山客：《史记·伯夷列传》记载，太史公曰："余登箕山，其上盖有许由冢云。"逃尧不为名：《庄子·逍遥游》云："尧让天下于许由……许由曰：'子治天下，天下既已治矣，而我犹代子，吾将为名乎？'"又《庄子·徐无鬼》云："啮缺遇许由，曰'子将奚之？'曰'将逃尧'。""箕山客"指许由。两句即由此典化出，意谓思古鉴今，方信许由逃尧，非务高名，而是为了逃避乱世（参见刘学锴、余恕诚《李商隐诗歌集解》）。

评笺

屈复评：古今恃险忽治，其成败至速且易。三四未成事者，五六其已成者不过如此，始信箕山不为名之故矣。（《玉谿生诗意》）

冯浩评：此深痛敬宗也。帝以狎昵群小，深夜酒酣，猝被弑逆，详《旧书·纪》文矣。次联之所云者，唐自明皇以前，东、西京固频往来，且迭行封禅之礼。自安史倡乱而后，东都久不行幸。敬宗欲幸东都，以裴度言而止。其时王播领盐铁，在淮南，或闻东幸之意，而并请至江淮，故引芜城江左，此可详玩史文而通其旨也。五六痛其遽崩，末二句事取对照，语抱奇悲。（《玉谿生诗集笺注》）

❀ 赠 田 叟 ❀

荷蓧衰翁[1]似有情，相逢携手绕村行。

烧畲晓映远山色，伐树暝传深谷声❷。

鸥鸟忘机翻浃洽❸，交亲得路昧平生❹。

抚躬道直诚感激，在野无贤❺心自惊。

注释

❶荷蓧衰翁：《论语·微子》云："子路从而后，遇丈人以杖荷蓧。"荷蓧：挑着用草编的农具。荷：挑。衰翁：即田叟，老农民。

❷烧畲：火种田。晓映：晨光映照。暝传：夜传。两句意谓但见远山晨光映照着烧畲之色，耳闻深谷夜传伐树之声。

❸鸥鸟忘机：即"忘机鸥鸟"之倒词。《列子·黄帝》云："海上之人有好沤（同鸥）鸟者，每旦至海上，从沤鸟游，沤鸟之至者百数而不止，其父日：'取来吾玩之。'明日之海上，沤鸟舞而不下。"忘机：忘记巧诈的心机。翻：即反而。浃洽：融洽。句意谓海翁忘机，鸥鸟却与海人相处得很融洽，即指作者与忘机之田叟，相处和谐融洽。

❹交亲得路：依人得路。昧平生：即如昧平生，好像平生不曾认识。昧：昏暗。句意谓失路相依，得路相弃，如昧平生，是最可恨的无情之人。此句是反衬上句而言。

❺抚躬：即抚心自问。道直诚感激：因田叟的诚实直道而于心中感激非常。

❻在野无贤：即田野无贤人。《新唐书·李林甫传》记载，唐玄宗欲求天下之士，命有一艺者，皆到京就选。李林甫恐士对诏而斥其奸恶，请委尚书省长官试问，使御史丞监总，而无一中选者。李林甫因此贺皇帝，以为"野无留才"。这里明指田叟为贤者，实则暗寓自己，谴责权贵嫉贤妒能之辈。

评笺

屈复评：相逢似有情，因而同行携手。次联同行时情景。五淡远之情，六孤高之品。有情如此，安得野无遗贤哉！鸥鸟忘机，翻能浃

洽；交亲得路，竟昧平生，人不如鸟。田叟之高如此，故结言野有遗贤也。(《玉谿生诗意》)

程梦星评：此诗借忘机之田叟，形排挤之故人。五六一联划然界断。结用野无遗贤者，天宝中李林甫为相，尽斥上书献赋者，以野无遗贤为玄宗贺，其蔽贤欺君若此。然今日之扼塞义山者，亦以为野无遗贤耶？"在野"二字是道田叟，却是隐隐自寓，故曰"抚躬"，曰"心惊"也。(《重订李义山诗集笺注》)

❧ 访隐者不遇成二绝 ❧

其一

秋水悠悠浸野扉❶，梦中来数觉来稀❷。
玄蝉❸声尽叶黄落，一树冬青❹人未归。

其二

城郭休过识者稀❺，哀猿❻啼处有柴扉。
沧江白石樵渔路❼，日暮归来雨满衣。

注释

❶野扉：即柴扉，隐者野居的院门。
❷数：数次。觉：梦醒。
❸玄蝉：即黑色的秋蝉，比知了小，夏末生，秋末死。
❹冬青：冬青树，不落叶乔木，冬天常青。
❺城郭：指城市。郭：外城。休过：不去。

⑥哀猿：《宜都山川记》云："峡中猿鸣至清，诸山谷传其响，泠泠不绝，行者歌之曰：'巴东三峡猿鸣悲，猿鸣三声泪沾裳。'"猿声悲哀，故谓"哀猿"。

⑦樵渔路：樵夫、渔父所行之路。

评笺

姚培谦评：（首章）秋水浸扉，梦中数有境也。蝉尽叶黄，一树冬青，此番未时境也。（次章）此去自应不到城中，恨渔樵归处，暮雨柴扉，不能共此清味耳。（《李义山诗集笺注》）

纪昀评：（首章）落句有神。廉衣评曰："梦中"句累。（次章）蒙泉评曰：此想象其所往也，写不遇亦别。蘅斋评曰：二绝风格又别。（《玉谿生诗说》）又评："休"字作"不"字解，不作"莫"字解。（《李义山诗集辑评》引）

日　日①

日日春光斗日光，山城斜路杏花香。
几时心绪浑②无事，得及游丝百尺长③。

注释

❶日日：一作"春日"，一作"春光"，皆以首句为题，无实意。

❷浑：全，一作"曾"。

❸游丝：庾信《春赋》云："一丛香草足碍人，数尺游丝即横路。"此句或由此典化出。意谓心绪能像游丝那样舒卷自如就好了。

姚培谦评：但得心绪无事，不必日随游丝去也。茫茫身世，痛喝多少？（《李义山诗集笺注》）

冯浩评：客子倦游，情味渺然。（《玉谿生诗集笺注》）

临发崇让宅紫薇[1]

一树秾姿[2]独看来，秋庭暮雨类轻埃[3]。
不先摇落应为有[4]，已欲别离休更开。
桃绶含情依露井[5]，柳绵相忆隔章台[6]。
天涯地角同荣谢，岂要移根上苑栽[7]？

注释

[1] 崇让宅：李商隐岳丈王茂元旧居，诗人往返洛阳间，曾住此宅。紫薇：即紫薇花，又名"百日红"。

[2] 秾姿：花叶繁茂的样子。

[3] 秋庭：秋天的庭院。类：像，好似。轻埃：谢朓《观朝雨》诗云："散漫似轻埃。"这里用"轻埃"形容暮雨的飘洒细微，暗指作者心境。

[4] 摇落：宋玉《九辩》云："悲哉秋之为气也，萧瑟兮草木摇落而变衰。"这里是指紫薇花被秋风吹落。应为有：即应有花。

[5] 桃绶：桃花烂漫，犹如红绶带，故谓"桃绶"。依露井：汉乐府《鸡鸣》诗云："桃生露井上，李树生桃旁；虫来啮桃根，李树代桃僵。"章台：即长安章台街。

[6] "柳绵"句：典化于唐代韩翃与柳氏悲欢离合的爱情故事。许

尧佐《柳氏传》有韩翃与柳氏的赠答诗。韩诗云："章台柳，章台柳，昔日青青今在否？纵使长条似旧垂，亦应攀折他人手。"柳氏答诗云："杨柳枝，芳菲节，所恨年年赠离别。一叶随风忽报秋，纵使君来岂堪折！"

❼上苑：《西京杂记》云："初修上林苑，群臣远方各献名果异卉三千余种，植其中。""上苑"即汉代上林苑的简称，这里指唐朝京城的皇家林苑。两句意谓紫薇与桃柳，纵使处地相殊，却同一谢荣，又何必谋栽上苑呢？

评笺

屈复评：到处同一开落，不必移根上苑，犹人之到处同一生死也。二正写崇让宅，七八反结崇让宅，细好。一不忍别。二点时，三承二，当秋雨如埃，宜摇落而不先摇落者，应以此宅暂为我有遇知也。谢灵运《题宅》诗："终成天地物，暂为鄙夫有。"李用此。"休更开"，无相赏之人也。桃含情、柳相忆，暂不忍别也。七八伤己之远去。（《玉谿生诗意》）

荷　花

都无色可并❶，不奈此香何。
瑶席❷乘凉设，金羁落晚过❸。
回❹衾灯照绮，渡袜水沾罗。
预想前秋❺别，离居梦棹歌❻。

注释

❶并：比较。

❷瑶席：《楚辞·九歌》云："瑶席兮玉瑱。"即洁白美丽的席子。

❸金羁：以黄金装饰的马笼头。傅玄《良马赋》云："饰以金羁，申以玉璎。"落：一作"晓"，有误。

❹回：一作"覆"，有误。

❺前秋：一作"秋前"。

❻棹歌：《南史·羊侃传》云："羊侃善音律，自造《采莲》《棹歌》两曲，甚有新致。"是为艳曲。

评笺

姚培谦评：香艳虽殊，如彩云之易散；若别后相思，则有无时而暂忘者。回灯照绮，渡袜沾罗，正离居梦想中境。此必即席相赠之诗。（《李义山诗集笺注》）

程梦星评：此亦追忆冶游之作。（《重订李义山诗集笺注》）

赠荷花

世间花叶不相伦❶，花入金盆叶作尘。
唯有绿荷红菡萏❷，卷舒开合任天真。
此花此叶常相应，翠减红衰愁杀人。

注释

❶伦：比较。

❷绿荷：指荷叶，暗喻男子。红菡萏：指荷花，暗喻女子。

荷華
ハチスバナ

姚培谦评：此讽世之荣悴相弃者。(《李义山诗集笺注》)

花下醉

寻芳不觉醉流霞❶，倚树沉眠日已斜❷。
客散酒醒夜深后，更持红烛赏残花❸。

❶流霞：《抱朴子·祛惑》记载，河东蒲坂项曼都，与一人入山学仙，十年而归家，家人问其故，他答曰："仙人但以流霞一杯与我饮之，辄不饥渴。"这里所谓"流霞"，即指仙酒。"醉流霞"，语义双关，明谓为美酒所醉，而却暗喻为艳丽的花朵陶醉。

❷"倚树"句：李白《梦游天姥吟留别》诗云："迷花倚石忽已暝"。此句即由该句化出。

❸"更持"句：脱化自白居易《惜牡丹》诗："明朝风起应吹尽，夜惜衰红把火看。"

何焯评：（末句）别有深情。（《李义山诗集辑评》引）

纪昀评：情致有余，格律未足。（《玉谿生诗说》）

张采田评：含思宛转，措语沉着，晚唐七绝少有媲者，真集中佳唱也。（《李义山诗辨正》）

❧ 谒 山❶ ❧

从来系日乏长绳❷，水去云回恨不胜。
欲就麻姑买沧海❸，一杯春露冷如冰❹。

❶谒山：即拜谒高山。此诗不知何解，张采田认为该"山"为诗人（义山）自指，诗暗指令狐绹来拜访义山事（见下评），不乏牵强，可聊备一说。

❷长绳系日：傅玄《九曲歌》云："岁暮景迈群光绝，安得长绳系白日？"

❸麻姑：《神仙传》云："麻姑自说云，接待以来，已见东海三为桑田。"

❹"一杯"句：意谓忽然一杯春露，又变成冰。言外之意即时光流逝和宇宙变化是不可抗拒的自然规律，求助神灵亦无济于事。

评笺

冯浩评：当与《玉山》七律同味。谒山者，谒令狐也。次句身世之流转无常，三句陈情，四句相遇冷淡也。唐时翰林学士不接宾客，义山虽旧交，中心已暌，遂以体格疏之耳。（《玉谿生诗笺注》）

张采田评：山即义山自谓，此暗记令狐来谒事也。言我方欲就彼陈情，而不料其匆匆竟去，徒令杯酒成冰，所以有"水去云回"之恨也。首句则言安得长绳系日，使之多留片刻乎？（《玉谿生年谱会笺》）

忆匡一师❶

无事经年别远公❷，帝城钟晓忆西峰❸。
炉烟消尽寒灯晦❹，童子开门雪满松。

注释

❶匡：一作"住"。刘学锴、余恕诚《李商隐诗歌集解》引冯浩注云："《北梦琐言》一云'王屋匡一上人'，一云'王屋山僧匡一'。疑此即其人。"

❷经年：一年。远公：东晋名僧慧远，于太元六年入庐山，住在

东林寺传法，弟子颇多。这里代指匡一。

❸帝城：即京城长安。西峰：东林寺位于庐山西北麓，故谓"西峰"。句意谓听到京城晨钟的响声，便想起山寺鸣钟的情景。

❹晦：指灯火黯淡。

评笺

屈复评：三四西峰之景如此。无事而别，能不相忆？（《玉谿生诗意》）

田兰芳评：不近不远，得意未可言尽。（《玉谿生诗笺注》引）

纪昀评：格韵俱高。（《玉谿生诗说》）

乐 游 原❶

向晚意不适❷，驱车登古原❸。
夕阳无限好，只是近❹黄昏。

注释

❶乐游原：《长安志》云："升平坊东北隅，汉乐游庙。"注云："汉宣帝所立，因乐游苑为名。在高原上，余址尚有……其地居京城之最高，四望宽敞。京城之内，俯视指掌。每正月晦日，三月三日，九月九日，京城士女，咸就此登赏祓禊。"关于本诗题旨，主要有如下三种看法：其一，冯浩《玉谿生诗集笺注》引"忧唐之衰"一说。其二，冯浩《玉谿生诗集笺注》释为"迟暮之感，沉沦之痛，触绪纷来。"其三，纪昀《玉谿生诗说》评其"百感茫茫，一时交集，谓之悲身世可，谓之忧时事亦可。"对此，叶葱奇《李商隐诗集疏注》明确指出：诗人未满五十而逝，即使此诗为其晚期作品，按照年龄来

看，"似乎也还不至说'近黄昏'；拿他的身世说，更说不上'无限好'。这显然是慨叹唐王朝的大好基业日趋没落的作品。"的为确论。

❷向晚：傍晚。不适：心情不舒畅。

❸古原：即乐游原。

❹近：将要。

评笺

姚培谦评：销魂之语，不堪多诵。(《李义山诗集笺注》)

纪昀评：下二句向来所赏，然得力处在以"向晚意不适"句倒装而入，下二句已含句下。(《玉谿生诗说》)又评：或谓"夕阳"二句近小词，此充类至义之尽语，要不为无见，赖起二句苍劲足相救耳。(《李义山诗集辑评》引)

❦ 屏　风❶ ❧

六曲连环接翠帷❷，高楼半夜酒醒时。
掩灯遮雾密如此，雨落月明俱不知。

注释

❶此诗为咏物之作，似无寄托。叶葱奇《李商隐诗集注疏》称"这是讽刺皇帝蔽聪塞明，对民间的疾苦一无所知之作"，可备一说。

❷六曲：指屏风六扇或六折。连环：连接环绕。翠帷：睡床的漂亮帷帐，即寝处。

评笺

纪昀评：措语有痕，反成平浅。(《玉谿生诗说》)

张采田评：看似直致，实则寄托不露，神味更深。玉谿独成家数，全在乎此。(《玉谿生诗集笺注》)

乱　石

虎踞龙蹲[1]纵复横，星光渐减雨痕生[2]。
不须并碍东西路，哭杀厨头阮步兵[3]。

注释

[1]虎踞龙蹲：形容乱石摆放如龙虎盘踞。
[2]星光渐减：《左传》僖公十六年云："陨石于宋五，陨星也。"意谓陨石的星光逐渐减退。雨痕生：谓陨石落地，经过日积月累，已生出雨痕。

3阮步兵:《晋书·阮籍传》云:"籍闻步兵厨营人善酿,有贮酒三百斛,乃求为步兵校尉……时率意独驾,不由径路,车迹所穷,辄痛哭而反。"阮籍自求当步兵校尉,故称阮步兵。两句意谓无须再把东西两条路都堵塞了,已经哭杀阮步兵!

评笺

何焯评:既不得挂名朝籍,并使府亦不得安其身,所以发愤也。(《李义山诗集辑评》引)

屈复评:刺小人当路也,意太露。(《玉谿生诗意》)

❧ 武夷山❶ ❧

只得流霞酒一杯❷,空中箫鼓当时回❸。
武夷洞里生毛竹,老尽曾孙更不来❹。

注释

❶武夷山在今福建省武夷山市南三十里,山中有清溪九曲,传说有仙人葬于溪中。唐朝皇帝多迷信神仙,此诗即借武夷山神话,讽刺求仙虚妄之作。纪昀《玉谿生诗说》评曰:"辨神仙之妄也,吞吐出之,语殊苑籍。"

❷"只得"句:《抱朴子·祛惑》云:"河东蒲坂有项曼都者,与一子入山学仙,十年而归家。家人问其故,曼都曰:'……仙人但以流霞一杯与我饮之,辄不饥渴……'此妄语乃尔,而人犹有不觉其虚者。"此句即由此神话脱化而来。

❸"空中"句:《诸山记》记载,武夷山神号武夷君,一日语村人曰:"汝等以八月十五日会山顶。"是日,村人毕集,只闻空中人声,

不见其形。"须臾乐响，亦但见乐器，不见其人。"当时回：即刻便回。句意谓空中"箫鼓"（即"乐响"）当时又回到空中。

❹生毛竹：《武夷山记》云："武夷山君因少年慢之，一夕山心悉生毛竹如刺，中者成疾，人莫敢犯，遂不与村落往来，蹊径遂绝。"曾孙：《明一统志》记载，武夷山君置酒希会乡人，呼乡人为"曾孙"。

评笺

姚培谦评：此诗叹遇合之不可期也。（《李义山诗集笺注》）

冯浩评：程（梦星）曰：尝见《武夷山志》，题咏之诗以义山为始，考踪迹未至建州，不可何为有此？武夷之祀，起自汉武，当借咏武宗好仙之事耳。浩曰：江东春游之时，或者曾自越而衢而建，无可追寻矣。曰讽武宗，则太迂远，必非也。（《玉谿生诗集笺注》）